U0535496

周瑄璞 /// 著

一条澎湃的河流，在遵循与突围中行进，怀抱泥沙，抚慰石头，润泽苍生。

多湾

作家出版社

目　录

第 一 章　　　　　... 001
第 二 章　　　　　... 022
第 三 章　　　　　... 035
第 四 章　　　　　... 057
第 五 章　　　　　... 077
第 六 章　　　　　... 093
第 七 章　　　　　... 103
第 八 章　　　　　... 131
第 九 章　　　　　... 151
第 十 章　　　　　... 175
第十一章　　　　　... 186
第十二章　　　　　... 202
第十三章　　　　　... 221
第十四章　　　　　... 240
第十五章　　　　　... 266
第十六章　　　　　... 286
第十七章　　　　　... 303

第 十 八 章	... 319
第 十 九 章	... 335
第 二 十 章	... 359
第二十一章	... 380
第二十二章	... 397
第二十三章	... 409
第二十四章	... 422
第二十五章	... 438
第二十六章	... 459
后　　记	... 475

第一章

蚂蚱经，蚂蚱经
蚂蚱本是土里生
蚂蚱长了八个月
一霜打得直撅撅
草窠里，得了病
豆窠里，着了重
芝麻窠里丧了命

蝼蛄听说去发面
屎壳郎听说把馍蒸
马吱妞听说去送殡
蚂蚁听说去拉灵
蛐子哭得柿叶红
八个斑苍打墓坑
花老婆罗面不消停

这一次，还叫不叫出阁呢？季瓷问自己。

三年前，她可是风风光光地出过一回阁的。她爹季先生亲自写了喜联贴在门上。

那年她虚岁十八。四个摞起来要双人抬的大圆礼盒，里面有五谷杂粮、珍珠玛瑙、玉石翡翠、丝线绸缎，还有她绣了几年的各样女红活，四床锦缎被子，六身大镶大绲的衣裳。除此以外，还有一只小钟表。

民国二十年，颖多湾县的乡下，谁人见过这样的钟表呢？它有火烧一般大，玻璃壳里像是装了个小马驹，踢踢踏踏地跑，你想让它啥时候叫它就啥时候叫。有人说那是"吱吱啦啦"的，有人说那是"丁丁零零"的，总之，那是天外来的叫声，比春天里布谷鸟的啼鸣还要中听。

腊月里，天还没明，季瓷坐的暄腾腾红鲜鲜的小轿就被抬到了罗湾。于枝贵的家门口，跑来看新媳妇的人已围严实了。人们早就想一睹季先生家二闺女的风采。传说中这位二闺女绣的石榴籽看着就想吃，绣的鸳鸯下了颖河肯定能凫水。她还剪得一手好窗花，闺女出门都要请她剪一个大团花盖脸盆。

看过那阵势的闺女们都在心里想着，待我出门时能有她那样的排场，就知足透了。颖多湾人把闺女出嫁叫"出门"，讲究的说法叫"出阁"。

而这一回，什么都没有了，锦缎的被子，大镶大绲的、还没有来得及穿的衣裳，都没有了。她想，还是不叫出阁的好吧。女人一生出一次阁，风光一回也就中了。

是不是怨那只表呢？送钟（终）送钟（终），我咋就陪嫁了一只钟表呢？这不是把霉气带到婆家了吗？这不是烧包烧过火把自己烧了吗？三年内公婆都过世，而千不该万不该，他也走了，走得那么急，一句话也没给我说。

于枝贵比季瓷大两岁。当年宽婶子来说想把北乡小季湾季先生的二闺女说给他时，他一蹦多高地喜欢——早就听说教书先生家的二闺女心灵手巧，针线活一看就会。他妹子于枝兰更是喜得拍手："哥呀，你要是娶上小鸡娃的二闺女，那我就能穿上最好看的衣裳了。"当地人说话图省事,将一板一眼、很有文化感的村庄名字,按照最顺嘴最圆滑的发音来念,洪陈店叫作"浑春店",北舞渡念成"北藕犊",小季湾也就成了"小鸡娃"。

"憨闺女啊,光想穿好衣裳哩,你不想想,那小鸡娃的二闺女想聘的人家有多少呀,看你爹这巧手木匠干这么多年攒下的家业,够不够给人家下聘礼哩。"巧嘴媒人说。

"够,够,他宽婶子,你赡放心去说吧,只要季先生吐口,只要那二闺女愿意,俺老两口情愿骨头砸了卖成扣儿。"枝贵他娘嘴凑上耳根来,"我叫贵他爹下回去县上给你撕件洋布料子。几个庄上都没见人穿过哩,我只上回看戏见葡萄湾的常家媳妇穿过,嚄,那齐整的呀……"

"噫,那你说咱这辈子还能穿上个洋布布衫?"宽婶子更加欢喜。

"能,能,你穿不上谁还能穿?"枝贵他娘声儿又小下去,"俺家平日看着仔细抠搜,可也聘得起那二闺女了。这么给她说吧,就只那天上的星星俺给她弄不来,其余凡是她想到的、见过的,都能满足她。"

宽婶子立时脚下踏了云彩,来到小季湾。

小季湾与白果集只隔一条颍河水,从远处看,连在一起,不分你我,只有河水日夜"哗哗"流淌,告诉人们这是两个村子。白果集是方圆十几里的大庄,天天早集,逢一、四、七有庚会,一年还有两个庙会,要唱大戏,四方客商来此贸易。还有些外乡人因各种原因顺着河水漂到这里,背个破包袱沿着河岸一点点走来,最难的先是靠着墙根跐堆(注:蹲)几天,再想法在哪面墙边搭个小庵能躺下来,慢慢地有个小营生干着,有个支应跑跑腿,再然后,就成这集上的人了,过几年,就敢给过路的人说,歇歇吧,到家喝口茶。集上有饭铺、旅馆、茶社,也就有个把被命运送上岔路的外乡女人在此明里暗里营生,引得男人赶不赶集逢不逢会都想蹅来瞅瞅。村后的公学里有一棵白果树,要几个大人才能抱住。谁也说不上来这棵树有多少年,不拘再老的人也会说"我小的时候它就这么大"。

一河之隔的小季湾因了白果集,也显得比别的村庄主贵了一丁点儿一小捏儿。因为颍河水常年泛滥，各家都把院子垫得很高，整个街里就是一个峡谷。各人回家时，弯腰撅屁股爬个缓坡。当然，院子垫得越高的人家，就越有经济实力。夏秋时节河水溢出河床，街里也便成了河，人们都不得出门，这时就看谁家存的吃用多了。没有能力垫院子的，睛等着颍河水像来客一样几年光顾一回自家院子，盆盆罐罐、破衣烂衫、柴火末子，都在水里漂着、泡着。因为土匪不断，村子又垒起高高的寨墙。这样从远处看，小季湾就高高地耸立于白果集的西南，像是长在白果集这只大手上的"六指儿"。河水本是从北向南而来，到白果集时，就在村西头拐向东去。颍河水流了几千年几万年，地老天荒，它有的是时间拐来拐去。

接待媒人是季家近两年要面对的事，来了男人，季先生陪；来了女人，家里人陪。一宗宗、一件件都在心里记着，总要对媒人好言相谢，留家里吃顿好饭，给媒人说："现在是开明社会了，不是都要放脚哩吗，这事还要看妮子的主意。你看哪天集上、会上，叫两人偷着看上一眼，最后主意她自己拿，咱当老的不落埋怨。"

于枝贵按着宽婶子的安排，穿了一身浆洗得硬挺挺的新衣裳站在戏场里。可是那戏台之上，闹闹腾腾是在唱啥呀，他一点都看不到眼里，听不到心上，他只想看到二闺女突然在眼前。宽婶子在身后拍他，指给他十几步外的一个侧影。那二闺女一身淡青色衣裤，矮小而窈窕，脚顶多有他于枝贵的半拃多，穿个绿色绸子鞋，尖尖的，像个秦椒。只伶仃地给他一个侧影。他急了，给宽婶子说："你叫她转过脸来，我就看一眼。"

"看到眼里剜不出来咋弄？这就中了，先生家的闺女还能叫人对着脸看？我是见你可怜，过来给你指一下，你看清了吧？不瘸不拐没毛病吧？那脸呀，连半拉黑雀儿都没有，比不上仙女但也差不多，我怕你看了黑里睡不着。妥了妥了，走吧。"

于枝贵哪里肯走，身子向那边翘着，想要扑过去。宽婶子拉住他："可不敢吓住人家呀，那二闺女一恼，再不愿意你了咋弄？"

这时，见十几步外的季瓷侧过了一点，还是没有直对脸过来，只是低下眉梢,用眼角往这边搭抹了一下,于枝贵只看到半边粉扑扑的脸。

二闺女自认为尽到了仁义,一扭身,就像那夏天的河水轻快地打个小漩儿,走了。

"中了,中了,这就算看了。啊,刚才二闺女呀,可是仔仔细细把你看清了。"宽婶子作祸般笑笑,丢下他去了。季瓷在戏场外等她呢。

于枝贵跟出,见两个人的背影一高一低、一宽一窄往前走,四只小脚在地上捯得怪快。他跟上去,在后面悄声走着,突然叫一声:"宽婶儿。"

两人回头。他看到一张桃花般的面容。十四岁的季瓷尖下颏,薄眼皮,刚才印上面颊的红云还没有褪去,现在为他猛然近在面前而脸色刷白,像一道亮光闪过面庞。这莽撞人儿真的让她措手不及,她像个受惊吓的小雀,转过身扑棱棱飞走了,小脚一拧一拧,地上就有了一坨坨花骨朵般的圆点。

"你又跟来弄啥呀?"

"不弄啥,我问你刚才最后一句话给我说的啥,我记不起了,回去给俺娘咋交代呀。"

"噫——呀,你这孩赖主意咋恁多。"宽婶子笑着拍打他的肩膀。

宽婶子真的穿上了洋布花布衫,这门亲事还真就成了。当然,主要的原因是季先生问了二闺女,对人满意后,他托人去打听了于枝贵家的根根梢梢。打听媒也是婚姻往来中的一个重要内容,往往一桩婚事的成与败都和打听的结果有直接关系。

第二次出门时,季瓷已经没有任何能力和时间去打听媒了。她想,一切都是命。想享福,必受罪,胡思乱想耽误瞌睡。

那天天不明,于枝贵就要出门,十八里外的县城有人捎信来,请他去打几件闺女出门的梳妆盒。爹去世后,他就拾起全套家什,开始像爹一样四处游走着去打精细家具。他做出的活远不如爹,只是人家还习惯着捎话:"让罗湾的来,给俺家做个啥。"

"你等等,有句话要给你说哩。"季瓷从里边跟出来。已经把东西都背到了身上的于枝贵说:"时候不早了,鸡子都叫了,等我回来再说吧,啊。"

"那——中啊,你路上可得仔细点。后儿黑里回来?"

"嗯。"于枝贵出了堂屋,走到东屋窗前,敲了敲窗棂,"兰,起了没有?"

"起了,起了。"于枝兰应着声。

"起吧,起来帮恁嫂干干活,我走了,啊。"于枝贵在未亮的昏暗天光里打开大门出去,季瓷跟上去又将大门插上。

三年内爹娘先后过世,这让于枝贵不得不听信村上人的闲话:人都说季瓷把霉气带到他家来了。哪有带着钟表出门的呢?自古都没听说过。当然,自古这里没有钟表。那是个稀罕玩意儿,是她在山东做官的舅舅专门捎给她的,但那时咋都想不到"送终"这个词呢?为啥爹娘没得啥病,也不算老,才四五十岁就都走了呢?还有,她来三年了,还不见显怀,是不是她就不会生呢?于枝贵不由得开始怀疑起当初对她狂热的迷恋了。慢慢有些怕她,有时候晚上竟不敢靠近她身子,以前隔一两天他定要在夜里缠磨她一回,现在十来天才想挨靠亲近她。是个石头撒那么多种也得长个啥吧。如果爹娘还活着,一定会张罗着给他再娶一个,他们是绝对不会看着于家断后的。可现在,他自己没有这个能力了,娶她就花了大价钱,爹娘的后事也花了不少钱。爹一去,那么精的手艺带走了,来钱的路越走越窄。

好像她夜儿黑里就迟迟疑疑地想给他说啥,挨到身上想缠磨他,他轻轻地推开,一翻身给她个后脊梁。"睡吧睡吧,明儿要早起。"他不知为啥就没兴头听,她那张巧嘴,还能说出啥呀?她能把死人说活过来?她能把平展展的肚子说鼓起来?

于枝兰梳洗后走出东屋。正是当年季瓷出阁的年纪,按说她也该出阁了,婆家早就定下了,是东乡郭湾的,可娘和爹连着过世,按规矩得守孝三年。那郭湾的婆家,尤其是那十九岁的郭仓实虽不满意,也只好等着。

"兰,饭在锅里,还热着哩,给咱俩一人盛一碗喝。"季瓷在织布机上说。她从来就没有一刻闲过，纺花织布，缝被子做衣裳，罗面择菜，刷锅倒灶，喂鸡喂猪。只要人眼里有活，世上就永远有做不完的活。走遍天下端起碗，搁着勤谨搁不着懒。

虚岁十八的于枝兰比季瓷高半个头，也健壮很多，可性子却绵软得提不起来。她悄没声把两碗红薯糊涂放在堂屋桌上，在织布机的"咣当"声中说："嫂，趁热喝吧。"

"就来。"季瓷说着，"咣当"声还没有停下。她总是这样，干活好像和谁争着什么，多干一点就占了一点便宜似的。于枝兰常常想不明白，嫂子那小小的身子里咋永远都有使不完的力。她说："嫂呀，别累着了。"季瓷说："力是奴才，歇歇回来，你看我这会儿使得慌，明清早起来，就又一身劲儿了。"

季瓷从织布机上下来，坐在桌边，两人都端起碗，喝稠稠的红薯糊涂。没有菜。除了家有良田百亩的，谁家吃过菜呀，只有过年过节、支应门事的时候才会吃菜，平时没有吃菜的条件。

枝兰低着头，声音很小地喝着。季瓷看一眼她胀鼓鼓的胸脯。枝兰常因为她过于饱满的胸脯羞于到大门外去，季瓷心里叹一口气，要不是家里这事，她顺顺当当地出门子，过自己的日子去，多好。现在，这长熟了的果子就在树上干干地挂着。

"兰，我叫恁哥这回去县上给你撕块最好的缎子，等我机子上这块布下来做里子，给你缝个新棉袄。"

一说新棉袄，闺女家都知道是啥意思。枝兰的脸更红了，看到季瓷的碗空了，"我再去给你盛一碗"。接过碗出了堂屋门。

第三天的晚上，天黑透了，于枝贵还没有回来。烧着汤的季瓷心有不安，竖起耳朵听大门口的动静。枝兰也好几次走到门口探头往外看。红薯糊涂已经烧好，季瓷破例调了葱花和芫荽，在碗底静静地卧着。

"这是咋了？说是赶喝汤时候就回来的呀。"姑嫂俩站在当院的月明地儿。鸡子一个个走回窝里，大门口没有一点声。

"兴是路上又拐到俺姐家里去了？不会啊，他没说要去，还是俺姐家的人见了他拉住要去？还是给你撕料子耽误了？"季瓷不停地拿话安慰自己，枝兰闭着嘴不吭气。月明地儿上，两个影子虚虚地斜在那儿。"兴许是主家又想多做件东西，留住了他。"

红薯糊涂稠稠地在锅里，灶膛已经慢慢温了下来，还是没有于枝贵走进大门的声音。

"我去找找罗掌柜。"季瓷解下围裙，用手拢拢头发，就要出门。

"我跟你一起去。"枝兰慌慌地说。

"你不去，在家等着。"

罗湾两个大姓，罗和于。因不是一个姓也无法排辈，平日于枝贵他们就虚虚地叫罗掌柜大叔或大爷。罗掌柜因家里在白果集上有生意，在村里有些身份，村上的大事小情，人们都爱请他拿个主意出个面。

季瓷从大门楼往院子里边走边喊婶子，罗掌柜的大婆应声出了堂屋："这是谁呀？叫我看看。哎呀，枝贵家，可稀罕死人了，你咋舍得出门了？"季瓷一听她说"死人"俩字，心里咯噔一下，脸就变了。大婆见她站着不动，忙下了堂屋台阶来扯住她的手："走，进屋说吧。"

"不进屋了。俺叔在家不？"

"在，在。哎，你快出来吧，看枝贵家有啥事。"

罗掌柜出现在堂屋门口，巨大的影子投到当院的地上，扑上来就把季瓷严严盖住了。"噢，季大姐，喝罢汤了？"罗掌柜微微地弓了一下身子。他知道季瓷不会进屋，也就不再让了。他的小婆从西屋探出头来，看着生人一般的枝贵家。

"是有事，心里焦得在家坐不住。兰她哥到城里做活去了，说是今黑回来，可都到这么晚了，还不见人，我这心里猫抓一样，想来问问，恁家柜上的人今天出门没有？见过枝贵没有？路上听到啥信儿没有？"季瓷在他的阴影里说。

"柜上的人今天去沙河进货，明儿才回来哩，枝贵往北他往南，遇不着。我刚才回来路过街里，也没听到谁说啥。"

季瓷被他的影子罩着，在黑地里不出一点声儿。

"季大姐，你莫心焦，还没喝汤吧？在这喝，叫恁婶再给你烧。"

罗掌柜话音才落，西屋门口的小婆就出了门往灶火里走。

"不了，不了，婶儿，你不烧，我家里烧好的，我回去喝。叔、婶，那我走了。"

大婆上来扯住她的手："我送送你，外边黑。"

"要是再晚点还不见回来，我叫人到路上看看，你回去该喝汤喝汤，该睡睡，听见了没有哇？"罗掌柜在身后一声高一声地说。"唉，这媳妇，叫事儿给吓怕了。"他又对自己的小婆说。

季瓷吹了灯，一个人坐在床上。很久，她摸黑找到那只小钟表，拿在手里，摩挲好一会儿，用手摸到后面的弦，给它上了劲儿，小马驹又踢踢踏踏地跑起来。自从公公死后，她就再没给这只表上过劲儿，后来将它藏在箱子里了。本来，在乡间，这样的一只表只是个摆设而已。该收秋了该种麦了，布谷鸟来了叫了，芝麻花开了芝麻该收了，红薯叶子霜打黑了红薯该出了，猪喂大了该赶到会上换钱了，冬天去了春天来了，庄稼绿了树叶黄了，花儿开了败了，男人下地干活、从地里回来吃饭，女人早起扫院做饭、纺花织布，几百年几千年都是这样过来的，要这表干啥？没有表，天也要明要黑，鸡也要进窝，睡醒了又叫唤了，一叫人就得起来，像磨道里的驴一样开始转圈，母鸡脸憋得通红就跑窝里孵蛋了，天黑了一切活物都想回窝，人喝罢汤上了床，小孩子一挨枕头呼呼睡了，上年纪的躺下了等不来瞌睡，就秧秧蔓蔓说古道今，年轻人一对一对缠成绳、连成蛋再花些子憨力气，就让女人打着挺把个小人儿生在床前铺好的草窝里。要这表有啥用呢？几百辈子没有它，人们照样过日子。唉，她舅咋就想起托人从山东带回来个这东西，他是好心，想让外甥女带着这稀罕物出阁。

她曾想过，把这小东西砸扁了扔到粪坑里，可她试了几回不舍得。不再给它上劲儿了，叫它歇了吧。今晚她心慌得不行，两眼就像拿棍支着合不上，只好又拿出这钟，约莫把针拨到十一，它就起劲地从十一点向前奔跑，时间也就在这屋里有声地流动。窗外有细小的声音，那是枝兰去了堂屋东山的茅子后出来，小声说："嫂，睡吧，咱就是这样睁着眼到天明，也不济事啊。"

"就睡就睡。"她仍然没有脱衣裳，只是把被子拉开盖到腿上来。那只钟在静夜里听起来脚步杂沓，她的心也更焦躁起来。

那表走到五点半的时候，她听到大门口拍门的声音，"噌"地坐起来，穿上鞋就扑出院子。听到门外喊："枝贵回来没有？"她泄气了，差点一下子瘫到地上。枝兰的门也打开了，两个人在院子里会合。"我听着是罗掌柜家里的伙计。"季瓷无力地说，两人相跟着到大门口开了门。那主儿站在门外："掌柜的叫我来问问你，要是还没回来，就叫我到县上找他去呀。"

"没，没回来。"季瓷哭出了声。

天明了，昨晚的红薯糊涂稠稠的还在锅里，香油拌葱花芫荽的气味已不蹿了，软塌塌地飘在灶火里，像更加浓厚缠绵的忧伤，是一个噩梦的尾巴。

只说是秋天里土匪多，借着高的庄稼抢人，可现在是春天呀，麦苗才到小腿肚上，一眼能望出几里外，怎么也有土匪呢？

罗掌柜早就从跑回来报信的伙计那里知道了消息。他手里拿个大白布立在于枝贵家门口，一看到架子车进村，他就迎上去，用大白布盖住死人。他家伙计和公家人一起，将于枝贵抬下来放到当街的门外。于枝贵是凶死，不能进家门了。直到罗掌柜安排的人把棺材抬来，将他放了进去。

于枝贵入土后，季瓷又一夜没睡。第二天一早，她叫本家的一个小孩请来了宽婶子。

"宽婶儿，我几个夜里没合眼了，夜儿黑挤了一会儿眼，做了一个梦。俺婆母娘给我托梦了，叫千万不敢误了兰的婚姻大事，我还梦见有仙人给我说，要闺女出门才能冲霉运。我前后想想，还得请您来出面，赶快把兰打发走。麻烦你去东乡给说说，等不到过年了，叫他们赶快定个日子来接亲，我卖房子卖地，要把兰像样地送出嫁。"

宽婶子面露难色。心里说，这事恐怕不太好说，你家接二连三死人，这又不年不节的，咋就让人家来娶媳妇。

季瓷进到里边，一会儿挑门帘出来，手里拿着一个小绣包，打开来，掉出一个指头肚大的物件，放在她的手上："婶儿，这是我当闺女时的一个翡翠花，你拿去戴吧。去给东乡兰她婆家好好说说，就说我真的做了梦，仙姑交代的。"

宽婶子给人做媒十几年，别说得翡翠花了，见都没见过呢。她欢喜地接过小绣包，手有点抖："哎哟，二闺女呀，咱娘儿们咋还兴这哩，这、这礼也太重了。"她喜得龇了牙。

"现在是粮食主贵，俺这样人家留着这东西还真不胜一斗面哩，我麻烦你的事还在后头。"

"赈说了赈说了，只要婶子跑得动，你叫人来喊就是。我这就去东乡。"

宽婶子走后，季瓷给枝兰说："咱现在只等宽婶子回话，趁我还有力气，一心想叫你体面地出门。放心吧，兰，不叫你受一丁点屈。"

于枝兰彻底憨了，迷迷糊糊也说不出一句像样的话，只会说："嫂，我听你的。"

天将黑时，一阵风般地，宽婶子来了："妥了妥了，都说妥了，郭湾的下月初三来接新媳妇。"

季瓷赶忙和面："婶儿，我给你烙油馍。"

宽婶子快活地坐在灶前烧火。

"算你妹子有福，这郭家真是通情达理的好人家，不愧是在县上有差的。那郭仓实他爹说，其实他们这两年也有这个心，就是不好张口。你想啊，那破规矩的事，谁也不愿担啊，既是仙姑托梦了，那就听仙姑的。后天，他家派人来送礼。"

喝罢汤，送走宽婶子，回到堂屋，季瓷给于枝兰说："兰你别埋怨我，这么慌地要撵你走，实在是拖不起了，下月初三，把你送走，我也得找个人家往前走了。后天宽婶子跟着郭湾送礼的来，我就留下她，给她说这事。唉，你还是个闺女家，按说不该给你说，可你就要当媳妇了，也就说了吧。那罗掌柜，老拿那样的眼神看我，有一回你哥出门，你在东屋睡着，他就站在门口找话说，打发了好一会儿都不走。你说我往后还能在这庄里过下去吗？一当了寡妇，啥坏事、臭事都是

011

咱的。"

于枝兰突然觉得这事不对，发癔症般说不出话，原想着她出门了，嫂子就留在家里，啥时自己回娘家了她都在家里等着。她好像才明白过来，嫂子只比她大三岁，也是个年轻女人哩，没有个孩子，拿啥守呀？她又一想，那自己今后娘家就算没人了？

"我就觉得对不住你，没时间，也没钱给你做那么多陪送了。我来时的新被子，还有几身衣裳都没动过，有两件做得宽大了些，都给你吧，你可别嫌，那都是当时咱爹娘花了大价钱给我置的，还有两件衣裳料子是俺舅从山东捎来的，我都没舍得上过身。"

"都给了我，你还有啥？"

"我，我还要啥？寡妇往前走，够丢人卖赖的了，还要啥呀，穿一身、拿两身就好得很了。"两人相对坐着，流了一会儿眼泪。

颍河水从少室山走出，来到大平原上，没有了山谷的冲击力，漫漫溰溰犹豫着不知往哪里去，就在平原上曲曲弯弯地流着，像一首悠长回环的歌谣，唱到哪儿算哪儿，走到这个县上时，一点儿起伏都没有，河水就更犹豫而无力了，欲言又止，欲说还休，走一步退两步，反反复复，曲曲折折，在南北长几十里的地界就拐了一百多个弯，于是这里从西汉末年设县时就叫颍多湾县。

在颍河的一个又一个湾处，撒落着一姓又一姓的村庄。

河西章的章守信跟着宽婶子到罗湾来相看季瓷，其实是让季瓷相看他，因为季瓷一再跟宽婶子交代，必得把男方领到家里来，她要当面说清。她现在是寡妇了，也没必要像当年相亲时那么害羞，当然也等不得哪里有会唱大戏。

那天季瓷一说出她想再往前走一步，而且还要快，宽婶子立马就脚下生风来到河西章。她一路上心里都有一个大大的谜团，这媳妇为啥火烧火燎的这么急呢？想了一路也没想明白。唉，这世事变得太快，女人不缠脚了男人不留头了，白果集上一会儿这个部队来了一会儿叫那个的兵占了，听说日本人都打到东北了，连皇帝都换来换去，世界一天一个样，谁知旁人的心里都想啥哩。河西章章木林的儿子章守信二十六了，还是光汉条。这章守信要条杆有条杆，要模样有模样，就是家里穷，就是脾气孬。想想吧，一个又穷又麦秸火性子的人，他只能越过越穷，除非有个女人能降住他。他家里也不是压根就穷，早先也是有吃有穿有存粮的，现在家里一座老旧得快要塌了的楼就是明证。可是，唉，小孩没娘，说来话长，他家的事不是一时半会儿能说清的。

宽婶子也在心里来回揣摸过，去了一说女方是个寡妇，那二杆子会不会一蹦三尺高给自己办难看？再想想也不会，这说媒的事宽婶子经得多了，双方的条件就像那杆秤一样，总得是差不多平吧，你这边少个这，就得叫人家那边缺个那，你家里多了个啥，才敢要求人家再有个啥，你要是腿不得劲走哪条路都觉得是地不平，我就敢把那半瞎的人带来给你看，你要是家里搜罗个净也撮不出几袋子粮食，那我就敢给你说个半憨女人、二茬女人。这章守信呀，谁叫你家穷呢，谁叫你伯你叔不争气，把你家家业懂光了，你不是赡等着打光棍了，再等下去，翻过三十的坎，你连寡妇都找不来了。再说了，那寡妇跟寡妇可不一样，这总归是季先生家的闺女。

走进章家那倒了一多半的破门楼里时，宽婶子想，我不跟那二杆子照面，给他爹娘说好了。

章守信下地去了。宽婶子给他爹娘排着把事情前后一说，章木林说："俺家现在这样，还对人家挑拣啥呀。"

等回来了章守信，一听说是季先生家的二闺女，他出奇地温顺，答应明天一早就跟宽婶子去。

季瓷正在堂屋边做活边教导于枝兰："见天早起给公婆倒尿罐，夜里把尿罐送床前，公婆不睡你不能眠；吃饭先给公婆盛，公婆、男人不端碗，你就不能吃；就是你有再烦心的事，对着公婆的脸，要喜喜欢欢，万不可给老人使脸子；谦让小姑，好吃的先尽她吃，好穿的先尽她穿，凡事莫与小姑争；粗豆腐、细凉粉，说来说去人家是亲娘儿们，不可在婆子小姑间说闲话；见天天不明你要起床，打扫当院，招呼用人，别想着人家来给你卖力哩就狠使人家，谁家都有爹娘疼，不到万不得已谁会到人家家里出憨力；凡事与人拿真心处，是个人只要你对他好他就知；左右四邻，叔父伯父，婶子大娘，大小妯娌，先称呼，再说话，礼多人不怪；走到街里，闲事莫管莫打听，是非捂住耳根不要听；无事不串门子，有事到人家家里，要么门外说话，要么进屋坐下，万不可一脚门里一脚外；人心实，火心虚，吃亏把人吃不死，憨点好，万不可啥事显得自己能，人，太精太能就成憨子了；日子舒坦你莫夸，孬了说说不顶啥，有苦自己搁心里，永远记住，自己不哭，眼里没泪；害人之心不可有，防人之心不可无，人前说话留三分，不该说的话，一辈子沤烂在心里；日子，比那树叶还稠，塌下心来一天天过……唉，我这是想到哪儿说到哪儿，当年，俺娘给我说的才多哩。"

"出了门这么作难，还不胜一辈子在家哩。"于枝兰说。

"你那是憨子说的话，谁家闺女不出门？出门到了人家家里，自然不胜在自家，可都得走这一步，生儿育女，过成自己一窝人家。说一百二十圈，凡事宁可自己多受屈，不要与人争执，不可得罪人，赢官司要打，夜食少吃；只吃过天饭，不说过天话。唉，女儿难，女儿难，咱托生成女儿就是罪过，一天天渐吧、熬吧，一辈子一辈子地修吧，修成个仙家就好了，啥烦心事就没有了。"

两人正掏心挖肺地说着，就听院子里"咚咚咚"的脚步声擂鼓般来了。"兰她嫂！"宽婶子招呼着，先跨门槛进来了。季瓷赶忙收拾手里的活儿，姑嫂二人站起来，宽婶子小声与季瓷耳语几句后，对着门外说："你进来吧。"

只见进来的人，半截铁塔般，穿一身半新的衣裳，天还不热，他却走得一头汗，刚刚在门外用袖子擦了，这会儿头上还冒着缕缕热气。酱红色的脸，浓眉毛，双眼皮，因精血旺盛而黑亮的目光被困锁在高高的眉骨下。向着季瓷，他双手抱拳，深深弯下腰，鞠了一躬。季瓷让座，他不肯坐八仙桌边，只坐在靠近门口的一张长条凳上，让宽婶子和季瓷分坐八仙桌两边。阳光从门外进来，正打在他身上，他坐在那里，像戏里的关公。于枝兰早已躲进里边不再露面。宽婶子介绍了两人后，问季瓷："恁家鸡蛋罐哩？叫我去给客烧个鸡蛋茶。"

"里边桌子上，叫兰给你拿。"季瓷说。

颖多湾人把烧滚的水叫作茶。其实没有几个人见过茶叶，滚水里放糖叫"糖茶"，打荷包蛋叫"鸡蛋茶"，穷得锅里搅不起面糊就喝红薯茶，假如谁家日子过排场了、过烧包了有来自南边的茶叶可放，那就叫"茶叶茶"。

仅一眼，章守信就对季瓷满意透了。眼前的小寡妇，苍白着脸色，娇小而尊严，穿戴整洁的一身孝衣让她更加楚楚动人。他从来就没敢想过会有这样的人儿跟他过日子。像他这样的，也只能等着收拾谁家撂下的寡妇，或许到万不得已的时候，还是不全乎的人，或半憨，或全憨，或残疾，只要是个女人，只要能生小孩，哪怕生下来的，也是个憨子。

太阳光轻轻地跳一下，在他身上挪了一个地方，他只有半个脸在阳光里。二人越发局促。男方洪亮地咳嗽一声，又陷入沉默之中。

季瓷先开了口："有劳章大哥专门来了，俺家接二连三出事，宽婶子也都说给你了吧，叫你笑话了。"

"唉，一家只知一家，和尚不知道人家，都不容易。"

"那，我先问问章大哥，都说我命赖，身上带的有霉气，你，就不怕？"

"俺家已经霉运到极处了，还能坏成啥样呢。老话说'否极泰来'，我想，也许是个转运呢。"

"听章大哥说话，是念过书的人？"

"念过几年私塾，后来兴公学了，本来要到白果集上公学，家里连三赶五出事，就上不了了，要不然，就是恁爹的学生。"

季瓷心放到肚子里，摆出一副娇弱无助的样子，没有立即接他的话，只是有分寸地拿捏着。

"季大姐，"那章守信站起身，向她微微弯了弯身子，半截铁塔就矮在她面前，"俺家的事不知宽婶子给你说到啥地步，我得给你排着说清。唉，那真是三天三夜说不完，我就拣要紧的说吧。俺爹有弟兄三个，他是老二。大的不种地也不读书，只爱四处游逛不学好，老大年纪也没说上个人家，前些年偷偷把家里的地卖了十亩，拿着钱跑了，听人说去年在南阳见他了，还是不成样子。小的更是不成器，吃喝嫖赌啥都干，这两年又吸大烟，俺那婶子一气之下跟南边来的一个手艺人跑了，连个孩子也没撇下。俺叔使了南乡葡萄湾常掌柜不少钱，没跟俺爹商量，把俺大妹子说给常掌柜做小，那大妮儿吊死在俺家枣树上，他又让二妮儿去，二妮儿也吊死在那棵枣树上。俺爷气不过，找人打死了俺叔，又惹出了官司。几年下来，俺爷连病带泄气，也过世了。我的事也就一拖再拖，今年二十六岁，像我这样大的人，孩子该满地跑了。这我倒不怕，世上光汉条不是我一人，我只是不想卖地。不瞒季大姐说，现在家里还欠着常掌柜的钱，只有卖地这一条路了，我不愿意，可也没别的法儿。今儿来见你，原也不敢指望你愿意我，只是在家心里烦得没法儿没法儿，权当出来散心，请季大姐莫怪。"

这个男人头一回见我，咋就从心里掏这么多的话呢？季瓷心里想着，嘴上应道："是啊，地不能卖，庄稼人卖了地可咋过呀。"

"谁说不是哩，可俺叔使了人家那么多钱，宗宗有借据，都在人家手里拿着呀。"

季瓷也沉吟起来。

"好了，好了。"宽婶子从灶火端了碗出来，"快叫客喝碗鸡蛋茶。"她上到堂屋来，将碗筷递给章守信。碗底卧着四个荷包蛋。

"嘿，不饥不饥。"章守信作假一番，接了碗背过身去。宽婶子已经看出来，两人谈得肯定是不赖。

他很快吃完，抹了抹嘴，碗筷交给宽婶子。

堂屋里又只剩下他二人。季瓷说："那你，今儿这事，回去问问家里老人，叫他们做个主。"

"我来时，爹娘说了，我看着中就中，你只要愿意，就中。"他有点急切地说，大眼睛在眉骨下燃着火苗瞅她。

季瓷殷切切看了他一眼："章大哥，我是思前想后，实在没法儿了才要往前走一步，不图恁家里有这有那，穷日子也不怯，只图去了不生气不受屈不落闲话。"她有意顿了顿,将目光转到外面,好像是看宽婶子的身影在院子里出现没,目光低着收回来,轻轻叹一口气,抬眼来回看看章守信的脸儿。"我眼下,板子夹手了,至于是啥,你不要问,今后永不要提起。我只图跟个明白人,啥道理都知,一辈子活个硬气清白,不叫人欺没。"

"季大姐赡放心了,我章守信穷是穷,可也读过书,识得字,只一样,脾气不好,可啥事说完就完,不往心里搁,对人没操过赖心,家里爹娘也都是善人。横竖只是穷日子,保准不叫你有气受。"章守信双手抱拳,向她深鞠一躬,用那大眼睛灼灼地望她,恨不得就要单腿跪地。

季瓷心里有底了,叫来宽婶子。宽婶子搭眼一看,啥都明白了,又扯上了她那老一套,不瞅二人,只看着院里明晃晃的阳光,好像在向着世界发表宣言:

"咱这可是明里说明里看的,我啥也没瞒,恁俩也都心明眼亮地瞅视了半天,也都不瘸不瞎不憨不傻的,全看清了吧?我干这事十几年,啥都不图,就图个不落埋怨。我看,咱也别背过身问了,省得我来来回回地跑路,当面锣对面鼓说清妥了。我先问问男方,你愿意不?"

"愿意,愿意。"章守信站起来向宽婶子作揖。

"那我再问问女方,你愿意不?"

"愿意。"季瓷起身向媒人作揖,小声说。

"噫,妥了。"她一拍巴掌,瞅了季瓷一眼,见季瓷给她使眼色,便对着章守信说,"既是你俩都愿意,我看干脆今儿就把日子定了吧。这种事,富了富着办,穷了穷着办,说一千道一万,就是两人在一块儿,黑天白里搁伙计过日子,你们说哩?"

"听宽婶子的吧。"二人心里满意,嘴上害羞地说。

"叫我看看,你妹子初三,你就初九吧。"

宽婶子领着章守信走了,躲在屋里的于枝兰出来,脸红红的,刚要开口说话,就见罗掌柜背着手走进院子。于枝兰叫一声"叔",又躲到自己的东屋了。

季瓷迎出来，在当院里叫声"叔"。

当年，于枝贵的爹娘在时，住在堂屋里，他可以堂而皇之地走进，而现在，这堂屋是季瓷住的，作为长辈男人，单独一个，就不能再进来了，只好站在当院说话。

"我刚才在街上碰见你宽婶子，领了个北乡的，说是你要往前走？"

"是，说妥了，北乡河西章的。"季瓷说。

"你这么急弄啥哩？"他的语气倒有些急躁。季瓷看了一眼东屋窗子。罗掌柜向窗子叫道："兰，你出来，给叔跑个腿儿，去俺家给西屋恁婶说，叫她晌午做饭时，给面条锅里切点姜，我这两天可能是冻着了，不舒坦，得发发汗。"

于枝兰低着头含着胸出去了。

日头奋力往上挣了挣，直射在头顶，两个人都把自己的影子踩在脚底下。

"你这是往坑里跳。那河西章的章木林，远近谁不知他家呀，跑的跑，亡的亡，他哥四处游逛，他兄弟吸大烟，把家业懂光了，逼着自己侄女给人当小婆，让俩侄女上了吊。"

"当小婆还有不上吊的，要我我也得上吊。"

"你别说憨话，小婆有啥不好的？不少她吃不少她穿。"

"当小婆走不到人前头，死了埋不到祖坟里，生的孩子也不气势。"

"这人哪，不能老想着要走到人前头，该不气势的时候就不能再硬着气势了，走到哪儿得说哪儿呀。"

"叔哇，你看我肩不能挑，手不能提，枝贵走了，地里的活儿没人做，也没个能出门站到街里说话的人了，兰再一走，我连个做伴的人都没了，今后我在这庄上，不是赡等着人家欺没了。"

"憨子，这不是有我哩。"他往前走了一步，压低声音。说出这话，他自己也吓了一跳，觉得有些失口。你算干啥的呢，于枝贵还有几院子的叔叔大爷、叔伯弟兄站那一大片，而你是个外姓人。他知道对季瓷这样的女人，得一点一点来，一步一步套，有些女人，心眼比男人多，心劲儿比男人大，她们的不方便只是长了女人的身躯，缠了一双小脚罢了。可没想这女人做事更绝，不给他一点回旋的余地。

季瓷轻轻笑了笑，后退半步，岔开话题："叔你这几天为俺的事可没少受累，我都记到心里了。"

"你就膪等着去吃苦受罪吧，到时候可别怨我没提醒你。"罗掌柜有些生气地说，转身要走。

"叔，我送送你，这两天我挪腾出来，把你帮俺支应的钱还给你。"季瓷做出一副诚心的样子，送他到大门楼。

大门楼遮住了阳光，天光暗了下来，给人一种似乎在室内的感觉。门楼里放个小牛车，这牛车常常铺了被子就是一张床，人们拉着病人、老人、月子婆娘的时候，这张床走在路上，晃啊晃啊，旁边的挂钩碰着车帮，"扑扑"地响，恰似一个温情的摇床。门楼里还有一丝清冷，一丝甜美诱人的常年静止的土末子味，叫人的心里突生柔情和火焰。罗掌柜回过头，目光像带着火星一般在季瓷的脸上实实地抓挠了一个来回。他曾设想，埋了于枝贵，这小寡妇今后大事小情都离不开他的帮衬了，他的威严将像一把大伞，张开来，罩住这个女人。可现在，她说走就走，不给他一点机会。

晚上，季瓷请来东西两院于枝贵的大爷叔叔、叔伯兄弟们，向他们说了自己再嫁的事。堂屋里一下子没了声儿，几个男人你看看我，我瞅瞅你。

"叫我去看看鸡窝门堵好了没。"她出了堂屋，给这些男人一个商量的机会。院子里安静极了，月明地儿冷冷地铺开。她走到鸡窝门口，弯腰听听，鸡子在里面，有一两下"叽叽"声，她知道这是鸡子在做梦；来到猪圈边，几只小肥猪拱在一起甜甜地睡着；来到于枝兰的窗前，那里透出淡淡的灯光，枝兰在灯下绣花。

她约莫着屋里的男人们说好了，便回去，坐了下来。

于枝贵的大爷发言了，他先咳嗽两下，清清喉咙："季大姐呀，你这猛地一说走，俺们这心里还真不是滋味，你婶子大娘们恐怕一听说，都要掉泪哩。"大爷说着，自己先抹了抹眼睛。

"那咋不是哩,见天隔着墙听见你织布哩、做饭哩、喂鸡子喂猪哩、跟兰说话哩,习惯了,你这猛地一走,俺们心里可要不得劲好长时间哩。"叔叔也接着说。

"唉,是贵没福,他咋就走了这一步,要不是,镇(注:取"镇"音。这么)好的日子,赗(注:尽管、随便)过了呗。"大哥说。

"季大姐你要往前走,俺就是再舍不得,也不能拦你呀,现在都是文明社会了,婚姻自主哩。贵呀贵呀,你真没福,也没留下个一儿半女的,不然,你走了,孩子给咱于家撇下也中啊,咱给你照望大,你这门里不是也有人了?"另一个叔也抹起了泪。

季瓷听着,不言语。她知道这只是引子,他们最想说的话还远着哩。颍河水拐了一百多个弯,颍多湾人说话也得绕一百多个弯,他们往往拐来拐去,把最想说的话留在后头,或者干脆就压在心里不吐口,逼着你说出来。

"唉,再说啥也不顶用,季大姐要往前走,咱不能拦着,就是把家里这一团子事议议吧。这房子呀,地呀,季大姐也背不走,是不是?再说自古也没这个理儿,咱看看咋弄,这门里贵的叔伯弟兄们,虽不是一个爹一个娘生的,可也是一个爷一个奶奶,那是亲不溜溜的亲哪。"

话到了火候上,她该说了。

"这我都想好了,地呀,房子呀,叫几个叔伯弟兄赗受住吧。猪呀、鸡子呀,你们领走,折成钱,给兰出门用。我这一走就不能再回来了,将来兰回来给俺爹娘和她哥烧纸,过年过节回娘家,有个歇脚的地方,有婶子大娘招呼一下就中了。"

"噫,噫,看你说的是啥话呀,那兰早晚还不是俺于家的闺女,这两天婶子大娘儿们不是正给她套被子做衣裳哩。"叔叔说。

季瓷的话叫大家前所未有地轻松,刚才他们紧急商量的对策这会儿全都用不上了,更觉得眼前的季瓷可爱了几分。她无牵无挂,啥也不要,走了更好。

夜深沉,万物宁。季瓷又拿出小钟表。现在,她真不知拿这只钟咋办，砸了它扔了它？不能，这世上的东西都有它的来头，有它待在世上的路数和理由，可也绝不能再把它带到河西章。她用手又上了上劲儿，那踢踢踏踏的声儿又响起来。此刻，这世界上，只有她和这个小钟表醒着。她找出一大块破布，把它里里外外裹了几层，用针将布边密密地缝上，找来桐油，抹了一圈，放在桌上，等着晾干，那钟在布和桐油里还是不屈不挠地走着。第二天天黑，她掂一把铁锹，到村后于枝贵家的几棵树下，用力挖了一个坑，把这只惹事的钟放了进去。

时间在这里停止，被深深地埋入地下。

第二章

天上星星冷冷稀
没有钱的穿破衣

季瓷在民国二十三年的三月初九来到河西章。

似乎是刚过完十月一吧,坟上烧纸的灰气还没有散尽,季瓷就生下了一个男孩,长着一双单眼皮。

章守信家屋后有一片地,种着很多树,他们家的人祖辈爱栽树。章守信早在春天里季瓷刚来的时候,就在集上买了两棵柿树苗栽下。第二天早上起来一看,只剩下一棵了。村里人说,夜儿黑见东边河西尹的一个人自他家树林里出来,手里掂着一棵树苗。章守信大步来到那人家院子里,见门口栽了棵小柿树苗,正是自己丢的那棵。他问那姓尹的,哪儿来的树苗。姓尹的瞪着大眼说,集上买的呀。章守信说:"狗屁集上买的,我屋后的树坑还在,我的树苗我认得。"说着一把薅了要走,那姓尹的上来揪着他撒泼打滚耍光棍,那人他娘也上来不依他,鼻涕一把泪一把。看热闹的人站了几层子,倒像是他欺负了人家母子。章守信受不了这个,再加上那时他刚娶回季瓷,觉得这世上一切都是可原谅的,扔了树苗,对地上那光棍说:"罢罢罢,看恁娘面上,饶了你算结局,看一棵柿树苗能便宜你多少。"丢开那人,他回到自家地里来，将那个树坑用土填平，上双脚踩了踩。一棵树苗丢了就丢了，对这剩下的一棵多经心就是。他对季瓷说："咱的大孩就叫柿吧，二孩叫槐，三孩叫楝，四孩叫……"

"要是闺女哩？"

"闺女就叫柿花、槐花、楝花。"

婆婆见天进来看看这小孙子。

"还不够可怜人的，我看兴有三四斤。也中啊，人说是七成八不成，别看俺身子小，这小马儿也小哩，哪怕是个苞谷豆，总是个子孙窝，将来也得熬成一家人家。"她絮叨着，给孩子换了尿布，坐在了床边。

"娘，夜儿我听见南乡葡萄湾的又来提那账的事了，咱究竟欠人家多少钱呀？"

"噫，欠得可不少哩，听娘排着给你说说吧。我是个没材料的人，生了四个孩子，就剩守信，孤独独的一个，啥都迁就他，落了个赖脾气。早年恁大爷不照号，今儿到沙河了，明儿跑到县上了，哪儿有热闹他往哪儿钻，拿着钱出去都㨃光，啥都干就是不干正事，叫恁爷恼得呀，没门没门的，打了一顿，人家几天不见人。那天，突然家里就来人了，说是要收咱家的地哩，恁大爷卖给他了，人家拿的啥都有——他不知啥时候把家里的地契给摸跑了。十亩地呀，他拿着钱跑了。人家来一看，地里庄稼啥都好好的，转手卖给北边双周的，拿着钱走了。你想想，他是把那地贱卖了呀。他这一走再没回来过，听去南阳做生意的人说，在那儿见他了，还叫人家给家里捎话，叫恁爷恁奶奶别生他的气，他挣了大钱就回来，再给家里置地。你说他咋能挣住钱哩，一点囊气都没有，见了人家吃肉他也得一时三刻就吃上，为了吃嘴都能把家里的东西拿出去卖，这卖得胆子大了，地都敢卖。

"说完恁大爷再说说恁叔，唉，一个比一个不争气。这个不但吃喝嫖赌，还吸大烟，这回恁爷把地契可是看好了，可有一天，葡萄湾常掌柜家里来人了，说要领大妮走，恁叔把她卖给常掌柜做小婆了。十六岁的大妮呀，已经说给了东乡，都换过手巾了，说一声成了人家的小婆。她心里受不住啊，夜里拿根绳就在那枣树上寻了无常。这不中啊，人家要人哩，那就叫二妮去吧。二妮十四岁不到，咋能去给四十的人当小婆哩？恁爷那两天就说，实在不中就卖二亩地，先还几个，能拖一天是一天，说不定哪天就有了转机。可这死妮子一根筋，也不跟大人通通气，也拿绳去那棵枣树上寻了无常。

"人家葡萄湾的说了，再不还钱，就叫人拿锣去集上吆喝咱哩，那不是把人丢到祖坟里了。咱这儿拖着不想卖地，庄上有人出主意，雇个人把恁叔打死算了，一死他的账不是就赖了。"

"这么说，俺叔真是咱叫人打死的？"

那吸大烟的人，是叫章家雇人打死的。那天夜里，大烟鬼从白果集的烟馆里出来，飘飘忽忽走在河边。正是秋深，他像树上最后一片树叶飘上白果集和小季湾的石桥。刚走到桥中央，两个大汉撵到前边迎面堵来，扯了他来到桥下，他嘴里喊着饶命："爷爷是谁啊，叫我死个明白吧。"那二人一看这大烟鬼手无四两力，不胜逗他玩玩，说："不是要你死，是恁爹和叔叔大爷们说你老气人，给家里惹事太多，打你一顿出出气，咋样？"大烟鬼一想也中，要是打一顿他们的气小一些，那就打吧。两个大汉将他捆好，举起卷布轴只几下就结果了他的小命，抽了绳脱了衣裳将他推入颍河。"扑通"一声，颍河水带走了这不成器的人。

俩强人拿了衣裳抱着卷布轴到章家去要工钱，没想到章守信他爷突然大叫起来："谁害死了俺儿，谁害死了俺儿，我就说他夜儿黑一夜不见回来，我这正四处找人哩。"他这大声一喊，引来了庄上的许多男人。

俩强人扭转身一溜烟跑了，丢下一句话："日他祖奶奶，咋翻脸比挑个门帘还快哩。"

葡萄湾的还是来要账，说是人死账不能死，何况是家里雇人打死的。章家不承认雇凶杀人，官司就这样扯了一年多。守信他爷连恼带泄气，扔下这一摊事去了阴司。

"那天，公家人和葡萄湾的人就是来说这事的，还是认定咱家要给人家还钱。"婆婆叹一口气,"实在不中,还是得卖地呀,就剩这十亩地了,卖了地,咱吃啥呀,叫俺儿恁要强的人,去给人家干活去,天爷呀,他不得气成橛橛了。"

"娘,俺爹恁俩别为这事发愁,等我出了月子再说。"

"你出了月子?噫,你个女人家,你能咋弄呀?"

日头好的晌午,季瓷叫婆婆烧了一大锅水,关在房中洗了洗一个月的污秽,等着娘家人来接她。和孩子在娘家住了三天,被章守信接回来,她没进自己东屋,穿戴齐整地来到堂屋里。

"爹,娘,我这几天思量再思量,咱欠人家的账不能不还,地也不能卖。"

"季大姐你说得都在理上,可不卖地咋弄呀?"公公说。

"我想好了,恁二老年纪大了,就只有守信这一个孩儿,前面家里那么多枝枝杈杈的事,也叫你们都操心了,打今儿起,这事就搁在俺俩身上。俺爹你只管下地干活,重的干不了干轻的,修修树苗,给牲口薅草;俺娘你只管看孩子烧锅,啥事都别多想也别操心。"

"那,你是想咋弄哩?你是个家里娘儿们,你能咋呀?"

"要是有一双大脚,我就能当个男人使;要是上学识字,我就走州过县当官人干大事哩。赇看我的吧。"

季瓷在黑暗中摸索着夜儿黑收拾好的小包袱,鸡才叫头遍。章守信隐乎听到了屋里的动静,他睁开眼,看到季瓷的身影在屋里走动。

"你弄啥哩?起恁早,鸡子才叫。"

季瓷摸到床前,俯下身子,在他的头边说:"我出趟远门,赶天黑回来。才给小孩喂过了,白里哭了拌点面糊喂喂,给咱爹娘就说我回娘家了。"

"你不是才回过吗?"章守信明显感觉到她胳膊上的小包袱,他"呼"的一声坐起来,季瓷一手按住他,一手快速将桌上的洋火盒挪到他够不着的地方。"我回来再给你说,啊。"季瓷将他的半个膀子按回床上,转身出门,在黑暗中悄没声出了院子。

狗还在睡，鸡才半醒，沉醉长夜渐渐收拢。缕缕清冷从路边的田地里飘出。走到三里外的毛湾，才能看到路上有一两个赶集的人，带着一身寒气与她迎面而过。路窄，她侧身立在庄稼地的边上，让对面来的男人先过，抚一抚头上的手巾，将脸再遮一遮。麦苗刚钻出地面，齐刷刷绿油油。

天大明了，一个又一个村庄被季瓷甩在身后，她身上微微地出了一层细汗。毕竟生产后才三十来天，身子还有些虚，逞强走了四五里路，也感到使得慌。走到前面那个庄再歇吧。

老来难，老来难，离家还有二里地，比当年十里还要难。老年之后的季瓷常常这样感叹。年轻时候的十里地，那算是啥事呀。

路过一个村子。家家院门已开，冒起缕缕炊烟，人和鸡狗牲畜都开始出窝活动了。

季瓷放慢脚步。见一个破门楼里闪出一个十二三岁的小闺女，手提尿罐往自家屋山后走。

"这小闺女，我问个话。"尽量靠近，轻言细语。那小闺女像是受到了惊吓，睁着一双羞涩而有些愚钝的眼睛。

"别怕，我是北乡的，要往南乡去，使得慌了，能不能到你家歇会儿，寻口茶喝？"

"那，中啊。"小闺女将尿倒到自家蒜苗地里，转身引她回家，偷眼看她，见这位婶子眉目周正，笑意温存，便不再戒备。

小闺女将娘从灶火喊出，季瓷说了来意，那女人说："在这喝碗红薯糊涂吧。"季瓷要进到灶火烧锅，那女人将她挡在外面，小闺女拉她到堂屋坐下。季瓷问那小闺女，寻下婆家了没有，小闺女脸红着不吭气。季瓷说："我没旁的意思，给你剪个花吧，将来你出门的时候用得着。"从包袱里拿出剪子和一张小红纸。手和剪子上下翻飞，一幅"喜鹊登梅"就剪好了。那小闺女的娘瞅空从灶火出来，走到堂屋门口，便见自己闺女喜爱地将那红纸花放在手掌上看。

"噫，恁巧的手啊，这喜鹊就跟会叫唤一样。"

季瓷将小包袱收好，两手拢在一起，安心等着开饭。

那女人端给她稠稠的一碗红薯糊涂。

"妹子，我可没见过一个家里人赶大早出门啊，你家外面人哩？有啥事咋不叫他去哩？"季瓷笑笑不吭声，只夸她闺女长得好。那女人问："有孩子了吧，多大了？"季瓷说快四十天了，那女人眼瞪得多大，张开嘴，没说话，她想，这女人有啥天大的事，不过百天就跑出来。看她的碗快空了，忙夺了过去又盛一满碗。季瓷强着喝完。那女人说："你剪的花镇好，给俺邻居侄女剪一个吧，她腊月里出门哩。"季瓷说："你去给她说，叫她把红纸备好，我晌午饭后回来给她剪，还有庄里的闺女，谁要剪，都叫备好红纸等着我。"

"那，你要啥？"那女人问。

"不拘啥都中，一个馍，一碗面，一个鸡蛋……啥都不给，也中。"

赶晌午，季瓷来到东南二十里外的葡萄湾。颍河在这里拐得才算稀奇，它由北而来，围着村子画了个"8"字，在快要接上的时候，又向北走去，在远处才又缓缓调头向东南而去。姓常的祖先真是独具慧眼，看上了这个地方住下来，村子就像在两个岛上，外人要想走进，也不是容易的事。季瓷不急，她坐在河边的一片干草上，掏出自己带的苞谷面饼子，看着静静的河水，太阳照着，吃起她的午饭来。吃完后，撩起衣襟挤了挤憋得胀胀的奶，奶水划一条弧线喷射到地上，觉着心疼，这是孩子的一顿饭。借这机会她也观察好了地形。她约莫着过了午饭时候，站起身，拍拍屁股上的土，心里叹着，满河的水却不能喝一口，冬天的河水太凉，激住了就没奶水了。

进了村，打听常掌柜的家，就有小孩子跑在前面带路，将她引到一个大门前，用力拍着，季瓷忙拢拢头发，拉拉衣襟。门开了，一个下人模样的人上下打量她。季瓷说："给恁家掌柜的说，我是北乡河西章的，为俺欠恁家账的事来。"那人领她进了院子，常掌柜已经站在堂屋台阶上，用同样惊异的眼神看她。院子里好几个房门，从堂屋的西山墙还有一个过道通向后边，说明后面还有院子。她向着常掌柜施了礼，又将自己的身份说了一回，那常掌柜还是没有从惊异中挣脱出来。季瓷就那么侧着身在当院站着，她说："我是为俺叔欠恁的账而来。"

常掌柜说:"是,恁叔欠俺的账,可是,你是从河西章来的?走了二十里?听说他家有个月子婆娘,那你是……"

"我就是那月子婆娘。俺家欠恁的账,让恁一回回派人去提,太对不住恁,这快要过年了,先来给恁还一些,很少,可也是个心意。"

"噢,噢。"常掌柜的脸活泛了一些,将她让到堂屋里,他的大婆便过来陪她说话。

"这么大个事,咋不叫你家外面人来?你一个家里人,做得了这主?"常掌柜问。

"他脾气孬,不会说话,我怕他来哪一句说得不得,惹恁生气,我这还没出百天的月子婆娘来,还望恁原谅,只想赶在年前来,是个礼数。"她从包里先摸出几朵玉花,"这几朵花送给家里的闺女媳妇戴吧,她们戴了才是相配。"

常掌柜仰头哈哈笑了:"要是那章木林家的人有你一半明理,我哪能要那么紧呀,又不是离了这钱活不成了。可我替你操心呀,你一个女人家,噢,就是你们一家来还,连本带利八十块大洋呀!"

"这就是我今儿来的想法。先还十块,剩下的,我们起五更搭黄昏,想法钻眼,挤的磨的,必得给恁还了。只是,地不能卖。恁也知,地要一卖,定是一把就还清了。可要是没了地,俺一家就没一点活路了,想俺公爹,那也是要面子的人,碰上了这样不照号的弟兄,也是气得没法儿没法儿的,再卖了地,叫他觉得这一辈子落个不是任啥,他定是受不了,再一时想不开,那可就……望常掌柜恁一定包涵。"

常掌柜又是仰头大笑:"不愧是季先生的闺女,既是你说到这儿了,就听你一回吧。"

季瓷听言,从包袱里拿出十块大洋排在桌上。这是她那天在娘家问她爹借的。季先生说:"借啥呀借,拿去使吧,既是你自己愿意过这日子,我也没法儿,不是没劝过你。"

常掌柜当场拿出那叫河水带走的人写的字据,叫季瓷看过,又叫来儿子,拿毛笔写好,季瓷大约莫看了,在常掌柜大婆递过来的红颜色上蘸了,按上自己的手印,交给常掌柜,将那旧借据放在自己包袱里。

季瓷不在他家停留，常掌柜叫人端来茶她也不喝，匆匆告辞。

回到家里，天已黑透，奶也憋得饱胀，边掀怀里的衣服，边扑向床上，将奶疙瘩塞到孩子嘴里。包袱比清早出门时大多了，里面有三个蒸馍、一碗白面、两个鸡蛋。

章守信用木头和麦秸扎了一个半人高的圆圆的馍筐，上面分为两层，下面半空，背起来贴身，走到集上时，从肩上放下来就可营业。季瓷天天早起蒸馍，章守信用一根扁担挑了馍筐到白果集上去卖。

见天夜里，那织布机的"咣当"声一直响到村子里再没有任何声息，响到季瓷的眼睛再也睁不开，有时候一下磕在面前的横梁上，或身子一歪，要倒下去，才吹了灯，摸到床上。似乎才睡了一小会儿，鸡子叫了，立即起床，跑到灶火，生着火，烧上锅，将发得满满一大盆几乎要溢出来的面揪扯到案板上，不停地揉。谁都知揉得越多蒸出的馍越好看、好吃。这世上谁憨呢？谁都不憨。很快集上的人都知道章守信每天担来的蒸馍好。章守信喂好了牲口，第一锅馍也就蒸好了。他们吃的苞谷面、红薯干面馍在后小锅里馏着，章守信赶紧吃两个黑面馍，喝一碗刚才起第一锅馍时盛出来的蒸馍水。等两锅馍都蒸好，放到他那圆圆的大馍筐里，他背着出门时，天还没有明透呢。

午饭后，季瓷拣粮食、磨面、罗面，不干这些的时候，她在织布机上，不在织布机上，她在洗衣裳、补衣裳。她久不绣花了，这样的生活跟绣花无关了。偶尔会有人来请她给要出门的闺女绣花，她重又安静地坐下，用长长的小拇指甲把丝线劈开，一根线能劈成几根，用一两天的时间绣出一幅鸳鸯戏水、蜜桃红嘴、石榴籽在枝头。人家都说她绣花有窍门，她只在心里笑，哪有啥窍门哩？就是你愿意搭了时间，用心去绣，管它那边是锅里水滚了还是火上房了，你只把心力放在一块巴掌大的绸子上，你的针一旦落在绷子里那片平坦紧致的绸子上，你就当它是有生命的了，每一针扎下去都能听到轻微的"噗"的一声响。这要你的心静下来，全世界只有绣针穿过绸缎这一件事。

那棵柿树已经结果。从秋天就开始卖柿子，先卖漤柿，再卖烘柿，虽然价贱得很，但总是能卖几个钱。季瓷很快跟婆婆学会了漤柿子的做法，只用几天，就把青涩的柿子变成金黄色，硬硬地咬开，有一丝甘甜。她将硬柿子放到篮子里，叫章守信带着和蒸馍一起到集上去卖。

章守信和爹把棉花种在地里，麦子种在地里，芝麻种在地里，烟叶种在地里，菜籽种在地里，蒜种在地里，见天小心疼爱地伺候着，到了时候收回来。婆婆把棉花纺成线，季瓷把线织成布，过上几十天，章守信赶集卖蒸馍的时候扛上一卷子布，把这卷子布越来越小地来回扛几天，把钱一点一点拿回家，交给他娘。芝麻、烟叶、菜籽，这些稀罕物，值点钱的东西全部卖掉，攒的鸡蛋，拿到集上卖了。腊月里换成银元，送到葡萄湾常掌柜的家里去。

章柿已经四五岁了，在他下面，季瓷还生了一个女孩。章守信刚刚高兴了两天，说"咱有了柿花了"，可那小妮子六天头上得了破伤风，第十天就不哭也不出气了。章柿看到奶奶用一块破布把她包了，拿了个小铲子来到自家的地里。第二年，那小鼓包上的麦苗长得比别的地方都要壮。

章柿跟节高争一块泥巴玩，节高抢过泥，扔到他脸上，骂了声"带肚儿"跑开了，几个小孩子远远地向他扔泥巴，喊着"带肚儿""带肚儿"。他跑回家，正要去灶火找娘，看见章守信刚从地里回来，将一捆草从肩上扔到地上。他走过去，仰脸问："爹，啥叫带肚儿？"章守信扔了草的手就那么挓在了空中，好一会儿，他蹲下身子，问："你听谁说的？"章柿说："节高说我是带肚儿。"章守信起身，站了一会儿。章柿听到爹的呼吸越来越粗越来越急，终于，他大叫一声："日他祖奶奶，我得去长生大爷家借锣去。"

在灶火烧锅做饭的娘和季瓷赶忙出来，娘问："这是咋了，你这麦秸火性，说着就着，因为啥呀？"

章守信已经蹿到门外，长腿只几步就来到长生家门口，冲进院子，喊着："长生大爷，把恁家的锣借我使使，我得去吆喝个人，豁出去明儿不卖蒸馍了，非吆喝他龟孙不中！"他怒火万丈地站在院子里，双手叉腰，大声喊着。长生大爷说："你这二杆子，谁又惹住你了？锣坏了，使不成了，消消气，回去喝汤吧。"长生大爷往门外推他。

"不借，你不借是不？不借我也吆喝得成。"他又几步蹿到另一个门口，大叫一声："章望富，你给我出来！你个鳖孙龟孙兔孙，七孙王八孙，有本事你一时三刻给我爬出来！嗯？咋不出来哩？你要是不敢爬出来，你就在你那鳖窝里给我好好听着，从今以后，你再不好好教育恁孩儿，叫他出来骂俺是'带肚儿'，我先拧了他的子孙窝。"

男人们站在门外，女人们站在当院里，支棱着耳朵听。章望富的家门开着半扇，院子里没一丝声。

"喊俺孩儿'带肚儿'，我看你是吃了豹子胆，我娶的是寡妇，咋了？七个月拾的，咋了？七成八不成你知不知？老少爷们都在这，都给评评理，我要几个月拾得提前给你商量？你叫拾了我再拾，你不叫拾我就拾不成？你有本事你出来，躲在你鳖窝里你算弄啥哩？"

好了，热闹也看得差不多了，大家也知道章望富是不敢出来的，谁不知道章守信这二杆子一旦闹起来没有人敢应战。那一年南地的一个半大孩跟在担水回来的大妮身后想捞摸一下，大妮哭着跑回家，他几步蹿到人家院里，揪出那小子当街一拳打倒，血立时流了一脸。

有几个长辈走上前来拉他："都是自家爷们儿，生那么大气弄啥哩，映两句出出气妥了，小孩子家不懂事，瞎胡说哩。"

"小孩不懂事大人也不懂事？大人不说小孩子咋会说哩！"章守信又是一蹦多高，胳膊抡圆了在空中一甩，吓得拉架的人躲出好远。又上来几个，远远围住他，苦口婆心地说好话。章守信他娘从人堆里冒出来拉住他往家拖。

"回去吧，回去吧。"众人这才敢上来推拉他了，几个人制服住。章守信挣着，脖子扭向章望富院子里说："你等着我明清早到集上去吆喝你，你要是有理，明清早就跟我一起去，谁不去谁就是王八谁就是小舅。"

他被拉回家，挺着大肚子的季瓷已经盛好了红薯糊涂放在案板上。章柿被爷爷抱在怀里不出声，他虽然不太明白这是咋回事，可他知道，爹是给他出气去了。

喝罢汤，娘刷着锅，季瓷在大瓷盆里和面，章守信一下子跳进来，对着季瓷说："少和点面，明儿卖不了那么多了，得在集上吃喝人哩，一会儿我还得到长生大爷家借锣去，我就不信他不借给我。"

"中啦中啦，在家门口啰唣啰唣就中了，还真喊到集上去。"娘说。

"俺木林大娘在家吧？"院子里有女人喊。章守信的娘出来一看，说："哎哟，节高他娘，喝罢汤了？"亲亲热热地迎进灶火，让坐在锅台前的小墩儿上。章守信一看这是章望富叫他家的来赔不是了，他鼻子里"哼"了一声，去东屋拿麸子给牲口拌料去了。这厢里章望富家坐在灶前给章守信他娘和季瓷秧秧秧地赔着不是，来来回回就是说："不知哪个烂了舌根的暗地里瞎说叫小孩们听了去，小孩们知啥呀，他们那真是吃屎不知香臭。那季大姐是谁呀，是先生家的闺女，谁不知她给咱姓章的生孩哩，那是在床上打挺拨浪地生哩，往后谁再说啥，叫我听见了先不依他。"她说了半晌子，章守信他娘说："中啦，中啦，一会儿我再说说守信，明清早可不得去集上闹，这叫外庄人听了去，多不照号呀。"

章望富家的从灶火出来，见章守信在牲口棚里，她提高嗓门说："守信，今儿的事就算过去了啊，可别再提借锣的事啦，你望富哥可是专门叫我来给你赔不是哩。"章守信仍然给她个背影，还是那么从鼻子里"哼"了一声，可这一声听着比她刚进门时温存多了，望富家的冲着他的背影耸耸鼻子，吐了吐舌尖，拧着小脚轻快地走出院子。

决然不是带肚儿的章柿从那以后明显地感到，小孩子们不敢再欺负他了，他有了短暂的幸福。可是，过了两天，他又有了心事：他想吃个鸡蛋。

这可是个奢望，你不是女人可坐月子，你不走亲戚，你也没生病，你怎么就能吃个鸡蛋呢？这事想来想去，他还是给奶奶说了。

"那，我也想吃哩，咋弄啊？"奶奶问他。他知道，这就是拒绝了。人常说，吃点啥总比招个没趣强，可他没吃上也还是招了个没趣，他把头慢慢低下去。奶奶说："那鸡蛋可不是叫人吃哩，它用来换盐换洋油换洋火支应门事哩。"他的头更低了。奶奶看了看他,心里怪不是味儿,问他:"你老想吃一个?"他点点头:"嗯,老想吃。"

"那好吧,这些鸡蛋都不大,等到哪天鸡孵个大的,再给你吃,中吧?"

"中中中。"他高兴地答应了。总算是有了希望。

听到母鸡"咯咯嗒"地叫唤,他就跑过去,几乎还没等母鸡起身离开,他的小手就抓住了那只鸡蛋,热乎乎地拿到奶奶跟前:"奶奶,奶奶,你看这个大不大?"奶奶摇摇头:"这个不大。"他失望地进到奶奶的东里边,把那只还热着的鸡蛋放进罐里,里面有一个个白白胖胖的鸡蛋,真馋人。他就想,这些鸡蛋最后都到哪儿去了?这世上,谁的嘴那般主贵配吃上鸡蛋呢?

一天一天,奶奶都说,这个还不大。过了太多天,奶奶说不过去了,又说:"煮的鸡蛋不好吃,要吃就吃个煎的,煎鸡蛋,那才叫好吃哩。"

"那就快给我煎吧。"

"咱家没油啊。"奶奶说。这一下,又把他眼看到嘴边的梦想推得十八丈远。他张了张嘴,说不出话了。

他等得绝望了,不再惦记这个事,鸡子再"咯咯嗒"地叫,他也不管了。

有一天他从外面玩回来,一进院子,就见奶奶在堂屋门口向他招手。他跑过去。奶奶说:"唉,我想通了,给你煎个鸡蛋吃吧。"他高兴得一蹦多高:"好啊好啊,咱家有油了?"

"那你就别管了,反正我今儿保准叫你吃个煎鸡蛋。"奶奶走到屋里,双手捧开箱子上的佛像,掀开箱盖,找出一个指头肚般的牛油小蜡,上面裹了一层垢。奶奶用手揉搓着,拿个鸡蛋向灶火走:"来,我给你点着火,你烧锅,豁出去不过了,今儿就叫俺孙子吃个鸡蛋,我看天能不能塌下来。"他欢天喜地坐在锅台前,扔进去一把麦秸,那火苗"呼"地起来,像是一个欢呼。锅热了,奶奶将牛油蜡头在锅底蹭了几下,将那只鸡蛋打在碗里,用筷子"当当当"地搅着:"不是不叫你吃，害怕你吃惯了，见天想吃可咋办呀？你那个大爷爷，就是从小好吃嘴，光想吃好的，把咱家都差点毁了。"

　　金黄色的煎鸡蛋在碗里，他用小手捧着，拿筷子送进嘴里一块，美味极了。奶奶疼爱地看着他吃，他夹一块，送到奶奶嘴边。

　　"我不好吃鸡蛋。"奶奶那带着皱皱的老婆嘴嗫了嗫，把头扭开了。

第三章

　　下大了，麦罢了
　　谷子蜀黍长大了

　　娘家嫂子那小闺女过一岁生日时，季瓷抱着孩子回去。吃席后，她嫂子季刘氏将她拉进房里，凑她耳根上："给你说呀，我又有了。"
　　"老主贵，这个才一岁，你就又有了。"季瓷高兴地揶揄嫂子。
　　"那还不是急着给咱季家生孩儿哩。"季刘氏本就细长的眼笑得成了一道缝。
　　日子从没有清闲过。季瓷老了的时候说，她这一辈子，就不知那清闲日子是啥滋味。
　　回到家不出仨月，报丧的孩儿们便哭着跪到了院子。季瓷出门一看，白花花清一色是娘家小一辈的，她大惊，问："是谁呀？"地下跪着的人只哇哇哭不说话。
　　"是俺爹？还是俺娘？快说呀。"
　　"是恁哥。"一个年纪小的仰了哭脸说。
　　民国二三十年间，中原一带匪祸不断，凡是做生意跑买卖的，没有谁说他没遇见过土匪的，就是你不跑生意不出门，也难保土匪不到你家里来。小季湾因紧邻白果集，殷实人家又多，就常年是土匪最容易光顾的地方，劫了白果集，顺路来小季湾瞅视一番。那一晚，大的一股去了白果集，小的就来到小季湾的寨门外，守了半夜，趁看寨的打瞌睡，先放一人爬寨门进去，用药将那守寨人迷住，按事先踩好的点来到各家。正是伏天，季金搂着小闺女在当院的竹床上睡觉，突然就叫人蒙了脸和嘴，被人架着大的、抱着小的，掠走了。

连夜被人架着跑了二十多里地，来到土匪窝。这里集中了各处掠来的人，还有昨夜劫的一个学校的老师学生，全都捆着挨个儿滤票子，问各家的财产多少，记在本儿上，好按财产数来要钱，如若不说，学生用木板打屁股，大人用门板夹着头，鞭子上身。只他那刚过一岁的小闺女，被土匪的女人哄着在屋里玩，吃喝供着。

季金被打得皮开肉绽，旁边有人哭着劝他："兄弟，说了吧，这样打下去你就回不了家了。管他哩，先说个数，呜呜呜，俺家只有五十亩地，我都说到二百亩了。"

很快，各家的人或派出的使者都拿着银元，拿着大烟、锞子，拿着珍珠玛瑙，拿着各式各样的值钱东西，托人找来回票子。来得慢的人家，票子就有可能被土匪拉大队，投奔军队收编。几天后，果真见没有回去的几十个票子，从十几岁的学生，到几十岁的大人，被土匪裹挟着，一路向东奔跑而去。

被中间人接出来，快走到家的时候，季金一头栽到地上，就没有再起来。只那小闺女完好无损地回到了家。

季瓷头上顶着报丧人送来的白布，一路哭着随报丧人回到娘家，只听家里哭声一片：天塌了呀，地陷了呀，亲人呀，亲不溜溜我的孩儿呀，你咋就狠心走了呀，你咋就不知这一家老的小的咋过呀，你咋就不知你那还没见面的孩儿还在他娘肚里呀……婶子大娘们边数摆边哭。看都不用看，凡是这样哭诉的，都不是连心的人，真正的亲人，她爹娘和嫂子断没有心劲如此花样翻新地哭。

季瓷和铁路东赶来的姐姐季玉从见面就说好，俩人不得哭。她到后院，进得房来，拨开众人，跪在季刘氏床前，"梆梆梆"磕三个响头："嫂呀嫂，我替咱爹咱娘给你磕头了，你一定得挺住，要保重好身子,给咱季家把孩儿生下来,咱季家祖祖辈辈记住你的恩德。"她这一跪一说,大闺女季玉也跪下了,惊得季刘氏从床上扑下来叫着"姐呀姐呀"去拉季玉,季家门里这一辈的闺女媳妇一看这阵势也都跪在季刘氏床前。

埋了季金,回到河西章的季瓷心里像刀剜一般。这一辈唯一的男丁死了,肚子里留下的不知是男是女。天哪,要是没有个孩儿,那不成绝户头了!

提心吊胆过了几个月,眼看着季刘氏临盆的日子越来越近,所有人都更加不安起来。这还不胜永远不生,就在肚子里,还叫人有个盼头,生下来要是个不带把的……季瓷叫章守信天天卖了蒸馍后去打听。章守信说:"我恁大个汉子,天天去人家家里,进门就问:躺那了没呀,躺那了没呀,拾了个啥呀……多难为呀。再说你也是有身子的人,还不管不顾地干活、操心。"

"咱这不是'留得青山在,不怕没柴烧'嘛,咱想生一群都有哩。"季瓷从现在学会了给他说软话。

那一天,章守信担着馍笼急急地进了门,说:"接生婆都请到家里来了。"季瓷拿起个外面罩的小布衫就出了门,跑到村口时,布衫最后一个扣子才扣好。她抄小路直向东南去。爬上娘家院门前那缓坡时,听到院子里婴儿的哭声,她脚下一崴,一下趴在门外的坡上,大肚子顶在地面,两头离了地。她边往起爬边往大门里喊着:"拾了个啥呀?拾了个啥呀?"院子里跑出一个本家的半大闺女:"拾了个孩儿!拾了个孩儿!"那闺女欢快地跑过来要搀她起来,她把那闺女一拉也坐在地上:"你说是孩儿?你看见了没?看清了没?""看清了,看清了,他那小马儿,就这么小一点。"那小闺女用小拇指比着,喜得龇了牙。季瓷一手搂着那闺女,一手拍着身边的地,坐在缓坡上哭哭笑笑:"一点也好,哪怕是个苞谷豆也中。"

季家人四处烧香还愿,感谢老天爷给他家留下了一条根。满月吃面条办得更是红火。吃完满月酒回来,季瓷对章守信说:"我这心里,猫儿舔着,扇儿扇着舒坦,现在,就等咱的这个了。"

刚舒坦了不到十天,半夜里有人擂鼓般打门:"二闺女,二闺女,出大事了。"

她开了东屋门,小季湾的一个男人顾不得礼仪就闯了进来:"恁嫂子从娘家回来的路上,叫土匪把孩儿抢了去。"

"天爷呀,她不是有人赶了牛车送哩吗?"她急忙之中胳膊咋都找不到衣裳袖子。

"是有人送,可人家是操了心的,几个人,专门就在路上等着哩,从怀里夺过就跑。"

季瓷跟着那主儿,磕磕绊绊回到小季湾。家里滚水锅一般。几位门里的叔叔大爷在堂屋里捧住头,派出去打听信儿的人还没有回来。后院西屋里,几个媳妇陪着季刘氏,床上直挺挺躺着的季刘氏憨了一般。

煎熬到后半夜,探信儿的人回来,说打听出来了,还是上年的那一伙,叫带话回来,他们不伤小孩,就是要钱,二百块大洋,一个不能少。季先生说:"明清早凑凑,先送去一百块,给人家好好说说,千万别伤孩子。另一百块,给几天时间,卖了地一时三刻送去。"季先生大哥说:"好了好了,不怕了,这种事常有,他们不会伤小孩的。"

几天后,卖了十来亩地,又将一百块银元交于中间人。晚上喝汤的时候,小孩好好地被抱回来,在小被窝里睡得甜甜的。

打那以后,季刘氏再不敢回娘家了,两三年内,大人孩子就没有出过大门。

季瓷又生下一个男孩,取名章槐。他们也还完了葡萄湾常掌柜家里的债。前两年开始兴保甲制度,章守信被推选为甲长。生活似乎可以稍稍喘一口气了。常常是她扯着四五岁的章柿,抱着怀里的章槐,到娘家去陪着娘和嫂子说说话,吃一顿晌午饭。日头快西的时候,季瓷要回家,季刘氏相留:"住一黑明儿再走吧,你看他们四个孩子玩得多好。"如果住了一晚第二天吃过早饭要走,季刘氏就说:"吃了晌午饭再走吧,你看他几个越玩越舍不得了。"

"要是住成亲一窝,还走不了了呢,俺家里那么多活谁干呀?"季瓷说着就要走。小的拉着小的不叫走,大人的眼圈也就红了。

季刘氏守了寡,又受过惊吓,性情越发怜善脆弱,她只盼着家里两个闺女回娘家来,盼着她娘家人来看孩子。坐在她屋子里,秧秧秧地给她说话,看大闺女、二闺女的孩子们和她的两个孩子在院子里跑着玩。没有客人的时候,她一个人烧香念佛,纳鞋做衣裳,数着光阴,听着光阴流过,看着孩子一天天长起来。季先生叫季瓷她娘探过她的口气,告诉她如果想再往前走一步,他们不反对,孩子留下,托媒人给她找合适的茬。季刘氏说,她不再走,就守着这俩孩子在季家过一辈子了。

现实一再证实了季瓷的话:"我是个苦命的人,我哪有不遭罪不操心的。"

那样轻松、幸福的日子实在是太短暂了,似乎娘家侄儿刚送回来,家里刚还完账,她刚这样轻松地走了几回娘家,正在给季刘氏说:"俺家的大牲口长了三年了,又大又漂亮,下次会上卖了它,想再买二亩地。"季刘氏说:"你呀,还想卖牲口置地,置了地你还使人哩,给你弄个掌柜娘子当当吧。"

季瓷说:"小的时候咱娘带我去赶会,碰上个算卦的,说我一辈子扒叉命,不是这事,就是那事,没有福享,只有罪受。啥时候只要是没有天灾人祸,我就高兴得很了,起五更搭黄昏操持我都愿。"

她刚说完这话,就见章望富的大孩进了院子,急急地说:"婶快回去,出事了。"季瓷头"嗡"的一声,硬挣着站起来,抓住那孩子的肩膀,问:"谁?"

"俺守信叔。"

漫长的冬季,地里也没活,章守信闲闲地转着看看庄稼,在路上和人扯了几回闲话,回家里听到娘和爹说话,大冷的天不舍得生火,就那么袖着手,坐在堂屋门里的两边,像两个门神。三皇五帝,天上人间,陈芝麻烂谷子,东家长西家短。章守信扫扫牲口屋,看看这匹枣红马长得个好大膘,浑身的毛光亮光亮,春天赶到会上定能卖个好价钱。

　　章柿自从人家骂他带肚儿后，就不爱跟孩儿们玩，总是跟长生大爷的孙女绳在一起玩。绳比他大两岁，性子绵软，温温存存地扯住章柿的手。章守信从牲口屋里出来，见两人扯着手回到院子里。章柿说："爹，俺俩想打滴溜。"章守信说："打滴溜？打吧。"章柿说："可咱家没有呀。"章守信说："叫我想想，我小时候打的那个滴溜放哪儿去了。"于是问爹娘。两个老门神停止了说话，你看看我，我瞅瞅你，哎呀，那都好多年了，谁知弄哪儿去了。于是几个人满屋子找，床底下，墙角里，门背后，窗棂上，扒得破家当七七八八地堆了满地，冻得手指头伸不直，还是没找到。章柿不干了："爹，你给我重做一个。"爷爷奶奶说，重做一个？那不还得有个那么粗的树枝哩，找吧找吧，再找找。继续在那一堆破烂里翻。章柿不依，唧唧哝哝要哭。章守信直起腰身，罢罢罢，不找了，干脆重削一个。满院子找来一个粗木棍，跑到村西头有锯的人家，"刺啦刺啦"锯下一小段。绳和章柿就那么一直扯着手，满怀期待地跟着，看着。章守信拿切菜刀削着的时候，他娘已经找来了一根小木棍，给上面绑上一根绳子，他爹又拿到当院里试着甩了几下，那小鞭发出脆响。

　　章柿和绳开始轮流抽滴溜，一个人抽，另一个就在旁边拍着手笑着、叫着。他们满院子、满街里抽，快乐地举起小鞭，抽得那地上的小家伙越转越欢，他们的身上也越来越热乎。

　　章守信去担水，他们边抽滴溜边在后边跟着。章守信看着儿子高兴地叫唤着，觉得这样的日子真好。他不再欠人家账，他有两个儿子，爹娘脸上的愁容也慢慢退去，家里的牲口长得已经能卖个好价钱，而这一切，都是季瓷给他带来的。她经历了几回生育后，身上已少了当年的羞怯和矜持，热心肠更显了出来，爱给旁人帮个忙劝个架出个主意借个物事，尤其各家娶媳妇待客，添了小孩，走了老人，红白喜事的时候，一张张桌子摆开，各方亲戚到来，她知道见了谁该说啥应酬话，谁该坐哪个位上。各家有这样的事，都要来请她去打理一下，她和孩子在人家家吃饱饭不说，回来时大手巾里总得包点好东西。这样，他们家在村子里也就多受了一些尊重，他前年被选上甲长也是因了这些。

章柿这一会儿就学会了，他抽得越来越欢，不再愿意把小鞭给到绳的手里，绳也就让着他。章守信快走上井台了，儿子兴奋地叫他："爹，你看，你看，多快，爹，爹！"章守信担着扁担，扭头看着儿子，突然，他脚下一空，天空"呼"的一下翻转过来。

章柿听到一声大叫，抬起头，爹不见了，两只桶正从井台往下滚。他扔了鞭子，和绳一起跑过去。

扁担横着架在井台上面，爹那巨大的身子在井里吊着，两手紧紧抓住扁担，眼睁得圆圆的，看着他，嘴也张得很大。他吓傻在那里。绳转回身往街里跑着大喊："快救人呀，掉井里了。"

季瓷回到家的时候，章守信在床上躺着，大口喘气，眼睛还是那样惊恐地大睁，看到她进来，"哇"的一声大哭，孩子般向她伸出双臂，季瓷也不顾屋里那么多人，走上去伏在他身上，他的手臂紧紧地箍住她，大滴大滴的泪从眼眶里滚出来，全身剧烈地发抖。

季瓷问清因由，回转身，看到章柿躲在一个大人的腿后边，扯出来，抬手要打，被许多手拦住了。"别再把孩子吓出个好歹来。"

郎中号了脉，开了药，绳她娘赶快接了方子出门，叫绳她爹去抓药。章守信像个痴呆儿，看看这个，瞅瞅那个，嘴里还是说不成话，腿酸软得像面条，人也不能起来走路，只会躲在被窝里筛糠，流泪。

他身边不能没有人，离了人就全身发抖，孩子般哇哇大哭。季瓷哪儿也不去了，就在床前守着他。庄上的女人名义上来看章守信，实来陪季瓷说话，他们的屋里见天都有几个长辈和嫂子辈娘儿们，和风细雨地扯闲话。

慢慢能说话了。他刚会说话就把章柿叫到床前，拉住他的手说："别害怕，爹再歇两天就好了。"章柿又怕又愧，这几天偷偷哭了几回。爹问他："你的滴溜哩？"他更大声地哭了。那天他一见爹在井台上消失，就扔了那滴溜和鞭子。章守信说："不碍事，等爹好了，引你去找回来，要是找不着，爹就给你重做一个。"

又躺了几天，吃完几服中药。为了表明他完全好了，起床后去了街里，见了人仍像从前那样大声打招呼。要是有人问他："咋样，好些了吧？"他大声地笑笑："嘻，好透透了。"

他赶集去准备年货，在人声喧闹的集市上，突然大叫一声，一头栽倒在地上，挺得直直的，全身抽搐，口吐白沫。人们吓得四散开来。集上的郎中走上来看了看地上的人，说："河西章的章守信，掉井里吓的，这是落下了羊羔风。"

多则几个月，少则十来天，他就要犯一回病。有时候，正在街里跟人说话，突然感到体内千军万马，又喊又杀，像有个大魔拿住了他。撒开腿朝家里跑，跑不了几步，一头栽到地上。那一次，被一块砖头磕得头上鲜血直流。人们劝他："你为啥非要跑回家哩？哪里犯就哪里倒下妥了呗。"他不，他觉得突然倒在那里，那么多人看到自己的丑态，太丢人了。从此河西章多了一道景致，人们常常就看到章守信高大的身躯像一阵风从身边卷过，或者有时他像一袋子粮食"扑通"一声在身边訇然倒下。人们束手无策，围在那里看，尤其是孩子，又害怕又好奇，看这个中了魔法的人脸色青紫，全身的肌肉变成了铁块子，眼睛大大地睁着，看不到黑眼珠子，血沫子从嘴里冒出来，那是他咬破了舌头。孩子们都怕了他，即使他好好的时候，见了他也都远远地跑开。

那样的场景章柿也害怕，他不敢近前去，躲在一边，他的心疼得直哆嗦。过了一会儿，爹就好了，身体不再剧烈地抖动抽搐，渐渐平静下来，黑眼珠不知从哪里慢慢滑落回眼睛中央，钢铁般的身子渐渐软化，缓缓坐起身子，有时是娘或爷爷奶奶扶他起身。他怅然若失，像是从一个梦里醒来，巨大的身子空虚得很，轻飘飘的，温存而依赖地被扶回家，到床上倒头就睡。爹睡着的时候，他敢近前来，依在床边。看爹紫红色的面孔陷入沉睡中，他心疼地用小手摸爹的脸。有时候，睡梦中的章守信伸出手来，把他的小手握在自己手中。

章柿最恨那些砖头瓦块，他一个人走遍全村，见着它们就拾起来，因为爹有可能倒在任何地方,他想让全世界都只有柔软的土地和麦苗。他讨厌坚硬,到后来,他看到墙角也恨,他恨世上那些有棱有角的东西。

对章守信来说,最幸运的事就是他发病时正好在家,他一头倒下去的是院子里的柴堆或者屋里的床。这样他的丑样子就少叫外人看了去,这样季瓷和爹娘就不用吃力抬他。当他慢慢知道他的病不能变好之后,他不再为病痛而痛苦,他只为倒在外面,叫人看见他口吐白沫,当不了自己的家而苦恼,他只为连累家人,让他们费力搬他抬他而歉疚。可他不能整天躲在家里等着犯病呀,地里有那么多活要干,他还要到集上去卖这卖那,虽然账还完了,不用那么天天蒸馍去卖了,可还得卖布、卖柿子、卖烟叶、卖芝麻、卖鸡蛋,他当着甲长,还有家家户户里里外外上上下下的事得支应。

"这是老天爷整治你哩,你脾气太孬,得了这号病,就像是给孙悟空头上戴了金箍,叫你遇事先想想,再不能麦秸火性,一点就'呼'地着了。"娘絮叨他。

季瓷的力量越来越大,她能抱得起扶得起拖得起章守信了。虽然医生说了,他发病的时候不用动,只要把他的头弄得侧着就行。可她心疼他呀,冷天的时候,他那么躺在地上。她从各个地方把他往回拖,拖回家里,弄到床上。有时候,村里有人帮她,可时间长了,咋能老指望旁人呢,往往帮她的就只有自家老的和小的了。

他刚发病没多久,季瓷生下一个小闺女,刚叫上槐花,不出满月,又板了,婆婆又用破衣裳包了埋在自家的地里,指望这小身子来年再把庄稼催得旺旺的。婆婆想不通,咋两个小闺女都不成呢?从地里回来的时候愣愣怔怔的,走到那棵枣树下,突然明白了,她抬起头,对着枣树数叨:"大妮二妮呀,恁俩听着,娘知道恁俩死得屈,恁俩要怨就怨娘吧,是娘没材料,你们要咒就咒娘死吧,娘也活够了,去了那边好给恁俩做伴,不该叫去你们的两个小侄女,恁嫂十月怀胎,吃了不少粮食,费了不少精血,咋就叫她回回生了闺女坐空月子哩?"

那以后,她想起来就到枣树下去絮叨一回。在她的絮叨中,章槐也会走了，会跑了，会拿着小鞭抽那个滴溜了。

日子就像小孩子鞭下的滴溜，转呀转，有时候转得又圆展又漂亮，有时候碰上了笨孩子，咋也抽不好，它转两下就坏，一坏就急，一急更坏。

民国三十一年春夏，中原大旱。

颍河水去年还多得溢出河床，泡坏了秋庄稼，尤其是最贫贱最容易收成好的红薯，还没有到出的时候，一夜之间，河水无声息地漫溢出来。早起的人们看到整个地里全是水，连个红薯叶子都看不见，赶忙下到冰凉的河水里一个个往出摸，慢了，红薯就泡坏了，吃到嘴里"喀嚓喀嚓"，倒是中吃，可是存放不成了。去年的冬天，多数人家的红薯窖里，红薯就少多了。章守信家里，连窖底都没有盖严。往年，实实的大半窖，能吃到来年春夏。

今年的河水，从春天起，就是浅浅的一溜，去白果集上赶集的人，有的胆大，不愿多绕半里地走桥，脱了鞋挽了裤腿，小心翼翼地蹚过去。

几个月没有下雨，各处龙王庙里的香火比平日旺许多。章龙王庙是方圆十几里最大的，离章守信家几步远，隔着两三户人家。庙里的烟火见天能飘到他家院子里。

章龙王庙在村东头，一个大院子，三间大堂屋，东西两边有东屋西屋。三间堂屋里供着龙王爷和关老爷。西边端坐着龙王爷。人们都认为他老人家能体谅人间万般苦楚，有什么作难事，弯着腰谦恭地进来，跪伏于他老人家脚下，全身沾着他脚下的黄土，细细如河水般倾诉。谁和谁起了争执，也可撕扯着来到龙王爷和关老爷面前，各说各的理，各叙各的情，发誓赌咒顿足捶胸据理力争呼天抢地将是非排着从头说来。说吧，都说吧，说出来，心里积淤的委屈愤懑算是有了个往外出的小口子，要不，这世上一层又一层黎民，如何一辈又一辈艰难地活着呢。夜晚的时候，万物静下来，只有东边的河水轻声流淌，只有万能的龙王爷睁着体察的双眼，他看到世间善恶，他看到天地永恒,他看到众生无奈,再经他智慧分辨,施展风雨雷电,叫人们在四季轮回、阴晴变幻中活着,悟着。

龙王爷不孤单,他的东边有关老爷拿大刀站在那里,日夜保护着他。除了他二位爷,堂屋两厢猴爷猪爷马爷,各有各的样儿各守各的职责,他们都是给二位爷相伴的。东屋坐着的是火神爷,西屋住着的是河神奶奶。夜深人静的时候,这些爷爷奶奶会低声说话,给这世上的人评理。

庙里不住道也没有尼,村里人自觉打扫干净,大门敞着,有路人或遇到难处的人可在此住下几日,不会遭到驱赶。

男人、女人源源不断地从庙里出去,进来。有人动员各家都去上香。季瓷不愿去,她说她从来不信这些,千里去烧香,不如在家敬爹娘,这世上那么多愁人的事,要是一烧香就好了,那不是早就没人发愁了。婆婆忙嗔怪她小声些,别叫龙王爷听去了,他老人家怨下来,谁都吃不起。婆婆关了门,打开箱子,扒开一层又一层衣裳,将自己攒的钱拿出两个,到庙门口去了。

季瓷顾不上去烧香,她在家里纺花织布。近两年,婆婆眼睛不好使,花也纺不成了,都落在了她身上,这样她织布的进度就慢了。这就够愁人了,还有更愁人的事,听章守信说,今年地里的庄稼长得不好。她也跟着去地里看了一回,麦苗黄黄的、细细的。地里没有一点墒。

麦子坐胎的时候,往地里跑的人越来越多了。人们看了后,就把浓浓的担忧写在脸上,也不敢多说啥,呆呆的,你看看我,我瞅瞅你,悄没声往回走。就算是上了年纪的人,也很少见到长得这么细小的麦粒。往年这时候,那汪汪的一兜水儿就脆生生饱登登地稳稳坐胎了,可今年时令已到,它还像个怕见人的闺女一样不愿露出全脸来。

突然,人们都想到了去年秋天的日全食。

人们正搁地里收苞谷,天空黑了一下,大家抬头一看,日头被那天狗食去了小半拉,手里正拿着的苞谷棒子掉在地上,每个人的心里都"咯噔"一下。

该冷不冷，五谷不等；该热不热，五谷不结。这样的歌谣从小就唱，但毕竟谁也没有见过五谷不结是啥样子。庄稼种到地里，就是要生长，要结果，这是天经地义的事儿，我们已经习惯了春种秋收，我们愿意累死累活，夏天晒脱一层皮，我们愿意把腰深深地弯在地上，愿意让汗水摔成几瓣掉到地里，愿意累得像牲口一样嘴张得多大，让风把细土刮到嘴里。我们生下来就是受罪吃苦的，我们只想把粮囤装满。

不，不，绝对不会不结，只是结得小点。人们很快安慰自己，本来就是有丰年有歉年哩，不可能年年那麦穗都给你结得饱登登的，还美死你了哩，看你咋恁贪心哩？年年问地里要那么多，地也有使得慌的时候，人心不能太贪，太贪了老天爷要生气。多吧，少吧，收一点也就中了，今年不好了，明年就一定会好，老天爷心里有数，他绝不会亏咱。人们很快劝住自己，并为自己的贪心去给老天爷赔不是。龙王庙里的烟火更旺了，平日起早赶集的人也不赶了，他们往各个龙王庙里去，将攒下的钱买成香，买成鞭炮，买成豆腐，买成肉，买成粉条，给龙王爷送去。

还是不下雨，日头见天出来，照常不误地烤着大地，河水越来越浅，井水越来越深，将绳子接了几回，桶扔下去，好久才"嗵"的一声，遥不可及。

村子里各种声音越来越小，人们小心翼翼地开言，生怕说了不该说的话，因为那话就在他们嘴边，一不小心就会秃噜出来。连狗呀，鸡呀，各种畜生呀，好像也知道了什么秘密，它们的叫声也小了，稀了。牲口见了牲口，也不像从前那样傻乎乎地踢呀，尥蹶子呀，没羞没臊地往身上蹭呀，它们相互忧心忡忡地看一眼，就扭开头去，尾巴不安地甩几下。

村子的上空，只有香火轰轰烈烈地飘着。

老天爷呀，我们错了，我们怕了，您生气吧，您发脾气吧，您打炸雷吓我们吧，只是您不要总是一言不发。

村庄在寂静中不安地等待着。

终于等来了，远远地来了，一团乌黄，铺天盖地，从西北方向鸣叫着来了，近了，掠过村庄，掠过河面，掠过寂静，停在麦田上。

人们长舒了一口气。有时候，等来了灾难反而也让心里放松。蝗虫的部队忽地落到麦田上，天又恢复了明亮。回过神来的人们突然像从癔症中醒来，他们举起棍棒，挥舞镰刀，脱下衣裳，冲向麦田，疯狂地向弱小的强敌扑打。然而，晚了，这群强盗很快饱餐，丢下一片尸体后，展翅而去，尽管身子沉重了好多，还是昂昂地飞走了。几乎是一两个时辰，蝗虫飞遍了所有的麦田，将不太饱的麦籽洗劫一空，然后不知去向。人们愤怒得要发疯，可找谁去算账呢。只有将地上的蝗虫撮回家去，焙着吃炒着吃煮着吃。又没有油，干炒干焙，麦秸火怒气冲冲"呼"地一着，全煳了。煳了也得吃，心里太恨了，边骂边吃。

可今天之后，吃什么呢？

一季的粮食没有了，红薯窖里的红薯也快完了。

"那是年馑的时候。"

后来，老人给孩子讲往事时，总这样说。

囤里的余粮变得珍贵起来。

村里来了警务员，敦促交粮。他是硬着头皮来的，谁不知今年的收成呢，可上面有命令，他只好一层层地敦促着。

警务员召来各甲长先开会，与各保长开会时说的话一样，无非就是共同努力，完成司令长官部派下的购粮任务，不但要购齐，还得火速运到洛阳。军队要抗日，部队不吃粮食是不中的。

"可农民不吃粮食也是不中的。"章守信说。

"是哩，是人都得吃粮食。可当前要抗日，只有部队吃饱了饭，才能去打日本人。"

"理都对着哩，可不是没粮食嘛。"甲长们说。

"没粮食的拿钱来抵。总不能说一句'没粮食'就没粮食了吧，那要你们这些人弄啥哩？"警务员也很不高兴。上头的任务顶在身上，谁心里也不舒坦，说一百二十圈，不都是为了自己的饭碗吗？

章守信回到家来，心里老不痛快。他管着的十几户人家，可能有一多半交不出粮食，没有粮食的人家，自然也都是没钱的。

　　扛了几天，他想出一个法，东邻居章四海是村上富户，家里五六十亩地，还开着豆腐房，每天都能磨五六块豆腐，放家里卖两块，由他大孩游乡卖几块，见天他都能见豆子见钱。他想叫他先借些粮食给拿不出的人家。他来到东邻，叫声"四海叔"。

　　四海叔没有立时答应他，说："今年地里都没收，可家里使的人都干了一年了，得先尽着给他们不是？我向来不亏人家，这几天他们也都说了，眼看家里就揭不开锅了，有的都拿走一些粮食了。我得先顾住自己的事，才能给旁人借呀。"

　　他说得都在理上，章守信不能再说啥。他知道这是章四海耍手腕，他家存粮多的是。

　　章守信第二天又来到院子里，章四海迎出南屋说："不中了，不中了，给了使的人以后，留的就不多了，恁爷一听说再要从囤里挖粮食，气得日映我一黑，他说家里没有存粮，不胜叫他死了算了。"他说着，用手指了指堂屋，他的老父亲近两年来，有些半身不遂，不轻易出门，总是在堂屋躺着。

　　章守信又说些商量的话，都被他好言好语地给堵回去了。章四海心里自有主意，他想等这事再拖一拖看，他听游乡卖豆腐的大孩说，今年粮食越来越主贵了，北乡繁阳镇上，有一户粮食多的人家，用五六十斤麦就换一亩地，就这还是有人拿着地契来给他换。肚子不等人啊。

　　章四海叹口气："我的侄呀，我知你是好心，为着大家好，为着完成上边的任务，可家家有本难念的经。你瞅瞅我这一院子的人，东屋西屋，堂屋南屋，还有西院里的牲口，都是嘴。我问问你，恁家有没有给人家交的呀？"

　　"俺家里嘛，自己不吃也得交上去，就算有吧。"

　　"那就妥了。侄呀，只要你说是恁爹恁娘恁孩没啥吃的，你赡拿上斗往俺粮食囤里挖了，剩得再少，也有你的，别的，我顾不了那么多。"

过了些时日,警务员又来了。章守信的这十几户交了一半子。那一半子又没粮食又没钱。警务员叹口气,临走时对章守信说:"再想办法吧,反正我得天天来,完不成任务,咱俩日子都不好过。"

那一半子人家这挤那磨地攒着。章四海稳坐家中,他知道那些人没法儿的时候,会来找他。

死活交不上粮食来,章守信急得没法儿,闪动着嘴上的燎泡给警务员说:"你看咋处置吧,我不管了。"

"你说不管就不管了?你是大家选出来的甲长。交不上粮食,上面拿我是问,我也轻饶不了你。"警务员用手点他的鼻子,章守信一拳上去,那人倒在地上,血从鼻子里流出来,扑上来要与他撕扯,可哪里是章守信的对手,他只一推,那人又一骨碌倒在地上。众人忙上来劝的劝,哄的哄。

"你还反了你,完不成任务,还打人,你就等着吧。"警务员爬起来,自己拍拍身上的土,抹一把泪走了。

"你这二杆子,你可把事惹了。"长生大爷心疼地说他。

其实,那一拳一出去,他就后悔了。当时他只想着,谁敢这样指着我说话呢!见那人鼻子流血,他又觉得是自己不对。

"咱完不成粮,还打人,这就够着定罪了。"长生大爷说。

"定定去,有本事把我绳了去,我还省心了,还有地方管饭了。"他嘴上强硬,心里也不是味。

章槐已经跑回家学了这事。章守信回到家的时候,季瓷正在生他的气,少不了跟娘一起将他数落一番,他闷闷地跐堆到灶火门口不吭气。响午饭后,季瓷手巾里兜了几个鸡蛋到北边双周村。这里一个保长的女人娘家是小季湾的,与季瓷一辈,在娘家时两人相好。季瓷想那保长姐夫跟上边能说上话,叫好言劝劝那挨打的人,莫要追究了,章守信终究是个病人,不要跟他一般见识。

过了两天,那警务员肿着一张脸又来了。

"哼,你可记着,你打了我,我公务在身,不与你一般见识,可你有本事这辈子别从俺庄街里过。这一宗不与你说，粮食还得交，交不上来，我就把你交到上面去，到那时，你有本事再去打吧。"

转一百二十圈，还得交粮食。长生大爷家人多，每个儿子都又生了好多孩子，他跟着大孩聚财过，聚财的女人连生十几个，成了八个，绳闺女就是其中一个。他家里的粮食是最难收的，东凑西借还是不够。章守信从自己家里把粮食底挖了挖，一下拿给了聚财。他总觉得，是绳这闺女救了他的命。"拿走吧，赎拿走了，我就不信，我章守信一家能饿死。"背过人，他给季瓷说，"天无绝人之路，有我在，就不叫你们挨饿。"

果然，同村有人来到章四海家里，愿意用地换他的粮食。

你谁都能哄，你哄不了自己的肚子。肚子像不听话的小孩，黑天白里地闹人，天天鸣叫着，整个村子白天黑夜都是肚子鸣叫的声音。

天又下起了连阴雨，地泡在雨水里，苞谷种不进去。一连下了二十多天，颍河水再次漫溢出来。小季湾、河西尹的街里又变成一条河。等到水慢慢退去，已经过了种苞谷的时候，强着点了进去，苗芽也长得不好，细细瘦瘦的。

这是老天爷要收人了。老天爷过几十年就得收一回人，因为人总是要不停地作恶，老天爷都看不下去了。可是老天爷呀，你睁睁眼，你为啥总是把可怜人收走，那些赖人还是有吃有喝，活得好好的，饿死的为啥总是我们穷人？

于枝兰托人送来一袋子小麦，一家人如获至宝，却稳稳地放着，一次只磨一小点，也不箩了，连同麸皮一起，配着点红薯干、干红薯秧磨碎了吃。那红薯秧本是喂牲口的，牲口卖了，买成粮食，猪卖了，买成粮食，能卖的东西全卖掉，换成粮食，粮食成了世上最主贵的东西。那两头猪从圈里往外赶的时候，章守信的娘说："我真想趴到猪屁股上咬一口。"

章柿已经在村小学上到二年级了。学校里给学生发过两回吃的，第一回是一小包饼干，第二回是一罐奶酪，上面都写着洋文。老师要不说这是奶酪，就没有人知道它是什么，老师还说这是美国人给的，美国人帮助中国人打日本人，还救济中国的小学生。章柿把那罐奶酪交给爹，叫给弄开，一家六口人，六个脑袋凑到一堆，章守信拿把切菜刀好容易撬开了那个铁皮家伙，一种奇异的气味扑出来。章槐奔到灶火拿来个调羹，挖了一点，放到嘴里，一股子酸怪味，可是现在顾不得了，只要是吃的就中。

庙门口，常有孩子围着外号叫烧包的，听他读《西游记》，讲《水浒传》。

烧包其实年龄不大，可他留起了胡子，执着地穿着补了好多补丁的长衫，表明他的出身或者见识与一般庄稼人不同。据他自己说，他祖上都是识字人，有留下来的一套《西游记》和一本没皮的《水浒传》为证。烧包算是读了几年书，不知读得怎样，总之是肩也不能挑了手也不能提了，家里的地一代代经管不好也都变成人家的了，他常年在学校门口卖点小东西，挣小孩子的钱。大人都没钱花，何况小孩子，手里能有几个小钱？等到咬咬牙送到他手里，那利润就少得可怜，基本上常年顾不住一家人的生活。可人家长衫不脱气派不倒，时间长了人送外号"烧包"，像章柿这样大的孩子压根就不知他的真名，认为他生下来就叫烧包。叫到了当面，他也不恼，他说，不是谁想烧就能烧的，那得祖上有家业，那得能掀开《西游记》不打绊地念下去，那得合上《水浒传》也能说出里面谁跟谁是咋回事。

现在，大家爱围住烧包，听他念仅有的一本《水浒传》，听武松打虎前叫酒保上肉的场面。瞅瞅，人家武二郎那叫一个气派，吃肉都是论斤来。孩子们越想听，越难受，越难受，还越想听。

章柿放学回到家里，刚想问娘要吃的，娘叫他："柿，过来，我给你说个事。"

他走过去，季瓷抚摸着他的头，眼睛红红的："以后，再也见不到你绳姐了。"

"为啥？"

"卖了。"

"卖到哪儿了？"

"卖到西边了。"

前天，绳姐还扯着他的手，就着火盆里的一点火，大人在说话，他俩在一边玩，他给绳姐说，饥得受不了啊。绳姐说，那睡吧，睡着就不饥了。他说，不中，老饥，睡不着。绳姐扯住他的手出了门，引他到麦田里。西北风"呼呼"刮着。绳姐说："我给你挖大麦苗吃吧。"章柿问："你知啥是大麦苗啥是小麦苗？""知，知，大麦苗光小麦苗涩，大麦苗搁火里烧烧，吃到嘴里甜甜的。""绳姐，别说了，我的嘴水流出来了。"一会儿，绳的手里就抓了几棵大麦苗，两人回到屋里，用棍拨拉几下，埋到灰里。才一会儿，章柿就说："中了中了，快叫我吃吧。"绳用棍又拨拉两下，大麦苗软塌塌地被拿出来，那青色更深更服帖了。"还生着哩，"绳说，"再烧烧吧。"章柿不依，从她手里夺过来，抖了抖灰，就往嘴里送。吃到最后一棵，才想起她，把手里那棵热乎乎的递给她，绳姐吃到嘴里，"喀嚓喀嚓"。

此时章柿的眼前一片模糊，满眼是绿色的麦苗，西北风"嗷嗷"地刮着。一条向西的路无尽头地通向远方，那路上一个人都没有。

等不及麦苗长大，等不及来年的收成。绳等不及，绳的兄弟姊妹也等不及。有人送来多半袋子小麦，领走了绳，这点粮食当然吃不了几天，可是绳跟人走了，她兴许不会饿死，家里也少一个吃饭的。绳的娘一心想给闺女做件棉袄，这闺女自落地儿就没穿过一缕新布。"做一件吧做一件吧，不做这棉袄我心里过意不去，到死我都合不上眼。"她去借季瓷的布，叫来季瓷帮忙。赶快做出来，叫这闺女穿上。叫人家领走吧，领走吧，领到哪儿是哪儿，领到好人家做好人，领到窑子里就去做赖人吧。"我的闺女呀，你记着，恁家是河西章的，恁爷叫章长生，恁爹是章聚财，咱赶的是白果集，颍河正西，一里半地，就是咱的家。记住没？你十岁了，牢牢地记心里呀，要是你饿不死，要是你遇见好人家，叫你回来看看，你可得再摸回来，娘就是在坟里也得爬出来看你。我的闺女呀，你记住没？"

绳走了。村子里的小闺女一个一个都悄没声不见了。

快过年了。从来没有觉得过年有这么艰难。季瓷拿出她那件从没有穿过的缎子夹衣,给章守信说:"我约莫着,你才犯过病十来天,不会再犯了,你把这件衣裳,还有这一对翡翠花,拿到南边去卖了吧。驻马店、信阳那一带遭灾不厉害,不拘卖多少钱都中,买成粮食回来,哪怕割上三两肉,叫老人、孩子见见荤腥。"

大镶大绲的、水红色的绸缎,经过几年箱底的珍藏,依然发着明媚的光。把这衣裳托到手里,季瓷才知道自己的手变得有多粗糙。

第二天天不明,章守信就出门往商桥车站搭火车去了。这是一趟开往汉口的火车,他买了去驻马店的票。

日头刚刚出来,火车飞驰在沙河桥上,章守信突然一头栽倒在车厢里。人们大呼不好,叫来列车员,列车员看到他全身抽搐着口吐白沫,吓得不轻,伸手去身上摸,僵直直的,铁块子般。这个人要是死到车上,可就麻烦了。几个人商量,前面到站后,把他抬到站台上扔那里算了。

火车进站了,两个列车员抬着他准备往车下送,连同他那随身带的小包袱。一个正准备下车的男人对抬着的人看了看说:"这个人是俺邻村的,他这是羊羔风,不能抬,叫他躺着,过一会儿自己就好了。"列车员迟疑了,车上有人说,再看看吧,他要是再不好,真的死到车上,下一站再扔也不迟。列车员放下了他。

火车载着阳光,一会儿怒气冲冲地狂奔,一会儿缓缓停下,喘口气,歇一会儿,又轻轻开动。章守信不再抽搐,也不再坚硬,慢慢地,他的身子像冰雪融化。火车一路向南,他像水一样静静流淌。过来过去的人从他身上跨过,有的人不小心踢到了他,他还是沉沉地睡着,温顺极了。

他醒过来,缓缓坐起,四周看了看,仔细想想,才知道是在火车上。他看看自己的小包袱还在,放心了,问身边的人,这是哪儿,人家告诉他,前面就是信阳,快进湖北了。

后半夜,他背着一小点粮食轻飘飘地回来了。就只是晌午的时候,他吃了一块从家里带的苞谷面饼子,就着信阳街头饭馆寻的白汤喝了一碗,除此他再没有吃啥。袋子里还有一斤肉,不是正地方的。

肥肉切了，搁锅里炼了油，肉渣剁碎，和几斤萝卜搅在一起，一眨眼就不见了肉渣的踪影。包了扁食，这就算过年了。

　　章四海叫他的小婆给端来一块豆腐，章守信堵到灶火门口，大声地叫她再端回去。她娘赶忙接了豆腐，埋怨章守信不懂道理，谢了那小婆，把碗还给人家。用那豆腐做好了菜，章守信不吃。他站在院子里大声说："我看我不吃他的能不能饿死。"

　　从夏天借粮交公那时起，章守信就恼了章四海，在门口碰上也不再叫他"叔"，他还想着，等他吃饱了，有劲了，早晚得找个碴儿打这老家伙一顿出出气。

　　在说书人的嘴里，"冬去春来"多么轻松美好，上下嘴唇一碰，可对于饿肚子的人来说，春天是最难熬的季节，每一天都是严峻的日子，拿什么来填那个没完没了的无底洞呢？漫长的春季，任啥吃的都没有，多数人家面缸里光溜溜的。

　　章四海家的豆腐也越磨越少，因为豆子越来越少了，豆腐对于饥饿的人来说成了奢侈品。终于有一天，他家的豆腐房不再冒烟。原指望见天用贱价买点豆腐渣充饥的人更慌了。

　　小季湾传来消息，土匪又把季瓷她侄弄走了。关在家里的花门楼上，放在粮食囤里，派人捎信来要钱。季先生把地卖得只剩十亩，还是凑不够人家要的数。地价越来越不值钱，三四十斤小麦就能换一亩地，最后季先生托人告诉土匪，就这点钱，先给他们，只求别伤着孩子。

　　饥。饥。像是从肚子里伸出了枝枝权权的小手，在你心上抓着，挠着，叫你不得安生。人们盼着夜长一点，再长一点，天一黑早早上床睡了，天快晌午再起，这样就少吃一顿饭。

　　章柿不上学了，他说不上学就能少吃点饭，就能天天在床上躺着不动弹，只等瞌睡来，一个瞌睡接上一个瞌睡那才好哩。季瓷说，不上就不上吧，回来拾柴火，过了今年，吃饱了饭再说。

　　他在床上躺够了，左等右等等不来瞌睡，就提着篮去拾柴火。他总是拾着拾着就走到村西头去。绳姐是从这条路上走的，她早晚有一天也还得从这条路上回来。哪里有那么多柴火可拾呢？他往往出去半天，篮子空空地回来，小小的心里装满惆怅与忧伤。

这一天，章守信就像是想起了什么好事一样，喜滋滋地跳到猪圈里。猪早没了，可从前喂猪的糠壳还在，他仔细地用铲子起出来，用盆盛了水淘洗干净，摊在磨盘上晒干，在磨里碾碎。这时候，只恨当时喂猪时抛撒得太少。

所有的心思，都用在吃上，这世界看上去，啥都像是能吃的。树皮剥光了，树叶撸净了，一眼看去，世界光秃秃的。把全世界吃下去，肚子还是不饱。

章守信的爹娘开始浮肿，脸明晃晃的，脚脖子老粗老粗，连说话的劲都没有了。他们说："别再做俺俩的饭了，叫俺俩饿死算了，有点吃食先尽着俩孩子吧。"

政府在北乡十几里外的杜湾设了施粥锅，见天熬一大锅红薯糊涂，庄上有几个人拿了碗去，有时能喝上，有时跑得慢了碗里没任啥，光溜溜地回来了。

一个本县在天津做生意的商人听到家乡遭灾，回来设粥场，在县城施了三天粥，明天起，到白果集支锅施粥。季瓷叫章守信明早去，自己喝饱了再端回来一碗，章守信不肯，季瓷说："人都饿成这样了你还死爱面子哩，都挤在一团儿了，谁知谁是谁呀。"见季瓷要生气，他说："好好好，我去。"第二天天不明，他在季瓷的催促下出了门。

已经出正月了，颍河里的冰还不化。他往桥头走，突然听到河里"喀嚓"一声响，冰裂开的声音，这才看到河里有个人，手里拿个碗，急急掉进了冰窟窿。章守信下了河往他跟前去，脚下也一响，他又退了回来。见那人伸着手，扒一块冰，掉下去一回，再扒一块，再掉一回。河面上的冰口子越来越大，眼看快够到章守信了。章守信听老人说，冰要裂的时候，就轻轻趴下，身子往后退。他现在只是小心地趴着，向那人伸出手，那人向他这边扒来，扒一下，掉下去一回。河边、桥上有了不少人，都是拿着碗去白果集的，他们站下，看着河里的人挣扎，没有一点办法。终于，那人头一歪、手一松，在那个巨大的冰窟窿里不见了，只有那只碗留在冰面上。

　　章守信小心地退回到河岸，问路上的人："这人是谁？咱得去给家里报个信儿呀。"一个男人把碗往怀里一揣，说："日他祖奶奶，我也不喝那一碗米汤了，走吧，人是俺庄的。"两人怀里揣着碗走了三里地，来到双周。那人前面带路，进了一个破烂院子，一声声喊着大娘，来到屋里，见床上躺着个老太婆，又喊一声，还是没动静，二人走到床边，摇了摇她身子，不睁眼，手放到鼻子下，断定不出气了。那人说："唉，等她孩去给她到集上端米汤哩。"

　　听说，那天白果集上施粥点上挤死了两个，撑死了一个，在去往白果集的路上，还倒下了好几个。

第四章

一根黄瓜两头弯
四个青叶扑鲜鲜
一头坐着黄氏女
一头坐着李翠莲
叫船倌，来冲俺
船倌听说不怠慢
早知你是黄氏女
早知你是李翠莲
拔开铁锚就开船
冲到西天得了地
封你船倌带路仙

季瓷听说招财嫂常到县城卖些小东西，不拘家里的啥，她都能拿去卖了，一把烤烟叶，一小点芝麻，两个鸡蛋，她都能去换点粮食、换俩麻钱回来。季瓷就想把她织的布拿去卖，还有她的银簪子、玉坠子和早些年绣的荷包。

那天，招财嫂从城里回来后，季瓷去了她家，果然见桌上有一袋子底的粮食。季瓷先说了好一番家常话，再问她下回去城里能不能带上她。招财嫂说:"打明儿起,就不去了,卖不动,没人要,站一天冷得受不了,脚都冻烂了,走不成路。"

隔了一天,季瓷却见她头梳得光光地出村向北去了,怀里不知揣了个啥东西。季瓷急忙拿了一卷子集上没有卖完的布,出了村去撵,跑了二里多地才撵上。

"嫂啊,叫我跟你去吧,我不图布卖出去,只跟你去学个精细,权当去玩哩。"

"你咋还真来了?"招财嫂不高兴。季瓷忙赔笑脸:"嫂,你听我说,要是今天这布卖出去了,钱先给你买粮食,中不?我就是去看看,你带我两天,我不卖跟你重样的东西,你卖烟叶我就卖纺线,你卖荷包我就卖荆条篮……"

"那我要是卖×哩?"招财嫂气恼了般,直视她的脸。

见季瓷蔫眉耷眼回来了,婆婆奇怪地问:"噫,你不是跟招财家去城里卖布去了?咋又回来了?"

"撵她撵得太猛,头就晕了,约莫着去不成。"

"憨子,那是饿的了。"婆婆心疼地说,"切块红薯,煮碗红薯茶喝喝吧。"

"不了,睡一会儿就好了。"她钻进东屋躺到床上。

睡了一觉的季瓷想,办法总得有,活人不能真的眼睁睁饿死。她想起西头细婶子到西乡要饭,见天自己肚子吃个差不多饱,还能带回点吃食。这天天黑后,她约莫那细婶子回来了,去了她家里。说了她的想法,细婶子嘴张得多大:"噫,那咋能中哩?你能跟我去要饭?你是先生家的闺女,你那俩孩都是念书的材料,将来长大了,提起这事,还不赖死人了。"

"婶儿,咱不白去要饭,我会剪花,你忘了?"

第二天天不明,季瓷怀里揣把剪子来到西头细婶子家门口,两人相伴着出村向西。走一路,说一路,说一说,唱一唱。不唱咋办哩,光坐家里发愁不顶事,吃食也不会从天上掉到嘴里,人啊,不就像是田里的野物一样吗?满世界跑着找吃食,吃进嘴里,肚子不饥才是正事。听说西边遭灾轻一点，还能要来点东西。

过了泥河，又过了一条河，离家十五里，来到一个村子口。细婶子叫季瓷在村外等着，她进到村里，见到半大不小的闺女，走上前去，问人家寻下婆家没有，过年出门不出，要不要剪个花。见闺女有点动心，细婶子就说，去吧，到村东头，大树墩上坐着个巧媳妇。好奇促使着闺女们真的出村去看。季瓷下剪刀，闺女们没有相不中的。围住她俩，"噫噫啧啧"地赞叹，再看季瓷穿戴齐整，说话得体，心里替她不平，这样的女人咋能落到要饭地步呢？给馍的时候也就大方许多。平分之后，细婶子落的比平日还多。细婶子说："今后咱俩搁伙计。"

那以后，季瓷跟着细婶子见天能拿回十几个馍，第二天早上馏好了叫大家吃，再配上点红薯茶、麦糠，家里人不至于饿死。

细婶子说："西边咱都跑遍了，不能老去，咱向东向南去吧。"季瓷不愿向东，因为于枝兰的婆家在东边，给细婶子说，向东南吧。两双小脚就慢慢向东南去。那天来到葡萄湾，季瓷说啥也不进村，给细婶子说："我在河边等，你进去吧，要多要少都是你的。"细婶子说："不就是那常掌柜嘛，你们给他账也还清了，怕他啥哩。"季瓷只是站着，不再往前挪动一步。细婶子知道再说不动她，便说："那你耐住性子在这儿等呀，这个庄子大，富户又多，我得多走几家哩。"

季瓷坐在河边的日头地儿里，想起她那年坐在这里吃自己带的馍，吃完了撩起衣裳把憋得胀鼓鼓的奶挤了又挤，奶水划一个美丽的弧线落到干草地上，珠子一般滚动。那时地里的麦苗才半拃高。天越来越暖和了，麦苗长到了小腿肚上。麦奶奶麦仙姑，快长吧，快长吧，天下百姓都指望你活命哩。当年，她忍着口渴，一张巧嘴说得常掌柜高兴，与她重新写了借据。常掌柜叫人去端茶的时候，她已经渴得嗓子冒烟，可是她决绝地告辞走了，她咬着干得起了皮的嘴唇跑到另一个村子讨茶喝。江山易改，本性难移，生成爱面子好强的人，你就得受着好强的罪。

细婶子去的时间也太长了，季瓷等得焦心，地老天荒地坐在那儿，把几十年的事都在脑子里过了一遍，用剪子把手指甲细细地剪好，又在地上捡起几个干焦的破树叶子，剪成碎末末，还不见她出来。

终于来了，细婶子从村里闪出来，背着挎着比往常多的东西，像从葡萄湾里走出的一串大葡萄，背都有点压弯了。老远，季瓷就见她冲自己笑，便向着那笑脸迎了上去。

"这是你的，你这才是有福之人不在忙。"细婶子快活地把一小袋粮食推到她怀里。季瓷一搭手就约莫着差不多有十斤。"常掌柜给你的。"

"呀，你给他说我来了？"季瓷一下子脸涨得通红。

"没有，我没说。"

她说了。事实上，女人总管不住自己的嘴，她们总是要把本不想说不该说的话说出来。

刚才她拣门楼好的，挨家地要，一路就来到常掌柜的家，在街上她就打听好了。大门被她拍开后，常掌柜正好从茅子出来，见她正在给开门的人说"大哥，寻口吃的吧"，他就叫开门的人拿个馍给她。近来要饭的多了，他总是叫下人见天多蒸几个黑面馍，还给家里人说："凡来的人，不能叫人家空手走，权当给咱子孙积福哩。"他往堂屋里走，那要饭的却冲着他问候："常掌柜，吃了吧？"他有些吃惊，要饭的还知道问候个人。他快走到堂屋门口了，又站下来，回这女人："噢，吃了，你……"他刚想问你也吃了吧，觉得不妥，人家要是有吃的还来你家弄啥，话出口就成了"哪庄的？"。女人说河西章的。"哦？"他多看了她一眼，"你走了这么远的路啊。"他又给下人说，把锅里的白汤给她盛一碗。白汤就是下过面条的汤。细婶子等的就是这句话。下人端上来，还是热乎的，她捧着碗一口气喝完。常掌柜说，再给她盛一碗。又一碗端上来，她喝得缓一些了。常掌柜问："恁庄有个章守信，他家还好吧？能不能吃饱？"细婶子说："俺庄上除了几个富户，就没有能吃饱的，他家好在没有饿死人。"

常掌柜想起那一年，那女人头发掴得光光的，衣裳穿得展展的，脸白生生，腰身结实而细致，走了二十里路，来到他家里，一张小嘴把道理说得句句顺耳，账说清后，一口茶不喝，非得走，可他明明看见她的嘴唇干巴巴的。那以后，每年腊月里都是章守信把钱送来。

"人常说，女人有福，带起一屋。我看他家呀，也就是命好，来了那么个女人，才没有塌下来。"常掌柜终于把话拐到了季瓷身上。

"可不是咋的，要强得很哩。这十来天见天跟着我跑，她不白要人家的，拿个剪子给人家闺女剪个花，才伸手接住人家一个馍，今儿走到恁庄上，说啥也不进来，在庄外河边等我。"

常掌柜当下心里一疼，紧巴巴难受，他叫下人再给细婶子盛一碗白汤，回到屋里，拿个小布袋，来到粮食囤边，挖了半袋子小麦，一想，不中，不好看，又慢慢将麦子往外倒，不要叫它太惹眼。他拿出来，交给那要饭女人说："那章守信年年来给我还钱，说话说得就跟自家爷们一样了。托你把这一小点粮食交给他吧。今年都遭灾了，再多的我也没有，能叫他一家顶两天事。"他又叫人给这女人拿了一个馍，好叫她更塌心地把这点粮食交给村外河水边那个叫人心疼的女人。

眼看这样奔波着见天能顾住一家人的嘴，春天也快到尽头，家里不至于饿死人了。可是，吃饭的嘴突然又多了两张。

村东头并排走来一男一女两个人，走到街里来，大家一看，认得。有人上前搭话："木良，你咋回来了？"章木良说："饿得受不住了，想着死也要死到家里吧。"他瘦得像个鬼一样，给人打招呼都是有气无力的。身边的女人四五十岁，挎个小包袱，穿得也不太破，举手投足像是见过世面的人。两人进到院子里，男的叫声"木林"，再叫声"守信"。堂屋里出来了他弟弟章木林，认出了他，脸慢慢冷了下来，也不招呼他二人进屋，也不问吃了没，只说家里没有住的地方。

一会儿，街里人就见这二人从章守信家的院子里出来，来到几步远的龙王庙里。人们跟进去看，见章木良抱来些苞谷秆、麦秸，要在庙里东屋墙角铺出一片小天地来。那女人忽然演戏一般，席地而坐，扯长了嗓子挥着双手，拍大腿哭起来。她高一声低一声长一声短一声粗一声细一声缓一声急一声，一听就是来自大地方的哭音，很快聚拢了看热闹的人，挤得庙门严严实实。

"他哄住我了呀,他哄住我了,他说,'跟我回去吧,跟我回家去吧,咱家啥都有,东院是咱爷家,西院是咱大家,回去不叫你受一点屈'。我跟他回来一看,哎哟哟,东院是龙王爷家,西院是人家的大家,他家里光溜溜,啥都没有,连门都不叫进。"

听明白了,这女人是他诓回来的。再饿的人也想有个好戏看,有人从小孩堆里把看热闹的章柿推到那二人跟前,说:"这是恁孙子哩,快看看吧。"那女人立时住了哭声,伸手拉住章柿的小手,柔声说:"喊奶奶,喊奶奶。"章柿本意是想抽回手,却又觉得那只手温热可亲,就迟疑着半推半就依在她怀里,却不敢开口叫她。章木良搂过章柿:"快叫我看看孙子,噫,长这么大了,恁爷没材料呀,在外头混了这么多年,给俺孙子连个糖豆都没买回来。"那女人已经不哭了,手伸进包袱里摸索了好一会儿,她本是想摸出一两个麻钱给章柿的,可她终究不是变戏法的,那包袱里本是一个麻钱都没有,她怎么能摸出来呢。

章柿被人这么一关注,有些怯,从大人的腿边上挤出来,跑回家去,见爷爷正咬着牙给奶奶说:"咋不死到外头呀,这会儿还从哪儿带回个不明不白的女人,丢人卖赖的。"

可是,晚上烧汤的时候,一家之主还是叫章守信他娘多添了两碗水,还稀稀地搅了一点面糊,用一个小罐装上,叫章守信拿了两个碗两双筷送到庙里去。章守信进到庙里,先叫一声"大伯",再喊一声"大娘",把瓦罐放下。本来,他想起这个大伯也是心里恼得慌,可看到他瘦成这样也不好再说啥了。

打从第二天开始,龙王庙里就成了人们聚着喷闲空儿的地方。章木良风头直抢烧包的《西游记》,男人们在这里听章木良讲外面的景致,女人们也瞅空来,跟那女人拉一拉,察言观色打探她的来历。也有年长的人就开始说这浪子的不是,说他不该瞎胡逛,弄得到如今连个落脚的地儿都没有,连口饭都吃不上。章木良从小嘴就不吃亏,反问那些说他的人:"你们倒是老老实实搁家里干活种地哩,不也落个受饥不是?"说他的人还真就张张嘴没话说了。可不是嘛,咱没明没黑地掏劲,不还得受饥吗?章木良继续说:"你们咋知在外面游逛的好处哩,那真是花花世界呀,啥都见了,啥都经了,也不枉来世上这一回。你们哩,就是赶个白果集,县上都没去过吧?搭过火车没有?坐过轮船没有?花过响当当的银钱没有?吃过山珍海味没有?逛过窑子没有?"人们面面相觑,也都软了下来。"那汉口有多热闹,你想都想不来,那长江有多宽,里头的水有多少,吓都吓死你。这么给你说吧,咱这颍河水跟那长江比起来,那,那就不是任啥。"

一听他说颍河水不是任啥,大家心里都不高兴。有人抢着他说:"可你偷偷卖了恁爹的地,拿着钱跑了,这就不对。"

他不言语了,坐在那里一下子矮去了好多,后来干脆胳膊肘支住身子,头靠墙角,不理人了。他饿呀,他一天就喝两顿章守信给他送来的红薯茶,有时候还是一顿,他哪有劲白给这些人说外面的景致呀,你们光知道来听,就不知给我好赖拿个吃的,我现在是要饭的不嫌馍黑。

可是河西章,他的老家,他这些一个祖宗亲不溜溜的亲人,真的给他拿不出一口多余的吃食了。

村里的保长来找他,说他不能长期住在庙里,龙王庙只能让落难的人暂避几日,可不能把家安在这儿,这是对龙王爷的不敬。章木良说:"那你去给俺兄弟说说,叫俺俩住回家里吧,都是自家兄弟,他不能眼看着俺俩饿死在这儿吧。"

保长是章木林托来的。见那浪子整日在庙里给人说东道西,叫人笑话取乐,章木林脸上臊得出不了门,他只会在心里说,他咋不死呀。这样说着,他突然又害怕他死在家里,那还得花钱埋他。他引来的这女人看着不像正经人,村上媳妇已经刺探出来,不是出自良家,丢下她一个在村里再惹出些子事,那才叫丢人丢得冤。他去央了西头的保长,叫他来把他撵走,趁他现在还能走得动,两个人走了妥了,眼不见为净。

保长说:"恁不能在庙里住久,家里也是明显地住不下,恁还是继续到外面去想法儿吧,咱庄有多少人都出外讨饭逃荒哩,恁这样常年在外的人,就更应该去了。要是愿走,恁兄弟给恁拿俩钱都中。"一说到给钱，章木良吐口了。那保长又来找章木林，章木林拿出十来个麻钱让转交给他。章木良一看这俩小钱，接到手里，只说今儿天黑了，明儿再说吧。

过了明儿，再过了明儿，也不见他从庙里动身。长生大爷来给章守信说，庙里那货是嫌钱少，说要想叫他滚蛋，还得这么多钱。章守信很为难："不是已给过他了，家里的钱都是俺爹管着，他不松口，我也没法儿，容我再跟俺爹商量商量。"

这几天季瓷从章守信嘴里已经知道那二人的事。有一天她晚上回来时路过庙门口，听到里面那二人说话，她站在门外听了几句，心里怪难受的。夜里给章守信说："要不，叫他们留下吧，住到堂屋的西里边，再熬俩月多，收了麦就有吃的了。大伯就是以前有千条不对，现在他年纪大了，在外面怕找不来吃食，是个人总不能眼看他饿死吧。"

章守信其实也想这样，再咋说那是他大伯。可第二天跟爹娘一商量，爹说："俩月多？说得多轻巧，上下嘴唇一碰，那可不得七十多天？天天睁开眼就得吃饭，你不知咱这一天一天咋才把肚子哄住的？"章木林的泪掉下来："不是我狠心，你以为我不知他是我一个爹娘的亲哥，要是能有一点法儿……听我的，叫他走吧，留下都是事。"

看爹娘主意这么定，他二人不好说啥。季瓷说那就再给他点钱吧。偷偷和章守信来到庙里，钱给到手里，叫声大伯和大娘，把家里的难场排着说了说："大人不说，只是这俩小孩，见天张嘴要吃饭，要是松点劲，他俩就得饿死。"章木良摆摆手："侄媳妇，甭说了甭说了，俺走，俺不能从俺孙子口里夺食。"说着就起身，叫那女人收拾小包袱。季瓷落下两行泪，说："麦罢以后，要是恁二老想回来就再回来吧。"

二人出了庙门，同来时一样，相跟着向东走了。

老浪子这一走，就再也没能回来。外面的大路上见天有倒下的人，谁也不知哪一具是他。

盼得眼睛发绿，瘦得跟鬼一个样，麦总算黄了，一天跑去地里看几回，终于笑吟吟开始磨镰。

一吃新麦，又撑死了几个年轻人。

聚财家天天叫上季瓷去地里拾麦穗。季瓷说："都叫咱拾光了，苞谷都点上了，还去拾？"

"去吧去吧，"她说，"拾一个是一个，受的饥你忘了？"于是季瓷跟着她去。

聚财家拾着拾着就停下来，直起身子向西边看去。

"绳就是从这条路上往西走了。"她说。

"嗯，我知。"季瓷说。

"你看，一个主儿引了个小闺女，从西边过来了。"她说。

"嗯，看见了。"季瓷说。

"你看你看，那小闺女多像绳。"

季瓷看过去，见那个男人领着小闺女走远了，回头看，聚财家两眼噙泪。

饥饿的村庄慢慢缓过劲来，孩子们有劲跑着玩了，空了的猪圈、牲口棚里重又热闹起来。第二年春天，人们又买了鸡娃，看着它们一天天叽叽喳喳叫着，盼着它们快点长大，好给鸡蛋罐里装上鸡蛋。

季瓷家的鸡蛋罐刚盖住底，招财嫂病了，村里人说，她得了脏病，在家躺着，只是等死。季瓷拿了三个鸡蛋，挖了一碗白面，在夜里来到她家。破门扇严严地关着，她拍了好一会儿才有人来开门，是招财那十二岁的小闺女，她的身体从饥饿和蒙昧中醒来，像小树苗一样，胸脯在两层小布衫下鼓出核桃大的两个小包。

走到堂屋门口就遇到一股难闻的气味扑面而来。屋里点着很小的灯，昏暗中，她看到招财嫂的脸庞和双眼闪闪发光。

"别过来。"她面色绯红，头无力地抬了抬。季瓷走过去坐在床边，拉住她的手，滚烫滚烫的。"你还给我拿的啥呀，别糟蹋你那东西了。内烂病，糟践我一年多了，叫我快点死吧。"脸也是滚烫，顺着脖子往下摸，已如火炭一般。季瓷知道，人烧成这样就没救了，可她还是问跍堆在门口的招财，请医生来看了没有，招财说，请了，医生一问情况说他看不了，不来。

"快了，快点叫我死了吧，一死也就没有赖名声了，就有人给俺闺女来说媒了，她没饿死，也没叫人把她领走，多好。我卖×养活住了俺闺女……"她说说，咳咳，招财起身给她喂了一口茶，重又跐堆到地上，心疼地说："别说话了，挤住眼歇歇吧。"他对季瓷说："直头头儿说了一天一夜，不睡，净睁着眼说胡话。"

腐烂的气息布满暮春的夜晚，她的身体正在溃烂，她的脸庞像火焰在燃烧，她不停地说呀说呀，招财不停地给她喂茶。

停不下来，一直说话。

体温越来越高。

筛糠般地颤抖，家里两床破被子都盖上，还是冷。

火焰将她的脸烧成了艳丽的桃花。

第二天天不明，招财家死了。那张浸透了脓血的破席卷了她二十九岁的身体。招财请不起响器，娘家人也不愿意来。章守信领着几个壮劳力在村后的坟地里挖了南北坑，把她放了进去。

桃花和章四海好上，也是在年馑那年。

那时好多人家清早都去章四海家里，用很贱的价钱买他家的豆腐渣，回家里掺些红薯秧，掺些菜，掺些糠，蒸一蒸吃，能掺的东西越多越好。桃花也见天早上去他家的豆腐房。她男人前年逃壮丁死在了外面，给她丢下个孩儿，现在十岁，正是吃不饱的时候。

寡妇桃花来的时候，章四海就叫下人多给她挖点豆腐渣。

这天桃花一大早就来，听说他家不磨豆腐了，桃花的脸"呼"地就白了，那就是说她今天没有饭吃了。刚走出堂屋的章四海看到她白煞着一张脸站在那儿，就说："唉，没豆子了，磨不成了。可恁娘儿们要吃饭哩不是吗？你跟我去看看，有没有夜儿剩下的，多少给你找点吧。"两人相跟着从西屋的山墙往西院走。章四海突然回过身小声说："今黑我给你送去。"两人来到西院，章四海给自己大孩说："看看有没有夜儿剩下的一星半点，叫恁婶拿回去。"他孩从旮旯拐角挖一挖，大白布单上抖一抖，有那么多半碗的样子，给了她，也没法儿收钱，叫她端走了。

夜里，桃花让孩儿早早睡下，她坐在床上听着院里的动静，她不知道他咋给她送来，也就没有关大门。往常，她的大门早早就关上了，是防村里的男人，更防她男人的兄弟。

兄弟叫有福。有福小时候长得虽不太好，可也不算孬，只是他七八岁时伤了一只眼。那时他奶奶在院里铺开了拆被子，他非得在上面滚着玩，咋说都不走，赖在一堆破棉套上嘻嘻哈哈，他奶奶那一挑多高的竹扦子不知怎么就一下子进了他的左眼里。事后村里人说，他好像就是单等这一下的，几个孩子来叫他玩都叫不走，奶奶日映了几回他也不走，现在他捂了眼滚在被子上起不来了。再睁开时，左眼就看不见了，成了一只眼的孩子。村里人对着他的背影说，妥了妥了，妥透透的了。他知道人家的意思，像他这样的人，注定这辈子是娶不上女人的，作为一个男丁，那可不就是完了，妥了，白活了？

一只眼看不见，慢慢地他的脸就有了些变化，他生气为何旁人都长着两只眼，要是这世上每个人都只有一只眼，那不就不显得他难看了？

他比章守信小几岁，可他家辈分高，章守信还得喊他叔。

他哥一死，他觉得他可以顺势娶了桃花，侄子也还是自家的。这样的事多了，姐姐死了妹妹嫁过去，丈夫死了兄弟续上来，说起来是为孩子不受屈，其实是这样双方都省事，因为穷人家娶个媳妇实在太难。

他夜里去推桃花的院门，推不开就跳进院里，再推屋门，惊醒了屋里人，问是谁，他一搭腔，桃花烦透了，叫他快走。他在门外继续推，桃花叫醒了自己孩："强，起来，出去问问，恁叔大半夜的叫门啥事？"那以后他就生了桃花的气："你有多主贵？我咋就不能沾你哩？"

桃花听到院里"嗵"的一声，然后一切又静下来。她出了门，院子里仔细寻着，在地上摸到一个小布袋，里面有四五斤粮食，还用细白布包了一块约莫有一斤的豆腐，看来是夜儿没卖完的。

从那以后，每过几天，她娘儿俩快要吃完的时候，夜里院中就那么"嗵"的一下,她总能在地下摸到点吃的,有时是几块红薯,有时是一把黄豆,有时是一点小麦。她想,光这样下去他得费多少布袋呀。那一天夜里,觉得他该来了,就站在院里等着,刚听见"嗵"的一声,她就把提前用绳捆好的布袋隔墙扔了出去,听到外面"噗"的一下,面袋们温柔地落地。他在外面咳嗽一下,走了。

桃花是个心里透亮的人,又守了两年寡,当然知道是咋回事,她想,只要他推一下门,自己就跑过去开。可章四海从没有走到大门口来过,只在院墙外一扔就走了。平时在街里也不好碰上,就是碰上了又咋能说话呢?这叫桃花犯了难,他家里有俩老婆哩,一个跟他一样四十多,一个三十岁。他只是看俺娘儿俩可怜,人家从手指缝里漏点就够咱吃了。可总这样也不是事呀,拿啥报答人家哩?是啊,女人,还能拿啥报答男人?

他有可能是看不上我,这么一想,桃花还就不服这个气了。

那一晚约莫他该来了,站在墙拐角等着,见一个黑影走到她的西边墙下向着院里一扔,她走过去,低声说:"哥,你来。"黑影听话地跟上她。一进院子,她反身插上大门,扯住他的手,引到灶火,里面有股热乎乎的柴火灰气味,还有老酵子的淡淡酸味,叫人觉得温情四溢。她在暗中凑近他的脸问:"光给我哩,你要啥?"他身上一股男人的汗味烟味,还有股土腥味,合成一股更大的男人的气息满面向她扑来。"我,我不要啥。"他虚着声儿说。"你咋能不要啥哩?"她问,"看不上我?"她有着愤怒的屈辱。两个人都伸出胳膊,不,她更快一些,更急一些。

灶膛里的灰好像在翻天覆地,案板的一角,碗里扣着的那块老酵子拼命地涨大、干裂,气味越来越甜。桃花的身子像滚油锅里的豆腐片子。

"还怪面软哩,还得我伸手拉住你。"两人闲下来了,桃花说。
"总不能叫人说我欺负孤儿寡母吧,得你自己透透地愿意。"
"你啥时候有这心的?"
"也没啥时候,就是见天你去俺家买豆腐渣,我就想,一个寡妇家,还年轻,不知见天黑里咋过哩,怪可怜人的。当着他们面,又不能说不收你的钱,那天一说俺家不磨豆腐了,见你脸一下子白了,我觉着得给你想个法儿。"

桃花一有空就在灶火里忙,把麦秸这样铺铺,那样展展,简直都舍不得拿它们烧锅了,她坐在灶前小墩上,看看这,摸摸那。这灶火啊,她见天把章四海拿来的粮食做成吃食,叫她那正长个子的孩吃上饱饭,过几天的夜里,她和他滚在这麦秸窝里,两人也都吃得饱饱的。她把一个小破布单子洗得净净的,藏在案板下,章四海来的时候,她把那单子铺开在麦秸上,虽然一下子他俩就把那单子弄乱了,可她每回都像模像样地铺好。每次送他出门的时候,两人扯着手走到大门口,她又搂住他,亲了再亲,然后才抽开门闩,放他出去。她轻快地跳到西墙根,听着章四海的脚步软绵绵踩在地上,一直要听到他走到街里,他家大门"吱"一响,又"吱"一响,她发着烧的脸庞才离开墙,然后她走回灶火,睡在他俩刚才滚过的麦秸窝里。

天热起来了,桃花想有一张小凉席。他来的时候,她用一张小席招待他。他是个体面的男人,每次来跟她滚这麦秸窝,已经叫她心里愧得很了。她现在手里有了几个钱,是章四海好几回给她放在锅台上的。她想叫卖席的快点来。

有些事,总会有人知道,也不是看到,也不是听到,是有的人用鼻子一闻就能闻到。

这天,北乡六里外一个村里唱戏,河西章人早早喝罢汤就张罗着去看戏。章有福来到桃花的大门口,放大声喊他侄子,跑出来十岁的续强。"走,跟叔看戏去。"续强早就穿好了出门的小布衫,还问桃花要了两个小麻钱,欢天喜地跟着叔走了。路上,章有福问续强:"恁娘没说去看戏?"续强说:"娘说,哪有女人家跑着看戏的,她在家做活哩。"

章有福没心思看戏,眼睛在戏场里扫,村里的男人基本上都在,就是没有章四海。他给续强说:"叔出去尿一泡,要是回来找不着你,杀戏后你就跟着咱庄上的人回去。"

他挤出戏场，疾步往回走，噢，那不是走，那是跑了。戏台上的梆子打得越来越紧，戏里的公子小姐啊，已经危机四伏，他们还不知哩，眼里只放射被爱点燃的火，照着对方，只想着如何趸摸到一起。他祖奶奶的，世人真是贱啊，男人非得压上女的，女的非得叫男人搓来搗去，我要是说了算，割了这世上男人那东西只留下我一人的。

他的一只眼睛在夜里闪闪发光，他在狂想着将要看到的画面。长这么大，他还没有挨过女人的身子，更别说男女连成蛋是啥样子了。"该死的桃花，你的×就那么主贵，我就日不成，我哥死了，轮也得先轮我。"他更恨章四海，家里有俩女的，轮换着去日，这还不中！

往往就是这样，捉奸的比通奸的还要上心，还要起劲。五六里路，转眼就到，现在他已来到桃花的大门外，他连大门都不用敲。马上，很快，一眨眼的工夫，她就是十里八乡都知道的破鞋、烂货了，我有啥必要敲她的门。只一纵身，他就跳到院子里，来到堂屋门口。他本是带了个破锯片的，他想用锯片拨开门闩，试探地轻轻一推，那门却开了，他突然后悔，这门打开得多不气势，他本应该是破门而入大吼一声的，却是商量着、试探着，偷儿一般地把门推开了。

屋里床上的两人根本就没有听到他进来。他是谁呢？他压根就不在人家的眼里，他还不如那月明地儿有用。

月光洒在床上，照着那两个纵情作乐的人，不知道已经几个回合，好像从开天辟地他们就在这儿了，没有个够，不知道羞。现在的桃花已经在章四海身上，她是一条白生生的大鱼，在水里尽情地扑打，水花四溅，围着床，和着月光欢呼，一浪一浪的大水环绕着她纵容着她，扑到她身上又跌落下来，她只在那浪里高低前后地扑打。她身子下的那人又是谁呢？他是她的粮食，是她活下去的全部供养。桃花在颍河的大水里，在风口浪尖上搏击，她那么有力那么灵巧，她一下一下地将头高高昂起，像鱼儿吐泡，她是吃饱了饭的女人，有了身子下这个男人，她再不用担心饥饿。她的臂膀把围着她的大水击打好远，变成朵朵水花，溅到站在门口的章有福身上。捉奸的人被打得湿透透的，他全盘崩溃，手扶门框，"哇"的一声大哭起来。

大水被天神收走，床上的人立时定格，动不得了。他们在月明地儿里，要看门口暗处的人得费些事。桃花不用看已经知道是谁，她并不慌，只翻身离开了身子下的人。章四海慌得找衣裳，可衣裳在哪儿呢？脱的时候是咋脱的呀？桃花急成那样，哪容他把衣裳放好摆顺。他的头有点晕，今天是第一次和桃花在床上，桃花太高兴了，他也就不知道自己是谁了，两人都觉得自己不再是人，是神仙哩是畜生哩。他抓住的好像是自己的衣服，可是袖在哪儿？领在哪儿？门口的章有福哭得缓过劲来，才知道自己今夜赶来是为的啥，他不是来给别人办难看的吗？他不是捉奸的英雄吗？咋就自己先难为成这样受伤成这样了？哭了好一会儿的他意识到自己的使命，一个大步冲上来就是一拳。

啊，打吧打吧，我是没劲还手了，我美啊我舒坦透啊，我也不恨也不恼，谁恼谁恨谁赚狠打了，章四海只顾护着头，叫那仇恨的拳头雨点般落下来。

桃花穿好了衣服，她弥合了身上的空洞，就像薅去了萝卜的土地，终将复原，魂魄也回到身上。扣好了扣儿，她走过去，攒足力气把章有福一推多远。章有福冷不防这一下，后退几步，"噔噔噔"几下一屁股坐到地上，他干脆双脚打着地大哭起来。他哭了几声又站起，跑到院子里大喊："偷人了，偷人了，破鞋娘儿们趁着都去看戏偷人了，偷的谁你们都来看吧。"

噫，还有比这更好的消息吗？那些去看戏的人，后悔去吧，这么好的真不溜溜的戏你们不看，倒去仰着憨脸子看那假的。立时，院子里挤了很多娘儿们。章四海横下心来只躲在屋里。

有人在章有福耳边低声说，别光在这儿喊，到街里去喊呀，明儿清早到集上去喊呀。他不知是谁说的，连那人是男是女都不知道，总之是个热心人，是个总会在此时响起的声音。他几步蹿出大门，跑出过道，到街里喊："都来看吧，河西章东头的破鞋偷人了，偷的谁恁自己来看看吧。"从东头到西头，他跑着喊着哭着："不要脸呀，不讲理呀，家里俩老婆还不够，还要去占人家寡妇。都来评评这个理吧，他不就是能拿出一把粮食吗？也就有那贱×稀罕那吃食。"他本不想哭，

071

可他管不住自己。他在河西章的街里跑了一个来回，他相信东边一里多地的颍河水都听到了，河西尹的人也听到了。听吧，都听听吧，听听这不要脸的人都干了啥吧，叫河水听吧叫龙王爷听吧，这是啥世道，有的人可以换着女人日，有的人一辈子沾不上一个女人。他在街里悲愤难当，气喘吁吁，扭头一看，正停在章守信家过道口，他家院子的破门连关都没关，好像就等着他来，他大踏步进去了，虽然他在戏场看到了章守信，他还是边进院子边喊："甲长哩，甲长哩？"他向着堂屋的灯光扑去。他知道这是守信家在织布。这可恨的女人一到喝罢汤就被钉在了织布机上，我刚才那么大嗓门就把你喊不动？全村的人都出来看热闹就你不稀罕，就你正经，你正经你还生个带肚儿？

他闯到堂屋门口的时候，季瓷已经站在门外台阶上，叫声叔，说："守信驾着车拉一家老小看戏去了，家里就我一人。"

"偷人了，知不？知不？他这个甲长管不管？管不管？"他挥舞着双手喊道，一只眼睛怒火熊熊喷向季瓷。

季瓷也不问谁偷谁了，只把头扭到一边，用沉默表示她管不了这事。

章有福知道跟她说不出个啥名堂，这种事能有啥名堂哩，天大的动静提起裤子啥都没了。"只是叫你知一知。"他气呼呼地转身走了。

黑夜的街里，空荡荡的，静得出奇。他往哪儿去呢？回家睡觉？他祖奶奶的，咋能睡着哩？一个人在街里无力地走了几步，越想越伤心，一路哭着又向北去。戏还在唱，越来越近了。所有的误会都已解除，每场戏都是这样，恶有恶报，善有善报，一切水落石出，公子和小姐终得团聚，又搂在一起诉衷肠了。

他挤进戏场，找到续强，刚站在他身边，杀戏了。

"长生嫂，长生嫂，把恁家的锣借我使使，我去集上吆喝人哩。"

天刚明，章四海的小婆就蛾子般扑向章长生家门口："丢人呀，就说家里的吃食咋一天天见少，都拿去塞到人家的×窟窿里了，这不是败家是啥哩。那不要脸的你听着，你守不住了你再往前走哇，你支起来到集上去卖呀，你干啥看上俺家那点吃食了？你要是有本事你打发人说合呀，你愿意到俺家来当小的也中啊，你愿意见天给俺姐俩端盆倒尿、洗脚擦身也中啊。有本事你找人说去呀。你干啥偷的摸的叫人堵到屋里哩，你不嫌丢人我还嫌丢人哩……"

不主贵的人要是想装起主贵来，那摆的谱比本来主贵的人还要大，这小婆平日不在村里露面，只是躲在家里干那些永远干不完的活，就是她刚才说的端盆倒尿、洗脚擦身，终于这一日的清早她哭哭啼啼地扬眉吐气了，好像她夜儿黑才知道章四海和桃花的事一般。

她知道长生也不会借她锣使，就是借了她也没胆儿到白果集上去。村里人也与她不熟，不摸她的脾气，久久不见人来劝，这叫她哭得好没趣。该说的话都说过了，接下来的戏，该咋唱哩？她双手捂脸，从指缝里看着远远的人。长生更是连大门都没出，早早交代她一句"锣坏了"，便不肯露面。

唉，劝劝吧，不劝咋办哩，这小娘儿们哭得这么热闹咋能自己站起来拍拍土回家，那太不仁义了。一个年老的妇女过来，低声在她耳边问："恁姐叫你弄这一事的？"

"嗯。"那小婆见有人来劝，赶忙住了哭。

"你憨哪？她叫你来你就来，你这一来闹，还咋回去见四海的面哩？"这老妇人差点说出"你都不想想你在他家里是哪一角儿"，想了想说道，"他要是恼了你，以后你的日子还能好过？"

那小婆一听，对呀，我为啥要跑出来唱这一出呢？擦了泪，憨了般坐在地上。那老妇人干脆跐堆下来，靠在她身边，对着耳根说："你都不想想，从前四海是上你俩的屋，今后四海是上你屋和桃花那儿，你啥都不少，你闹啥哩？你姐四十多眼看干腰了，给公狗丢块肉都不一定引得去，难过的是她不是你，你倒跑出来丢人现眼。"

当一个人明白过来她是被人耍了被人利用了，那真是抱屈。她张开胳膊像扑棱蛾子般拍着地哭起来，这回是真哭。

她坐地上哭啊哭，老妇人轻轻一拉，她就势起来，往家里走。

早在她刚一出门，在长生家门口号出第一嗓子的时候，那大婆就惋惜地给章四海说:"看看,这是咋啦,自家人把赖卖到大街上。"

等到小婆回来,大家饭也吃过了,没人理她,她自己到锅里去盛了一碗红薯糊涂,坐在灶台前无声地喝了。说出的话做过的事都是泼出去的水,收不回来了。章四海晚上也不再到她房里来,他去桃花那里更勤了。桃花倒一下子轻松了,我就是破鞋,我就是烂货,咋啦,我只招待章四海一个,你们这些男人一棵葱一把芝麻都给我拿不来,光提着裆里那根棍就来了,凭啥叫你们都占了便宜提上裤子走了!她从此也不再与章有福说话,见了面都把脸一扭,再窄的路侧侧身也能过去。

有那么一天,桃花和章有福狭路相逢于章守信家那个窄过道上。章守信家破败后,后面院墙倒了,那长年的土坯被一回回的雨水泡塌,没有东西,当然是没有心劲再去垒上,村里人到后地去图方便都从他家院子里走。他家里本不是路,走的人多了,就成了路。你不能对那些一个村上的人尤其都在村东头住的人说"不许从俺家院里走"。这使得章守信的家成了村里通向后地的一条道,也成了一个信息通道。那时桃花到后地想掐一把玉谷菜下面条,看到章有福正从章守信家里出来,本可以还像平常一样,扭开头装作没看见,可她余光看到章有福狠狠地瞪了她一眼,她气不过,于是突然停下脚步,咬着牙说了一句话。章有福气得扬起手,桃花向着他的手仰起脸子低声说:"你打你打你打呀。"章有福的手在空中,举了一小会儿,落下来,压低声音轻轻一巴掌,扇在自己的脸上。桃花哼一声,扭了一下腰,走自己的路。

不知道桃花在有福耳根说了啥,只知道从那天起,河西章就不见了章有福,谁也不知他去了哪儿。他爹娘不在了,也没家当。续强还有点想念他叔,记着他带他赶集、看戏时会给他买个肉包吃。只有续强到他那小破屋里看过,只剩下一个破锅,一张小破床板。

章四海再拿着蒸馍饼子红薯来的时候,桃花就更加感激多情地扭结住叫他不得脱身,往往男人还就吃这个。任说哪个女人德行贤淑,端正良善,那顶啥用哩,上了床就不知那事该咋弄,赡等着男人摆置。可男人也贱着哩,也有想叫别人摆置来摆置去摆置得半死不活的时候。

这桃花就敢骑在他身上,像条大白鱼一样扑打游动,叫他快活得要死要活。每每回到自己家里,倒头就睡,跟死人一样,不管小婆怎样好言好语地温存,他也提不起兴趣,实在心里不忍,在她身上潦草地走一回,要多没趣就多没趣。章四海被桃花勾去了魂,不出十天就得来一回。

天越来越热了,小灶火里待不住人,两个人在院子里干了两回,桃花说:"哥呀,这样不中,天热,孩睡得浅,出来尿尿,看见了不好。"章四海问:"那你说咋弄哩,我听你的。"桃花咬着他的耳根说了。

下一回,他按着桃花的指点,来到村后的苞谷地边,正在暗中四处瞅,手被人猛地扯住了就跑。桃花好像有使不完的劲,能一直拉着这个男人跑下去,在苞谷地里钻,在河滩里跑。天上的星星一会儿贼亮贼亮,一会儿又像火星子样东蹿西蹿,桃花笑啊笑啊,感染得他也笑。男人的笑不像女人样要出了声,"咯咯咯"的,但他是真笑,从心里笑。他们累了,静下了,才想起自己还有耳朵,才听到那河水向南流去。章四海胳膊上被苞谷叶子划得一道一道的,往往第二天,他一看到胳膊上的道道子,就想起桃花那软软的小嘴,狗儿般一口上来,叼得那么准,热热地含住,一股热流"呼"地从小腹涌上来,直冲全身。

这天,桃花和章四海的小婆迎面在季瓷家的过道里碰见,躲不过去,都走在了中间,那小婆看一眼桃花亮光盈盈的眼波,就知道自己输透透的了。她本想说"我那天不该到长生家门口吆喝你,你给四海说说,叫他别再恼我了",可张了口,话就变了,还有点咬着牙根:"咋,叫四海把你捣得可舒坦?"

"那是,不是假舒坦,真舒坦哩。"桃花扭了一下屁股,眼波流转过去,看到小婆的眼里其实有更多的苦楚,知道她心里想说的不是这话,也就软了下来,把一张滋润的桃花脸凑近她,"唉,再舒坦也没你舒坦呀,风刮不着雨淋不着的,在屋里盖着缎子被子叫他捣哩,我可没那福,弄得一身道道一身土的。"那小婆权当自己占了上风,重重地在桃花屁股上拍了一下,桃花也拍她一下,这举动有点像是文明人的握手言和。错了身，两人都笑着走了。

来到院子里，见那季瓷正在院里扫地，桃花浪声笑着说："憨子媳妇，你是不是来这世上就只知干活？"季瓷说："不干吃啥哩？就这，紧干慢干还吃不到嘴里。婶，弄啥去呀？""到后地找点菜叶吃。你，刚才听到俺俩说话了？"季瓷斜了眼角对她笑笑，算是回答。"我不信，你耳朵就镇灵，那你说说，俺俩说的啥？"桃花凡事都想占个上风，这会儿心里正舒坦着，就想拿季瓷耍笑一下，她停下脚步，双手叉腰，不服气地又把脸子凑向季瓷。季瓷说："婶，俺是小辈，不该跟恁一堆说笑，可我真听见了，还有啥呀，闺女家在一起比针比线，媳妇家在一起比×比片，我啥不知。"桃花哈哈大笑："弄了半天，你不憨，不是只会干活。哎，你给婶帮个忙，下回她从恁家院里过，就说我说的，我不恼她，叫她也别恼我。"

第五章

小小香炉方又方
手捧黄香满炉装
香焰起，喜盈盈
手捧莲花念真经
真经连念三两卷
带到身边做盘缠

季瓷打算好了，这个小牲口再长一两年，就能卖个好价钱，加上她起五更搭黄昏织布挣的钱，他们很快就能再买上几亩地。哪怕天塌下来，她的织布机也没有停过。

章柿又回到学校。吃饱了饭，他又有劲念书了。每天放学后，都靠在烧包叔身边的墙上，听他读一段《西游记》。那烧包，不管你有没有钱买他的东西，只要你爱听他念书，就十分欢迎，有时候念完一段，用手摸摸章柿的脑袋，再给他讲一些别的古书。

这两天，章守信刚卖完一卷子布，把钱交到爹的手上，爹叫他把季瓷叫来。

季瓷进到堂屋，见八仙桌上放着他们的全部家产。

"季大姐，我跟恁娘老了，也不中用了，前年没有饿死，也算是俺们上辈子积福。今后这个家就交到恁手里吧。"

"爹，这使不得，说出去叫人笑话，老的在一天，小的就不能掌家。"

"俺俩老了，一天比一天憨，都快不识数了，这些麻钱查来查去查不到一堆里，都交给恁俩管，俺也就放心了。"

季瓷又推辞几句，说了一些子客套话，就把那些钱撮到衣襟里兜回自己东屋去了。

两年后，那匹小骡子膘肥体壮，毛色光亮，牵到会上卖了个好价钱，章守信回来时，手里又牵只小牛犊，全家高兴得很。加上季瓷织布挣的钱，小的攒成大的，零的换成整的，几十个光亮亮的银元排开摆到桌上，全家人的脸上立时都笑得成了花儿朵儿。婆婆高兴地给两个孙子煎了俩鸡蛋，这回是章槐抢着烧锅，奶奶把鸡蛋在碗里搅得当当响，给俩孙子说："往后咱家的日子好了，叫你俩过几天就吃个鸡蛋。"

章木林已经开始着手瞅着买地了。

西头的章爱民辈分低，叫着"木林老老（注：对曾祖父母以上辈分的人统称）呀木林老老"，把高大的身子弯曲着，低头进了堂屋里。

"老老呀，碰到难处了，急得没法儿，俺娘说，去东头找恁木林老老吧，也就只他愿帮咱了。那两年家家没啥吃，咱家没磨，我弄了点粮食去他家磨面，恁木林老老叫我白使他家的牲口不说，磨完了，还不叫走，叫俺俩抬起磨盘，老婆老老拿小笤帚把磨盘扫得光溜溜的，磨眼里都扫净了，都倒到我的袋子里才叫走。好人哪，俺娘说一辈子忘不了那事。"

"看看你这孩子，说这一圈子弄啥哩？说你今儿的事吧。"

"唉，这真是个难事，说出来，老老甭要怪，千万给俺帮了这忙，把路南俺那块宅子买了吧。"

"呀，"章木林一下子为难了，"谁不知恁那宅子临街值钱呀，你卖它弄啥？"

"老老，你不知呀，不卖宅子就得卖闺女，跟恁家早先一样，使了人家的钱，虽说咱家里闺女多不主贵，可领走哪个，心里都是剜着疼啊。"

"可俺家不打算买宅子呀，家里没有一个做生意的材料，买那么好的宅子也是个糟蹋。还有没有别的法儿？"

"法儿都想过了，连恁家东院的都找了，"章爱民压下声说，"那四海老老一听说是这，就往下压价，我那么好的宅子，当年俺爷花三十五块钱买的，房子还都好好的，他开口只给二十块钱。我也找了西头的，咱庄上能买起的，也就他两家，跟商量好了一样，都是只给二十块，俺娘心里实在窝囊，叫来问问你。"

"俺的重孙呀，不瞒你说，俺家管事的是你守信奶奶了，前年就把家交给她当了，这事，得跟恁守信奶奶他俩商量。"

章爱民大失所望，显然是不信。哪里有老人活着却让儿媳妇当家的呢，这多半就是推辞了，立时心里凉了好多，赔笑脸撑着说了会儿话，告辞走了。出堂屋的时候，腰弯得更低了。

爱民走了后，老两口坐在那儿，你看看我，我瞅瞅你。说起来，路南那真是一片好宅子，与他家斜对面，整整端端、四四方方一块地，高院墙，大门楼，三间大堂屋背对街里，夏天时候，那墙根下常常靠着一串子乘凉的人。

"唉，这世上好东西多了，咱还能都要？"

"一提到卖闺女，我这心里就不是味。"

天黑喝罢汤，章木林把章守信二人叫来，把这事又说了一遍，问二人的主意。季瓷他俩也为难，那宅子真是好，可不就是没钱吗？几天来，已经把全部财产三十七个银元数了再数。要是再有一个这么多，那就好了，买了宅子又买地，季瓷心里热热地想着。突然，西边传来大哭小叫的声儿，几个人忙走到院子里听。莫不是章爱民家里？章木林叫章守信到街上打听一下。一会儿，章守信回来说，是爱民家闺女上吊，救了下来，没有死成，听去看热闹的人说，这会儿娘儿们几个在屋里搂着哭哩。章木林给季瓷二人说："要不，把他的宅子买了吧，权当是咱积了个德。"季瓷点头说中。章木林叫章守信去传话,叫他一家安生睡觉,明儿来说事。

第二天一大早,章爱民肿着眼泡来到章木林家里:"老老呀,你救了俺家,俺娘说了,二十块钱,不卖别人卖给你了,不卖他们是因为他们太欺负人,卖你是俺愿意。"

"那不是叫我昧良心吗?你三十五买的,可你碰上了急事,我呢,也拿不出那么多钱,我二十八买,咋样,谁也不吃亏谁也不占便宜,看这样中不?"

他们说话间,季瓷就关了东屋门,把那些银元拿出来,再数一遍,一个一个地抚摸着它们,正面反面地看看,将二十八个银元放到一堆,旁边只剩下九个。这是啥命呢,总是存不住钱,还没暖热,就不属于自己了。

章爱民和章守信又忙着找来中间人,拿地契,写字据,按手印,二十八块钱,好宅子成了章木林家的。

"看着是块好宅子,可咱要它有啥用哩?"那股仗义劲过去后,章木林和章守信又开始心疼他们的钱了,天天就到这个属于他们的地盘里看看、转转,院子里扫得净净的,屋子打开看看再锁上门,第二天来同样如此。剩下的钱,连一亩好地都买不住了,只好再等小牛犊长大。

章守信从集上买了小树苗种满南院,慢慢心里好受些了。

树苗在长,儿子在长,牛也在长。前两年想叫牛长膘,不舍得使它,最出力的活都叫章守信干了,两年头儿上,眼看着这牛长得结实又漂亮,才敢放开手脚使唤它。章守信牵到地里的时候,一路上都有人夸:"这牛真齐整,卖不卖呀?"章守信说:"卖,过了今年用它收了秋种了麦,明年春上卖个好价钱。"那头小母牛回过头来,微嗔似的瞪他一眼,又不高兴地转过头去,尾巴游上主人的身,在他腰上不轻不重地甩了一下。章守信问它:"那,你的意思哩?是不卖你?唉,还真舍不得卖你,可不卖你去哪弄钱呀?我年轻轻的,一身力气,咋就值得使个牛哩?"

春天来了,一家人越看这头牛越爱得慌,就都不提卖的事。爹说:"给它配上种吧,驳个小牛犊,把小牛犊卖了。"章守信把它牵到会上,这小母牛立时多情地向着一个公牛走过去。被章守信领着往回走的时候,它还沉浸在自己的欢情中,身子贴在主人身上,面目顺从而欢快。

夏天收麦时,全家老少齐上阵,没有叫牛使劲地干,只是套上车的时候,它像个争强好胜的人一样,挣了命地拉着跑。慢着点,别没轻没重的。章守信柔情地呵斥它,它也不管,四个蹄子还是炕得很欢。

麦罢了,它的肚子就硬邦邦地大起来。犁了地,点上苞谷,地里也没啥活儿了,它天天被拴在南院里,独享那院子的清静,晚上由章守信或他爹陪着住在那里。

夏天雨多雷也多,章守信正在地里给牛薅草。浓密的苞谷地里热得一丝风没有,他光着脊梁,弯着腰前行,跕堆着前挪,整个人缩在苞谷叶子下,在苞谷的根处找牛草。这种草的名字世世代代就叫牛草,可能是因为牛最爱吃,小的在不郎盖以下,大的能长到人的大腿高,薅得多了捆成捆,像麦捆一般。他不知道外面的天已经暗了下来,风已经凉了下来。苞谷地里进不来一丝风,他身上的汗不断往下掉。一个炸雷下来,他一激灵,听到雨稀稀拉拉砸在苞谷叶子上。直起身来看,有铜钱那么大。他背上那个草捆,夹起散着的牛草,弯腰钻出苞谷地,往家里跑。

炸雷响的时候,章柿正在院子里收柴火。娘在织布机上,叫他把她晌午饭后扫到一起的碎柴火撮回灶火,一会儿下大雨冲散了太可惜。他放下书包,提了小篮来到院里,弯下腰,手伸向柴火,忽然"喀嚓"一声巨响,炸雷自天空直劈下来,他"吱啦"一声大叫,跳回屋里,"哇"一声大哭起来,全身不停地抖着。季瓷从织布机上下来,扑到当院,三两下将碎柴火末子撮到篮里,放回灶火,颠着小脚在大雨中回到东屋,把章柿搂到怀里哄着:"多大了,十来岁的男子汉,还吓得哭。"

章柿抽抽搭搭,好不容易止住了哭。章守信抱着草在雨中从院子后门跳着回来，把草往堂屋门口一扔，在密密的雨中把眼睛努力睁得老大，对着屋里老小说"我去南院看看牲口"，就那么光着膀子又跑出大门，骤雨的鞭子抽打在他身上。

那场雨实在是太大了，伴着雷声，整个村庄被这巨大的声音淹没了，谁也没有听到章守信发出的那一声声凄厉的大叫。如果老天爷有眼，他会看到一个人像疯子一般在南院捧着头跳着、蹦着，睁着恐怖的大眼睛咆哮着，双手伸向天空，向老天爷控诉着，他滑倒了，又站起来，疯狂地挥舞双手，终于一头栽倒，躺在牛的身边。

牛死了，很明显是被雷劈死的。那怀着孩子的、多情的母牛，眼睛还没有闭上，似乎只等着看一眼它的主人。它倒在地上，凄凉而惊恐地睁大眼睛。

雨住了，吹来凉爽的风，间或有几个挂在树上的雨滴掉下来，打在人身上，凉凉的。大地就要被带进黑暗之中。季瓷烧好了汤，不见章守信回来，叫章柿去叫，章槐也跟着要去。

两人来到南院，见爹和牛都在地上，一动不动，像是和大地长在了一起。天在这一刻呼啦一下黑严了。两人轻轻走过去，弯下腰，叫一声爹。爹像是从沉睡中醒来，铁块子身子刚刚变得柔软，他拉住儿子的手，哇的一声大哭起来："牛死了，咱的牛死了呀！"章槐长这么大没有见过爹哭，他一直认为，大人不会哭，哪知道大人哭起来也像孩子一般。爹哭着，又去搂住牛的脖子，伤心欲绝地抽泣着："再有两三个月，它就驮牛犊了。"

一家人都没睡觉，叫来村里人帮忙，连夜杀了，洗了，煮了，好肉拿到集上卖，下水和零碎肉送给各家一点。在集上卖了两天，肉还是没卖完，回来后，赶快分给大家。天太燠热，到了明儿就吃不成了。

对于小户人家来说，一个牲口就是半个家业，养牲口也是很有风险的事情，因为穷人输不起，可是在这样的家境下，不赌一下，怎能有起色有希望呢？

几天后，还在伤心之中的章守信又牵回一头小公牛，比之前更小心了，因为这回拿了家里的全部积蓄。可是第二年的秋天，这只小公牛还是得病死了。这让一家人害了怕。

娘到龙王庙里去烧香,试图向龙王爷问个究竟。村里几个年纪大的人说,咱这小庙里的龙王爷怕是管不了这事,得多花点本钱到城东的华严寺去问。

第二天一大早,章木林背着干粮,出村向东去了。

看他身影走远,早饭场里的几个能人说:"嘿,还用到华严寺,我都能给他说出来,为啥老是倒牲口?还他前人的债哩。你说说,他家做的事,那不是坏良心是啥,找人把自己儿打死,又翻脸不认账。"

"就你能,你咋不给他说哩。"

"我说,那他得信哩?这样的话,非得大庙里的人说了才中。"

在这一片广袤无垠的大平原上,密布着庄稼般浓稠的传说。人们都说,这片平原地带的人心眼多。心眼多是因为人口稠密,混生活太难,就连每一个传说都相伴着心机与计谋。

华严寺在县城东十八里,离河西章三十六里。

当然,那时远没有河西章这样没有来头的村子。

遥远的商朝,商高宗占卜得卦:遇西而止。他说,那好办,我只向东就行。想那时,这富饶的平原足以让我们的祖先雄迹踏遍,他们或征战或游玩或访民,或者他们认为人本是大自然的儿子就该每天奔走于大地之上,与土地、庄稼、河流、草木、牲畜为伴。高宗走到这个叫华严寺的地方,病倒而不起,遍诊而无方。他问手下人,前面的东方是何处,手下人说,再往前走几里,即是叫西华的地方。他说:"那好吧,给我准备后事。"

这华严寺在形似巨龟的高台上,谁也不知这平如巨大案板的平原上何来一块如一只——不,两只巨龟般的高地。在华严寺的南边不远处,还有一个龟形大土堆,被后人叫作高宗寨,只因商高宗葬在那里。据说这两只龟一公一母,前面,也就是南边的是母龟,华严寺为公龟。母龟不动,只缩着脖子,安详而羞怯地等待,是静止的诱惑,尽显雌性的安宁,而公龟以不为人察觉的迟缓速度向前移动,脖子奋力向南伸着，努力爬行。不知是上天还是某一个凡人，不知是智者还是一个傻子说了，当公龟追上母龟，此地就要出皇帝。

到了明朝的时候，那只公龟就要撵上前面的母龟了。一个老人坐不住了，这个老人是当地有史以来最大的官、当朝阁老的父亲，他在他儿子小的时候就做过一个梦，梦见一个大坑中有很多富丽的官帽，他领着幼小的儿子捡起来戴，戴一个太大，戴一个太大，直到坑底有一个，儿子戴上正合适……他想，他儿子理应当是此地最高贵的人，不能让那些大的帽子戴到别人头上……笃信梦境，于是以造福乡梓为由，在公龟的前方打了一眼井，阻止公龟前进……那口井当然还在，井水永抽不干，终年蛙鸣不止。

人们对传说惯于添枝加叶，甚至发展为离奇神话，用以满足自己对人生的遐想寄托。传说阁老本人曾诓回一位妃子，他对那妃子说："跟我回去吧，我们颍多湾是人间天堂，有七十二连城，三间无梁庙，一步三眼井，更有那颍河两岸十里长街。"当然，这些说道都是有的，可是，实际的情况……就像理想和现实的差距一样，远不是那么回事。那位常年养在深宫的妃子心向往之，跟他回到颍多湾。私奔的人都是这样，一时的狂热激情过后，就开始怀念从前的生活，即使载满深宫春恨。美丽的妃子脸上有了深深的愁苦与忧伤，她开始思念京城。阁老说："心肝呀你莫要愁，给你盖个望北楼，站在楼上望北方，看见宫殿和圣上。"使了多少物，耗了多少时，死了多少人，高楼盖到了杨树尖，妃子走上去，面向北方，她说："看到了，我看到了遥远北方的京都。"她是不忍再看到黎民百姓死于盖楼。这时皇帝派来的锦衣卫取走了阁老人头。阁老的女儿赶往京都，重金赎回爹爹那浪漫而多情的脑袋，将其与躯体合在一起隆重葬之。当地人为这位敢于拐带皇帝女人的英雄大行送葬。他那聪明的女儿购得同样贵重的四套棺椁，用四班人马，以同样的礼仪，在四个城门同时出殡，这使得后来盗墓的人也不知哪个墓里埋着那颗精明的头颅以及无尽的珠宝。

美丽的妃子再也不肯从望北楼上下来，据说夜深人静时，能听到她深深的叹息。

章木林走到北城门外望北楼下，吃了自带的干粮，借了饭馆的一碗白汤喝了，继续向东走去。他站起身的时候，曾经见到体面的一小队人，护送一个新晋的年轻长官，那人像是视察或者公干的样子。他不知道，这年轻人正是于枝兰的女婿。

郭仓实因着他爹常年的精心思谋，当然更因家里拿得出银子，谋了个在县上常常露脸的差事。他从小在念书上见不到更多的聪慧，没有过人的才能和胆识，除了憨厚良善看不出更大的才情，撑死了也就是中人之资，经由他爹的安排和扶助，走上这条平安的为官之路。郭仓实已有三个儿女，他似乎不需要纳妾，因为他还迷恋着家里那个女人。

章木林只是恭敬地看了那年轻主儿一眼，低头溜边赶自己的路。那春风得意的年轻人似乎向他礼貌地笑了笑，也似乎没有笑。世上的路又大又宽，富人车轧穷人脚踩，尊者走贱者也行，大路堂堂，天光煌煌，每天路上的土被蹚起多高，看起来走在同一条道路上，却各有各的心事，各人的忧欢各人受，谁也替不了谁。章木林的心里正像秋天的树叶，灰不塌塌的。他年纪大了，再没有能力经管这个家，他所能做的事就是带上几个钱去到那平时总没有机会和理由去的大庙里，说一说自家卑微的困惑和愿望。

他回到家里已是深夜，比去的时候更没有力气了。大庙里的人果然和村里能人说的一致。不过有一点不同，庙里的人还说了，自古人生福与祸，不能以眼前计。

"那是啥意思哩？这还不是坏事，那啥是坏事？"章守信和娘一左一右在章木林身边坐着，就着昏暗的油灯，三张脸上有捉摸不定的惊慌与神秘。

"佛家的事总不给你说明，可能只是劝你不要太伤心吧。唉，事就是这样的，你不去问不中，问了呢，信不信由你，因为这世上的理儿咋说都能说通。"

"那，咱还喂不喂牲口了？"这才是问题的关键，章守信急于跟爹商讨。

火苗轻轻闪了一下。三个人的眼光也有点扑闪。

"那，不喂牲口，还有别的法儿能换来钱吗？"爹说，"一个牲口半个家业，咱不能就把这半个家业撂下不管。我想，事不过三，再喂一个试试。"

这年冬天，季瓷的舅死在了山东，被送回家乡埋葬，在山东的一家老小都跟回来了。出殡的时候孝子贤孙空前地多，光是被季瓷的娘领着来的就有十几口人，章柿章槐这样的小孩子不知这死了的人和自家有啥关系，给他们说也说不清，他们只是跑着看这前所未有的热闹与排场，只那摆在堂屋八仙桌上的两个金香炉就让人稀罕得不得了，听大人说，这金香炉一个四斤一个十八斤，是逝者，也就是他们的舅姥爷从一个举人手里买的。从那以后好几年内，这金香炉在过年的时候都被摆放到桌上，冉冉地飘出烟气。

人总想给自己的后代置买财产，从来不会想到，他们置来的，也许是灾难呢。

章柿章槐也从来没有见过这么大的棺材，爹给他俩说，这不叫棺这叫椁，里面那个才是棺，里外两个棺木中间堆放着丝绸、香料和宝物，可使棺材里的人几十年不变形。

季瓷的娘引着一群人哭丧后回到小季湾，把人都叫到堂屋里说："你舅老之前留下话了，说他虽是多年不回家，可心里都记挂着咱哩，他一辈子攒下了点钱和东西，给我，给恁姨，给恁俩舅的都有。我和恁爹商量过了，钱得赶快给北乡送去，叫咱的孩儿早点回来。今儿黑就拿钱到北乡，剩下的东西给你们分分吧。"

娘摊开包袱，"呼啦"一声倒在桌子上，有玉石、玛瑙、珍珠、翡翠和耳坠、头花、簪子、戒指。娘说："我也不知这些哪个贵哪个贱，你们是自己挑啊还是我来分成三份？"

季刘氏说："叫她俩挑吧，剩下是我的。"季瓷说："叫嫂子挑吧，挑剩下俺俩再拿。"娘说："还是我分成三份吧，分给各人，也都安生了。"

　　章守信说:"我听说土匪交接人都在半夜,我跟东乡俺哥这会儿就去,先买住那看寨门的,央他半夜开开门进去。"

　　章守信和季玉女婿顾不上喝汤,踩着大雪来到杜湾寨。天刚黑严,那寨门正要关上,季玉女婿上前,塞给看门老人事先备好的钱,求告道:"无论如何今儿黑半夜我拍门时请将寨门打开,我们绝非歹人,只是想赎回养在你寨里多年的孩。"然后解开怀,叫看怀里的银元和烟土。那老人应允。

　　二人这才放心回到河西章,季瓷和婆婆赶忙将红薯糊涂烫了叫二人喝。喝罢汤,坐着说会儿话,两人出了村,在雪天里一路向北。来到杜湾寨,在门外定一定神,轻轻拍那寨门。果真开了,二人侧身进去,来到他小屋里,有个一脸胡楂的汉子在那儿等着,床上躺个小孩,睡得着着的。那汉子指指小孩,二人凑上去看,脸盘眉眼果然仿佛死去的季金。季玉女婿还是赔着小心问:"不会弄错吧,孩子离开家几年了,俺还有点吃不准。"那汉子说:"错不了,寨里就剩仨孩儿了,那俩一个七岁一个一岁。"当面交了烟土和银元,章守信解开大棉袄,把孩儿抱过来裹在衣襟里,踩着雪,两人轮换着抱,一路急急回到小季湾。

　　时间滑到民国三十六年的夏天,刚收完麦子。大热的天,昨天爱搭不理地滴了几滴雨星,才湿了地皮,就这也得赶紧把苞谷点上,好坏是点墒。从一清早干到晌午饭后,饭都是在地头吃的。吃完赶紧接着干。

　　好似有一股冷风刮来,冷得有点邪乎。不对吧?是不是身体出毛病了?打摆子了?咋就突然这么冷哩?停下犁耧锄耙,吃住牲口,癔癔症症地四处看看,除了可能变天外,看不出别的名堂呀,下大一场也好,有个透透的墒再点苞谷也不迟。突然,天黑得望不见几步外的人,冷风劈头盖脸刮来。"要下大了,赶快回家,别淋着了。"人们纷纷喊着,牵牲口收拾水罐拿家什提袋子找鞋子,往地头跑。来不及了,冰雹迎头打来。天更黑了，像是有个真神用手一推，"呼啦"一声把这世界推进了寒冬腊月，推到了夜半三更。看不清道，分不清方向，牵不住自己的牲口，那牲口也不听主人的了，惊吓得乱蹦乱跳。章守信见那匹大骡子死活不走，像是被定在地里，伸头向天，狂嘶着。他的头钻在它脖子下，双手护着骡子头，和它一起站在地里，任由那冰雹呼叫着砸下，也不知手上是烧的还是凉的，不知流的是血还是冰水。

其实不到半袋烟工夫，他却感到时间那么长，长得不能再忍受疼痛与恐惧，他和那匹大骡子一起倒在地上。

冰雹停了，像它来时一样迅速，天放亮了。地里的人躺下好几个，有的跑到地头的树下，有的躲在路边的麦秸垛边。在微微放亮的天光中，人们慢慢地爬起来，揉着全身的疙瘩，像是做了个梦。所有人都起来了，只有那匹大骡子再也没有站起。

他家倒牲口还都是在伏里天，肉立时得卖出去才能少赔些钱，两天卖不了的就得分给村里人，落个人情总比臭到自己家里强。

"这是他家欠下的，就得赔出来，谁叫他祖上不积德。"村里人吃着章守信家的骡子肉，香着自家的嘴，吧唧吧唧的，并不领情。

经过一致论证，他们完全相信这场冰雹就是冲着他家大骡子来的。

罗湾的罗掌柜现今已是近六十岁的人。他在村里小心而谨慎，话越来越少，目光变得锐利，嗅觉愈加灵敏，随时观察各种动向，关心时局，关注着从县城和沙河传来的各种信息。

只有他家里两三个人知道他的俩儿子都参加了共产党。两年前，有个半夜，从院子外跳进两个年轻人，告诉他，他的二儿子已经战死，埋在了当地。他叫家里人严守这个消息，悄悄地在家哭，第二天到街上像平常一样该弄啥弄啥。几个月后，他的大婆死了，小婆从西屋里住到了堂屋。

二儿子还没娶妻，十七八岁就从学校里跑了，一去就再没有回来，只是偶尔有人捎信来，如果是白天，可能是找头发换针的，卖豆腐游乡的，或是路过村里到他家寻茶喝的，总之他越来越爱看到陌生人。

那一晚，陌生人带来二儿子战死的消息后，他又怕见陌生人，但不见了，还是心焦。心都要揉碎了，因为大儿子一去几年没音信，两个闺女也都已经出阁，只撇下媳妇和一个小闺女是他罗家的后人。眼看着前后两个大院子里再无男丁，住到堂屋里的小婆已经四十多岁，生过两个闺女后再不见动静。罗掌柜于一年前用很贱的价钱娶回一个二十多岁的寡妇，住在前面那小婆腾出的西屋里。他去西屋倒是挺勤，可是他也六十岁的人了，谁要再说他是稀罕女人，想去上那年轻女人的身，他觉得冤：这会儿天上的仙女躺在屋里，我还有啥心想她那个小黑窟窿，我只是想给我罗家传个后人。他强颜欢笑，常常在小婆身上一边努着力一边就走了神，醒过神来的时候，惘然长叹。我这是啥命呢？忙了快一辈子，连个儿子、孙子都没落下，活着还有啥意思。终于，小婆的肚子算是起来了。想他姓罗的，几辈子家里还算殷实，没受过饥寒，没受过谁的气，该娶亲时娶亲，该纳小时纳小，按说不该有啥烦心事，只那一年村里的于枝贵娶了亲，那小媳妇搅了他的心。她不常在街上露面，可见上一回，就叫人的心里白受煎熬，晚上不管上大婆还是小婆的床，总觉得再不是从前的味了。有一回他突然想，这压在身子底下的人要是她，那妇人有着小小的个子，细细的腰，丰厚的屁股。于枝贵死了，按说作为一个村的爷们儿他该有点难过的，可他不但不难过，反而有点……那女人看似绵软，可罗掌柜知道，这种女人绝不是绵软的性子。他的判断得到了验证，枝贵坟上的土还没干透，她拍屁股走人了，把他对今后所有的打算一刀切断，把他的心也切了好大个口子，时常就哩哩啦啦的，不舒坦。

好容易把这事在心里放成了趼子，又有了儿子的事。

儿啊，养到那么大，上学上得好好的，说走就走了，现在人在哪里呢？活不见人死不见尸。

夜里睡不实，听院子里的动静。他坚信会等来儿子的消息，他甚至幻想着哪个半夜里小儿子一下子跳到他眼前，说："爹，人家弄错了，我活着哩，从死人堆里爬出来了，我再也不出去了再也不打仗了，你给我说个亲寻个媒，我就在家守着你了。"罗掌柜自己在床上想得热泪灌满了耳朵眼。他抬手擦泪的时候，院子里有了动静，"砰"的一声，像有人跳进来，声音很轻，可是他听见了。他每天晚上都期待着这声音，耳朵已经练成敏感的雷达，连一片树叶掉到院里都能听见。啊，终于又响起了，来的是好信儿还是凶信儿？老天爷呀，睁睁眼吧，我罗家不该灭。他心惊肉跳地披衣起床，拉开堂屋门。一个人影叫声"爹"，迈进堂屋。他的心忽悠一下回到肚子里，拉住那年轻人像孩子般"呜呜"地哭起来。

"别点灯！"大儿子在暗中说，因为他感觉到床上的女人在桌上摸着了洋火，他知道现在躺在堂屋床上的那女人已不是他娘。

"儿呀，可想死我了，你咋还知回来看看我呀，我想着你把爹都忘了。"罗掌柜孩子撒娇般拉着儿子不松手，越哭越激动。床上的女人也穿好衣服走过来，在暗中凑近来，伸手摸了摸他的肩膀。虽说这不是自己生的儿子，可看着他在一个院子里长了十来年，一点不想那是假的。她说："还没喝汤吧，我给你烧鸡蛋茶去。"

"姨，不烧，我一点都不饥，真的。爹，先别哭了，我就回来一小会儿，偷着跑回来的，只给你捎句话，必得亲口说给你，你也必得听我的。"

见他说得这么严重，罗掌柜不哭了。即使在黑暗中他也能感觉到儿子像个大人物，儿子的每句话对他来说不亚于圣旨。

"你说吧，说吧，我都听你的。"他两只手一直架着儿子的胳膊，现在把他架到堂屋门口，月明照进来，他看到儿子那张脸更英俊更成熟了，真的有了大人物的气派。他幸福极了，一时间万分温顺，张着嘴，支棱着耳朵，沉醉地仰视着儿子。

"爹，卖地，赶快卖地。"

"啊，卖地？"他万没想到，儿子半夜跑回来，给他说这些。

"卖地，听我的，要变天了。"

"变天？"他更糊涂了，变天跟卖地有啥关系，咱农民几百年来不都靠种地活着吗？卖了地，咱吃啥呀？

"噫，我的孩儿呀，那地可不能卖，那是咱几辈人攒下的。"刚被叫了姨的女人说。

"爹，你想想，我半夜里回来跟你说这，不是玩话。我问你，咱家现在有多少地？"

"有六七十亩吧。"

"太多，太多，得卖五十亩。"

罗掌柜差点一屁股坐在地上，卖五十亩地，这不是割他的肉、抽他的筋、剜他的心吗？

"那，这天可咋变哩？再变，咱也得种地呀。"

"爹，你别问那么多，千万听我的，啊。快点卖了，很快你就啥都知道了。还有，那生意也别做了，赶快关门，叫人都走，卖地时就说生意赔干了，要卖了地还债。钱放好，永不要露世。"

老两口呆呆的，不知说啥。儿子用手使劲捏了捏罗掌柜的胳膊："爹，姨，你们多保重，等着吧，我很快就回来了，一定听我的，你们只等享福。"他扭身要走，又回过头来："我回来这事，谁都不能说。"罗掌柜拉着他不叫走："你不到屋里看看恁闺女，跟秀云说说话？"他转身想示意老婆去东屋叫醒秀云，他知道不用他说，老婆会把小闺女抱到堂屋来，叫两个年轻人亲近一回，他简直是为自己那可怜的儿媳妇求他了，拉住儿子不丢手。"不敢叫不敢叫，要坏事的。"儿子挣开罗掌柜的手，跑到门口，拉开门闩，"吱扭"一声门响，人走了。罗掌柜还在这里挓着双手，小声说："叫我送送你呀，给你拿俩盘缠。"大门口早没有了人影。

月明不是太亮，浑嘟嘟的，他站了好一会儿，问身边的人："你说说，这是不是梦？"东边儿媳妇的屋里死一般地沉，那娘儿俩和平常一样酣睡。"进屋进屋。"进了堂屋，回到东里边床上，他交代老婆："千万不能告诉秀云儿子回来了，一是这事知道的人越少越好，二是她知道儿子回来却不进她房门，净是多添恼恨，也显得咱俩没成色。"

天刚蒙蒙亮，罗掌柜就起床了，不，从儿子走后，就再没有睡，他反复想着儿子的话，越想越严重，越想越怕。这是不是梦？我只等着天明后再去看看墙上的印子。

现在，看到那墙上被蹬踩的脚印，鼻子一热，伸手去抚摸，他看了好一会儿，又到院子外面，把外边墙上的印用手抹了又抹，看不出来了，他才回到院子里，站在里面的脚印边，再看一看，他实在不舍得抹去这痕迹。可有啥法儿哩，小心驶得万年船，不能因小失大，他拿把扫帚，举起来，在墙上虚虚地抹扫几下。听见东屋门响，一回头，见儿媳妇出来倒尿罐，他突然觉得羞愧，好像是他昨晚没有留住儿子，没能将他哄到她身上去，他问儿媳妇："我去赶集呀，去问问小闺女，她想吃啥？"儿媳妇客气地说："她睡着哩，恐怕叫醒了闹人。爹，你去吧，不用管她。"

"砰了砰了（注：表示发生不好的事，类似口语中的"坏了"），家里出了坏事，生意赔得光光的，只有卖地了，夜儿黑没合一眼，直头头儿睁着眼到天明。"当天早上在集上，他就放出了要卖地的话，"这可真是，有儿不笑贼，有女莫笑娼，只说当年笑话河西章那章家老大卖地，咱是没走到那一步呀。噫，我这心里呀，就跟害大病一样。唉，不说了，不说了，只等你们拿尺子去跟我量地了……"说着"不说了不说了"，可一见着人，又从头说开去，越说越伤心，眼里还真的有了泪水。他是真的心疼那些地呀。

很快，他的地叫河西章的章四海买了，叫葡萄湾的常掌柜买了，叫自己村上的几户人家买了。四百多块大洋稳稳藏在家中，他天天领着孙女玩，小婆也快要生了，他静观风云，只等儿子说的变天。

第六章

张大嫂，李大嫂

夜儿黑差点被虼蚤咬死了

叫张良，和地保

拿锁链，拴虼蚤

虼蚤一听事不好

急溜跟头逃跑了

一歇撵了十八里

捉住一个瘸虼蚤

重打二十板，关到监牢里

母虼蚤听说去送饭

掂着两个大瓷罐

监牢门槛高又高

身怀六甲没法跳

失手打了大瓷罐

母虼蚤哭地又喊天

季瓷正挺着大肚子在家里干活，她想赶躺下前多干点，织布机里坐不进去了，她缝衣服拆被子给章柿缝本子。正是清明节，章柿、章槐和孩子们一起跑着到坟上拾烧纸。每个坟头上，上坟的人用土坷垃压一张黄表纸，上完坟走了，那纸就在坟头，风一吹飘呀飘，学生们拾回家写字。季瓷仔细，怕那纸散着乱得慌，把它们一张张弄整齐，用绳缝好。章柿早已不识闲儿地跑出去，一会儿又拿回几张，跑进门来一屁股坐在墩上，却不防那里放着一本书。季瓷一声惊叫，举起巴掌打他："你长着眼没？那是圣人，你都敢坐！"章柿犟嘴："就是一本书嘛，咋就是圣人。""书就是圣人，你敢坐到屁股底下，圣人生了气，叫你学不到精细，当个睁眼瞎。""睁眼瞎就睁眼瞎。"娘儿俩正拌嘴，听到院里有人进来，伸头一看，两个穿黄军装的，把季瓷叫大婶，说通知他家人到庙里开会。

"开啥会呀？俺孩他爹下地去了。"

"土改会。"

"啥叫土改会？"

"就是土地改革会，去了就知道了，分地主的地给你们，咱打天下就是让天下人都过上好日子，解放了，都有地分。"

据村里的男人说，章守信在庙里开会时一跳多高地跟工作组的人吵架。他一听说要分章四海的地给他家，坚决不干："不要，不要，饿死也不要他家的地！"

工作组的人告诉他，章四海现在是大地主，他的地要分给贫苦农民，你们这些人均不足两亩半的，按政策都是贫农，长期受地主剥削，现在共产党是来给你们……

"谁是贫农？谁是贫农？你才是贫农哩！"在章守信的心里，这个新出现的词太难听了，这个词安在他身上、安在他家是对他的污辱。"再说得好，我不要他家的地，谁想要谁要去，俺的十亩地够吃了。"

工作组的人耐心告诉他，如果他不要地，就证明他不需要这些地，也就是说他不愿被划为贫农。

"我就是不愿当贫农。"

"那你想当啥？"

"除了贫农，还有啥呀？"

"还有雇农、中农、富农、地主，中农里还分上中农、下中农。"

"富农是啥情况？"

"富农是家里地自己种不过来，雇过人帮工的。"

"那我还不够哩，我就当中农吧。"

工作组的人笑了，有人咬耳朵小声说着什么。

"我就当中农了。反正我不要他的地。"章守信一甩手走了。马上有人指指自己脑袋给工作组的人说："他有病，羊羔风，弄不好就忽吞（注：猛烈）倒地犯病了，脾气急燎着哩，说得不得还打人，能跟咱常人讲通的理跟他讲不通。"

第二天，王干部一行三人来到章守信家，与章木林老两口谈话。老两口费好大劲听不明白干部说的啥，咋一下子来这么多新说道呀，觉悟呀，新社会呀，都是他们听都没听说过的。老人说："唉，俺俩不当家好几年了，有啥话还是给俺孩俺媳妇说吧。"

于是季瓷被叫到了王干部面前。

王干部还没有开口说话，季瓷问他："你们夜儿不是说做鞋的事吗？啥价呀？"

王干部笑了："你们做的这叫拥军鞋，是无价的。咱先说说你家的成分吧，你们商量好了，就当中农？要不还是好好学学政策再说吧。"

"俺家掌柜的夜儿回来说了，俺一家都商量好了，不要人家的地，也不当贫农，俺一家几辈喂牲口种地，起五更搭黄昏纺花织布，就是为的不当贫农。"工作组的人对视笑了笑，问她："为啥不当贫农？共产党打天下就是为了你们这样的贫农翻身得解放啊。"

季瓷怔了怔脸子，说："贫农，太难听，怕将来俺孩寻媳妇不好寻。"

"也好，别怨俺没提醒你呀。中农也是我们的团结对象，就给你家定个下中农吧。"

街里的土被蹚起多高，一天又一天在上空飘荡着，落不下来。村子里比过大会还喧闹。不但地分了，还分桌子柜子箱子，分盘子分碗，分衣裳分首饰，地主富农的家里就像是集上一样，东西被摆到当院，摆到街里，村民挨个上去拿，看上啥拿啥。章守信被叫到名字的时候，他走到那一堆物品前，迟疑地看着这些不属于他的东西，发癔症般站在那儿。一个穿黄军装的干部说："快拿呀。"他还是愣愣怔怔的。"你要是不知拿啥，就这小桌和这件衣裳吧，给，搬走。"干部们又喊下一个，章望富。章节高颠颠地跑上来说："俺爹有病了，叫我来。"伸出胳膊抱了几件衣裳下去。

解放军大部队来到时，是1948年收麦的时候，他们给罗掌柜带来一个准确消息，他的大儿子已经向北去了。

罗掌柜一算，他家剩的地正好不够人均二亩半。看来儿子真是提前知道信儿了，这说明他的官当得真够大，能提前知道别人不知的事。

可贫农、中农、富农又能咋呢？

有一个铁定的现实是，从今天起，罗掌柜成了贫农罗大爷，他将有幸参加各种各样的会议，走上台子的时候，领受着人们尊敬的目光。所有人都知道，他的大孩儿就要在北面当大干部了。

村里开会，号召闺女媳妇给解放军做鞋，一双鞋要做够一斤沉。季瓷当夜翻箱倒柜找布打糨子抿袼褙，第二天天明的时候支在门口的袼褙已经半干，吃罢早饭，她用家里剩下的一点袼褙先合了个鞋底。有人在门口喊着开会，男女老少都得去。她手里拿着鞋底去了。

地主章四海已经和西头的一个富农低着头站在会场前。会上通知，过几天要在白果集上开一个批斗地主富农的大会，本村的几个地主富农要去示众挨批。念全县名单的时候，季瓷听到了于枝兰公公的名字，听到了她姐季玉公公的名字，听到了葡萄湾常掌柜的名字。

做的鞋交上去，当场有人拿着秤，一双双过，只有季瓷做的鞋足足一斤沉，下来是聚财家的，十四两，再下来是章四海小婆的，欠欠的十四两，可章四海现在是地主，她做得再好也免不了罪过。

章守信参加解放军的担架组，跟着村上的几个壮劳力一起到北边县里抬伤员去了，章柿也想跟着去，解放军看他人小个低，又正上学，没有要他。章柿有点不服气，节高跟他同岁，就是个子长得大，跟人家说他十六了，就跟着担架队走了，腰里扎着一圈布带子，可神气了。

工作组的人找来季瓷，要她去白果集开批斗地主富农大会。季瓷说："我不能去，这几天就得坐月子。"工作组的人一想也是，叫一个肚子这么大的婆娘去斗地主也不太合适。

有人给工作组说："叫桃花去呀，年馑时贫苦农民没饭吃，章四海借机用几十斤小麦换贫农的一亩地，还霸占了寡妇桃花，现在还霸占着哩，两人动不动就钻到苞谷地里，狗连蛋一样尻哩捣哩，把祖宗的脸都丢尽了。大地主章四海不但霸占桃花，还逼走了桃花的小叔子章有福，到现在人都不知下落。"

工作组的人被泼妇桃花大声叫骂着撵了出去，人都走远了，她还站在自家门口跳着脚大声日映，并且一路跳着就映到街里："都听着，这世上男女，一个愿尻一个愿挨，关恁王八孙啥事哩，恁都眼气了恁都×痒了？年馑时咋不饿死恁哩，那时恁都巴望着哪个人半夜拿半拉红薯干面馍都叫你失急慌忙脱裤子哩，给工作组告状，顶屁用，我苏桃花的脸早就抹下来扔河里了……"骂声像河水泛滥。街里没有一个人应声，连狗都不叫了，扑甩扑甩尾巴，远远地看着。人们这个时候都不出门，商量好了似的，只在自家院内听。哼，还没见过这么不要脸的哩，你桃花有本事卖×有胆量作祸，你就等着吧。村庄变得更安静了，所有人屏住呼吸，只有桃花的叫骂在寂静的街上回荡。

章四海的小婆从大门里侧身出来，小脚虚虚地踩着街里热腾腾的细土来到她身边："憨子，四海叫你回家去，别再映了。"桃花扯着最后的高音又虚骂两声，拍拍屁股从街里走了。

可是她并不知道，工作组做好了续强的工作。这个十六岁积极上进的青年在批斗会一开始，就冲上台去照着章四海的脸上捣了两拳，又向他裆里踢了几脚。这个年龄的半大孩儿正是口拙的时候，说不出批斗的话，就算是别人编好了叫他照着说他也说不出口，又怎能描述这个大地主如何霸占自己的娘？他夏天曾在屋子里看到两个人在当院里干那事。

会后，续强气鼓鼓地回到家，好像他这么多年来才知道大地主把他妈日了,他才像梦醒似的感到了羞耻。他想,人的知足和羞耻是在哪个节骨眼上转的呢?他那些年天天吃饱饭的时候,咋一点不觉得羞耻呢?他走进家门的时候还在生气,还在想,最好是亲手宰了那个老家伙,才能洗刷掉自己身上的耻辱。

桃花在门里伸手把他推个四仰八叉,他不及防备,远远地退出好几步倒在地上。桃花把他的衣裳往外扔:"章续强,我日恁祖奶奶,跟恁叔一号货,白眼狼。你忘了你小时候饿得在床上起不来是啥样了?那时候,咋没有把你饿死呀!去吧去吧,去积极吧,去表现吧,去舔工作组的屁股吧,去叫人家爹吧,去叫人家管你饭吧,别进我这破鞋的门了。"

季瓷在家里生孩子,她早已生顺了,连接生婆都没请,只让婆婆在一边招呼着,几乎没疼两下,那一团血肉就掉在床前的草窝里,哇哇地哭。婆婆说,又是个孩儿。她无力地躺在床上,听婆婆窸窸窣窣地擦洗收拾。

章柿因为上学断断续续,十五岁了还没上完小学,这会儿又不想上了,没柴火拾的时候,就到处跑着玩。

娘生孩子,他早早被支出去,这会儿想着大半天了,可以回家了。他趴到床边,心疼地看小弟弟露在外面的脸蛋。

罗贫农接到一封北京来信,一看到信封他欣喜万分,高兴地打开来看。儿子在那边任职了,团级干部。再往下看,眼泪都快气出来了,儿子说,当年他在家时,爹给他娶的亲,他本就没有感情,又出去干革命这么多年,与家里那个女人不可能再共同生活,现经过部队批准,他要和家里女人离婚,各种手续寄来,请爹做她的思想工作,早点处理好,不要误了人家前程。

罗贫农自己倒像个弃妇一般,"呜呜呜"哭了起来。这叫咋回事哩,为啥非得规定一个男人只娶一个老婆哩,这不是管得太宽吗?人家自家里的事也管,为啥他要再娶就非得让这个挪窝哩,一个在家里一个在北京,各不碍事,你为啥非得叫人家走?这叫我咋给那媳妇说？人家在咱家守着空房快十年了，我去给人家说"你走吧，俺家不要你了，俺儿当了官，他要娶城里的洋女人"？叫我这脸往哪儿放，我往后还咋做人？

跟老婆商量这事，老婆说："他在城里娶他的，咱挡不住，可咱不能撵秀云走，她还给咱生了个小闺女哩。"

是这个理，可这个事终究得叫秀云知道吧，北京就是再远，那陈世美总得回来吧，可万一哪天人家带着城里媳妇回来了，咋弄？想来想去，还得跟媳妇说，就说："他不要你了，我们还要，你就留在咱家里，将来你想往前走了，俺陪送你走，你就当是咱家闺女了。"

好不为难呀，老两口整整合计了一个晚上，终于狠狠心把这话给媳妇说了。当然，着重是说："我们还是要你的，我们不叫你走。"媳妇一直不吭声，回到自己屋里插上门。罗贫农不放心，叫老婆去打门也不见开，叫来个小伙子把门撞开，见房梁上吊着人，七手八脚卸下来，揉搓一番，那媳妇长出一口气，大哭起来："我不活着了，快叫我死了吧……"每个女人寻无常时说的都是这一套，颍河水一样滔滔不绝。屋里一下子挤满了来劝的女人。这劝导也都惊人地相像，完全是一个师父教出来的。这个受冷落的人一下子被重点看护起来，一个门里的女人轮流陪着，日夜有人在身边用最温柔的言语和态度对待她。见天早上，罗贫农巴结地在窗外说："秀云，我去赶集，你想吃点啥呀？"秀云不答话，陪着的女人出来说："她啥也不想吃，你去吧。"他去灶火给老婆说，给她打个鸡蛋汤。门里几位年长的女人挨个来劝，把世上所有女人的难场说给她，叫她明白她根本不算这世上最倒霉的，"他不要你俺要你，他现在跟咱不是一回事了，咱在家过咱的日子，恁公公婆子还是恁公公婆子，恁妯子大娘还是恁妯子大娘"。

罗贫农怀着弃妇的哀怨给儿子写了回信，告诉他在外面想娶谁娶谁，他们不管，也管不了，只是秀云还在家里，她现在没说走他们就不能叫她走。秀云啥时候找到下家说要走了，就从家里走，他们给她陪送。还说他要是还有良心就从高工资里寄回几个钱来，他们当老的不指望花他的，可他别忘了自己还有个八九岁的小闺女，在村里学校上学了。并让他记住一条，秀云在这个家里一天，就不要把那城里媳妇引回来。俩人愿意咋好咋享福，天天吃香油煎鸡蛋他们都管不了，老两口想见她了，或是她有孩子了，自会去看。

很快，儿子寄回钱和信来，不只是给小闺女的，基本上家里每人都有一份，当然，秀云那一份最多。拿到钱的秀云明确表态，她离婚不离家，她要照望小闺女，小闺女长大出门走了，她伺候老人，她死也要死在小东屋，她埋也要埋在罗家祖坟里。

罗贫农一想先这样也中，现在眼看是新社会了，男男女女都兴一起在街上走了，又是开会，又是扫盲，她将来真是跟谁再好上，留下小闺女，她爱走哪儿去就走哪儿去。

秋天，全国解放。春节前，罗贫农的大儿子从北京回来了。事先没有消息，突然出现的。披着气派的军大氅，由县里的领导陪着，坐着小卧车回到罗湾。罗贫农激动得两眼噙泪，叫老婆和秀云忙里忙外地烧茶、做饭，上下跑着支应。村里村外的人也跑来看北京回来的大官，婶子大娘叔叔大爷们接过他递到手里的糖，那笑容比糖不知要甜多少，这个说"你可胖多了"，那个说"你生得就像是当官的，这我从你穿开裆裤时就看出来了"。

整个村子都被亢奋包裹着，人人都激动着，奔走相告：罗家的大孩从北京回来了，当大官了，穿着军大氅，给大家散的是牛奶糖、洋烟卷。大家都乐呀说呀笑呀，却忘了一个人——秀云。她忙完灶火里的活看着县上领导走后就躲在自己的小东屋，闺女被大家喊去见她的北京爹了，这会儿正在她北京爹的怀里，被热乎乎搂着，给嘴里塞了一块糖。秀云也曾在忙着的时候偷眼看那军官，恍惚，这还是那个曾上过自己身的男人吗？他咋就像模像样地穿得这么气派，他是国家的人了，是部队里的人了。他还长着那玩意儿吗？这么神气的男人还需不需要长个那东西，他还有没有把那玩意儿擩到女人身子里的想法？他从进门来，除了第一回照面时客气地点一下头笑了笑，就没有正眼看过她。

罗掌柜下午引着儿子到祖坟里去，让他这个了不得的儿子给祖先烧纸磕头。这会儿，客人都走得差不多了，油灯也点乏了，儿子支走小闺女，拿出一张相片给爹和娘看。是个细眉俊眼的女人，儿子说是南方人，二十岁，高中生。罗贫农的心情就有点复杂，高兴是高兴，可不由得想起秀云："唉，娶个南方人弄啥哩，好看是好看，可看样子细溜溜的，有没有劲生小孩哩。"儿子说，已经怀上了，明年开春就生。

小闺女"吱啦"一声跳进来："俺娘上吊啦！"

众人来到院子里，听到秀云在她的小东屋里哭喊："叫我死了吧，我还有啥脸活着，我叫人家扔到半路上，我这会儿去哪儿呀？恁都说说，回娘家娘家不耐烦，在这儿这儿不是咱的窝，成了破烂儿，人家宁肯断子绝孙也不看咱一眼，叫我死了吧，死了我睁眼不看了……"

罗贫农的老婆和小婆进屋去，见秀云拿着绳子瘫坐在屋梁处的地上，好像是她拿着绳往梁上搭的时候没劲而瘫到了地上。少不得二人将她从地上架到床上，一左一右地劝导。

院子里罗贫农突然就意识到他高兴昏了头，一直还没想儿子晚上睡在哪儿这个问题。他哀求般地对儿子说："这样吧，你今黑还睡到秀云屋里，那总是你的窝呀。"

"那咋中哩？爹，俺俩现在离婚了，没有夫妻关系了。"

"这是回到咱家了，不论这些，"罗贫农把儿子拉回堂屋，好言相劝，"大过年的，别弄得她死呀活呀的出人命。哄她高兴几天，过完年，你拍屁股走人，权当啥事都没有，中不？"

"那不中，她要是怀上了哩？"

罗贫农心里说，嘻，那不是太好了，我正想哩，嘴上却说："哪能那么巧哩，就这几天，她就是见天晚上缠磨你，横竖也就是几回。"

见儿子还不松口，罗贫农说："你就算是可怜可怜恁爹吧，别叫我作难了，这些年你丢下她跑了，都是我在家看她的哭丧脸子。"儿子还是不同意，罗贫农说："咋？你的屎就真主贵成这了，还得我给你跪下不成？"

罗军官叹口气说："那好吧。"

罗贫农欢欣鼓舞地押着儿子来到小东屋，对几个女人说："看他大老远回来，又支应了一天招待人、说话，早就累了，秀云，铺铺床叫他早点睡吧，可别再给他气生了，啊！听见没有哇？"

秀云擦擦泪眼，仰头看看公公，又看看真不溜溜站在眼前的军官，赶忙住了哭声，起身从箱子里拿干净被子、床单。罗掌柜张开胳膊，轰小鸡一般对屋里的女人说："都走吧，都走吧，妮儿，走，跟恁奶奶睡去。"他的两个老婆也带着好像自己将要享受欢娱的兴奋出门了，罗贫农转身带上房门，挂上门搭钩，从堂屋里拿出大锁，"咯吧"一声锁上，才放心回堂屋睡觉。哎哟，多少年了，啥时候才像现在这样，心里能稍微舒坦一会儿啊。

第二天早上，他亲自打开东屋门上的锁，过了一会儿，看到儿子媳妇先后从屋里出来，媳妇低着头，身子轻飘飘地提着尿罐到茅子去倒。他心里更加舒展。

儿子过了初五才走。他被村里人拥着，像一大团绣成球的蚂蚁，慢慢滚动出村子，进行艰难的告别。披着回来时披的军大氅，挥一挥手，作别乡亲，走了。

油菜花开的时候，他写回一封信，说他北京媳妇生了个儿子，叫爹和姨去北京，一是看看媳妇和儿子，二是叫姨去伺候月子。罗贫农看着信心里得意地说："哼，家里的这个也怀上了哩，不出秋天，也得生一个。我这叫双丰收，一年添了俩小孩。"给家里几个女人交代好，老两口欢天喜地坐上火车去北京了。

他们只说去北京看看，没说去干啥，可秀云知道。她不生气，从罗军官走了之后，尤其是自己肚子里有了后，她不再生气了。其实她自己也知道，以她这一摊子去配那个男人，实在是有点勉强了。她当初不走是对的，她那晚苦肉计上吊也是对的，再给罗家熬上个孙子，她今后也就有指望了。那城里女人说得再能，我是大的，离婚了咋，我这叫离婚不离家，叫你们在北京舒坦死，我眼不见心不烦，你要是有一天真回来，那还得看我想不想招待、愿不愿伺候哩。再说了，这世上被扔到半路的女人多了，又不是我一个。

中秋节刚过不几天，秀云生下一个闺女，她给取名罗北京。她请公公原谅她，没有叫当爷的给孙女取名，她一定得让自己的闺女叫这个名儿。罗贫农说："好着哩，好着哩，就叫北京。"

第七章

大年五更胧胧月

堂屋南山

拴着个抿角大叫驴

贼去偷它

瞎子看见，聋子听见，哑巴就喊，瘸子就撵

一歇撵到千里县

碰见一颗金色豆

拧成绳，拴住他，送回来

拴到后院枣树上

上桑树，砍柳棍

打他一百榆木棍

扫腿一棍，打住脖筋

你若不信

扳起脚心看布林

章柿又要去上学了。季瓷说："你想好，要上就当事上，要是不想上，趁早回来干活，还给家里添个劳力。你爷年纪大了，地里的活干不动了。"

章柿给爹娘保证，这次一定好好上学。

两年后，十七岁的章柿在白果集小学毕业，去县里上初中。这时，章槐也快在白果集小学毕业了，章棣两三岁，满院子跑着玩。

会还是那么多，批了这个批那个，季瓷的舅家属于南边另一个县，定为地主，她那个活着的二舅也被到处游街批斗。当年这位二舅最喜欢村里人喊他二大，现在，二大整天灰不溜秋地到处挨批，弯着腰回到村里，人们在背后指着说："看，二大回来了，早先时牛气得受不住，这会儿腰塌成这样。"

季瓷在扫盲班学会了写字，能歪歪扭扭写出一家人的名字。

桃花一坐到夜校板凳上，屁股就像扎了圪针，咋样坐都觉着不对，那些字在黑板上曲曲连连的，像虫子乱爬。还真是守信家说得对，世上没有读书好，世上没有读书难，这哪胜在地里干活得劲呀，这哪胜和四海半夜里往河滩里跑舒坦哩。桃花受不了这洋罪，终于在一个晚上从夜校扫盲班抬屁股走人了。

章四海一被批斗，再也不主动找她了，可她不答应，恨四海怎么就把她晾下了。有一天，她把正垂头丧气走着的章四海堵在村头的苞谷地边。

"咋了？把你斗昏了，想不起我了？"

"唉，我现在连个苞谷面饼子都给你拿不去了，家里叫分得光光的。"

"谁要你的东西？"桃花喊了一声，泪花就崩出来，火星子一样在脸上乱跑，"我跟你好是为着你那点东西吗？你忘了咱俩说的那些话了？"

章四海看看前后，又看看身边苞谷地："站这儿说话不好吧，叫人看见又是罪。"桃花伸手拉他，进了苞谷地。两个人都深深地弯下腰，走呀走呀，直往苞谷地的深处去，他像当年一样气喘吁吁。"中啦中啦，再走就走那头儿去了。"桃花回过身，扑到他怀里，嘴急切地凑上来，带着火星子电闪子说，"我啥都不要你的，只要你跟我像以前那样，我有力气，我有地了，我能干活，我能养活你，你只记住一点，不得不理我，我要你还来这苞谷地里，你愿意不？你说，你愿意不？"章四海被桃花的烈焰烧得"噼噼啪啪"作响，忙不迭地说："愿意，愿意，只要你不嫌弃，我死到你身上都愿意。"

"叫他们斗吧，叫他们批吧，咱俩就是好了，就是舒坦了，气死他们王八孙。"桃花说。

稍微大一些的村子都有扫盲班，白果集更别说了，中学里晚上灯火通明，旁边两个小庄子的人也来这里识字。告老回家的季瓷爹又被请回来，担起了教乡亲们识字的任务。晚上喝罢汤，他自己出门到白果中学，儿媳妇跟着村里的女人一起去，下课后，两人再和村上的男人女人一起过了颍河上的石桥，说着话回家。季刘氏不在他教的那个班，不论是谁先下课几分钟，都在门口等着。

那晚，季先生下课后到另一个教室门口等，见人早就走空了，他有点奇怪。回到家，他问季瓷娘："咋，小妮他娘先回来了？"季瓷娘说："没回来呀，噫，是不是我没听见，叫我到后院看看去。"一会儿，从后院回来，说："还真的没回来。"老两口等了一会儿，季刘氏低着头进屋，见了公公说："哟，爹，你回来了。我下课后肚里不舒服，到茅子去了一趟，出来就看人都走了，黑乎乎的，怪吓人哩。噫，小孩都睡了？"她问婆婆，脸上红扑扑的。

"都睡着了，你也去睡吧。"婆婆说。季刘氏低着头出了门。

半夜里，季先生好似做了个什么梦，突然惊醒了，似乎听到后院里有响动，像是人碰翻了墙边放的砖瓦。他一激灵，联想到儿媳妇那天回来晚了，脸红扑扑的，似跟平日不同。随后的几天，大家一起回时，她跟在人群中，别的媳妇说笑她似乎也没有听见，桥上过时，身影像是飘着一般，一看就是魂没在身上。也许他从梦中惊醒是缘于内心几天来的不安。他推醒了身边的季瓷娘："我听到了后院有声。"季瓷娘在睡梦中说："深更半夜的，哪来的声儿，睡吧。""有声儿，你听，从咱的山墙边往前走了，走到院子里了，这不是开门声。"季瓷娘也醒了，怔怔地在床上。

季先生起身趴窗户上往外看，月明地儿里，季刘氏那飘忽忽的身影从大门走回来，头发披散着，穿一件小布衫，扣子几乎没有扣，虚虚地在胸前揽着，小脚轻盈地踩在地上，顺着季先生的堂屋窗下走回后院了。"哗啦"一声响，季先生听到有个东西在自己心里打碎了。

第二天，季先生不由得留意看儿媳妇。唉，这一仔细看，她还真是个寡妇相苦命样，胯骨窄小，细溜溜一个身架，真不知她咋还能生了俩小孩，脸小得有一巴掌宽，杏仁眼，细眉毛，一张薄薄的小嘴，终日里紧紧闭着。季先生当年只是跟她爹友好，看她从小家教好，就说给了自己的儿子，却不知她是这样的命，年轻轻守了寡，这也五六年了。当初曾问过她，愿不愿再往前走，她说过不愿，现在是不是得再问问她了？

季刘氏给他端上来饭时，他伸手接住，问她："夜儿黑是不是小孩起来到院里尿了？我听见把瓦碰了，屋里有尿罐，别叫小孩夜里出来，沾了邪气不好摆治。"

季刘氏的脸"唰"地红了："是我，半夜里肚子不舒坦。"说完脸又突然白了，因为茅子在南屋的东山墙，她怎么会碰到摆在公婆屋后的瓦呢？

晚上喝罢汤，季刘氏对公公说："我肚子还是不舒坦，今儿黑不去识字了。"

这晚，她没有来，急坏了一个人，那就是教大家识字的周老师。周老师往日都能在下面仰着脸听课的人中看到她，在昏暗不明的灯光下，季刘氏的脸更显得像仙人般虚虚飘飘不真实。

周老师是见过世面的人，一眼能看出女人的优劣高低。第一天晚上，他走上讲台，扫一眼下面的人，男人不必说了，没啥看的，女人中，他发现一个与乡野村妇不同的人。她纤细白净，哀怨忍耐，眼睛忽忽闪闪地不看他，可他知道，她心里想看，她的想看与别的妇人不同，她把自己隐在暗处，那眼光似羽毛般，一下，一下，又一下，轻轻扫在他的心尖上，有时候又似懂非懂地带着好奇和询问，如灶膛里大火燃尽后的火苗，蓝色的，娇羞的，疲倦的，似有若无，从一堆灰烬中突然俏皮地跃出一朵,在他脸上舔呀燎呀缠绕呀。她为什么有这么多的哀怨,为什么有着欲言又止的忧愁,她还有着似乎从没有被男人侵犯过的贞洁和不谙此道,可她看着也是个三十多岁的妇人了。没有男人能经得起这种目光,周老师在讲台上站着,表面镇定自若,内心已燃起烈焰。他让同学们照着黑板上的字写,他一个个过去看,走过一个个闺女媳妇,走过一个个臭男人,来到季刘氏身边,停下来,看她写"人、口、手"。

第二天晚上,季刘氏坐在最后的角落,周老师明白了她的心意。再巡视的时候,迟迟不到她身边去,只在别的学生跟前停留,看一看,手把手教一教,说一说,笑一笑,也许那些闺女媳妇都以为周老师只为在自己身边停留。他满足于这种被宠爱,他拖延着不去她身边。恋人有时会用这种残忍加深对对方的煎熬,加筑自己的甜蜜与激情。直到快下课时,他在教室里转着,给大家说:"这写字呀,要天天练天天看,你要是不练不看,今儿黑学的都是白搭,到头来还是你不认识它它不认识你。"他走在她身边,像是个趔趄般歪了一下,起来时一个纸团在她怀里。她知道他定会这样,她知道他硬着心肠不过来可他的心一定在她身上。一个个长夜的孤独冷寂,修炼出她一颗通达灵性的心。与寂寞为伍太久了,这几天面对或许将要到来的一切,她常常硬着心肠给自己说,大不了一个人躲在夜的怀里流泪,大不了哄睡孩子后一个人来到堆放杂物的西屋,关好了门,蒙在被子里放声地哭泣。她握着那个纸团,在手里舍不得立时展开。周老师走上讲台,说:"好,今儿黑就到这儿吧。"这些刚识了几个字的学生还没有学会规矩,"呼"地吹了自己的油灯,"哄"的一下起身,碰得板凳桌子乱响,呼啦啦走了。季刘氏丢了魂般,手按着桌子缓缓站起来,像是耗尽了全身的力气,把那个纸条展开放在油灯下,上面是周老师写的三个毛笔字,人、口、手,在"口"字里面,用铅笔画了个油灯和火苗。

她手里握着油灯,来到后院。这是教师们住的地方,本校的老师中午在这儿歇息,晚上都回自己家去,只有几个外乡来的新老师晚上住在这里,那里只有两个窗子亮着灯。她觉得自己轻飘飘了,只管往前走,身后的一切,家里的一切,连下了课后等着和她和大伙一起回去的公公都忘了,她被自己这股劲吓住了,天哪,怎么就像蛾子一样要扑向那火苗。两个房里亮着灯,是哪一个呢?越走越近了,"嗵嗵嗵"的心在胸口跳着,"呼呼呼"的风在耳边响着,像是要把她带起来飞离尘世。她按住心口,就见一个窗户上突然显出他的头影,是他,他只闪了一下就吹灭了灯。她走过去,正要抬手推门,门"吱扭"一下开了,里面的人把她"呼"地拉进怀里,像是抱一只小兽般搁到床上,两人拉风箱般一上一下喘气。"哪个庄的?""小季湾。""谁家里的?""公公是季先生。""男人干啥的?""死了。""咋死的?""土匪打死的。"这场突然而短促的激烈拥抱,带着闪电般的惊吓与甜蜜冲击,对她来说是地狱般的黑暗中突然撞进了万丈光华。

周老师心疼地给她扣好衣裳,理好头发,这才顾得上给她说起自己。他家是南边一个县的,三十六岁,之前参加革命,家里有老有小,他是被抽到这儿临时当扫盲老师的。季刘氏拿起油灯:"我得走了。"周老师紧紧抱住她,明知故问:"不走不中吗?""不走不中。""再等会儿吧。""必得回去了,真的。"两人连成一体来到门口,门开了,人还是不丢手,剥离开胳膊剥离开身子剥离开钩着的腿,最后是嘴唇的艰难剥离。季刘氏推了一把,魂魄丢在这里,躯体出门而去。握着油灯,一口气跑到石桥上,放慢了脚步,张开嘴巴,把狂跳着向外蹦的心往嗓子眼里放啊放,缓缓抚摸胸口,想好回家要说的话。

季先生正在家里,学校里几个老师来了,里面就有周老师,手里提着两包馃子一瓶酒。周老师说:"来这里快一月了,忙来忙去,还没有出过白果集,也该来看看德高望重的季先生。"另两个老师说:"季先生回家以后,俺也没来看过,今儿也算是借了周老师买的馃子和酒,来看看你。"季先生赶忙叫季瓷娘换豆腐打鸡蛋,又叫来季刘氏,掏了钱,叫去集上割肉,被几位老师硬拦下了:"来得就冒失,有豆腐和鸡蛋就好得很了。"

几个人在家里吃了午饭,又说了会儿话,告辞走了。这只是一场合情合理的拜访。

当晚，季先生把这些事前前后后一想，断定夜里来到他家后院的是周老师无疑。

他下了课，留意看那年轻人。

周老师正心神不定地往后院走，脚下像踩空了般。他幻想那没来认字的心肝儿也许会在房中等着自己，想着他走过前面那个弯，她细细的身子会站在那里，他再走两三步，那人会从暗中跳出来，抱住自己，他回身将她搂在怀里，掠向他那甜蜜黑暗的小屋。

季先生站在那儿，看着那年轻人不安的身影走远。他庆幸自己没有急急叫住他，叫住了说啥呢？挑明了对谁有好处哩？谁不是从年轻时候过来的，谁不知那是怎样的大火，能把人烧煳烧焦，燃成灰烬。可是由他们这样下去吗？万一哪天儿媳妇的肚子鼓起来，让一家人的脸往哪儿放……

季先生缓缓上了石桥，停下来，看着河水，想起自己死了的儿子，心更加烦忧。要是儿子活着，咋能有这种事哩？就算是有人想吃腥、儿媳妇想偷人，那可以光明正大地打一架，把那人打跑，回家把儿媳妇打闹一场，认错的认错，服罪的服罪，今后日子该咋过还是咋过。谁没有犯浑出错的时候，也不是太窝囊的事。可是现在，你叫一个寡妇自己打心里不想男人，那比啥都难。

夜里他睡不着，听着院里的动静。果然就有了。季刘氏猫一般跳着来到大门，将那人引进来，转身关了身后大门，扯了手从他堂屋的窗下走过，从他的眼皮子下走到后院去了。这次他们很小心，没有碰到院里的任何东西。

老婆问："咋办？"

"咋办，还能咋办呢？总不能到后院把他俩堵到小西屋吧？撕破脸皮，那就太难看了，净是叫她恼了咱俩。"

再也合不上眼了，二人躺在床上，也不说话，只是一递一声地叹气。

夜静得死了一般。

直到鸡叫了，听到窗下有猫儿般的脚步声。也许压根没有听见，只是感到了，或闻到了一股叫人羞耻又叫人震颤的气息，季先生浑身激灵了一下，折起身子，那么准时地趴到窗前，看到二人扯着手，在静得像铺了一层霜、缀了一层绒毛、照着一层贼光的地上，一个将一个送出大门。哦，真的是一点声音都没有，可他怎么就听见了呢？那窄小的妇人插了门转身进到后院，还是那样披散着头发，还是那样衣服好似没有扣，虚虚地拥在胸前，周身散发着轻飘飘的疲惫与腥热气息，那是一种引诱雄性的气味，专在夜里绽放。想到这女人还要早早地起床做饭干家务，装作昨晚睡得很好的样子，季先生又疼又恨，长长叹口气，倒在床上。

季刘氏可能就没敢再睡，急急忙忙把西屋的被褥搬回南屋，躺在两个孩子身边，歇歇累得晕乎乎的身子，赶忙起身扫院子做饭。天亮了，她听到季先生起床后在院子里走动，就来到公婆屋里掂尿罐，路过他身边时，深深地低下头，似不敢看他，或者不想叫他看到自己的脸庞。

季先生决定去找周老师，他得把这件事处理好。

星期天，他吃了早饭来到学校里。周老师正在写毛笔字，见了他来，赶忙放下笔，请他坐下，又拿来茶瓶倒茶。季先生说，他今天在家没事，到学校来转转看看，顺便来他屋里瞧瞧。二人拉起家常，季先生问他是哪里人，爹娘可好，家里有几个孩子。问着问着，周老师就脸红了。

季先生最后叹一声说："俺家那瓦，那晚碰坏了几个，怪可惜的。"

周老师一下子呆住，张张嘴，无话可说。

"现在可是新社会呀，不兴多娶，你想咋办哩？"

两个男人在屋里，共同承担着沉默。过了好久，季先生说："我也看出来了，你们都不是胡来的人，可是却做出了胡来的事，这叫我的脸往哪儿搁？"

周老师低着头，吭哧好一会儿说："可能，我快走了，我想，一走，这一切都了了吧。"

"是啊，一走，就了了，可是，啥时候走哩？有没有准日子？"

"我听人家说，再有十来天吧。"

"那你，就这样走了？带不带她？"

"带她？我这一回去就回我老家，可能这辈子就在老家教学了，我不能带她呀。"

季先生呼啦一下放心了，看来他没有一点带她走的想法，连恋爱的一时冲动和豪气都没有。他又莫名地伤心，好像为了他说不带她走而委屈。

"那，你就快走吧，一走，就别再来了。"

这边家里，季瓷娘一见男人出门了，就来到后院，见季刘氏正在给小孩做鞋。她知道她正在做一双大鞋，放在一个保密的地方，可这世上女人再保密的事，另一个女人也会猜出来。她在季刘氏晚上去认字的时候在西屋里找到了，她拿出来看了看那两个鞋底子，又原样放回。

婆媳俩坐着说话，说东说西，有的是时间，河水拐再多弯，总会流到那个地方。眼看一个小鞋底都快纳完了，婆婆终于扯到正题上："金都走了好几年了，他刚不在那时候问过你，你说不走，知道你是撇不下孩子。现在孩子大了，我和恁爹身体还好，也能照望着他俩，你还年轻，现在是新社会了，寡妇再往前走一点都不丑气，恁爹俺俩商量再商量，问问你，还有没有这个打算？"

"娘，我都成半老婆了，还走啥呀，叫人笑话。"

"可你要不走，在家出点事来，才叫人笑话。"

那张小脸"唰"一下白了，手里的针停在空中。

"这黑天半夜里人领进来了，送出去了，咱自己家人看见就当没看见，可是，你的肚子要是再……那可就瞒都瞒不住了！"

季刘氏羞愧难当，"呜呜呜"哭起来。婆婆接着说："一直给你留着面子哩，那人一来，俺俩躺床上睡不着，成夜成夜啊，心就像搁到滚油锅里了，可再生气都没把你俩……你得知啊，人活着，就靠一张脸皮，你不为自己想，也得为俺俩这老脸想想啊。"

"娘，我错了，我错了，对不住你和爹。"季刘氏身子一软跪在婆婆面前。婆婆硬住心肠撑着,并不急着去扶她起来:"今儿给你挑明了,也不是给你办难看,咱都是女人,谁不知女人的难处,我跟恁爹就操心着……"婆婆还是没办法说,只是指指她的肚子:"到时候,你可是哭都晚了。"

"娘,我知我知,我们都知。"

"你知啥呀?憨子,你知咋弄,你知咋样才能不叫怀上?"婆婆连恼带恨,咬着牙,手指头点着儿媳妇的脑门。她真不知该恼谁,恼土匪打死自己儿子,还是恼咋就叫女人都跑着学识字?从前整天不出门啥事没有。她还是恼呀,这人咋就非得一公一母地配哩,哪个老祖宗立下的?叫我们女人世世代代管不住自己的身子。

婆婆问:"他家里有没有媳妇?"

季刘氏点头。

"那你想咋弄哩?"

季刘氏的泪又出来了。要是知道咋弄,那不是早就按那法儿弄了吗?

"娘,求你跟爹消消气,打我一顿也中,只是别生气,他可能,可能,也就快走了。"季刘氏泪水迸发,放声大哭起来。

是啊,他就要走了,知道他早晚一天都要走的,知道这个事长不了,知道最后还是把心伤透,可为什么还要扑着扑着到他身边去呢?为什么不能狠狠心压根就不要开始呢?为什么看不透千里搭凉棚,没有不散的筵席?为什么像那贪婪的小兽一样贪一口是一口,等到有一天张着嘴扑出去啥也吃不到才知都是一场空?

季瓷回娘家了,在娘的房里待了好一会儿,来到后院嫂子屋里,不像平时一样亲亲热热地说话,只对她察言观色。季刘氏便明白她也知这事了。

周老师没有再来,季刘氏晚上也不到学校去识字了,只是早早地插了门,跟两个孩子睡觉。人啊,想要脸就得硬下心肠来,像锄草一样,斩断心里的邪性,除了这样,还有别的法儿吗?季刘氏每晚很难睡着,在床上翻来覆去地翻烙馍,身子下的床就像鏊子,叫人燥热得贴不住身，好容易迷糊一下，细小的声音会把她惊醒，就算没有声音，她也会在半夜突然醒来，痴迷地走到门口，打开门，院子里自然是没有人。她披衣走出来，踏着冷霜，想着十几天前，他也踏着这满地白霜，热腾腾地来。她绕过前院的南屋，飘到大门口。他来了，他一定来了，我听到树叶飘下来，是他的行走震动下来的，我听到风儿轻轻响，是他赶路的呼吸，现在，我只要拉开这院子的门闩，他一定就赶到了。没错，他走过河上的石桥，河水在他脚下挑逗，快去吧，快点去吧，莫叫那个女人的心生生熬干了，要什么脸，脸面是摆给别人看的，不顶饥不当穿的，只有快活是自己的。她拉开大门，街里的地上铺着更浓重的霜，淡淡的，一层灰白。树上的叶子快掉光了，只有最后的几片好像知道夜里有个无措的女人走动，等着陪伴她，它们扭动着身子飘下来，盖在她身上、头发上，是对她无奈而心疼的问候。夜很冷了，可她不觉得。把我冻坏吧，冻坏了我就索性有病一块生了，就有理由哭了，躺在床上不用起来，专心一意地哭。河水在几步远的东边"呜呜"流过，在那个转弯的地方打着激烈的漩涡。她向东边走去。河水在夜里更深更冷，压低了声儿，悄悄低语着，忙忙叨叨向南去了。河水呀，你流了多少年，你使得慌不，你啥时候才能歇下来，是不是只有你歇下来的时候，女人才停住想男人的身子。河水，停下来给我说句话，你别这么呼呼地流了，你流着，我的心也就流泪。

可今天，婆婆对两个孩子说："今儿黑跟奶奶睡吧，看你妈这两天脸色不好，可能身上不舒坦，你们晚上又是闹人又是起夜，省得你妈睡不好。"

就叫他这样走吧，就让我再回到从前那漫漫长夜吧，半夜半夜地睡不着，或者天不明就早早地醒来，看着窗棂一道道慢慢发白，这世上有多少女人都是这样过的，并非我一人受这煎熬。

夜更深了，翻过来倒过去。寡妇只嫌夜长，外面掉片树叶都能听见，更何况现在心在刀尖上在火苗上，每一个细小的声儿都猫抓般挠着她的心。

怎么？外面真的有声儿，谁轻轻叩打窗棂，她支起耳朵，"笃笃笃"。

她刚问了一声谁，就明白了，扑到门口"呼啦"一声拉开，那人站在眼前。突然降临的幸福叫她差点一个趔趄摔倒在地。四只胳膊交缠在一起，两人拧成一只大大的麻花，扭扯进屋来，头一回引到她的床上。

来不及说话，急急地投入了对方，明天的分别让他们顾不了那么多，忘记哀伤，不管今后，她只是想让这个人将自己碾成末压成粉，像夏天的炸雷一样"轰隆隆"地闪着滚动，一下下打夯砸向她。她已经是他身子下一片春泥，由着他揉呀搓呀，汗水像大雨点子滴到她脸上、脖子上，浸到她身上，春泥越来越软，越来越酥，直至化成一摊水。看这一场狂风暴雨能不能浇透整个生命。季刘氏像是被神灵注了莫大的力量与妖气，像是每次的梦里一样，小小的身子爆发出巨大的力量，想这个夜里一次把这男人全部吸收到自己身体里，她变换出各种姿势，叫这个过了今夜永不再来的男人前后左右地探进，有些姿势她这一辈子也没有过，想一想就觉得自己像畜生，可是此刻，不就是畜生吗？人在这个时候跟畜生又有啥区别呢？你看那些畜生还有个够，它们知够不知羞，当着人的面都敢一个压到一个身上。可人呢，知羞不知够，当着人面，都像模像样，脖儿里的扣儿都严丝合缝，可暗地里，一个人的时候，两个人的时候，啥事做不出来呢？

两条被抛到河滩的鱼，"咕噜咕噜"吐着泡，摊开了躺着。她晕晕的，好一会儿才想起问他，这话早在他进门上床的时候就想问了，可那时顾不上，现在忙完了，一想起来，她打了个激灵。

"你咋进来的？"

"你家大门没插，我一推就开了。"

"前屋灯亮着没？"

"没有，黑洞洞的。"

她倒吸一口冷气："哎呀天哪，他们没睡，没有睡。"

"咋了？不是你叫我来的吗？我以为你给我开的门。"

"我叫你来的？"

"你托恁妹子到学校找我,说知我要走了,临走前叫我给你把字写好,你以后就照着这个写哩。"

"你不想想这话真不真,俺公公就是老师,有啥字他不能教我写哩?"

是季瓷,一定是她出的主意,一定是她劝了自己爹娘,设计在他走之前叫两人再相见一回。"娘,赡对她好吧,人心都是肉长的,嫂是个要脸面的人,她知道咋弄。"她一定这样对她娘说的,她一定猜到凭季刘氏的胆子和脸皮不敢跑到学校找周老师,她情愿在家中躲到屋里哭。她说服了爹娘,叫承受这看似的屈辱,叫野男人在大家的眼皮子底下潜到她的床上。

可是这一个夜咋就不像平日那么长了,两人都没有舍得睡觉,累了,就搂着说说话,瞇瞇得撑不住了,合一下眼,突然又被一种甜蜜和惧怕惊醒,惊慌而安宁地抱住对方的身体,一次一次地进入,一次比一次柔软而轻飘。再没有力气起航了,就静静地停在河岸。天啊,你不要明,从前你总是迟迟不明的,今儿个为啥像个急性子人赶路一样,"哗"的一下就白了天光;鸡子呀,你可别叫,以前你总是偷懒,推三阻四老也不想打鸣,今天为啥就催命般一声声叫呢?季刘氏长虫一般缠绕,想让他再一次柔软而轻飘地进入,可是天光已经来到窗棂,再差一箩一丝就要跃到床上,照见这不堪的一幕;鸡子拼命地叫着,像索命的鬼。两张泪脸贴着亲了又亲,纠连成蛋儿挪到门口,在已经快要大白的叫人心惊肉跳的天光中把他推出门外,没脸送到前院了。走吧,从前院穿过走吧,如果撞见了人就叫人看了去吧,心都碎了,还要脸皮做什么,让村里人都知道吧,指着脊梁骨骂吧,让公婆受不了打我一顿吧,拿牲口鞭子往我身上抽吧。

一个月后,季瓷陪着季刘氏去了一次沙河。

有很多事情,我们明知有不堪的后果,可还要去做,就像我们知道人总要死的,但还得一天天活下去,知道早晚要分别的,还要去相爱,花儿知道开过后、美过后是难堪的枯萎和凋谢,可它每年还是轰轰闹闹地开一回。我们都知道欢乐过后会有灾难,但我们还是贪恋欢乐，情愿承受灾难和命运的惩罚，此刻命运对季刘氏的惩罚就是这撕心裂肝的疼痛。那时候流产术刚在小城市里出现。季瓷将她送到门口，使劲捏了捏她的手："进去吧，再疼也是人受的。"

二人从沙河回来，季瓷的娘伺候季刘氏整整一个月，婆媳、姑嫂成为亲人，季刘氏生出长长的根须扎在季家院子里，此生再没有过别的男人。

章柿到县里上中学了，十七岁的他在班上还不算大的。

学校离家十八里，他每个星期背一篮子馍，每顿吃滚水泡馍，或者是馍就着学校灶上下面条的白汤。像他这样上不起灶的学生占了多半，每天开饭的时候，学生们各自端着碗，打饭打菜的一队，打开水的是更长的一队，一百块钱（注：旧币，1954年钱币改革后相当于人民币一分钱）一碗开水，浇到掰好的馍上，撒上自己带的盐疙瘩。一天三顿如此，伏天的时候，星期三四馍就长毛，拿手巾把毛擦擦再掰。常常吃得胃里直酸，到学校医务室开几片酵母片，吃了后嘴里暂时不泛酸水。

天热得人受不了，章柿发现班上只有他一个人还穿着长袖布衫，这件布衫从春天穿到现在，这会儿更是觉得太厚。热不说，关键是难看。这布衫本是蓝色的，穿的年数太多，洗的回数太多，补的地方太多，目前到底是啥颜色也说不清。他已经长成英俊的小伙子，是县中学的学生了，这件衣裳叫他抬不起头。

星期六回来，他就给季瓷说："娘，给我买个背心吧，太热了，在宿舍里能光身子，可上课不能光着，最少得穿个背心。"

季瓷看了看他，没说话，过了好一会儿说："槐病着哩，烧了几天了，抓了几服药都不见好，哪还有钱给你买背心。"章柿低下头不说话，季瓷说："明儿我找找箱子里，看有没有个薄一点的。"

章槐也快在白果集小学毕业了，下学期也要去县里上中学。他比章柿聪明灵秀，字也写得好。他有一个心爱的白铜砚台，不知家里几辈子留下的，闪着银子般的润白光泽。爷爷有一次找别的东西就找出来给他，说："你哥都没用过这么好的砚台。"当墨在里面研开的时候，章槐觉得写一辈子字都写不够。他黑天白里地写，不知道累，他是多么爱看那散发香气的墨汁盛在那稳稳当当的白色里呀，他用那软软的毛笔蘸一下，饱饱的，毛笔尖像个小胖子，那些字一个个有了魂一般，对着他笑，对着他点头，对着他说："槐呀槐呀，你这只巧手让我们多风光呀，走到哪儿都有人夸俺漂亮。"他在学校还写不够，下了学回到家也写，常常写着写着就笑了，他含情脉脉地写下"书中自有颜如玉"，便觉得那些字真的成了他的"颜如玉"。他不太喜欢"黄金屋"，以一个十三岁少年的心来说，"颜如玉"给他的感觉更好、更妙。他的字已经明显超过章柿的，过年时，或是村里有人家过红白喜事，已经开始央他去写字了。

这个夏天，章槐病了，一直高烧不退，医生看后说是伤寒，要在家静养，吃汤药。

季玉带着孩子来看生病的章槐。季玉的老三八九岁，刚上二年级，见了表哥这个砚台，爱不释手，一会儿摸摸，一会儿再摸摸，临走时他突然把这砚台拿起来不丢手。季瓷一想，外甥长这么大，自己没给他买过像样的东西，现如今家里又被打成了富农，叫孩子跟着受连累，就给外甥说："你喜欢就拿去用吧。"季玉忙说："不中不中，快放下，那是你槐表哥的。走，到路上我给你买一个。"季瓷推了姐一把："拿走吧，我不会给槐再买一个？"季玉一想自家姐妹没啥客气的，当年为了救回娘家侄子，一堆一堆的银元大家往一块凑，谁也没说过这是我的那是你的，真是觉得人活着啥钱不钱物不物的，情义是世上最好的东西。刚才季瓷那实实在在的一把推，她知道她是想说"当年你家有的时候，啥东西没给过俺，俺孩到了你家，那还不是看上啥拿啥"。

说得容易，"我再给槐买一个"，没有钱拿啥买哩，再说，就是有钱到哪儿去买那么好的砚台呀。

第二天，病中的章槐发现他的砚台不见了，问出下落后大哭不止，季瓷咋都劝不住，好话说了几十遍："好孩儿呀，你现在病着哩，不敢使劲哭，不就是个砚台嘛，等明儿你病好了，娘带你去城里，给你买个中意的。不哭了，啊，娘知你是个懂事的孩儿，你想啊，恁姨对你那么亲，现在她家不中了，恁表弟想要你个砚台你都不给，这理儿说得过去不？"章槐不再公然大哭，可他小声地哭。他心爱的砚台，几年来一直跟他在一起，他去上学拿到学校，他回家带回家来，半夜醒来都要摸一摸它，那上面刻的莲花、梅花，他闭着眼都知有几个花瓣几片叶。

　　第二天，季瓷给章槐熬了药，干了家务，快晌午了才想起章柿衣裳的事，翻箱倒柜地找，一会儿说"你看看这个薄不薄"，一会儿说"你看看这个中不中"。

　　章槐脸烧得红杠杠的，还在为他的砚台伤心，躺在床上，瞪着一双空洞的眼睛，看着娘在那儿翻腾，他想着，娘会不会翻着翻着，突然对他说"槐，你看这是啥"，神仙一把抓，娘的手在空中一挥，张开了，是他的那个砚台？那砚台本是一对，那一个一直在娘的箱底压着。娘的大箱子里，啥好东西都有可能拿出来的。

　　季瓷找出一件，章柿瞅一眼，就扔到一边，那都是爹早年间的衣裳，没有一个不带补丁的，别说都是长袖，就算是短袖式样，穿出去也叫人笑话，爹的个子比他高那么多、大那么多。他终于狠狠地把那些衣服扔到床上："娘，买个背心也就只一万块钱（注：旧币，相当于人民币一元）！"

　　"看你说得轻省，不是没有那一万块嘛，要是有，拿出来就给你了，还费这些事弄啥哩！"季瓷伸手指着床上那几件衣裳。

　　"我就不信，你拿不出一万块钱。"

　　"不吃饭，不给槐抓药，就能拿出来，可你是去上学哩，不是跟人家比吃穿。"

　　"我没跟人比吃穿，可我不能老穿这身衣裳吧？春天穿到现在，补丁摞补丁，穿在身上，坐到课堂里，热不热？热不热？"

　　"嫌热别穿。"季瓷生气地把衣裳一搂，扔回到箱子里。

　　"不穿不穿，我光身子妥了，这学我也不上了。"

　　"你不上算了，你那学上得游游逛逛，今儿上了明儿不上了，快二十了还在上，你上学是给我上哩还是给谁上？"季瓷越说越气，一把推开他，去灶火和面做饭去了。

爷爷奶奶听到屋里吵架，过来问是咋了，章柿鼻子一酸，委屈地跑出院子，跑到街上"呜呜呜"哭起来。他知道娘脾气不好，娘说出的话不好再更改。他站到街上一哭，引来了好多人，问他原因，他更委屈了，蹦着跳着哭着，还在心里问自己："我难道不委屈吗？我错了吗？我就想穿个背心，班上男生一多半都有背心，就我没有！"

章守信出来劝他回家："别在这哭了，大小伙子了，丢不丢人？不就是个背心嘛，咱就非得穿哩？那么多人没穿过背心不是也过了。"一听这话知爹跟娘是一事儿的，也不主张给他买背心，他继续哭，光脚把地上的土踢得多高，就不回家。

从人群里走出了半老头章爱民，多高的个子，来到他身边，弓下腰拍着章柿："叔哇叔哇，别哭了。"每当年龄大的叫年龄小的人叔或爷的时候，就不由得叫出了幽默感："不就是一万块钱吗，我给你，给，拿着，去买个背心，这么体面个学生，没个背心穿咋能中哩。"章柿拗着不要，却不再哭了。"拿着吧，回去吃了饭还得去学校哩，钱不值钱了，买个牲口都几亿，你就先买个背心吧。"章守信过来阻拦："不中啊爱民，恁奶奶的脾气你知，她说了不买你再给钱叫买，她可不依你哩。""不依不依吧，叫守信奶奶去俺家里打我一顿妥了。"众人纷纷劝："就这吧，柿，拿住钱吃了饭，快背着馍去城里吧，还得买背心哩，可得好好挑挑，瞅瞅，这背心穿得多不易呀。"众人说笑着散去了。

季瓷恨他到街上丢人卖赖，不理他，只是做好了饭搁在锅里，她又去屋里招呼章槐吃药。

吃完午饭，季瓷把馍篮子给他收拾好，放了几百块的开水钱，还是不搭理他。

章柿来到床前看章槐，摸摸他滚烫的脸，凑上去贴贴他脸蛋，拉了拉他的手，给季瓷说："娘，我走了。"季瓷不搭理，章柿再说："娘，我走了。"

"走走呗，还叫人拿轿抬你走呀。"娘在他后脊梁上狠狠地拍一下算是解了气。

　　章柿来到学校，放下馍篮子就上街买了一件背心。弄些水在宿舍里将身上擦洗一下，穿上背心，顿时觉得身上轻飘飘的。总算是摆脱了那件沉重的大厚布衫，这才发现自己原本是个英俊的小伙子，个头中等，浓厚的头发理个小平头，鼻直口方，眉毛清晰，尤其是一双眼睛黑亮亮有神。他对自己很满意，有些小小的得意，对着镜子吹了下口哨，拿着馍打开水去了。

　　吃着馍，突然心里忽悠一下，想起了槐，他躺在床上，脸烧得通红，娘把衣裳突然往床上一扔，槐的身子哆嗦了一下。他已经烧了几天，医生说是伤寒，吃了几服药也不见退，奶奶到庙里也求了神仙一把抓（香灰），回来冲茶喝了，仍不见好转。

　　上晚自习的时候，他更加心神不定，眼前总出现槐身子哆嗦的样子。夜里，刚合上眼，突然又见到槐那通红的脸。他意识到事情不好，可现在是半夜呀，还是到天明再说吧。好容易睡着了，听到鸡叫，他翻身起来，走到班长的床边，把他摇醒："替我给老师请个假，我弟弟病着，我得回去看看。"班长说："那你昨天就不该来。"章柿穿上他的大厚布衫出了宿舍门。

　　天只微微地明，他一路疾走。是啊，昨天就不该来，槐病着，伤寒，我为啥不知在家陪着他，我是不是只想着要那个背心，着急来到学校，买了穿在身上？我还到街上哭闹，哎呀，十八岁的人了，中学生了。可是槐，你怎么样了？槐啊，你等等我，伤寒是治不好的，可是你等等我，叫我再拉一拉你那滚烫的手。

　　十八里路对他来说不在话下，走到白果集村后的时候，赶集的人三三两两地正往街里去，他突然心更急了，泪眼模糊。过了河，穿过河西尹的街里，碰见长生大爷在路边拾粪，看见了他，问："这孩子，你不是去学里了吗？咋一大早又回来了？"

　　"我不放心槐，回来看看。"

　　"唉，你夜儿要是不走就好了。板了，夜儿黑喝罢汤就不中了，恁爷恁爹挖的坑，埋到恁家地里了。"

章柿跑回家，见季瓷在灶火，坐在锅台前，一只手往灶膛里填柴火末子，一只手抹眼泪。

他叫声"娘"，低着头走进去。

"揭开看看，锅滚了没？"季瓷说。

他揭开锅："滚了。"

"冲面糊。"季瓷抓一把好麦秸扔进灶膛，火"呼"的一下着大了。她做饭烧锅永远都是有分寸的，一根麦秸都不妄烧。章柿边倒面糊边用筷子在锅里搅。

"盖上吧，焐一下就中了。"她停止添柴火，擦擦泪，拍拍手上的土，起身洗洗手，在案板上揉刚才和好的面，开始擀烙馍。抓一把麦秸放到灶膛里，用棍拨一拨火，嘴凑上去一吹，"轰"的一下引着了，转身快速填到鏊子下，对章柿说："烧鏊子。"章柿坐到小墩上，专心往鏊子下填麦秸。季瓷娴熟地擀烙馍，右手执两头尖的小擀杖，左手张开，托着面叶，双手翻飞，只听见"咯噔咯噔"的声儿，面叶在她手中像荷叶一般，"哗啦哗啦"长大，在这间隙，她弯下腰来，用小擀杖的尖翻鏊子上的烙馍。他很想给娘说说槐的事，说说他昨天到校后如何心神不定，夜里怎样翻来覆去睡不着，天不亮他就要跑回来。可娘压根不提槐的事，好像他还在床上，脸儿通红地躺着一般。

她擀好最后一张烙馍："好了，我翻，你去喊他们吃饭。"他起身出去了，娘坐下来，身子弓成一个大马虾，不郎盖顶住下巴颏，头深深弯下去，吹鏊子底下的火。她想不用再添麦秸把这个馍烙熟。

吃饭的时候，季瓷问他："你回来给老师请假了没？"他说请了。她又问："背心买了没？"他低头羞愧地说买了，她再问："穿着合适不？"他点点头，眼泪出来了，可怜巴巴地望着娘，他想叫娘骂自己几句，可季瓷不再说啥。

吃了饭，婆婆去刷锅，季瓷对章柿说："夜儿黑，把槐埋在咱家地里了，你去看看吧，看完就回学校，晌午饭前还能上两堂课。"她引着儿子，来到村后自家的地里，那里鼓起一个小小的包，看得出，为了埋槐，毁了几棵烟苗，又在那个小土堆上栽好了。"你不要的那两件衣裳，都给槐穿上了，他十三四了，还没穿过新衣裳。唉，只说男孩家过了十二就不轻易板了，可谁知……"季瓷用手背擦擦泪，"中了，看一眼也就妥了，他在咱家也就是这十来年，不知托生到谁家了，托到个好人家吧，去享福。你走吧，娘送你到那边大路上。"

章柿又看一眼那个小土堆，他知道，槐那已经开始发育的身子透过两层衣裳，很快就会消融在泥土中，和他们的两个小妹妹一样，来年的春天，这一小片地上的麦苗比别的地方都要壮实，黑绿黑绿的，结的籽又大又饱。

走到大路上，章柿终于鼓足勇气给娘说："娘，你还是吵我一顿吧。"

"儿气不钻心，天下哪有不气人的孩子，没有娘给孩子记仇的。"季瓷抚摸了一下他的后背和厚墩墩的小平头："娘生了五个小孩，就剩你和栋了……"四十多岁的季瓷意识到，女人到了这个岁数，神圣而光荣的生育能力即将结束。"等娘有了钱，再给你买一个背心，换着穿。时候不早了，快走吧，赶集的人都回来了。"

初中临毕业的那年，空军部队来学校招收飞行员和地勤人员，章柿报了名。经过体检、考核，被空军地勤选上了。

"回去拿介绍信吧，拿来村里出的成分证明，你就是空军的人了。"

章柿跑回家，高兴地给爹娘说了这事。

"不去！咱不去当那个空军。"章守信果断地说。

"为啥呀？我去了就是准尉，就能拿工资。"

"好铁不打钉，好男不当兵，你知不？咱庄上有多少当年抓了壮丁回不来的？"

"我四八年去抬担架，那些当兵的可怜着哩，伤了，亡了，家都回不了。"

"现在是新中国，不打仗了。"

"你敢说不打仗了？那雄赳赳，气昂昂，跨过鸭绿江，干啥去了？玩去了？走姥娘家去了？你到了部队就不由你了，说一声调你走，你能说不去？"

章柿低下头，不吭声了。

季瓷也不愿叫他去当兵，见章守信说得差不多了，她接着说："好好上你的学吧，上个高中，再不拘考个啥学，有个出路，也就中了。"

章守信见章柿不再反驳，他想有门，可还是不太放心，一路跑到学校里，找到人家空军招收的人，说："那个叫章柿的，家里不同意叫他去，你们把他名字划掉吧。"空军干部说："这么光荣的事，别人想去还去不了呢，你为啥不叫去啊？"章守信说："俺不想光荣，你看谁愿光荣叫他去光荣吧。"空军干部看章守信那么大的个子，瞪着俩大眼，不像是善茬，也不想跟他多说，光这个学校里，想去的学生就多的是。"哗啦哗啦"翻开名册，划掉了章柿的名字。章守信亲眼所见，这才放心地回家了。在他心里，读书是正事，种地是正事，章柿就是将来在村里小学教个书，也比到部队上去好多了。而且，在他内心深处，不想让章柿有一点闪失，好像在他手里有了闪失，他就对不住谁似的。

第二年夏天，章柿考入沙河高中，要到南边的沙河市上学，章守信对儿子说："你上到哪儿我供到你哪儿。"

季瓷把章柿的被褥拆洗一遍，又给他做了一件小布衫。

开学临走的时候，季瓷和章守信犯了难。交了学费后，就拿不出伙食费了，现在是沙河，不是从前的县里，可以每星期回来带馍。

两人在屋里商量，季瓷说："要不，你再把我那些东西拿到集上去看看，玉花、银花、翡翠花、金耳环，只要有人要，就给他，多少换俩钱。"

"那东西没人要，现在是新社会，谁还戴那些，叫人见了还批斗哩，人家扔都扔不及，就你还当宝贝放箱底。"

章柿从窗前走过，听到爹娘犯愁，害怕因钱的原因不叫他上学，他走进屋里，对季瓷说："娘，我上了学，再不添一件衣裳，也不花一个旷柱钱（注：不该花的钱），真的，连个背心都不要，你得叫我去上学。"

"叫你上，咋能不叫你上学哩！好不容易二十岁了才上到高中。"季瓷嘲讽而疼爱地瞅他一眼。

"可你们不是说，没钱嘛。"

"嗐，啥都没有，就是有钱。"章守信看着儿子，乐呵呵地说，"赎放心了，到时候管保叫你拿着钱去上学。"

"车到山前必有路，你只操心学习，钱的事你别管。"季瓷说。

可家里真的是没有钱了，难道还能变出钱来不成？

章守信突然想起，床底下有一沓子铜钱，是清朝时候的，不知道什么原因一直放着，兴许是哪个祖爷爷忘在那儿的，是那时日子过得宽裕，专意留给后人的。沉甸甸背到集上，当红铜卖了，够章柿两个月的伙食费。他兜里装着轻飘飘的几张钱从白果集往回走，路上的人给他打招呼："家里出了高中生，赎等着当公家人的爹了。"

"咳，你咋不说，我赎等着作难了，看看，这日子过的，走得快了撑上穷，走得慢了穷撑上。"

章柿临走时，季瓷给了他车票钱、伙食钱，此时已经实行新币，从前那大得要命的中州票，一万、十万的都宣告作废，换成人民币元角分，一分钱都很主贵，可以在街上买碗茶喝，季瓷还给了他一块指头肚大的翡翠花："我想，沙河算是大地方，兴许有当铺吧，你去看看，没钱的时候，把这拿去换俩钱花，出门在外，要吃饱饭。你好好在那儿上学，不要老想着往家里跑。我过一阵去看你一回，给你送一篮子馍。"

章柿在学校安顿好后到街上转，如果有当铺，他就把这个翡翠花卖了，买一些日用品，钢笔、笔记本、洋胰子。可把三条街找遍，也没见到一个当铺，只在集市上看到一个鬼头鬼脑的人，章柿感到他跟在身后，突然回过身来，亮出手里的东西，问："要不？"那人盯着看，又拿在自己手上对着日头看，放回他手里："倒是个好东西，可我要这弄啥哩？不顶吃不顶喝的。"他压低声音说："我要烟叶，有没有？"他摇摇头。"没有就别在这转了，你看这些街上闲转的人，都是想弄点烟叶的，有人抓哩，这叫'投机倒把'知不？看你还是学生吧，回学里好好上学去。"

章柿从此再没有去过街上转,也死了那份心。

季瓷果真常来看章柿。她前一天晚上把馍蒸好,搁案板上晾凉,赶睡前装好馍篮子,第二天鸡子不叫她就起床,向东南走十八里路,到商桥车站搭上票车,赶早饭时她就到了沙河高中,把馍给章柿,跟他一起吃早饭。学校打上课铃,章柿去上课,她在宿舍里该洗的洗,该缝的缝,该铺的铺,收拾停当,出学校门,赶那趟下午一点多向北的火车回家。

季瓷给章柿送一回馍,来回花五毛车票钱,章柿吃这些馍省下来的钱,比五毛钱要多,于是她决定,一个月送两回馍比较划算。其实,她也是想儿子。十八里路对她来说,也不算啥。

这天天不明,季瓷就起来去给章柿送馍,背起馍篮子出村的时候,鸡子还没有叫。

走到商桥车站,天才蒙蒙亮,正是她每次来的时候。她把钱递进售票口:"买一张一会儿去沙河的票。"

"还一会儿哩,刚才吧。今儿来晚了,车刚走。"

"啊?咋就晚了呢?我不比平时起得晚呀。"季瓷看到墙上那个钟表,刚指向六点十多分。

"那火车还能等你呀?"卖票的主儿这会儿也没啥工作,候车室没人说话,怪烦闷的,就从里间出来,两人走到站台上。"它可是按时间开哩,差半分钟,它都不等,刚叫唤着走了。"

"那下一趟啥时来哩?"

"有两趟快车,在这儿不停,能停的,到下午四五点了。"

季瓷望望南边,咬着嘴唇,突然感到胳膊上馍篮子的重量。

"明儿再来吧,要不,你坐下午的,那就得多花一夜旅社钱了。"

"嘻,我是在想呀,我把今儿的票钱省了呢。"

她挎着馍篮子,顺着站台,向南走去。

站台上卖票的主儿喊她:"哎,那媳妇,你还真的要走去呀?"

"我倒要看看，这五十里路我啥时能走到。今儿呀，该着我省下两毛五。"

那站台上的主儿唤出他的同事："都出来看看，那媳妇说她要走到沙河去。"

呼啦啦跑到站台上几个人，看着季瓷的背影，一个年轻人说："哎哟，那么低的个儿，那么小的脚，还挎着一篮子馍，我就不信她能走到沙河去，弄不好走到前面那个口就下去回家了。"

"哎，那媳妇，你听着，你要真是能走到沙河，下回的车票钱我给你掏了。"卖票的主儿大声喊着。

"那你咋知我能不能走到哩？派个人跟我后边吧，给我打个证明。"女人的声音顺着铁轨从南边远远地传来。天大亮了。

50年代的京广铁路，火车好半天才过一趟。季瓷顺着铁路边的石子路走，听到身后"轰轰隆隆"的声音，或者远远看到前方有个黑影子，就下到铁轨边的庄稼地里，看着那大货车拉着煤，拉着油桶，拉着猪娃，喘着大粗气，把大地震得颤抖着，把她和她身上的馍篮子也震得抖着，往南去了，往北去了。她停下来，目送它走远，再回到石子路上。

日头老高了，她估摸走了有快十里吧，身上微微出汗。

正是秋天，天不热不凉，地里的苞谷开始抽穗，一个摞一个，欢欢实实地挂在健壮的苞谷秆上，上面的小嘴吐出红的绿的缨子。

咋就来晚了呢？每次都是这个时候呀，躺下了不敢睡实，忽悠一下，像是一个梦或一个激灵，噌地醒了，赶快爬起来就走。唉，这估摸的时候看来还是不中，可那一回来得太早了，走到候车室时，还不到五点。

她又想起那个小钟表，二十年前被自己埋在罗湾的地里。二十年，它在地下沤糟了吧？我那时还用布包了，桐油刷了，为啥要那样呢？心疼东西？还是有朝一日我还要去把它挖出来？人这一辈子，埋藏多少东西啊，埋粪，埋钱，埋金银财宝，埋死孩子，埋死猫烂狗，最后，让人把自己埋到地里。

路远无轻重，馍篮子越走越沉，得放下歇歇。她下了石子路，坐在苞谷地边上，解下头上的手巾擦汗。一趟票车从南向北去了。这是去北京的火车？北京一定是在北边了，有多远呢？听人家说，一千多里地，那我要是走，得走多长时间？北京，是皇帝和娘娘住的地方，老戏里唱的，他们都在那紫禁城里享福。罗掌柜的儿子不是在北京吗？将来，俺柿、楝能不能也到北京去？

走了大半天，有点渴了，到哪儿去找水呢？找水喝耽误时间。她抬胳膊摸了摸苞谷穗子，撕开一个，刚结上籽，都是一兜水，左右看看没人，掰下一穗来，回到铁路上，边走边吃。

到底不年轻了，知道累了。时间咋就过得这么快，转眼间半老婆了，怎么在我的心里，遇事还想逞强，还觉得自己啥都能干。

我们总是不相信那些又不好看又不中用的老太婆曾经年轻过，我们常常一口咬定她们不曾光鲜明亮，不曾有力气。老天为了惩罚我们的虚妄和浅薄，就让我们亲自变老，直到我们开始感到衰老在身体里生根发芽，再也无可更改。无论你多么要强，多么能干，多么漂亮，都会变老，这时你才相信每个人都是从年轻时走过来的，都曾经吃钢化铁，都曾经在内心燃烧过烈火，变老这件事人人有份。可是，等你明白这一切的时候已经晚了。

遥想自己当年头回出阁到枝贵家里的时候，就像这水嫩嫩的苞谷棒啊。季瓷已经啃完那些嫩籽，把棒子扔到苞谷地里。越说忘记，可有的事越是忘不掉。

眼看日头在头顶偏西了，得歇歇，找个庄子寻口茶喝。她顺着苞谷地来到一个庄上，寻了人家一碗茶，吃自己筐子里的馍。她问给端茶的大娘，这里离沙河还有多远，大娘说整二十里。她松了一口气，走了多半了。大娘跟她拉起家常，一听说她走着去沙河给儿子送馍，吃惊不小："啧啧啧，先看看你这小脚吧，一响午你就走了三十里。""不，四十八里，家里离车站还十八里。""天爷呀，俺家响午下的面条没喝完，还剩了多半碗在锅里，你要是不嫌，盛给你喝了吧。"大娘用刚才盛水的碗端出来，"把这碗面条一喝，就有劲了。再歇会儿，撵天黑前能到沙河。"

就着夕阳金色的余晖，季瓷来到沙河高中。当一个同学去喊章柿时，他不信："俺娘不会这个时候来，她总是早上到。难道，她坐了下午那趟车？"他跑到宿舍的时候，季瓷正坐在他的床上喘气，一脸的汗，头上都是土，一双小脚已经看不出鞋子的颜色，被细土和铁路上的黑灰包严了。他赶快打了一盆水，叫她洗了，惊奇地问她咋坐下午的车，还弄了一身灰。季瓷笑笑说："我沿着铁路走来的。"一听她这话，同学们都围在床边，站成半圆形，给她鼓起掌来。

章柿的娘走了六十八里地给他送馍的事，像长了翅膀在学校传开了。班上的女生也都跑来看，一个闺女搂住季瓷说："大婶，今晚您就睡我床上吧，好好歇歇，我跟别的同学挤一下。只是，要让俺都看看、摸摸你的小脚，中不中？"

"我听说有个挣钱的事，就看你敢不敢干。"聚财家告诉季瓷。

"你先说说啥事。"

"其实，说难也不难。你看到没？咱这烟叶多不主贵，最好的才收一斤四块，你猜猜，在汉口卖多少钱？"

"多少？"季瓷反问她。

"八块。"

"一斤就涨出来四块钱？"

"俺娘家有人去过，藏到大氅下边，缝一圈，一回不能多带，三四斤就中，刨去来回七八块车票钱……"

"你是说，一趟就能挣七八块钱？"

"咱试试吧。"聚财家说，"俺娘家有个闺女，还没出门哩，都敢跑着去汉口，现在料子裤都穿上了，还帮衬家里一圈亲戚。"

"可这是投机倒把，抓住游街哩。"

"咱不会不叫抓住？那么多人干，抓住的是少数，咱小心点，头一回少带点，一人两三斤咋样？就算在火车上叫人见了，就说是去看亲戚哩。他们只防男人，女人家他们就会大意，俺娘家那闺女，就凭了胆儿大。"

季瓷沉默不语。

"试试吧，舍不得孩子套不着狼，咱安安生生坐家里，天上不会掉下来一分钱。"

两个穿黑大氅的女人喝了汤就往商桥火车站走，在车站与那个胆大闺女碰头，三人一起乘上半夜十来点的火车，天将明时到汉口，前后不差几步混在市场上，按那闺女教的办法瞅准转来转去的男人，上去小声问："许昌烟叶，要不要？"吸烟的人，没有人能拒绝许昌烟叶。不到中午，三个人的烟叶都出手了。俩人非得给这闺女在饭馆打饭钱，还要兑钱给她买回去的车票，那闺女说啥都不让："我都挣了不少了，你们这才刚开始，钱不是这么容易挣的，坏人多着哩，今后得多防着点。"

不管怎么说，二人这一趟每人落了五块钱。啊，五块钱，能办多少事呀，够柿在学校吃好几星期了。

"要是绳在家，我得给她做件新衣裳。"聚财家说，"唉，那时候咋碰不上这事哩？一天就能挣五块钱，跟做梦一样。"

两人尝到甜头，又去了几趟，不再跟那个闺女。

季瓷还在市场上碰见一个老乡，年馑时卖到汉口的，出来时小，不知道家是哪个庄的，只知是在商桥坐的火车。那女人给她说："你下回来多带些，放俺家，我给你卖。"

"那好，挣的钱咱俩劈半。"下回去的时候，季瓷除了自己衣服里缝的几斤，还拿包袱包了五斤。她也留着心眼，与那女人是在街上认识的，必得送到家里她才放心，也不能多放。几天后再去，那女人果然给了她十块钱。

在一个靠近过街楼的市场里，一个男人看了烟叶后说，他出来没带钱，叫跟去他家里取。季瓷跟着他往过街楼里走，路越走越窄，那人回过头来说："把烟叶给我，我回家给你拿钱，就这个楼上。"他指指上面。季瓷突然记起那个闺女说过，曾有人用这过街楼骗人，这种地方只有本地人熟悉，他们看着是进楼里去了，其实早从另一条路走掉了。季瓷愣了一下，迅速转身走开。宁可卖不出去，不能叫人把东西诓了去。

她回到市场上又费了些时间把烟叶出手，在说好的地方等着聚财家。过了好长时间，见她低着头，脸色可难看地回来了。

"今儿碰上孬孙了，说是上过街楼里回家给我拿钱，拿着烟叶就不见人了。我好一阵等，把楼上的人家问遍了，有人说那是骗子，专干这事的。"

那个秋冬，两个人跑了十来趟汉口，竟然各自挣了近一百块钱，给家里帮了大忙。直到有游街批斗投机倒把的，季瓷给聚财家说："不能再去了，抓住了丢不起那个人，这世上钱挣不完，咱得知足。"

夏天雨水多，一场雨后，家里的堂屋老楼"呼"地塌下来一个角。季瓷说，这是催咱盖房哩，再不盖，这屋里就住不成人。拆了南院倒了一半的堂屋，把好砖挑出来，拼兑来拼兑去，再买些砖，找执事人，请匠人，央劳力，把堂屋、东屋盖起来了，又拉了一些账。

虱多不咬，账多不愁，慢慢还吧，就不信这辈子把账还不完。季瓷明显感到腰身不如从前直了，里边还总隐隐地疼，她知道这是累的。

第八章

马渴想饮长江水
人到难处思亲朋

　　宽婶子年龄实在是不小了,让我们估计一下吧,二十多年前,她给季瓷两次说媒的时候就已经不年轻了,有季瓷现在这年纪吧。

　　现在是新社会了,时兴自由恋爱,可那自由恋爱哪有那么巧的,除了那些不照号不正干的年轻人,四处胡跑,能自由来一个,大部分规矩人家的孩子还得指望她跑来跑去。

　　她来到季瓷家是她知道季瓷的儿子二十多岁,上了沙河高中。她心里有一本账,哪个庄谁家的闺女孩儿多大,成色咋样,她总是清楚的。

　　季瓷像见了亲人般把她迎进屋。

　　"我约莫着该来看看恁家的高中生。"说到这儿,话已经明了,季瓷叫章棟去叫地里干活的章柿。不一会儿,章柿扛着锄走进院子,宽婶子一拍大腿:"噫,妥了,我说这事妥了。"

　　于是给季瓷说,南乡胡湾有一个闺女,一十九岁,白白大大,脸似银盆,稳稳当当,一把子好力气,光知干活,一句多余话没有,她下面几个弟弟妹妹,之所以家里把她留到这么大不舍得打发,全指望她里里外外干活。

"我约莫着,她最合适恁家。你想啊,恁儿将来是念书当官的材料,到外面工作,得赶快给他在家找一个,他就永远忘不了家,忘不了你这当娘的,恁家的活也有人干了。可不敢叫他上了学在外面找,啥自由恋爱呀,那都是瞎胡弄。上了两天学,找个城里闺女。噫,那城里的闺女,给她买糖吃她都嫌不甜,哪能是你伺候得了的?"

"宽婶儿,你说得句句在理,你就看着弄吧。"季瓷确实需要一个帮手,家里俩老的年纪大了,连轻活都干不动了,章栋刚上学,里里外外就她和守信俩人忙。

几天后,胡湾旁边一个村子有会唱大戏,章柿跟着宽奶奶来到戏场里,宽奶奶指一个闺女给他看。章柿看去,那闺女果然个子不小,腰身也厚实,主要是白得叫人喜欢,端正规矩的鸭蛋脸,单眼皮肉眼泡窄棱鼻子厚嘴唇,透着憨厚与稳当,当下叫人挑不出一点差错。章柿在会上给宽奶奶买了胡辣汤、水煎包,宽奶奶吃得满嘴流油,她只等回去告诉女方家里,准备打发闺女吧,她知道那闺女也在他们吃包子的时候躲在一边看了章柿。章柿这样的孩儿,闺女们要是看不上,我敢把我的头挪挪地儿!

趁热打铁,暑假里俩人换了手巾,地点在季瓷家里,算是一家人都把这姓胡的闺女见了,还真没有一个人敢说"这闺女我相不中"的,尤其季瓷的婆婆。"瞅那身子板多好,一看就能干活能生小孩,脸白大白大的,心眼实受。我得再提住劲多活两年,等着抱重孙子。"

颖多湾人都是在腊月办喜事,千百年来都这样,图的是两个喜庆一块来,也为的是见的礼直接就过年走亲戚使了。可刚换完手巾没几天,季瓷就找到宽婶子让去胡湾说合,秋天娶过来妥了。因为县里的文件贴遍了各村。

由于颖河水连年泛滥,给我县人民造成巨大经济损失。为了造福沿岸人民,我县决定将河道取直,引导颖河水走进新河道,使我县彻底告别河水泛滥的历史。即日起各乡镇村抽调劳力，前往工地，战天斗地，定叫颍河两岸旧貌换新颜。

可季瓷家里没劳力。不出劳力就得出钱出粮食，可咱也没钱也没粮食，这可咋办哩？一夜未合眼的季瓷起大早就跑几里地找宽婶子去。宽婶子一张巧嘴一说，胡家还真就同意了。唉，这闺女就是掏劲的命，比别人迟几年出门是为留在家里干活，现在婆家提前要人，也是为去出力，既然横竖都是掏劲，那就去吧，早晚是人家的人，在哪儿做牛马都是做。

用了一个星期天，又请了半天假，章柿从学校回来，就把婚事办了。星期一中午再去学校的时候，他已经是有家室的男人了。

三天后，新媳妇胡爱花跟着村上壮劳力向西去了。工地不远，就在村子西边，新颍河河道从北边像比着一条尺子划过来，也就是说，颍河从此走河西章的西边了。

拉车不用牛，套的"剪发头"。不是不想用牛，是各生产队的牛不够用，一个个胡爱花这样的年轻女人就拉起了架子车。能干的妇女，怀里揣着鞋底子，趁装土的时候，把底子拿出来，"呼呼啦啦"地纳几针。没时间坐在家里做鞋呀，见天天不明就被出工的铃声敲醒了，黑摸摸拉着架子车就走，拉几趟后，天大亮了在工地上吃饭。公家管饭，男劳记十二分，女劳记十分，地主富农各下浮四分，当然不是说你工分下浮了活就少干了，不，你比谁都得多干。

章节高打四九年跟着担架队去抬伤员，就没回来，听章守信说他是跟着解放军走了，家里人也都怪高兴的，这等于他给自己寻了条出路。他这一走多年也没给家里人来信，他爹说，他那是在部队上，部队要求可严着哩，不能随便回家，八成也不能随便写信吧。

可他总得捎回来个信儿吧，哪怕给他爹捎回来一块钱哩，他爹心里也是舒坦的。别人都这样想，他爹何尝不是这么想的哩？村里人慢慢有了闲话。抗美援朝开始后，他爹又放出话来，说有人见着节高了，他也雄赳赳地跨鸭绿江去了。怪不得不见回来。

大家对他爹另眼相看了，这么说，章节高成了抗美援朝的英雄了？

可刚过了半年，抗美援朝远还没有结束，章节高回来了，还带回来一个白胖大闺女。那大闺女刚进了他家门不一会儿，村里人就听到他家院里传出高一声低一声的哭喊。

"他哄住我喽，他骗住我喽……"

听这闺女的口音，像是南边的人。才一小会儿，章节高家的院墙外贴上了好多脑袋。

"他诓我呀，他说，跟我回去吧，咱家里可好了，东院是咱爷家西院是咱大家，咱家里要啥有啥跟我回去享福吧。可你看看，你家里要啥子都没的，东院是龙王爷家，西院是人家的大家，这日子咋个过呀？我是背着爹娘跟他偷跑出来的……"

明白了，章节高所谓的参军、抗美援朝都是假的。

可当年章守信回来，给他爹带的消息却是真的。那时部队是留下他了，叫他当了炊事员。

事儿都坏在他自己手上。

这章节高打小手不净，不是摸这，就是偷那，常常把食堂的一些东西偷出去卖。这种事，时间长了总会被发现，部队上自然不能要这样的人，叫他收拾东西回家。他也没啥东西，卖的钱没收，他穿了一身自己的衣裳从部队走了。

从此他在各个集上、会上拾菜拾东西。拾，当然是好听的说法，东西都这么主贵，谁会掉地上叫他拾呢？他靠这个让自己生存下来。后来他想到更远的地方去看看，他一路向南拾去，拾到了长江边上，不但有吃有穿，还拾了个大闺女回来。

河西章这个穷地方，饭都吃不饱，却净出美男子。这一片的男人拉出来个顶个精神，再敢叫穿上一身好衣裳，洗洗头洗洗脸，立即就像模像样的。这地方的男人但凡给一个女人说"跟我回去吧，咱家里要啥有啥，东院是咱爷家，西院是咱大家，回去叫你受不了一点屈"，还真的没有女人不相信的，胆子大的恨不得立马就跟你走。当然，那都是生米做成了熟饭后，女人一旦成了熟饭，她情愿相信男人的话都是真的。

河西章人私下里叫这女人"蛮子",时间长了人们又发现,女蛮子不只是口音蛮,她还不全精,有人说八成,有人说:"哼,六成都是便宜她了。怪不得章节高能把她哄回来,我就说嘛,长江边上的人生活比咱富,人比咱还精,九头鸟九头鸟,说的就是他们,要是全精的人,能跟他回来才奇怪了。"有时候女蛮子撒泼骂人,不懂得村里的辈分,长一辈的人她都直接喊人家名字,犯病的时候见人就骂。

章节高继续出去拾东西,他拾回来的有时候是一把粉条,有时候是一棵白菜,他家的生活就比别人好,能三天两头熬一锅胡辣汤,有时候还能拾个稀罕物。除了在部队上,他就再没失过手,也就是说没有为此叫人收拾过,一个高大有力的小伙子,又总穿得挺排场,谁能咋他哩?那些物主就算看见了,拉住他的手了,他把东西一丢,给人家一笑,说"嘻,玩哩",人家能说啥?出门在外做生意讲个和气生财,谁愿惹事?丢开手,从地上拾起自己的东西,"嘻,我也是玩哩",然后扭头走人。

手不净就手不净,手净了我吃啥哩?他常常在心里给自己辩解。

不是一家人不进一家门,村里人把这夫妻俩归入了另一类,凡事不与他们计较。人常说,绣花鞋不踩臭狗屎。是人都想着把自己比作那绣花鞋。

可这人哪,谁也不知谁啥时候行啥运,运气来的时候你挡都挡不住,你若再识时务一点,就能抓住命运的美丽发辫。像现在的章节高,感觉到他的好运快来了。他重活累活抢着干,似乎这样就有特权指挥村里的人。加之自认为见识比别人都多,此时他也确实觉得自己像一个村干部。

胡爱花的娘家有姐弟五个,她是老大,下面有个妹妹胡爱莲,正在县城上初中,长得仙女似的,也就心高得很,认为自己压根就该像她那些城里同学一样,吃商品粮,将来在百货公司当个营业员。再下面还有三个弟弟都正上学。爹娘常年有病,干不成重活,胡爱花从小就担起照顾几个弟弟妹妹的任务,这也是她定亲晚的原因。

大弟弟也上初中，爱打篮球，两星期穿透一双鞋底，她不停地做鞋，总也撑不上换。她可以没明没黑地做，可是布在哪儿？里子在哪儿？表在哪儿？就光是打糨子她都害怕次数多了婆婆有说辞。有谁家的媳妇是整天黑天白里给娘家人做活的？晚上在屋里偷偷做，用的是自己的力气，可你得点灯啊，用洋油啊，有时候夜很晚了，季瓷在她窗外喊"睡吧，时候不早了"，她就想，婆婆是不是想说，睡吧，别熬油了，那油都是钱买的。她只听村里女人告诉她，婆婆是个仔细人，会过得很，烧锅数着柴火根，一根麦秸都不多烧。

可有啥法儿哩，如果自己不做鞋，娘家兄弟就得穿着露底的鞋打篮球。有一回，她实在没法儿，把自己一件衣裳撕了抿成袼褙。

她打定主意，婆婆说啥是啥，自己不顶嘴就是，俺娘家就是这个烂摊子，自己不管谁管，婆婆说就说吧，说了就听着，反正你总不会伸手把我的活夺过去吧。

冬天来了，地面上冻，铁锨下去，只能划个道。可工程不能停下来，明年春天，要贯通新河道。铁锨狠狠扎下去"当啷当啷"响。可再大的困难也不能吓倒咱，大干社会主义就要出大力流大汗，对，流大汗，汗流得少了还不中哩。章节高脱了棉袄干活。见一个脱，大家都得脱，谁敢认落后。

新媳妇胡爱花还有点不好意思，可她看男人们、女人们都勇敢地脱了，只穿件单衫子，她咬咬牙，也把棉袄脱了。这招还真灵，一脱你就得拼命干活，干着干着，身上还真就出汗了，出了汗就不能停下来。

春天，笔直的新颖河"哗啦啦"欢唱着一路向南，改了它从前委婉曲折的性子，变成一个泼辣健壮的少女。两边的河堰上，栽了几排杨树，刚发芽的杨树苗在风中摆动。下地干活的人们走到上面，都想多站一会儿，脸转向南边："让风刮一刮吧，刮到脸上，可舒坦。"然后他们像孩子一样，扛着锄头，张起一只胳膊，欢快地跑下河堰。平原上的人连个土坡坡都很少见，这两条巨大河堰似乎给他们的生活增添了乐趣。

章柿已经高中毕业，考完试回到家，放下行李就下地干活。

到了看分数的时候，他又去到学校。他考得中不溜。老师说："我们国家实施'一五'计划，进行社会主义大建设，西北地区有很多在建的军工厂需要大量的工人，得从广大农村招收，需要给这些招来的工人进行培训。很多大学里开办师资培训班，学制一年，上学就带工资，每月三十五元，毕业后分到各个军工厂。现在河北机械学院在咱校有几个名额，愿意的，就来报名。"

别的话他都没听清，只听到了三十五元，立即到老师那报了名，他想，用不着再坐火车回去跟爹娘商量，他们一准同意。

老师给他说："你的成绩没问题，回家只用等通知了，拿着通知去开家庭成分介绍信，等着去河北吧。"

回到家，给爹娘说了去河北上学的事，爹娘也都很愿意，他知道他们主要是愿意那三十五块钱。大家都有点不敢想象，一个月三十五块钱那该是怎样富有啊。

章柿等来了河北机械学院的通知书，让带好成分证明于8月30日前到保定去报到。

过了几天又收到一封信，同班女生吴会芝的。信上说她考上了本省的一个地区师专。给他写了些临别赠言，信里夹了一张相片。吴会芝家在本县的刘家湾，在班上便是与章柿最近的老乡，来往较多。章柿看完信，随手放在桌上。胡爱花再进来的时候，看到了这封信，她不识字，可她看到了那张相片，她断定这是女同学写来的。她把信"哗啦哗啦"抖在他脸前，问是谁的信，章柿说："我同学呀。"

"她为啥要给你寄相片？"

"同学们都互赠相片，我给她，她当时没有了，就又洗了给我寄来。"

"没这么简单，你哄憨子吧。"一向温顺的胡爱花突然变了脸，不依不饶，拉他去见爹娘，去见爷爷奶奶，叫把这事说清。

"说清就说清，这还有啥说不清的。吴会芝都是订过婚的人了。"

章柿被她拉着来到堂屋门前，又当着大家的面把这件简单的事说了一遍。几个老人就看着胡爱花，一时也说不好她该不该生这么大气，纷纷劝了劝，叫别为这事吵架了，过几天柿就该走了。

可第二天一大早，但见小两口穿着出门的衣裳一个前脚一个后脚出了屋门，都气呼呼的，也不打招呼就往外走。季瓷看二人脸色不对，就问："这是弄啥去呀？"两人自管走，都不说话，季瓷追到过道里又大声问了一回，章柿说："离婚！"

季瓷叫来章守信："你去看看，一大早都气呼呼的，说要离婚。"

"唉，八成是为夜儿那相片的事。"婆婆说，"现在的年轻人也真是，大闺女家的，都敢给人家寄自己的相片。"

章守信穿好小布衫追出去，跑到河西尹才看到二人。他叫章柿，在后面咬牙切齿地压低了声儿："你给我回来，听见没有？啥离婚离婚的，丢不丢人！"二人不管，只是往前走。他几步跨到二人跟前，张开两只胳膊挡了去路："回家去，听见没有？"

二人一个向左一个向右，把头扭开。

"谁的主意？"他问。

两人后脑勺相对，不说话。

"哑巴了？咋不说话？我问你哩。"章守信对章柿吼着，气得胸脯一起一伏的。

章柿狠狠地瞪了胡爱花一眼，意思是她的主意。章守信不能训儿媳妇，只是对着章柿喊："你再有几天就去河北上学了，俺，你大学生了，挣工资了，你离婚，叫别人咋看你？"河西尹的人都站在当街看热闹，因为不明白是咋回事，也不好来劝。

"听见没有？回家去！"章守信强压怒火，跺了跺脚。搁他的脾气，上去一人一耳光，就不信治不住他们，可他从娶了儿媳妇后，收敛多了，再不像从前样乱发脾气。

他突然一头栽倒在地，直挺挺躺着。俩人吓坏了，尤其是胡爱花。她来快一年还没见过公公发病，只是听婆婆说过，公公不能生气不能累着，这突然一倒，她魂飞魄散，"扑通"跪到地上大哭："爹呀爹呀，你快起来,俺俩再不闹了,这就回家。"章柿也蹲下,挥手把胡爱花的手打开,狠狠地瞪她一眼,那意思是说,都怨你!胡爱花只管哭着说着"爹呀爹呀,再不闹了"。突然,躺地下的章守信问她:"真不闹了?""不闹了不闹了。"胡爱花的手只管摇着公公。地上的章守信突然坐起来,对二人挥挥手说:"回家!"胡爱花只当是她把公公摇醒了,擦擦泪快步跟上回家了。河西尹满街里"哄"地大笑,没想到章守信还有这一手。

"真是叫我把人丢尽了,我要不来这一事,你们还真跑到乡里打离婚呀?人家问起来,为个啥事,就为了一封信一张相片?"

他明明是想训儿媳妇,也不好直说,强咽一口气说:"胡大姐,你说说是咋回事吧,抓住他啥把柄了?"

院子里四个老人都在,门口、墙头上也趴了好些人,胡爱花"哇"的一声哭了。

"我是怕呀,怕碰上罗湾罗家那样的事,男人在外面当了官,不要女的。等到他来说不要我,还不胜我先说出来哩,省得落个叫人家摺到半路上……呜呜呜……他去过他的好日子,我也在咱家伺候着爷爷奶奶、爹和娘。"季瓷一听是这,"噗"的一声笑了:"憨子,罗家媳妇不走是有了俩孩子,说起来是给人家照望孩子哩。你跟他离了婚,空房子里半拉小孩都没有,你守啥哩?"

胡爱花不好意思地擦擦泪,破涕为笑。

"再别乱想了,不是个个男的一出门就变心,他要是那人,当初就不会在家寻了。今儿当着这么多人的面,咱把话说清了,柿,不管进了城,当了啥,你就是好上了天,记住你媳妇在家,重活都是她干的,为了咱家出个劳力,她不到腊月就过门了,你早晚不能变心,记住没?"

"我夜儿黑就是这样给她说的,她不信。"章柿又狠狠地剜了胡爱花一眼。

"中了,中了,花儿,你听奶奶的,他不变心,这孩从小就心好,有这多人拿着他哩,他敢变!"

"妥了妥了，该弄啥弄啥去吧，净是生些闲气。胡大姐，你今儿别下地了，在家给柿准备铺盖。柿你跟我下地去。"章守信早就换了下地的破布衫，手里拿了绳子拿了锄，为这场纠纷做了收场。

男人们离开后，奶奶数叨胡爱花："瞅瞅，多有成色吧，哭哩，闹哩，这就叫本事？你有本事早点怀上。"胡爱花羞得低下头，自己也觉着闹得没名堂。

河北机械学院在县上设有接学生点，准备用大卡车将学生接到保定。一大早，接生点就热闹非凡，走的，送的，乱哄哄围着办公桌。章柿背着行李，办好一切手续。但见一个青年人拿着一张纸给接学生的老师说："我没有接到过你们的通知，可我想去上这个学，你看，我有成分证明，贫农，有高中毕业证，成绩嘛，才差了十来分，能不能叫我也去呀？"

接学生的老师看看他提供的各种证明，尤其看他跟那些正式学生一样，竟然也做好了一切准备，就给他说："那就上车吧，到学校后办别的手续。"

这种事在50年代一点都不奇怪，国家社会主义建设需要人，哪还有那么多讲究呀——除了家庭成分是个大问题。一年后，章柿毕业分到西安的一家军工厂，给职工上技术课时，才发现一半人是文盲，连自己名字都写不到一起。

课教了一个月，真给发了三十五块钱，扣除十块伙食费，发到手里二十五块。他跑到药店，问有没有治羊羔风的药，店员给他拿了两盒苯妥英钠片。他写了信，跑到邮局，连药带十五块钱一起寄回去，他嘱咐爹，一定按时吃药。手里只剩下几块钱了，可他很高兴。下个月，钱就又来了。当公家的人就是好，每月到时候就发钱。

章守信已经五十岁，犯病次数比年轻时有所下降，吃了几盒章柿寄回的药后，有慢慢好转的趋势，一年多都没有发病了。章柿坚持给他寄药，他期望爹的病能好彻底，永不再犯。

他还有一个秘密，从现在开始，他每个月攒下三块钱，用专门的存折存着，他不吸烟不喝酒，不买衣裳不吃零嘴，不和同学们出去看电影下馆子。有时候手头紧了,哪怕两块、一块,他也存到那个专用存折上。他想用这钱去找绳姐。绳姐走了十五年,走的时候十岁。只要她还活着,他就得再见她一面。多少个夜晚,尤其是冬天的夜里,他常想起绳姐扯着他的手去挖大麦苗,回来后埋到火盆里烧烧,软乎乎的,吃到嘴里甜甜的,"喀嚓喀嚓"响。他真后悔,那时咋不知道往绳姐的嘴里塞一点呢。

绳姐走的时候,想没想过要见我一面,跟我告别一下?她曾经那么疼我,平日里就我俩一起玩。她也许不知道她的人生是怎么回事,她才十岁,吓坏了吧,她不知道大人要把她送到哪里去,她前面的路是什么样子,她根本没有能力想,她就那样,穿了一件平生头回穿的新棉袄,叫一个陌生的主儿领走了。她的命运如何,她有没有想家,有没有想过我,有没有托人给家里写过一封信,告诉家里人她在哪儿?她一定有家了,十岁被领走的那年,可能她就被领向一个男人,如果被领到窑子里,解放后她也会跟一个男人,她可能也有孩子了。我只是想找到她,见她一面,知道她在哪里,知道她过着怎样的生活。我还要把她领回家看看,沿着她被卖出去的路,我扯住她的手,领她回到颍多湾,河西章,她的爹娘、爷奶还在,一般大的还在。她应该回来,看看她出生的地方,看看她当年领着我挖大麦苗的地方,她引着我打滴溜的地方,看看那口井。

找到绳姐,不管找多少年。

毕业时,他们有两个去向,一个成都,一个西安。他心里首选西安,他想,有可能绳姐就在陕西,听人说,好多闺女都卖到了陕西。再说,西安是北方城市,从生活习惯各方面好适应一些。不过,他还是赶回家跟爹娘商量。

精打细算给家里每个人买了礼物,给章栋除了买个镶红边的背心外,还狠狠心买了支两块五的钢笔。

一说成都和西安,家里四个大人商量好了般都说西安。

"西安好啊,那么多皇上娘娘坐过的地方,寒窑,王宝钏,唐僧取经,不都是在西安吗?西安从前叫长安,多好的地方。"章守信那点有限的知识发挥了作用,"西安还离家近,一千多里地,我听集上有个人说,他孩在西安工作,他去找他,在咱县上坐上火车,十来个钟头就到了。"

国家"一五"计划期间,由苏联援助,在全国投建了一百五十六个军工厂,多分布在中西部地区。仅西安市东郊,就有六个大军工厂,每个工厂都形成自己的一个小社会。

出了朝阳门,一条小小的土路向东,过了第四军医大学、金花路,就到了位于幸福路上的天河厂。其他五个厂也在附近,全国各地来的建设大军很快把西安东郊这片地方占满了,农民土地被征用,农民子弟被招收到军工厂当工人。

1957年夏天,章柿来到天河厂,当上了职工技术培训班的老师。

每一个军工厂重点接收某一省市的工人或技术人才,形成一个个新的小社会。一听口音就知他是哪个厂的人,如天河厂最集中的是广东人和上海人,有的厂是四川人,有的厂是东北人。一火车一火车的青年人从全国各地被拉来,南北方言,此起彼伏。

六个军工厂逐渐建起了自己的医院学校俱乐部、菜场商店消防队、食堂澡堂托儿所。天河厂内还有一条铁路通向外面的一个库房。

这里形成了西安市新兴的一个工业区,几十年内都是西安市人口最密集的区域。

章柿定的工资级别是三十四块五,虽然比学校里少了五毛钱,可每月还有几块讲课补贴,加班有加班费,比起十八块工资的那些不会写自己名字的工人,他算是富有的。可是两个月后,他听说分到成都的同学工资定到了三十五块五,比他们多一块,叫什么地差补贴,他就有点后悔。开会的时候悄悄给他一个同学说了,那个同学扭过头来,没有说话,谴责地看了他一眼,他立即羞愧难当。是啊,自己觉悟咋这么低呢,竟说出这样的话,在哪里都是干社会主义,我怎么会为一块钱而表现出来西安的后悔情绪呢?

可是,好多日子里这一块钱在他的心里都是个问题,想起当年为着一块钱的背心，他在街里蹦着哭，娘说一分钱难倒英雄汉，何况一块钱呢。

他真后悔，他为什么要给同学说这个想法呢？那同学也真是，要么批评我，或者骂我一句，可他为什么不说话，只那么居高临下地谴责地看我？他会不会向组织汇报？这句话会不会给我造成什么不好的后果？

要不要再找那个同学承认一下错误？叫他不要因此而看不起我，也叫他不要把这话告诉组织、告诉别人。他心里一直很忐忑，说也不是，不说也不是。过了好几天，也没见那个同学再提这事，也许他完全忘了，也许他当时没听清，他瞪我只是不让我开会时说话。十几天过去，他不再担心因话惹麻烦，但他还是想着那一块钱，如果当时去了成都……不，没有如果，当时他想都没想过去成都，现在如果不是这一块钱，他压根就把成都忘记了。再说了，去了成都，多拿了那一块钱，可是成都回家的路费又是多少呢？一年只一次探亲假报销路费，可另外回去呢，多花多少个一块钱？他甚至在周日没事干的时候，去火车票预售处问了成都到颍多湾的票价，得出比西安到颍多湾多好几块这样的结论，他的心才放下来，彻底不再想这个事。

他住在男宿舍，与何老师合住。这何老师家在咸阳，跟他一样，家属在农村，一个或两个礼拜他就回一次家。两人熟了后，章柿问他："你们那里有没有解放前河南卖去的姑娘？"

"多的是，每个村子都有。"

"都是啥地方的你知道吗？"

"那还不知道，你们河南人到处都有，常常听到女人说的是河南话。"

"那你回去的时候帮忙打听一下，有没有颍多湾人，姓章的，小名叫绳，今年二十六七岁。"

星期天下午，何老师从家里回来说，他们旁边一个村，有个女的二十六，说是颍多湾的，自己不知姓啥，也忘了啥时来的，总之很小的时候就来了。章柿估计八成不是绳姐，绳姐不可能不知道自己姓啥。

可他还是想跟他去看看。

下一回何老师回家的时候,章柿就跟着去了,给何老师家里买了一斤点心和一包硬糖。何老师把他领到那个村上,他一见那女人,断定不是绳姐,绳姐不可能这么丑这么傻,不可能完全不认识他。对章柿的所有询问,那女人都以傻乎乎的笑来回应。何老师说:"要不,等她男人回来问问?"章柿说:"不用问了,肯定不是。"临走时问她,知道老家的人不,要不要捎个话。那女人"咯咯"笑两声,不置可否。章柿从兜里掏了两颗硬糖给她。

就这样慢慢找吧,绳姐,我们都还年轻,相信这一辈子会见面的。

章柿每年回三次家,爷爷的生日,奶奶的生日,春节。后来,爷爷奶奶去世后,他就改为爹和娘的生日。在他第一年春节回家的时候,胡爱花生了个儿子,取名章西平。

他还特地到新华书店买了一套《西游记》、一套《水浒传》送给烧包叔。烧包叔高兴得像得了宝贝一样,第二天就开始在学校门口念包了书皮的《西游记》和《水浒传》。从那以后多少年,那书皮破了再换,换了再破,书却保护得很好。他除了白天在学校门口念,冬天的漫漫长夜里,村里光棍没地方去,也都聚在他屋里听他在油灯下念书。

工厂正式投产后,职工培训暂时告一段落,章柿因为各方面表现积极,1958年入了党。负责职工进修的刘主任有一天把他叫到办公室:"咱厂里有几个到西北工业大学进修的名额,学制两年,出来是本科生,你愿不愿意去?"章柿当即表示愿意去,刘主任说:"好,过几天表一来就给你一张。"

可过了三天,情况有变,车间主任、各处室领导有变动,刘主任刚好到章柿所在车间当主任,这下,舍不得叫他走了,哼哼叽叽好一会儿给章柿说:"现在,生产任务太紧,我们车间最缺的是技术人员,尤其是机械制图这方面,你还是留下来吧,你年轻能干,又刚入了党,上学嘛,以后还有机会。"

"刘主任,你不用为难,我不去就是了。"

章柿在车间忙里忙外干活,是人都能使唤动他,他也从不觉得吃亏，干活时脚下跑得很快，人送外号"章快腿"。

1960年春天，章柿正在上班，有人在车间里喊："章快腿，厂门口打电话，你爹来了。"

章柿跑得更快了。

厂子太大，他的车间又在最里面，足足跑了十分钟才到门口，远远地就看到章守信穿着黑色长袍，瘦骨嶙峋，立在门口，瞪着大眼，手搭凉棚往里面望他。他跑出来，拉了爹就离开。因为天已经很热了，爹还穿着夹袄袍子，这种衣裳在农村还有人穿，可穿到城里，就会被人像看怪物一样地看，而他浑然不觉。

"爹，赶快回我宿舍，把这身衣裳脱下来，你没见刚才门口站岗的卫兵都笑你哩。"

"这衣裳咋了？新的，不是出门我还舍不得穿哩。"

"得脱得脱，我马上拿布票去撕布，给你做身新衣裳。对了爹，你咋来的呀？也不写个信，叫我去车站接你。"

"坐火车来的呀。我跟双周一个老头，他闺女在解放大楼工作，给我说'咱去西安玩吧'。去就去，谁不敢吗？俺俩就来了。咱庄上还没有人来过西安哩，想叫你爷也来，他说他老了走不动了，叫我替他来看看西安的景致。家里吃大食堂有一阵了，人都吃不饱，你看看我饿成啥了。"

不管怎么说，爹这身自我感觉很好的大袍子是不能再穿了。章柿翻自己的箱子，所有的衣裳对爹来说都小，同一个单身楼里的山东人王大个拿来了自己的一身工作服："叫大叔先穿上。"

章柿跑去撕了布料，拿着那个大袍子，叫裁缝量了尺寸，加快做一身衣服。写申请找厂领导签字，爹被免费安排在招待所住下。有关系好的职工买了水果、点心，拿着自己省出来的粮票来看望章守信。章守信的做派还是抱拳、鞠躬，张口闭口叫年轻人王贤侄、李兄弟，叫女职工刘大姐，引得大家开心地笑，他也不管，仍然我行我素。

章柿少有地幸福，因为他看到爹对他的生活如此满意。他上班的时候，爹就在生活区自己转转，还交了几个老年朋友。有时候他还没下班，爹就拿着饭票、饭盒去食堂把饭打回来。章守信觉得这个食堂比家里的食堂好多了，这里能吃饱。几天后，他悄悄告诉章柿，同样是二两饭票，打米饭比买一个馍划算，一个馍吃了不饱，二两米饭就能吃饱。从那以后，他就顿顿打米饭。

星期天，章柿带着爹去城里转，去革命公园，去钟楼，去解放大楼。爹也不舍得买啥，只是新奇地看呀看呀，见啥都稀奇。还找到了双周围女和她爹，两家走动了几回。双周围女找领导批了条子，叫他们买了优惠价的布料，给奶奶、娘、胡爱花一人买一件上衣料子，给章栋买了双网球鞋。几个月存的钱花完了，可他很高兴，人挣钱干啥？就是给亲人花的。过一个月就又有了，这就是公家人的好处。

章守信提出，要去王宝钏的寒窑看看，马上有单身汉说："那有啥好看的？俺家就是那的，一片麦地，一个破窑，远得很，不通车，在大雁塔东南还有好几里。我每个星期回去要骑车两三个钟头。"

"是哩，恁娘常说，看景不如听景，可总是在戏里听说寒窑，破就破吧，看看就知是咋回事了，也好回去给庄上的人喷喷。"

"好，这个星期天我向车间借个三轮车带着你去。"

"要啥三轮车，不是大雁塔东南几里地吗？咱从大雁塔下车，上上大雁塔，走去就中了。几里路算个啥，恁娘当年给你送馍走了六十八里，何况咱这大脚哩。"

星期天，爷俩从东郊出发，先坐车到大雁塔，掏四分钱买了两张票，上了塔。在塔顶，章柿指着东北方向给爹说："那一大片树林里就是我们的厂房。"

出了慈恩寺，两人一路向南，走了一个钟头，来到那座破土堆前。也确实没啥好看的，真的像季瓷所说，看景不如听景。

沿着快要泛黄的麦田边小路，两人往回走着。

"快割麦了，我得回家去了。招待所只准住一个月，天热了，跟你挤一张床上，可不中。这一个月我在你这都吃胖了，一胖，我也就显白了，再穿着这身衣裳回去，村里人可能都不认得我了。"

能听出来，爹的口气是安慰和幸福的，还有那么一点自豪，好像他已经看到村里人羡慕的目光。他的心里也有一些话想说,他总觉着有些话他永远说不出口。他和爹隔着什么,这是一层不能说的东西。爹从没有打过他。爹那么赖的脾气,打过娘,打过槐,打过楝,在集上跟人家打过架,一蹦多高在街里骂过人,可就是没有打过他,不但没打过他,好像还总是有点额外的小心。他依稀记得小的时候,节高叫他带肚儿,爹大发雷霆,去节高家门口蹦着骂了,可回来对他还是那么好。他偷眼看了爹一下,啊,没有一点像的地方,爹高大,壮实,深眼窝,大眼睛,双眼皮,而自己,跟他太不像了。

粗暴的性急的爹,内心里对我有着怎样温存的想法啊。

二人只管边走边说话,对面来了人也没注意。那人灰头土脸,拉了个架子车,低头走路。就在错开身子的一瞬间,那人又回过头来,一声惊呼,扔了架子车,扑过来一把抓住了章守信。

"守信!我没认错吧?你是守信,没错没错,是你,爷们呀……"那人说着,哭了起来。

二人惊呆在路上,这个地方怎能有人认出咱哩,还一下叫出名字来。细看那人,头发乱蓬蓬,脸上流着泪,因为太激动,脸扭曲着,那眼睛,啊,左眼不好。

"有福叔哇!"章守信也大叫一声,两个人架着对方的胳膊,形成一个圆形,望着对方的脸,百感交集,在路当间先是正着转,又是反着转。天哪,真的是你呀,再转了一圈,正像是戏台上故人相遇一般。都太激动了,嘴唇哆嗦着,说不出话来,泪眼相望。

"叔哇,十来年了,到处都没你的信儿,你日子咋样啊?也不想回去看看?"

章有福长叹一声:"咋不想回,做梦都想哩,你看看我这一身打扮,就知我日子咋样了。"

当年,桃花在章有福耳根说出那句话,他恼得不行,夜里躺床上睡不着:我还在这河西章待着干啥呀,叫人不拿正眼看咱。他"呼"地从床上起来,收拾仅有的两件破衣裳,一路向东,过了颍河,他成了离开家的人。他无牵无挂，走到哪儿是哪儿，他有力气，不愁没饭吃。走一路，给人干一路活，不但管住肚子，还挣了几个麻钱。最后，他留在一个大财东的家里，先是给他家种地，后又给他家看院子，再是给他家管长工短工。章有福本是个聪明人，除了一只眼看不见，心却透亮，或者因为一只眼看不见，心更明亮，比一般人多那么一窍。同样的事叫他去办，总比别人想得周到一点，做得好一点细一点，同样的话从他嘴里说出来，人就听着舒坦。他不断得到大财东信任，几年后，当上了大财东家里的一把，也就是说大财东把家里一切杂事交与他料理，要谁不要谁，给谁吃稠的给谁喝稀的他章有福一人说了算。他把几百亩地经管着，也算是天助，接手头一年比哪年打粮食都多。大财东将地里收的麦子给了他十分之一，他卖了粮食置了一块小小的宅子，说了个有点瘸的媳妇，在大财东家的边上过起了自己的日子。

　　当然他也没少克扣长工短工们。有些人，他对上头有多少温柔就对下头有多少残酷，越温柔就越残酷，这是一个定理，他只需对一个人负责，他只需一个人认定他是好人就中。这使得四九年当政府抓了大财东时，当地农民不答应，他们一致认为大财东是个好人，没有亏待过他们，该杀的是这个外乡独眼儿。那时他正在外替大财东办事，还没有走到家，见他那瘸腿女人从对面跑来，塞给他一个小包，叫他快跑，千万不能回家："这里面有几件衣裳，还有钱，快走吧，回去就没命了，那些人说把你拉住就要枪毙。"

　　"那你咋办？你跟我跑不？"

　　"我肚子里有了，不想跑了，你跑吧，到哪儿去躲躲，过两年风声轻了你就回来。我先住回娘家，我是本地人，他们不会咋样我的，你可一定得回来找我。"

　　"可这儿还有给掌柜的钱哩，我是替他要账去了。"

　　"唉，他现在连自己都保不住了，还要啥账。"

　　"那不中，你拿回去，给他。世道一会儿变一个样，他要是过两天又中了，那咱的脸往哪儿放。"他把账目、钱，一五一十给媳妇交代清楚，这才转身跑了。

听说陕西的活好找,西安的大街上到处都是钱,弯弯腰就能拾一张。他搭上火车,一路来到西安,以很低的价钱买来人家不要的架子车,自己拾掇得能走了,在郊区给人打零工,拉砖拉煤拉柴火,啥活都干过。他这才知道,天下到处都一样,那就是守信家说的那句话,钱难挣,屎难吃。眼看一年又一年过去,他没有攒下钱,只攒了越来越多的思念,常常在夜里梦到河西章,梦到河水溢出来流得满街都是,梦见龙王庙的香火飘得满村子烟气,梦见桃花,梦见章四海。

梦醒来的时候,他听到的不是柔软的河水般的乡音而是硬邦邦的西安话,心里那个忧愁滋味,他一生都记着。后来人家再叫他出门,他说,哪都不去,他只守着河西章,老死在河西章。最难受的是他心里的思念没有一个人可以说,陕西人好是好,可说话石头般坚硬,落下来能把人脚面砸疼,他们就是给你吃食的时候,也不会说句和气话,只命令般地说"你吃你的,你吃你的"。哪像俺老家的人,不咋哩,用好听话先淹住了你泡软了你。自己也四五十的人了,在外面这样躲着也不是个事,还不如回家算了,找到媳妇,领回河西章,过自己的日子。都十年了,我就不信那些人还记着要枪毙我哩,就算要枪毙,我也得埋到河西章,总比老死到外面强吧。一个人的日子,再有个病呀灾呀的,就更难受。可是混成这样,身上凑来凑去只有打一张车票的钱,我这么要强的人,出来十几年,总不能空着手回河西章吧。

"回去吧,叔,没事了,好多当时跑出来的人都回去了。河西尹不是还有一个当过商桥镇镇长的,那时吓跑了,去年也回去了,一点事没有。"

"真的?"

"真的,爷,政策变了,去年主席发布特赦令,好多人从监狱里出来了,何况你这,更没事了。"章柿说。

"回去吧,叔,我过几天要回哩,叫恁孙子给咱俩一人买张车票。他现在在东郊天河厂上班,你看,这衣裳是他撕料子给我做的。还有双周那老头,咱仨一起,回家吧。"

回家吧!回家吧!再也没有比回家更幸福的事了。章有福拿了章柿给他写的天河厂地址，拉起破架子车，回到自己住的村子收拾东西去了。

来时俩老头，回去仨老头。

章有福下火车后没有跟他俩一起往西走，而是去东边找他的瘸子媳妇和孩子。

章续强一听说叔要回来，花了大半天时间把他那小破屋收拾了一下。桃花也不再计较从前的不愉快，尤其听说他去东边接他媳妇和孩子，她这当嫂的紧赶慢赶、东挪西凑，给缝出一床铺盖来。

章有福一家三口迟迟疑疑地出现在村头，好多人上前来迎住了，这个说："有福你个兔孙跑哪儿去了，连个信儿都没有，你再回来晚点我这辈子就见不着你了。"那个说："有福叔，走了有十来年了吧，噫，头发都白了，这要是在旁的地方，我可不敢认你。"有个漂亮人物说："有福爷你还认得我不？我是节高，你走的时候，我才十来岁。"章有福使袖口潦草地擦擦泪，拉住闺女的手，给她指着面前的人："这个该叫叔，那个该叫哥。这个嘛，别看他那么大的个子，还得叫你姑姑哩。"说得章节高龇牙一笑，真的张口叫了声"姑姑"。来到自己的那个破屋，一看到里面有床有铺盖，打扫得干干净净，他跕堆到房门口，捧住头，"嘿嘿呀呀"地流泪。想当年他离开的那天晚上，对这个村子是多么恨啊，竟然发狠说他再不回来了。桃花已不再年轻，风采尽失，她晃着松松垮垮的腰身来到院子里，拉住小闺女的手，对那瘸子媳妇说："刚回来，有些东西得一点点置办，破家值万贯，少双筷子都不中，这两天就先到前院吃饭吧。"马上有热心人对瘸子媳妇说："这是恁嫂。"

晚上，扯成长条条躺在床上，章有福立即就睡着了。

第九章

孩呀孩

你快长

长大当个伙食长

人家吃半斤

你吃斤四两

  阳光在院子里有气无力地走着,把一切都拉成了饥饿的影子,鸡子、狗们也垂头丧气。奶奶吃力地站起来,走到西屋,看到胡爱花的床上,瘦小的西平睡着了:"唉,那小脸呀,就跟碗底儿差不多大,大人吃不饱,小孩也跟着受饥。"

  章守信见天出门走好远,身上揣个小铲子,顺着河堰向南走,向北走,过了新颖河向西走,有时候能到泥河。他在地里找吃食。

  平原上的人都传说,是曹操发现了蒜。

  三国时期,曹操数十万军队驻扎在颖河沿岸与蜀军对峙,正值酷暑,毒日头天天悬在当头,十万兵马靠饮颖河水生活。蜀方军师诸葛亮观天看云,神推妙算,断出三日后必降大雨,派人在颖河上游的少室山流域投毒,让下游的曹军饮用。这种毒,中毒深者毙命,浅者上吐下泻,到时曹军不攻自破,蜀军可一举攻取颖川,得曹魏基业那就是指日可待。三日后，果真大雨倾盆，嵩山少室山一带山洪暴发，泥土和植被冲进河中，滚滚颍河水携带着小树青棵，咆哮着来到颍多湾境内曹军驻扎的地方，一时间河中水满流急，冲出河床淹没道路庄稼。曹军无法买菜，只好捞水中冲来的青棵，连根带苗一起吃了。

雨住风歇，稳坐帐中的诸葛亮没有得到他想要的消息。而这时，曹操也得知了诸葛亮上游放毒一事，慌忙下营查看，兵士战马都好好的，他也大为惊奇。顺河观察，下厨访问，但见士兵们手里拿着这不掏钱的青棵在吃，只是谁也叫不上来这是啥名字。曹操要来青棵，尝了尝，辣辣的，倒也不难吃，回去亲自试验，捉来两只鸡，一只鸡只喂毒水，一只鸡喂拌了切碎青棵的毒水，前一只鸡扑棱棱倒地而亡，而那只喂了青棵毒水的鸡安然无恙。曹操仰天大笑："算（蒜）好，天不灭曹。"

"算好，天不灭曹"的说法很快传开，沿岸人民也开始捡河水冲来的神草吃。战事结束时，已是中秋，曹操号召颍河两岸人民种这种神草，能充饥能解毒。

从此以后，蒜这种东西在颍河沿岸世世代代被种植。每年五月端午，正是蒜成熟的季节，过节风俗就是新蒜鸡蛋一起煮着吃，据说吃了可一年平安不得病。

唉，别说煮鸡蛋了，现在有几棵生蒜苗填到肚里也好啊。

章守信在春天的地里走着，麦苗到脚脖子了，一片绿色。这地呀，咋就不能像人借钱一样，先借给咱点吃食哩？

他在地里挖过甜草，那甜草根白白胖胖，一小节一小节的，一咬满嘴里都是甜，可是太小太少了，每一根就像纳底绳般粗细，半尺来长，在地底下埋那么深；他还挖过窄蒜，叶子细细的，有韭菜叶那么宽，根也很小，搁嘴里嚼嚼，没有蒜那么味儿蹿，他曾经在离家十几里的泥河边挖了一小把窄蒜，自己吃一半拿回家一半，给每个人分几棵尝尝，也算是吃了点东西。季瓷常说，吃点啥比招个没趣强。现在，他正像所有活物一样，离开家，在地里走着，到处找吃食。

这地里的东西是不是都叫人挖完了，咋除了麦苗啥都没有了？不甘心,沿着泥河走呀走呀,走到四处都看不见村庄,只有早春的冷风刮着。快响午了,还是回家吧。他离开河堰向东走。走了一身汗,约莫着响午过了,他坐在河堰上歇会儿,望着静静流淌的颍河水。人说叫这河水改道,就这么一挖,它就按着这个新河道走了,它也不想那个老河道,可人都有点想哩,去白果集赶集赶会的时候,从那干干的河道里走过,心里空落落的。夏天落大雨的时候,老河道里又存上水,静静地躺在那儿,只等着一点点渗下去,直到秋天,它一寸一寸浅下去,没了影踪。

这河水呀,你咋不像三国时候,发一场洪暴,给咱冲来些吃食,叫咱能活住命。难道,非叫俺饿死不中?他看看河水,有点忧伤地低下头,我这么大个男人,咋就没法儿把家里人养活住,没法儿叫他们吃饱,我一天一天出来转悠,见天却只能拿回去几根窄蒜、甜草根,我算啥男人?动不动还发个脾气,还有啥脾气呀?他站起来,拍拍屁股上的土,在河堰里往南走,那里有个桥。可这怨我吗?我们农民是偷过懒还是坏过良心,成年成辈子种地,每年晒脱一层皮,腰弯得直不起,可咋就到头来落个哄不住肚子?开会说起来都有理得很,好听得很,可这不叫人吃饱饭是啥理?

他低头走着,看到几棵从没见过的草苗,跐堆下身子,用铲子的一个角剜出来,抖了抖上面的土,底下的根指头肚儿般大小,紫红颜色。他掐了一点叶搁嘴里尝尝,不辣,再尝尝,没什么味。他把这棵苗掂在手里,看来看去,八成是野胡萝卜吧。他在四周又看看,还有不少,他一棵一棵地挖,一会儿把那片地上的都挖完了,抓在手里有一小把。

下到河边,把那些草苗一棵棵洗净,肚子里"咕噜噜"叫。这会儿过了吃饭时间了。他给家里人说过,他只要出门,就别操心他的吃饭,从食堂打回来他的饭叫棣和西平吃,自己见天在外面地里找食吃,吃得可饱了。他说这话的时候,下巴一撅一撅的,大着嗓门,显得很得意,就像从前他豪迈地说"嗜,我呀,啥都没有,就是有钱"。

现在,宣称见天在外面吃得可饱的章守信走在河滩里,吃他的午餐,把那些洗干净的野胡萝卜连苗带根一棵一棵送进嘴里,吧嗒吧嗒,仔细寻找着胡萝卜味,好像有,也好像没有。管它哩,是土都填坑,吃到肚里就是便宜。

河滩里一个人都没有,这个季节不是人下地的时候,这个时辰也不是人出门的时候。

章守信感到肚子疼的时候,他翻过了颍河的东边河堰,扶着一棵树,看到了河西章。肚子里拧着股疼,大滴的汗从头上冒出来。他脸色苍白,迈开长腿大步向东跑,就像当年他感到自己要犯病时一样,想早点跑回家。反正东西已经吃下去了,反正这一顿饭又混过去了,看你还能把我疼成啥样。捂着肚子跑到了河西章西头的街里,有人打招呼他也顾不上,头上的汗往下淌着,终于一头栽倒在地,全身哆嗦,就像他从前犯病一样。人们来到他身边,跍堆下来。他胃里一阵翻腾,一翻身,推开那些人,哇哇呕吐,绿色的红色的汁液全吐了出来。

他坐在地上,感到自己的哆嗦慢慢缓下来、轻下来,手撑地站了起来,摇摇晃晃地往家里走。上来一个半大孩儿扶住他。走到家门口,他推开那半大孩儿,对他摆摆手,无力地说:"回去吧。"他的大眼好像更大了。扶住墙,在自家过道里站了好一会儿,直起腰,走进院子,好在院里没人,他溜回屋里躺到床上,身体还在抖,又出了一层汗。他闭住眼,迷迷糊糊地睡着了。

再睁开眼,外面昏黄,天快黑了,他叫声"楝"。走进来四五岁的西平,小手放在他头上:"爷你烧了,俺奶奶到食堂去给你盛萝卜水喝。"

全身没有一丝力气,连抬起手拉住西平都很费劲。

受饥也就罢了,可生活总是接二连三地搡给你一些子窝囊事,叫人上吊的心都有。

晚上,胡爱花好不容易把饿得直哭的西平哄睡着,刚拿起鞋底子,听到"啪啪"的拍门声。是拍我的门吗?村里人有啥事该去拍堂屋门呀!她问着"谁呀"来到门口,脸贴到门上,再问一声,门外她妹子胡爱莲的声音:"姐,快开门。"

她"呼啦"打开门,胡爱莲一头撞进来,走到她的床前,回头惊慌地说:"快插上门。"

她插好门回过头,刚想问她黑天半夜跑来啥事,一时竟大惊失色,嘴巴哆嗦着说不出话,手在半空抆着,放不下来了。

即使煤油灯再昏暗,她也看出来了,妹子的肚子鼓得老大,分明是快生了。

"天爷呀,几个月没有见你,你咋……你不是在县里上高中吗,明年就考大学哩?"

"学校不要我,开除我了。"

胡爱花扑上去,对着她的脸狠狠打了几巴掌,胡爱莲也不还手,只叫她打。

胡爱花长这么大没有打过人,她怜善得连一只蚂蚁都舍不得踩:"这可咋办呀?天爷呀,你把人丢尽了。"她一把推开她,自己捂住脸呜呜哭起来。吓醒了床上的西平,哇哇一哭,季瓷就在窗外说话了:"这是咋了?大半夜的,谁来了?"

胡爱花知道瞒不住,走过去,开开门,把季瓷迎进来,羞愧难当。季瓷到屋里,走近前来,对着胡爱莲的脸长叹一声:"憨子闺女,早弄啥去了?"

胡爱莲"扑通"跪下:"婶,叫我住到这儿吧,叫我把小孩生下来。俺爹娘还不知哩,他们要是知道,非气死不中。"

季瓷脸沉下来,没有说话。胡爱花万箭穿心,认为妹子是妄想,季瓷这么要脸面的人,咋能容留一个大闺女在自己家里生小孩坐月子。

"不管咋说,今黑得叫你先住下呀,你还嫌恁姐受的罪少?这下,还得伺候你。"

"我不要伺候,就只叫我住下,别叫明安找着我,他要拿刀杀了我哩。"明安是胡爱花的大弟弟,这会儿正在家里气得头撞墙,那把磨了好几遍的刀一直在手边放着,他要杀了二姐,她把他们全家人的脸丢尽,让他在学校从此抬不起头。

"先睡下吧，天大的事明儿再说。"

季瓷转身出门走了。

可怎么睡得着呢，胡爱花逼着妹子问是谁。

她的老师，当初辅导功课时说他认识县教育局的人，就算她将来考不上大学也可以叫她当老师可以叫她招干。像她这样的美人生下来就是做城里人的，咋能还回到农村呢？他一次次把她叫到自己的宿舍。可事情瞒不住的时候，再去找他，他却不认了。他是老师，怎么会跟学生干这事！他家里有爱人，是国家干部，是人民教师。

如果说女人有错的话，那就是她生得太美。胡爱莲是照着画上的人长的，照着世人想叫她长的那样子长的，修长高挑，鸭蛋脸，双眼皮，长睫毛。那眼睛，看人的时候好似一汪春水，笑起来弯成月牙，流泪就更好看了。她到这世上注定是来勾引男人的，即使她啥也不说啥也不做已经有罪了，所以都是她的错，所有的后果得她一个人承担。

胡爱花在大白了的天光里发愁，她不知能把妹子在自己屋里藏多久。

天刚明，院子里蹦进来怒气冲冲的胡明安。书包里抽出刀来，要往西屋里闯，被章守信上去抱住腰，夺下了刀。章棣吓得躲在堂屋门背后。胡爱花上去推了胡明安一把，咬着牙压低声音说："还嫌丢人丢得不够！杀了我算结局，中吧？"

胡明安的脸像大红公鸡，在院子里直蹦，不说话，也不骂人，不敢发出声音，只把脸憋得青紫。大姐一发话，他不能抵抗，从小他的一切都是大姐给他做的。季瓷过去锁了西屋门，回转身对胡明安说："大清早的，跑了这么远的路，饥了吧？叫恁姐给你做饭吃。"

胡明安不吭声，季瓷接着说："这事搁谁头上都生气都窝囊，可你就是把她杀了，事还是出了，该笑的还是笑，该说的还是说，杀了亲姐，这辈子你心里就安生？恐怕有好事的就得把你编到戏里唱。"

还是不吭气，胸脯子一鼓一鼓的，像个大风箱在呼扇。

"别人说啥那是人家的事，嘴长在人家身上，由人家哩，可听不听由咱哩，只要没有人揪住你不依，你就装着他啥也没说。"

胡明安坐在院里的一个树墩上。人能坐下来的时候，证明肚里的气放了一点。

"吃了饭去上学吧，你是学生，跑出来给老师请假了没？"

吃了饭，终于把这二杆子送走了。季瓷打开西屋门，进去问胡爱莲："你一点都记不起，该是啥时候了？"

胡爱莲低着头："我约莫着，快了。"

"快了是啥时候？三天是快了，三十天也是快了。"季瓷的话明显不好听。其实季瓷心里也是烦恼，撵她走吧，心里不忍；叫她住下吧，这有多霉气。

胡爱花更是为难，她恨过恼过之后，肯定还是心疼自己妹子，可季瓷不吐口，她怎么好说哩。一会儿屋里，一会儿院里，坐不是，站不是，就是哭也不敢放大声。

天快黑的时候，季瓷给家里人说："好了，咱就认了这个霉气吧。这些天别叫人到家里来了，先抱些柴火把后院门堵上，明清早去集上买俩猪娃，就说家里有猪娃怕跑了。"又对着胡爱花说："你上工去的时候，就把西屋门锁上。"

还好，时间不是太长，四五天后，刚喝罢汤，胡爱莲有生的迹象了。可生孩子这事，谁知是顺还是不顺哩。屋里的灯火苗一跳一跳的，鬼火般妖气。季瓷说："闺女，看你的命了，要是难生，你能忍住不喊叫吗？"

胡爱莲已经满头汗，她咬着牙点点头。床边的地上已经铺好麦秸，水盆、剪子、小布单也都收拾停当。

一直到快半夜，一阵比一阵尖锐的疼痛像磨盘一样压向她，快把她压成肉饼，挤成肉末了。胡爱莲咬破了嘴唇，手一下下击打床帮，后来头也往上撞。她必须无声地忍受这一切，必须无声，不能发出哭喊，姐姐是要脸面的人。她躺在床前的麦秸里，头一下下撞到床腿上。胡爱花的心疼战胜了恼恨，把妹妹的头抱在自己怀里。季瓷也被这阵势吓住了，十七岁的闺女像个水人血人一样，硬是咬着牙没有出一声。季瓷说："好闺女，咬咬牙，使劲，再使点劲就好了！"

洗了洗，包好，趁天不明，季瓷抱着一个白胖的男孩出门了。

赶晌午时她回来，大家也都不问把小孩送到哪儿了。

胡爱莲只在床上躺了十天，就要走，胡爱花虽然心疼，可也没办法。把她送回了娘家，其实爹娘也都知道了，再多的恼恨也不好多说，只叫闺女快点躺到床上去。

胡湾的人早晚也都知道了这事，当然河西章的人也都知道，这种事比好事传得快多了，只是大家谁也不当面说。她的爹喘着常年生病的无力的粗气到学校去把她的铺盖收拾回来。

半年后，有媒人来说："恁闺女不是一直心高，想找个吃商品粮的吗？现有个部队转业在开封工作的葡萄湾的，啥都好，就是年龄有点大，二十八九了，太老实，一直没寻下，要愿的话，他刚好回来探亲，见个面吧。"

腊月里，胡爱莲和大她十来岁的开封工人结婚了。

婚后几天，那工人回开封上班。胡爱莲陪着婆婆和十五岁的小叔子住在空荡荡的破院子里。她在东屋，婆婆和小叔子在南屋。

有天夜里，听到有人拍门，她问是谁，门外的人不说，只是轻轻地拍，她拉开门，那人进来，"扑通"一声跪在面前。手里拿着布书包，放在她脚下。

"叫你受罪了，我的心，没有一刻是安生的。"

"出去，出去！"胡爱莲压低声音叫道。

"我今儿黑来，就是叫你来打、来骂的。你知道，我那时候要是承认，就得被开除，啥都没有了……"

"出去，出去……"胡爱莲像掉进了滚油锅，"吱吱啦啦"地叫着，将那人一推在地，然后叫小叔子的名字："进军，快来，家里来孬人了。"

小叔子从梦里被喊醒，还有些纤细的少年，站在嫂子门口，看地上跪着的人，看全身哆嗦的嫂子，他不知所措。那人站起身跑了，胡爱莲拾起他的布书包，向着他的后影子，狠狠地砸出去，没有砸上。

早上，她也不去拾那个布书包。婆婆走过去拾起来，拿到堂屋里，里面有两斤鸡蛋糕，还有几十块钱。

总是吃不饱，季瓷给章守信说："要不，你还去西安找柿吧，那年你去了一个月，都吃胖了。"章守信说："你和娘去吧。"娘说："你们谁该去赌去了，我是哪儿也不去，在家里饿死妥了，我也活够本了。"

没两天，章柿回来了，瘦得厉害，两眼显得很大，在深陷的眼窝里"咣当"。

"才刚进腊月，过年还早哩，你咋回来了？"季瓷问。

"都吃不饱，厂里停产了，提前放假。"章柿无力地放下行李，一看那提包扁扁的，不像平常回来带了那么多东西。

"没有粮票，没有饭票，工资都买成高价粮票了，要不就饿得没劲起床上班了。"章柿搓着手说。

"噫，看你，指头肚都没有了，可怜呀，回来就好，别想着给俺们带啥东西。"奶奶说，"快给奶奶说说是咋个难受的吧。"

"咋个难受？每天到食堂里买一个馍，买碗稀饭，边吃边得扭头就走，赶快离开食堂。"

"为啥要恁着急哩？"

"如果不赶快离开，三两口把馍吃完了，肚子还是饿，看到白蒸馍放在那儿，还要伸手往兜里掏饭票，可这饭票是有数的，这顿多吃了，下顿就没。"

家里又多出一张吃饭的嘴，这是个严峻的问题。

季瓷在食堂干活，把西平带到食堂去，趁人不注意，给他嘴里塞点吃食。

煮了萝卜后，捞出来在筐里，章四海的小婆饿得受不住，看四下没有人，盛了一碗煮萝卜水，飞快地喝，烫得够呛。刚喝了一半，章节高恰好进来，拉住不依，说是地主婆破坏公社大食堂，偷喝煮萝卜水，要拉去批斗。季瓷、桃花、聚财家几个在院子里干活，听到声儿，过来劝。节高说啥都不中，非得批她不可，说这是阶级立场问题。几个女人劝不住，骂也不中，眼看节高拉扯着她走了。

"娘的×，不就是一碗萝卜水嘛，就这么大的罪，要不是饥得受不了，谁喝呀。"桃花边干活边骂。

已经听到那边大路上，章节高领着地主婆边喊边批了，村里闲着的人也都聚拢了来，围着看。这边食堂里，几个女人加紧做饭，时间一到，那么多嘴都张着，排着队来要吃的。聚财家把锅烧滚了，季瓷给那一大锅里冲进一碗面糊，稀溜溜的，扬起来，搅一搅，稀，撒上几把菜叶，还是稀的。"金银牌，金银牌，桌子椅子抬出来，肉菜端上来。"季瓷边扬着稀汤，边念咒般虔诚地说。

"省了吧，从小就听俺娘说'金银牌，金银牌'，在哪儿哩？人老几辈子，谁见过？哪怕给咱端出一点肉汤哩。"桃花有些不耐烦。

桃花一张嘴向来不饶人。这会儿她也早忘记了当年和章四海小婆闹的不快了，两个人同在食堂干活，搁和（注：相处）得还挺好。她还是偷偷和章四海好，章四海被批了这么多年，彻底泄了气，也不再主动找她，可这事由不得他。

晌午饭后，几个女人在食堂里刷锅收拾，章四海小婆回来了，不用说饿着呢，无声地坐在灶前的墩上，也不哭也不吭气，只低着头。桃花叫聚财家在门口看着，拿出藏在磨盘后的一个苞谷面馍，叫她快点吃，季瓷盛了一碗稀糊涂端给她。

河西尹西头的瓦片是个老实孩子，话不多，胆也小，主要原因是他爹当过商桥镇镇长，是全公社级别最高的坏分子，是差点被枪毙了的恶霸。可饥饿这个神不管你成分咋样，它一视同仁来到你的身体里，叫你坐立不安。天还没有黑严，瓦片就来到河西章的红薯地边上，趔着趔着想扑到地里去。

"偷红薯！谁？"一个响雷在头顶炸开，"啊，恶霸家的孩儿偷红薯！"

回到家乡后的章有福又找到了自己要强的感觉。十年的逃亡生涯让他见的世面比村里人多得多，他觉得"有胆有识"这个词就是为他而设的，"独具慧眼"更是说他。他离开河西章后的事村里人并不知道,他回到村上后也就成了贫农章大爷,因为河西章的他一贫如洗,更因为他坚定不移地、不遗余力地批斗大地主章四海,常常到学校里去给学生们声泪俱下地作报告。他在刚回来接受村人问候关照时心里湿淋淋地柔软过几天后,很快又恢复到从前一贯的坚硬,他的咄咄逼人的独一束眼光也就常常担起了很多的责任,比如现在,抓住这个偷红薯的大恶霸的儿子,怎能轻饶他呢?

他强有力地扑过去拉那孩子的时候,瓦片其实已经吓傻了,嘴里的汁液和渣滓纷纷掉落出来,感到裆里"哗"地一热,一泻千里,尿了。他吓得说不出话,被那强大的人拉起来,扯到河西章的街里。裤裆里越来越冰冷,越来越沉重,他只知道,他给爹闯祸了。

章守信从白果集上回来,路过河西尹的街里,见围着很多人,他在人圈外踮起脚一看,里面躺着那个叫瓦片的孩子,直挺挺在地上,剧烈地抽搐着,嘴里的血沫子源源不断地往外冒。

"羊羔风呀,可怜人的。"

"肯定是吓住的。"

章守信大手拨开人群,来到瓦片身边,跐堆下来,手摸他的身子,铁块子般坚硬,被恶鬼拿住了般抖动,停不下来。

瓦片这是头一回犯病,非常激烈,时间也长,他的爹娘在一边顿足捶胸,观看的人连声叹息,章守信热泪滚滚。日头都不好意思地钻到云彩里去了,万能的神也没有什么法子叫他停下来,他像一堆绳扣越锁越紧,越来越乱,脸成了黑紫色。

瓦片好半天睁开了眼睛,感到自己全身瘫软,从一个很远很远的梦里长途跋涉回来,没有一丝力气。他不知道发生了啥事,先看到的是河西章的章守信,不知道这个人已经在他身边从早上坐到了快中午,先前围观的人都回去做饭了吃饭了,这个人一直坐在他身边,坐在他刚才吐出的一堆污物边,生了根般不动,守着他。旁边还有他那"恶霸"爹,巴结地坐在章守信身边。

"孩子,你醒了。"章守信的红脸膛上还挂着泪痕,心疼地看着他。

"我咋了?"他有点茫然地问爹,全身无力。

"走，我背你回家，再接着睡。"章守信起来，叫瓦片他爹扶起瓦片，他弓身背起他，回到家，把他放到床上那堆破烂被褥里，长叹一口气，给他盖好被子。

从瓦片家出来，踩在棉花上一样。章守信双腿绵软无力，好像他自己犯了一回病，往家里走，心里充满了忧伤。

原来，这就是羊羔风，发病的时候，这么丑，这么丢人，叫那么多人围着看，吓哭了小孩子。

夜里喝罢汤，瓦片战战兢兢来到章守信家院子，手里捏着两根烟卷，是他在家里翻出来的，早已霉潮得点不着了。

"孩子，我不吸烟，一辈子没吸过一支烟，你往后来啥都别给我拿，你要拿东西我就生气了。"他说。两个人默默地坐在灯下，谁都不说话，瓦片只感到一股绝望的气息在屋里流动。这病得上就治不好了，只是犯的次数多少问题，只是等到几十年后，像章守信这样，年纪大了，又吃得起药，才慢慢缓下来。在几十年里，你就得承受这种残酷的肉体折磨，当然，你想都别想将来娶媳妇，你赖成分加羊羔风，连个憨子女人瘸腿女人都别想娶，你这一辈子只能被羊羔风这个瘟神治着降着，他啥时候想揉搓你就啥时候揉搓你，你一点法儿都没有。

"叔，我回去了。"坐了好久，瓦片站起来走出门。

"回去吧。"章守信说。

章柿在家里过了春节，也没吃上几天饱饭，还是那样瘦着回西安。临走时，爹对他说，要是你钱宽裕，就多买点药寄回来；要是不宽裕，就算了，我把药给瓦片吃，我年纪大了不太犯了。章柿说"宽裕，宽裕"。

瓦片常常来到章守信身边，不管章守信是干活还是坐在屋里，或是去白果集赶会，他愿意跟着他，做他的尾巴，做他的影子。常常两人好半天一句话也不说，就那么走在一起或坐在一起。章守信干活干累了，坐在地边喘气，瓦片就赶快上去给他捶捶背。瓦片全部的希望和安慰就是章守信用那深陷在眼眶里的大眼灼灼地看他，有时候用手摸摸他摔伤的地方，告诉他："你觉着快犯的时候就往家里跑，快快地跑回家里,不要倒在街上,叫那么多人看到。"

何老师告诉章柿,春节时他认识一个小伙子,说他婶子是颍多湾人,自己把自己卖到西安的。章柿一听不是绳姐,可他还是想见见这个人,兴许她认识绳姐呢。两人在拖拉机厂先找到那个小伙子,章柿问:"你婶子姓啥?"小伙子说:"姓杨,是哪个公社哪个庄的我不知,只听她说过她在商桥坐的火车。"

在东郊的一个村子里,章柿见到三十多岁的杨引弟,眉眼之间透着点见过世面的开明与胆量,一开口说话,浓重的乡音一下子把二人的心都暖热了。她不是绳姐,可章柿还是愿意在她的挽留下吃了顿午饭。

"我是自己把自己卖了的。"她一开口就说,"也是年馑那一年,我十五岁,家里人都饿得受不了,好多闺女都叫人领走了,可我嫌她们卖的价太低,我想,就是俺娘不说卖我,我也得自己找路子,不能再吃家里的粮食了。我听说商桥车站老有外乡人路过,就自己跑去,在车站等了半天,打北边来的火车上下来一个主儿,三十多岁,穿得可好,长得怪棱整,我跟着他走了一段路,他坐在凉粉摊上。我上去跟他说,让他带我走,我十五了,啥活都会干,只是给俺娘一个好价钱。那主儿吓了一跳,把我好半天打量,说他不管卖闺女的事。我不走,就那么站在他身边。他问要啥价,我说要十五块银元。那人吃完凉粉,站起来转一圈围着我看。我知道这个数叫他为难,我不知哪来的胆子,反正就算不中,他走他的我走我的,商桥镇上天天人来人往。我豁出去了,问他:'怎么,你看我不值十五块银元吗?'那人说值,问俺娘在哪儿,我说俺娘在家里,离那儿十里地,让他跟我回家,把钱交给俺娘,我就跟他走,他咋样使我,再把我卖到哪儿,都随他。那人可能没见过这么胆大的闺女,说他人生地不熟的,不能跟我回家,叫俺娘去。可是天快要黑了呀,俺娘小脚来不了那么快。那人说他在那儿办货明儿才走哩,让明儿再去找他。见我不信,那人从兜里拿出个麻钱给我让我去买个馍吃了回家,明儿和俺娘一起去,他明儿晌午就坐这趟火车向南走了，叫我记好时间。

"我想着他诓我哩，可也没法儿，揣着他那个麻钱回家了，心里没把握不敢给俺娘说那么多，只说第二天叫她跟我去商桥，我有个表姨家在那儿，叫我们去有事商量。你知我心里的滋味不？就要离开家了，这一去不知到了哪儿，也不知能不能回来。我只有一件补丁衣裳，包个小包带着。俺娘养活我十五年，我一心想叫她得了这十五块银元。娘儿俩来到商桥，那主儿果真还在，我问他夜儿的话还算吗？他说还算。我转身给娘跪下磕了三个头说，娘啊，闺女把自己卖了，卖了个好价钱。那人拿出十五块钱，娘抱住我就哭了。那主儿晌午给俺娘儿俩买了饭吃，娘看着俺俩上了火车……"

杨引弟讲到这里放声痛哭。

"可是兄弟呀，你知后来的事儿是咋样？我解放后回家去的时候才知，俺娘兜里装着那十五块银元往家走的路上，叫人抢了。她回到家，连气带病人就不中了。可我还想着，家里有吃的了，全家不受饥了，我在这有个家了，有孩子了。我买了一提包好吃的，坐火车回去看她，还想把她接到西安享福……"

章柿问："你跟那人不是坐上了向南的火车吗？"

"他是去信阳办货，又在那停了几天。他真是个好人，一路上待我也好，可他说了，他家里不可能叫我回去，我说我去他家当用人不中吗？不用娶我，我伺候他一辈子。他说不中，他家家教严，老人要是看他出去办一次货就领回个女人，会气死的。看来他是很为难，不知把我咋安置。我知他不忍心把我卖到妓院，我好歹算是跟了他十来天，你知道，人心都是肉长的，是人，一相处就会有感情。他就把我带回西安，说给了他一个朋友的亲戚，他眼见着我到一个可靠的人家，才走了。没有给我说他家在哪儿，我约莫他就在这周边不远的地方。"

那女人逼着章柿吃了两大碗捞面条。她男人回来后，她给男人说章柿是她老乡，找本家姐姐的，那男人也对他挺客气。

绳姐，你到底在哪儿呢？

春天的时候，章柿到商洛出差，在旅馆里同住一间房的是一个从南阳来的人。章柿问起他村上有没有从颍多湾卖去的姑娘。

"有呀,我本家嫂子就是。"那人说。

"哪个村的,姓啥?"

"河西章的,姓章。"

"叫啥名你知道不?"

"啥名不知道,她哥叫章华云,个子可高,去年还去我家看过她,给我爹带的你们那儿的烤烟,可好了。"

章柿想起了章华云的妹子,比他大三四岁,小时候他去村西头玩,见过,也是细高的个子。毕竟,这是他打听到的最近的人了。

绳姐,你看人家,都知道跟家里人联系,你怎么不给家里捎个话呢?

明知道这人不是绳姐,他还是给她写了一封信,也不叫信,只是从笔记本上撕下一张纸,写下几句话,请那女人见信后与他联系。

章柿有一个本子,上面记着他去找过的颍多湾被卖的闺女,老家是哪个村的,现在住在哪里,有没有跟家里联系上,他下次回家时要不要捎话,他都详细记下来,有两个女人经章柿的捎话已经和家里联系上。

眼看着他本子上记了十来个人。

一个月后,他收到一封南阳来信,那个他叫作"姑"的女人叫人代笔写了信来:

你说的那个绳我也记得,她也走了?我可不知。我走的那天,不是还见你俩扯着手在路边看我吗?你都忘了?唉,那时你们太小。

没别的法儿,你只能等,等着她给家里捎信。我们做梦都想着娘家人来看我们,叫家里人再接回去看看,我们自己没有钱回去,没有心劲回去,也没脸回去,因为不是所有卖出去的闺女都到了正经人家。想家啊,早晚得回去,等我老了,快不中的时候,就叫俺兄弟接我回去看看。

饥饿终于又熬过去了。可能对于人来说，就没有熬不过去的事？

村里又少了几个青年人，他们是出去闯世界的。他们渴望能在外面吃饱肚子，过几年回来的时候，能像章节高一样带回个外乡闺女。每个出门的青年对他们遇见的女子都会说："跟我回去吧，咱家里可好了，东院是咱爷家，西院是咱大家，回去不会叫你受一点屈。"他们有的却留在了女方家里，还有的在火车上、集市上偷东西叫人家抓住，外省的监狱里囚着河西章的年轻人。

胡爱莲生了个男孩，长到两岁的时候，她婆婆死了。家里只剩下十八岁的小叔子进军和她娘儿俩。

冬天的时候，进军被抽到泥河挖河道修桥。白白净净的进军腼腆地站在她的东屋门口，跟她娘儿俩告了别。娘没有了，哥又不在家，嫂子就是他的亲人，他带上嫂子给他准备的两件衣裳走了。

不出十天，进军被抬着回来，直接抬到了小西屋。好好的人，腰断了。胡爱莲不依，拉扯着几个来人，叫说清是咋回事，几个人推推脱脱地走了。她找到工地上，要个说法。可她哭喊一通，也没人管她。

回到家坐在进军床边，问他是怎么回事，进军把脸扭到一边，只给她个后脑勺。胡爱莲坏脾气上来了，一把打在小叔子后背上："谁把你作践成这样，你得说说吧，咱就是活该霉气也得叫我心里明白。"进军脸扭过来，满脸的泪："嫂，我是废人了，不能拖累你，写信叫俺哥回来，我再见他一面，你们就把我处置了算了。"

"说啥憨话哩你，只要命还在，咱就活着。本想着攒些钱给你盖房娶媳妇哩，这下娶王八孙吧。今后就咱三个过这日子了，我下地干活的时候，小强在家陪着你，恁俩做个伴。"

十天后，开封工人回来了，看着弟弟，又心疼又无奈，却迟迟不敢去跟公家交涉，被胡爱莲逼得紧了，去了公社一回，回来说公社答应给赔二百斤粮食。胡爱莲气得牙疼，活蹦乱跳、漂漂亮亮个大小伙子转眼间废了，就赔二百斤粮食。

"就这都中了，工地上干活，抬石头，哪有不出事的。"他已经知道事情的原因了。进军是个老实孩子,又好说话,那些有心眼的人抬石头时叫他走前面,趁歇脚时候在他身后把扁担上的绳子一点点往前边挪,可是那天那个坡有点陡,后面那人也太贪心,把绳子往前推了一点,见进军没有反应,就又向前推一点,那大石头带着绳子向前滑去,整个砸向进军的后背。后面的人当然不会承认是他推了绳子。本来只想省些力气偷点巧,只想把老实人坑一下,天地良心,谁也没想伤他呀,他却伤了,只能说他命不好呗。

"是谁?哪个公社哪个庄的?哪个王八羔子?"胡爱莲"噌"地蹦起来多高,问着哥俩,"我饶不了他,非得给说个啥。"

她男人低下头,不回答,她又问床上的进军,进军也不跟她照脸。

"你们倒是说呀,连这点囊气都没有,被人作践成这样儿,咱总得去出出气吧。"

"事已至此,出啥气,再闹出别的事,可咋办?"她男人说。

"天哪,咋都是这人哩?一个一个,老实得扳倒了不知往起爬,不是赇等着人家作践咱了?"

胡爱莲可算知道跟个窝囊男人是怎么回事了,她几十年里对男人再没有个好脸,提起来像有多大的仇。亏你在外面当工人哩,见世面哩,连出口气都不敢。她一百个看不起他。

男人在家只待了三天,就说单位忙,要回开封了。临走对她乞求地说:"进军就交给你了,我每月寄八块钱回来。"他当工人,一个月工资二十多块,自己还要吃喝花销,能寄八块回来也不赖了。

她恶声恶气地说:"走你的吧,走越远越好,一辈子别回来。"

她和孩子住东屋,进军在小西屋,吃喝拉撒都在床上。一开始,她去给他收拾的时候,他万般不自在,下身动不了,上身扭来扭去。她说:"我是恁嫂哩,还吃了你不成。"可自己心里也不自在,她这个嫂只比他大两岁。

冬天的夜,小西屋单薄的一层砖墙,被西北风刮得透透凉,连被窝都是冰的。胡爱莲用温水给他擦洗的时候,摸到他冰冷的腿。

"嫂,叫我死了吧,打明儿起,别做我的饭了。"进军把脸扭到墙的那边。

"老天爷要是叫你死,那时就当场死了。"她把毛巾放到温水里洗了洗又拧干,把新的温暖传递到他冰凉的大腿上。"我给你说,你今后就永远这样躺着了,心里要放宽敞些,不要再整天哭的流的,那样人就提不起劲了。好好活下去,不管咋样,有恁任儿咱任,这就算是个家。"

"可我这样活着,有啥意思?我这也算一辈子吗?"他转过脸来,泪眼看着胡爱莲。

"当然算,是人都要活一辈子。可能你上辈子欠那个害了你的人,而我,又欠了你。"她给他擦洗干净,掖好被子,"别想那么多了,活一天算一天吧,有我在,你放心,保准叫你干干净净的,不长一个褥疮。小强一天天长大了,我上工的时候,他在你身边扰乱着,你心里会好过点。"胡爱莲的眼里也有了泪光,坐在他床边,隔着被子把他像个孩子样轻轻拍两下:"睡吧,睡着了就不想那么多烦心事了。"

胡爱莲叫小强和进军一起睡。她想,叔侄俩晚上在被窝里搂着睡,他也就不会再想死的事了。

胡爱花也来看进军,坐在床边温声细语地给他说些宽心话。然后她给妹子说:"权当咱积德哩,把他照顾好。"

"我知,我有罪,老天爷就派个人来罚我。"

天热了,又凉了,开封工人回来了,又走了,胡爱莲的肚子鼓了,生了个女孩。她男人一年回来两三次,这个家里其实只是这四口人生活。她下工回来,来往于东屋西屋,照顾进军和两个孩子。她家在街的南边,却没有南屋,几年前塌了,当时没盖,想着过几年进军娶亲时再盖,现在看来,没必要盖了。

月明地儿照着当院的时候,进军和小强睡西屋,她和闺女睡东屋。院子里有动静,她耳朵最灵,披衣起来看时,见院里的地上有一布袋粮食,有时候是几斤鸡蛋糕。进军刚伤了的时候,还有一回是二十块钱。兴许这是害了进军的那个人放的,也兴许不是。

夏天的时候,两个房门都开着,好让风吹进屋里一点,有时候她把进军连人带床一点点挪到院子里，五六岁的小强也奋力帮忙。竹床上光溜溜的，进军也光溜溜的，只穿个白布裤头儿，她用一盆温水给他擦洗干净，再把他翻过来翻过去，把竹床擦净。小闺女跑进屋里，把爸爸从开封带回来的上海花露水洒几滴在床上，满院子是清香和凉爽。风吹来，香气打个旋飘出院子。

种在东屋门口的石榴树开花了，结着小小的石榴在风里轻轻摇着。

邻居大人小孩跑来坐在床的周边，围着进军说话，孩子们猴子般挤在床上，打闹着争地盘，进军的竹床成了最有魅力的地方。半大孩子小孩子就愿意拿了凉席睡在竹床周围，睡着了还抱着竹床腿或一只脚高高搭在竹床上。胡爱莲清早起来，看到院子里睡了一地小孩。

进军喜欢过夏天，他喜欢夏天的夜，他喜欢人们在他身边说呀说呀，说到后半夜。他反正不瞌睡，就算他瞌睡了，他也愿意在迷迷糊糊中听着人们说笑闲谈。一个人嗓音猛地一高，他醒来了，睁开眼听一会儿，又迷糊过去。一个人大声儿一笑或骂自己的孩儿，他又醒来，感到全身干净而凉爽，还有着上海花露水的香气，只穿了个宽大的布裤衩，没来由地觉得自己香喷喷娇滴滴的，是有人疼爱的人，想起娘来，在忧伤又幸福中，渐渐进入梦乡。

有一天，胡爱莲手里举个空罐头瓶子，从东屋里出来。

"看，我想了个好法儿，你不用尿到床上了。"她走过来，掀开他的被子，罐头瓶放到身子下边，用手把他那个蔫萝卜搁到瓶子里，"你自己试试，尿完了，瓶儿放到桌子上，只用倒尿就中了，就是洒也只洒一两滴，不会嘿住你了。"她高兴得像个孩子，脸上还有着兴奋："今儿在地里锄着地，老想着我这一出门半天，你总挨嘿可不中，我不知咋，一下子想起家里还有个罐头瓶，这下以后想喝水就喝，不怕尿尿了。"

小强长大了，到了上学的时候，每天回到家第一件事，就是扑到叔叔的床边，给叔叔倒瓶子里的尿，问叔叔渴不渴、饥不饥，他给叔叔端茶倒水，给叔叔拿馍吃，给叔叔唱歌挠痒。

在床上躺了几年的进军捂得白白的，侄子见天在身边缠绕着，侄

169

女也会叽歪叽歪地走过来,趴在床头,俩人没完没了地用毛线绳翻交交。嫂子下工回来,人没有进院子,银铃般的声儿先进来,问他今儿咋样,屙了没,尿了没,想吃啥。他刚开始不好意思回答,可后来他想,这些现在就是他最主要的事,每天得面对,如果不把他身子下的破单子收拾了换上干的,他就得曝着,那滋味可真不好受,他只得像个只有三岁的孩子,大着声儿说:"光尿了,没有屙,吃啥都中。"说的时候,他故意把声调放大,应和着她的高音,让她不论在家里哪个角落都能听到。必须得用那没心没肺的腔调,必须学得像个孩子的口气一样。他不再是个二十岁的小伙子,他再也没有小伙子的功能了,他活倒回去了,突然又像三岁小孩,不,一岁小孩样。当一个人的屙屎尿尿吃饭问题成了别人的事情、别人的问题时,他怎么还能算个大人算个男人呢。

嫂子边做饭边给他说着在地里干活见的景致、听的笑话,讲着讲着,她自己先"咯咯咯"大笑起来,火苗映着她的脸,变成了红艳艳的色儿,像盛开的大花朵,他也在她的笑声中笑了。不笑怎么办呢?生活既然成了这个样子,天天哭也不顶啥。嫂子会给侄子说:"你多吃饭,快点长成大小伙子,长一身力气,背上恁叔到地里,到公路上看看。"他病了的时候,嫂子跑到卫生室拿了药回来,哄他吃下,他不想吃,她就大声训斥,跟训三岁孩子一样,他在这训斥声中感到幸福,把药片放在嘴里,大口喝水咽下去。嫂子一向大嗓门,尖嗓门,笑和生气都要立时表现出来,她不愿把情绪窝在心里。

秋天的半夜,嫂子"呼啦"一声打开自己房门,对他说:"闺女发高烧,我抱去公社看看。"一阵风出门去了。这个时候他就恨自己躺在床上起不来。

嫂子到天明也没回来,他叫醒侄子去上学。嫂子晌午还没回来。他用瓶子接的时候不小心把床上尿湿了,自己扯了半天也无法把破单子从身下扯出来,就那么躺在上面,曝着。啊,他半天都不能离开嫂子。可她咋还不回来,我身边要是没有她……天黑了,还没有回来,他叫侄子去西院喊来婶子,给他换了尿布,给他俩做了饭,婶子不放心，叫自己的儿子去公社看看。

天快明的时候，胡爱莲被两个小伙子架着回来。她的腰身有气无力地弓着，无声地进了东屋。

小闺女死了。

几十天内，胡爱莲的嗓门不再那么大，虽是照常伺候他，但话少了。进军想劝她，可又不知该说啥好，害怕说不到点上，叫她心里更难受，他知道她的大嗓门是为了驱赶内心时时盘绕着的东西，那不堪回首的往事。胡爱莲给他擦洗的时候，擦到他的下身，他伸手捉住她的手："嫂，叫强黑里跟你睡吧，叫他跟你做伴，他个子也长了，俺俩睡我这小床，有点挤。"胡爱莲点点头，那双世上少见的美丽的眼睛掠过他的脸，那双眼皮的大而长的眼睛像蛾子的翅膀，离他的脸只有半拃远，忽闪忽闪，那窄而灵秀的鼻翼因为呼吸而鼓着，手下很快地给他擦洗完，端盆出去，"哗啦"一声，水泼在粪坑里，人，进到灶火去了。

再没有别的声儿，院子里静得出奇，他能听到她在灶火砍红薯，红薯块"噗儿噗儿"掉到锅里，他听到火在灶膛里呼呼燃烧，知道它们一跳一跳的，火光映着她非凡的脸。老天爷不知是公道还是不公道，他怎么可以叫一个女人长得这么标致，就是照着千百年来女人最想要的样子长的，这世上所有的、最好看的女人也没有她好看，可为啥叫她遭这么多罪，为啥叫我这废人拖累她。而我被她伺候着，擦洗着，让她把我的身子搬过来搬过去，我是幸还是不幸。跟他的腰一起废了的，还有他那从前说长大就扑棱棱瞬间长大的东西。从前，他只要看到她想到她，那东西就鲤鱼打挺般硬起来。他曾为此深深地羞愧，不敢看她的脸，晚上在被窝里，痴迷地捉弄那只扑棱棱挣扎的大鸟，白天的时候，在嫂子面前愈发腼腆，像做了啥亏心事。不，不是像，是他真的做了，夜里在被窝，他想着她的样子做着那些见不得人的亏心事。现在，它再也长不大了，他有点庆幸，他那东西跟腰一起，彻底废了，要不，她给他擦洗的时候，它再像从前那样陡然变成一只大怪鸟，那可羞死人了。

有一天她不愿伺候我了，她可以除没了我。传说中这种害人的法儿是有的。他小的时候听大人讲过，一个女人想害一个男人，就天长日久给饭里放毒药，每天放一点，每天放一点，到一定时候，那人就死。我情愿那样，她放毒吧，她放了毒的饭我也要吃，那是她一口口喂给我的，我将在她天长日久的毒药里知足地死去。

侄子放学回来了。好啊，终于回来了，他一回来，这院子里就不难堪了。强背着书包就跑进他的小西屋，在门口惊呼起来："呀，叔，你的脸咋恁红哩，发烧了？"扑过来摸他的额头，他抓住他的手，温存地说："一点都不烧，被窝里有点热，你摸摸。"他把他的手引进被窝里。

进军小西屋的门除了冬天最冷的时候，总是开着，这样他躺在床上，就能看到嫂子的东屋门，他夜里睡不着时，就看着她的房门，她的房门除了夏天最热的那几天，都是关着的。那两扇破旧的木门年代太久了，合得不是太严，好像一推就能开。可事实证明，那是推不开的，他眼见一个人在夜里推那门来着。那是个高大的影子，不知道怎么把大门弄开的。大门只是个摆设，一个链子虚虚地挂着，熟人都知道咋开。那人走到嫂子的门口，还回头看了看西屋门，然后轻轻地推嫂子的门，推不开，绕过粪坑，来到窗下。他知道在黑夜里绕过粪坑，可见定是熟人。他轻轻地叩窗棂，没有动静，他再叩，好像很有耐心。可见嫂子睡得太死，听不见。那人轻声地喊"爱莲，爱莲"，在静静的夜里，听得真切。进军大声喊："壮员，尻恁妈，你大半夜干啥哩？"壮员分明是不怕他，一个废人有啥怕的，他来到他的小西屋门口："哦，你没睡呀，你整天在床上把瞌睡睡完了吧。"他坐在他床边，想逗他玩玩，手在他身上摸来摸去，对着他的胳膊用力地捏，手往下边摸来："叫我看看你中不中，要是中了你嫂子就……"进军放大声喊，东屋门"呼啦"开了，胡爱莲手里举着木锨，冲出来到西屋门口，照着壮员劈头就是一下，边打边放大声喊。西院的婶子、叔叔在墙那边搭了腔，壮员夺路跑去，胡爱莲趁势追到大街上，对着黑黑的夜开骂："想在我身上占一丁点便宜，瞎了恁的狗眼，再半夜里摸来，防着掉到俺家粪坑里,把你王八孙沤成肥。"

撕破了脸。她早就想豁出去把这事挑明了。那些对她垂涎的男人,干活的时候想着法儿讨好,厚着脸皮摸一下、捏一下,这都叫她想起耻辱的过去,她甚至认为这些男人是想拿她的过去嘲笑她,时时提醒她:你没结婚就大肚子了,你别在我们面前装了,你闲着也是闲着,你男人、你小叔子都是窝囊废,叫人欺了作了都不敢吭气。

第二天,胡爱莲捡了些砖头蛋土坷垃,放在进军的床头:"我夜里睡得实,你要是听见有动静,就砸王八孙的。"

进军一个人的时候,就照着嫂子门口的石榴树一下下砸过去,他在练习准头,他想下次最好一下子能砸到那些家伙的裆里,砸坏龟孙才好。强每天放学回来,把满院子的砖头蛋土坷垃捡回去放到叔叔的床头。

胡爱莲又恢复了她的大嗓门,生产队分东西分菜的时候,敢少给她一捏半星,敢给她赖的孬的她能骂过半条街。

那一回偏有个手贱的半大孩当作开玩笑在她胸脯上摸了一下。按说这种事常见,半大孩儿们可以尽情跟嫂子玩耍,嫂子们也有义务也很乐意为半大孩儿们进行性启蒙,可胡爱莲抬手就给他一巴掌,那半大孩儿当着这么多人下不来台,扑上来非得再摸一下,两个人在场院里撕扯到一起开打。胡爱莲豁出去了,非打赢这场不可,泼上命也得赢。一个女人要想打赢个十七八的小伙子不是件容易事,这本来平常的打架成了你死我活的战争,成了胡爱莲的某种宣告。两人在场院上滚到了一起,一会儿你上,一会儿他上,这会儿也不嫌挨得近了,当她在下面的时候,拼了命地往起挣,一只手高高举着,掐住对手的咽喉。常言说,横的怕愣的,愣的怕不要命的。终于,那小伙怯了,全身一软,从她身上倒了下去,捂住自己流血的嘴,哭了。毕竟还是个半大孩子,他只想摸一下女人没想拼命。场院里的人本来只是想看场好戏,看着看着,觉得不对劲,要出人命,纷纷上来拉架。闻听消息的小伙子的娘跑来,见自己儿子伤得不轻,好一场不愿意,怪胡爱莲不懂道理,哪有这么经不起玩的,你那是金妈银妈?咋就不能叫当兄弟的摸一下？胡爱莲也知道自己做得过了，不说话，扛起锄头回家了。

年近三十的胡爱莲扛着锄头往家走的时候，觉得自己的身体好得像个男人，男人靠不住她也就不靠了，她把自己变成男人，为这个家顶门立户，不受人欺负。

可她回到家里做着饭时，全身却软了下来，泪一点点往下掉，从往事想到今天，恨得她牙根痒。强回来的时候，她搂过他说："孩呀，快点长大，长大了好有力气，王八孙们就不敢欺负咱了。"

"我过了年就十岁了。"强说，"我是不是十岁就背得动俺叔了？"

"十岁还不中，得到十五六岁。"

"还得那么长时间？"强有点失望，想到叔叔还得在床上躺五六年，心里着急，吃饭的时候大口往嘴里扒。

第十章

闪子娘娘出皇城
三尺红纱头上蒙
朝前一使使万里
地下强似一片明
有人问我名和姓
名闪姓雷起顺风
有人问我哪处住
住在松乐象牙城
谁有真心念七遍
不怕打雷震倒城

强长到了十三岁，突然有一天发烧，胡爱莲半夜里用架子车拉着，跑到公社所在地商桥，挂上吊针，滴了一天烧不退。医生害怕了，对胡爱莲说："我们治不了了，快到大医院吧。"胡爱莲问："要是现在起身到开封，能赶上趟不？"医生说："差不多吧，只要两天内退住烧，还能有救。"

给医生说尽好话，叫帮着照看孩子几个钟头，半夜里她一路小跑拉着空架子车回家，央了西院婶家的儿子进忠，叫陪着她带孩子去开封。进忠立马跟她跑回商桥，两人收拾起强，搭上慢车到许昌，上午在许昌倒了去开封的火车。胡爱莲在许昌车站前的邮局给男人打电话，电话打了好几遍，转了好几道手才叫来男人听，说他们今天就到开封，叫他在医院门口等着，并问他医院咋走，坐几路车。她手哆嗦着拿着纸和笔准备记地址，却听到那头男人不耐烦地说："啥了不起的病，公社医院看不了，不会在许昌看？非得来开封？"胡爱莲想破口大骂，但又忍住了，给他好言说："去许昌和开封费事是一样，都是要动摊子，去开封不是想着有你哩吗？万一住院开刀啥的，也好叫你拿个主意。"男人仍然不耐烦，吭吭哧哧说了地址。

天黑来到开封，强又打上了吊针，可还是不见好，医生说这是急性脑膜炎，来得猛烈，不好摆治。

眼见着强抽搐翻白眼，很快就没气儿了。胡爱莲疯了一样，把强抱在怀里，不识闲儿地给他说话，亲他，抚摸他。天亮的时候，地里的坑都挖好了，可没有人能从她怀中把孩子弄走。男人看样子在工厂混得不咋样，来帮忙的人也少，在厂区后面的庄稼地里挖了个小坑，几个男人轮番上来，哄着说着，没办法，最后进忠坐在身边，好话说了几十遍。那些男人趁她有点迷瞪，把孩子从她怀中夺下，放进去，她也跳下去。拉出来，又跳进去。她已经几天没有睡觉，可她的劲那么大，她男人和进忠两个人都拖不住，最后变成了一场小型搏斗，三四个男人才控制住她，另几个人赶忙填土。一瞬间不见了强的小身子。

她趴在地上，用手抓黄土，拍黄土，嗓子已经哭不出声儿。最后被几个人架回男人的宿舍。

男人和进忠商量，叫他们快点回去，一是这里没有地方住，二是她在这里怕再生出事来。买好票，进忠架着胡爱莲上了火车。

回到家的胡爱莲睡了三天，一会儿哭一会儿笑，也不知道伺候进军了，每天西院婶子跑来给进军做饭，收拾屎尿。而她，在一边傻傻地看着，不吃，不喝，好容易睡着一会儿，"哇"一声又哭醒了。

有人捎信到河西章，胡爱花领着两个儿子来看她，陪了她两天，伺候了两天进军。胡爱花给西院婶子说好话，叫她受累照看着进军，她想把胡爱莲领到河西章住几天。娘家不能回了，前几年爹和娘都已去世，三个弟弟一个成家，在沙河上班了，两个正上学，她只有去河西章，叫她这当姐的日夜守着，好好调养几天。

胡爱花叫自己的两个儿子见天在胡爱莲的身边，叫姨能一睁眼就看到他们，答应给她一个儿子。几天后，胡爱莲不再笑了，只会哭。也是一个进步。季瓷坐在她身边，把这世上所有的道理掰开了揉碎了，横着竖着，颠着倒着，给她排着说。

"憨子闺女，人来这世上可不是享福的，是受罪的，你想想，长这么大，你见谁享过福，恁爹恁娘还是恁姐恁兄弟？你早晚记住，自己跌倒自己爬，指望旁人不顶啥，自己不哭，眼里没泪……"要是说起劝人，季瓷可以连说三天不重样，不嫌使得慌。"是儿不死，是财不散，他死了那他就不是咱的儿，他这会儿已经赶着跑着托生到别人家里了。狠狠心吧，别再挂他了，挂着活的。你想想，进军你伺候惯了，他没有你，心里是味不？"

胡爱莲的眼神有点活动了，眼珠子转转，四面看看，好像才想起她不在自己家里。

"可真不是撵你走，你就不想回去看看进军？这俩孩儿，你随便挑，领走一个，你还年轻，啥时候你再生了，给俺还回来。我看你带走大的吧，他眼看大小伙儿了，会给你跑着帮个忙。"

被姐领着往家里送的时候，她想起了进军。她不在家，进军想不想她？盼不盼她？他的想他的盼，给谁说呢？唉，我咋就把他丢下不管了？这世上的男人只有他这么听我的，处处顺着我，只有他不让我生气伤心。

进军一看到她们进门，把脸扭到里边，流泪了。

按胡爱莲的脾气，她这一辈子都不叫男人再近她的身，她恼死他了。可是，她想要孩子，她想再照着强和小闺女的样儿生两个，她万分小心地照看他们，把他俩养大，她和他俩，还有进军，他们四个在这小院里相依为命。

可男人一年只回来两三次，每次就那么几天，也没有那么巧的事，她的愿望也就一拖再拖。

在这期间，胡爱花又生了一个闺女，刚会走路，出疹子死了。她也去过了西安几回，西平下面的几个孩子都是在西安怀上的。村里媳妇说她："你到西安是去叫人家下种哩。"

胡爱花脸皮薄，不与人耍笑，只是自己红着脸在心里幸福。她的孩子生日都在秋天，因为都是春节前后怀上的，不是章柿回来，就是她去西安。常常种完麦子，农闲的时候，她就走了，有时候带孩子，有时候不带。赶春节章柿放假，两个人一起回来。

她去的时候，章柿从单身楼里出来，长乐坡村里租个小房子。长乐坡在天河厂东二里地。当人们走到这里时才发现，天河厂原来是在一个塬上面，不知为何，这个塬像被谁用刀砍了一样，直溜溜地削下一块，东边立即低了几十米，而长乐坡就坐落在这低下去的地方，从市里向东去的路也很高，这样看来，整个村子就像在一个大坑里。常常在冬季，章柿来到村子里找房子。长乐坡的人就问他："媳妇又来咧？"

章柿已经动员爷爷奶奶几回，叫他们到西安去看看大城市到底是啥样。可二人说啥也不去："七八十岁的人了，走到哪儿腿脚不利索，净是招人不耐烦。"他们心里想，要是死在外面，那就麻烦了，这么大年纪应该是守在家里等死的。

可他们等啊等啊，死就是不来。

胡爱莲的孩儿死了，差点成了疯子，在他家调养。他们说："这老天爷是咋了？该死的却不叫死。"

胡爱花的二儿子也死了，活蹦乱跳正上学呢，说不中就不中了。老两口在龙王庙里深深地跪下，头磕得"嘣嘣"响："老天爷，你睁睁眼，把该收走的收走，你老是叫去小孩子，这是啥说辞哩？"

可是，哪家没有死过小孩呢？

过了一年，胡爱花还没出月子，刚生下来的小闺女又死了。

季瓷日映着来到她的床边，用破衣裳包了那小身子。她自己都有点恍惚，这片地里埋过几个死小孩了，她的那几个死了的，是由婆婆抱来埋的，儿媳妇的，由她来埋。现在是生产队的地，可家里死了小孩后，人们还是习惯找从前的地方埋。没有成年成家的小孩不能进祖坟，也不配有棺材——唉，啥配不配的，穷呗，天大的规矩和道理，其实只有一个原因——钱。咱要是钱多得烧躁，谁不愿给这可怜的孩子弄几块薄板拼兑一下呢。而现在，随便找个地儿挖个浅坑埋了就中了，这样看来，这地里埋的死小孩儿，并不比进祖坟的大人少。要不然，这一年又一年庄稼凭啥长得旺哩？光是地喂人？人也得喂地哩，地也知嫩小孩的肉好吃。

埋完这小妮子，她坐在地边，扳着指头一个个数了数，挨个叫了叫他们的名字，也有没名儿的，比如这小闺女，十来天，破伤风死了，哪有名儿啊。她拍拍屁股上的土，回家了。

到处"破四旧"，首当其冲的就是各地的庙宇古迹。

一听说要拆龙王庙，河西章的人都张大了嘴，就像被人把心摘去一样。这章龙王庙是方圆几十里一个大庙，是明朝初年他们的先人从洪洞县迁来时一点点盖起来，一代代传下来的。六百年前，他们的祖先被集中到那棵大槐树下，政府发了迁移令。他们不想离开家乡，可没法儿，啥叫"令"？"令"就是你不得不执行的东西，叫你往东你不能往西，叫你打狗你不能撵鸡。如果你不执行，你就是刁民你就是那个以卵击石鱼死网破的笨蛋加傻瓜，你吃不了兜着走你没有好下场。那些被捆绑着向南走的人，见守住家乡无望，只好死守着同姓的人，说好不走散，说好走到哪儿还是亲亲的一窝。一路向南，过了黄河，一路向南，来到颍河，几个姓章的被撒落在颍河的西边，他们见这里水流得欢，草长得美，气候不湿不干。那就停在这里吧，把这里当成家，天下贱民在哪儿都是个活。住下来的姓章的吃饱肚子后第一件事就是盖龙王庙，开始只是小小一间房，供个龙王爷的小泥胎。一年年过去，一辈辈姓章的长起来，这片地里开始埋下一代又一代姓章的，从没成年的小孩子到老死的，吹吹打打，庄严地躺进南北坑里的。他们已经将此处认作故乡。一点点积攒，一次次加盖，延续六百年，盖起了又大又好的龙王庙。几十辈子的人指望这龙王庙活人哩，咋能说拆就拆呢？它碍着谁啥事了？

说啥都没用，啥叫形势，啥叫形势逼人，那就是，晚拆半天、晚拆一会儿都不中。

人多力量大，这个河西章人祖祖辈辈一点点盖起来的龙王庙，只用了半天时间就拆利索了，龙王爷、关老爷、风神爷爷、雨神奶奶、猴爷、马爷、猪爷们，一个个头着地，"嗵"的一声扑倒，泥胎摔成了几瓣子，胆小的人吓得一蹦多远。在他们眼里，那是龙王爷、关老爷脑浆迸裂血肉横飞。在今后的多少日子里，这脑浆迸裂血肉横飞就出现在他们的噩梦里，半夜惊得坐起来，立着耳朵静听村子东边传来的风声，就像是龙王爷哀哀的轻泣。

出门时，娘老子都交代了："你得长个心眼，能不动手就不动手，这是天打雷轰的事，叫龙王爷记住你，咱家今后可就完了。"

本村的壮劳力都磨蹭着不到跟前去，叫一个磨磨唧唧说吸完这支烟，喊一个抓耳挠腮女人般酸着脸儿推说今天不舒坦，扣工分也不怕，要批斗也不管，批吧，斗吧，反正不是我一个。眼看河西章的人表现不积极，这叫亲自前来督战的公社革委会主任很不满意，幸亏他有所准备，带来了各村抽调的积极分子。这种事也不能指望他们本村人，这其实跟挖他们的祖坟差不多，谁能下得去手。本村人里只有章节高表现很好，龙王爷就是他亲自捣掉的。

河西章的上空腾起年代久远的尘土，姓章的人站得远远的，看着他们心中最亲的庙宇轰然倒塌，有的人躲在家里哭，街上的人脸一点点被尘土覆盖，变成土色。

第二天天明的时候，人们一起来就去看龙王庙，他们幻想着昨天那场景是夜里一个梦，他们幻想龙王爷有无边的法力，睡一黑起来，他老人家还好好地立在村东头。可是，没有。当他们看到从小就相伴在身边的龙王庙真的没有了的时候，又落泪了，就像亲人死去一样，刚开始总不相信这个人没有了，一天又一天地早上醒来，跑出家门向东看，总也不见龙王庙，他们不得不接受一个现实，从此，世上再也没有章龙王庙。

龙王庙消失以后,村里的老人也少了几个,章守信的爹娘就是在拆了龙王庙的两年内不在的,烧包老先生和他的《西游记》《水浒传》也一起消失了,章爱民也没了。

章节高因表现突出而步步高升,又到县上和公社开了几回会,就当上了大队书记,走路都跟从前不一样了。他的蛮子女人更是出人头地,在村里呼啸着来去,她的话,想叫你听懂的时候就慢下来,拿着腔说几句学来的半生不熟本地话,她不想叫你听懂的时候,就说她的家乡话,"哗啦啦,呜嘟嘟,咕噜噜",比夏天的大雨下得还快,比颍河水流得还急,这多是她发脾气的时候。

你别看这女人脾气不好,可人家身体好,来了后一连生了三儿三女,个顶个欢实,一个都没板,成了河西章一道亮丽的风景。走起来连成线,坐下来一大片,自己看着怪好,人家看着不耐烦。不耐烦白不耐烦,拿眼睛剜人家也得等人家转过身给你个后脊梁的时候。这样的人家注定在村里就没人敢惹,章节高一当上大队支书,他家就成了村里的头等强势人家。

1968年秋天过后,种完麦,生产队再没有啥活了,胡爱花带着西平去了西安,一家人又在长乐坡住了下来。这次租到的是个很小的房间,在正房的旁边搭建的,里面一个大炕就占了一半地儿,剩下的地方支个案板,垒个小锅台,就显得很挤。就这,车间的几个同事也都嚷着要去他家里看看,主要是想看看章柿的家属和孩子,他们说:"你家属来了几回了,为什么不叫我们见见?"

城里人一进门,胡爱花就万分窘迫,尤其对那三个女同事。听章柿说,他们车间大多是南方人,来的这三个女的,两个上海人,一个广东人。胡爱花只笑不说话,怕她的河南土话叫人笑话。

大家也知道屋里站不下人,就都探头进去看了看,掏出自己带来的东西:有的是一块布料,说是给孩子做件衣服;有的是几斤粮票,说叫他们买高价粮;还有的,直接给西平两块钱。这才是他们喊着来的目的。章柿是车间的调度员，工段长，负责着给大家日常派活，这几个人也是想借此机会亲近他一下。十二岁的西平已经和章柿的肩膀一样高了，被推在叔叔阿姨们面前，一个一个地叫着，说声"谢谢"，脸红得像个大公鸡。

一群人告了别，被章柿领着走了。

胡爱花数着粮票，看了看布料子其实是大人的尺寸，心里合计着过年时拿回家，交给婆婆，也算是个礼物。从西平兜里掏出六块钱，和粮票放在一起。她坐在床边，愣怔了一会儿，眼前总是那几个南方女人的身影，看着章柿跟他们说笑，那么自然，那么大方，好像他天生就是应该跟她们在一起的。尤其是那个叫阿珍的上海女人，脸不是太白，个儿也不高，可眉眼细致，身子细溜，说话轻声细语，伸出软软的手，在西平的头上拍拍，临走时，又用那软乎乎的手，拍了拍她的胳膊，说声"再会啊"，笑的时候，露出白白的牙。

阿珍把自家的粮本交给章柿，有点为难地说："我们家几个月的粗粮都没有买，剩下了，你要是不嫌弃，就把这些粗粮买了吧。"她特别强调"粗粮"两个字。

他们娘儿俩一来，多了两张吃饭的嘴。章柿的粮食关系在集体大灶上，如果他不上灶，可以把粮票领出来，可一个人的粮票是怎么也不够三个人吃的。没有粮本，就买不来粮食，除了拿钱到黑市上买高价粮。

章柿请了两个小时的假，领着娘儿俩，去粮店买粗粮。排队的时候，西平问他："爸爸，为啥他们有粮本，咱没有？"

"他们有城市户口，吃的是商品粮，恁妈你俩没有。"

"为啥俺俩没有？"

"因为恁妈没有参加工作，她要是有工作，就是城市户口，你也就有了，小孩子的户口都是跟着当妈的。"

"妈的工作是农民，我们书上都教了，工人，农民，解放军，为啥农民就不是工作？"

排队的人回头看了看西平，胡爱花轻轻推了西平一把说："小孩家，别打听那么多事。"

西平瞪了瞪眼睛，不再说话。

买了一小袋粗粮，叫娘儿俩背着慢慢往家走，他去厂里继续上班，粮本还给阿珍。

过了几天，阿珍又拿来几件男孩子穿的衣服："我儿子穿小了的，他下面是妹妹，没有人接，给你儿子吧。喏，样子很好的，我回上海探亲买的。"

章柿把衣服拿回家叫西平穿上，大小正合适。

胡爱花问章柿："他阿珍姨，男人是干啥的？"

"另一个车间的技术员。"

"认识你不？"

"认识。"

"那天，他咋没来呢？"

"没必要来，他家派一个代表就行呀。再说，那天来的都是我们车间的。你问这干啥？"

"不干啥，我是想，阿珍长得可好了，不知她男人长啥样？"

"她男人长得更好，两个人一起从上海来的。"

胡爱花不再说话。

眼看腊月过了一半，该回家了。章柿问阿珍，她身上穿的那件涤卡上衣在哪儿买的，他想给胡爱花买一件。阿珍说，上海买的，不过，西安的解放大楼也有，她见过。"要不要我陪你们去买？"阿珍问。章柿说不用。

星期天，他领娘儿俩来到解放大楼，胡爱花一看那价钱坚决不要。可章柿非要给她买，他知道从十几年前胡爱花闹着离婚那次后，不再提她害怕城里女人的事，可不代表她心里不想。为了让她回到家后心里不再翻腾这事，他必须得给她买件上海产的涤卡衣服。买了衣服，还要给她买一个样式别致的毛线帽。她知道胡爱花戴不出去，可他还是买了，因为他曾见过阿珍戴这样的帽子。章柿面对面站着，给她把帽子戴好，叫她再到镜子前去照一照。胡爱花那丰满的大身子拘谨地向镜子跟前挪去,脸上带着知足的笑。儿子跟过去站在她旁边,也在镜子里看她。章柿有点心酸,叫营业员开票,他去交钱。她整个心都在他身上,她想不来这世上还有着那么多曲里拐弯的事情,这样的女人,如果你辜负她,还不如杀了她。

正月里章柿离家时,胡爱花的肚子里已经有了。假如这样的女人,在她的一生中搜寻仅有的幸福与安宁,那就是这个时期。虽然十多年来她不停地劳作,不停地干活,娘家这事那事变着法儿地来折磨她;虽然婆婆严厉抠搜,过问家里每一样东西,一片布一根线都记得很清,她干得再多也轻易得不到一句好话;虽然她忙来忙去,生了又生,身边只有一个儿子,可现在肚子里又有了,这就是她的胜利,在外面工作的章柿对她没有半点嫌弃,不断让她怀上孩子,这就是她作为一个女人最大的知足。

夏天的酷热过去,苞谷收回家了,豆子熟了,风也凉下来,大地给人们交代好了今年应给的一切,伸个长长大大的懒腰,说:"累了,叫我歇歇吧,歇几天又该种麦。"天黑下来,喝罢汤,一切都静了,鸡子回窝了,猪、狗都哼哼唧唧要安歇了。胡爱花在东屋的床上扑腾了一小会儿,接生的大娘把孩子洗净后欢喜地说:"镇些年,还没见过这么喜庆的小闺女,瞅瞅,像个小白冬瓜。"

季瓷一看这孩子也确实喜人,小手抓来抓去,很欢实的样子:"好啊,属鸡的,生在天黑,有福,鸡该回窝里歇着了。不像我,我这鸡生在天快明,一辈子都是扒叉命。"她走出东屋,在院子里站了会儿,突然她看见了堂屋西窗下那棵大枣树,在黑暗中轻轻摆动树枝,像是低低的呜咽。她走过去,站在了枣树下:"俩老闺女,听着,咱没见过面,可听咱爹娘、恁哥常说起,恁俩是可懂事的闺女,我们也都没有忘了恁俩受的屈。别再置气领走小闺女了,恁不能看着咱家这一辈还没个闺女吧。恁俩,听到没?想要啥给我托个梦,我给恁弄来烧到这枣树下,啊?"

好像有一阵夜风吹来,叶子和已经成熟的枣,微微摆动一下。

"俺嫂,生了?"章楝不知啥时站在身边。

"生了，闺女。你跑哪儿去了？"

"领着西平到河西尹的医务室去，那儿的尹大夫不是有个表吗，我刚才去问时间，是八点，那，小孩就是八点生的了。"

"就算是吧，有蒸熟一锅馍的时候了。好，这闺女生得怪主贵，还有钟点。"

章栋已经在县上高中毕业。不兴考大学了，他就在大队里干点跑跑腿的事，在章节高的手下。去公社领个消息，到县上听个报告，都需要他这个一表人才、写一手好字的年轻人去干。

出了满月，眼看着这孩子一天天长得欢实，给起个名字吧，章守信说："上面有西平，她就叫西芳吧。"

终于，又一个春节过后，回家探亲的开封工人走了，胡爱莲发觉自己怀上了，她的愁容才展开一些。重来一回吧，让强和小闺女都再回来。

经过几年的沉默，又慢慢活泛了，胡爱莲的嗓门又大起来，铃铛般的笑声又在院子里响起，她下工回来，还是人没进门声儿先进。肚子已经很大，可身子照样灵活，不耽误出工，不耽误干家务，不耽误伺候进军。不能弯腰拾地上的锄把儿锨把儿了，脚一钩，手伸出去灵巧地一接，在进军眼里，那身姿美丽极了，她还是个轻盈的人，只是前腰上吊了个粮食袋子。"我上工去了，你在家看门，有事就喊西院咱婶，大点声喊，她耳朵不好使了。"她亮亮堂堂走出去，把满院子的阳光留给进军。

她生了个小闺女，胡爱花来伺候她，连带伺候进军。进军慢慢对胡爱花也有了依赖。胡爱花没有像胡爱莲一样，长一双好眼，她只是单眼皮，还有着一点点肉眼泡，鼻子和嘴也没有那么精巧，可是她比胡爱莲白，她更温存，总是带着那温厚的笑，说话小着声儿，不像胡爱莲尖喉咙大嗓门的。她的乳房大而温暖，俯下身子来的时候，离他的鼻尖只有二指远，他仿佛能感到那温热香甜的气息。她长年都在给孩子喂奶，不是这一个就是下一个。她来的时候，把孩子带来，院子里就又热闹起来。

第十一章

百能百巧百受穷

天爷说你太翻精

　　篮子里提了六包馃子,季瓷往罗湾走去。

　　离开之后,就再也没有来过。

　　先看到她当年埋小钟表的那棵桐树,不,不是那棵了,显然那棵桐树已经变成了木什,而这一棵是新栽的。

　　向右看了一眼,看到当年她家的院子,季瓷有点紧张,这院子那时给了于枝贵的二叔,她害怕于枝贵的婶子大娘们走出来。几十年不见,那得攒多少话呀。都老得不像样子了吧,只记得自己年轻的时候,她们都是半老婆了,如今自己成了半老婆,她们不是更老了,还在不在世上?

　　三十多年的时间,"呼啦"一声过去,她又站在罗湾的街里。篮子里装了六包馃子。

　　章栋在大队干得挺好,人人都说他有好前途。听说公社有几个推荐上大学的名额,他往公社跑了几回,打听来消息,可能在他们大队有一个指标,他回到家给爹娘说,他想去上大学。他这个想法也让季瓷心里一动,是啊,不兴考大学了,如果还兴,他章栋也能考上,可是这推荐，按理说，应该拣好人才推荐啊。她叫章楝再去公社打听好，这事谁说了算。

章楝跑了三回，公社革委会主任才吐口："你就非得去上那大学吗？你知不知明年咱县就有五十个招干指标，我还想把你们大队交给你哩，你还是再考虑考虑吧，我都是为你好。"革委会主任一片好心地给他说："这事，回头还要跟贫协罗主席商量一下。"

季瓷问他："你是咋想的？上大学，还是等着明年招干？"

"我想上大学。"章楝说。

窄脸，高鼻梁，深眼窝，双眼皮，褐色眼珠，头发弯曲。在这一片大平原上，有着一群奇异的人种，他们的长相分明不属于平原上的人，连中国人都不像。不知道他们祖先从哪来的。

罗北京就是这样的姑娘。所有的人，看一眼就忘不掉她，她的双眼皮就像最巧手的工匠用刀刻出来的，一双黄褐色眼珠含情脉脉地看上人一眼，就像是用那长而鬈曲的眼睫毛刺到你心里，拔都拔不出来。

快二十岁的罗北京成了媒人争相上门介绍的对象，一个又一个媒人来了又走了，不是她爷一听对方家里不中，就是她见了人后不满意。她那也是深眼窝的娘，经过二十多年的寡居生活，眼窝更深，那双忧伤、暗黄的眼睛深深地陷在眼眶里，开始骂她："你想着你是天上的仙女哩，过了二十看谁还要你，趁着现在说的人多，赶快挑一个妥了，找个可靠人比啥都强。"

罗北京天生一副温柔性子，娘再咋说她不还嘴，她从小就知道娘不容易。家里没有一个人提她的爹，她小的时候，有一阵以为她爷是她爹，只是叫法不一样，她偷偷地问过娘，是不是爹也叫作"爷"，她娘轻轻打她一巴掌叫她不要胡说。她不明白，她咋能没有爹。她觉得她家里的事有点乱，跟人家家不一样，她有两个奶奶，大奶奶比爷爷小得多，二奶奶更小，跟娘差不多大，而这两个奶奶还都不是她亲奶奶。要这么多奶奶干啥，有个爹多好。寻婆家的事，她不是太热乎，她还得听爷给她拿主意。从小到大，这世上最疼她的人是爷，爷从来不为这事骂她，似乎也不急着撵她走。不但如此，爷偷偷地给她好吃的、好衣裳，不叫她给别人说。只要爷出门开会，到县上去办事，回来准得给她买好东西，有些东西的价钱她都不敢想，也不敢问，你哪来的钱，你不是贫农罗大爷吗？

这会儿，罗北京刚吃了爷给她的一个糖包，嘴里心里都是甜蜜蜜的，她要去问村上的闺女找个鞋样，她也想学着人家的样子做鞋。人家都是做给未来女婿，她做给谁？给爷做，给娘做呀。

她把那自来卷的大辫子放在胸前捻着辫梢，出了大门，就见一个六十上下的妇女站在门外，见了她，笑着问："你是北京闺女吧？"

"是啊，你咋知哩？"

少女的吃惊也是那么迷人，小嘴突然张开，就像花瓣骤然开放。那女人疼爱地看着她的眼睛，笑了："恁爷在家不？"

"在，在哩。"罗北京朝院子里指了指。那女人就向院子里走。罗北京走两步，又回头看那女人，恰见她也正回头看自己，罗北京脸一红，快步跑走了。这女人，白白净净，全身上下透着紧衬透着合适，头梳得光溜溜，好像还抹了啥东西。看样子她是扛着篮子走了几里路来的，刚才在大门外见她在拉自己的衣裳大襟，整得平展些，跟她说话的时候，用手整理自己的头发，老婆发髻上别了一支银簪子，露出一个圆润的头，上面有蓝色花纹。

这是季瓷第三回走进这个院子。头一回是她当新媳妇时，被他家请来认门，是他的大婆陪着吃了一顿晌午饭，两个人慢声细腔地说了些家常话；第二回就是那个煎熬的夜晚，于枝贵没有回来，她百爪挠心来到他家，他的身影从堂屋出来，大大地投到院子里，盖住她的身子。她那时真是乱了方寸，她该去找于枝贵本家的叔叔大爷们啊，怎么就在夜里扑到了他的身影下。

堂屋还是当年的堂屋，他家大儿子不在家，小儿子前几年才娶媳妇，另批庄基地在别处盖房了，这个老院子还是当年的样子。只是树长大了，人老去了。

院子里没有人，堂屋门开着，他家的狗不知跑哪儿去了，也不知回来给主人报告来了生人。桐树在一阵风的吹动下，掉下来几片叶子，从身上滚到地上，她没有躲过，小脚踩了上去。走到堂屋门口，看到衰老了的贫农罗大爷一个人在屋里小竹椅上坐着，静静地吸着烟袋锅，他那么安宁，好像心里有无限的满足与充实，又好像睡着了一样。季瓷站在门口，手扶门框，叫一声"叔"。

从屋里看，是逆光，只有一个人形。也许是他真老了，看不清门口的人，他被这一声"叔"唤起，弓着腰，向门口走来。他认出来了，是这个女人。

一边招呼着，一边站在院子里向门外喊秀云，又给季瓷说："刚吃罢晌午饭，可能都在外面拣烟叶哩。坐当院吧，院里亮堂，屋里乱七八糟的。唉，老了，不中用了，也不要强了，整天屋里都是那一摊子……"他说着，颤颤地回到堂屋，搬出他刚坐过的小竹椅子，让季瓷坐。季瓷进到堂屋，把篮子放在桌上，走出来刚坐下，秀云胳膊下夹着一大捆烤烟叶回到家里，罗贫农赶快给儿媳妇说："来客了，快，烧茶去。"少不了季瓷作假一番，拉着扯着说刚吃过饭来的，不叫进灶火。门外又进来罗贫农的大婆，一看这阵势，拉住季瓷，按她坐下，秀云钻进灶火。大婆与季瓷认得，一进院子她就感到眼熟，按她坐下后，再仔细端详她的脸，认出曾是村上当年的媳妇。

当然也都不好再提往事，也不能直接问人家，几十年都不见，你今儿来干啥。小婆也夹着鞋底子回来了。这种事总是传得快，只要一听说谁家来客了，整个生产队都知道，小孩早都趴上院墙，墙外是一溜脑袋。几个人像模像样坐在院子里，拉着家常。罗贫农在心里猜，这女人突然提着馃子来，定是有事。

"叔，婶，我今天来，可是为了个大事。这几年我都操着这个心哩，生怕跑得慢了就轮不到。"她说着，殷殷看着罗贫农的脸。他还是摸不透她想说啥，也不敢轻言声，几个人就那么看着季瓷的嘴。

"我惦记着恁家闺女，北京闺女。"

罗贫农嘘一口气。

"按说这事该托大媒来，可是宽婶子不在了，别的人我信不过，所以我自己来了。"

主家脸上都现出舒展的笑，毕竟自己的闺女又有人来提了，并且不是媒人，是这个特别要样、不轻易给人说软话的女人。秀云在灶火显然也听见了，她再次探出头，把这女人看几个来回。罗贫农笑出了声，在凳子腿上磕了磕烟灰。

这种事不能当下说不同意，也不能当下说愿意。他只是说："你见过那闺女没？"

"刚才在门口见了，我进门她出去。长得仙女一样，跟人家说的一点不差。"

罗贫农又是那样笑笑，心里更舒坦了："现在的年轻人，也都不知他们心里咋想的，你那孩儿在公社开会见过几回，我看没啥说的，就看他俩见了面咋说吧。"

"那，寻个日子叫俩人见见吧。"

"等北京回来我给她说说。"罗贫农沉吟一下，似乎有点为难地说，"有句话也可能我说得早了，可不说呢心里着急，你这孩看起来是个好材料，总不会一辈子在家当农民，他将来要是在外面了，会不会变心呀？"

"变心的，不是俺孩。"季瓷忙住了嘴，咽回下面的话，"要是有北京这样的闺女他还变心，那他还想上天不成。赒放心了，恁看我那大孩，大地方工作这么多年，媳妇在家，他变心了吗？"

罗贫农一想也是，不是人人都像他儿子一样，到了城里就变心。他不想叫孙女找个没啥出路的农民，可找了外面人，就得操心人家会不会变心。

这种事说出来就行了，不可能人家当面答应你。她坐了约莫半时辰，就告辞走了。

罗家给她回了两盒馃子。

这一步棋走对了。假如非得去求人，只有求他家闺女是能张得开口的，闺女要了来，别的啥都不用说了。这是大的方向，小的细节，她也做对了，那就是她拿的六盒馃子。过年过节走亲戚、办大事都是拿四盒馃子，主家回两盒。寒酸点的，或是平常走动拿两盒，主家回一盒，可她想，为了显示对北京闺女的重视，她必须拿六盒馃子。晌午她在聚财家里借了两斤，她知道他家前天才来过客，馃子还在家里没有周转出去。

谁家也没有吃过馃子，都是转来转去，直到最后这馃子被某个人家发现坏了，送不成了，再送就不像样子，心里也过意不去，只好自己吃了算了，权当这馃子砸自己手里了。所以，这些生在乡间的馃子，命运有点可悲而好笑，它们被人吃的时候，总是到坏了吃不成的时候，舍不得扔，只好吃掉。平常，人们走亲戚是赶在家里刚来过亲戚，趁着有馃子去走下一家。有时候需要等两家送来的馃子走一家亲戚。这就有个问题，包装盒和上面盖的红纸不一样啊，那就到集上买几个空盒子或几张描金线的红纸，把馃子重新包装一下，像是一齐儿刚从集上买来的。

她晌午拐到白果集上，买了四盒，又配了两张红纸，将六个盒子弄统一了。现在把罗贫农家回的两盒还给了聚财家里。篮子并没有空，装了她路上拾回来的半篮柴火棍。走到过道里就把外面出门穿的新衣裳脱了，叠好夹在胳膊下。

一岁半的西芳蹒跚走来，嘴里喊着奶奶，张着小胳膊。季瓷从贴身小布衫里摸出一块糖，剥了纸放到她嘴里。这是她晌午在白果集买的，在罗贫农家里，给跑来玩的小孩散了几个，剩下两个留给西平西芳。

章栋看到季瓷又是拾一路柴火回来的，不高兴地说："老是在路上拾柴火，叫人见了多不好看。"

"咋不好看了？这就丢你的人了？你就不知过日子的难处，没听老戏里唱的，拾树叶剜菜，一家人还在。我看你还是饿得轻。"季瓷越看儿子和那北京闺女越般配。

西芳走过来，伸着小手："糖，糖。"

"没了，甜一下嘴也就中了。"她嗔起脸子，西芳小嘴一包一包的，想哭。季瓷把她揽到怀里，问："老想吃？明儿叫恁哥给恁爸爸写信，

191

叫他过年回来给你带牛奶糖，叫啥名儿？"

"大白兔。"西平在一边说，他自己刚才吃那块糖时只咬了一半，另一半包在糖纸里，这会儿剥开填到妹妹嘴里，"俺爸说那糖可难买了，要凭糖票，排可长时候队才能买上。"

屋里就剩娘儿俩的时候，她给章栋说了今天去罗北京家里的事。

"我不是想出去上大学吗？你去说这事弄啥？"

"你二十多了，早晚得顾这事，这门亲事要是定下了，你上大学没一点问题。就算上大学没指望，那明年的招干，你就更保险了，这是几不耽误的事。那北京闺女你知不知？有多少人家想寻哩。"

这个章栋是知道的，他也在去公社的路上见过她一回，她爷骑着红旗牌加重自行车，把她带在后座上，引得路人扭着脖子看。

"那，要是人家不愿意哩？"

"我约莫着，不会不愿意，你等着看吧。"

季瓷在心里把这事盘算多少回了，如果罗家愿意，那是自己白捡了个好媳妇；如果不愿意，自己也是拿着六盒馃子求到他家里的，那么章栋上大学、招干的事，早晚商量到他那儿，他这个贫协主席好意思不同意吗？而上了大学，或者招了干的章栋，还愁找不来个好媳妇？

其实，她走后，罗贫农也是心花怒放。他见过她孩章栋，小伙子长得棱棱整整，上了高中，不用说，一定有好前途。他也曾见到他的时候心里一闪想起自己的孙女，可这种事女方家是不好开口说的。今天她来得可真是时候，想想季瓷家的情况，还算合他的意，大孩已经在西安工作，家里再没有人争长论短，就算她这二孩上不了大学也招不了干，从河西章大队干起，自己再帮衬一下，也能走到人前头的。再说，季瓷这个女人……唉，过去了，不提了，人这一生，心里曾翻腾过大波大浪，烧起过大火小焰，总是要过去的，都老成这样了，再没有当年那烈火般的念想和抓挠。今天这女人进到堂屋门口，轻轻叫他一声"叔"，还是叫他的心里颤颤的。

他给罗北京说，他早就给她看好了一个北乡的小伙子，再没有比他更好的了，晌午在门口见的，就是他娘。罗北京心想，这么要样儿的娘，她孩儿一定不会差。

几天后，胡爱花领着章栋，还有村上两个媳妇陪着来到罗贫农家。不用说，两人一见也都愿意。接下来，合八字，换手巾，送衣裳。定在腊月里过门。

公社给大队下了一个上大学的指标，推荐根红苗正的贫下中农子弟。由章节高主持投票大会，每个生产队队长投票。本大队有两个候选人，一个是章栋，一个是河西尹的一个女高中生。

十五个生产队投票后，章栋得十二票，女高中生得三票。当场宣布，由章栋去上这个大学。这正合章节高的意。他早就想让他走了，他一走，再没有威胁，这河西章大队就是他章节高的天下。我才不管他去哪儿上大学，哪怕你去天上伺候老天爷哩，只要别在我眼前就中。章节高表现出对章栋空前的支持，叫他勤去公社跑着，早点把大学的录取通知书拿到手里。

章栋从公社得到确切消息，他将去天津大学。可他想当医生，他也不想出省上学，哥去了外省，他想离家近一点，就又去县上打听，有没有河南医科大学的指标。人家说："这天津大学是专门给你剩的呀，你是66级高中生，真才实学，才把你分到重点大学，你们公社书记专门交代的。"

他回到家里，给季瓷说他不想去天津，可现在只有这一个指标了。季瓷说："别叫人说你娶了媳妇就不想出远门，别管远近，总是个出路。"

"可家里没个强劳力，工分又少，我一去那么远，俺爹的身体……"

"车到山前必有路，他现在犯的回数少了，西平也长大了，我们几个抬他总是中的。"

春节过后，章栋告别家人，告别新媳妇罗北京，到天津上大学去了。

秋天种了麦，胡爱花抱着西芳来到西安。阿珍给西芳织了一个粉红色的毛线帽子,说这是上海最时兴的泥兜帽,她织得有点大,说这样能多戴几年。章柿和胡爱花一起把西芳抱到万寿路照相馆照了一张相片,戴着这个有点大的粉红色泥兜帽。取了相片,两个人说,这闺女眼咋这么小,你看,一笑就更小,这哪是眼,这就是拿席片划了条缝,就是在锅沿上磕了个口。可西芳不管这些,她还是该笑就笑,一笑小眼在那张胖脸上就找不着了。

胡爱花和孩子来了后,吃饭又成了问题,章柿的粮票显然不够,买高价粮吧,钱又紧张。阿珍好像知道他的难处,又拿来自家粮本,让把那上面的粗粮买走。章柿没有啥能报答她的,就给她安排轻活干。

正上班的章柿接到电话:"抓革命,促生产。你找谁?"

"为人民服务。我是南大门门卫,找章柿。"

"要斗私批修。我就是。"

"千万不要忘记阶级斗争。你家属在南大门,叫你出来,说你孩子发烧了。"

章柿跑出来,看到胡爱花坐在大门口的一堆水泥板上,怀里的西芳脸红彤彤的。他赶快背起,向西下那个缓坡,去职工医院。量了体温三十八度五,医生说是感冒了。打了一针,抓了点药,叫回去吃了发汗。西芳还因为那一针在"哇哇哇"哭着,章柿抱着边哄边往外走。

有一天中午,章柿给胡爱花说,下午在厂门口的东边可能要倒一卡车垃圾,他看到装垃圾的时候,工人图省事把一些废铜块装了进去。

"你抱住孩子,当玩儿一样,去拣一拣,我估计那有几斤铜,能卖差不多好几块钱。注意着,别叫熟人看见。"

"不会那么巧,你厂里几千人,几个认识我呀。"一听说有几块钱,胡爱花很激动,也很踊跃。

吃完饭后,章柿刚出门去上班,胡爱花就领着西芳去了。两个人走走停停,抱累了就哄着西芳自己走一走。爬过西去的那个大坡,来到天河厂的厂区,路过门口的时候,看到几个青年工人坐在平板电动车上,个个精神。那车无声地拐进了大门,胡爱花给西芳说:"芳,你快点长大,长大了到天河厂当个工人,中不中啊?"

"中啊中啊,当了工人就发一张票,排队去买'大白兔'。"

她牵着西芳的手,来到幼儿园门口,看到大门关得严严的,里面很安静。她把西芳抱起来,从窗户往里面看,小朋友正在午睡,每人一张小床,被子捂得严严的,露出小脑袋。胡爱花曾听长乐坡的人说日子过得窝掖。她不知窝掖是啥意思,人家告诉他,窝掖就是日子过得好,幸福,舒坦,关中人也叫作"谄"。这个中午,胡爱花终于明白了啥叫窝掖,一排排小孩,躺被窝里,被角再掖严实了,甜甜地睡,这就叫窝掖,俺河南人的说法就是吃不愁穿不愁,躺被窝里露着头。反正,幸福的日子都跟被窝有关吧。西芳手指头含在嘴里,向往地看着里面那一张张小床:"我也想上幼儿园,明天叫爸爸送我来吧。"

胡爱花心里说,你来不了这地方,咱没有户口。

到了厂门口,没有见卡车出来,娘儿俩向西走,走过几排巨大的平房,里面是车库,一个个红色的大铁门叫西芳很好奇,小手"啪啪"地拍打,听那沉重的回音。路过职工食堂,下一个缓坡,在花园曲里拐弯的路上走了一遍,再走回来,来到苗圃栅栏外看了一会儿里面的各种植物。终于看到从厂门口开出一辆大卡车,出了大门向东拐去,把一车黑乎乎的沙子倒在运输处门外的一片空地上。胡爱花抱起西芳跑过去,这才发现,她没有带工具来,原想着那铜块子被倒在地上,她拾起来就走了,却没想到要在这一车黑乎乎的油沙子里扒拉着拣。她在墙边找到个树枝,来到那堆垃圾前开始刨。西芳不知这是弄啥,也高兴地爬到垃圾上,不小心,一下子趴在上面。胡爱花把她抱到一边,吓唬她站着别动,再动里面有铁家伙,跳出来咬人,流毛毛血。西芳站在一边,老实了一小会儿。

真的扒拉出了几块铜,还有几块铁,胡爱花越来越高兴,越来越有劲,这一车公家不要的黑沙子,里面竟然有值钱的东西。她弯着腰,用那个树枝奋力扒拉着。时间过去太长了,西芳失去耐心,哭了一会儿,妈还不停下来,西芳一看无望,也就跳到这堆叫妈这痴迷的沙子上,弄得身上手上脸上全是黑。

"爸爸!"西芳突然高兴地叫。胡爱花抬头向西一看,不远的厂门口，章柿和几个年轻人走了过来。胡爱花扔了棍子，跳过去捂住西芳的嘴，捂了她一脸黑沙子，抱起来往一边跑。跑到一个墙角，却没有躲的地方，看到修车的地沟，垒出了半腿高的水泥台子，她抱住西芳，弯下腰，觉着不行，能看到后背，她灵机一动，背对着大路，坐在水泥台子上，把西芳的脸捂在自己怀里，像是喂奶的样子。西芳挣扎着要伸头去看爸爸，胡爱花按住她的头。听到身后不远的地方，那几个人说着话走过去，进了运输处的院子。她这才发现，天快黑了，已经到了快下班时间。眼看一车垃圾就要被她扒拉遍了，罢罢罢，赶快回家做饭吧。可是她来的时候，只拿了一个小布袋子，以为只几块铜，装进去就中了，可她还拣出了一小堆铁，袋子里装不下。她咬咬牙，脱下棉袄罩衣，里朝上铺在地上，把那些铁块子包进去，兜好了，引着全身黑乎乎的西芳回长乐坡。

星期天，一家三口带着这些铜和铁，到废品收购站，卖了十五块两毛钱。胡爱花很高兴，她也能挣钱了。

"下回厂里倒垃圾你还给我说，我回去就缝个大点的布袋，再找个小铁耙。"金钱让她如此幸福，脸红扑扑的。

胡爱花盼着从天河厂大门里开出来翻砂车间的大卡车，那黑乎乎的沙子里有她的梦想，有她给亲人的布料、鸡蛋糕、牛奶糖。

章节高媳妇骂的多是跟她差不多年纪的女人，只要她看到章节高跟谁说话，就指着那女人的脸骂人家破鞋货、狐狸精。当胡爱花扛着锄头路过她家门口的时候，她的咒骂突然就像河水决口般地敞开。胡爱花装作没带耳朵，径直向西走去。章节高媳妇追出自家院门，向着她的背影，像打架的孩子般想用嘴里飞出的石子撑上她，最好是一下敲到她的头上流血才解气。胡爱花走得更快，想把那身后的骂声远远地甩开。她一声不吭，下到地里只管低头锄地。这女人快把生产队里的妇女骂遍了，自己犯不着跟她对骂，也骂不过她。婆婆说了，绣花鞋不踩臭狗屎。婆婆还说，啥贵不吃啥，谁烈不惹她。躲她几天，看她还能咋？

胡爱花上工下工，不再走街里，也不路过她家门口。

那女人不知啥时从县医院开来一张有精神病的证明，交到生产队，就可以常年不上工，拿着低工分，只在家里一天做三顿饭，干少量家务活，捂得白白胖胖。她的大闺女安玲的性子一点都不像她，在村上见人不笑不喊不搭腔。这天在地里锄着地，她就来到胡爱花身边，亲亲热热地喊："婶儿，俺妈有病，见天在家把俺姊妹们也是挨个哄哩，一点法儿都没有，你别跟她一般见识。"胡爱花脸上怪不自然地说："我不往心里去。"

咋可能不往心里去，见天被人指着追着骂，咋说都是叫人恼火的事。直到有一天，那女人在街里大声喊着西芳跟章节高长得像，不信大家都来看看。本是要出工的胡爱花扛着锄扭身往家里走，把锄扔到院子里，钻到东屋再也不出来。

季瓷来到大队办公的院子，大声喊："节高，你出来。"

章节高从屋里出来，叫声"婶儿"，装着啥事都没有发生。

"你瞧等着看着她把俺家胡大姐气死不中？谁不知胡大姐几个孩子都是秋天里生，她再不精细也得知这个理吧，她这样没窟窿犯蛆，我今儿不依了，你看这事咋弄吧。"

季瓷在村里很少与人争执，可这回她既然挑开了这事，那就不能轻易了结："俺家可不是没人，是人不在家，俺那栋要是愿意扒叉到家里，想在大队或者公社跟谁争抢，想叫俺全家不受人欺没，不是办不到的。如今这事你要是管不了，我就一时三刻发电报叫柿和栋回来。你可知胡大姐娘家有几个兄弟吧，在沙河上班的上班，在商桥工作的工作，最小的是给牲口看病的，骟猪骟驴一把好手，反正没一个孬种。你也知俺娘家有个从小在土匪窝里长大的侄哩吧，脾气赖得没人降得住，三天两头集上惹事，二里地，他抬抬脚就蹿来了，你信不……"

"信，信，婶儿，别说了，我知了。"章节高转身出了大队办公的院子，回到自己家。立时，从他家院里传来女人凄厉的哭号声，一下子震惊了整个村庄。天爷呀，谁敢把这女人惹下？当人们真的搞清是大队书记教训他那没人敢惹的婆娘时，都聚集在街里远远地看着他家院门,也就看到了季瓷穿戴整齐地从大队院子里走出来,她走得有点款款信步的样子,脚脖上的绑腿打得紧紧的。见了人不像平常那么说笑,而是阴沉着脸,拿着那么几分,走到自家过道口,不往家里去,站下来往西瞄。

章节高其实也没有打自己媳妇多狠,他只是比画一下罢了。他在这村上不怯谁,可多少怯着章守信一家。也不是怯他们,是不想惹他们。章守信年轻时候脾气孬,那年刚记事他说过章柿带肚儿,章守信跑到自家门口,叫着自己爹的名儿跳着脚骂仗,爹愣是没敢出门。现在这事,或许是他章守信想着这是女人又是晚辈的事不便于管,要是他真的豁出去耍一回老二杆子,冲到俺家院里把自己媳妇揪住头发扯到街里打一顿,你还真拿他没法儿,或者他们叫娘家那些二货来闹一场,那还不胜我自己打几下算了。

他拍拍手从自家院里出来,见季瓷还站在那儿,他摊开双手:"噫,婶儿,你看看,手都打疼了,狠狠给了她几耳巴。中了吧,你消消气,别跟她一般见识,她这,有毛病。"他指指自己的头。

"我也没想叫你打她,她有病,挨你一顿也怪可怜,只要她今后不映人就中,谁都不要映,折自己寿哩。"

章节高已经走了,他很忙。季瓷后面的话是冲着他背影说的。

他家院子里的哭号并没有停,更大更烈,好像是那女人的病发作了。有几个胆大的蹭进院子一看,大呼不好,哎哟,要上吊哩。几个人冲进屋,手忙脚乱把正在往房梁上搭绳的白胖子救下来,她还是又哭又闹,跳来跳去,好像中了邪气。有人从地里喊回她大闺女,安玲跑回来把她安顿住,眼看快晌午了,就生火做饭,嘴里说当妈的不是。白胖子在床上躺着,一会儿"呜呜"地哭,一会儿又"咯咯"地笑。安玲说:"妈,你以后别再映人了,弄得俺姊妹们在庄里不好做人。你说俺柿婶,多老实个人,她咋惹你了,你真是的,吃了饭我引你去给赔个不是,中不中啊?"

白胖子在床上"咯咯咯"笑,阴阳怪气的:"叫我给她赔不是,中啊,叫她来吧,她来给我跪下,喊我一声姑奶奶,我给她赔不是……"

声音轻下去，"呼噜呼噜"睡着了。安玲做好了晌午饭，叫她起来吃，她扭来扭去在床上不起来。晌午饭后，安玲给手巾里包了几个鸡蛋，叫上她兄弟安金来到季瓷家里，坐着说了好一会儿的话，替她妈赔不是。季瓷连说："妥了妥了，这事过去了，难得她有你们这么懂事的孩子。"

夜里，季瓷给胡爱花说："我约莫着，咱这样不中，柿在西安打着光棍，你在家里受人欺负，两头不划算。你们年轻，老是分着，不是个长事。你找柿去吧，把孩子搁家里，我给你带着。"

胡爱花腾地红了脸："再等等吧，北京快生了，啥活都干不成，我一走，这家里一摊子咋弄？"

"世上没有过不去的坎，一走就了了，有我在家里撑着。"

罗北京人没进门，肚子先进来了："嫂，你去吧，家里有我哩，我能在家干点轻活，支应爹娘，你去找俺哥吧，省得在家受这气。"罗北京手指头抠着门框，低下了头。她从小在富足与疼爱中长大，没为啥事作过难、操过心，脸皮就分外地薄，现在又算是新媳妇，一来就怀上，没有太去上工，村里人也认不全，她愿意躲在家里，整天洗洗涮涮手脚不停地忙。不干不中啊，婆婆见不得哪没收拾好，在身后不停地指派。她不怕出力不怕累，可她总是想不到这世上还有那么多需要动脑筋的事，还有那么多人要恶语相向，大家和和气气相处不中吗？

胡爱花说："不中，我放不下你们，要不这样的吧，柿回来过完年我再跟他去，这样能等北京生了，慢慢出门挣工分。"

也是刚过完八月十五，罗北京生下个男孩儿。胡爱花爱得不行，憨着一张笑脸跑前跑后地忙着。

罗贫农走起路来腿脚不太灵便了，他来到院子里的时候，先是大着声给自己解释："嘿，北乡赶会哩，走到这儿使得慌，歇歇，寻口茶喝，总是中吧？"他自己也觉着怪不好意思的。孙女生孩子还没出满月，他不请自来，他从前是不会做出这样不合身份的事的。可是，唉，人老了可不就没成色了，常常把握不住自己，变得像小孩一样，人家笑话也就笑话吧，真的是去北乡赶会哩，咋走到他们村头，不由得就拐进来了。

"太中了太中了！"章守信大声搭腔，赶快从堂屋迎了出来。罗贫农执意不进屋，两人就在院里坐下。胡爱花钻进灶火烧鸡蛋茶去了。季瓷不在家，可能到谁家还啥家什或借啥东西去了。

罗北京在堂屋的西间住着，她爷和公公就坐在她窗外的枣树下，罗贫农隔着窗问孙女，小孩胖不胖？闹人不闹？罗北京给爷爷一样样说着。可能是大人说话惊醒了小孩，"吱吱啦啦"哭了两声，罗贫农喜得龇了牙。

"叔，你给小孩起个名吧。"章守信说。

"噫，不中不中，得你这当爷的起哩，轮不到旁人起，我算哪一角儿呀？就这，不到时候就跑来，够没成色的啦。"

"叔，'四旧'都破完了，哪还那么多说辞哩。"章守信说着话，胡爱花端出了鸡蛋茶，里面卧着六个荷包蛋。"噫，这哪吃得完呀，不中不中，吃俩就饱了，拿个碗拨出来吧。"罗贫农说着要去灶火拿碗，章守信起身相拦："吃吧吃吧，吃不了剩碗里，我吃。"这样一说，也就是逼着人吃完六个鸡蛋。罗北京在窗子里说："爷，提劲吃啊，吃饱了去赶会，还有那么远的路走哩。"说着话，季瓷也回来了，进灶火把墩搬到门口，远远地坐着说话。

眼看他吃完四个鸡蛋，说再也吃不下了，双方又推让一番，胡爱花接了碗端回灶火，进自己东屋做活去，不再出来。

章守信又说叫罗贫农起名的事，季瓷也随声说："是啊叔，你就给起吧。北京说，从小就数你最亲她，你这个老姥爷起吧。"

"那，你看，恁家大孙子叫西平，因为他爸爸在西安。那这二孙子，我看就叫津平吧。"其实，他这个老姥爷来的路上就想好了，却没想到章家真是实心叫他起名。

罗北京躺在窗子里的床上"吞儿"一声笑了："咱的名儿都跟着大地方起哩。"

津平满月吃面条时，章柿、章栋都回来了，罗贫农领着一群几十口人来了。这有可能是他这辈子最后一回支应门事，就表现出很高的兴致。见了河西章的人，认识不认识的都一律亲切地打招呼。他知道，人们都是认识他的，他想起了一个词，平易近人，是的，他配得上用这个词。他是革命烈属，他大儿子在北京是大干部，他最亲的孙女又嫁给了在天津上大学的人，头胎就生了带把的。自己将来有一天躺到南北坑里，也能安生闭上眼了。

　　季瓷把孩子抱出来，先抱给罗贫农看，他看着那白白胖胖的小脸，喜得眼里含泪："你看看你看看，恁小个人，他都知道长个双眼皮。""噫，双得还狠哩。"马上有人附和。当姥娘的秀云因为刚才一来就扑到闺女屋里看了个够，这会儿端端地坐着，嘴里含着个糖，要多甜有多甜。她好几年前已经当上姥娘了，她的大闺女这会儿已经生了仨小孩，这不是，在人的腿底下，在桌子腿里拱来拱去，怪烦人的。她想，她那时候没有再往前走是对的，她守住这个家守对了，年轻时那种百爪挠心过去了。总会过去的，那时她就劝自己，忍吧，忍吧，女人一辈子全凭忍哩，再忍十来年，一干腰，女人的念想就没有啦。实际上没有十来年，她干腰还早，只四十出头，她身上就再也不见红了，身体的河流慢慢细小、干枯，心里的躁乱和委屈也就渐渐少了，俩闺女寻的也都是体面人家，我赌一心当姥娘了。她嘴里的糖越含越甜，不但甜，还有香味，听章家大孙子说，这是"大白兔"，可难买了，他爸爸在西安凭票排了俩钟头队才买上的。

第十二章

葱花芫荽
谁的小脚盘回

把西平和西芳放在家里，胡爱花去西安了。西平去公社上中学，一星期回来一回；西芳在家领着津平玩，跟着罗北京学识数，会认一到十，还会认几十个字，都是罗北京在地上拿个棍写了教给她的。罗北京说："你脑子真好使，写一回你就认识了，我小时候要认几天哩。"西芳得到鼓励，天天缠着婶教她识字。夏天，罗北京被安排在生产队的饲养室里和妇女们拣烟叶。西芳手扯着刚会走路的津平去找她。屋里堆满金灿灿的烤烟，妇女们的巧手把它们分成等级，一张张用手抚平，摊开，压一压，捆成把，一把一把、一堆一堆地摞起来。烟叶分一等品、二等品、三等品。

西芳引着津平来了，罗北京装模作样地沉着脸问："正上工哩，来弄啥呀？一会儿队长看见了，吵哩。"西芳说："津平闹着吃妈。""刚出来一会儿，咋就又吃呀？"罗北京甩着两条大辫子踮着脚尖从烟叶堆里跳出来，"来赶快吃一口，吃完回去。"坐在门口的一堆烟叶上，把津平横着抱到腿上，掀起衣裳，把他按到胸前。西芳说："婶儿，再给我写几个字叫我认吧。""上工哩，认啥字，叫他吃两口，哄住不闹人就中了。"见西芳的脸木木的,一副招了没趣的样儿,站在那儿好委屈,罗北京笑笑,拍拍她的屁股:"下了工回家再教,啊。"她知道西芳小小年纪听得懂好赖话,看得懂人的脸色。她把妈疙瘩从津平嘴里薅出来,从怀里把他放在地上,给西芳好言说:"听话,领住弟弟回家,我这正干活哩,一会儿队长来,一看,这是弄啥哩,婆婆妈妈喂小孩,回家喂去吧,甭挣工分了。"她把津平交到西芳手里,又跳回去坐到自己位置上开始拣烟叶,妇女们边干活边说笑。西芳和津平不走,在门口呆呆地看,罗北京拣了一会儿烟叶,抬起头,好看的大眼睛笑盈盈对西芳说:"快回去,俺西芳最听话了,回——去,听见没有哇?"她拖着长音,目光收回到手里的烟叶上,再不理西芳。

穿过长长的过道,穿过街里,走进自家的长过道,西芳有点落寞。她只有五六岁,但她已经知道自己的心常有落寞。她愿意和罗北京在一起,尤其是妈走了之后。她也爱奶奶,可奶奶总是吵她,对她要求太严。罗北京从来不吵她,跟她说话笑盈盈的。奶奶不但吵她,还吵罗北京,有时候把罗北京也像三岁小孩一样地吵。罗北京从不还嘴,还要"嘿嘿"赔上笑脸,做好饭还是先端给爷爷和奶奶吃。这让她觉得她和罗北京是一事儿的,为着她们俩都受奶奶的吵。罗北京常常把她拉到一边,轻言细语给她说:"奶奶吵咱是为咱好,是叫咱长精细哩,她咋不说路上走路的人哩?那些人跟她有王八孙关系。她一吵一说咱记住了下回就不犯这个错了,咱不得还嘴不能犟,一犟就惹奶奶生气,奶奶要是气出个好歹来,那还是咱的罪。"

季瓷也知道自己脾气不好,可改不了。她曾在好几年前就劝过自己,没有闺女,就等于没有贴身小布衫,冬天里穿光筒棉袄。和媳妇说话不能像给自己儿子说话那么直来直去。可脾气急的人遇到事就不由自己,尤其她勤快惯了,恨不得一时三刻把活儿干完,干得干净漂亮。也许她永远都不能明白,这世上的活儿到死都干不完。

西芳总是缠着奶奶说瞎话。季瓷有讲不完的瞎话,从孟姜女到公冶长,从龙王爷到不孝媳。夜里躺在床上,西芳后脊梁贴在她松弛的胸前,小屁股安放在她的肚皮上,感到她弯曲处毛茸茸像小鸡的羽毛一样轻扫着她。

"孟姜女出门来,一片祥云飘眼前,她脚踩祥云飞天上,去找她的夫万喜良。万喜良在北方修长城,十年不得回家乡,连天彻夜搬石头,忘了娇妻儿郎长啥样。"

夜很静,黑漆漆的院子掉个小树枝都能听到,谁家的狗发癔症般叫一声又立即住嘴,可能被主人喝住了,家里来了生人而主人不愿意它叫。突然住声的狗有点委屈,低声从喉咙里曲曲折折哼着。

"谁家的狗叫了一声。"西芳说。

"小孩家别管那么多事,快睡着。"季瓷搂了搂她。

"长城修好人已去,大蟒横卧向东方。来时十万壮劳力,回去不足人一万。孟姜女见人拦下问,可见我夫万喜良,问了十个没有见,问了百个不识良,问到千人无应答,孟姜女见到秦始皇……"

总是在孟姜女见到秦始皇的时候,西芳的眼睛如期合上,再也睁不开,季瓷感到她后脊梁渗出一层细细的汗,知道她睡着了。

西芳和奶奶睡在堂屋东间的老式大床上,罗北京和津平睡在西间,章守信和西平住在东屋。西屋倒了,也就没有再去盖。眼看着家里的人一个一个地走,就没心劲盖房子了。

堂屋门的西边,罗北京的窗外,还是那棵枣树,树干向家里这边伸展着,春天的时候,长出一树碧绿的碎叶,夏天结束时,落下一层细小的枣花,秋天里,结一树的枣,一阵风雨,一片阳光,从绿变红。枣还很小的时候,西芳就抱住那树干,一蹿一蹿地爬上去,揪下几颗枣,津平仰着脸在下面等着。每人分几个,在脏脏的小手上来回搓两下,放嘴里一咬,黏黏的味儿,不好吃,就恨这枣,咋不快点长大。往往这个时候,屋后的柿子也是青蛋子,更吃不成。

喝罢汤,季瓷刷着锅,突然想起下午在屋后扫了点碎麦秸还没有收,要是夜里下雨冲跑就可惜了,叫西芳提着荆篮去撮回来。小小的西芳挎着大大的荆篮出了灶火。

地上的麦秸都是路过她家院里的人掉的,季瓷从不会掉,也不允许罗北京和西芳到后地抓麦秸的时候掉,她叫她们像自己一样,一把一把，小着心，在荆篮里按瓷实，别贪多把荆篮装得太满，满了就容易掉，多跑一趟，不要惜力。村里有些懒媳妇急匆匆在麦秸垛上抓两把，挎上篮风风火火就走，走一路掉一路，季瓷就拿话在后边撵她："你看你掉的，牛都要跟着你跑二里地，你那么急是弄咋哩？那麦秸掉到地上可惜不？"那媳妇边急火火走边说，汤烧了一半才见麦秸不够了。也有人图省事，在后地干活回来顺手扯一把麦秸夹到胳膊下就走。路过她家时，季瓷就更是说她："这样夹着走回家都掉光了，俺家荆篮在那儿闲着，你就不会先借去使使，夹那一把麦秸，你是给蚂蚱烧汤哩吧？"那媳妇边走边说："借恁家荆篮，出不起利钱哩。"她就冲那媳妇的背影笑骂两声。世人都势利，因着季瓷两个儿都在外工作，回来时不管自己吸不吸，兜里都装着烟，见人散发，兜里常装着糖，给老人和小孩手里放一个，所以人都爱往他们身边来，也就对章守信和季瓷尊敬几分。

　　季瓷可惜那些撒在地上的麦秸，就过两天扫一回，扫来的一小撮能烙熟俩烙馍。

　　西芳"吱啦"一声大叫，"哇哇"哭起来，哭声起得猛烈瘆人。季瓷从灶火出来，见西芳坐在枣树下，挓挲着两只手，护着头，全身发抖地哭，荆篮在一边扔着。她扑下身子，一把搂住，问着："咋了？咋了？"西芳惊恐万状，说不成话，张大嘴哭，样子很吓人。仔细看了看，头上脸上，没一点磕碰，不像是摔倒啊。季瓷把她拉起来，揽在怀里，嘴里喊魂："西芳——回来了，西芳——回来了。"西芳的哭声慢慢缓下来，季瓷把她交到身边站着的罗北京怀里，站在树下，突然变了一副铿锵绝情的语气："俩老闺女听着，恁俩的屈我都知道，也给恁俩说了烧了愿了，不能再来祸害家里小闺女。恁俩想要啥，黑里给我托个梦，我给恁弄来，要是不知好歹，不讲情理，害家里的小闺女，我要不饶恁，听到没有哇？"她跺了跺脚。一阵夜风吹来，没一点声响。西邻居五奶奶听到动静也过来了，站在后门口，对那棵枣树说："都知恁俩的苦和屈，这么多年过去了，想哭就哭两声，叫我们听听，也心疼心疼，咋能这样吓小孩哩……"

俩人站在枣树下，一递一腔说了好一会儿，屋里西芳的哭声消了。五奶奶说："光这样说可能不中，得破俩钱摔摔，明儿到庙里请个信儿，再找个神儿来看看。"

庙拆了快十年，早就成了学校，但河西章的老人还把学校叫庙里，有啥事趁着大晌午或黑夜里学校没人时，溜进去，在从前龙王爷脚下的地方跪下，小声诉说。

季瓷进了屋，见西芳在罗北京的怀里惊魂未定地睁着小小的眼睛，打了个哭嗝，全身抖动一下。

"给奶奶说，看见啥了？"

"也没看见啥，就是枣树上啥东西一明一忽地闪，头上像炸雷一样，'嗡'一下，一激灵，头皮一麻，就不知咋回事了，反正可害怕。"

"掉魂了，连着喊几天就好了。"罗北京说。

第二天上午，季瓷拿出她放的烧纸，箱子里的好东西，早上叫章守信在集上买了几个水煎包，跍堆到枣树下，烧了烧，说告了说告，每天晚上喝罢汤后的这个时候，扯了西芳来到树下，叫一声"西芳回来了，西芳回来了"，每叫一声让西芳应一声"我回来了，回来了"。叫了好几天，魂慢慢回来，夜里不再发癔症哭闹，才敢一个人走到那棵枣树下。

白天罗北京上工走的时候，家里就剩下季瓷和西芳、津平。长大后的章西芳常常回忆起她的童年，感到最多的就是寂寞，寂寞的她和寂寞的奶奶。她总是想，那时候的人也没电视也不读书看报也不社交也不走动，真不知该有多寂寞呀。她奇怪，一个小孩子怎么就能那么真切地体会寂寞，是她想得太多，还是生命本身就是一场寂寞。

堂屋的光影静静地照着，轻轻地动着，季瓷坐在堂屋门口缝缝补补，在人家不要的碎烟叶里再拣拣，拣出指头大的几小片，集中放起来，见哪个吸烟鬼喊她婶或奶奶喊得甜，就在人家路过院子的时候抓给他。或者把簸箕放腿上拣粮食。她总是有要干的活，手不停嘴也不闲，西芳要她说瞎话，没完没了地说，她一不说话，西芳就上到她身上，从后面搂住她脖子，或者钻到她怀里，手伸到衣裳里，抓住了揉她那两个松弛了的乳房。吵也没用，反正西芳就像长在她身上一样，再吵再哄也不离开，西芳知道她不会抬手打她，就算打她也不怕，她打不疼她。她只是想让奶奶给她说瞎话。

"说了几十遍上百遍了，咋还要说？都叫说实话哩不叫说瞎话了。"季瓷这样说着，叹息一声，"你想听啥呀？说个不孝顺媳妇，中不中啊？"

"中啊，中啊。"西芳坐在草蒲团上靠住季瓷的腿。

"北乡那个庄上，有个媳妇不孝顺。"

"你老说北乡那个庄，哪个庄呀？"

"就是那个庄嘛，瞎话瞎话，给你说那么清就不算瞎话了。反正是个不孝顺的媳妇，她男人在外做买卖，常年不在家，走的时候对她说：'对咱娘好一点。'她说：'赌放心走了，我对咱娘可亲了。'其实她对婆子可狠了，不叫吃饱饭，叫婆子住楼下，她住楼上。有一天婆子对她说：'你晚上把尿罐挪个地方吧，你起夜，尿刚好滴到我脸上。'她这一听，更不换地方了，晚上起夜，故意尿到尿罐外面，叫那尿顺着楼板滴下去。婆子没法儿，只好掉个头睡。"

"等等，婆子咋不打她，吵她哩？"

"婆子老了，不中用了，打不过她，也不敢吵她，吵了她她就不给婆子吃饭了。"

"那你吵俺婶俺婶咋不敢还嘴，还给你做饭吃？"这样的打断也有几十回几百回，慢慢地，西芳和季瓷也都迷恋上了这种一问一答的方式，西芳果断地说"等等"，季瓷也就接着茬说她想说的话，正像是那些作家常常抛开故事发点议论，两人已形成默契，只为把讲瞎话这件事拉得长而又长。重复就重复了，日子都是天天重复的，瞎话为啥不能一天天这样重复下去呢。

"要是都像那坏媳妇，还叫俺这当婆子的活不活了，瞎话瞎话，用来教人学好的，不一定真有这事。你听不听了？"

"听，听，说吧。"

"她婆子也不敢吭气，只是忍着，自己给自己说：'我掉个头睡看你还咋弄.'这媳妇见婆子不吭气了,晚上偷偷一看她掉了头睡,夜里故意又尿到那头。婆子还是忍着。"

"婆子为啥老是忍着?"

"万事忍为大,能忍的人有福,像我这焦脾气就没福。我说,你咋那么多事哩?要是都好好的,那我这瞎话还咋说?你听不听了?"这种嗔怪也是季瓷每回要重复的,她撒娇般地跟孙女卖关子,要是哪天西芳不在这里打断了,她会停下手里的活,凑到她脸上看看,是不是瞌睡了,摸摸脑门,是不是不舒坦,烧了。

"听,听,说吧,说吧。"西芳像小狗一样在季瓷的大腿弯里拱了拱,靠得再舒坦些。

"可老天爷看不下去了,他老人家坐在天上,地上的事他都看得一清二楚。有一天,好好的,突然打起了炸雷,媳妇正在楼上绣花,见一条龙张牙舞爪在花门楼前往里看,找她哩。媳妇吓得扔了手里的活儿就叫娘。她婆子出了门一看,龙在花门楼外,盘来盘去就是不走,急忙跪下,捣蒜似的磕头:'龙王爷呀龙王爷,俺媳妇这几天可好了,没有叫我挨过饿,也没有尿滴到我脸上,你饶了她吧,她再也不敢了。'龙王爷摆了摆尾巴走了。"

"龙王爷不是啥都能看清吗?他咋就信婆子的话哩?"

"龙王爷是没法儿呀,婆子那样求,他也可怜婆子,就饶了她吧。"

"龙王爷还能没法儿?他不是想咋着就咋着吗?世人都怕他。"

"这世上坏人好处置,要杀要打尽可下手,只有好人难弄,因为你伤了好人心里不安生,成夜睡不着,那是世上最难受的滋味。"

"婆子为啥不叫龙把她抓去哩?"

"忍字忍,饶字饶,忍字没有饶字高,人不能抓住别人的错不放。婆子想了,娶个媳妇多不容易呀,把她抓走了,谁还给她家当媳妇,叫她孩咋弄?兴许吓她一回能改哩。从那以后,媳妇不敢那么欺负婆子了。几年后,婆子死了。又过几年,媳妇也死了,埋在婆子的坟边上。青天白日的,这边埋人的刚走,还没有走出地边哩,'喀嚓'一个大炸雷,把媳妇的坟劈开,天上下来一条龙,抓了媳妇就飞天上去。"

"龙王爷把她抓走弄啥呀？"

"弄啥？投到地狱叫她受罪，十八层地狱里的罪，排着受一遍。"

讲着讲着，身边就慢慢围上一群人；讲着讲着，下地的人也回来了，凑上来听。大人也都跟小孩一样，这瞎话听季瓷讲了无数遍，还是碰上了就要听完，不听完不走。有人就笑着对罗北京说："叫你听哩，叫你听哩。"罗北京呵呵笑笑，挖了面端着面盆进灶火去了。季瓷对围着的人说："不光叫她听哩，叫你们这些做媳妇的都听听，也叫男女老少都听听，做人不能坏良心，一坏良心早晚遭报应，可别想着没人看见，老天爷啥都能看见……中了中了，都散了吧，回去做饭去，下回听我讲个'再烈不能夺人碗'。"

夏天一打雷，西芳就害怕，钻到季瓷怀里，季瓷给她说："不怕，龙王爷只抓干坏事的人。"

"那我上回在队里菜园偷摘了个茄子，龙王爷看见了没？你看这雷打得这么响，是不是来抓我的？"

小小的西芳常常感到心里不舒坦，尤其是雨天的时候，她不能出去玩，在家里看季瓷和罗北京做针线活。下雨天罗北京不出工，和季瓷坐在堂屋门口，一人靠住一边门扇，季瓷把陈芝麻烂谷子翻出来说，像院子里的雨水不停地淅淅沥沥。西芳和津平在竹床上玩，在东里边、西里边钻，玩着玩着西芳就会扔下津平，缠磨到季瓷身上，猛然蹦出一句话："奶奶，我心里可不舒坦。"季瓷把几十年前的人或事抛到一边，眼睛还是看着手里的活："咋个不舒坦法？哪疼？我给你揉揉，哪痒？我给你挠挠。"

"也不疼，也不痒，就是心里不舒坦。"

"你那是作祸哩，吃饱饱的，还有啥不舒坦的。"

罗北京停下手中的活，迷蒙的大眼睛认真地看看西芳的脸。

"你是不是看这雨下个不识闲儿，心里怄得慌？"

西芳点点头。罗北京大眼睛向她眯起来，笑一笑："人都这样，天一晴心里就好受了。快了，下了两三天，该晴了。给你二分钱，戴上

209

麦帽,去代销点买几个糖恁俩吃吃吧,一吃就好了。"西芳跑到门后抓麦帽,津平闹着也要去,罗北京说:"地上滑,摔倒了,在家等着,叫恁姐去买回来,你赚吃了,多好的事。"西芳穿上罗北京的大胶鞋,拖拖拉拉地从院子里走出去。

"娘,叫我看,西芳这闺女跟别的小孩不一样,心里道道多,小小的能看懂大人的脸。得哄着她来,顺着她来。"

"唉,我就知是这,跟我小时候一模一样。这样的人一辈子都活得比旁人累。"

西芳一个人走在雨地里。这个世界有这么多她搞不明白的事,春天来的时候,油菜花开茄子花开秦椒花开桐树花开柿树花开,它们咋就各开各的,不会忘了或者弄错了开成旁的样子,咋就每年准确无误地开成自己的样儿,该开时候开,该落时候落,该结果子的时候它们就忙忙排排地都结了,谁叫它们这样的?奶奶说是"该热不热五谷不结,该冷不冷五谷不等",为啥不等?等一等又能咋?奶奶过几天梳一回头,把长长的稀疏的头发从右边脖子弄到前边来,拿木梳梳,再用篦子篦,梳得光光的再盘起来在后边绾个疙瘩髻,把梳下来的头发捋到手里,缠成一小团塞到墙缝里,等着找头发换针的来。她突然想,人的头发在长出来之前,是不是在头皮里盘着,那得多乱啊,人一跑一跳,晚上睡到床上头转来转去,把头皮里面那一团弄乱了怎么办?弄不好我的头皮里已经是乱糟糟一堆了,那可咋办啊?她总为这些事发愁,这就是她常说的心里不舒坦。

吃了糖的西芳,半天之后又陷入那种不舒坦之中,那是一种空落落的感觉,心像在鏊子上焙着,像在石灰水里浸着,要多难受有多难受。可能天晴了会好,长大了会好。

老天爷是不是把天下漏了,雨咋都停不住。人也都不上工,在自己家窝着,勤快的乘机干家里的活,懒的连天彻夜睡觉。实在没事的,就来季瓷这儿听她说瞎话。漫长的雨天,心里实在没个捞摸,便一个个戴着破麦帽,披着沉甸甸的蓑衣,来到她家的堂屋里,听那听过几十回的瞎话,来得晚的没有蒲团坐,就跕堆到地上,靠着两扇门,靠着桌子腿。

"今儿说个'坏媳妇夺人碗'吧。"季瓷把手里的麻整好,一缕缕放在腿上,理得多了,再一根根续上去,搓成细麻绳。家里有外人的时候,她就不补她那些破衣裳了,怕人笑话。

"这回是南乡的媳妇,心铁得很,她嫁来这一家,前边留下俩小孩,她是当后娘的。人当了后娘,就要对前面留下的比对自己生的还亲。你想啊,你自己生的有亲爹热娘,可人家前边撇下的,看着你们搂住自己的孩'小乖乖小能豆'地亲,心里啥味?她可不,有点好吃的就把那俩拿话支出去了,有了活就把自己的俩哄出去玩了。这也就罢了,还可以说是你的俩孩子小,大的让着小的,也算说得过去。可她看前面那俩总是不顺眼,不是哄就是打,最可恼的是有一回那个大孩正在吃饭,她不知为啥在那哄哩,越哄越气,伸手上去把他的碗夺下来了。恁想想恁想想,世上再赖再铁的人,咋能夺人饭碗哩?"

有听众已经开始抹泪了。就像是西芳总要打断季瓷一样,总有那几个人在这个时候开始抹眼泪。回回都有罗北京,回回都有瓦片。

"那小孩他爹哩?他爹咋不管管?就叫这后娘这样?"西芳也同样没忘记她的职责,及时打断。

"他爹有他爹的事,在外当官哩,挣钱哩,养家哩。"

"你说的瞎话儿咋都是男的不在家哩?"

"那要是都在家,当时就管住她不叫她装孬了,我这瞎话儿还咋编哩、咋讲哩。你听不听了?"季瓷又假装生气地问,停下不说了,看了看屋里的人,又看看外面的雨,"天爷呀,你真要把天下漏,这世上又出赖人了不成?你又生气了?"

"听,听,咋不听,说吧。"西芳把身子拧成个麻花,缠到她腿上。

"听哩,听哩,快点说吧,都张嘴瞪眼听着哩。"别的人说。

"前面撇下的孩也十来岁了,懂事了,想这样在家不中,他到亲娘坟上磕了头,给自己兄弟说,你且在家忍着,小心行事,别惹娘生气,我出去给咱挣功名,挣了功名回来接你走。这孩问邻居叔叔大爷们借了几个钱,出去找了个地方,下苦读书。一考考了个进士。他想,

211

娘再不对，可她也快老了，也该享两天福了。买了油馍馃子回来看他爹娘和兄弟，恁猜猜咋？在家门口碰见一个瞎老婆子，不但眼瞎，嘴还烂，话也说不成，手也抬不起。仔细一看，正是他那后娘。当年他走后，他爹从外边回来，问他儿哩，后娘编派他，说他不听话不服管，偷了家里的钱自己跑了。这是老天爷给她的报应，叫她眼瞎嘴烂手不能端碗吃不成饭，一天进一点稀汤汤。她想死还死不了，她上吊绳就断，她投井水就干，就天天这样熬着，活活受了几十年罪。"

门外的雨冷冷地下着，屋里没有一点声音。她每回讲完这个瞎话儿，听的人都不出声，只吓得四处看。

西芳又想听又害怕，想起那瞎眼烂嘴的女人，比龙来抓还怕人，可她过几天就想听，听了后就在心里搜肠刮肚地想，自己有没有对人操坏心的时候，如果有，今后一定改掉。

屋后自留地里的柿树长了几搂粗，成了村里最大的树。年年夏天，柿树挂上黄色的小花，清早，和西芳一般大的小孩子跑到树下，捡拾掉在地上的柿花，回到家里，拿绳穿个圈，早饭后，脖上统一挂了柿花的小孩们又在大柿树下疯跑着玩。

柿树是西芳家的，西芳身上穿着在西安买的衣裳，西芳兜里猛不丁就能掏出一块从西安买回来的糖，她说："站好了，排好队，一人咬一小块我手里的糖。"小孩们就赶快排好队，西芳手里捏着那个咖啡色的话梅糖，每个人凑上来咬一口，糖越来越小，西芳的手被小孩子的唾沫、鼻涕沾得湿乎乎的。西芳对那个流鼻涕的说："下回把你的鼻涕擦净了再来，要不，不得吃糖。"

西芳很快成了村里小孩的权威，最多的时候身后跟着十来个。她开始给他们上课，她让爷爷在家里找了个一面刷蓝漆的三合板，是那年章守信从西安带回的，一直放着没用。章守信给那上面穿了两个眼儿，挂上绳，就是西芳的小黑板了，还给她用小木条刮了个教棍。西芳又叫奶奶去学校问老师要几个粉笔头，季瓷也就扭着小脚去了。大柿树下坐了一片小孩叫西芳教他们识字，识得好的，可以咬一口西芳手里的话梅糖，"咯嘣"一声咬下来，高兴地坐回自己位置上。几根铅笔，一个钻笔刀，这就是西芳的全部财产。她把铅笔分给大家轮流用，几个人合用一支铅笔，钻笔刀由她保管，谁要用了举手请示，她从兜里掏出来，让人家在她的监督指导下把笔削好，她再装回兜里。

"谁要是这学期表现好，我把这块小皮囊奖给他。"西芳的手里举着一块粉红色的香橡皮，"可香了，都来闻闻。"她把那块香橡皮在每个人的鼻子下放一小会儿。孩子们个个抓住她的手，贪婪地闻。

"这皮囊是弄啥用的？"最小的孩子问。

"擦字的，这都不知。你拿铅笔写字，写错了就用这皮囊擦，擦干净再写，皮囊就越擦越小，最后就没了。"一个小女孩说。

"啊，这么好的皮囊，咋能就没了？咋能用它擦字哩？"

"皮囊就是用来擦字的，要不就不叫皮囊了。"

"既然它早晚都是要没有的，那为啥还把它弄那么香、那么好看，谁舍得用它擦字？"

小孩们都不说话，看着西芳手里那块皮囊。

"要是大家都表现好哩？你这块皮囊咋分？"最小的小孩问。

"那就拿刀切开，一人一小块吧。"又有人说。

"肯定有一个最好的，我来选，我说了算。"西芳手里握紧那块皮囊。

孩子们早早晚晚围在西芳身边，白天吃了饭就有人跑来，帮着她拿凳子、拿三合板。有的晚上喝了汤还要来，有的就提出叫他再看看那块皮囊，再闻闻。

西芳心里越来越难过，因为她不知道怎样分这块香皮囊。孩子们一个比一个表现好，对她万分忠诚，她在他们面前说一不二。眼看她承诺的"这一个学期"就要到了。傍晚，她一个人坐在柿树大树冠的外边，痴痴地向西边看。

五六岁的西芳常常在傍晚的时候坐在土坡上看夕阳。按说除了晚上睡觉，孩子们是不给她独处时间的，她说："下课了，你们回家吧，我想一个人坐会儿。"孩子们不愿走，围绕她身边，她生气："你们还说要表现好,不能老缠着我吧,都不想要香皮囊了?"孩子们"哗"的一下散了,但并不走远,躲在柿树后边,躲在菜园子里,远远地看着她。而她,捧住脸,看着天边的夕阳一点点、一点点落下去。这日头是不是落在西安了,是不是刚好落在爸爸妈妈那儿,它把人砸住了压住了可咋办?她知道妈妈去西安后又生了个妹妹,还寄回了相片。爸爸常给爷爷写信,寄东西回来,听说西芳跟着罗北京认了好些字,他就寄回了铅笔、橡皮,还有本子。

西芳突然跳起来,往家里跑。孩子们不知咋回事,也跟着跑回她家。西芳扯住正在院里跐堆着搓绳的爷爷说:"爷,你给俺爸写封信,叫他给我寄回来二十块香皮囊。"

章守信只管搓绳,呵呵笑笑:"好闺女,你爸爸上回寄来的你还没使完哩,咋又要,还要那么多?"

从堂屋拿了蒜白出来的季瓷说:"你要那么多弄啥?熬胡辣汤喝呀?那东西闻着香,可不能吃哩。"

章守信只当她是胡闹,又"呵呵"两声,只管搓绳。

"我有用哩,你快写吧,快点。"她夺爷爷手里的绳。

"哎哟哎哟,这闺女这么大的劲,你叫我把绳搓完,就是写也得明儿天明了写呀,这会儿黑灯瞎火的,看不见。"

"点上灯,点上灯不就看见了。"她猛地一推,章守信一屁股坐到地上,赶忙用手撑住地,在地上坐稳了,两只手拍着土,还是那样"呵呵"地笑:"这闺女,说啥一声,哪有那么快的事呀?我得找钢笔吧,得找信纸吧,得找信封吧,还得有时间去白果集上买了邮票,送到那绿箱子里吧……"

"别给她说那么多了,喝汤。"季瓷在灶火门口喊,"想法儿气人,你明年才上学哩,这会儿要那么多皮囊弄啥,再气人就不搭理你了。"

章守信拉她去喝汤,她不去,一看院子里的暗处,还有几个孩子看着,她觉得没面子,跑回堂屋东里边,趴床上哭去了。

"都回去吧,回家去吧,天黑透了,别叫大人遍地跑着找了。"季瓷给院里的孩子说。孩子们灰不塌塌地走了。西芳继续在屋里哭。季瓷两次来到堂屋,隔着门帘叫她:"快出来喝汤,再晚一会儿,刷锅水都刮干净了。"西芳只管哭,不出去。罗北京进来,搂住她,大肚子顶到她胸前:"给我好好说,你要那么多皮囊弄啥哩?说得有理我给恁爸爸写信,给恁叔叔写也中啊,南阳也有香皮囊哩。"

西芳止住了哭,仍然抽抽搭搭的,罗北京再一拉她,她就跟着出了堂屋来到灶火。她的那碗红薯糊涂在案板上放好,罗北京递给她一个烙馍卷洋葱,她伸手接着,吃,咬到一个盐疙瘩,咯嘣嘣,她又借着劲抽泣一下,带动得全身颤抖。津平已经喝过汤,坐在灶前的墩上,在油灯下闪着一双大眼睛瞅她。

"快点吃,等着吹灯哩。"季瓷边里外忙着边说,"恁妈走的时候咋交代你的呀?叫你在家听话,别气人,你咋就学会气人了?就不知心疼东西?你不知恁爸恁妈挣个钱多难,你可倒好,香皮囊一要就是二十个,叫我算算,一个就算是一毛多,得两三块哩……"奶奶说起来就没个完,从早到晚,从黑到明,奶奶的话就像河水流淌。西芳嘴里"咯嘣咯嘣"咬着盐疙瘩,吃完烙馍,端起碗喝温温的红薯糊涂,只在心里想,一定得把这二十块香皮囊要到手。

晚上睡前,季瓷问她,到底要那么多香皮囊弄啥。她说那些小孩是多想有一块香皮囊,而她只有一个,不能给他们分,她心里就难受。季瓷抚摸着她的小身子,叹口气:"你知不知,这世上好心人最难过,你挂的人越多,就越作难。"

第二天,西芳又缠着爷爷写信。章守信扔下手里正搓的两根绳,拍了拍手:"罢罢罢,不干活了,给俺孩写信,要香皮囊。"他写着,西芳趴在他背上,一个字一个字地念,她念得比爷写得快,有不认识的字,她就问爷,可爷也有不会写的字,他写了个"擦字的香皮",后面跟了个"□",还怕章柿看不明白,干脆叫西芳把橡皮拿来,照着画样子。西芳清楚地看到他写了"二十块",高兴地搂住爷的脖子,小手从后面伸出来捋着他的白胡子。写完,找来信封。院子里已经有好几个孩子了。西芳高兴地说:"走,去白果集寄去吧。"

"今儿不中,我还得干活哩,明清早赶集再寄。"

"那，我去寄，"西芳说，"我去，我知道那个绿箱子，往里头一放就中了，是不是？"

章守信用罗北京麻叶里的糨子贴好信封，说："就你去吧，你们这一小群哩，二里地也不算啥。你等着，我给你拿八分钱，记住，在邮局买张邮票，叫里面的人给你贴好，再送到那个绿箱子里。嘿，算你幸，没有零钱，给你一毛，找的二分买糖吃。"一群小孩子已经激动得脸红扑扑的，有几个立即跑出院子，奔走相告去唤另几个。季瓷站在当院，有点操心："他们去，中不中啊？再跑丢一个。"

"就这么远，谁都知道自己回来，河也没了，就是个干河道，怕啥哩。"孩子们也喊着："不怕，不怕，丢不了，我们都跟着西芳。"跑出过道的时候，季瓷在后面追赶："芳，你可得把钱装好，把他们都领好，查查数，几个，回来时候再查查……"谁也听不见她的话了，跑得疯了一样。

十几个小孩闹腾得街里的土扬起多高，几只狗也跟着，浩浩荡荡出了村，穿过河西尹街里，走着，说着，唱着，西芳把那个信封牢牢抓在手里，快乐地奔向干河道里，在那些细沙子上踩着、闹着。八岁的菊芹提醒大家："先去寄信，回来再玩。"

在邮局柜台上买好邮票，柜台里的人替他们贴好，把信封高高举起看里面，眯起了眼："叫我看看，里头装信了没？呀，空的，你们这是咋搞的？"

孩子们立时目瞪口呆，好一阵子屋里没一点声儿。柜台里那人哈哈笑起来："哄你们玩哩，嘿，差点哭了，玩哩，玩哩，可别哭，叫你们大人来不依我。好，妥了，你们走吧。"那人把二分钱放到柜台上。西芳突然掀开柜台边上那个挡板，走进去，一把抓过桌上的信封，走出来，自己举在太阳下，对着里面看了又看，又叫别的小孩每个人凑在那看，都说里面确有信瓤。她拿着信封，走到外边，一看那绿箱子太高，叫两个小孩一人抱住她一条腿，她扶着墙爬上去。柜台里那个穿绿制服的主儿走出来，对他们说："这小孩儿，放那里跟放到柜台上一样，我给你放进去中不中？好，好，不中，不中，非得你自己放。

可这信要坐着火车走一千多里地，多操心呀，还不胜你自己送去哩。"以西芳为首的孩子们气愤地瞪了他几眼，一溜烟跑了。

"排好队，站好，一人咬一小块。"一群小孩一直跑到白果集后街的中学门口，西芳拿出了四颗糖，庄严地行使她的权利。按大小个排，津平排第一，菊芹排最后。当十几个孩子每个嘴里含着点小糖块回到颍河故道时，都有点怅然若失，尤其是西芳。那封叫他们欣喜的信会平安地送到西安，送到五十八号信箱，送到爸爸的手里吗？爸爸能按他们的心愿寄回香皮囊吗？快晌午了，太阳把干河里的细沙土晒得很热，他们光脚在里面蹚来蹚去，那几只河西章的狗在岸上卧着，静静地等着他们，不知道是它们自己不认识回家的路，还是它们怕孩子不认路执意要等着一起走，总之几只狗商量之后决定还是跟他们一起回去，要不，回到家主人问："你回来了，咱家的人呢？"

等待总是漫长而折磨人，现在河西章东头的孩子都知道他们将要每人有一块来自西安，不，来自上海的香皮囊。西芳的那块香皮囊上有一个小纸套，上面写着：上海文具三厂。香皮囊用了一半子还舍不得把那个套扔掉，她总觉得带着这个小纸套好像她就跟上海和西安有着什么关系。

快二十天的时候，邮递员像一阵风，铃打得"哗啷啷"响，把自行车骑到家门口："章守信拿章来，西安的包裹单。"

西芳又求爷爷快点去白果集取包裹。章守信的身后又跟着那十几个孩子和那几只狗。柜台里还是那个主儿，还是逗他们："上回那信就是为着这个包裹呀，啥好东西呀？"

"香皮囊，西芳她爸爸从西安给我们寄的上海香皮囊。"孩子们也不再记恨他，争抢着说。

西芳要在邮局门口就拆，章守信哄住她说："拿回家再拆，要不奶奶又得吵咱。"

西芳叫孩子们在门外等着，她和津平围在身边看奶奶用剪子拆那个包裹。"你俩离远，再离远点，忘记有福老老那眼了？"奶奶一再说，两人眼巴巴站在两步远的地方。季瓷放下剪子，拆开线打开那个布包，再叫他俩往近前站。西芳已经闻到那股香味了，果真季瓷从里面拿出个小纸盒，打开来看了看，递到她手里：一盒子香皮囊，各种各样的颜色，醉人的香气扑面而来。她转过身把盒子倒在床上，津平也凑上来，拿一个粉红的就上嘴来舔。她夺过来，先数数，一整盒，二十四块，她每个颜色挑一个先自己放起来，看津平在一边泪巴巴的，开始撇嘴，她把那个粉红的给了津平，抱住那只盒子出了堂屋门。院子里，小孩们早就等齐了。她拿出季瓷的粮食簸箕，把香皮囊倒在里面："挑吧，按以前的队排好，一人挑一块。"

先被挑走的是粉红，后来是绿的、黄的，最后剩下几个白的，没啥挑的，一人拿一块，脸上有点失落。西芳安慰他们说："味都是一样的，都是上海文具三厂。"

章柿给西芳寄回来的还有铅笔、本子，都是按二三十个寄的，还有一本《儿童时代》、一本《陕西少年》。季瓷趁她稀罕那些橡皮的时候，把本子和铅笔藏了起来。

还给章守信和瓦片寄了药，给津平一个小皮球，给季瓷和罗北京一人一个手绢。

打开《儿童时代》和《陕西少年》，西芳找来找去，那几个她认识的字都在哪儿呢？她拉住罗北京，叫给她念上面的话。不中，得把学生们集中起来，叫婶给大家念。孩子们在屋后的柿树下坐好，她和津平，一个推，一个拉，把肚子撅得好高的罗北京拖到柿树下，西芳像模像样地说："现在，请俺婶罗老师给大家念《儿童时代》上的第一篇文章，《做毛主席的好孩子》。"

罗北京脸涨红着，看看柿树边上吃过饭把碗放干了还在喷空儿的男人们，不好意思地嗔怪西芳："我忙得跟啥一样，锅还没刷猪还没喂，我来给恁当小孩头儿呀？恁奶奶一会儿就在家喊起来了，吵我可咋弄。"

可西芳和津平拖着她，不得脱身，她只好拿起《儿童时代》念了起来，孩子们坐在地上，眼里闪闪发光地听着。

"中了，中了，念了这么长了，西芳啊，你领住大家讨论一下，咋样才能当毛主席的好孩子。叫我说,你们快点认字,自己看懂这书,就能直接听毛主席的教导了。"她放下书,想走。

"我看呀,西芳这闺女别高兴了,恁爸爸妈妈在西安享福,不要你了。"章有福的腰已经弯了,手背后,站在大树冠的外围,歪着头说。

"胡连八扯。"西芳变了脸,噘着嘴冲他喊。

"谁胡连了,你问问这些人,恁妈临走的时候说了,他们都听见了,说不要你了,恁妈都在西安又有小妹妹了,还要你弄啥。恁奶奶也不要你了,嫌你老气人。走吧,去俺家吧。"章有福嘿嘿笑着。

"独眼龙。"西芳喊。

"西芳,咋跟老老说话哩?"罗北京都走了两步了,转回身跨到西芳身边,手扬起老高,却找不到下落的地方,自己又收回去了,"小孩家要是玩不起就没人搭理你了……"罗北京打好圆场,赔着笑脸给章有福说:"爷你要生气,小孩家,吃屎不知香臭,说话没轻重。"

章有福"呵呵"笑着,背着手走了。他年龄越大,越爱逗小孩玩,小孩们喊他独眼龙他也不生气。

剩下孩子们在柿树下讨论咋样做毛主席的好孩子。

"毛主席要是来白果集,我咋都得跑去看他,就是白果集的狗把我咬死我都去。"

"就是就是,我也去,就是下冰雹下刀子我也去。"

"毛主席会不会来白果集呀?"

"会来,会来,毛主席想去哪儿,坐着专机'呜——'就去了。"

夏夜的场院里,孩子们还是不愿散去,在场边凉丝丝的地上围着西芳,想听她讲书上的故事。西芳把书在手里圈着,觉得自己很神气。天上的星星像调皮孩子的眼睛,眨呀眨呀。季瓷来喊西芳回去睡觉,孩子们给季瓷讲条件:"你给俺说个牛郎织女,俺都散了回家睡。"季瓷说:"讲了八百遍了还讲,你们看这场院里睡满了人,大人干了一天活都使得慌,你们玩一天也使得慌了,早点回去睡吧。"说着话,见章四海弯着腰来到场院里,打了个昏暗的小手电,对着躺了一片的男人照过去。季瓷问:"叔,找谁哩?"章四海说:"唉,还能找谁,找定哩。"定是他的二儿子,西边县上拉煤去了几天,晚饭前回来,喝了汤就拉张席到场里睡下了。章四海用那昏黄的小手电照来照去,终于找到了,摇了摇他:"定,定。"压低声喊。定睡得死死的。章四海不屈不挠地又摇又喊,定从那深渊般的睡梦中醒来。睁眼睛看是爹,很不高兴:"噫,几天都没好好睡了,弄啥呀你?"章四海抱歉地笑笑:"我咋算这账算不到一块,你回来报的账,少二分钱,你再想想,二分钱花哪儿去了呀?"这一说,定也觉得事情重大,激灵一下瞌睡就跑了。"我不是都给你说清了嘛,一条条,一宗宗,都有交代,你这会儿又问,我也想不起了,明儿再说中不?""噫,那不中,你不说清,我今黑咋能睡着哩。来吧,咱俩再从头把账碰一遍。"章四海好脾气地挨着儿子坐下,两人叽叽咕咕地小声说着。场院里一片男人的鼾声,这边季瓷和孩子们也屏住呼吸,都想知道定这趟拉煤回来为啥有二分钱的账对不到一块了,天上的星星都急得乱眨眼。突然定长长"噢"一声,想起来了想起来了,那天大毒日头,带的茶喝光了,那渴的呀,没法儿没法儿,路过一个集,二分钱喝了两碗茶,忘了给爹报。

　　章四海长出一口气,心疼地拍拍定的肩膀:"好了好了快点睡吧,你这一说,我回去也能睡着了。"他弯着腰出了场院,无声地往家走。孩子们因为刚才那二分钱的紧张也就忘了牛郎织女的事,悄没声地在彻底静下来的黑暗里各回各家,各找各妈。

第十三章

老来难

老来难

离家还有二里地

比当年十里还要难

章棣分配来南阳工作已经一年了。

他在天津大学学制原定三年半，后响应"学制要缩短，教育要革命"的号召，上了三年工农兵大学就毕了业。1975年夏天，和几个同学一起被火车拉到南阳地区一个还未完全建成的军工厂。随着火车在焦枝线上进入大山越走越深，他的心有点凉。他原以为工厂在南阳市区，后来想，在郊区也行。可是，火车又在山里走了几个钟头，走走停停，他们在一个叫马庄的车站下车，有一个大卡车来接他们。司机说，厂里离车站有十来里。

平原上长大的章棣想，十来里不算远，又有车，一会儿就到了。可是，大卡车在山里走了一会儿又一会儿，一个一会儿接着一个一会儿，就是到不了，好像这山路永远也走不到尽头。等到他们披着一身土来到厂门口时，章棣没敢问别的同学，只觉得他自己的心凉透了。这哪是他想象的工厂啊，大门没盖好，围墙没有围严实，更像是一个大工地。

　　安置好后,他强打精神给爹写了一封信,说他已经到单位上班,一切都挺好的,请家里放心。

　　号称十几里外的马庄车站,每天有一趟旅客慢车停靠,上下的基本都是他们厂里的人或跟他们有联系的人,厂里有一辆车去往马庄,主要是接送在马庄上下火车的人。他很快便经常坐着这个车来往于厂里和马庄车站,和司机也混熟了。司机说雨天的时候,他开着那车十分害怕,一不小心就有滑下山谷的危险。

　　章栋被分在设备科,负责全国进货。他找到厂领导,说他在这里专业不对口,他学的是民用计时,而这里却是做炮弹引信,还是请厂里把他退回到省高分办吧。厂领导一看这小伙子以为自己长了八只眼,心里很不如意,说:"那你自己去找吧,省高分办如果同意回收你,你就走。"

　　章栋经常坐着火车跑郑州,在他眼里,催货提货是个无技术含量的活,闭住眼也能干好,像爹那样略识俩字的人就能干,哪用得着他这个上了几年大学的人呢。

　　他头回去郑州出差,就来到省高等学校毕业生分配办公室,给人家说,把他分错了,他是学民用计时的,却把他分到军工厂,这不符合"让有技术的人到实践中去学"的指示精神,连对口都不对口,咋实践哩。高分办的人翻起眼看了看他,他们这么多年还没见哪个人来给他们说"你们把我分错了"。对他说:"你已经到工厂上班,就不属我们管了,你现在应该去找省国防工办。"章栋打听了省国防工办的地址,找去那里,告诉人家他不对口,人家不理他,让他先回单位上班去。他去一回郑州便去省国防工办找一回有关领导,给人家申诉一回他的专业不对口。每回去拿一盒烟,进办公室给人家敬一根,跟人家坐着谈论毛泽东思想,背《毛主席语录》,他总能在人家接不上的时候给提一下,再递上一根烟,自己却不吸。人家有对《毛主席语录》不懂或记不清的时候,他也能说出来,办公室的人就不敢小瞧他了,再看他,浓眉毛,深眼窝,厚嘴唇,黄军衣里的白衬衣领子很白,坐在那里不卑不亢，不紧不慢，便与他说点话，他都是对答如流，国内外形势说得头头是道。终于，省国防工办的人问他："那你说你去哪儿才对口？"章楝说："我觉得我应该去手表厂或钟表厂，据我所知，咱省有三个手表厂，洛阳一个郑州一个新乡一个，我去那儿才算对口。"国防工办的领导说："真服了你了，好吧，你回单位开介绍信，到我这盖个章，我们把你退回省高分办，让他们看把你分到哪儿合适。"

章楝回到单位一说情况，厂领导想，这小子怪不得一来就口气那么大，原来人家在省里有人，反正他来一年也不在厂里待几天，成天跑郑州，也好，就把他退回郑州去。

高分办的人一看他真的把事跑成了，省国防工办都给他盖章了。

"那你看，洛阳、新乡你去哪儿？"人家问他。在此之前他已经去过郑州钟表厂，没有谈妥，他听说洛阳手表厂也在山区，就去了新乡。他办这件事用了两年时间。这叫他知道，这世上的事都要靠自己去做，你自己不争取没有人给你送到跟前。毛主席说得对，世上无难事，只要肯登攀。

罗北京生下第二个儿子的时候，他还在南阳，章守信就给孩子取名阳平。

胡爱花在西安生的女儿叫章西莹。西莹长到两岁，胡爱花在家坐不住了，只章柿一个月五十多块钱工资，他们三口吃、花，还要给家里寄，不用说常常吃紧，拆东墙补西墙，借了这个还给那个，章柿永远都欠同事钱。可她能干啥呢？听说天河厂有个五七工厂，专收她这样不识字的家属去干活，一个月二十七块五的工资。章柿去问了，人家说现在不要人，啥时要了再去。

天河厂的工业垃圾现在统一倒到浐河滩了，有很多人去捡，胡爱花说："那我也去吧。"第二天她抱着西莹去了浐河滩，半天后回来了，羞愧地笑笑，从兜里掏了一个铁钉出来："拾的人太多了，男女老少都抢，我挤不上去。"

星期天的时候，章柿陪着她，两个人一个看小孩一个下到垃圾滩里去。章柿混在一大片人里面翻那些垃圾,他起身直直腰,看到河滩里几十个人,蚂蚁一样蠕动在一片黑色的工业垃圾上。他突然想,这些都是什么样的人呢?自己虽不是多大的干部,虽不是多大的知识分子,可也是个小干部,是天河厂的技术员、工段长,给工人上技术课,可自己现在也在这堆垃圾里扒。如果当时没听爹娘的安排,不在家成亲,或者,像班上的男同学一样,找了班上的女同学,她们后来差不多都上了各种各样的师范学校,都有工作,孩子也吃商品粮。他一个一个将那些人看过去,蓬头垢面,破衣烂衫,都是外地来的农民,或者智障病残。他向河沿上看,胡爱花坐在那儿,怀里搂着脸儿圆圆的西莹。这个女人只知道一个劲地干活,一个劲地对自己好,她想过两个人的结合吗?

电线,废铁,破棉纱,纸板,他们的成果在房东家的后院慢慢堆得越来越高,攒得差不多了就把那些电线点上火烧。长乐坡的上空浓烟滚滚,烧完后把铜丝盘成疙瘩,把垃圾分门别类整理好,自行车推着,带到废品收购站去卖。

那几天一直下雨,没办法出门,好容易天晴了,又是星期天,一家三口又骑着自行车去了浐河滩。去了他们才知,那些风雨无阻的人早已把垃圾翻过好几遍,他们收获甚少。一会儿雨又下了起来,章柿说,算了回家吧。西莹坐在前边,胡爱花手里提着仅有的半斤废铁坐在后面。自行车在田埂上行走,下面一滑,车把扭了一下,车子歪倒在田里,胡爱花反应快跳了下来,西莹一头扎在田边的稀泥里,头把地里扎出一个坑,章柿扔了车子去抱西莹,赶快抹去她满脸的泥,检查一下,还好,没有伤着。胡爱花抱着一身泥"哇哇"哭的西莹,章柿推着自行车,在雨里往家走。

又一个星期天,章柿给胡爱花说:"算了,你在家看孩子做饭吧,我一个人去。"胡爱花说:"要是有同事碰见你咋办?"章柿说:"不会那么巧,这儿离家属区那么远。"可是就那么巧,中午,当他背着袋子过长乐路的时候,看到对面一个他们车间的工人。他想起这个工人说他姨家在长乐坡,可能是来看他姨的。那人低下头往东边走了走,假装没有看见他。他知道车间里有人知道他家属拾垃圾，有回阿珍拿了一件劳动布的衣服给他说："看看你爱人要不要这件衣服，很结实的。"胡爱花再去拾破烂的时候，就穿着那件来自上海的劳动布衣服。

胡爱花发现一个院子里住的山东房客陈大爷见天早出晚归，出来进去，手里提个袋子，虽然穿得不好，可隔三岔五闻到他屋里飘出炖肉的味。有一天，她随着肉香味来到门口，叫声陈大爷，问："我看你见天天不明就出去，可晚才回来，你是干啥活的？"

"我呀，拾破烂的。"

"那你都到哪儿拾呀？"胡爱花确信，她在浐河滩里没有见过陈大爷。

"我是上班哩，每月发工资，拿的不比你妮她爸工资少。"

"是吗？那你在哪儿上班哩？能不能叫我也去呀？"

"俺那没女的，那活你干不了。"

"大爷，我干得了，男人能干的活我就能干，我在老家跟男人一起挖河挣工分。"

陈大爷老乡在马腾空那里承包了一个大坑，附近几个工厂在那里倒工业垃圾，他老乡领一群山东人成立了一个垃圾拣拾组，每月按收入多少给大家发工资，他一个月能挣六七十块。胡爱花越听越高兴，求陈大爷去给人家说说，叫她也去那里上班。陈大爷说："好，明天我上班了去问问，只怕你吃不了那苦。"

"大爷，你好好给人家说说，只要人家要，没有我吃不了的苦。"她想能有人领她干是最好的，她这样的人最愿意有组织有纪律地干活，比在浐河滩有一顿没一顿强多了，她就是有工作的人了，同样是拾破烂，性质就不一样了。

第二天晚上，陈大爷回来说："人家叫你明天去见见面，你也去看看那个大坑，看你能不能干得了。"

胡爱花给房东大娘说好话，把自家钥匙交给她，叫她天明后照看一下西莹。一大早和陈大爷两人一起乘公交车来到东南郊的马腾空。下车后，在一片荒野中走了好长时间。太阳升起来了，照着眼前一个废旧物品搭建起来的房子。门口又搭着一个大棚，堆着各种从垃圾里拣出来的东西，破房子门口，竖着一块白底黑字的牌子：西安市马腾空垃圾拣拾组。这一切都在初升的阳光下显得金灿灿，明亮亮。附近村庄的大喇叭里隐约传来"大海航行靠舵手，万物生长靠太阳"。胡爱花一下子爱上了这个地方，就冲着那个白底黑字的牌子——这还真是个单位，我终于找到组织了。

垃圾车还没有来，几个男人坐在门口的棚子下说笑。在胡爱花听来，口音跟自己没啥区别。

一个看来是领导的男人站起来招呼，他把胡爱花从上到下打量了一回，好像对她的体格没啥可怀疑的。屋里走出一个女人，说："走，我引你去前面那大坑看看，你要是不怕，就在这干吧。"

"陈大爷不是说，这没有女的吗？"往大坑边走的时候，胡爱花问那女人。

"刚才给你说话的，是俺家掌柜的，他承包的这个地方。你们都下到那坑里去的时候，我看着这些东西，招呼个炉子，晌午时给你们热个饭。"

大坑有几十亩地，三四层楼深，黑乎乎的被垃圾铺满。胡爱花头一回感到黑色是这么可怕、沉重，那一片油乎乎的黑色无声地向她示威。可是，如果这黑色的坑里真能拾出钱来，那它倒是自己的恩人。

"车来的时候，你们要下到坑里去，顺着车倒的地方，一边拣，一边爬上来，袋子挂到胸前，越背越多，越背越沉，你看看，约莫一下你下去能上来不？这个活有的男人都够呛。没有星期天，大家换着休假，下大雨的时候统一不上班。"

"我能。"胡爱花不迟疑地说。她想，除此外还能有别的法儿吗？

把西莹掏高价送进天河厂幼儿园，章柿的粮票、布票、肉票、油票、糖票、副食票全都给了幼儿园，从今后连他吃粮也得掏高价去买。

下到深坑里的时候，收不住脚，像是往下掉一样"噔噔噔"跑下去，要不就用屁股坐住地上的垃圾一点点往下滑，她觉得那姿势不好看，好像自己有七老八十了一样。看那几个男人都是向坑底冲下去，她也就那样冲，这是需要功夫的，得把好脚底板，弄不好一头栽到黑色垃圾里，来个嘴啃地。她栽过两回后，慢慢揣摸着找到了感觉。在坑底站得远远的，看着那大卡车在几层楼高的坑沿上，一欠身，把一车黑乎乎的东西倒下，顺着坑沿滚下来。身穿劳动布衣裳，脚穿大胶鞋，双手戴大手套的他们就像蚂蚁一样依附着这些滚下来的垃圾，弯下腰，一手拿着小耙子，一手把翻出来的金属放在胸前挂着的大帆布袋里。真的像王头头女人说的，越来越沉，越来越难爬。她咬着牙，不叫人家看出来她干不了这活。

一趟趟艰难的攀爬，一次次硬撑着，实在腰疼了，手撑住松软的垃圾，自己找一个相对轻松的姿势，暂且歇会儿。陈大爷小声问她："行不行啊？别硬撑着，不行就少拣一点，那铁块子你看见了就当没看见，袋子里就不那么沉了，你不说，没人知道。"

"不能那么着，大爷，天知，地知，哄别人哄来哄去是哄自己哩。"

胡爱花不舍得坐人民汽车，叫章柿天天接送她，送得离马腾空还有两三站的时候，她下来走，叫章柿赶快回去叫醒小孩送去幼儿园。下午章柿接了西莹，带在前面横梁上的小木板上，再去接胡爱花。胡爱花下班后沿着马路逆向往回走，在哪里碰上就在哪里跳上自行车后座，一家三口回家。有一回他刚拐上去马腾空的路，就见胡爱花在路边等着，问她咋回来这么早，说是今天活少，十里路一直走回来，走到这路口不敢走了，怕走两岔里，等差不多半个钟头了。没有表，也不知时间，只有憨等。

拣拾组每月五号发上个月工资。她是二十三号去的，她想，不知道人家给我这几天算不算钱哩，不算也罢，权当试工了。听到王头头叫大家领钱的时候，人家"哄"的一下去了屋里，她装作没事人一样，一个人坐在大棚子的边上吃她带的午饭，一块干馍就咸菜。

城市的尊严处处体现，你没有户口，你就该老老实实待在你该待的地方，你不老实，你乱跑，你生成农民却不安心当你的农民，梦想着过城里人的生活，那你就要为此付出代价。大白菜凭户口本供应，你没有户口本，就得去黑市上买那三毛钱一棵的，就这，也不是哪儿都能买到。我就不吃白菜,看我能不能活下去,我从小就没有吃过菜,不也照样长这么大个子,长一身力气,养大了几个小孩儿。啥营养不营养,那是给营养得起的人说的,给我说,没用。她只吃章柿在食堂买的这种黑乎乎的咸菜,这黑家伙还有个好听的名字,玫瑰咸菜。

别人领完钱出来吃饭,她去水管那儿洗饭盒。王头头女人在屋里喊:"胡爱花,来领钱。"她有点受宠若惊地走进去,那女人坐在一张破桌子后,一副出人头地的仁慈样,笑眯眯看着她:"你干了九天,人家一个月是六十五,给你二十一,来,签个名。"

胡爱花压住心里的惊喜,羞涩地说:"我不会写字,按个手印吧。"

"按手印也行,你回去刻个章,以后领工资盖章。"

胡爱花将二十一块钱小心地包在手绢里,回家交给章柿。章柿问:"多少钱?"

"你自己查嘛。"她有点撒娇地说。钱让她变得骄傲和自信。"拿出几块钱给陈大爷买两斤点心,再去给我刻个章,等到月底的时候拿上相片去排队给我买个月票,一张月票才两块五,一天还不合一毛钱。"

"章好刻,月票可不好买,要户口本、单位介绍信。"

"借谁个户口本用用中不中?介绍信好开,我叫王头头给我开一个,俺那还有章哩,跟你天河厂的章一样大,一样圆。"

章柿在车间借了女工的户口本,给人家明说他家属在郊区干临时工,买月票得要户口本。他没敢问阿珍借,他知道户口本上有出生地,他想,他拿着出生地上海的刘阿珍的户口本和马腾空拣拾组的单位介绍信买月票那简直是笑话,人家一准把东西给他从那个小窗口里扔出来:"上海人在垃圾拣拾组上班,你开国际玩笑!"

可人家还是把他的东西从小窗口里扔出来了。"要居委会证明,你家在哪儿住,离这个拣拾组多远,是不是有必要坐人民汽车。"

他知道凡是东西被扔出来,你说啥都不顶用,这巴掌大的各种窗口里的面孔有着至高无上的尊严,他们说出的话绝不会再收回去。

而他要去居委会开证明,人家就得问他要户口本。

他没法,把户口本还给车间女工。他也闪过一个念头,叫这个女工去天河厂居委会开个证明,一想,那不行,你天河厂的职工开一个在别的地方上班的证明,那更是笑话。他也不想叫人家知道胡爱花在垃圾拣拾组上班,回去给胡爱花说:"算了,就天天买票吧。"

胡爱花说:"要是你不嫌累得慌,就这样天天接送,咱娘不是说,省下的就是挣下的,反正我不怕累,每天省三毛钱哩。"

章柿一想这是个法儿,要是时间紧或天不好的时候,就花一毛五分钱坐一回人民汽车。

每个月的五号,胡爱花都盼着章柿把车子蹬快点,早点到家,她好把那个包着钱的手绢交给他。每回章柿都急切地问多少,她说:"你打开查呗,就那么多,他们还能哄我?"每一回都比章柿的工资高。快过年那个月,发了八十多块,说里面有年终奖,别人二十,她去得晚,给十块。

西芳常跟着奶奶一起去小季湾她舅姥娘家。

季瓷的爹娘早在十几年前就不在了,如今,娘家就只有季刘氏总是盼着她来,每次走的时候,季刘氏就问:"啥时再来呀,跟东乡咱姐说好,来到一起,咱老姊妹好好说说话。"

季刘氏也跟季瓷一样,完全成了老太婆,偶尔出门到街里,爱给头上顶着大手巾,听别人说到难心事发愁事就拉住头上的大手巾擦眼泪。她早已有孙子了,大大小小五个,跑来跑去"腾腾腾"的,身影飞快地在眼前蹿过,她有时候就认不出来哪个是哪个。那当年用一堆又一堆银元从土匪窝里赎回来的儿子季大鹏,现如今已经是有五个儿子的人,他还嫌不够,不停地叫他女人的肚子鼓起来,那女人也真争气,生一个是孩儿,生一个是孩儿。只一个女儿,娇气得连根葱都不会剥,太阳一天都没晒过,夏天独自睡在蚊帐里,就像电影里演的公主。季大鹏在集上会上敢大声说话放开声笑,骂人,放响屁,想跟谁翻脸就跟谁翻脸,想打媳妇就打媳妇,想跟他娘瞪眼就瞪眼。季刘氏的气也不是真气,只小着声息事宁人地说他:"那实在不中,谁都降不住你,我就央人去河西章叫恁二姑来呀,恁有理跟你二姑说吧。""你叫谁来我都不怕！"季大鹏瞪大了眼，还想冲他娘喊。有时候他正喊着，他二姑就真的来了，季瓷弯着腰爬那个大坡时，就听见她侄子在院子里高喉咙大嗓子，她顺手从柴垛上抽一根苞谷秆，在手里挥舞着进到大门里，向着季大鹏就打过去。季大鹏说声"哎哟姑，你来了"，抱住头就没影了。季瓷也不是真的要打他，只是恨他咋就不知心疼娘："你不知小时候你被土匪弄去恁娘急成啥样，你不知我们咋样把银元凑到一堆，装到袋子里背着去赎你。"直到吃饭时候，季大鹏才露面，端着饭碗，跕蹾到季瓷跟前，一笑黑脸膛挤成一朵干花，小眼在脸上几乎找不见。季瓷连训带骂地说他的不是，他不顶嘴，"嘿嘿"地笑。季瓷那胆小怕事的侄媳妇就对男人说："你有理就趁着咱二姑在，排着说说，别二姑一走，又拿俺这一圈人出气。"

　　西芳跟着奶奶走的亲戚还有铁路东的姨奶奶家。姨奶奶跟奶奶长得很像，却不像奶奶那么利索能干，说出来的话不如奶奶那么精彩，那么顶用。姨奶奶家很远，在京广铁路的东边，去一回不容易。她们常去的还有大花表姑家。表姑是姨奶奶的大闺女，嫁到河东宋一个富农家，当然嫁的时候还没定为富农，那时两家都觉得般配，后来娘家婆家都定为富农，还是般配。大花一共生了十五个小孩，不成了四个，无常了一个，丢了一个，还有九个，七男二女，小的正在怀里偎着，三四岁了还撕扯着要吃妈，大的已经出门当了妈。

　　大花讲起她每个不在的孩子，坐那半天说不完，西芳都会背了，可每回来，她跟奶奶坐一起还是说那些往事。不说这说啥哩，这么长的，一天天跟着来的，相同的日子，该如何打发呢。

　　大花的一只眼有点斜，她看着你的时候就像没看你，她看别处的时候你觉得她在瞪你。西芳的记忆里大花表姑老是坐月子带孩子，反正奶奶每回来看她的时候她都在里边的床上偎着被子坐着，床上总有个小孩，一会儿"哇哇"哭两声，捂到怀里吃几口安静下来。奶奶坐在堂屋当门，西芳贴在奶奶身上，看到大花表姑在里屋床上说话，在瞪着她。她有点怕，不敢看，就把目光移到门外。出了堂屋，西边有一片很大的空地，一长溜猪圈，里面一排猪。她自己出去到那空地上玩一会儿。长大后这片空地总是出现在她梦里，总是她一个人寂寞的身影，奇怪的是她看的《聊斋志异》《三言二拍》里那些鬼啦怪啦，公子小姐的幽会啦，她认为都发生在大花表姑家那大而空荡的院子里，甚至她后来的梦里，给大花表姑家的院子里慷慨地盖了亭子，让那些公子小姐在里面诉衷肠。回到屋里看到大花表姑还在瞪她。表姑似乎很伤心，撩起衣襟擦擦泪。她不怕了，她想，能流泪的人，总是没有坏心的。

那个无常的是咋无常的呢？夏天下可大可大的雨，庄稼人没事干就串门儿说话，大花的男人到别人家里去喷空儿，小孩说要去找他爹，大花说："你去吧，我忙着哩。"她忙着在家烧水，烧了水给自己接生，肚子里的急着急着往外拱呢。小孩出了门没走几步，脚下一滑，出溜到路边的坑里。雨下得大，坑里的水跟路面一般齐，那小孩吭都没吭一声，像条小鱼儿悄没声进了水里。大花在家生她的孩子，她男人在人家家里三皇五帝地猛喷空儿。等到天黑，男人回来，见大花自己把刚生下的小孩包得只露个头，没事人一样娘儿俩卧在床上，问："九儿哩？""九儿？不是找你去了吗？咋，你没见？"这才着了急，一家人大呼小叫地打着灯去找，最后在坑里，看见漂起来的小身子，肚子胀得像一面鼓。

"可得小心啊，小孩去哪儿得问清，大人得通好气，说是跟着谁哩就得交代清，跟好，看好，可不敢弄得四不靠。"季瓷常拿这话给有小孩的人说。"小心无大错，多问一句多说一句，别嫌啰唆。就跟大花一样，你家那么多大小孩，你派一个把他送去，交到他爹的手里，不就没这事了。"

那个丢了的是咋丢的呢？"哎哟，是她生的最漂亮的一个孩。"失去的总是最好的，那个滑到坑里的是最听话的一个。大花的男人个子大力气大嗓门大，说话像是吵架，吵架就像打炸雷，那一天，大花不知为啥跟她男人憋争嘴，越说越气，她男人脾气上来了，抓烙一嗓子，炸雷一般，当时就把那正在吃饭的好孩儿吓憨了。给喊了三天魂，喊不回来，不中了，成了憨子。他家那么多小孩，见天都是吃饭、穿衣的事，哪还有力气再养活一个憨子，狠狠心给做了身新衣裳，她男人领到火车上，过一站自己下来了。那么大个男人走到家里还哭哩。你想想，谁不知亲自己的孩儿哪，长到五六岁了，漂亮着哩。季瓷自己都不知她把这些故事讲了多少遍，反正最后落脚点总是给男人们说："大人吵架，不能光顾着你自己哄哩打哩出气哩，把小孩吓出毛病来，说啥都晚了。"

季瓷走在路上给西芳念歌唱曲讲道理，走得累了，她说："老来难，老来难，离家还有二里地，比当年十里还要难。"看到路边一个小柴火棍，她说："去，拾起来，放到咱的篮里，积少能成多。一天进一文，强似挣金银，这拾柴火跟挣钱一样的，别嫌少，只要见天做到。拾树叶剜菜，一家人还在，没饭吃的时候，活下来的就是那些最仔细最勤谨的人。走遍天下端起碗，搁着勤谨搁不着懒，人要一懒，百事不成。"看到旁边挎篮走亲戚的，她说："你看那篮里提的都是好吃的，提着回娘家去看她娘哩。油馍篮，芋头酥，没有闺女綦（注：馋）得哭，是说我哩，我就吃不成那油馍篮里的芋头酥。"西芳说："奶奶，我长大了给你提油馍芋头吃。"季瓷说："我能指望得上你们谁呀，你们都会爬得远远的。我小时候算过，那算卦先生说我一辈子苦命，只有我出的力，没有我享的福，老了跟前不会有一个人。"西芳说："奶奶，我不离开你，我长大了挣钱给你买好吃的，我带你坐火车上北京、去西安。"季瓷笑笑，把西芳的小手捏一捏，她已经预感到，她的这些孙子孙女，也都会像她的两个儿子一样，早晚要离开她。

1976年的夏天，西芳一直在兴奋之中，一开学，她就能在村里上小学了。她已经认识了好多字，她急着去学校去跟别的孩子比试比试。

突然一个消息把人们吓得魂不守舍，河北唐山大地震，死了好多人，白果集有一个在唐山工作的人就死在那里。听说还有余震，谁也不知会震在哪儿。

罗北京走到哪儿，西芳跟到哪儿，紧紧拉住不丢手，她生怕一松开，地震来了，把她俩震得分开了。

唐山地震后，厂里放假，章栋从新乡回来住了几天。他胳膊上戴着个明晃晃的手表，震惊了一村子的人，好多人来家里，专为看他的手表。他骑车子带着罗北京和两个小孩去罗湾回娘家，罗湾的人也都来罗贫农家看他手脖上那块表。罗贫农扳住他的手，把这块手表看来了看去了。章栋从手上取下来，递给他说："爷，这块表给你戴吧，我去了再买一块。"

"噫，我这岁数了，又不像你们上班看时间哩，我要表弄啥？"说着塞回给章栋。章栋执意要给他。罗北京说："爷，你就戴着吧。""那，怪好，我老了老了，烧包烧包。"他幸福地看着这块手表。就为这块表，他明清早要赶一回集，要在集上抬起手脖看看时间，他看不清那上面的走针，他会叫一个年轻人给他看看，问问人家几点了，让白果集中学的校长知道，他不再是唯一有手表的人了。

一家四口走之前，罗贫农偷偷给孙女手里塞了五十块钱，说："多少就是这了，叫他再买一块。"

章栋走之前，章节高来到家里，坐在堂屋，天南海北喷闲空儿，吸了好几根章栋递上来的烟。他掏出五十块钱："回去后，想办法给咱也弄块手表。他奶奶的，去公社开会，见好几个都戴手表哩，咱不能落到人后。"

在对唐山地震的害怕中，西芳成了一名学生，见天斜挎着布书包，搬着自己的凳子上学去。"当当当"，上课铃响了，激动得跟啥一样，打开书本，跟着老师念"毛主席万岁，中国共产党万岁"。

教音乐的田老师，是章节高的儿媳妇，长得嘛，与当年的罗北京比差着几十里地，只是总穿着新衣裳，捏制着自己是新媳妇，又是踩着风琴唱歌的音乐老师，跟河西章人话都不多说，下了课就在自家的院子里，不出门。她一娶来，章节高就在他为大儿子章安金盖好的院子里叫他们分家另过了。这院子位于他们几个兄弟房子的后面，田老师回家的时候要穿过长长的过道，数到第四个门才是她那安静的小院。星期天的时候，叫几个大点的学生把风琴给她浩浩荡荡地抬回家，她在家里踩着那风琴"咪咪咪嘛嘛嘛"地唱。她不用出工，有星期天，每个月从学校领几块钱的工资，她就成了河西章的女贵族。田老师是个绵性子，也不是很烦孩子们，只是不太跟他们说话，只让他们远远地围着看。有啥法儿哩，农村小孩就这样，她心里说。她自从在县上上了几天进修班后，就不把自己当农村人看了。当民办教师也是无奈。现在，唯一能把她与农村人分开的事，唯一能把她与县城联系起来的事，就是风琴，就是她过几个星期骑着自行车到县上去一趟。村里人谁也不知她去县上弄啥，其实也并不需要买啥东西，她只是骑着自行车在县城的一条街上穿过，走到备战路上，看着南来北往的大汽车呼啸而过，看着车上那一张张麻木的脸一闪而过，然后她有点落寞地骑着她那辆浑身缠满彩色塑料条的自行车，做出在县城办完事的样子，不胜疲劳地从河西章的街里穿过，回到自己的小院。

　　孩子们围着围着，包围圈逐渐缩小了，有的就趴在风琴上，她挥挥手往边上轰："远一点，远一点，偎这么近，还咋弹哩？"远了一点。过一会儿，又慢慢包围上来。她没法，假装生气地说："不弹了不弹了。"孩子们的小脸个个向着她，就像朵朵葵花向太阳："弹吧，弹吧，可好听了，田老师，俺不捣乱了。"她嗔怪地瞪他们一眼，接着弹，接着"咪咪咪嘛嘛嘛"。其实，她心里也不想叫这些孩子走，他们一走，谁还会有工夫听她弹唱哩，谁还把这么多崇拜的目光毫不保留地献给她哩，谁还情愿当她的小使手，她一说给自己拿个啥，都争着跑到她屋里把那东西拿出来递到她手里，没有抢到的孩子眼里就有了失落。大人都忙得脚不沾地，再说，哪个大人那么没成色，跑到一个不愿跟自己多说话的人家里，把自己的奉承和好意送给她？只有孩子们不计较她的冷淡和拿捏，忠心耿耿地追随她。孩子们一心迷恋那风琴，也不在意她的态度。

　　只有一个人在意了，那就是西芳。她不往前凑，也不是远远地看，混在她从前的那些崇拜者之中，让他们裹挟着她，推涌着她，掩护着她，她在他们中间听田老师唱，看田老师坐在风琴前，洁净的手指按在琴键上。田老师总是把院子里扫得很干净，扫地前先洒上点水，过一会儿再扫，这样就不起尘土，扫净后的院子斑斑点点，温存清凉。

也许是天有点闷热，也许是田老师心里不舒坦，总之，今天田老师的脸没有平日和气，这她能看出来，别的孩子看不到，还像从前那样慢慢偎到她面前，想趴到那琴上，想摸摸那琴。田老师有点不耐烦，她的手指头按在琴键上比平日重。西芳其实很想摸摸那琴，不，不只是摸摸，她还想弹，像田老师那样，手在上面弹，脚在下面踩，脚够不着，那不要紧，想哩嘛，就权当她能够得着，于是她的双腿立即长长了，刚好稳稳踩在踏板上，脚上穿着像田老师那样的人造革皮鞋。她不会像田老师这样冷淡，她会把孩子们都召集起来，她弹琴，叫孩子们唱歌，还会叫孩子们都摸一摸那琴，谁想学着弹就弹一弹……她带着美好想象被身前身后的孩子们裹挟着，"呼"地扑到了琴上面。脏手按在琴键上，脏乎乎的衣裳和头发偎到田老师洁白的衫子上。田老师生气了，她停下来，不说话，重重地叹口气，也不敢把琴盖"啪"地合上，还有几只手在那上面。她起身进到堂屋去，拿门后脸盆架上的毛巾擦了擦额头上的汗，从茶瓶里倒了半缸茶，走回到风琴前坐下。这时孩子们已经起身，站在琴前，不舍得离开，只静静地看着她，像当年追随西芳一样，看她的脸色行事。

"你们不使得慌我还使得慌哩，你们看就看吧听就听吧，偎这么近弄啥？"孩子们只是想爱她近她，想从早到晚跟她在一块，他们当然不知道她怀孕了，看到他们脏脏地围着，她心烦，她弹不好琴。

"我们想推荐个人唱歌。"菊芹说。

"推荐人唱歌？叫我看看你们推荐的谁？"田老师喝一口茶，漫不经心地说。

"推荐西芳。"西芳猛不防被身后的菊芹一推，一下子向前趴去，一只手搭在琴上，一只手按在田老师腿上，差点把她手里的茶缸碰歪。她的小手热烘烘湿乎乎地搭在田老师的料子裤子上，田老师伸出空着的那只手拨开了她。她窘迫地收回身子站直。

"噫，我可稀罕她给我唱歌了，是吧？"田老师从鼻子里轻轻"哼"了一声，转过头不再看她们。

"她会唱可多歌，她爸她妈在西安上班，她去过西安……"孩子们争着说。

"去过西安咋了？去过西安我就得可稀罕她是吧？"田老师好像更来气了。

孩子们围着田老师嘻嘻哈哈地闹，没有人注意到西芳悄悄走开了。

夏天已经过去，树叶开始往下掉。西芳一个人静静地走出田老师家的院子，用手抠着过道墙上的细土，墙根就有一溜细土末纷纷落下。一片又一片大大的、发黄的桐树叶子掉下来，有的轻轻砸到她的光脚上，有的落在身边的地上，还有一片不知趣地轻轻飘下来，盖在她头上。她伸手抓下那片桐树叶，把它撕了个粉碎，用手背狠狠擦擦自己的眼泪，看到手背上被泪水弄成了土道道，她知道她脸上肯定也是土道道。光知道疯跑着玩，却不知自己有多脏。长大后，她见到一个词，自惭形秽，立即就跟当年那个小小的自己联系起来。

再走到那个过道口，她绕着过去，听到那风琴声，快快地跑开，跑到听不见的地方。上音乐课的时候，她要么低下头，要么看窗外，要么看黑板上方马克思恩格斯列宁斯大林毛主席的画像，反正她不再看田老师，她只是跟着大家一起像蛤蟆一样嘴一张一张地唱"我爱北京天安门，天安门上太阳升"。

就在他们唱着的时候，伟人的手指再也无法抬动。

天塌下来了。人们陷入巨大的恐慌，天哪，毛主席逝世了，会不会一下子又回到万恶的旧社会？

整个学校，整个村庄，整个白果集，整个公社，整个世界都陷入巨大的悲痛中。西芳不知道为什么大家都哭，一个比一个哭得痛。学生趴在桌上"哇哇"哭，老师在教室里边走边哭，绕着他平时上课所走的路线，自己哭着，还劝那几个哭得最痛的学生，拍拍这个，拉拉那个，"别哭了别哭了，化悲痛为力量"。西芳哭不出来，使了几回劲都没有一滴泪。天哪！她吓坏了，自己是坏人，毛主席逝世了都不哭。她只是趴在课桌上，紧紧蒙住自己的脸，把羞愧和恐惧混迹于一片悲痛的集体号啕之中。

秋天的时候，有好多职工在天河厂南门外的空地上盖起了防震棚，起先真的是为防震，盖得也不讲究，可盖好了后，单身职工突然发现他们有了独立的空间，不用再在单身楼上与人合住一间房了，于是职工家属陆续从陕西、河南、山东的农村来了，住在防震棚里，有了自己的家。章柿瞅准一片空地，和胡爱花在业余时间也盖了一间，大约有十五六平方米，比他们在长乐坡租的大多了。先是在厂门口生活区捡了一点砖，每天垒一点，算是把这个地方先占住了，天天来看看，捡了砖就赶快垒上。胡爱花见他们拣拾组有各式各样的破砖脏砖，问王头头这砖卖不卖。王头头说："卖啥卖，你要赶快弄走。"章柿星期天向厂里借了三轮车，拉了几趟，差不多够用了。有人来问他，要不要牛毛毡，如果要，晚上到哪儿哪儿来，我今晚值班。几千人的大工厂，二十年来一直在建设，医院、学校、食堂、幼儿园、消防队、公安处啥都有，那么从建筑材料到针头线脑，从吃喝到玩乐，遍布几公里的厂区生活区里面啥都有，孩子们跳的橡皮筋是剪了作废了的气象气球，头上扎的橡皮筋是从厂里一把一把拿出来的。他这间房从开始垒地基到盖上牛毛毡，自己就没花钱。甚至房盖好后，还有人给他拿来几管结实的军用缝衣线，还有人给他拿来几块锃亮的新铜，管他能不能用上，反正是公家的，拿来给他落个人情。章柿知道这一片房子都是按这个路数起来的。等房子盖好刷好，已经是冬天。他用职工食堂废弃的大油桶糊了一个大铁炉，马上有他车间女工在食堂工作的男人给拉来一三轮车焦炭，白天黑夜地燃着。快过年时，房子里就没有那么大的潮气了。他跟胡爱花一起借个三轮车跑两趟，就把家从长乐坡搬到了天河厂南门外。

过年时，章栋自己戴了一块表，还给章节高拿回一块。章节高立马就套到手脖上，恨不得赶快到夏天，把袖子挽起多高。

章柿也回来了，他是一个人回来的，因为胡爱花的垃圾拣拾组只放四天假，孩子又小，不想来回折腾。

章柿回来是想跟爹娘商量一件事。他们厂里下通知了，唐山地震后国家有政策，大城市职工如果愿意调到唐山工作，有一系列优惠条件，其中有一条，如果家属是农村户口的，可转城市户口。章柿很动心，他想给胡爱花和几个孩子转成商品粮，可他不想离开西安。

章守信和季瓷也犯难了，一整个年下都没过好，为这个事前前后后思谋，唐山在他们心里成了不受欢迎的地方，让人烦心的地方。

"长安长安，那地方多好啊，过去的皇帝都选中那儿，自有他的道理，这儿遭灾那儿遭灾，你啥时听过西安遭灾？"章守信说。

"那有啥用呢？北京、上海那么多高楼大厦，没有咱们的一间，再大再好的城市咱老百姓只是过自己的日子，我看去唐山也怪好，能解决俺嫂和几个小孩的户口问题，这是最现紧的，要是我，我去哩。"章栋说着，吸了一口烟，从鼻子里喷出烟雾。

"你那烟能不能吸得不那么要紧？"季瓷问他，"一根接一根地吸，你胜弄一毛钱搁嘴上着一着，也是个冒烟，叫你看看你是在烧钱哩就知心疼了。你是你的情况，新乡是小城市，能跟西安比？从西安到唐山，错多少辈哩。"

"照这样说，那小城市的人不活了？农村人都不活了？咋，咱还主贵得非得当大城市人了？当个唐山人就不中？这不是有个现实条件，去了后能给他四个转商品粮吗？"章栋眼瞪得多大，向着娘喷出一大口烟雾。

"唉，那不是不想离了西安吗？从前人家一问恁儿在哪儿工作呀，我说在西安，这是啥味？今后人家再一问，我说在唐山，又是啥味？"

西芳在一边听着大人说话，她态度鲜明地说，她喜欢西安不喜欢唐山，唐山地震把人吓得晚上不敢睡觉。她想，爸爸妈妈要是想去唐山，叫他们去吧，还有妹妹，还有哥哥，都去唐山吧，去当他们的城里人，如果去不了西安，她情愿在家跟奶奶和婶过日子。

大家没讨论出啥名堂。过了年，章柿临回西安，季瓷给他说："回去还是恁俩商量吧，是你们去哩，又不是我跟恁爹去，万事不能两全，得了这头得不了那头。你想想，你去西安二十年了，花也去了三四年，都习惯了，听恁爹说，那地方啥都是好的。你再想想，唐山听说震得没有任啥。我跟恁爹啥都不图，就图你们把日子过得如意一些。"

娘这一说，更加坚定了章柿留在西安的决心。也许他压根也就没想过要离开西安，胡爱花也不想离开西安，她爱极了她的工作，虽然听起来不好听，可从她拾了破烂，章柿就不再欠同事钱了，她这工资放在天河厂就是高工的待遇。她不怕累，人活着干吗？就是掏劲的。她累得值，她不怕西莹上幼儿园掏高价了，她不怕娘家兄弟写信来了，她催着章柿快点给爹、给瓦片买药，给西芳寄《陕西少年》和《儿童时代》。

留在西安吧，或许还有别的机会。

第十四章

　　一棵白菜扑棱棱
　　生儿养女枉搭功
　　生的儿子随妻去
　　生的女儿随夫行
　　撇下八十老母孤零零

　　章西芳盼着,一开学她就是河西章小学三年级的学生了。爸爸几年来给她寄的《陕西少年》《儿童时代》,她每一期都保存着,还有一些单独的书,带插图的,她都视若珍宝,有小朋友来借,她不叫人家拿走,叫人家在她家里看,在她眼皮子底下看。小朋友也无怨言,见天来她家里,几个脑袋凑在一起看。也有时候来的人多,给大家说:"都坐好,我来念。"这样她可以把书拿在自己手里。
　　"从前有个老头儿和他的老太婆住在蓝色的大海边,他们住在一所破泥棚里,老头儿撒网打鱼,老太婆纺纱织布。他们过着平静的生活。有一次老头下海打鱼,网住一条美丽的小金鱼,非常美丽,老头把它放在网里,看来看去,那只金鱼突然开口说话了:'放了我吧,老爷爷,把我放回海里去吧,我会报答你的,真的。'"
　　孩子们的脸红扑扑,两眼放光,不错眼珠地盯着西芳的嘴。津平的大眼睛忽闪着,紧张地咬住嘴唇。虽然西芳已经给他念过这个故事,他自己也半认清半认不清地看过,但他还是全神贯注地听,不知不觉间,小拳头握得紧紧的。西芳已经对这个故事烂熟于心,她此刻全部心思只在她的表演上,她拿捏自己的语气、声调,感到自己很像语文老师,又像田老师。她虽然再也不去田老师家,音乐课上也不再看她,可她还是关注着她的一切,她的衣服,她的表情,她上课时的语气。她用气息关注用心跳关注用后脑勺去关注,就是不使用自己的眼睛。

语文老师姓冯,据说是爸爸的初中同学,家是另一个公社的,和她的两个女儿住在学校给她们安排的一间宿舍里。她是公办老师,两个女儿自然吃的商品粮,大女儿在白果集上初中,小女儿在她们学校,比西芳低一个年级。她们放假和星期天回自己的老家,大部分时间待在学校她们的那一间房子里。娘儿仨全都是白净净香喷喷的,让人喜欢得心里发颤、发疼,尤其是西芳。她常常觉得自己不敢看冯老师的小女儿,她不配看人家,看一眼自己心里就愧得受不住,看一眼心被刺得疼。有一回冯老师把她叫进房间,扒拉扒拉她的头,给了她一个苹果。她明白了,她们房间里这种好闻的气味就是苹果味,这种气味强烈地震撼了她,这是一种高不可攀的气息,洁净,香甜,这气息让她感到羞愧,涨红了脸。房间里有一张大床,床上的单子是苹果绿的,那淡淡的绿色又刺疼了她的眼睛。她在这个房间里抬不起头,她怕看冯老师的眼睛,她怕冯老师看到她眼里的泪,她做出无所畏惧的样子,很响地吸吸鼻子。临出门时,冯老师说:"回去叫你奶奶给你洗洗头,头上生虱子了。"

书包里装着那个高贵的苹果,出了学校门,她没有走街里,而是绕到学校后面,从一片竹林里穿过。她在竹林里待了好久没有出来,在里面细细碎碎地哭了好一会儿。回到家,把那个苹果交给奶奶,就闹着要洗头。奶奶说:"好好的洗啥头,又不走亲戚,咱庄离过会还远。"她说:"不中不中就得洗,要是不洗我明儿就不上学了。"奶奶把那个苹果洗了后放案板上,用切菜刀切成三块。不用喊了,津平、阳平早就站在灶火门口,两双大眼睛虎视眈眈地瞅着。"给,一人一块吃去吧，别再找事了。俺娘说得一点没错，嘴勤屁股懒，干说不动弹，听说去吃嘴，跑得一溜烟，够不着，使棍戳，吃到肚里自安乐。"搁她的意思，是要把这个苹果放两天才叫吃的。得放到自己的箱子里，等到津平或阳平哪天气人气得紧了再拿出来。

季瓷床头的桌子上有个小箱子，里面装着不少从城里来的稀罕物，有淡黄色的圆润的新华牌洋胰子，有一股股白棉线蓝棉线结实无比的大线轴军绿线，有一块块布料，有几条新毛巾，还有一把锃亮的张小泉剪子，这都是章柿章楝给她带回来的。在她的意识里，东西不是用的而是放在箱子里的。那把剪子分明是章楝买了想叫罗北京使的，他只是掏出来递给了季瓷，想着季瓷会转手交给罗北京，可季瓷转身放在那箱子里，她自己也不使，还是和罗北京一起使那把破剪子。罗北京有一回铰鞋样的时候说，手都硌疼了，布也铰不烂。季瓷干脆地说，剪子再破总比没有强，能使一天是一天。罗北京再不敢提剪子的事了。后来季瓷终于把那几块圆润的新华牌洋胰子放得干裂，拿出来给胡爱花和罗北京一人分了一块，叫她们洗脸。打在手上也不好好起沫子。西平从小就老实，奶奶说这东西不能动，他就不去动，看都不看一眼，最后季瓷把一根青皮甘蔗从门后拿出来给西平说："看，我把它忘到这儿了，你嚼嚼，还有水没有。"她骗西平的，她咋可能忘呢，她连一个线头一缕头发丝都忘不掉。西平拿过来一嚼，干得咬不动，还给了她，她做饭的时候把它放进灶膛里烧了。叫章楝劈头盖脸把她说了一通："你说说你说说，那甘蔗不是叫人吃的，你放得直接扔进去烧火了，你是省下了还是浪费了？俺？给你说过多少回，东西就是叫人使的叫人吃的，你放着不用那是弄啥哩？你再这样啊，哥，咱俩以后也别往家带东西了。"章楝说了还不解气，挑门帘进到季瓷的东里边，把那只小箱子搬到堂屋的地上。"我倒要看看你都放了些啥好东西。"这个家里只有章楝敢把她那个小箱子搬出来打开示众。"噫，都来瞅瞅吧，这毛巾，这块龟孙小毛巾，是我刚去新乡，俺爹领着津平去玩的时候我叫他给你拿回来的，我想着你早就使得没影了。噫，这洋胰子，这是啥？几个糖，娘，我可给你说，吃的东西和洋胰子不能放一起，串味。

来来来，几个小孩，你们看看这糖还中吃不？"几个小孩一人一个剥了糖纸搁嘴里，立刻脸都皱了起来。吐了，吐了，赶快吐。章栋喊着，越来越气。孩子们到底舍不得吐，一个个皱着眉头把糖含在嘴里。他又快速地从里面拿出那把剪子。"那破剪子磨得手疼，你把这么好的剪子放着。"他递给罗北京，"拿去，使吧。"罗北京不敢接，大眼睛只看季瓷的脸。季瓷只得说："使吧，使吧，啥都不放了，都使了吧，吃了吧，看再有个年馑咋弄。"

从那以后，俩儿子临走前给娘说得最多的话就是："娘，拿那东西回来是叫你吃的叫你使的，不是叫你搁那箱子里放坏的。"季瓷一次次都答应，也算是有了点进步。今儿黑西芳一闹着洗头，她也就不心疼这个苹果了，去龟孙，吃了就吃了吧。

西芳狠狠地咬了块苹果："就得洗头，就得洗头。"伸手揭开后小锅，给里面又添了两瓢水。

"这闺女是咋了？我菜都切好了，得在后小锅炒菜哩。"灶火里已经很黑了，季瓷没说点灯，罗北京也就不敢点。

"娘，咱今儿黑不炒菜了，调点洋葱妥了。西芳，喝罢汤我给你洗，咱长成大闺女了，知干净了，好事，好事。"罗北京坐在灶膛前，脸被火光映照得红彤彤的。

"老头儿吃了一惊，心里有点害怕：他打鱼打了三十三年，从来没有听说过鱼会说话。他把金鱼放回大海，对它说：'亲爱的小金鱼，我不要你的报答，回到大海中去吧。'"

西芳想象着自己一会儿像田老师一会儿像冯老师，越发拿腔作调起来。

她念到"亲爱的小金鱼"时，激动得发抖。她之所以总爱一遍遍念这个故事，其实她是想念到这句"亲爱的小金鱼"，她不知为啥这么喜欢这个词，就像她爱听奶奶讲瞎话，其实她是爱靠在奶奶的腿上，爱一次次给奶奶打岔，及时阻断她的讲述，问她那些问了几十回的问题。她想，人与人之间说话都在前面带上"亲爱的"那有多好，比如她早上出门时给奶奶说:"亲爱的奶奶,我上学去了。"晚上回来对罗北京说:"亲爱的婶婶,我回来了。"给赶集去的爷爷说:"亲爱的爷爷,回来给我带个水煎包吧。"

小孩们都怀着被西芳的讲述激起来的愤恨不平,留恋不舍地走了,可西芳的愤怒还没有平静下来,她每看一回这个故事,就咬牙切齿地恨那个老太婆。

"她不亏,不亏,叫她恁贪心。"她胸脯一起一伏的,给津平说。

"就是,这下好了吧,啥都没有了,还是守着她的破木盆过日子吧。"

"要是我,我当上贵妇人就再也不想别的了。家里有马棚,有用人,穿好衣裳,不用自己做饭自己刷锅,她还不知足。哼!"

"要是我,我有一座新房子就中了,不过要大一点,能住下咱全家,爷,奶奶,大伯大妈,俺爸俺妈,还有咱几个。"津平小声说。

西芳恨那老太婆,人咋能那么贪心呢,咋能一步步逼那可爱的小金鱼呢。恨完以后,她就难过,难过后,她盼着那小金鱼也来到她面前。要是那小金鱼问她想要啥,她不像那愚蠢的老太婆那样一点一点来,她一次就做个贵妇人,叫爷奶奶、叫全家十几口人都能享福的贵妇人。

西边的河里有没有金鱼呢?

说不定有哩,说不定它就在那儿等我哩。它等待着,试验我的真心。这世上每天每天的日子,都是对我的考验。

放学后,她一个人,没有走街里,而是从村后那条路直向西去了。

爬上河堰,看到河水急急地向南流去,两头望不到边的河坡里没有一个人,风"呼呼"吹。她心里突然害怕,站在河堰上,远远地,痴呆呆地看着那河水。

长大以后,章西芳常常梦到她费力地爬上河堰,笔直的颍河水呈现在眼前,浩浩荡荡地向南流去,那河水有时候宽大冷峻、深不可测紧急地流动,有时候惊涛拍岸浪花飞溅漫溢出来,而她永远站在那水的边沿。

浓密的红薯叶子铺满河坡，向南向北一眼望不到边，河水闪着白光流得急切。

安静极了，她只能听到河水"呜呜"地不动声色地流淌，除此，世界没有一点声音。她从没有一个人来过河边，村里的孩子也没听说谁一个人敢来，她突然想到奶奶说的河坡里有淹死鬼，常在这里等人，等到一个，附体上身，迷住你，让你往河里走，走进去替了它，它就好托生了。西芳转身往回跑，脚底下绊住河堰上的荆条，嘴啃地趴倒，立时叫喳喳地疼，伸手一摸是血。四周静得吓人，只听见自己的心"咚咚"地跳，汗"哗啦"一下冒出来。秋风吹过，从北边送来一阵风的叫唤，是那种"嗷嗷"的叫，是一个张大了的嘴，就要吞没她。她顾不得哭，爬起身，一阵风似的跑下河堰，跑出好远好远，快要够到村子了，看到西头人家院子里飘出的炊烟，看到一个老头背着手从后地往家里走，一手拿把小铲子，一手抓着把青草。她松一口气，擦擦脸上的泪，觉得脸被秋风薅得刺疼，嘴唇也一跳一跳地疼。她放慢脚步，装作刚放学回家的样子，从后门进院子。

"早八百年都放学了，人家小孩都回家了，问一个说没见你，问一个说没见你，你跑哪儿去了？天眼看黑透了，你就不知大人在家操心不？"季瓷大声问她。她真奇怪，奶奶在灶火没出来，她咋看到我的？她不答话，进到堂屋，把书包取下来，放到八仙桌上。屋里有着淡淡的凉意和土腥气，这气息告诉她，有蚯蚓在八仙桌下的地缝里钻，有小蠓蠓虫在墙角那里轻轻地叫，东西两边的顶棚上有老鼠轻车熟路地蹿过，从房梁上折腾掉了一缕带土的蜘蛛网落在她鼻子上，在鼻尖的热汗上缠绵一小会儿，带着她的温度和疼痛，顺着她胸前的衣裳滚落下去。她独自坐在一寸寸暗下来的堂屋，心里涌出一大团甜蜜和忧伤。

罗北京在后地跟季瓷吵架了。不但吵了，还气哭了，她哭得特别委屈。也就是说，季瓷把罗北京气哭了。这是个震惊全生产队的消息。好多女人跑来劝架，其实是看热闹，这真是啊，谁家的戏都看过，就是没在她们娘儿俩这儿见过。

也该着季瓷丢这个人卖这个赖。昨天罗北京就告诉她,今天想回娘家去,早上一起来又给她说:"娘,我今儿想去南乡看看俺爷,好长时间不去了。"那意思就是问季瓷要钱。季瓷嘴里说着"中啊",可一转眼干别的,把这事又忽略了,致使她在后地还没有回家,罗北京等不及,来到后地找她,站那儿等着季瓷给她拿钱。平时章柿章楝拿回来的钱都交到季瓷手上,罗北京手里没有一个。从前胡爱花在家时,也是这样,花一毛钱都要问季瓷要。

季瓷迟疑了一下。她本是要回家拿钱的。不是在她床头桌子上的箱子里,她的钱没放在那儿,而在更安全更隐秘的地方,每取一次钱,要费很大的动静挪开好多东西。她想,能省就省一点,存钱要狠,花钱要忍,她兜里是有五毛钱的,就掏出来,递给了罗北京。罗北京伸手拿到五毛钱,愣在那里,手定在季瓷面前。季瓷心里也有点不安,可她没有看罗北京,依然低头择菜:"拿到钱了,还不快点去。"不想罗北京"呜"一声哭起来:"我这是回娘家呀,你,给我五毛钱。"她一旦放开了悲声,便止不住了,哭声由"呜呜"的变成"哇哇"的,吓得旁边坐着的五奶奶也瞪着浑浊的眼看她,一时都不知这情况该咋办。

季瓷本也知道给她五毛钱太少了,集上的馃子都要八毛钱一盒,可她想,这不年不节的,没必要拿馃子,只是去看看罢了,买个甜瓜还不中?她还想着,也许罗北京手里还有钱,或者她箱子里还有出门可带的东西,她就不信,章楝回来的时候不给她一点。她不问这些事,她想儿子要是给儿媳妇东西或钱,也是情理之中,说来说去,人家俩人好过了当娘的。"花斑鸠,尾巴长,娶了媳妇忘了娘",给就给吧。她抱着一种侥幸心理,她这里能省一点是一点,省的钱自己又不花,将来死了,一分钱也带不走,还不都是他们的,自己只是先替他们保管着。

她没想到罗北京当着这么多人的面给她办难看,她是婆子,总得占上理呀,啥时候谁敢给她办过这么大的丢人。她把菜扔到地上,抖着手说:"哭哩,哭哩呀,多抱屈,叫人看看多抱屈呀。给五毛钱嫌少了,你想要多少?你不当家不知柴米贵。"

几个老婆纷纷过来劝罗北京,听到动静的女人也都用最快的速度跑到后地,一时间围了一群人,听罗北京哽咽着抖着手里的五毛钱。罗北京从来就没想过她当着这么多人的面和婆子闹不得劲,她一向是温顺听话的,咋就为这个事如此委屈呢。她从小花钱手大习惯了,上学的时候兜里都能常常装五分一毛的,现在这么大人了,她男人也挣钱了,每次回来都要给娘钱,少说也得几块,而她现在要回娘家,回去看她爷看她娘,她要用架子车拉上津平、阳平,拉上西芳,一小群人呀,几张嘴呢,回娘家去,五毛钱,够买个啥。她抽抽搭搭地哭着,只会委屈万分地说:"我是回娘家哩呀,我是回娘家哩呀,五毛钱。"

远处围观的人交头接耳,热心人在最短的时间里给后来者讲清了事情经过。聚财家对季瓷说:"你不对啊,你去打听打听,现在五毛钱能买个啥,你叫恁媳妇回娘家咋迈进人家那门槛?你叫那罗湾的人笑话谁哩?"也只有聚财家敢当着这么多人的面说季瓷不对。季瓷算是找到了台阶下:"好,好,我不对,我回去拿钱去。"她扔下那把菜叶,绕过屋山回家去了。一会儿,手里明晃晃拿了五块钱出来。"给,给,去花了吧,到那集上,看啥好给恁爷买去吧。"把五块钱塞到罗北京手里。罗北京愣在了那儿,显然五块钱是有点多了,她想,要是你刚才给我一块两块,我也不会恁伤心。

"噫,看这多好,你早点镇大方,咋能把咱的好媳妇气成这样哩。快去吧,回去收拾架子车去吧,时候不早了,几里路哩。"聚财家推罗北京一把。罗北京擦擦脸上的泪:"娘,那我去了,三个小孩都跟去了。"

"去吧去吧,去了好好趴恁娘怀里哭哭,看多抱屈。"季瓷已经坐回那小凳子上择菜,不再抬头看她,虽是说着狠话,可那语气里分明就有了虚弱。

"快去吧,去吧。"聚财大娘给她挤眼儿,她转身走了。埋在大人堆里的西芳、津平、阳平也慌忙手扯着手,尾随罗北京回院子里。

"也不是我说你，真是老糊涂了，你俩孩都在外工作，每次回来都少不了给你钱，你给她五毛钱叫她回娘家，那不是叫人笑话？"聚财家一屁股坐在她前面的一堆苞谷秆上，开始数叨她，"你是没遇上那不讲理的媳妇，遇到人家这老实头儿，就当人家是真憨。"

"哪有啥钱呀，他们挣的钱都扔到铁路上了，给我几个钱都支应门事了，我能花一个吗？就算攒两个，我一挤眼，那还不都是他们的。日子比树叶还稠，你不得仔细着过，你忘了年馑时候咱俩往西边地里拾麦穗了？那时候手里要是有俩钱，能饿成那样？"她又是说得圆轴轴的，听起来也很在理，聚财家不再提钱的事。"要说起来，这媳妇可真是好，你没地儿找去。她才来那会儿，西头那一家小孩满月吃面条，你家里叫她去吃席，可她恐怕是饿着回来的。端上来一个菜，'呼啦'光了，再端上来一个菜，'呼啦'又光了，都是站起来抢哩，就只恁家北京坐那儿不动，我说'北京，叨啊，叨啊，快点吧，再慢又没了'。人家笑笑说，'叫他们吃吧，大娘你也吃，我不饥'。说的啥话，你不饥你来弄啥哩。脸皮就恁薄。"

西芳去津平姥娘家的次数比去胡湾她自己姥娘家还多。胡湾的姥娘她也没见过，早在她出生前好几年，姥娘姥爷就没了，妈去了西安，也没有人带她去了。她常走的亲戚就是葡萄湾的姨家、河东宋的大花表姑家，还有就是罗湾津平的姥娘家，虽然她去了也把秀云喊姥娘，但她心里清楚，这不是她姥娘，这是人家的姥娘。

她不想看到奶奶和婶闹不愉快，尤其还叫别人看了去，她心里很担忧很惊慌。她想，婶回了娘家，一定给自己的娘诉说这件事，一定会像奶奶说的那样，委屈地扑在她娘怀里诉苦。

罗北京一句话不说，只管拉着架子车走路，比平时走得快。车上的三个小孩也不像平常样打闹，他们仨大眼瞪小眼，你看看我，我瞅瞅你，看完人，又去看路两边的庄稼，都在小小的心里装着伤心和担忧。罗北京以为她这一路上该十分委屈地想她在章家受的气，想婆婆的苛刻，想婆婆让她没完没了地干活，想婆婆把钱抠得死死的，想婆婆脾气躁，开口吵她就像吵三岁小孩，她使劲想呀想。可是，真奇怪了，她抱着强烈的愿望想出来的却都是婆婆的好，想起了她生两个小孩时奶水太多动不动就憋成了大疙瘩硬块子，疼得没法，婆婆半夜也要起来给她揉一回，捧住她胀得像大蒸馍的乳房，两个手掌揉啊揉啊："差不多了差不多了，快，把小孩弄醒。"婆婆总是能把握住火候，把孩子摇醒，抱到她怀里，小嘴按上去，猛吸一口，"哗"的一下，流小孩一脸，她全身通畅。婆婆就站在床前，看着小孩吃一通，再叫她挤一挤，才放心地回到东里边睡觉。夜里她这边有一点动静，婆婆马上就从东边过来，问是不是不舒坦，孩子咋样。她坐月子时，她一天做四五回饭，顿顿做好端到她的床前。她更想起，她俩头一回见面，那时她是那样害羞的少女，一出家门，见衣裳整洁的她站在门外，一副刚强又柔软的样儿问她"你是北京闺女吧"。她那模样一下子征服了一个少女，不由得让人想事事顺着她敬着她……想着想着，罗北京的泪又出来了。长这么大，她从不知道恨是什么，她不相信这世上真的有恨。

她进到罗贫农的大门里时，就完全彻底地认为无论怎样季瓷都是世界上最如意的婆婆。

罗贫农已经八十多了，眼不花耳不聋，看到孙女拉着架子车进门，颤着白胡子进自己的房里，从某个地方摸出几个糖，每个孩子手里放两颗。人老了就爱藏好吃的。"人捧有钱儿的，狗捧提篮儿的"，谁都知这个理儿，人一老就没成色，招人不待见，你自己要是再没点存货，连小孩都不愿挨靠你，那你还活个啥劲。老人手里有几毛钱几分钱，总想着买点好吃的，把小孩的心笼络住。他就是靠这才常年不寂寞，门里门外大大小小的孩子在他身边依偎着、歪摸着。

西芳很想知道婶会不会给娘家妈说她的遭遇，平时她来了后就和津平、阳平到门外玩去了，但今天她哪儿也不去，就跟在罗北京身边。津平和阳平也不出去玩，也不闹人，几个孩子好像心照不宣，都只是默默地跟在罗北京左右。

不知是因为他们的监视还是罗北京压根就没想说，总之，一直到吃完晌午饭，一直到坐着说了好一会儿闲话，一直到罗北京拉起架子车叫他们几个都爬上去,她还是没有提那事。西芳长长地舒口气,她感到津平和阳平也是大松口气,三个孩子相互看了一眼,眼里透出胜利的光。

罗北京回到家像平常一样,喜欢脸对着季瓷说:"娘,俺回来了。"季瓷也像没发生上午的事一样问:"恁爷身体怪好?""好着哩。"罗北京说。"恁奶奶身体怪好?""好着哩。""恁妈身体也怪好?""好着哩。""都怪好,那就中。"罗北京把三块钱放她腿上:"娘,这是剩下的三块钱,你放着吧,下回我有使的地方,再问你要。"季瓷心里一热,说:"好,你愿叫我放我就再放着。"

菊芹的大姐长到了十九岁,媒人给说了在外当兵的。像菊芹的大姐这样长得比一般闺女白净齐整的,是不能随便寻一个农村青年的,就像那个既然走出了农村或者暂时不在农村的青年也是不能随便寻个长相一般的闺女的。踏破铁鞋无觅处,这些玉成之事全凭勤勤恳恳的媒人。菊芹家小小的院子一下子叫人围满了。而这场河西章关注度很高的婚姻,因为西芳的受伤流血而更加著名。

凡是从堂屋里挤出来的人都满面红光、激动异常,他们说见到的是此生从没见过的英俊的解放军,说他穿着崭新的绿军装,帽子上的红五星差点把人的眼晃得看不清东西。这让在院子里挤不进去的西芳更着急了,她想,菊芹去哪儿了呢,这会儿她应该拉也得把我拉进她家堂屋,让我看看她的新姐夫啊。她正这样踮脚尖想着的时候,有人从后面把她推了一把,她冲着菊芹家的东屋墙向前扑过去,随即她像被蝎子蜇了般"吱啦"一声哭叫起来,这哭声太突然太凄惨了,惊得所有人停止了往堂屋里挤,都把目光聚拢在菊芹家东屋门口。不知是菊芹家的人乐昏了头把锄反着放,还是来的人太多谁动了那锄,总之,在所有人的注意力都在解放军身上的时候,那明晃晃的锄刃向着外面,西芳趴到墙上的时候,小腿向锄刃上冲去。血一股一股地从小腿往外流,肉翻开一个大口子,像是小孩子张开的嘴,小腿的骨头阻挡了锄刃的冲锋,这会儿那骨头凄惨地露了出来。事后西芳想,要是腿上没有骨头，她的腿会不会被那个锄从中间切断。

屋里的人也冲出来，解放军战士拨开人群，横着抱起了她。

早有跑得快的孩子冲到西芳家里，告诉了季瓷这个消息，罗北京吓得脸煞白，扔了手里的活跑到街里。休星期天在家的西平也跟着出来，见那解放军抱着西芳正往他家走。罗北京只看见腿上的血"扑嗒扑嗒"往下滴："天爷呀，我回去拉架子车，西平，得赶快去白果集。"她边往家里跑边大声喊："娘，快，拿钱，拿钱！"季瓷来不及多问，快步走到里边，搬开杂物掀开箱子拿了一卷子毛票塞到罗北京手里。罗北京拉起架子车就跑，到街里把张着大嘴哭的西芳平放到车上，罗北京说："西平，你跑得快，拉住车先去！"章西平惊慌失措地拉车跑了起来。罗北京跟在身后。人们都忘了新女婿的事，嘴里啧啧心疼着西芳。罗北京到现在也不知西芳到底哪儿伤了，手里紧紧握着那一把零钱出了村，孩子一样"哇"地哭起来："天爷呀，咋给俺嫂交代啊。"

一个医生站在床边给西芳缝合伤口，西芳像个扔到河滩上的鱼，全身用力别着，已经哭哑了嗓子，西平一个人按不住。罗北京问："咋，没打麻药？看小孩哭成这样？"医生平静地说："流了那么多血，来不及打麻药了，已经是个疼了，再有几针就缝好了。对，你站那边按住。"罗北京的手直哆嗦。她看不成血，又见是西芳在她的手下挣扎，她摆摆手："西平，不中，你一人按着吧，我得出去会儿。"

好一会儿，听里边西芳的哭声不那么紧了，她扒门框往里看，缝好针的西芳被扶着坐了起来，也哭累了，脸色土灰，腿上缠着白纱布，惊魂未定的样子。罗北京走过去，把钱给西平，叫他去交钱，见西芳的布鞋已经叫血湿透，她给脱下来，掭在自己手里。医生说，回去后按时吃药，七天后来拆线。

西平拉着架子车，罗北京跟在旁边，走出医院门。罗北京说："走，咱走街里，给买个好吃的。"问西芳想吃啥，西芳说想吃甜瓜。"那就买甜瓜。"悄悄在西芳耳根说，"咱有钱了，恁奶奶给了好些钱。"

来到街里，买了一个大甜瓜，长长的，薄薄的青白色的皮，在车帮上磕开，露出里面黄黄的瓤，一股香甜的气味扑鼻而来。给了西平一小块，大的一块给了西芳，罗北京拉过架子车，叫西平吃瓜。长成大小伙子的西平个子很高，顺溜溜的，平时不爱说话只爱脸红，谦让几句后，拿了甜瓜吃起来。西芳坐在架子车上，捧着大甜瓜咬了一口，真甜。她想，这是值得的，要不是流这么多血，疼成这样，咋能吃一个这么大的甜瓜呢。西芳哽咽一声，叫婶也来吃一口，罗北京拉着架子车不回头地说："你吃吧，这个甜瓜是你的。"

七天拆线去的时候，津平、阳平闹着也去，那动静就像要走姥娘家一般，架子车上拉着三个人去了。罗北京又给买了个大甜瓜，三个人分着吃了。

腿上的伤一天天见好，她有点失落，她还想自己的腿用白纱布盖着，用一道一道的胶布贴好，她好收缴人们心疼的目光。去换药的时候，医生小心地用镊子夹着药棉抹红汞、紫汞，抹的时候有点蜇着疼，但她感到很幸福，医生要么跐堆在她面前要么弯着腰，十分认真地做这一切，罗北京站在旁边，张嘴吸气，"咝咝"响着。

伤口不可阻挡地长好了，像一个平躺着的月牙，又像一个抿着笑的嘴，两个嘴角尖尖上翘，连接上下嘴唇的是七个针眼。这伤不好该多好啊，庄上快过会了，亲戚们都要来了，姨也要来了，她可以再展示一下伤口。姨会把她搂在怀里，听她奶奶再说一遍那事情的经过，姨边听边用那美丽的大眼睛看着她，做出很吃惊的样子，奶奶在说完事情经过后，还会说："这就让她永远记住了，遇啥事稳当点，别再那么磕张（注：慌张），碰了伤了，还不得自己受疼，谁会替得了你？"

七月二十四的会，胡爱莲没有来，这很意外。平常每年河西章的两个会她总是要来，胡爱花在的时候她来，胡爱花不在的时候她还来，来看她姐搁在家的两个孩子。从河西章走的时候，把西芳带到她家里住几天或十来天，跟她的两个小孩玩。她前几年又生了一个闺女一个孩儿，上工去的时候，就让几个孩子在家跟进军玩，啥时候西芳说要回家呀，不在这玩了，她就把西芳送回河西章。有一年西芳才邪乎，白天说得好好的，再住一黑，明儿送她回去，可夜里西芳不好好睡觉，突然说要回家，咋都不在姨家待了，像中了邪，像是被谁拿住了，哭着要回家，胡爱莲好说歹说都不中。西芳哭得整个葡萄湾都听到了，胡爱莲气得在屋里团团转："要不是你姓章，我今儿黑咋说也得打你一顿。"转一圈不中，还是哭。"噫，我就不信，我看看我打你一顿天能塌下来？我看看恁妈能坐着火车从西安回来不依我？我看看恁奶奶再厉害她能把我咋着？"手抬了几抬扬了几扬，最终无法落在西芳身上，只恶狠狠地问："你非得回？""非得回！"西芳斩钉截铁地说。"好，回就回，我现在就送你回河西章去，以后永别来俺家了，葡萄湾再也不要你了。"胡爱莲背起西芳，对自己闺女汴芳说："你好好在家搂着弟弟睡，我去送你这气人姐回她的河西章。"汴芳不知是不是在那一刻变得更听话了，她从小就知道为妈操心解忧，比一般的孩子懂事更早。气坏了的胡爱莲架子车上拉着西芳一歇儿走了十八里，赶天快明时把西芳送了回去，临走拿指头点着西芳脑门："再想去俺家，万难。"可下一回她来河西章过会，临走时用她那花腔女高音厉声问西芳："跟我去不？""老去老去。"西芳扔下手里正在玩的不拘啥东西就要走。"去了还半夜闹着回家不？"胡爱莲把脸子噘下，音调高得飞出几个院子去。"不了不了，真不了。"于是，扯上手就走。季瓷跟在后面，送出长长的过道，送到街里："下回再那样闹人，贱狠打了，就是不送她回来，看她能把天翻过来不。"西芳回头冲奶奶做个鬼脸。因为妈不在家，谁也舍不得打她，谁也不敢打她，她长这么大没挨过打。她爱去姨的家里，到了姨家她就是客人，葡萄湾的人离老远就问："噫，河西章的闺女又来了。"是啊，气人闺女又来了，姨先是嗔怒地用那好看的眼睛瞪她，瞪着瞪着，"吞儿"笑起来，脸儿像风中的花朵，那花腔女高音更亮丽了："这气人闺女要把我气死，我明儿就搭火车到西安找她妈偿命去。"走的时候，姨家里的东西只要是西芳喜欢，拿起来就给了她，西芳常常空手来姨家，回河西章时胳膊上多出一个小包袱。

这个七月会胡爱莲没有来，因为进军快不中了。

进军自己也说不清他在竹床上熬了多少年，他想扳着指头数一下，可数了好几回，都数不对，每回算的时间都不一样，只知道他刚躺在床上的时候，胡爱莲还很年轻，伺候他时凑到面前的脸，就像刚开的花瓣一样好看，又白又粉，她身上那股迷人的气息老远就能闻到。一年又一年，她脸不那么光了，后来，黄了，黑了，瘦了，一年一年的劳作，一年一年的寂寞，一年一年的时光在她身上消耗，她的身体也不像以前那样有曲线了，干干的，只显得瘦高，两条腿更细更长。夏天的时候，腿也晒得黑黑的，不见腿肚，好像只有一张皮在骨头上包着，可她这两条细腿还是那么有劲，家里家外，不停地干活，看到两个小孩，看到进军，一下子就有了活力，好像平淡的生活、繁重的劳动都变得可爱起来。她大呼小叫地统治着这个院子里的一切，三个人把她奉为至尊，都愿意臣服于她，在她女王般的气息下生活，听着她吵他们，也感到幸福。她有四十了吧，进军想算算她的年龄，走的时候牢牢记住嫂子多大了，可也算不上来。他算自己的年龄，他想知道自己活了多少岁，也算不上来，他只记得比她小两岁。

真没成色呀，连自己活了多大都算不来，我这样的人也算是一辈子吗？一半的时间都在床上躺着。可能我算是有福人，我叫这么好的女人见天把我的身子搬来搬去伺候，她的手、她的脸、她的身体多主贵呀，多少男的想近前一点都不中，可她天天离我这么近。

连睁眼的劲都没有了，他知道嫂子在握着他的手，在跟他说话，说的啥，他听不清，努力睁开眼，看见她的嘴一动一动。他有话要给她说，他一定得说，再不说就来不及了，他的手在她的手中，他微弱地攒了全身的力气："嫂，下辈子我变成牛马，来，报答你。"

泪水滚过进军脸。他死在小西屋里。

西芳和小伙伴们喜欢夏天，因为夏天，她们可以在地里找好吃的，紫豆，马泡瓜，甜苞谷秆。紫豆有黄豆般大小，马泡瓜指头肚大，吃到嘴里也并不多甜，可总算是个吃食，奶奶不是说嘛，吃点啥比招个没趣强。运气好的话，可以在苞谷地里爬得不郎盖上渗血，找到个野甜瓜，小小的，拳头大小，如果谁能和一个野甜瓜激情相遇，那可是一个夏天的盛事。当然了，还可以偷茄子，偷洋柿子，偷长长的豇豆角，可那总不是正经营生，叫有福老老在后面撵着喊叫哩，我们可不想吓成羊羔风。女孩家到底胆小，所以那种口福就少。西芳只记得她和菊芹成功地从河西尹的菜园里偷过一个茄子，两人躲在麦秸垛后边，一递一口咬，嘴里涩涩的甜甜的，茄子上咬过的地方很快变成了咖啡色，她们的嘴唇也成了那色，吃完了咧着咖啡色的嘴唇，心满意足地笑。地上的吃遍了，就向空中发展。桃，沙梨，都是各家种的，看得很严，压根就别想，那就向桑葚、构桃进发。

西芳看见桃花老老家院墙外的那棵树上有五个构桃变红了，毛茸茸的。她叫来菊芹，趁响午饭后过道里没人，菊芹在下面接着，她摘了后扔下来。菊芹最听她的，两人在一起干这种事多了，叫她赶快上吧。西芳抱住树往上攀，菊芹在下面用手挡住她的脚使劲往上送，她爬上桃花老老的院墙，用胳膊扒在墙上，想站在墙沿上够那几个构桃。她看见桃花老老的堂屋门开着，她和四海老老坐在堂屋里，挨得很近，像是瞌睡了却又没睡，眼半睁不睁的，两人的手还拉着。四海老老小声说："我趴在俺家墙里看你也都是一大早人都没起或晚上人都睡了，我只想着，要是看见你从过道里走过去，心里就舒坦些，夜里躺床上，可安生……"

"你咋下来了？不摘了？"菊芹看到西芳屏住气从树上滑下来，小脸通红，有莫名的兴奋。"我看见他俩好了。"她指指桃花的院墙，菊芹马上也明白了。大人们都说他俩好，可西芳说她看见了，俩人好是咋好的，这在孩子的心里是个巨大的谜："我也上去看看。"轮到菊芹抱住构树往上爬，西芳在下面奋力用手托。菊芹上到了墙头。

"反正我一想起你，心里那个知足呀，从街里过，看见你坐在门口，就那么看一眼，也舒坦……"两人不说话了，靠着门框，好像坐那儿睡着了，好久听不到声儿。菊芹也不敢去摘那构桃，像西芳一样溜了下来。两人脸通红地看着对方，"呼哧呼哧"喘粗气。西芳问菊芹："你说，男的跟女的好，是不是就这样，找没人的地方，坐一堆儿，挨这么近，扯着手说话，不叫别人听见？"

"肯定是，要不人家都说他俩好，都说他俩不要脸，老了老了还往一块去。"

她们发现了大人的秘密,她们知道男人和女人好是咋回事了,这是她们俩这个夏天里最大的收获。从那以后,西芳和菊芹更好了。

初秋雨多,可季瓷还是停不住,她在堂屋坐着拣粮食里的土坷垃,拣干净了叫西平扛到磨面房里去磨成面。她想趁着雨这会儿停了到院子里把盆里泡着的几件衣裳洗了,刚才雨大的时候她把衣裳盆放到雨地里,让雨好好淋淋、泡泡。她颠着小脚踩着院里软软的地往压井那走。一下雨就显得天更黑了,觉得离晚上烧汤还早哩,天就黑得湿淋淋的,她路过地上的大磨盘,想踩着那上面走过去。自从有了电磨,这个大磨盘就闲置在院里的地上,经天长日久的搁置,磨盘的一少半陷在地里。季瓷脚踩上去时一滑,整个身子朝着右边扑倒在大磨盘上,胳膊垫在身子底下,突然一疼,自己翻了一下身子起来,想看看胳膊是咋回事,却抬不起了。

西平和章安金把她放到架子车上,一路跑十八里,到了商桥,这里有专治骨科的小医院。回来的时候,季瓷的胳膊就用绷带吊着,挂在自己脖子上。她直怨自己没成色,咋不小心点,这下可好,摔伤了,受罪带花钱,还耽误做活。几个月后,骨头慢慢长好,手脖上边的那个骨朵就从手背上扭到了边侧。

1979年春节前,章柿写信来,叫季瓷带着西芳去西安住几个月,他们现在有地方了,厂门口从那年唐山地震后盖了好多防震棚,后来看没有人管,好多职工都来盖,现在那一片住的人越来越多,都把家属从农村带出来。他把住的那间房从后面掏了个门,又盖半间,说娘去了也能住得开,今后就让娘来西安跟我们过吧。信上定好,她们初四从家里坐上火车,叫章棣或西平送上车,初五的中午,他在西安火车站接她们。

季瓷想,自己去看看是中的,跟着他们过可不中,家里这一摊子咋弄?再说,自己七十岁的人了,将来得死在家里呀。

过完年,章棣决定他也初四走,跟季瓷坐一趟车,他在郑州下车。

西平拉着架子车,送奶奶、叔叔和妹妹去车站。

吃了晌午饭季瓷就催着赶快动身："赶早不赶晚，只能咱坐那儿等火车，还能叫火车等咱？"她一大早就烧了盆热水，把脚好好泡泡，洗洗，穿着白袜子，脚脖上的绑腿是新的黑布。

"晚上十点半的火车，这会儿还不到两点，也太早了。"章栋挽起衣袖，看了看腕上那令人仰慕的手表。

"十八里路哩，叫西平把咱送到他还得回来，天黑了回来我能放心？"

"不放心你跟着他回来。"章栋说。季瓷"吞儿"的一声笑了。在她家一说这样的话，大家都会笑。这话的起因是章柿章栋每回从家里走的时候，季瓷跟在旁边没完没了地交代这交代那，人都出门了，她还跟出过道，跟到街里，把说过不下几十遍的话再说一遍，有一回她又是这样跟到街里说着，章柿突然回过头来说："娘，你跟我去妥了。"街里的人"哄"一声笑了。

季瓷又压住性子等了一会儿，再催着走，她给西平说："咱走，他不走叫他在家坐着吧。"章栋没法儿："好，好，走，吸完这根烟就走。"罗北京在身后推他："别磨蹭了，快走吧，听咱娘的没错，早了总比晚了强。"

这是武昌到西安的火车，晚上十点半在颍多湾车站停车两分钟，路上走二十三个站，第二天中午到西安。

西平把他们送到，安置在候车室里，章栋买了去郑州和西安的车票，季瓷催西平："中了，你快点回去吧。"

"噫，你咋啥都着急哩，小孩刚停下，还没歇会儿喘口气。"章栋说。季瓷就叫西平站着喘气，不想西平说："奶奶，我送恁上车吧。"

"那不中，火车来都十点半了，叫你回去走那么黑的路，我还不胜不去哩。"西平直说没事没事，执意想送他们上车。他有他的心思，他十年没去西安了。他高中毕业后在生产队当记分员，每天站在街里那个红薯窖口上，"当当当"打出工铃，妇女们纳着鞋底嘻嘻哈哈出来，跟他说句玩笑话，他的脸腾地就红了。他想到西安去当工人，像爸爸一样在天河厂上班，每天中午夹个饭盒到职工食堂去吃饭。现在，他送奶奶上车去西安，这对他来说是件生活中的大事，他想在这车站多待一会儿，想看几趟窗外"轰隆隆"跑过的火车，他想亲眼看着那趟武昌至西安的车离开，这样，他好像离西安的爸妈就近了一点。他从小就没有跟爸爸在一起生活过，十几岁的时候，妈也去了西安，在他心中，爸妈是个陌生的词语，他见到他们的时候不知该怎样说话，可他的心里常常想着他们。他是那么热爱西安，想跟西安有更多的联系，就像现在，他想跟他们一起把去西安的火车等来，看着"武昌—西安"几个字从眼前"呼呼"地闪过，停下，然后看着火车离开。

季瓷执意不叫他那样，西平拗不过，眼圈就红了，季瓷以为他舍不得她，就说："奶奶就去住俩月，天一暖和就回来了。俺西平是最听话的孩儿，二十几岁的大小伙了，别叫奶奶操心，快回去吧。"西平无奈拉着架子车离开火车站。

从白天坐到黑夜，从喧嚣坐到夜静，在候车室里奶奶讲了几个瞎话，叔叔说了好多故事，终于等到那个神圣的时刻，西芳被奶奶扯着手，来到站台上。要上车的大约几十个人，西芳一个个数过去，数到快三十的时候，看到南边耀眼的灯光照过来，黑夜一下子华光万丈，大地"轰隆隆"震动着，轰响和明亮慢慢近了，火车像一个巨大的梦幻开过来，车头的灯光一晃而过，车厢一节一节，从眼前闪过，缓缓停下。章栋大呼一声："坏事，坏事！"但见火车上人装得严严实实，黑压压一片，停下来后，好几个车门不开，只能看哪个车厢下人，趁门开的时候挤上去，拼命往上挤。他大声喊着西芳的名字："紧紧拉住奶奶，拉好！"又给季瓷说："娘，跟着我跑，我去那个门，等着你。"他背着所有的行李，疯狂地向三节车厢外的南边跑去。跑到那个开着的车厢门口，对着挤扁了一张脸的列车员说好话："别关门，我娘和小孩在后面。"他扒住车门往后看，西芳跑在前边，拉着季瓷的手，近了，近了，天爷呀，拉住我的手，拉紧，上来了！季瓷先把西芳推搡上去，她手扒车门被章栋拽了上来。车门在季瓷身后关不上，季瓷紧紧贴在章栋身上，把西芳搂在怀里，西芳觉得自己被挤得变了形，眼珠子快憋出来了。列车员满脸愤怒和嫌恶，奋力关上车门。

惨白的灯光照着的，全是人的脸，疲惫的、愤怒的、忍耐的、变形的脸。车还没有开动，一定还有车门上吊着人，窗口吊着人，一定还吊着骂声、哀求。下的无论如何得下去，上的说啥也要上来。这是一场战争，必须打赢，每个人都要取得胜利。西芳惊恐地仰着头，她看不到大人的脸，她不知道人们脸上是啥表情，她只看到那惨白的灯光焦灼不安，狂躁异常，她由刚才对上不了车的恐惧变为对现在人群拥挤的恐惧，这是她压根没想到的，她只想着去西安的美好，却不知西安之旅是由恐惧和焦躁铺就的。她被紧紧按在奶奶怀里，感到窒息。列车员怒火万丈地从门口往车厢里挤，章棣跟在她身后，叫季瓷跟上他。列车员只挤过几个人就回到她自己的休息室了。前面没有人开道，章棣停下来，问季瓷："娘，这是厕所，你解不解手？一会儿进去再往出挤就太难了。"季瓷说："解解吧。"她想起码里头宽松点。章棣把厕所门勉强推开一条缝，见里面挤了几个男人，像洋火匣里的洋火棍，笔直直齐挨挨站着，看来，上厕所是不可能了。季瓷说："那咱就站这儿吧，里边不也是挤吗？""不，得往里挤，站在座位边上，有人下了，咱能坐那儿。"章棣在前开道，引领着二人在人堆里艰难地挪动。每走过一个座位，章棣就赔着笑脸问："请问你到哪儿下？"他想问出个到郑州或洛阳、巩县下的人，好提前定下人家的座位。不想大多都是在西安下，有几个人说，座位早有人问下了，三五个小时前他们的座位已经"给了"站在边上的人。

不停有人从身边硬挤而过，烦躁、惊恐、挤迫、疼痛、吵闹，西芳的忍耐达到极限，她放声哭起来。季瓷哄她："别哭别哭，你再哭，那列车员过来叫你下车哩，你看外面黑成啥了。"西芳不管这些，仍然大哭不止，座位上一个女人斜眼看了她几回，终于厌恶地对季瓷说："把小孩子管管好，别叫她哭了，烦不烦，人都睡不成觉。"季瓷说："好西芳，别哭了，看嘴都哭干了。""乡巴佬！"那女人恶狠狠地说。章棣不干了，对着那女人说："谁规定这火车只准你城里人坐不许农村人坐？唵，你站起来，给我说清。"伴随着他们对话的仍是西芳的哭声。旁边一个男人站了起来，跟那女人一样，一口南方话："站起来了怎么着？"眼睛瞪着章楝。"你说怎么着？""你说怎么着？"两人越过脚下、腿下的人，大无畏地往对方跟前凑。季瓷一手搂着西芳一手去拉章楝："你少说一句，都是出门哩，置这气弄啥，你回来，听到没？"西芳吓得不哭了，睁大眼睛看着叔叔和那个靠窗的男人像两块吸铁石，拼命挨近对方，眼看都要够着了。"打，打，死里打，打死一个少一个。"车厢里有人喊，那是坐困坐烦了的人。西芳想，这火车莫不是个怪物，装进来的人都会变得烦躁。章楝不负众望，手疾眼快，率先捣出去一拳，那人一闪，打在脑门边上，也冲出一拳，被章楝提前躲开。那人不服，跃出座位要再打，被那女人拉住："算了算了，跟乡下人生气没用。"到底南方人聪明识时务，女人一劝，"噌"一下坐回到自己座位上，因为已经有站着的人拼了命往里挤了："不坐不是，坐得难受了，叫咱坐会儿。"

"啥叫算了？啥叫算了？有本事你站起来，我走南闯北这么多年啥人没见过，啥光棍没收拾过，我怯你？咱俩下车去，下一站就下，你敢不敢？"章楝正是狂妄的年纪，一点不饶那南方人。

季瓷一声赶一声吵着章楝，不叫他再出声。事件的导火索西芳倒是一声不吭，贴在奶奶怀里，嘴唇干裂。

南方人也是累了，不一会儿头靠椅背睡着了。

前面又到一站，章楝给季瓷说："娘，这样不中，我把你们送到西安，要不我不放心。"

西芳脑袋里"嗡嗡"直响，心里兴奋害怕得睡不着。零点以后，车过郑州，西芳站着靠在奶奶怀里，奶奶靠在一个座位靠背边。列车员从车厢里挤过，用胳膊把人拨来拨去，在她眼里，这些拼了命挤上火车的人太可气了：你们赶着赶着挤到这车上一个紧贴一个，还不谦让一点，一个个横眉冷对找死呀。她边用胳膊拨拉人边说："也不知咋想的，非得赶着这几天出门，还嫌挤，要是大年三十来坐火车，看还挤不挤了？一个人都没有。"她走一路嘟囔一路，里面的一个重要信息被季瓷听到了，她事后把这个信息告诉章柿，告诉章柿的同事，告诉河西章所有的人，让大家过年坐火车只拣年三十出发。

火车晚点，下午一两点才到西安。站台上，早有章柿、胡爱花领着西莹伸长脖子等着。五六岁的西莹脸圆圆的，眼睛大大的，剪个娃娃头，又白又漂亮，她从没见过这三个人，在章柿的指点下，喊着奶奶、叔叔、姐姐。

天河厂南大门的西边，有一片巨大的沙子堆，是孩子们的乐园，西芳一个人在那上面垒了房子、花园、床、沙发，这时正是孩子们都上学的时候，而她是河西章小学三年级的学生，过年临走的时候，奶奶去老师家给她请了三个月的假，她可以在西安尽情玩。她喜欢一个人玩，她跟别的小孩玩不到一起，跟妹妹也玩不到一起，因为妹妹爱告她的状。两个人正好好地玩着，爸爸回来了，西莹会突然变脸说："爸爸，西芳刚才打我。"她不叫她姐而叫西芳。西芳睁大眼睛看着谎话从她小嘴里那么利索地蹦出来，她连反应的时间都没有。爸爸对她说："你为啥打她？你比她大好几岁，好好领着她玩。"西芳气得一扭头走开，不理两个人。爸爸常常是回来取个东西或回来给奶奶说句啥话，一转身又走了。西莹过来叫姐，西芳气得问她："我没打你，你为啥说我打你？"西莹拉起她的手说："我错了，下次不了，对不起，敬个礼，放个屁，臭死你。"西莹长得好看，穿得也好，小手伸出来软软的，跟西芳站在一起不像姐妹俩。西莹耍赖不去幼儿园，可在家几天后，见姐姐不爱理她，奶奶也不像她想的那样由着她性子来，就又回幼儿园。

西芳总是一个人玩的时候才能显出她非凡的想象力，在这个沙子堆上想象着河西章的孩子都来这里，听她的指挥，人多力量大，很快把这里变成他们的天堂，而现在只有她一个人在上面奋力奔忙。她垒出那么多房子、花园，然后她在每间房子走来走去，想象着哪个是她的客厅，哪个是她的花园，想象着自己变成了贵妇人，对了，还应该有马棚，她又奋力在沙子堆上开出一片马棚来。

从天河厂开出一辆小卡车，向西一拐停在路边，章柿从里面跳出来，冲着沙子堆喊西芳："我和叔叔们去十里铺买花生米，你去不去？""去哩，去哩。"西芳拍着手跑下沙子堆，丢下她建设好的贵妇人家园。"好，站这儿等着，我回去给你奶奶说一声。"章柿跑向路南那片防震棚，两分钟后回来："好，出发。"爸爸抱起她进驾驶室，里面除了司机已经坐了一个叔叔，爸爸再进去就很挤了，只能把她抱着坐在腿上。

一路上她很拘谨。她很少和爸爸这么亲近，她九岁了，这样坐在爸爸腿上她觉得很不好意思，初五的中午她下火车就被爸爸抱起，那时她刚走出车厢门口，爸爸伸出两只手，卡住她腋下，"呼"地把她接出了车厢，然后抱在自己怀里，她全身不自在，过了一会儿，挣扎下来，跟爸爸妈妈隔开几步走。她对爸爸妈妈实在太陌生了，他们跟她说话，她一开口总说不到点上。她常常看到爸爸眼神里有嫌弃的目光，她坚信爸爸不喜欢她，傻子都能看出来，他更喜欢妹妹。我还不稀罕你喜欢哩。刚才她那么痛快地说去，一定是她先看到了汽车，她喜欢汽车，爸爸带着她去马路上看过两回汽车。天河厂所在地是西安东郊一个缓缓的塬上，出南大门向南走，单身职工楼的后边就是长乐路，从市里延伸过来，被在这里齐齐地挖下去两层楼的深度。长乐路上有两趟公共汽车、一趟电车，都是圆圆的屁股，偶尔还有一个老鼠车，"突突突"跑过，后面冒一股黑烟。老鼠车是西芳给它起的名字，它三个轮子，前脸尖尖，像极了老鼠。章西芳的童年记忆里，除了那圆屁股的公共汽车外，就是这"突突突"冒黑烟的老鼠车。而她还没有坐过这种神气活现的小卡车。

她不知道花生米是什么，她知道花生，在老家人们叫作罗生，也知道大米，可花生米是什么呢？她知道反正是吃的东西。汽车平稳地在路上跑着，慢慢离开城区，两边都是农村。她想问问爸爸，啥叫花生米，可害怕爸爸和两个叔叔笑话她。她来到城市，有那么多她不知道不认识的东西，爸爸常笑话她是农村娃。那一回爸爸买了电影票带着奶奶她们几个去天河俱乐部看电影，进到里面她就欢天喜地地坐在一个座位上，爸爸把她拉起来说："要按票坐，你还当这是在农村看戏，想坐哪儿坐哪儿。"在黑暗中她也知自己脸红了，跟着大家往前走，不敢抬头。往往这个时候妈妈会伸出手拉住她。妈妈的手上有几个老趼，但很温热，妈妈话不多，总是很温存地拉住她的手。看来火车上那个女人说得对，她就是乡巴佬，没见过世面，她不知道花生米是什么，但是她不问，她想，去了我就会看到。车到地方后，呈现在他们眼前的是袋子口敞开的、一袋一袋摆放好的花生仁，她知道了，花生剥了壳就叫花生米。

看来，城市有太多她不知道的东西。

她喜欢城市，又害怕城市，在城市里她显得像个傻瓜。

星期天，章柿问厂里借了三轮车，带着季瓷、胡爱花和两个孩子，从他们住的天河厂直向西，先到革命公园看了动物，再向西，从北大街向南拐，看了钟楼，顺着东大街向东，走到大差市，向南拐，出和平门，来到大雁塔，两毛钱一张票，让季瓷几人上了塔。在慈恩寺里，他们扒着门缝看房子里的摆设，门一个个都上了锁。"文革"期间，红卫兵冲进来要砸里面的东西，和尚们拼力保护，从那时房门上锁，再没有开过。

季瓷这次来西安最大的收获除了看景致，就是发现了乱线。

城里没有那么多活可干，见天吃了饭就坐在那儿，这不是她的生活方式，她是要干活的。每天章柿送胡爱花去她的垃圾拣拾组上班，送西莹上幼儿园，然后去天河厂上班，西芳去厂门口沙子堆建造她的贵妇人花园，家里就剩她一个。城里人都忙得走路不往两边看，整个防震棚区域十几户人家，也没人跟她说个话，她还是像在家里时一样，把门开得大大的，太阳好的时候，就坐在屋外的走道上，扒出他们的衣服，看看哪儿破了要补，哪个扣掉了，找一个缝上。几天后，一个老太婆拄着棍走过来，停在她门口，看来很想跟她说说话，可一开口，满嘴陕西话，一句听不懂，她说话对方也是张张嘴不知咋回应，俩老婆也不泄气，各说各的。第二天，那老婆又来了，自己搬个小凳子。两人像模像样说了几天话。章柿问季瓷："我见你跟王连明他妈说那么热闹，都说的啥呀？"季瓷说："不知呀，她说她的我说我的，一句没听懂。"

章柿在车间随手拿了一团棉纱线，回来放到桌上，说家里刷锅的棉纱快用得不行了，该换新的了。

　　他们上班走的时候，季瓷把那团棉纱线拿到门外的阳光里，一根根抽出来，接好，缠成线团，十来个线团合成股，搓成了纳底绳。当章柿下班回来的时候，他昨天拿回的棉纱线变成了三根长长的纳底绳。季瓷问他："你车间里还有这乱线没有？"章柿说多的是，都是垃圾，在墙边堆着，季瓷说："你给我多拿点，我没事就把它搓成绳，拿回去叫北京做鞋用。"

　　从此季瓷天天坐在门外整那些乱线，她的纳底绳越攒越多。

　　快收麦了，季瓷执意要回家，西芳也在这儿玩够了，章柿和胡爱花再三挽留，季瓷仍是非要回去，催着章柿去买车票。

　　"快仨月了，在西安都吃胖了，景致也看了，大雁塔也上了，钟楼也见了，动物园的老虎、猴子也知长啥样了，回去能说几年的了，快点叫俺走吧。"

　　就是，就是，不想在你家住了。西芳也在心里说。

　　章柿说："好，我写信叫西平来，接你们回去。"

　　"咋用得着接呀，你给买好票，把俺送上车，叫西平在那边车站接住就中了。"

　　"你们来时挤成那样，就算现在没那么挤，万一路上有个啥事，我不放心。再说，西平十年没到西安了，叫他来看看。"

　　西平到了后，章柿就去北大街的火车票预售处买好了三天后回去的车票。

　　从车票买回来，胡爱花就拉着西芳的手问回去后想妈不。西芳说："不想。"过了会儿又问："西芳，回去后想妈不？"西芳说："不想。"第二天又问："回去后真的不想妈？"西芳说："不想。"季瓷把西芳拉到一边说："恁妈再问你就说想。"西芳咬住嘴唇不吭声，晚上胡爱花再问，西芳再说不想。胡爱花躺床上流泪。西芳来这几个月也不跟她睡，勉强有一晚哄着跟她睡一个被窝，卷着被子趔在一边。

　　去火车站的路上了，胡爱花还是拉着她的手："西芳，来，不叫别人听见,小声跟妈说,回去后,想不想我?"西芳头扭到一边,很干脆地说:"不想。"胡爱花头也扭向一边,悄没声擦泪。季瓷说:"你别问了,这闺女就是这性子,不会给人说句软话,她心里想嘴上也不说,说想能咋着,不是还得分开。"

把他们送上车,找到座位看着坐好,又交代了一些说过好多遍的话,叫西平晚上不要睡那么死,看好东西。西平心里说,咱有啥好东西呀,里面装得最多的就是一团一团的乱线。车厢广播里说,请送亲友的同志抓紧时间下车。章柿说:"娘,那我们下了,西平,回去后写信来。"

胡爱花的脸从车窗外殷殷切切地探上来,向西芳招手。西芳走到窗边,胡爱花的手探进来,往里够着,西芳把手伸出去,叫她握住。"西芳好闺女,给妈说,回去后想妈不想?"西芳这几天被这个问题闹得很烦,她咬住嘴唇,把头扭到一边,不语!

车开了,站台上的胡爱花双手捂脸,背转过身。

第十五章

　　她求我把她放回蓝蓝的大海
　　愿用最值钱的东西来赎她自己
　　为了赎得自由，我要什么她都依

　　章柿来信说，让西芳到西安去上学，开学前叫西平把她送去。
　　"都是你说不想、不想，叫恁妈怕了，怕你将来长大了不认她。去吧，再多一张吃高价粮的嘴。"季瓷说。
　　西芳这次来西安和从前几回来不同，从前她是客人，这次是要在西安上学了。这样说来，她就不喜欢西安了，因为西安有很多她不理解的东西，有她把握不了的局面。大城市好像也并不欢迎她，西莹还是爱告她的状，无中生有，告了状后爸爸就吵她，她不辩解，用沉默来对抗。后来，她连正常的话都不愿意跟爸爸说。章柿终于愤怒地说："再这样你就回去吧！真是农村娃，没见过世面。"
　　"你给我买张票我就回去，再不来了！"这句话是西芳在心里吼叫的，表面上她仍然紧闭着嘴巴，一声不吭。她对抗爸爸、对抗城市的方式就是不吭气，她只在心里一声一声地吼叫。她提起桶出门了，因为一分钟前妈妈说让她去水房提半桶水。
　　单身宿舍里每一层有一间大水房，两排水龙头，供楼里单身和防震棚区域的住户用水。西芳慢慢地发现这里是她发泄不满情绪的地方。水房里常常没有人，夏天很凉爽，她把桶先放到一边，扒着水池边沿爬上去，站在水池里，打开水龙头，冲洗穿着塑料凉鞋的脚。她边冲洗边流泪，冲了好长时间，她跳出来，捧着水洗脸，直到把自己滚烫的脸洗得冰凉。然后她来到窗子前，在夜空中向着东方，嘴里轻轻地呼唤："奶奶，奶奶。婶，婶。"电影里的人都是这样，想念一个地方的人时，就向着那个方向轻轻地呼唤那个人。泪又流出来，她就在水房里不出去，有人进来，她假装打开水龙头洗手。她那个桶放在一个水龙头下，细细地接着水。一直到她认为眼泪再也不会轻易地流出来了，才提着那半桶水回家去。

屋里很安静，西莹眨着大眼睛，看看爸爸，再看看妈妈，见西芳进来，又用那双大眼睛看着西芳。西芳瞪她一眼，挑门帘进到里间小屋里。她感到妈刚才哭过。她提着桶出门的时候，妈一定又为她和爸爸争执了。妈从来都对爸很依顺，可妈为了西芳跟爸吵嘴了，一定是的，妈无非是说要他对她西芳好一点，耐心一点。妈一定说："小孩儿从小没跟我们在一起还不够可怜的，你为啥还不对她好一点？"爸一定忍不住烦躁说："哪点对她不好了，可你看看她，有点让人喜欢的样儿不？"妈想申辩却没有更多的词语，妈常常不会用更多的语言表达自己，妈就不说话，头扭到一边哭去了。这样的事，西芳是经历过的，在她刚来的十几天，眼见过妈和爸这样争执过，然后是妈走出屋子，站在门外的夜色里。她偷偷地跟出门，看到妈的背影，看到妈抬起手抹眼泪。她想走过去拉住妈的手，可心里毕竟有点怯，只因太陌生了。上次刚来的那天，妈做了顿胡辣汤，先给奶奶盛一碗，再给她盛了一碗。吃饭的时候，妈坐在她身边，挪动小凳子往她身边移一点，她就挪动小凳子往旁边躲开一点，妈再挪一点，她再躲一点。妈慈爱地笑笑，不再撵她了。

她不是不想跟爸爸亲近，她看见爸爸和西莹并排躺在床上枕着被子，爸爸举着《看图识字》给西莹念："不得了，不得了，又长出一片笋苗苗。"爸爸，对她来说，这个词多么陌生啊，眼前这个人真的就是我的爸爸吗？他可能心里还是喜欢我的，要不，为什么把我接来？为什么带我到革命公园去玩？他让我坐在大象滑梯上往下滑，我不敢滑，不，是不好意思滑，他说："不怕，滑下来，我接着你。"我滑下去，他真的就在下面接着，把我抱了起来，高高地举起，他张嘴笑，露出洁白的牙。啊，那是什么时候的事？是我上次或上上次在西安的时候。这次来，在火车车厢门口也是他把我抱下来的。而此时，他只给西莹讲懒刺猬的故事，他为什么不叫我也躺在床上，躺在他的另一边？也许，他只想叫我自己上去，那好吧，我就自己上去，我大了，我快十岁了，不应该再等着爸爸把我抱上去。于是，西芳自己爬到床上，心里带着胆怯与甜蜜，头靠在爸爸的这一边。"小刺猬又移动了一个地方，它想，明天再搬家吧。"爸爸看了她一眼，那眼神里明显有不欢迎、有不屑。爸爸抱起西莹，向一边移了一下，离开她一点，头仍然跟西莹的头挨在一起。她竟然在爸爸的眼里看到田老师的目光。她下了床，出门。妈问她："西芳，你干啥去？"妈一直在低头做活，没看到发生了什么。"解手。"她一个人走到外面的夜里，往厕所走去，眼泪流了出来。

你们既然不喜欢我不欢迎我，为啥要我来？我在家待得好好的，我有我奶我爷和我婶，我有我自己的生活和世界，谁稀罕来你家？

好在很快开学了，爸爸把她领到了天河子弟学校，领到四年级六班，交给一个黑脸蛋大眼睛的女老师。老师友好地拉住她的手，问章柿："入学手续都办好了没？"章柿说："都办好了，该签的字签了，该盖的章盖了，该免的费免了。唉，真没想到，没户口上学这么难，找这个找那个，总算好了。"老师笑笑，大眼睛里现出善良和理解，西芳觉得她的手很软乎。章柿赔着笑脸说："刘老师，俺这可是农村娃，你多包涵。"

西芳个子低，排座位在第二排。她不会说普通话，见别的同学张口伶俐地说话、笑闹，她紧紧地闭住嘴巴不出声。

"咱们出去玩吧。"身后一个女同学主动叫她。她白白的脸蛋，鼻梁上一片淡淡的小雀斑，穿得很好。西芳跟她下楼出去到操场上，两人站在双杠边，面对着面，那女同学大方地跟她说："我叫陈芳。"她也说了自己的名字。陈芳说："我知道，我是东芳你是西芳所以咱俩应该在一起玩。""你咋是东芳呢？""我是耳东陈啊，不是东芳吗？"一句话拉近了距离。陈芳穿着紫红色灯芯绒背心，胸前绣着一只黄色小鸭子，灯芯绒在太阳光下色彩不一，有深有浅，背心里面是洁白的衬衣，到中午热的时候，就把背心脱了。班上同学都没有陈芳穿得好。西芳羡慕透了她这个背心，而自己身上穿的还是从家里来时奶奶在会上给她买的衣裳，可想而知跟陈芳站在一起她是啥模样。可陈芳丝毫不嫌弃她，每次都主动叫她玩，和她一起上学放学。

很快就期中考试了，西芳觉得功课吃力。一开始她听不懂老师讲的课，尤其老师一说得快，她更是跟不上，也不好意思问别的同学。她只是私下里跟陈芳说她不喜欢上课，陈芳说她也不喜欢，她从小成绩就不好。西芳问她："那你喜欢干啥？"西芳已经差不多会讲普通话了。陈芳说她喜欢一个人看着天边发呆，想变成小公主，穿着最漂亮的纱裙。陈芳问西芳："你想干什么？"西芳犹豫了一下说："我想当贵妇人，家里有好多房子。"两个人站在操场上，吃惊地看着对方，百感交集地发现对方原来和自己很像，是同学中的另类。两人的心贴得更近了，于是她们把友谊从学校延伸到家里。陈芳家在一幢苏联式老楼里，一个单元里住了好几户，厨房卫生间公用，家是一间大约十来平方米的房间，她和姐姐睡一张半大床，她爸妈睡一张大床，中间有个布帘隔开，放了一个大立柜、一个半截柜、一个写字台，屋里就没有多少地方了，大立柜上顶着天花板放俩大箱子，吃饭的小茶几收起来放床头缝隙里。不过她家里非常干净，床上的单子铺得特别整洁，屋里露出来的水泥地面仅有一点却干净明亮。

陈芳拿出一个苹果给她吃，这么大的红苹果叫她吃惊。西芳家里的苹果都是爸爸买的扒堆苹果，每个上面都有烂的，吃的时候要用刀子把烂的那一点旋掉。有时眼看着旋净了可吃起来还是有点坏味。

西芳拒绝了这个大苹果，坚决地推开陈芳的手："我告诉你我不爱吃苹果，我家里也有很多，有一次是有一大袋子，我就是不爱吃。"陈芳吃惊地看了她一会儿，把那个苹果放在自己嘴边咬了一口。西芳说得没错，有一回她家里是有一大袋子苹果，半人高的一袋子。她一放学打开门就闻到那奇异的香甜，看见在床边靠着一面袋子苹果，满得袋口都扎不严。她先洗了一个吃，然后趴床上写作业。一会儿，爸爸下班回来，还跟回来一个叔叔，爸爸说："你小王叔叔下午买的苹果放咱家了，这会儿来取。"小王叔叔从袋子里拿出几个说："给孩子吃，给孩子吃。"爸爸和小王叔叔像打架一样推让那几个苹果，又找来绳子，给他把袋口扎紧。西芳面红耳赤地坐在床边，胳膊肘压住那个苹果核，生怕被小王叔叔看见。小王叔叔扛着那袋苹果，轻松地哼着歌走了，并不像西芳想的那样，这一袋子苹果是多么了不起的事情。

西芳从那个时候就想：什么样的人家，才能天天吃这种又大又好、没有一点伤的苹果呢？可能就是陈芳这样的家吧，爸爸妈妈是双职工，全家有西安市户口，能住上厂里分的楼房。

西芳也请陈芳到她家来玩。陈芳一来就喜欢她家，她说："你家多好啊，房子这么大，你有半间房子，自己睡一张床，还有这么多书。"

西芳拿出她的《儿童时代》《陕西少年》《少年文艺》，还有爸爸的《八小时以外》《小说月报》，两个人躺在她的床上，一本一本地胡乱翻着，说一些不愿意给别人说的话，一直到章柿或胡爱花回来，陈芳才突然想起要回家，抓起书包就跑。

期中考试那天，章柿对西芳说："去了后，先上个厕所。做完题后，反复检查，大家都交卷了你再交。"

西芳去得很早，操场上学生还很少，她先把书包放进教室，一个人去上了厕所，然后回到教室坐好。同学们陆续到齐了，老师突然走进教室说了句什么，很简短，好像不到十个字，同学们"呼啦"一声跑出去了。她也跟着大家往外跑。这个老师总是说话很快，南方口音，她完全没有听清。马上要考试了，都跑出去干什么呢？她跟着大家跑到厕所门口。她停下来，看到同学们拥挤着进去。她有点忧伤，一个人低着头慢慢往回走，回到教室，看到还有一半同学坐在那里，那是不需要上厕所的人。

章楝调到了郑州工作。第二年夏天，他把季瓷和津平接到郑州，开学时，把津平领到了铁西小学二年级的一个教室里。

季瓷坐在四楼章楝的宿舍做活。她只在这里待了一个月就想走，整天住在树尖上，挨不着地，心里急得慌。大家见天都上班走了，楼上连个人都没有，在西安住的还是平房，好坏还有个人说话，可在这儿，出了房门是一个长长的走廊，两头望不见一个人，下班回来后，都"嗵"的一声关上自己的房门，好像谁跟谁都不认识似的，这也叫日子？都一个个过独了。孩子上学，没户口，还得掏高价钱，找这个求那个，说好话批条子。吃一根葱都得买，动一动就是钱，没有钱真是寸步难行。你们谁愿住这儿谁住吧，我是不住了，再过几天，津平上学习惯了，我就回去。

走廊里有脚步声，慢慢地，一点点往这边挪，到门外停下了。这会儿是谁呢？都上班去了，就算是楝回来了，咋不进门，站门口弄啥？

她走过去打开门，津平站在门口，低着头，咬着嘴唇，侧身挤进屋里，坐在床上，"哇"一声哭开了。

季瓷搂着问了好半天："你正上学，好好的，咋回来了？谁欺负你了？老师吵了？书包丢了？这么远的路，你咋回来的？"津平都只摇头不答，哭了好一会儿，才抽泣着说："奶奶，咱回家吧，我不在这儿上学了。"

原来，课间津平出来上厕所，从厕所出来往楼里走的时候，突然想不起他在哪个教室。教室真多呀，有四层楼，每层楼都是一模一样的门和窗，里面出出进进的孩子也都一样。就在他一个挨一个教室地找时，上课铃响了，同学们"哗"的一下跑回他们该去的地方，而他章津平，这个农村来的孩子，才到这个学校三天的学生被丢在走廊上。教室里的同学都坐好了，一个个脸朝前方，他更不敢探头往里面看了。老师也都一个个往他们要去的教室走去，一个老师在走廊上大声问："哪个班的？还不赶快回教室去。"津平下了楼，空荡荡的操场上就他一个人，仰起脖子看楼上。学校突然成了迷宫，而他的座位空着，上节课的书本还摆在桌上，他被那突然响起的铃声阻隔在教室外，他被强大神奇的城市抛到操场上。他一个人呆呆地看了一会儿，放弃了找教室的打算，出了学校门往西走，知道他家在西边，就一个人顺着马路走，他记着爸爸的单位，门口写着北方钟表厂。他万分小心，想找回家的路不能再走错，否则将迷失在这巨大的都市，奶奶和爸爸会急疯。电线杆上贴着寻找小孩的启事。他低头看看自己的衣服和脚上的鞋，爸爸写寻人启事的时候能否记得他今天早上离家时穿的什么。八岁男孩，身高一米二五，大眼睛，双眼皮，头发自来卷，不会说普通话，这是他的特征。爸爸说开始天天接送他，过了这一个星期，就叫他自己走。领着他的时候，给他指着说了路边的各个单位、路口，告诉他："你死记住，咱家在第五人民医院的西边，记住过马路时红灯停绿灯行，走人行横道，千万不敢像在老家一样想咋走咋走。"他向西走着，看见了第五人民医院的牌子，才敢让眼泪流出来。

季瓷拉起他的手："快放学了，得赶紧去给恁爸爸说中午不叫他去接你了。"

半个月后，津平基本适应了新学校，季瓷坚决要回家。"我回去，叫北京来吧。"

季瓷回家后给村上的人说："哎呀，在树尖上住了一个多月，可急死我了，清早睁眼一看不是咱家，只看见外面的树梢树叶。"她给罗北京说："你们年轻，老分着也不是个事，阳平给我放家里，你去了兴许能找个啥活儿干干，多少挣一点，能顾住嘴。"

也许她早已料到，早晚这些人会离开她，她会越来越孤单。也许她习惯了分别，不把人来人往当一回事儿，今儿这个回来了，明儿那个走了。走吧，都走吧，王八孙们，我不想你们，亲这个亲那个，都没用，谁也不会在我身边守着。

天河厂又有了消息，如果有家属是农村户口的职工愿意调到陕南山里的三线企业，可解决家属户口，转为商品粮。章柿又回来跟爹娘商量。季瓷好一会儿不说话，把西平叫了过来："叫你去大深山里，叫你吃商品粮，不当农民了，还给你工作干，你愿意不？"西平已经长成了体面齐整的小伙子，说媒的已经来了很多。他挑来拣去，老也不如意。奶奶突然说要他去大深山里，他怔住了，不知是啥意思，平原上的人对山区有成见，大深山这词就带着贬义。西平摇了摇头，说他只想去西安，如果去不了西安，他就在家待着。季瓷给章柿说："日子是你们过哩，去也是你们去哩，主意还得你们拿，反正要是我，不去，在西安再等等，就不信没有法儿。"

天河厂南大门防震棚范围越建越大，每一户都面临着户口问题。工人们的家属来自周围各省的农村，本来只是在南大门和单身宿舍之间盖的房子，慢慢地延伸至单身楼的四周，从楼上看下去一片牛毛毡、石棉瓦的屋顶。单身楼的后面，成了四川人的天下，他们来得晚，已经没好地方，沿着原来的边沿搭建一间间小房子，这样从下面的长乐路往上看，严重影响城市形象。厂里出面做单身楼后那十几户职工的工作。职工说："好，你给我们找地方，立马搬。"可谁能给他们一间房呢？眼看着南大门的家属越来越多，旮旯拐角都住着人，后来连厂里刚结婚分不来房的年轻职工也挤出点儿地方盖一间。法不责众，谁占上是谁的。住在这里不掏房钱，不收水费，用电找个懂电的人，从大路上的电杆上接来就行，反正都是天河厂的，我们生是天河厂的人死是天河厂的鬼，吃喝拉撒都在这儿，死了也得天河厂的车拉到东边的火葬场去。

但凡有厂家委会、公安处、消防处的人来此，还没说自己的理，职工们围上来，家属们围上来。山东人说："老子是从南疆战场上回来的，保家卫国这么几年，家属跟我们来住怎么了？叫厂长来跟我说话，叫厂长给我们找个好地方。"

"冰冻三尺非一日之寒"，唐山地震到现在也六七年了，南大门叫这种房子盖满了，还有向东延伸的趋势，出了南大门向东看，大有建筑工地的欣欣向荣气象，最可气的是顺着自行车棚盖了一溜房，直接就用车棚外墙做了自家的一面墙。

农村实行了联产承包责任制，地分给了各家。职工们在农村的家属先是农闲时节来城里居住，发现城里比农村好得多，干脆就不回去了，他们聚居的南大门成了天河厂的一片新兴家属区，从长乐路看上去，严重影响市容。

市里与天河厂不断地交涉，而这边职工自行搭建如春天的"离离原上草"不可阻止，天河厂无奈，顺着长乐路往上，垒了一道高墙，挡住了影响市容的破烂防震棚，至于棚区里发生的事情，治安、消防问题，自己兜着。

不出事是不可能的，凡是有人的地方就得有事，这里的事还出得五花八门热闹非凡。夏天的夜晚，晒了一天的低矮防震棚，热力不退，人睡不着，到一两点还不能完全静下来。突然一阵狂喊乱叫把刚迷糊的人都惊醒了，有人跑出来看，但见单身楼上的老王在前面抱着头跑，棚区新住户小王在后面追，小王追着老王，绕单身楼跑了大半圈，终于揪住了，死命地打，边打边骂老流氓。

老王的家属在很远的西北农村，家里农活多，孩子多，老人有病走不开，他们夫妻见面也就是一年一次的探亲假。在西安，老王的夫妻生活基本上就是别人的夫妻生活，他夜里扒防震棚窗口看人家夫妻干事。有的窗帘拉得严看不见就听个声，有的连个声都没有，老王就很生他们的气，心里骂他们"啬皮"。老王经常守候在一个个窗外，一守就守到大半夜，慢慢地，他基本知道了防震棚区域每对夫妻的性生活规律、频率、特征。

棚区来了小王夫妻，他们是"五一"刚结婚的，没地方住就在南大门搭了半间小房，房子盖得很凑合，可晚上那事不凑合，新婚夫妻的所有恩爱和花样都在这小屋里上演，忠实的观众就是老王。小王夫妻俩长得像电影明星，男的高挑英俊女的面似桃花，老王爱死了他们，见天夜里在窗外看他们，如果不来看他就睡不着觉。幸福的人拉窗帘的速度很快，"哗"的一声，小钢圈在铁丝上划过，草草地在不直的铁丝上绊住脚，就给老王留下点缝隙，或者他们那窗帘本身安装得就有问题，压根就拉不严实。有几天可能是小王妻子身上来了，两个人不干那事，他就天天去看小王妻子像一摊春泥在床上沉睡。那个默默流血的女人，早早上了床，有时候侧身有时候仰面朝天，不管怎样老王都爱，爱得心尖儿颤抖。小王在灯下看书或干家务，女主人太累了，在明亮的灯光里也能躺下立即睡着，她是那么放心贪婪地睡在自己心爱的床上，下面兜着一沓越来越重的卫生纸，她在休养身心，她在积蓄力量，等待这几天浪潮过后再跟亲爱的丈夫恩爱。在老王眼里，她每一个睡姿都是为了让窗外的老王能够坚挺温柔光滑地进入。她来例假的这几天对老王是个折磨，老王比小王还着急，盼着她快点结束。

万事都有美中不足，要说老王的美中不足就是小王的房子盖在路边上，窗户正对着南大门通往单身楼的路上，这给他的观看增加了危险系数，有时候他正看得如火如荼，路边走过一个人对着他重重地咳嗽一声，他马上蹲下装作系鞋带，蹲下后才发现他穿着拖鞋，有时候他就用手里现成的东西对着墙根，让人家以为他在冲墙撒尿。

大家都是同事，给他留着面子，可这事早晚会传到小王耳朵里。

这世上不要脸的事天天有人干，只有败露者才是真不要脸。

老王一下子在天河厂南大门臭了名声，女人见他都躲开多远，好像她们突然贞洁非凡，连那些四五十岁的乡下女人也像少女一般表示对他的痛恨与嫌弃，天天想看到他灰溜溜走过，好有机会表现自己的无辜与惊讶。小孩子正好好玩着，见他夹着饭盒走来，"哗"的一下惊散了，他走过去后，他们回到刚才的领地，对着他的背影"噢噢噢"叫几声，或者拍着手说："小榔头，砸核桃，谁放屁，我知道。"男孩子们代替老王去扒小王的窗口，他们比老王光明，是集体行动，大白天也挤着脑袋凑在这里，往往他们其实没看到啥，只是听到屋里人说话或碰到啥东西响了一下，或者屋里压根就没人，好像看一眼那个空着的床就能想到那上面的节目。孩子们常常高兴得"噢噢"叫着跑开，边跑边唱："看见了，看见了，看见了。"

地一分，季瓷和章守信发了愁，这么多人的地，十来亩，他们老两口和西平咋能种得过来。季瓷到河东宋找她外甥女大花，季瓷说：

"恁这儿一人合的地少，恁家这么多大小伙子都是一身力气，去给俺家帮着把地种了吧，种的粮食留够种子和俺自家吃，都是恁的。"大花说："姨你说啥话哩，你就是不给俺一个粮食籽儿，这几个孩子也得跑去给你把地种好。你忘了俺娘死的时候给咱咋说的了，咱的情义比天高、似海深，你出去问问俺庄上的人，哪个不知道俺河西有个姨，比亲一窝还亲，知道我没成色生了一群，日子不好过，老帮衬俺。这会儿他们都长大了，跑着给他姨姥娘种个地算啥事哩。"大花的大孩子元宝也说："姨姥娘赌放心了，恁家的地荒不了。"

一到农忙时节，元宝领着几个弟兄来，割麦割豆子掰苞谷，锄地施肥翻红薯秧，几个大小伙子不在话下，一半天就干完了。庄上人都眼气季瓷，半开玩笑地说："你这老婆儿，啥好事都叫你轮上，孩儿、媳妇在大城市里享着福，家里的地还有人给种着，俺正想等着看你笑话哩。"

"可把你们王八孙的眼气瞎吧。"季瓷放高声，让远处的章节高听。能说出来的人不是真眼气，她知道章节高气她为啥不去找他说这事，虽然地分给各家了，可谁也没说不叫他亲侄子当这个队长了，生产队里的人有了困难应该先来找他呀，轮得着他外村外姓人成群结队地来咱河西章帮忙种地？谁不知给人种地有好处，力气是自己的，可粮食却是从人家的地里往自家搬。

当然宋元宝几个得先把自己家的庄稼管好了再来管姨姥娘家的，他们还没来的时候，就只章守信和西平、新媳妇素娟几个人对付十多口人的地，看到别人家的地里人多势众，成群结队地干活，这几个人显得势单力薄。章守信边干活边放大声唱戏。边上有人说："守信大爷你还有劲儿唱哩。"章守信说："不唱咋呀，我就是坐这儿哭，还是这么多活，慢慢干，总有干完的一天。"

章柿也顾不得家里那些地了，他的注意力在胡爱花和几个孩子的户口上。有了西安户口，也就有了粮本粮票，拿着粮本粮票才能买粮买米买菜，没有这些就得掏高价买黑市上的东西，这样一来，胡爱花拣破烂儿挣的高工资还是跟城里人的低工资一样，生活依然窘迫。

幸亏，空气、阳光、微风，这些是不要户口、不要粮本的。走在街上,章柿想。

他已经想办法给胡爱花买了月票乘公共汽车,胡爱花早早走了。他要叫西芳西莹起床,在食堂买了早点,叫她们吃了去上学。下午他下了班跑回家给她们做饭,饭做好了,胡爱花才回来,她进家门第一件事就是弄一盆水在门外洗脸。

西芳盼着妈早点回来,妈一回来,她才觉得家里有了温暖的感觉,妈不在的时候,她不爱跟爸爸说话,西莹跟爸爸说话,跟爸爸撒娇,她装作没听见,她用沉默来对抗。可是妈早上走得很早,晚上又回来得晚,她好像很累,吃过晚饭就躺下睡觉。

晚上睡前,全家人在收音机里听广播剧,听歌曲,西芳在心里跟着那里面的人学说普通话,她已经会说流利的普通话了,"上厕所"不再说成"解手",同学们也不再为此笑她。她之所以爱跟陈芳玩儿是因为陈芳不笑话她,她说出一句家乡土话后,如果陈芳听懂了就告诉她这个词用普通话怎么讲。

中午,他们边吃饭边听长篇小说连播,《岳飞传》《杨家将》《北国草》,每听完一部,心里空荡荡地难过好几天。一天她自己走出家门,顺着去往东边的那条路,一个人走好远,站在高处看长乐路上的汽车,偶尔会有外宾车辆从下面跑过,他们是去参观兵马俑,那汽车高大气派。有一个冬天,大雪纷飞,她放学回家,在长乐路上看到一辆黑色小汽车停在路边,可能是坏了,下来两个人在修理,从车上下来一个外国女人,穿着裙子,光腿上只穿丝袜,丝袜在雪地里闪着亮,那外国女人身上穿得非常单薄,肩上披着大围巾。路边的人都停下来看,西芳惊异地看着她的腿。有人说,天哪,她不冷?马上有人说,那车里有暖气。那时西芳知道了,汽车里也可以有暖气。放学回家时,长乐路上又见到一辆外宾车,里面有个老人脸贴在窗上正在向外面看,好像很激动的样子,目光相遇时,突然向她摆摆手。汽车一闪而过,西芳呆呆地站在路边。他为什么向我摆手?他是不是认错人了?

从那以后,西芳很爱走那条路,并且爱一个人走,看到外宾车她会放慢脚步,等待车上的人向她摆手。她再不会像那天一样,那么傻,那么没礼貌。那个老爷爷向她摆手,她怎么能没反应呢?下次她也要很可爱地向车上的人摆手,要轻松、自然、微笑,她在家中镜子里做这个动作,很自信这个动作对她来说是呼之欲出的。在放学的路边,在外宾车经过的长乐路上,她一个人走着,像其他放学的孩子一样,漫不经心地,其实心里很在意那些一闪而过的外宾车,在意车上的人,那些高鼻子、大眼睛,那些天还不热就露出好大一片胸脯的肥硕的外国女人,那些在车里的外国人来自哪里?他们怎么不跟我摆手呢?

  初中重新分班,西芳和陈芳分开了,可她们俩还是经常上学一起来,放学一起走,下了课在走廊会合,一起上厕所,一起趴在廊台上看操场上奔跑的学生,打铃了跑回各自班里。

  那时收音机里常常有播音员豪迈地说"80年代初的春天"。她长大以后,偶尔听到这句话,心里一暖,因为这时,80年代初的一个早春,章西芳来月经了。那时天还有点冷,她晚上早早地睡下,感到了有些不适,可她不知是怎么回事。早上起来后,感到下身的不适已相当严重,湿淋淋黏糊糊的,她去看时,床单上已经被弄脏一大片。她惊恐万分,不知是怎么回事,爸爸在外间叫她吃饭,她匆忙用被子盖上,跑到厕所看自己的情况,更害怕了,为什么流了血却不疼?为什么没有停止的迹象?她换了裤头,给裤子里夹了卫生纸上学去了,坐在座位上不敢动,也不敢给任何人说,好像自己干了什么坏事。

  晚上,妈跟她说:"你长成大闺女了。"妈已经把床单换下来洗净,告诉她应该怎么处理,她长舒一口气,心里还是对这个事万分惊奇。

  慢慢地,她知道班上几个女生也来这事了,可是陈芳没有来,陈芳责怪她为什么不早告诉她,她早知道例假这个事,可她总是不来,她可着急了。从此,她再来例假的时候,陈芳就陪她上厕所,从头至尾站在她面前观摩,一脸很向往的样子。自己为什么要来这么早?只有十二岁半,陈芳那么渴望,却一直等到十五岁。

  单身楼的后面,住着一户陕南人家,有个二十多岁的姑娘,经常坐在家里骂人,她一开骂,南大门的人就兴奋异常,纷纷涌到楼后。

有人说那姑娘是真疯，有人说那姑娘是假疯，认为她真疯的人说她有时候骂着骂着就解开上衣扣子，只露出里面姑娘家的小背心。她一口陕南话，骂声直指西安市公安局，她说她本是西安人，二十年前城市里叫家属回农村，说过几年城里能吃上饭的时候再让她们回来，她妈就带着她回农村了，这一去就再也回不到西安，现如今她这个生在西安的人却成了外来户，没有工作也找不到对象，大好青春年华被葬送了。她呼吁有良知的人要解决她的问题，她命令西安市公安局，要当年把她们母女俩的户口迁回陕南的人来到她面前，给她赔礼道歉，请她回到西安来，给她找工作，给她找对象，否则——

"绝不原谅你们，我变成鬼也饶不了你们，除非你们现在立即把车开到我面前。"她用力跺了跺她脚下的土地，"你们解决我的问题，你们给姑奶奶我转西安户口……"她口干舌燥，脸色煞白，嘴唇开始哆嗦。早先她父母还出来劝她，可办法用尽并不能阻止她。她爸哄她："我的退休快办好了，一办好，你就进厂，户口也就迁来了。"

"爹爹你好糊涂哇——"她拉长声唱起来，"那怎么是一回事，退了休你就得回家，这是一换一，我接了你的班，弟弟怎么办？我现在要他们解决我和我妈的问题，啊——啊——"她最后的"啊"拖着长音，像戏台上样板戏里的铁梅一样头一甩，做一个握住大辫子的动作，瞪大眼睛看着她爸。

有人小声说："看，不是真疯吧，还知道想着她弟弟。"

这种叫骂隔几天就上演一回，有时候是在自己家里，有时候在单身楼的前面，任由那些进来出去的男单身们把她看来看去。还有的时候，她跑到天河厂南大门，对站在门口的警卫大吵大闹，让他们把公安处的人叫出来，因为当年是他们把她妈和她的户口迁出了西安市。

城墙北的火车站家属区有一个章柿的老乡李带财，老家离河西章不足十里地，年轻时在家不正干，爱四处跑，跑着跑着，把自己跑成了穿铁路制服的人。他常常来章柿家走动，每回来手里都有一点儿紧缺东西，坐在家里不走，胡爱花便给他弄两个菜，倒一点酒，还得给他准备烟。章柿不抽烟不喝酒，但家里放着烟和酒，以防李带财来了措手不及。平时大家把那酒叫作"带财叔叔的酒",把那烟叫作"带财叔叔的烟"。李带财总是边抽烟边吃菜边喝酒边大声说话,他那油光光的脸上长着一双过于明亮的双眼皮大眼睛,这双大眼睛在火车上到处搜寻,看见那些混上车来卖东西的,他借了那制服的威严走上前去伸手就拿一个。他手里有这些东西的时候,往往就拿着到了章柿家里,说话说到半夜,直到西芳西莹在床上睡了,章柿胡爱花坐着直打哈欠,他才告辞走人,骑着自行车醉醺醺回家。有一回他骑着骑着一头扎在路边的花坛里,头上血直流,到医院缝了好几针。下次再来的时候,脑门上的伤疤微微泛红。章柿说:"带财啊,不是我不舍得叫你喝,是真的喝了这东西没好处。要不,咱就坐着说说话,这酒是你的,你拿回家喝,咋样?"李带财不服,只管打开喝。

火车票紧张的时候,李带财给章柿买过几回车票,章柿记着他的好。听说李带财的家属也从老家来了,李带财有门道,在单位分房的时候,七倒八倒竟然要来了一室一厅的单元房。

中学生要换粮本,增加粮食定量,老师在班上问:"户口不在西安的请举手。"西芳举起了手,她想:老师真好,他不说没有户口的,而是说户口不在西安的。班上只有两个人的户口不在西安,另一个是张丽红。两个人迅速好上了。张丽红的户口在北京,因为她妈妈在北京工作,她弟弟在北京跟着妈妈上学。她从小也是在农村跟奶奶长大的,爸爸也在天河厂上班。她说她早晚会去北京上学,因为妈妈催了几回,奶奶和爸爸在这里不放她走。"我也不想去,一去,我妈就要跟我爸离婚。她都几年没回来了,我不想让他们离婚。"

"你妈为啥要离婚?"

"看不上我爸,她跟我爸是老乡,当年他们一起考到北京上大学,毕业后我爸分回来她留在北京,我爸调了好多年调不进北京,我妈又不愿回陕西。"

有北京户口的张丽红却分明长着一张陕西农村女孩的脸,红脸蛋,黄板牙,还有点向外龇,看起来很倔强。她跟她爸住在天河厂东门的三百间,比南大门离学校还远。

两个人放学上学都一起走，走在一起无话不说，她们说月经，说长篇小说连播里的人，说班上的男生，说自己的爸爸妈妈。西芳告诉张丽红自己的妈妈在垃圾拣拾组上班，也就是说自己的妈妈是捡破烂的。她没有给任何人说过，跟陈芳都没有说过。有北京户口的张丽红没有一点看不起她的意思，还是爱在她家玩儿，爱看她家那么多杂志和书。有一回张丽红爸爸出差几天，她主动请求住在西芳家里，白天在西芳家吃饭，晚上跟西芳挤在一张床上睡觉，见到胡爱花回来，很有礼貌地叫"阿姨好"。

单身楼的西边，两间盖得挺好的房子，住着安干部和他的家属。安干部很讲究，头梳得光光的，戴个眼镜，只是嘴唇常年发黑，西芳总是有点怕他或者是讨厌他，尽管他来了总逗西芳，用他那像唱歌一样的普通话夹着方言说："西芳，梳头呢，头上有没有虱子呀？"西芳被揭到痛处，脸扭到一边不理他，他笑笑，就跟爸爸说话。在这一片棚区，安干部跟章柿还说得来，因为俩人在厂里都算个小干部，平常不用干活。他家属也是从农村来的，跟他站一起压根不配，本来就比他大几岁，皮肤黑，脸老长，一口黄牙，还生了一个傻女儿，也从农村带来了。他们还有个儿子，二十多岁，在家种地。安干部平时不愿在家待。他不像章柿和别的防震棚区一头沉的人一样，要家属来是为了解决夫妻两地分居问题，他这个问题或许没有家属也能解决，所以并不想要家属来。可那女人去年怀着一颗热热的心带着傻女儿丽丽坐着火车来了，十好几岁的傻丽丽每天在单身楼下跟几个学龄前儿童玩，见他下班回来，就像学龄前儿童那样张开臂膀跑过来大叫着"爸爸，爸爸"。傻丽丽个子挺高，两条大长腿，伸不直，那样跑着就有点呼扇呼扇，随时要摔倒的样子。安干部面无表情，克制地牵了她的手回家，训他的家属："说过了别叫她跑出去跟那些小孩儿玩，人家欺负她哩你知道不？"他家属正在做针线活，停下来，诚惶诚恐地看他："好好，下回不叫她出去了。"可是爸爸上班一走，傻丽丽非得出去玩，不叫出去就哭，安干部的家属就很为难。傻丽丽虽然头脑傻，可身体不傻，她像西芳她们一样，该发育的都发育好了，可她不知道保护自己。

楼上有个单身汉用一颗糖就哄得进了他的房间，幸亏看楼房的齐妈妈觉得不对劲，硬敲开房门，见那人把傻丽丽的衣扣都解开了，露出少女鲜活的乳房，她嘴里含着糖还傻乎乎地笑。齐妈妈拉住傻丽丽出来，送回安干部家里。过了两天，齐妈妈夜里正睡觉，窗玻璃被半块砖砸碎了。齐妈妈找那个单身汉理论，那人不承认是他干的，齐妈妈告到他车间，车间说没有凭证，这事不了了之。

胡爱花经常晚上下班回来匆匆从安干部家门前走过，她的家属就说："大妹子，进来歇会儿吧。"农村女人看见同类总是心贴得近。胡爱花说："嫂子，没空啊，下雨天我在家，你来玩吧。"

胡爱花要是在家，安干部家属就领着傻丽丽来了，玩了一会儿，傻丽丽闹着要走，胡爱花跟西芳说："把丽丽领着去东边那儿玩会儿吧。"

西芳领着傻丽丽出门，傻丽丽上来拉住西芳的手，湿乎乎的。西芳想抽抽不出来，傻丽丽诚心诚意地向她笑，口水饱满欲滴，在嘴角摇摇欲坠，手拉得更紧。两个人就向东一路走去，过了运输处，来到五七厂门口，站在原边上看了好一会儿长乐路上的汽车，西芳说："回去吧。"傻丽丽扭着身子"啊嗯啊嗯"不愿意，西芳一想，去张丽红家玩吧。就继续向东走，拐向北，过了运输铁路，去三百间，走过一排又一排平房。敲开门，张丽红的爸爸手扶门框，脸色很不好地面对她俩。她说："叔叔，我们来找张丽红玩。"张丽红爸爸说："她在水池洗衣服。"两人走过几排平房，见张丽红弯着腰在水池边上，老远就听到水"哗哗"地流。走过去见张丽红脸色也不好，眼睛肿，好似哭过，一大盆衣服，有的一看就是笨重的大人衣服。西芳就想，还是张丽红懂事，知道给她爸爸洗衣服。两人站在水池边看着她把衣服都打上肥皂，用力地揉来揉去，揉出一盆泡沫。傻丽丽对着那些彩色泡沫笑出了声，伸手挖了一大捧，用嘴吹得它们慢慢飞出去，她快乐地"咯咯"笑着，去追它们。张丽红把衣服一遍遍投净，手指头冻得通红，端着盆说："走，去我家玩吧。"西芳想起张丽红爸爸阴沉的脸，说："不了，我们回家呀。"又领着傻丽丽回去。安干部的家属在抹眼泪，胡爱花劝她说："嫂子，忍忍就过去了，再咋说，他是丽丽她爸，你是丽丽她妈，这总是走到哪儿也改不了的。"

西芳刚学会骑自行车，一心想骑到马路上，章柿不让，他不在家的时候，就把自行车锁上。可这天，他推回一辆二六女式车，对西芳说："你不是一直想骑车上路吗？我借了珍阿姨的车子，咱俩一起去你带财叔叔家，我们车间的人让我用他家粮本买了一袋面，给你带财叔叔送去。"

章柿的车子后座上放着那袋九块钱买来的五十斤面粉，算是报答李带财经常帮买火车票。他叫西芳在靠人行道的这边，由他保护着，两个人慢慢地骑。西芳喜爱地握着自行车把，激动得脸都红了，想象着哪一天自己也有一辆这样的车子。

章柿扛着面袋，西芳跟在后边，两人上到四楼，见李带财的闺女银环站在门外抹眼泪，看见章柿和西芳，本已差不多停下的哭泣又回返潮来，捂住脸"呜呜"哭开了。章柿边招呼银环不哭边敲开门，来开门的是李带财老婆，把客人让进屋，看一眼门外的闺女，嗫着声不敢吭，拉了一把，银环一闪身进来，钻进了里屋。

"谁叫你进来了谁叫你进来了？你别以为你柿伯来了就有人替你说话，出去出去，当野鸡去，我不要你了。"

"带财，咋能这样训小孩！哪有你这样当爸的？"章柿严肃地制止喝得满脸通红的李带财。

"就是不要她了，出去当野鸡去！"李带财红着脸膛，闪着油光，嘴大张着说。章西芳一路上的好心情完全被破坏了，她万分惊讶地看着李带财，天哪，世上还有这样的爸爸！

李带财老婆给章柿和西芳倒了水，站一边不敢吭声，只拿眼睛瞪自己男人。

"白养活你这么大，十八九了，一个钱挣不回来，光坐到家里吃我的喝我的，还敢跟我顶嘴，反了你了。"李带财气还没消，对章柿说，"你不知这死闺女，快把我气死了。"

李带财喝口酒，有滋有味地讲起来。

"你想想，我把她们从老家弄来，还日鬼捣棒槌弄来这房子，叫她娘儿俩住着，容易不？想把她弄到火车上当列车员，没有户口，一时半会儿还办不成，就想给她找个好婆家。我们站上有个离了婚的，啥离婚呀，那是好听说法，实际情况是老婆跟人跑了，跑车嘛，跑着跑着心跑野了，跟一个渭南农民混到一堆儿了。他奶奶的，这世上啥事儿都有，你一个国家职工、铁路工人，就跟着一个不好好种地、四处流窜的农民混到一起了，剩下这倒霉的龟孙带个小孩。人嘛，大堆儿上的样，个低点儿，脸黑点儿，头发少点儿，可人家是国家正式职工，一个月几十块工资，一跑车，小孩儿在家没人管，我想着叫银环去。那龟孙把银环一看，当场就管我叫爸了，还说了，以后每月把工资都交给银环。你说到哪儿去找这么好的事？你猜她说啥？她不愿去给人家当后妈。说得多光棍，你不愿，这世上谁愿当后娘，这不是没法儿了吗？你不是没西安市户口吗？你再有志气，你再长得好，顶个屁用。气得我呀，正哄她哩，你来了，你看看你看看，到哪儿去找这不听话的小孩。我要是不把她从老家带出来，她大不了在家寻个长得好的年龄相当的，能咋？到哪儿去每个月见几十块钱？老农民，一年到头累死累活，能落下二百块钱不？"

　　"小孩儿猛一下接受不了，你就不能慢慢说，好好劝劝？"李带财老婆趁机赔着小心说。

　　"是，这种事不能着急，婚姻大事，得她自己愿意。"章柿说。

　　"呸，她不看看她是弄啥的。她老子要是省长市长，别说省长市长了，就是个铁路科长客运段段长，她能挑拣，找她愿意的去寻。她老子我，弄了半辈子，还是个工人。现在给她找个挣工资的，她还弹嫌，她想弄啥哩？李银环，我今儿给你说清，这事我定下了，你要是不愿，两条路你来选：一、今黑就出门当野鸡去，从此我不是你爹你不是我闺女，马路上走对面我都不认得你，你相信不？二、给你买张火车票，你回家种地去，看你俩哥俩嫂谁耐烦你，你赎去跟着他们过了。"

　　从李带财家出来，两个人缓缓地骑着车子。西芳的心里像堵了个什么东西，嗓子眼儿里憋得难受。

"带财叔咋能那样骂自己的女儿？"在西芳的心里，"野鸡"就是这世上最恶毒最下流的骂人话。

"确实不像话。"章柿也生李带财的气，尤其是当着西芳的面，一口一个"野鸡"地说。

快要十四岁的西芳，身体已经发育完备，身条、脸庞，都是那么让人喜爱。此刻，她浓密的黑发被风吹起来，拂着脸庞。为着刚才的所见，面带忧伤和愤怒地蹬着自行车，脸微微红着。

其实西芳心里更难受的是户口问题。银环长得还算好看，她懂事、听话、孝顺，可是就因为没有西安市户口，就得嫁一个大她十来岁的、自己看不上的男人。那么，我也没有西安户口，将来我是不是也得嫁一个劣质男人，年龄大、长得丑，甚至身体残疾？天哪！

张丽红来跟西芳告别，她要转到北京去上学了。她妈写信来催了几次，还叫她舅来做工作。上个星期她舅专门骑自行车从外县来到天河厂，给她说了半天。

"那你走了，你爸怎么办？"西芳问。

张丽红流泪。

"我一去，他们准会离婚的，所以我不想去。可我妈说，我户口在北京，将来升学考试必须在那里考，而且现在就要去，否则没有学籍。"

两个人肩并肩站在原上，看到下面的长乐路上，浅蓝色的5路电车无声地向东滑去，像一个大罐头瓶子，里面的人挤得满满的。学籍是什么？户口又是什么？为什么偏偏是这些看不见摸不着的东西拆散了人？她们只有十几岁，这个世界上有多少搞不懂的事情啊。

"你还会回来吗？回来看你爸。"

"当然回来，看我爸，看我奶，还回来看你呢。"张丽红擦擦眼泪，对西芳绽开一个笑，那笑容是灿烂的明媚的宽广的，是属于首都北京的。在西芳的记忆中，有北京户口的张丽红的修养和胸怀境界就比她高了一等。她常常提醒自己，要像张丽红那样，在困难和忧伤面前擦干眼泪，露出笑容。

"到了北京我给你写信，你就按上面的地址给我回信。"张丽红说。

285

第十六章

我不敢要她的报酬

就这样把她放回蓝蓝的海里

1983年年底，有消息传来，本次职称评定，评上工程师的，可解决家属的城市户口。这对章柿来说，是个大好消息。他着手准备材料，报上去，审核合格，可以参加考试了。阿珍来帮忙，买英语资料送给他，四处打听各种小道消息，有时候半夜敲开家门说，又有什么什么信息了。那几十天里，章柿住在里面的小房间，夜夜背英语单词到十点。他快五十岁了，上学时学的是俄语，那些生疏的英语对他来说太难了。阿珍把自己儿子派来给他辅导。

到底是让他考过了，材料报到北京的部里审批。他们的工程师证书还没有从北京回来，天河厂九个工程师家属农转非的问题已经摆上了议事日程，厂里开了几次会讨论、研究。

那天，章柿悲喜交加地从厂里回来，他一句话不说，默默地做饭，等着胡爱花回家。西芳感到了气氛不对劲，她屏住呼吸，不时偷看爸爸的脸。胡爱花终于回来了，章柿告诉她，按照政策，子女十六岁以上的，不给办农转非。西平不但早已过了十六岁，而且已经结婚。

"就不能换换吗？你去给他们说说，我不要西安户口，换给西平。"

"国家政策还能由你去讨价还价？要能换早就有人换了，我们九个人里，有五个跟我情况一样，还都是儿子，都是老大。"

"那，他们咋办？"

"能咋办？估计这会儿跟咱一样，都在家发愁呢，最后发现没办法，只能给下面小的转了呗。"

"这，可咋跟西平说呀？"

"是啊，咋说？告诉他，户口能转了，却没你的，你还得跑着去办手续，到公社盖章，开介绍信，把你妈她们几个的户口送来。唉，吃了饭我给他写信吧。"

西芳突然想起那年下大雨，路上的水很深，她不敢蹚水过，西平蹲下身子，把她的书包挂到自己脖子上，背起她过了那片水。而现在，要让哥把她们几个的户口送来，从此以后，她是西安人，哥还是农村人。

西平来了。快要当爸的西平眼睛红肿着来到西安，拿来了妈和两个妹妹的户口手续。他什么也没说，他知道说啥都没用，他静静地在西安住了几天，看着爸爸跑来跑去送那些材料。都办好了，崭新的户口本拿回来，盖着西安市公安局的大红章子。西平把那个户口本拿在手里，轻轻抚摸着，看了多少遍，上面还是没有他的名字。他像来时那样眼睛红肿着回去了。

九个工程师里面，也有安干部。大家都哀叹安干部的家属没福，因为她半年前死了，谁也不知啥原因。前一天晚上胡爱花路过她家门口时还打招呼，第二天晚上再路过时就摆了个小花圈。她死后半个月，傻丽丽被送回老家，交给她农村的哥嫂养活，每个月安干部往家里寄点钱。家属死后三个月，安干部经人介绍，认识了旁边县城的一个女人。那女人带着两个女儿来住到他那两间干净的房子里。墙上的报纸是傻丽丽的妈糊上的，门帘上的花是傻丽丽的妈绣上的，床上的铺盖是傻丽丽的妈缝好的。安干部有了这子女农转非的指标后，立即给了他这两个新女儿。这真是有福之人不在忙。南大门的人议论："这女人哪辈子修来的福，刚结婚几个月户口就迁到了西安市，女儿也转到天河厂子弟学校上学了。"

"那傻丽丽咋办？"西芳问胡爱花。

"傻丽丽，就在老家了呗，当她的农民。"

"可她还不到十六岁，户口能转来的，政策只规定十六岁以下，也没限人数。"

"把她转来，谁带她？谁管她？你安叔叔还咋过他的幸福日子哩？"见西芳还是情绪激动，刚刚有了起色的胸脯一鼓一鼓的，胡爱花用手指理了理女儿脸边的头发。"俺西芳长成大闺女了，有些事你慢慢就懂了，咱是有福的，你爸是个好人，可这世上的人并不是都像你爸这样。"

"人家都说是安叔叔害死了傻丽丽她妈，你说是不是？"西芳想起那回傻丽丽的妈在她家哭。

"小孩儿家别胡乱说，谁见了？谁有证据？那都是人瞎猜哩。傻丽丽她妈有病，摆治不好的病，在农村干不了重活才来西安的。"

也算是事情赶得巧，天河厂刚盖好一大批职工住宅楼，这九个工程师都是四五十岁，一跃成为无房户里资历最好的，优先挑选，章柿和安干部各分到一套两室一厅单元房。1984年春节前五天，他们搬进了新房。

大冷的天，陕南姑娘只穿一件毛衣，奔过来，拉住三轮车车帮："你们骗我，骗了我妈，你们说叫我妈先回老家，过两年国家不困难了就迁回城里，可你们这不要脸的，占了我的指标，你们给公安局送礼了。说，送的啥？我可是给他们送了一条活鱼，他们说研究研究，可转头就把指标研究给了你们，骗子！天打五雷轰！"

胡爱花过去掰开她的手："闺女，回家去吧，看手冻得冰凉。"几个山东女人过来拉住陕南姑娘劝，叫她先回家穿了衣服再来。趁她松手的时候，章柿蹬上三轮车走了，后面是陕南姑娘的骂声。

幸福竟然来得这么突然。这几年里，西芳曾无数次地想，我要是成了西安市人，就算永远住在防震棚里也行，这城市里不是有那么多人住平房住大杂院吗？用公用水管，上公共厕所。可人家那是西安市人啊,老师问谁的户口不在西安时,他们可以满不在乎地坐着,不用像自己一样惊慌地举起右手。

那时的房子不用装修,屋里的地板被统一刷了红漆,墙上统一刷得雪白,统一安了电棒、暖气片,连窗帘棍都装好了。雪亮的电棒照得他们的新家灿烂辉煌,胡爱花要做的就是在楼下的布摊上买两块布,回来在缝纫机上砸好,缝上小铁圈,挂到窗帘棍上。

陈芳家和她家一起搬了新房,比她家多了一间,因为她爸爸是高工。

1984年的春节神奇而耀眼。晚上躺在床上,关了灯,那窗帘上的小星星因为荧光粉的存在在黑暗中闪着隐约亮光。西芳想:这是不是人们所说的幸福生活?从此以后,是不是就再也没有烦恼了?

银环到底拗不过李带财,也拗不过现实,哭过几天后,就被李带财送到那个铁路工人的宿舍里。她年龄不够,领不成结婚证,就先这样成了事实婚姻。现在,银环的肚子已经大起来。

"只等着当姥爷了。"李带财高兴地在章柿家的新房子里喝酒,"那时候她恨我,这会儿她得感谢我,要不是我给她安置这么好的生活,看她这辈子咋弄……"

李带财一高兴,就喝得有点多,滔滔不绝地说,他英明决策了一件大事。

去年从他家回来后,西芳就开始讨厌这个带财叔了。他喝了酒,没话找话跟西芳搭腔:"这闺女咋长得这么白呀?"西芳觉得他说话的口气像电影里的坏人、流氓,不理他,上完厕所从客厅里路过,目不斜视地回房间。

章柿给胡爱花说:"别去拾破烂了,太受苦了。你拾破烂这几年给咱家寄钱,给你家寄钱,给西平盖了房,结了婚,大立柜、半截柜、高低柜、写字台、床头柜,都是在这里做好,刷好漆,拉到火车东站托运回去。你帮衬了一圈人,腰都弯了,快当奶奶了,歇歇吧。"

胡爱花去垃圾拣拾组辞了工,回河西章伺候西平媳妇的月子。

西平媳妇素娟生下个男孩，季瓷当上了祖奶奶。

胡爱花每天早上给素娟做饭时，也给公公打两个鸡蛋，她本来也要给季瓷打的，被季瓷坚决拒绝了："我又不坐月子，干啥见天吃俩鸡蛋，再是有了，也不吃，谁愿吃谁吃去。"章守信颤着胡子，乐呵呵地端过胡爱花递过来的碗。他对现在的生活很知足，有了重孙，当了老老，他七老八十了，羊羔风彻底不再犯，耳不聋眼不花，哪儿也不疼不痒，走路还是"腾腾腾"一阵风，去赶集赶会的时候，兜里总是有几块钱可支配。胡大姐出去多年后成了西安市民，回来还是这样，做好饭先盛给他吃。他走到街里，路两边墙根下跐堆着的人都争着跟他打招呼。人活一辈子，还图个啥。

孩子满月吃面条时，罗北京从郑州回来，抱着胖小子左看右看："叫二奶奶看看俺这胖孙子。"

罗北京的爷爷罗贫农几年前去世了，死之前给了她半张纸，上面是北京的一个地址，对她说："不管咋说是恁爹哩，你要是有条件了，就去北京看看吧，你去叫他一声爹，他也是愿意的。"

她的北京爹回来送她爷了，带着自己的南方籍夫人和在大报社工作的儿子，那儿子就像是从电影中走出来的男主角。罗北京想，这个同岁的人，能是我哥？谁信呀！北京爹穿着便装，一行人在车站下车就被县上的小车接住送回来，晚上再接到县里的招待所。一个在自己家里都住不成了的人，还能认他这个不明不白的闺女吗？有了他的南方夫人，她娘秀云就更没法去他跟前。两个世界的人，站不到一块了。出殡的时候，她扶着她娘，她姐和门里的一个媳妇上去搀住那位尊贵的夫人。尊贵的夫人也跪下，也磕头，也走在出殡的队伍里，只是从头到尾没掉一滴眼泪，连眼圈都没有红。大家也都觉得应该这样，人家北京人，在这局那部里上班哩，还能像咱一个乡下老贫农一样大张着嘴哭？罗北京也是个有志气的人，她想，我这么多年没爹也活过来了，你再大的官我也不稀罕，你想让我喊你一声"爹"了我就近到你跟前喊一声，你不想听那声"爹"我也不上去招那个没趣，谁知这个如此主贵的女人知道你家里这些事不，咱也不给你添乱。她像别的亲戚一样，从坟地里回来就告别走了。

那半张纸她倒是一直放着，夹在一个塑料皮本子里。

现在，季瓷又迎来了一辈人，加上刚上小学的阳平，她重新统治着这个家，过她的生活。你们都走我不怕，这不是又来新的了，我就这样熬下去，我不信这个院子不能再像以前那样红火起来。季瓷七十多了，身上的零件时时提醒她，你老了，一天不如一天，不似从前了。可她想，那又怎样，我还能干活，只要能动一天我就干一天的活，重活干不了我就结这乱线。素娟和村上的年轻媳妇不做鞋了，她就把这乱线结成纳底绳放好，过一段时间走五六里地到大花家里，送给她。

叫她苦恼的只有一件事，那就是她的尿尿问题。常常有想尿的感觉，着急忙慌放下手里的乱线，跑进茅子，褪下裤子，跕堆下去，却尿不出来。迟疑地站起来，再跕堆下去，等待好长一会儿。或者，明明尿完了，却觉得没有完，跕堆在那里等待，等待，反反复复几回。她苦不堪言，她不能相信，一切衰老的传说真的要加到自己身上。听说苣荬芽棵治这种病，叫素娟下地的时候挖回来，她熬成茶喝。又苦又腥，喝了也并不见好。看来，不服老是不中的，身体就像那机器零件，使了那么多年，老了，锈了，滑丝了，修也修不好。暗夜里躺着，听自己眨眼的声音，脚蹬开去，往昔睡大了那么多孩子的床，只有她一人了，她将要终老于这张床。晚年的季瓷，被她的泌尿系统问题困扰着，好在，除此外，她的身体沿着正常老去的轨迹行走，倒没别的大问题。

书上说，人不能在同一个地方摔倒，可季瓷就在同一个地方摔倒了。还是雨天过后，还是她要去洗被雨水泡好的衣裳，还是那个大磨盘，还是那样脚下一滑，像是哪路小鬼给她开了个玩笑，还是那样右胳膊垫在身子下扑倒下去，还是西平和安金轮流拉着架子车一路跑着把她送到商桥，还是那个医生，拿起她肿得老粗的胳膊说："噫，咋又是你？有四五年了吧？还是这只胳膊？"季瓷回来的时候，又是那样脖子上吊着自己的胳膊。三个月后，离了绷带，发现那个骨朵又向里扭了一点，来到了手心里面。她轻轻活动一下右胳膊，还好，能动，能动就能干活，就能接这些乱线。

还是坐在树荫下接她的乱线，每回西平给西安去信，季瓷就让他写上，下次不管谁回来，都带上乱线。

日子不就是这样吗？把乱成一团的线一根根扯出来，拉直、理顺、接上，缠成一个个线蛋，几个线蛋汇到一处，搓成绳，纳成底子，做成鞋，穿脚上，去走路，从这里走到那里，从天明走到天黑，从年轻走到年老，最后走到后地的南北坑里，眼一挤，再也不看你们这个叫人爱叫人愁的王八孙世界，你们来了去了，好了孬了，哭了笑了，我都不管了，是福是罪，自己担着吧。

一个个都大了，翅膀硬了，呼扇呼扇飞走了，忘了小时候偎在我怀里那样了，忘了你们说的："奶奶，我长大了给你买好吃的。奶奶，我长大了开着火车带你去北京。"

"唉，亲谁都没用，你看看，这小王八孙，哭哩，哭得多欢，我可没劲抱你，哭吧，哭累了你就不哭了。"她看着旁边圈椅里蹬着腿哭的小孩儿说，"亲你，就更不顶用了，养儿养女枉搭功，亲孙子孙女更是没指望，现在你这重孙子，我亲你可有一丁点用吗？……唉，可不亲还不中，打断骨头连着筋，你哭一声我这心里还真就乱蹦。好，给你喂点馍吃吧。"她嚼了点馍抿到那小嘴里，那小嘴扁一扁，咽下去了，吃了几口，不哭了，坐下来，拍着一双小胖手，蹬着小腿自己玩。

"吃饱了？瞪着俩小眼珠子看我哩，张着嘴'呜呜啦啦'说啥哩？是不是想叫我给你说瞎话儿？你这么小就知道听瞎话儿了？好，给你说个金银牌吧。都走了，走了他们听不成，给你一个人说。

"从前东边的庄上住着一个死了爹娘的孩子，多少有点憨，也不是那种实头头儿的憨，反正是不全精，咱就叫他憨子吧。憨子跟着哥嫂过日子。他嫂子心眼歹，不想养活他了，给他说，你都十二了，给你划点地挖点粮食，你自己顶门立户吧。憨子说中啊。他嫂子给他挖了小半袋子高粱籽，放锅里给炒熟了，她往锅里倒的时候，掉到锅台上一个，炒熟的时候往布袋里撮，就连着这颗生高粱籽一起撮袋子里了，交给他叫他去种地。这憨子就把半袋子高粱籽种下了，天天去地里看啊，等啊，就出了那一棵，憨子就天天给这一棵高粱锄地、上肥。"

圈椅里的小人儿不哭也不闹，仰脸瞪着小眼看季瓷的嘴。

"唉，你这小王八孙，你也不问点啥，恁爷、恁爸爸、恁姑姑听着就问这问那，为啥是这样，为啥不是那样，我就停下来给他们说。你是个不会说话的人，你不问问他咋那么憨，也不管那些高粱咋不出。看，憨子憨子嘛，憨子只知吃饱了不饥，别的事，他不管不问，就不知道操心生气，是这世上最有福的人。这憨子天天去经管那一棵高粱，他嫂子坐家里捂着嘴笑哩。到了快收的时候，这一棵高粱长成了树一般，上面通天高长了一个高粱穗，这一天憨子拿了一根绳去地里收他的高粱。"

正说着，西芳的声音响起。

"奶奶，我回来了！"西芳在过道里就喊开了，她太激动了。给爸妈说了许多好话，他们答应她暑假里自己回来。下了火车，步行十八里，为的就是这声"奶奶，我回来了"！

"你那么大声弄啥？看把小孩吓的。你不用喊，我夜儿黑梦见你坐上火车了，你过了白果集我就闻着你的气儿了。包放下，饥不饥呀？馍筐里有馍，拿着吃去吧。"

西芳"嘿嘿"笑笑，去灶火洗了手，去馍筐里拿了个烙馍，就像她从前放学一样，又从灶火门后找到一棵小葱，剥了皮卷到馍里吃。她这时觉得，她压根就没有去西安，跟奶奶没有这五年的分离，还是一屁股坐在奶奶的身边。季瓷好像也是这样想的，很平常地看看她，只是觉得这闺女咋几天没见，身子大了好多。

"正给小孩儿讲瞎话哩，你猜，我讲到哪儿了？"季瓷低着头继续整她的乱线。

"那憨子拿根绳去收他的高粱了。"西芳狠狠咬一口烙馍，靠在她侄子的圈椅边，伸指头逗他的胖脸蛋。

"那憨子拿根绳，刚走到地边上——"

"刮来了一阵大黑风，啥都看不见了。"西芳扭回头，对圈椅里的小孩儿说。

"噫，噫，你说吧，我不说了。"季瓷狠狠地搓一下手里的纳底绳。

"你说你说，我不说了。"西芳扭扭身子，"咯咯"笑。

"风把那棵高粱刮跑了，憨子就在后面撵呀，撵了可远可远，跑到天黑，来到一片撂天地，也没撵上那棵高粱。他也使得跑不动了，见前面有一个小屋，走进去，刚坐下想歇会儿，就听到外面有人闹嚷嚷说着话往屋里来了，憨子吓得顺着柱子爬到梁上。见进来了四个仙家，有一个吸吸鼻子说：'不好，我闻到生人味了。'那几个说：'没有没有，这撂天地里，方圆几十里都没庄子，哪来的人，快开始吧。'就听一个说：'金银牌金银牌，快点把灯点起来。'哗，灯明了。'金银牌金银牌，桌子椅子搬上来。'哗，一张八仙桌上来了，四个椅子摆好了——"

"你等等，谁摆上来的呀？"西芳问。

"我哪儿知谁摆上来的，仙家的门道儿，咱知？"季瓷瞪着浑浊的眼看着西芳说。

"那憨子总得知吧，他看见了吧？"西芳又问。

"那憨子在梁上净吓得筛糠了，他哪能看恁清。你咋去几年还改不了这毛病，问那么清，还叫瞎话吗？你听不听了？不听回你的西安去吧，叫我给小孩儿一个人说，他还没听够哩。"

"听，听，我也没听够哩，说吧。"西芳伸长脖子咽下最后一口烙馍，拍了拍手上的细面。

"那人又说'金银牌金银牌，肉菜端上来'，哗，鸡鸭鱼肉，山珍海味，全上来了，几个仙家开始吃。那憨子在梁上馋得呀，嘴水流下多长。下面的一个仙家说：'不对，我还是闻到一股生人味。'那几个说：'没有，没有，快吃吧，吃了咱还赶路哩。'那憨子在梁上急得头往下伸多长，伸着伸着，没扒好，'咣当'一下掉下来，吓得仙家'呜'一声没影了。"

"仙家为啥怕凡人哩？还是个憨子。"西芳又打断。

"那不是一个世界的人，都不知对方是咋回事，当然怕了，人怕鬼，鬼也怕人，是一个理儿。这憨子掉到地上，一看，桌子上肉菜还在，金银牌也在，他饱饱地吃了一顿，金银牌往怀里一揣，就回家了。第二天，他嫂一看这憨子又回来了，别提多恼了，想着他跑丢算了，就不用养活他了，这下就看着他饿死吧，谁叫他种不来一个粮食籽哩。没想到一天过去了，又一天过去了，憨子见天活蹦乱跳出去玩，屋里也不见冒烟，他吃的啥哩？这天黑透，见憨子回家把门插好，他嫂跟过去扒门缝看，就见他在屋里'金银牌金银牌，桌子椅子摆上来，肉菜端上来'。嫂子亲眼见那憨子大口吃肉，恼得不轻，回去给她男人说，得想法儿把金银牌从这憨子手里哄过来。第二天嫂子去拉住憨子的手说：'兄弟呀，你一个人过多受苦，还是过去跟着俺俩吧。'那憨子跟她去了。嫂子说：'咱是一家人了，你那金银牌拿出来大家使吧。'憨子拿出来交给嫂子。他嫂吃过肉菜后又想起来自己的塌鼻儿，就说：'金银牌金银牌，叫我的鼻子长上来。'她的鼻子'哗'一下，长了三尺长。"

"咯咯咯……"圈椅里那小子一蹿一蹿地笑起来。

"噫，你听懂了，别急着笑，还没说完哩。"季瓷自己倒是也"咯咯咯"笑了起来，"嫂子一看这样，还不如自己的塌鼻哩，又说：'金银牌金银牌，叫我的鼻子收回来。''哗'，鼻子成了一个坑。这一看又不中。'金银牌金银牌，叫我的鼻子长上来。''哗'，又三尺长。就这样，'金银牌金银牌'，哗哗哗，一会儿一个坑，一会儿三尺长。她一辈子啥事都干不成，就成天在家里念'金银牌'。"

听完瞎话，西芳到后地去找爷爷。她听奶奶说爷爷到后地薅草去了，她又卷了一个烙馍，双手捧着，这回里面卷的是白糖，只能横着拿。站在屋后的高地方，烙馍吃了一半，看到爷爷从北边过来了，正走在一个大坑里，这个坑是她离开河西章后有的。她走后，柿树被挖了，因为村里宅基地渐渐吃紧，那片地方划给别人家做宅基地，被挖土烧砖的人弄出一个大坑。眼里没有那棵大柿树，心里很是失落，看着那个大坑有点陌生。章守信背着一捆牛草从坑里走过，看到一个洋洋气气的闺女站在自家屋后，不知是哪来的小孩。听到那闺女叫一声爷，章守信再仔细一看，啊，是他的西芳。西芳啊，走的时候不高的

295

小闺女，灰不楚楚的，现在长成大闺女了，头发黑明黑明，脸蛋白生生，尖尖的下颏，天哪，竟隐隐乎乎仿佛当年季瓷的样儿。章守信"呜"的一声哭了，嘴里喊："我的孩儿呀。"脚下一打绊，趴倒在坑边上。他手脚并用，扒着坑边的缓坡爬了出来，嘴里还是"呜呜"哭着，大串的泪流出来。他老了，他再也没有脾气了，他的心越来越软，软得看到自己的重孙子爱得不行，软得看见几年没见的西芳就像孩子一样幸福地哭。章西芳后来每次想起这个场景就后悔，她那时为什么不下到坑里把爷爷扶起来，而是在屋后的地上站着，手里握着烙馍，两腮鼓着，看着爷爷自己从坑里爬出来。

　　章守信拍拍身上的土，擦擦脸上的泪，冲着西芳"嘿嘿"笑着："走，回去吧，烙馍里卷的啥？有韭花哩，你没看见？在老地方。"西芳跟爷爷一起来到东屋里，在爷爷的床上坐下，看爷爷的窗台上放个半大的罐头瓶，里面有半瓶他自己腌的韭花。胡爱花去了西安后，章守信就住到了东屋里。西芳又闻到那股刺挠味。夏天的时候，章守信先是一身汗，再是被雨一淋，雨中跑回来，用本已不干净的腈纶毛巾把身上头上的雨水凑合擦擦，坐在屋里，慢慢晾干，身上就汇聚了这种刺挠味。章西芳一生的记忆里，对这种味道最敏感，她称为"爷爷的味道"。此时她就坐在这种浓烈的气味里，拿出给章守信的一包大白兔奶糖，再拿出十块钱说："俺妈让给你的，别吭气，不叫俺奶知，去集上会上花。"章守信高兴地把那钱藏了起来。

　　多年来总是这样，这个回来了，那个又走了，西芳闺女在家待了一个月后，也要走了。季瓷看着她整理东西，看着西平推出自行车去送，她把他们送出村东头，脸定得平平的。西芳殷殷切切地看她几回，想获取她一个对等的眼神，可从她脸上看不出一点表情，看得紧了，眼巴巴想落泪，季瓷大声吵她："要走就快点走吧，我就看不惯你们一个一个磨磨蹭蹭哭哭溜溜的样儿，一说出门哩，老也不利索，早点去车站等着比啥都强，那火车还会等你？"西芳加快脚步跳上西平的自行车后座，脸朝前给她个后脑勺。

　　她自己往家里走。街里闲坐着的人说："看看，又走了吧，把你这老婆儿撇家里。"

"撇家里就撇家里，哼，我谁都不挂谁都不想，想这些王八孙一点儿用处没有。"她走回家，继续接她的乱线。

有时候，她给怀里揣几根纳底绳回娘家，看看季刘氏，说说她坏脾气的侄儿，把几根纳底绳给她侄媳妇。她拣农闲素娟不下地的时候去，走之前对着圈椅里一蹲一蹲的小人说："快点长大，长大了跟老老回你老舅姥娘家去，这会儿，我可抱不动你，二三里哩，我得慢慢走。"那小人儿冲着她的背影张着手，"哇哇"大哭。她穿着出门的衣裳，上面几道子折痕。素娟在身后说："奶奶，我给你把衣裳熨平吧，可快了，把熨铁拿到五奶奶家的煤火上一烧，一推，平展展的。"

"不要，熨那么展有啥好。我天黑前就回来，等我回来烧锅。"她头也不回地走出了过道。她不喜欢新东西，她不愿烧煤火，她说年轻人是怕出力才图那煤火省事，可是那费钱哩，家里有这么多不掏钱的苞谷秆、麦秸、碎柴火末子。烧火是她的事，她嫌素娟烧锅只拣好柴火往里填，而她只往里填碎的、细细碎碎的柴火末子，在灶膛门口堆好，一点一点往里推。

街里，有人跟她打招呼："这老婆儿又回娘家呀？给恁娘家拿啥好东西？"

"啥也没拿，掂张嘴去了，看俺侄叫不叫我吃饭。"她很风光地在街里走，知道大家亲近她，爱跟她说话拌嘴，她心里舒坦。人就怕走到街里大家扭扭脸装没看见。而她，常常要应付几十回，每当此时她的语言就有点讲究，会用几个农村人不常说的词甚至是广播上的新名词，用以说明她是去过西安和郑州并在那里住得不耐烦又回来的人。从河西章小学朝南，走到文庄西头，走到毛湾东头，走到去白果集的正路上，走到小季湾村后，一路上迎着人不停地给她打招呼，她也很有分寸地回人家，"吃了没？""集上去了？""家里都怪好？"有的人她不认识，人家也不太认识她，但会指着她后影说，"这老婆儿俩孩都在大地方工作""这是那个会讲好多瞎话儿、会说曲儿的老婆儿""这是季大鹏他二姑"。她从这碎语轻声里穿过，缓缓地走在回娘家的路上。她的腰弯了，个头缩了，显得更加矮小，脚脖上的绑腿缠得很仔细，细脚伶仃，缓缓地走，不禁想起那些她走过的"长路"、经历的事：那年去葡萄湾见常掌柜，那年和聚财嫂到小商桥坐火车去汉口倒卖烟叶，那年她没有赶上火车，沿着铁路走到沙河，就此找到了省钱的好办法，以后又走着去了沙河几回。现在脚下这二三里路对她来说，就算挺长，长到她足够想起那么多往事。

老来难，老来难，离家还有二里地，比当年十里还要难。

怎么就像眨了一下眼，那么多年过去了，那么多人一个个都走了，爹娘走了，罗北京的爷走了，葡萄湾的常掌柜常富农也走了。埋了进军后，胡爱莲来看她，对她说："俺庄老富农死了。"季瓷问："可是那个姓常的？"胡爱莲说："是啊，常年里挨批斗，可那人心大，人家对着他脸骂他也不气，还哼呀唱呀的，活了快九十岁。"

生气顶啥用呢？人要是遇事就生气，那一辈子可气的事多了，你都去排着生个遍？章四海也是挨了半辈子批，不是也活了八九十岁？两年前死了，剩下桃花和章有福，俩人像是置气一样看谁能活得过谁，都七八十的人了，见了面还是一个不服一个，眼光里好像都在说，就拼一拼谁活得长吧。

刚进小季湾，就看到她侄子季大鹏手里挥着个大苞谷秆，边跑嘴里边骂得紧，满脸的泪。季瓷心里着急脚下却跟不上趟，她叫街边看热闹的人："快上去个人拉住，这又是为啥呀？撵得鸡飞狗跳墙的。"她想是不是自己看错了，他哭了？这么强的人还会流泪，谁能把他气哭哩？

几个年轻人撵上季大鹏，一把抱住说："恁二姑来了。"季大鹏眼看他撵的人跑出村了，冲着那背影喊："你跑了吧，这辈子别回来，回来打断你腿。我没你这个孩儿，我明清早就借个锣到集上去，要给全集的人说清，还要到公社去说，断绝父子关系。"

"这是为个啥呀？快回家，别在街里丢人现眼。"季瓷在后季大鹏在前，像是姑姑押解着一样，他弯着高大的脊背，两个人一起爬上门前的缓坡。季瓷看到季大鹏肩膀一抖一抖，伤心得还在哭，像个孩子。

"中了，别哭了，说说咋回事吧，咋看着一家人都垂头丧气的。"

"姑啊，人不伤心不落泪，这七孙真是把我气伤了，我非跟他断绝关系不可。他不就上了个龟孙学，回来到公社当了个龟孙小干部，他就不是他了。那啥计划生育政策，那是国家的事，跟咱有啥关系，他要表现，他要积极，大媳妇头生儿是个闺女，这二回怀上，他不吭气，引着去县医院给做了。你说说他是人不？他都不跟我商量商量，唵，那是我季大鹏熬出的孙子，他凭啥说做就去做了？唵，把我当个人不？打死他我都不解气。你看着，他今儿敢进这个门，我就敢把他腿打断。"

其他人也都叹气，觉得大孩儿这事做得是叫人伤心。

"做已经做了，你气也没用，他现在不是公家的人吗？国家兴这个了，你不见那墙上到处都写着标语，全是计划生育的事，听说公家人敢生二胎的就开除。"

"你别听他们吓唬人，我打听过了，不是那回事儿，他媳妇是农民，咋开除？还不叫她当农民了？那正好，去城里当工人吧。哦，咱生个孩儿咱去集上吆喝吆喝，叫公家都知道？咱不会悄悄地生偷偷地生，多少人不都是这样的，就他能，就他积极，就他怕。"

"中了，别生那么大气了，他们都还年轻，这个没了，歇歇可再怀。大孩儿好坏也在公社上班，你这样满街攮着打，叫他咋做人哩？"

"他咋不想我咋做人哩？他想过我这当爹的没有？我还不是想叫咱家人壮起来吗？我小时候叫土匪弄去，你们都急成啥了，现在想想都吓人，我还没落地，俺爹就没了，我要是有点啥闪失，那咱家就绝了呀。"季大鹏越说越伤心，黑脸膛气得发青，脸颊上的肉乱蹦，又"呜呜"哭起来。"我知我的命是咱儿家出钱弄回来的，俺娘给我说多少回，你，俺大姑，疯了一样跑着凑钱，还有南乡俺舅姥爷家，把从山东寄回来的钱都花到这上，几处弄来的钱倒到地上查，查够数了，背住给人家送去，几回哩呀，几个家都掏空了，供出来我这一根苗……呜呜呜……我没啥别的想法，就是多生孩儿，现在眼看我当上爷了，有孙子了，他引上去做了，你说他是人不！"

众人劝住季大鹏，叫他别吵闹了，大媳妇还在床上躺着，别吵来吵去再吓出毛病来。叫好好当月子伺候着，身子养好了，过几个月再怀上，这也不是个啥事，人家都偷着生咱也能偷着生。大孩回来不敢再打了，好好哄住说说，咱不要那啥先进、积极的，咱只要孙子。

章柿出差，拐到了家里，走到街上，就有很多人跟他打招呼，问他不年不节的，咋回来了。章柿说，厂里派他到许昌地区看望退休回乡的职工。

"这不年不节的，看望啥呀？"街里人问。

"说是看望，其实是看看他们还活着没有，因为厂里发现好多退休回乡的工人死了后，家属不给厂里说，厂里还是每个月寄退休金，有一个人死两年了，还领了两年钱。"

"噫，国家的钱，哪有个数呀？领了不就领了？"街里的人说。

"从今年起，每年厂里要到全国各地看一下，算是慰问一下退休职工吧。"

"噫，要是这，那还是别慰问了。"有人说。

章柿从兜里掏烟，给街里站着的人散。他不抽烟，但回来的时候必得装烟，见了人递一根。吸的放进嘴里，不吸的夹在耳朵上。

"那你们跑这一趟，不是还得花钱？"有人问他。

很快他一盒烟散完，走回自己家里。早有小孩跑来报告，季瓷在家稳稳坐着，等儿子进门。

"正要叫西平给你写信。恁绳姐有信儿了。"

"她在哪儿？叫谁带回的信儿？"章柿接过素娟端上来的茶，还有点烫，小口喝点，放在了桌上。

"叫我想想，有俩仨月了吧，从南边跑生意的人拿了个地址，说是绳捎回来的。有病了，快不中了，叫她几个兄弟去，把她接回来看看。可你猜咋，五六个兄弟一个推一个，都不愿去。"

"为啥？"章柿本已将茶端起喝了一口，"咚"的一声把碗放回桌上。

"那不得钱哩？靠近湖北的那叫啥龟孙县，我咋一下想不起来了，路上吃吃花花，连接带送，几个来回，不得几百块，去哪儿弄钱哩？再说，她要是死在家里可咋办？"

"噫，这真是，真是。"章柿站起来，原地转几个圈，气得跺脚，"借钱也得去呀，那是他亲姐呀，为给他们挣半袋粮食，卖出去了。"

"谁说不是哩？唉，叫我说，可能是从小不在一起，你聚财大娘也死了，就不知亲了，都不愿出头，看着平常都怪气势的几个兄弟，一个比一个往后缩。"

"那地址谁拿着哩？"

"不知，要不，你黑了当作去他家说话，去问问。"

"还等黑了弄啥？我现在就去问。"章柿起身出了院子。他想起刚才在街里给大家散烟的时候，还看到绳的弟弟常德。他径直走到一个院子里，他告诉自己，不能发火，人家是亲姊妹，自己算干啥的，自己每个月都有国家发给的工资，可他们呢，一年到头，谁给一分钱？"常德，你出来。"他在门口喊。常德从屋里出来，耳朵上夹着刚才那根烟，嘿嘿笑笑："柿哥，进屋坐。"

"不进去，我只问问，咱绳姐的地址，谁放着哩？"

"谁也没放，当时都腾不出空儿去，放那干啥？就不知弄哪儿去了。"

章柿站在当院，气得脸铁青，真想上去给他一拳，可一看那张脸也是写满了生活的苍凉，比自己小五六岁的常德看起来像个半老头，他长长地叹一口气，把声音调得不那么生硬："我想去看看绳姐，恁几个总该还记得地址吧。"

"那，去找找他几个，兴许能想起来。"

兄弟几个凑在一起，先是把县名定了下来，说出的几个公社，章柿都记在纸上，他想一个一个找，总会找到的。

那里不通火车，章柿坐长途汽车到那个县上，租了个破车，找了三个公社的八个村子。终于一个年轻却苍老的男人站在他面前，说他是章彩绳的儿子。

"恁妈哩？"章柿急切地问。

儿子低下头，不说话。旁边有人说："死俩月了。"

"恁妈活着的时候有没有说过，她小时候有个叫柿的兄弟跟她一起玩。"去往坟地的时候，章柿问绳的儿子。

"平常就老说，死之前一遍遍说，年馑时候她引你挖了大麦苗，恁俩在火堆里烤，你不等那大麦苗烧熟就拿出来吃，咬到嘴里'喀嚓喀嚓'响。"

绳的坟上，章柿掏出在路上买的鸡蛋糕、花生酥糖、水煎包，绳的儿子刚才已忙颠颠地从村上代销点买来烧纸。章柿蹲着，她儿子跪着，两人念念叨叨地给她烧了纸。

"恁妈得的啥病？"

"肺癌，到最后实在是没钱治了。她说她想回去看看，整天说，她家在颍多湾，河西章，赶的是白果集，过了河西一里半地是她家，她爷是章长生，她爹是章聚财。为治病，我把村上人、亲戚都借遍了，送她回去的钱实在借不来了，她就天天坐在村边的大路上，终于等来一个路过的生意人说是要去北边，就让人家捎信，叫那边的几个舅来接她，她说我有好几个舅，还有你，准会有人来接她。她天天坐在村边，见着生人就问，是不是河西章的……"

章柿在坟边坐了半天。"绳姐，你看看，这是鸡蛋糕，这是牛奶糖，这是水煎包。绳姐，我只想问问你，你从家里走了后是不是能吃饱了？肉有多香，糖有多甜，你知不？现在的人，见天都能吃饱，这多好。可你知不知，几十年了，一吃好东西，我就想起你……"

第十七章

　　她要一只新的木盆
　　我们那只已经破得不能再用
　　金鱼回答说
　　别难受，去吧，上帝保佑你
　　你们马上会有一只新木盆

　　轰轰隆隆。
　　自己分明是坐着火车回到西安了，怎么还有火车声呢？章柿的手里拿着一个大大的桃，比食堂的富强粉馒头还要大，尖上有一抹艳丽的水红。他捧着这个桃，跑呀跑呀。那人的背影好像是胡爱花，可转过身来，是绳姐，十岁的、饿得下巴尖尖的绳姐。他赶紧把那只大桃送到绳姐嘴边，快挨到嘴，他又缩回来，把一层桃皮细细剥下，再次亲亲爱爱地送到绳姐的嘴边："姐，你吃呀，这是蜜桃，可甜。姐，你吃吧，吃一口你就知人活着有多幸福。"绳姐张开红红的小嘴咬上一口，蜜汁顺着嘴角往下淌。"好吃不好吃？"还不等她咽下，章柿急切地问。绳姐"哇"的一声哭了，瞬间变了一张苍老的脸："柿啊柿啊，你可知我活一辈子没有人这样脸对脸问过我好吃不好吃，没有人问过我饥不饥、渴不渴、冷不冷……我十岁叫人领到南边来，卖到这家里做童养媳。天不明就起来扫院子生火做饭倒尿罐，做好饭人家吃着我去坑里洗衣裳。十冬腊月，你知那坑里的水冷成啥样，我先找个砖头把冰砸烂，手冻得流血流脓，裂的口子像小孩儿嘴。洗完衣裳回去，锅里剩点啥我就吃点啥，吃了饭刷锅喂牲口，背粮食磨面，拾柴火放牛，夜里给一家人铺床掂尿罐，啥都干。我啥都不图只图不挨打只图吃个饱，我都没敢想能吃全饱，只半饱，不饿死就中了……"

章柿睁开眼，天快亮了。身边的胡爱花已不在，她早早起来去扫另一座家属楼了。她不愿在家闲着，说能挣一个是一个，她争着去居委会报名，在新楼里打扫卫生。

章栋的来信最近多了起来，因为津平不好好学习，迷上了电子游戏。他一开始是放学后不回家，到后来干脆不去上学。早上见他背着书包走了，到晚上不见回来，找到老师家里一问，老师说他请假了，今儿一天都没来。他变着法儿要钱，要了钱就直奔游戏厅。章栋和罗北京每天半夜在街头一家挨一家游戏厅找。找到了，津平没事人一样，再说啥，脸上也没更多表情，跟着回家，倒头就睡。

章栋和罗北京心急如焚。他今年已经高二，从初中起就表现出比别的孩子高的天资，数理化考试总在班里前几名，可半年前津平对学习突然没了兴趣，他对电子游戏和写作感兴趣。初中起，他的书包里就装着一个厚本子，只用几天，本子上就写满了。章栋偷偷地看那本子，上面写着许多惊人的句子，灵魂呀，梦幻呀，痛苦呀，晨钟暮鼓呀，长篇大论，那语言惊人地流畅自如，汹涌澎湃，怎么也不像一个十几岁少年写的。甚至写到了现行的户籍制度，认为那是一种野蛮残忍的制度。章栋告诉津平，已经给他和阳平办了郑州市暂住户口，也就是蓝皮户口，这种户口一年登记一回，这样他可以和阳平参加郑州市的高考。

"没有郑州户口是个现实，可这不是你一个人的事情，前几年你西芳姐、西莹姐在西安也没有户口，现在你西平哥还在家，注定是农民了，那又怎样呢？社会自古就有很多不公的存在，比咱们不如的人还有很多，可我们不应过多强调客观条件，要发挥主观能动性。比如，以你的成绩，考个好大学是没问题的，可你却沉溺于电子游戏，这样下去是很危险的，你如果这个状态，连个普通大学都考不上，那就是断送了自己，就得回去当农民。"

"我不当农民，我出家当和尚。"津平果决地说。

"你何来这种思想？你这是害自己。"

"我这样麻木地活着才是害自己。"津平激动地站起来在房子里来回走，脸通红。

"好了，你情绪不对头，咱先不谈了，你休息一下，晚上你妈回来再说。"每当这样的时候，章栋的计策都是先把他稳下来，让他不要那么激动。青春期心灵的动荡他也经历过，但不该是这个样子。十六岁的章津平在房子里手插口袋，来回快速地走着，章栋知道他这会儿最想的是手里有几个钱，好立即奔往电子游戏厅。要想治住他的毛病就是不给他钱，可一想又不对，假如他急了去偷、去抢，怎么办？他和罗北京往往陷入这样的怪圈，知道不应该给他钱，可怕他手里没有钱更麻烦。

他想出去接罗北京，又怕自己一出门津平也借机跑出去。罗北京来郑州后满大街转着卖冰棍，卖泡好了装在袋子里的青豆，卖从批发市场上批回来的小东西，汤勺、小刀、抹布、掏耳勺、小夹子，啥本钱小、风险低她卖啥，每天一点点倒腾着来来回回总共几十块钱的东西，她骑着个小号三轮车，大小巷子里穿梭。大路上有警察管着市容，弄不好会把她的东西收走。夏天天最热的时候，她希望更热些，因为这样冰棍卖得快，家里没有冰箱，每天进的冰棍必须卖完；冬天天最冷的时候，她希望更冷些，因为她的小车上有棉手套，有耳套，有小暖手袋，冻得受不了的人路过她的小车，看一眼就临时决定买；晚上家家户户灯亮了的时候，她希望还有人没有赶回家，那些粗心的主妇也许会匆忙买一个勺子，一块用纱布包裹着海绵的小抹布，边买边抱怨这种抹布不结实。她嘴里说："这回好好挑挑，给，这个好。"她心里说：五毛钱的东西，你想要它多结实呢？如果买一个用一年也用不烂，那我吃啥呢？她总是回家很晚，章栋抱怨她心眼太实，下班的人都回家了，谁还买你的东西。章栋操心，常常就跑到街上去找她，推起她的车子往家走。

发现津平不听话后，罗北京心里更矛盾了，她想早早回家去看着津平，可一回家就没钱挣了。津平上高中，阳平上初中，两个大小伙子，你总不能叫他们穿得破破烂烂地去上学吧，你总不能叫他们吃得不好营养跟不上吧。她真恨自己，她的心不知是怎么长的，津平气人气成那样，她从不舍得打他一下，下不去手，自己长这么大没有骂过人，更别说打人，连高声说话都很少。这津平，原不是那坏孩子，他的心也很软，跟他讲家里如何不易，讲她蹬着小三轮在大街上转想多挣俩钱是如何艰难，说她不怕苦也不图别的，她愿意挣了钱给他让他花，可他千不该万不该把钱扔到游戏厅里，累坏了身体耽误了前程。说着说着津平哭了，说他再也不了，说从明天起，不，从现在起就好好学习，将来考个好大学没问题，再不让妈去辛苦挣钱。可过不了几天他的毛病又犯了。这样的谈话一次次在章栋和罗北京把他好不容易找到领回家的夜里重复。罗北京一会儿心碎了一会儿欣慰了，一会儿充满希望一会儿又灰心绝望。

罗北京一个人推着三轮车走在灯火阑珊的街头，她看着街边一个个窗口，人家的孩子到点都回家了，都围在桌边吃饭了，吃了写作业，而她的津平，昨天说得好好的，今天一放学就回家，再不去游戏厅了……推着车走到院子里的时候，她先仰起头看四楼那间房子是不是亮着灯，亮着灯起码说明章栋和阳平在家，而不是两个人都出去找津平了；如果那个窗口灯是黑的，她的心立即也黑了下来，背起她的货物往四楼上的时候，脚都抬不动了。

她打开门，带着无尽的黑暗和焦虑走进去，感到一股温热的气息在房里颤动，听到津平在抽泣。她打开灯，看到津平坐在窗前的写字台边，双手捧住头，全身颤抖着哭。她吓坏了，走过去，坐在他身边，问他怎么了。他只是哭。问他："你爸和阳平是不是出去找你了？"他还是哭。罗北京不知所措，挨着坐在他身边，搂住他的肩膀。不管怎样，他在家里，这就好，那两个人在外面找一阵就会回来的。唉，只可怜了阳平，自小不在身边，前两年才来，不像津平跟他们那么贴心，可自从津平不听话后，阳平一下子变懂事了。有一回他俩找了半夜找不到津平，回到家，阳平从走廊对面另一个房间进来，站在他俩面前，握着拳头说："他这么不听话的人，一点不知道心疼爸妈，咱不要他了，跟他分家吧，他明天回来就分，叫他一个人住一间房子，我跟你们住一间，你们少了他这个不争气的儿子别难过，还有我哩。"他情绪激动地说完，又那样握着拳头回自己屋里。好一会儿罗北京走进他房间一看，他眼睛瞪得大大的，全身颤抖地在自己的小床上躺着。

好久，津平哭得不那么紧了。

"好孩子，跟妈说说是咋回事？"

津平张口想说，又一个抽泣像大浪一样把他的话打了回去，他就那样抽泣着，断断续续地说："俺这个老师，于老师，她，她，太好了，太好了……"说出这样简单的话，他却用了这么大的力量。罗北京明白了，几天前，章栋找了津平的班主任于老师，让她帮助教育一下津平，也许今天放学后，老师留他谈话了。谈了一场话，就把他感动成这样子，看来这孩子真的不坏，他只是管不了自己，就像西芳写信来说的一样。罗北京借此鼓励津平，听老师的，明天开始改掉坏毛病，加紧复习迎接高考。津平流着泪，"嗯嗯"地点头。

好长时间津平才平静下来，章栋和阳平也从学校回来了，知道老师跟他进行了一场长谈。在大人看来，这是一场平常的谈话，可在敏感尖锐的津平心里，这是一个了不起的事件，他会为这场谈话写几十页的日记，也许还会写一首长诗，里面用上几十个的"啊"几十个的感叹号。罗北京和章栋对视了一下。浪子回头最为珍贵，比压根没犯错更可爱。一家人欢欣鼓舞，恨不得抱在一起庆贺。

津平好了很多，但他说，他喜欢打游戏，一下子斩断是不可能的，得有个过程，他尽量少去。另外，高三功课紧了，他最好有个自行车，这样可以节省路上的时间。章栋立即给他买了辆自行车，他每天骑车上学放学，每星期去一次游戏厅，看起来挺像样子。

春天开学以后,津平去游戏厅的次数又多起来,要钱的次数也多,以买复习资料为借口。终于那天于老师的电话打到章栋的技术科,说章津平两天没来学校,说是家里有事,她想问问,现在这么关键的时候,家里有什么事需要高三学生去办。章栋的头"嗡"地大了。

晚上回来,章栋察言观色,见从津平脸上看不出什么,好像他一直在上学的样子。晚饭后,和罗北京正商量咋跟他开口谈,津平进来了:"我知道你们要说啥,不用商量,给你们直说吧,我不想上学,也不想高考了。"

天又塌下来了。

又是一轮接一轮的苦口婆心,问来问去,说是有人欺负他。他那天上学去,有个外校的学生截住他,要借他的自行车骑骑。那小子推开他,骑上车就走,他在后面紧紧地跟着跑。他跟着那小子跑啊跑,离自己的学校越来越远,那小子可能快迟到了,骑得飞快,他也跑得飞快。他不知道累,他只想跟自己的车子在一起。跑到一个他从没去过的街道,是一个出了名的烂学校。那小子跳下来,赞许地拍拍他的肩:"好样的,明天还在老地方等我,若不见你,小心点。"第二天,他从家里出来,骑车向着另一个方向,上课时间到了,他还在街头骑着自行车跑啊跑啊,他想,现在那家伙再也找不到我了,因为我迷失在城市里,连我自己都不知我在哪儿。一直骑到街上游戏厅开门,他钻了进去。

"上大学没用。爸,你上了大学又能怎样,我们还是过这样的日子。我只想做一个不受欺负的人。我看清了,这世上恶人坏蛋是快乐的,好人是受罪的。"

"那你先说说,你能做坏人吗?做得了吗?你除了在家惹我们生气,你还能干啥?你敢出去抢人、打人吗?从小你看到杀鸡都会躲一边哭。"

他不吭声,好半天说:"反正我不想上学,你们总说考大学考大学,考不上怎么办?我不还得回家当农民或者在城市里当无业游民,还不如从现在我就开始游逛。"

他们一遍遍说没用，又去找于老师。于老师找津平谈了后，也并不像头一回那么起作用。再说很快就要高考了，班里有那么多学生需要管，他们这是重点高中，升学率是最重要的问题。

接到章棣的信，章柿火速赶往郑州，想着他这个大伯的话或许他能听。无非又是坐在一起说呀说呀，从祖爷爷说到爷爷奶奶，说到眼前的父母，多么不易，如何一分钱舍不得花……"攒下来给你，我们不图花你的钱，也不图你给咱章家做什么，只图你有个美好的未来，你这么聪明的孩子，怎么能考不上大学呢？一定能的，只需你把这最后两个月利用起来，不要游逛，不要迷恋游戏，到考场上去拼一拼、试一试。"痛说家史，展望未来，章柿和章棣在给孩子谈心这方面是一把好手，说到哪儿奉陪到哪儿。想想人的一生操不完的心，先是吃饭问题、生计问题、户口问题，再是孩子的学习、情感、工作、未来。哄着、劝着，耐下性子来，一点一点地说呀说呀，如果把这些话汇聚起来，能灌满一条大河。

津平开始哭，他每回在大人讲着的时候就哭，有时候号啕大哭，有时候"呜呜呜"地哭，恨自己咋就不争气。他最后擦干眼泪给章柿说："大伯你放心回西安吧，我从明天起好好上学，我不该叫你跑这么远来为我操心。"

章津平是被家长和老师哄进考场的。

他高考完就回老家看望奶奶去了。

西芳和津平相约在老家见。她从天河技校毕业后在天河厂民品车间的电视机流水线上当插件工人，不到两年就烦了，觉得当工人没有出路。业余时间上了成人大学，参加报社、电台、杂志社的招聘考试，在那时年轻人的心中，做个记者是最风光的出路。几个月前，她刚刚初恋失败，每天窝在家里跟自己生气。此时她还没有理解，失恋只是人生的常态、成长路上的一个小插曲而已，每个人都是从这个灾难里一步步走出来的，而她却认为这是人生最了不得的大伤痛，再加上工作烦，她请了假回老家来。

季瓷已经很老了，可她还要全家人都听她的，她还要对所有人有掌控权。大家也都做出对她言听计从的样子。她训斥偶尔回来的章柿，在院子里大声地吵，像吵三岁孩子一样。章柿说："好好好，娘，听你的，按你说的来。"章柿想：娘从前不是这样的，她以前再强势也是讲理的，知道说话方式的，从不会这样不分青红皂白地吵人。现在她老了，在一次次的分离中，在一天天的孤独中，性子变坏了，见到他们回来，她本是幸福的，想说些想念的话、温存的话，可一开口就变成训斥和硬生生的语言，像个孩子一样给他们耍性子，因为她知道，再热闹、再亲热也是短暂的，几天后他们走人，她又要面对那巨大的失落和长久的寂寞。

西芳和津平坐在她面前，她手里一边整着乱线，一边说着她沿铁路去沙河给章柿送馍的往事。西平从外面回来，不耐烦地说："嚑，说了有八百遍了吧，我都会背了。"

"你背你背，你背给我听听。我活一天就得说一天，谁不想听谁爬远远的去。"

西平愿意爬远远的，往后院去了。

"我走到日西，上到那个大桥上，过了桥，沿着街往南，再朝东走，进了沙河高中的大门，日头刚落下去一半，我走了直头头儿一天。人家学生一看见我，就在操场上喊，章柿章柿，恁娘来了。恁爸爸跑过来问，娘，你咋来的呀？我说，走来的呀，天不明走到现在。恁大伯的同学站了一圈，给我直拍手。"季瓷最享受的就是她说到同学们站一圈给她拍手这一段。说到此，她脸上就有欣慰的笑。

"素娟，你弄啥哩还不来烧汤，天都黑透龟孙了。"她手里拿着团乱线，向后院大声叫，"弄啥就不知快当点，小孩子哭就放那叫他哭两声。"素娟应声就得快速从后院来到前院，否则她又要喊了。头生儿子章项宇已经会跑着玩儿，她又生了女儿章项洁，这会儿快一岁了。听见奶奶喊，她把项洁塞到圈椅里，让西平看着，磕磕绊绊地赶到前院烧汤。

季瓷有个问题始终搞不明白，一次次问西芳："你再给我说说，你们做电视机是咋把那么多人装进去的？"西芳告诉她，那电视机壳里装的是元件，是电路板，不是人。她还是想不通："那么些人咋都进到那里头了？一会儿唱哩一会儿说哩。你别哄我，我知道你们那是保密厂，以前恁爷问恁爸爸，在天河厂做啥东西，他说是做小板凳。哼，不就是保密厂嘛，有多主贵，要不是我当年在家纺花织布供他，跑那么远给他送馍叫他上学，叫你们都出去，你们可保密龟孙吧。"

天黑透了，看不清手里的线头，季瓷用布把她的这一摊子工作包起来，起身弓着腰。她实在不想让腰这样弓着，她早些年可看不惯谁这样，会在心里想，哼，就不能要强点，就不能抻着点，就非得把腰弯成那样，让人家看你老得不成样子。可她终于知道，这由不得自己。唉，没钱了别说你有钱，人老了别提你当年。搬起小凳儿走向堂屋，弯着腰，像她当年看不惯的那种样子，宝贝似的把那些乱线放回桌上那只箱子旁边。

屋里更黑，不用点灯也知道啥东西放在哪儿，她在这屋里摸索了几十年。房子曾修过一回，她啥都舍不得扔，里面的东西一个摞一个，一进东里边门，左手是织布机，胡爱花走了后闲置下来，织布机上有各样农具交织堆放着，靠近后山墙的那头，还摞着胡爱花留下的两个破箱子，里面放着几件她不要的破衣裳，永远用不上，永远舍不得扔。右手是张黑色的长方桌子，桌子的边上，放着季瓷的宝贝小黑箱子，小黑箱子旁边，放着鸡蛋罐，家里的鸡下蛋后，不管是谁收了，都要拿进来放到这个罐里，需要用的时候，再从她这里拿出去，拿走几个她要知道数。阳平小时候曾经从她这罐里偷过鸡蛋，拿到学校门口的代销点换糖吃，她给阳平连讲了几天人生道理，白天讲晚上讲吃饭讲睡觉讲坐着讲走着讲，阳平终于捂了耳朵说："奶奶，我再不了。"一张大床，她睡了几十年，老了后，章守信就搬出堂屋，这张大床上就是季瓷和孙子们睡。除了西安出生的西莹之外，都是在这张床上跟她睡大的，又一个一个从她这张床上走了。现在她的这间房里到处是不值任啥的东西，可在她眼里，这些都是她的宝贝，都是她过往时光的凭据。她屋里的灯几乎没点过，啥东西在哪儿，伸手一摸就能拿来。

时光就是这样，一回回黑了、明了、来了、去了，不厌其烦地重复，把个要强得啥都不怯的季瓷变成在黑暗中突然心惊胆战的人。手触摸到桌上西芳的香皂盒，她闻到那心疼人的芳香。西芳，再也不是偎在她身上缠着讲瞎话、头上长虱子的西芳了，她现在用这么好的洋胰子，是自己挣了工资买的。她箱子里珍藏的东西不再是紧缺，拿出来，也不再有人稀罕。

我不再是有用的了，没有我，他们照样会过得更好更舒坦。西芳闺女已经长到我当年来到河西章的年纪，她不愧是从小跟我长大的，跟我真像，不但长得像，性子也像，脾气急，心里做活。我老了。真的老了吗？不需要几年，我是不是就会躺到后地那个南北坑里，他们都会回来，从西安，从郑州，回来哭我一泪，然后，拍屁股走人，过自己的日子，而我，永远躺在那坑里了。躺在那里，到底是咋样一回事？人死后，真的有魂儿吗？还能不能看到他们，还能不能夜深人静的时候，回到这个屋里来摸一摸，看看我的这些东西是不是都在老地方放着，查一查鸡蛋罐里的数，看他们是不是不知道仔细，把我这些东西都扔了。破家值万贯，他们却不知这个理儿。

西芳只请了一个星期的假，她要回西安上班去了。津平也突然心焦起来，离公布分数还有二十天，可他在家待不住了。他要回郑州去，虽然回去也是等待，可他非走不可，突然很害怕分数一公布真的榜上无名。他虽然说过自己可以不上大学，不要城市户口，大不了四处游逛，可那不都是气话吗？好好个人，谁不想上进？谁愿意活得不像样子？

津平回到郑州后，一天比一天心焦，到最后几天，他完全后悔了，后悔当初没有好好学习，后悔高考前几天还偷偷溜进游戏厅。他想：如果考不上大学，该怎么办？我跟班上的同学不一样，他们有城市户口，考不上还是城里人，有工作干，我要是考不上，该怎么办？我不可能再回到农村去，可在城里不能参加工作，难道我也像妈一样，蹬个小三轮到街上去卖小商品，或像别的男人一样，干些城里人不愿干的体力活？城市的灯光从窗子照进来，照在他这个身份不明的人身上，他更加燥热,起身站在床边,看到另一张床上的阳平安静地睡着,脸上的五官精致而玲珑,深眼窝里,眼睫毛弯弯地翘起来。他想起小时候在老家,夏天最热最脏的时候,阳平的双眼皮褶子里一道细细的垢甲,眼睛一闭,那一条细黑线弯弯地贴在眼皮上。此刻他双腿无所顾忌地叉开,从宽大的布短裤边缝里看到他刚刚发育成熟的那一堆庞大机构安卧在一片墨色草丛之中。他知道哥在家,就睡得这么安稳这么恣肆,哥不在的时候,他就辗转反侧睡不着。自己不争气,阳平却从不给爸妈添一点麻烦,他甚至在家里进出都是悄无声息,好像这个家里没有他这个人。只有需要出去找津平的时候,才无声地跟着章棣出门,走在夜晚的路上,他狠狠地踩着自己的影子,沉默而忧伤。津平看着睡梦中的阳平,有一种责任感在他心里升起。我就要十八岁了,我是个男人了,可我都做了些什么呀?他深深地懊悔自己的过去。走到窗前,从四楼看下去,夜很深了,街上没有行人,城市冷静地布陈着强大的规范。难道这一切都要结束了吗?是谁把这世上的人分了个城市人和农村人?他翻出自己那一本又一本的写作成果,扭开小台灯,趴在桌上奋笔疾书起来。

分数公布,津平轻松上了本科线,进入师范大学。罗北京叹口气说:"还不赖哩,我的心也就放下了。你要是当时好好学,能上更好的学校,能去北京上。"津平低着头不说话,悔恨漫上心来。

西芳业余时间上成人大学,到处看报纸上文化单位的招聘广告,参加招聘考试,尤其是有的报社在启事中注明可调动工作关系,她就更是要去应试。报名、考试、学习、恋爱、失恋,这几样东西交错在她的青春岁月中出现,时时让她忍受失败的煎熬和心怀希望的折磨。

秋天,章柿办了退休,让待业两年的西莹接班进了天河厂。西平来信说季瓷身体不好,已经躺在床上起不来了。章柿回家,一看那情况,知道她没有多长时间了。她已经八十多岁,永远都在干活的她没有了起床的劲儿,话也不多,每天躺在床上,大小便已经不能自理。章柿守在她身边照顾,素娟做好了饭,他一勺一勺地喂她。到了年根根儿上,村上在外工作的人都回来了,章柿贴在季瓷耳边问:"娘,叫他们回来看看你吧?"

"别叫。你忘了?这时候火车上人正多,挤得人受不了,这么冷的天,西芳在城里惯了。我知道那闺女,她虽然生在咱穷人家,可她一身主贵,受一点屈她心里就焦得慌。"

"叫她三十回,初一到,咱家的老规矩。"

"不了,回来看看能咋呀?还不是一样,我得走。"

章柿看她情况越来越不好,在堂屋当间离地几寸高的地方,打了大地铺,这样她的大小便就方便一点。夜里章柿睡她身边。一个火盆不停地烧着,他在她耳边说:"娘,别心疼柴火,暖和点好。"季瓷说:"是啊,省了一辈子,不心疼了。"一辈子没烤过火,没用过火盆。她缓缓地转过脸,看那盆里的火。在一块乏了的木炭上,一个小火苗轻轻一跳,灭了。火光映在她脸上,安详而知足。累了一辈子,该好好歇歇了,就这样躺着,烤着火,啥也不想,谁都不挂,真好,这是不是就是人家说的幸福生活?季瓷温柔地转过头,看他。他知道娘跟他在一起的时候不多了,每天早上醒来,他探起头叫一声娘,季瓷轻轻答应,他松一口气,啊,娘还活着。

"南院那片地方,那是我纺花织布挣来的,想着给你们挣家业哩,可你们都不在家,那片地几十年也用不上。人,挣啊,占啊,没意思。"

"那年楝的一个同学来看我,听说他要离婚。给他说,别离,小孩儿还小,大人谁离了谁都能过,小孩儿不中。"

"西芳的气管炎好了吧?小时候躺我身边,嗓子眼里'呵喽呵喽',上回她回来我问她,她说现在不了。我问卫生室的尹大夫,他说那种病小孩子容易得,长大自然就好了……"

"津平不听话,我都知道,现在他好了,成了大学生。还得给他说,人一辈子不能沾坏毛病,沾上了就得下狠心去掉,要有志气。"

"爱莲的孩子,现在有三十了,在东乡张李集,那是恁姨家妯娌的娘家,她要是想去看一眼,一问就找到了,那孩跟西平长得可像……"

一眼就能认出……"

"我枕头底下,还有二十块钱,那天你回来给我的,你们收拾我的破东西的时候,别看不见扔了。我攒了一辈子钱,自己没花过一个……"

气息越来越弱,话语像冬天的河水,越流越细,随时会冻住,她转动眼珠看看周围,章守信、西平、素娟,在身边围着。两个重孙在后院被两根绳子拴在一块大石头上,由五奶奶的儿媳妇看着,不能近跟前来,害怕走的老人太爱他们,引了去。章柿说:"楝他几个,就快到了。"

"好,那我就再等等,要是等不着了,就叫他们别难过。人,都有走的时候。我这一辈子,没偷过懒,没亏过人,到了阴间,阎王爷不会为难我的……我也没留下啥东西,就那点不值任啥的,都在两个破箱子里,你们翻翻、分分,有几个我年轻时绣的荷包,给西芳,拿在身边,是个想头……我没啥大本事,只能把你们供到城里,把小孩子给你们照望大。城里的事,我就管不了了……"

章柿心里一动,他想问问,娘,那我呢?我是咋回事?可他看爹也在,素娟也在,那句话,他总不好开口。"娘,还有啥,该交代的,再想想,别忘了啥。"他用力握了握季瓷的手。

季瓷看他一眼,又看章守信一眼,缓缓地闭了闭眼,又睁开,向章柿发出一丝稀薄的笑意,像是一个淡淡的玩笑。

章楝一家进门,四个脑袋向着季瓷围拢过来。

季瓷的眼光慢慢弥散开,眼里涌出泪,停留在鼻梁两边的窝窝里。章柿用卫生纸贴上去,吸干,新的一滴又涌出来,再吸干,过了一会儿,又有了一点。

终于,像一个干涸的泉眼,再也没有眼泪出来。

把章节高请来做执事人,这是村东头的规矩,谁家有婚丧嫁娶,要请他来安置。章柿给章楝说:"咱就按规矩来吧,别惹他不高兴,咱走了,西平还在庄上呢。"

章节高大手笔地说:"恁哥俩可是都在外面工作的人,俩闺女也都挣工资了,津平是大学生,咱全大队也没有恁家这么好条件的,咱婶一辈子在庄上,那就是德高望重,这事说啥也得办气派些,不能叫人笑话。"章柿说:"哥,你看着弄,要多少钱,该咋弄,你说了算。俺俩常年不在家,村里的规矩也都不知了,咱叔八九十的人了,心里也不清楚,西平再咋说是小孩家,这种事轮不到他靠前,你就操心吧。"

章节高这钱那钱说了一大堆,在一边听着的大花的孩子宋元宝直向章柿挤眼,章柿装作没看见。

章节高说完,拿着章柿给他采买的五百块钱走了。元宝说:"表舅,你答应他太痛快了,根本花不了那么些钱,我在俺庄常办这事,知这里的道道,至少买东西这一项他得弄你一百块。"

"我心里清楚,就这样弄吧,省不了的。你不叫他占上这便宜,他会找别的事,打墓呀,待客呀,写响器呀,出殡呀,都有他的说道,他想拿捏咱那是顺茬。俺俩从小一起长大,我了解他,老得占上便宜才中。"

第二天,好说话的娘儿们传话到素娟面前,听赶集回来的人说,章节高领着几个小伙子在集上的饭馆里吃巴掌大的肉片子。素娟说:"吃吧,吃吧,大冷的天,咱都在家过年哩,人家跑着给咱办事,怪不容易的,吃饱了才有劲跑。"

从季瓷闭眼的那个下午,天就开始下雪,大地一片银白。老人们说,多少年都没有下过这么大的雪了。

季瓷静静地躺着,素娟去她床头桌上拿鸡蛋的时候,不由得往床上看了一眼,心想:奶奶会不会支起头问问自己,拿了几个呀?拿好,别打了。来堂屋挖面的时候,想着季瓷又要给她说,仔细着点,别撒了。

煮好的成块子的肉放在案板上,村里媳妇和好的几盆面在锅台上借着热乎劲儿发着。借来的碗、盘、碟在篮子里放着。人来人往,说话的,磕头的,哭丧的,唱曲的,把夜晚搞得乱如白昼。章柿还想坐在季瓷身边,娘到底还是没有说那句话,她是不是当时碍于旁边有人,不好说？娘啊，现在没有旁人，就咱俩，没有人注意咱，您告诉我吧，我到底是不是爹的儿子？他轻轻抚摸娘的脸，冰凉而柔软，眼睛安稳地闭着，他握她的手，她的手展得很开，放心地撒手而去。娘啊，您到最后都是那么要强，您不服软，您不愿意给任何人低头，您不愿落任何把柄，可我是您的儿子，我也六十岁的人了，我想搞清楚这个问题。

大雪无声，层层飘落，雪花落在雪地上。屋子里映得很亮，章柿和章棟躺在季瓷躺过的那个地铺上，秧秧蔓蔓地说话。章柿说："我听咱娘说过，你小时候她领你走亲戚，路过会上的包子锅，你想吃，就指着锅里的包子问人家，生的呀熟的呀？咱娘拉住你快步走了。"章棟说："我听津平说，小时候咱娘领着他去小季湾，大冬天，津平说脚冷得走不成了，咱娘停下来，两人坐在路边，把津平的鞋脱了，把他的脚装到她怀里，自己冰得直龇牙。""是哩。"津平在另一张床上说，"她那怀里可暖和了，直到把我的脚暖热，再又起来走。"

"别说话了，快睡吧，时候不早了，明儿还得忙一天。"大家好像听到东里边床上的季瓷说话，于是都住了声。

好像只眨了下眼，天就明了。大年初三，是出殡的日子，章柿一大早起来到灶火里去看那些东西，他发现肉好像少了一点，跟昨晚看的不一样，掀开面盆，发好的面明显少了一块子，很显然是被人用刀切走的。他出灶火门，看到门搭钩被掰开了一些，从锁上可以抹下来，像是用铁家伙撬的。雪地上大大的脚印有进来的，有出去的。他到后院把西平叫起来，西平进来一看，也认为东西少了。章柿说："这会儿是一大早，街里还没有人，你顺着那脚印出去看看。"西平出去了，一会儿回来说："脚印在街里向西去了。"章柿说："你再向西，顺着脚印走，我估计就能走到节高大爷家。"西平说："要是让他看见了那多不得劲。"章柿说："你也太老实了，他偷咱的东西都不觉得不得劲，咱只是顺着那脚印到他门口看看你就不得劲了？"西平再出去，过一会儿回来告诉章柿："脚印是走到节高大爷家门口了。"章柿说："今儿黑小心点，不行把吃食都搬回堂屋里。"

一天忙乱，哭的唱的，拉的劝的，真的假的，像一出压轴大戏，总算唱完了。

埋了季瓷，晚上村里好几个人来家里说话。章节高像模像样地给主家报着几天来的花销。大家静静地听着，完了章柿说："哥，这几天叫你操心了，多亏了你，要不怹婶不能这么顺利地入土。我们一走，就剩西平他们在家，这孩从小就太老实，啥事转不过弯来，有做得不到的地方，该吵就吵，该说就说。时候也不早了，你这几天太受累，回去歇着吧，咱弟兄想说话明儿再来说。"

出堂屋，一方要送，一方说不送，扭扭扯扯一团子人出了院子，在过道口艰难地告了别。章节高出了过道来到街里，站了一会儿，越想心里越不是味儿，他又回到过道里，拐过灶火山墙向院子探头看去，屋里人还在灯下说话。他四处看看，院里再没啥值钱东西，扛起灶火山墙边斜放着的一根碗底粗的棍，气呼呼地出了过道。刚走到街口，西头来说话的章爱民的孙子差点碰到他身上，吓了一跳："哎哟，是节高爷呀，你咋从守信老老家扛出一根棍？"

"我老恼他。"来不及编瞎话的章节高显出真性情。

章柿醒来先往季瓷的床上看，这几天闹闹哄哄，他一直没有接受一个现实，那就是娘真的死了，尽管他昨天亲眼看着娘被放进棺材里，大钉子"当当当"钉上，他亲手摔的老盆，他顶着重孝领着孝子贤孙走在队伍最前列，浩浩荡荡地往后地坟里去。炮一声一声地响，响器"嘀嘀嗒嗒"地吹，哭声一浪一浪地起，粗大的绳子捆着装了娘那小身子的棺材，慢慢地落进南北坑里。眼看黄土一点点地把她掩埋，雪更加密集，人群呼啦啦跪倒一片。看热闹的人说，死得真是时候，这么厚的雪，一点也不毁庄稼。

娘真的不在了，从这个她生活了六十年的院子里消失了。他出院子来到后地，看到北边遥远的地里，那个洁白的坟茔立着。"咯吱咯吱"，他踩着地上的雪，向那座新坟走去。娘，你是不是愿意告诉我了？我来了，我听到你喊我了，世界这么安静，就咱们俩，你说吧，悄悄告诉我，我是谁的儿子？

第十八章

  老头儿走向蓝色的大海
  蔚蓝的大海骚动起来
  老头儿又对金鱼叫唤
  金鱼向他游过来问道
  你要什么呀，老爷爷

  爸爸从老家回来说奶奶已经不在了。章西芳只是张了张嘴，愣怔了一会儿。她没有哭，真的，她眼里一滴泪都没有，那一刻她明白，原来自己是个这么心硬的人。

  她想：奶奶死了，我不但没有回去见最后一面，甚至都没有为她掉泪。我正在为自己的一场恋爱而心焦，跟眼前的心焦比起来，我甚至觉得奶奶的死无关紧要。奶奶八十多的人了，她的死是必然的，而我的恋爱死亡却是不应该的，此刻，我操心的是唐可田是不是变心了，他为什么不再来找我，我给他单位打电话，接电话的人总是说不在，而从前，他好像是每天守在电话跟前一样。

  当年，毛主席逝世的时候，全学校的人都哭了，只有我没哭，那时我就在心里害怕，我是个坏人。现在奶奶死了，我也没有哭。几天了，章西芳等啊等啊，她盼着自己哭一场。

在一个夜里，她终于哭了。

她的哭不是为奶奶，而是为自己的失恋。

好了几个月的唐可田不跟她好了，他也没有明确地说不跟她好，只是不再像从前那样来找她，不在天河厂门口接她，也不给她车间打电话，也不来敲她家的门。

真实的失恋跟电影中的失恋完全不同，电影中的人不好了总是要有个仪式，吃个饭喝个咖啡什么的，还要找一个有纪念意义的地方告别，比如初次相识的地方，比如初吻的地方，女主角还要打扮得要多好看有多好看，像是奔赴一场盛会，其中的一个会情深意长地宣布，我们分手吧，出于什么什么样的原因。那些原因看起来都是能拿到桌面上的理由，能让自己有所解脱也能顾及对方的面子。而生活中真实的失恋是一点都不体面的——其中一个躲起来了。

她预感的坏事总是很准。他的单位很远，但是她去了，倒了几趟车。他不在单位，只见到他的几个好朋友，从前是被他介绍给这几个人的，说"这是我女朋友"，女孩子在这个时候总是最幸福的。现在这几个人看到她突然语焉不详起来，一会儿说唐可田不在，一会儿说你再等等，他到别的部门或到车队去了。西芳就坐在一个大办公室里等待。所有进来出去的人都看她，跟同事小声说话，眼神里带着同情。一会儿，那个心最软的文武斌说："我带你去找他吧。"他带她找了几个房间，其间还在一个房门口搬了凳子扒到门上边向里面看了看。

唐可田的单位是当时最体面最红火的，工资比别的地方高出很多，这里青年人找对象都比别人挑剔。那时传呼机还是稀罕东西，他们单位的青年男女人人腰间别着一个，可是现在，他的传呼机对她的呼唤不再回复。

曾经，你给我写信，你向我发誓，你还把别的女孩子写给你的求爱信给我看。我知道你这样的行为不好可我还是为此而自豪。你说她们都不能让你动心，只有我才是你的最爱，你天天跑那么远到我家楼下等我，在天河厂门口等我，可是你现在不再回复我的呼唤。

西芳已经不再设想他会回心转意，她只想找到他站在他面前，发泄一个被抛弃者的愤怒。西芳跟在文武斌身后,他带着她,把他能去的地方都找遍了,最后说:"真的找不到。"她不相信,对着文武斌喊:"你一定知道他在哪儿,你去告诉他,他不想跟我好可以,但我要他见我一面,他要亲口跟我说清楚。你去,去找他,快去!"文武斌不但心软,连身子都软起来了,他说:"那,好吧,你等着,我去叫他。"他像一根面条一样贴墙出了门。这是晚上,一个又一个房间都空了,走廊很安静,她想他一定就在附近,他必须得来见自己,这个懦夫,这个坏蛋,凭什么连一句话都没有,凭什么从前说过的话像打水漂一样?

她充满仇恨地等待,越等心里的仇恨和绝望越深,因为她猜想自己怀孕了,她已经快五十天没有来例假,想让他陪自己到医院做人流。可是她等来的是背叛。

走廊上有细微的脚步传来,她灵敏的耳朵听见了。唐可田在文武斌的押解下走了进来,两人都低着头,文武斌好像是自己做错了事一般,羞愧地看了她一眼,关上门出去了。倒是唐可田,还有着外强中干的轻微的不耐烦,好像是西芳给他带来了麻烦。

"你不愿意了,为什么不直接告诉我?"

"不是,不是的,我没这意思,我打算忙过了这几天去找你的。"

"骗人!你在躲着我,知道我来了,就让文武斌说你不在,你没有想到我逼着文武斌去找你。"章西芳步步紧逼。以她的年龄还不明白要给别人留有余地,她一定要让他说清楚,说清楚!一定逼着他说出她不爱听的话,接受不了的话,对方说什么都会让她更愤怒,更伤心欲绝,更进一步追问。人在年轻的时候,要分出好多情绪用来愤怒用来追问用来破坏,这是生命的需要,也是生理的需要。

"我给你说过,我妈不同意咱的事。"

"你是说过,可那时你是说你妈再不同意可你愿意,你情愿跟你妈脱离关系也要跟我好。"

"可是,情况没有那么简单,她不同意,我爸也不同意,我想着我能说服他们,可是……他们说,我是家里的独生儿子,他们不可能接受儿媳妇是个河南人。"

"可我一开始就是河南人,给你说得很明白,我爸是河南人,我妈是河南人,我是纯种河南人,你不是不知道!"

一个背叛了的人,一旦没有退路,只能被迫面对他背叛的人时,他只好把心硬下来,把脸拉下来,由你怎么谴责都行,他大不了扭过头去,闭上眼睛,只在心里祈求,快点结束这一切。章西芳也意识到这一点。仇恨在她心里已经堆积得快要爆炸,她不能在这个人面前太失尊严。她想她该走了,她想她该走到他面前,向着他那张曾经温柔地俯下来给她说过誓言的脸抽一个耳光。这并不过分,他一个不负责任的人,承受的只是一个耳光,而自己,要承受的更多。走到他面前,走得很贴近的时候,她才发现,这不可能,首先她从没打过人耳光,其次眼前这个负情的人,他身高一米八,比她高一个头,她需要踮起脚尖或者蹦起来打他,那太滑稽了,她这个耳光将打得不响亮不解恨不明不白凑凑合合。看来电影上女人向负心人打耳光是不可信的,她们总是打得那么漂亮,打得那么恰当,打出了全世界女人的尊严,让人觉得真该拍手称快。不,不,她的生活一再证实了,电影中的人生都是不可信的,而她多少年来曾坚信,她在天河厂灯光球场看的那么多露天电影就是她的人生教科书,里面女主人公的价值观、审美观就是她追求的人生方向。这真是太扯淡了。她狠狠地在他胸前推了一把,他一个趔趄扶住旁边的桌子,显出了一点狼狈。她转身走了,走向外面的黑夜,走到公交车站,去等待末班车。

她觉得有一个人一直跟着,这会儿在她身后站着,她回头看是文武斌。他还是带着一副像是自己做了亏心事的表情,离她几步远,在黑暗中对她说:"我看着你上车。"

第二天,她去医院做人流。她躺在那个凶险而滑稽的床上,双腿高高地架起,像个等待屠宰的羔羊。

她又在另一个医院开了病假,托陈芳交给车间。陈芳跟她从小学到技校一直都是同学,也一同分到了民品车间,陈芳穿着白大褂推着车子把一包一包的元件发给穿白大褂的她。她坐在一排女孩子中间,在自动流过来的电路板上插上她的十几个零件。现在,她对这个没有一点浪漫色彩的工作烦透了。她怎么能一辈子当工人呢?

她每天不出门,把自己关在房间里,章柿和胡爱花劝她的话她也听不进去。章柿前两天说:"你安叔叔想给你介绍个对象。"西芳没有反对,她想,也许会有一个人出现,让我忘了唐可田,让谈恋爱搞对象这件事占满自己的生活,叫这些事情一点点挤走负心的人。只能这样。不这样,又能如何呢?她已经开始在心里想这个小伙子的样子。两三天了,章柿回来的时候,她想着他会带回一个消息,让她去跟那个人见面。可是章柿却不再提这事,西芳忍不住问他:"安叔叔说的那个人呢?"章柿说:"你安叔叔这个人做事欠考虑,他只是说叫西芳不要太挑,这叫啥话?我知道你的脾气。"

胡爱花在厨房阳台上喊:"快,快看楼下,正好路过了。"

章柿叫西芳扒窗户看,说:"其实平常也见过的,他家就在西边那个楼,那天你安叔叔指给我看,我一准知道你不愿。自己看吧,天河厂的工人。"西芳从楼上一看,心里的火蹿起老高,一时间受了极大的屈辱,涌起了对安叔叔的恼恨。叫西芳不要太挑,为什么不要太挑?没资格挑,没理由挑,还是挑也白挑?西芳恶声恶气地对章柿说:"今后,我不用谁介绍对象,我自己找,找不到合适的我就不结婚。"章柿就知道这个话题不能再谈下去。

不要太挑!这话一直像个刺儿扎在她心里,过了几天,西芳也不再生安叔叔的气。人家安叔叔一片好心,想给你找个对象,只是没有给你介绍个一表人才的小伙子,有什么好生气的,你自身条件也有限啊,横竖就是个天河厂流水线上的工人。十几年前,你家还是天河厂有名的困难户,每学期一开学,你爸就找厂长批条子,以家庭经济困难为由免了你的学费。在天河厂这个领域里,谁不知谁的底子?

当别人低看你的时候,错不在别人,而在你自己。

不要太挑,不要想那么多,想得多,烦恼也多。

可西芳就是个自寻烦恼的人,想想她要在天河厂找个门当户对的工人,把一生安顿在这里,在这方圆几公里的区域内结婚、生孩子,每天在那些上班的人流里，蚂蚁一样流向工厂大门，到点儿了再跟着人流涌动出来，回到自己嫁的男人家里，纠缠在婆婆妯娌的是非中，天天重复，年年如此，现在就能看到五十岁的样子，将来她的孩子也是这样，混在天河厂子弟学校上学放学的人流里，子子孙孙，没有穷尽，她怎么能够接受？

离开天河厂！

西芳更坚定了改变工作环境的决心。男人常说大丈夫何患无妻，女人为什么不能说，小女子何惧嫁不出去，我宁可不嫁，也不委屈自己。西芳心里立即涌现出天河厂几个老姑娘的光辉形象。她们常常在澡堂、菜场、上下班的路上被人在身后指指戳戳，但她们用一副坚贞不屈的冷面孔和世界对抗。她们都不丑，不但不丑，而且还都挺好看，也就是说，她们如果想嫁，都能嫁出去，可她们……对，就是姑奶奶不愿意。

命运和现实激起了她的抗拒心，爆发出巨大的力量。

她看准了报纸、电台这样的文化单位，在那些年，几乎每个季度都有媒体在招聘。

她不断考试、失望、再考试、再失望。

终于，从市电台那里伸出一根橄榄枝，向她挥舞。

可是橄榄枝就要干枯，电台的大门向着章西芳这个名字敲了好几天，她一无所知。她正沉浸在唐可田给她造成的失恋中，或者是安叔叔给她带来的恼恨里，她甚至忽略了季瓷的死。她想，她是不是已经习惯于失恋，习惯于失败，或者她心里那种狂热的激情要一次次这样碰呀磕呀，夜夜不能入眠，刚闭上眼又惊醒来，直到把她的激情耗尽。下了班她哪儿也不去，把自己关在房子里，听齐秦的"外面的世界很精彩，外面的世界很无奈"，"轻轻的我将离开你"，她的泪水"哗哗"往下流。她说："奶奶，我为你流泪，你看我哭得多痛啊。"可另一个声音又响起："你骗人，你根本不是为奶奶哭，你为一个跟你不沾亲不带故、才认识了半年的人哭，他抛弃了你，给你带来耻辱和痛苦，你恨死他了，可你却为他流泪。"

轻轻的敲门声响起的时候，她擦干眼泪，她知道是妈在敲她的房门。

她打开门，胡爱花身边还有一个小伙子，她不认识。

"你叫章西芳吗？"

"是。"

"你参加了市电台的招聘考试吗？"

"是。"

"啊，总算找到你了。你考上了，为啥不去报名？明天最后一天，你再不去，人家就通知成绩在你后面的人了。"

来者刘红明，也是被电台录取的，记者。本次市电台开通交通新闻台，向社会公开招聘二十五名编辑、记者、主持人，承诺这些人三年内将把他们的工作关系调到电台。西芳考的是主持人，中间过了年、失了恋、死了奶奶，她觉得招聘考试是很久以前的事了。她休假的这些天，电台给她来的信在车间的办公室里放着，车间主任不知道那是决定她前途的一封信，想着她再有几天就上班了。

她脸色苍白，双眼微微肿着接待这个来给她送信儿的刘红明。

刘红明长得跟文武斌有点像，细细高高的，这样的人自己稍微不注意，就会像面条一样塌下来。他看到眼前的章西芳，秀美而苍白，表情严峻而忧伤，他突然一下子脸红了，好像他今天来到这里是为了赴一个前世的约定。他下午到电台报到，报完到就要转身走了，听到身后那个老师说："这个叫章西芳的怎么回事，不想来还是咋的？就剩她一个了，后天就要集中培训了，她再不来，就往下延名次，通知后面的人。"他又转回身去，说："我看看她的地址，我去通知她吧。"他当时只是想，一个人考到这里很不容易，机会难得，一定是有什么意外让她没有收到通知，他把表格上的材料抄到他本子上：章西芳，女，二十四岁，天河厂家属区八号楼一单元十三号，录取岗位：主持人。

他从电台出来乘车一路打听到天河厂，倒车的时候在路边饭馆吃了晚饭。现在他站在章西芳面前，见到一张美丽忧伤的面孔，觉得是命运把自己送到了她身边。

新组建的交通台经过人员培训和各种准备后，在春天开通了。西芳的工作先是替主持人接转热线电话，实习三个月后，她将独立主持节目。

刘红明每天都到西芳的工作间去看看，出去采访前，采访归来后，都要跟她打个招呼。早上，给她买早点，下班，把她送到车站，还提出送她回家，被她拒绝了，理由是两人的家一个在东一个在西，车又很难坐。

有一天，章西芳在钟楼邮局门前走着，被对面走过来的人拉住了，她一看是文武斌。她一直在心里很感激他，她知道他和刘红明一样，都是那种心很软的男孩子，他们会懦弱会哭泣会多感会屈服，他们只差她想要的男人的强者风采。文武斌问："你好吗？"她说："我挺好的。"文武斌说："有个话我一直想告诉你，我不该瞒你。那天你去我们单位的时候，唐可田看到你来就从另一个门溜走了，他让我说他没在。还记得我扒在一个门上面往里看吗？他在那里面，我问他出不出来，他向我摆手，他跟我们单位的一个女孩在一起了。在你之前，他追那个女孩，那女孩正跟别人谈着呢，他就去追你，后来那女孩跟别人谈崩了来找他，他就跟她好上了。"

西芳把头扭到一边，冷笑一下，故作潇洒地摆摆头："过去的事不提了。"她想，自己很快就是电台女主持人了，还犯得着跟唐可田这种人计较吗？

"可是，他现在跟那女孩又谈崩了，他昨天喝酒时说，他要再来找你。"

"你告诉他，做梦去吧。"

几天后的中午，她走出电台门口，听到有人叫她名字，扭头一看，唐可田站在路边，好像是等了好久。她从那以后就知道了，一个男人想找一个女人的时候，他总是能找到的；他不想找的时候，也总是能找到各种借口的。

她不想表现得太嚣张，就平静地走向他，审视地看着他。

"我找你找得好苦，电话打到天河厂，人家说你停薪留职了；找到你家里，你妈说你上班去了，却不告诉我你在哪儿。"

西芳笑笑，为他说的那句"我找得好苦"。

"有事吗？"她问。

"你吃饭了吗？我请你吃饭吧，慢慢说。"

"我吃过饭了，我没有时间听你说话，我要趁中午这点时间去洗澡，你看。"她举了举手里的塑料袋，里面装着换洗衣物。

"你去哪儿洗澡？"

"去邮政局院子里，钟楼旁边。"

"那我陪你去吧，我在门外等着，你洗完我再陪你走回来。"

"随你便。"

西芳转头向前走，那个高个的人在身后跟着，保持落下半步的距离，像犯了错的孩子。一会儿，他把长脖子探过来，小心地看着她的脸："这几个月，你还好吗？"

"跟你有关系吗？"西芳不冷不热地说。她近来很注意说话的语气和发音，很快，她将用标准的普通话去播报新闻，说各种各样这个世界上已经发生或正在发生的事情，将要有那么多人听她说话，她说什么都有人信以为真，实在没必要跟身后的这个人一般见识。

她进了洗澡堂。四十分钟后出来，他果真站在门外等着，这正像当时他追求她一样。俩人是在成人自学考试报名时认识的，那时他来领他的毕业证，碰巧在走廊上她正想找个人问下课程，他给她详详细细地说了，他一边说一边仔细而温柔地居高临下地看着她的脸，那时他就在心里感叹，这张脸怎么能长得如此端正美丽，眉宇间还透出一股正义之气。俩人互相说了单位，要了电话。第二天她正在上班就听到工段长站在流水线那头喊"章西芳电话"。"真是要命，你们这些女孩子今天这个约会明天那个恋爱，说过多少次，不要让人正上班时打电话，线是不能停的。"工段长一边说一边走过来帮她干活，她跑去接电话，告诉他她们工作的特殊性，只有工间休息的时候才能打。他说没啥事只是想给她打个电话。

他又陪着她走回电台，她说自己要上班。"那好吧，我明天再来看你。"他说。西芳说没有必要了，把他甩在身后，进了工作间，见刘红明在那儿等她。她洗了澡后，脸红扑扑的更好看了，头上散发着洗发精的香味，刘红明不由得伸出手拨动了一下她潮湿的头发。

第二天中午，传达室给她打电话，说大门外有人找，她让回复对方说自己不在。传达室人说："这个小伙子说跟你约好的，你让他来的。"西芳有点生气，她出了院子，见唐可田像电线杆一样杵在路边，她走过去："我认为你没有必要再来了。"

"再给我一次机会吧，我知道我错了，我也说服父母了，他们说听我的，咱们结婚吧。"

"你没错，你哪儿错了？是我错，我看错人了。"她又找到了点电影中女主角的感觉。她想，打人是不对的，打人耳光更不好，应该不卑不亢，要他自己认识到他是多么愚蠢和卑下。对自己来说这没什么大不了的，不就是失恋吗？人生不就是个承受的过程吗？已经承受了痛苦，不过如此，为什么要屈服？为什么要在爱情与尊严面前，丢失了尊严呢？就算是一无所有，自己还有尊严，不信我嫁不出去，自己只是想要一个结果：背弃我者，终将后悔，他们的后悔是自己的快乐。

"我不会再犯第二次错误，我也不想把感情交给一个不诚实的人。你回去吧。"她转身要走。她不想供出文武斌，自己爱上文武斌了。文武斌绝对不会像他这样对女孩子，他那么心软。唐可田手疾眼快，伸手拉住她，闪过身子拦住她的去路，脸上带着乞求，那么大个人一下子变得可怜巴巴的，不惜给自己的眼里支取出一点泪光来。她仰着头，平静地，甚至有点同情地看着他："松开我吧，路上人都在看你。"她转身走了，心想：连我都可怜你呢，再不走我可能就会心软答应你，可那太让我屈辱了。在这个回合，她本是个胜利者，头脑里却突然闪出那躲在布帘后面的凶险的手术床，女医生不屑的目光，那无情地探进她体内的金属器械，那撕心的疼痛和屈辱，眼泪涌了出来，看不清前方，她用手绢擦了泪，突然看到刘红明站在眼前。

"怎么了？那人是谁？他有没有欺负你？"

"你管不着。"她绕过他，走进大楼里。

几天后，她收到唐可田的来信，无非是请求她的原谅，为自己所做的解释、忏悔，说他经过一番感情波动，发现自己爱的人还是她章西芳，她一时不原谅他不要紧，他还愿意像从前追求她时一样，接送她，等待她。他还撒娇般地说应该给犯错误的人一个机会，看在曾有的爱情上……

从那时起，章西芳知道了，一个人说我爱你，我愿意为你做一切，他其实是在说，我爱我自己，我需要你，我想得到你。人还会为自己找借口，那就是爱情，人为达到自己的目的总是拿爱情来说事。

他给她第一封信时是他在夜校门口等她，他走过来在路灯下对她说："我爱上了一个女孩，我给她写了一封信，请你转交给她吧。"西芳接过信，放在书包里。他陪她走到车站，默默地，都不说话，都知道所有的话都在那封信里。路灯发着淡黄色的光，像个温柔的梦。他含情脉脉，像是喝醉了般看着她。她上车，在夜里疾速行驶的公交车上，打开他的信。

可是今天，她把这封信撕碎，扔到抽水马桶里。看着水"哗"地流下，她在心里说，去你的唐可田吧，我情愿跟文武斌、刘红明这样的面条男孩好。

她其实有点想念文武斌。想起那晚她从他们单位跑出来，唐可田绝情地不送她。她是否安全，她是否流泪，她是否心痛已经跟他没有关系，他转身就去了那个女孩子身边，他一定会给那女孩子复述这件事以增加他们爱情的甜蜜。而文武斌，在她身后跟着，他也许还想安慰她，可他不敢多说话，害怕说不到点子上让她更难过，他只好沉默地跟在她身后，直到她上了末班车。

陈芳来的时候西芳正在厨房吃饭，她下了夜班回来晚，家里人都休息了。陈芳就坐在厨房门口的小凳子上，脸色很白，双手夹在两个膝盖中间，不停地搓来搓去。西芳心疼地看了她一眼，她知道陈芳跟一个有家的男人好了几年，那男人总说离婚却总也离不掉，陈芳常跟他在这个或那个招待所里见面，上下班的路上，陈芳被人指着脊梁骨说来说去。西芳认为这样不好，让自己的父母在单位没脸做人。人不能只为自己活着，得照顾亲人的脸面。去年夏天，陈芳来求她，也是坐在厨房门口的小凳子上，让西芳跟她一起去她家里，给她妈说自己今晚在西芳家睡觉，被西芳干脆地拒绝了。西芳义正词严地说："你不能再跟那个人在一起了，他离不了婚的，他是在骗你在玩弄你，你这么好的条件，好好找一个小伙子谈恋爱结婚多好。"陈芳有点吃惊有点无辜地看着她："你咋跟我爸我妈说的一样？我爸为我这事都哭了，他说我再这样下去，只能找个郊区农民嫁掉，天河厂不会有人要我了。""就这你还晚上不回家，还让我跟你一起去骗你妈，我告诉你，我不去，我没脸去给你妈说。我觉得你做这些太不值了，那男人有什么好？"

是啊，那男人有什么好呢？是个司机，长相一般，腿还不直，分明就是个罗圈腿。可对于正在青春躁动期的姑娘们来说，有一个已婚男人陪伴自己，有成熟的性经验培养自己，有那种手到擒来的虚荣和轻浅的享受，这是那些激烈动荡无可依靠的青春岁月中致命的诱惑，尤其尝过那种感受的人，不可能轻易摆脱，哪怕带来一次次恶果，谁能轻易斩断呢？

陈芳坐在那里，头低下，终于又抬起来，看着另一个地方："西芳，我怀孕了。"

西芳心里一疼。凶险的手术床，冰冷的器械。再看陈芳坐在厨房门口的墙角，双手在膝盖之间搓着。十几年前，她初来西安，是那么羡慕生活优越的陈芳，那时陈芳就是她心里的小公主。阳光照着，两个女孩儿面对面站在双杠里面，胳膊高高地架在双杠上，像小鸟展翅飞翔，说着自己的梦想。那时谁也想不到，若干年后，她们的双腿要被高高地架在手术床上。

"你给他说了吗？"西芳问。

"说了，他说他这几天出不来，他老婆看他看得可严了，动不动就拿刀跟他闹……我做过好几回了，昨天看《知音》上说，如果做人流次数过多，就有可能丧失生育能力。"

"你这回能不能下决心离开他？"

"不是我离不离开的问题，是他明白地给我说了，他离不了婚。"

"那，我陪你去做吧，明天？"

"算了，我自己去吧，只是心里难受，找你来说一说。"陈芳站起来，修长而美好的身体穿过西芳家的小客厅，体内隐藏着一个必须赶快拿掉的小生命，自己打开门走了。

生活并不像你想象或某人给你承诺的那么顺利。三个月后，西芳还是从事接线员的工作，因为有好多栏目还没有正式运行，当初承诺的调关系好像也很遥远。刘红明仍然天天来看她，好像两个人是在谈恋爱的样子。西芳只是在心里感激他，总觉得他身上还有自己不满意的地方，他的那种胆小软弱、爱脸红。她知道自己只是在心里有点想念文武斌，假如文武斌站在眼前，她也不会对他有太多的好感，她爱的是强者型男人，可强者型男人在伤害人的时候，也是强硬的。那怎么办呢？生活总是不可能给你所有想要的，不可能把你对异性的一切理想集中在一个人身上，而人生的悲剧在于我们总想要那个集于一身的人，倒好像那个集于一身的人就刚好也能看上你一样。

章西芳就是为了这个"集于一身"，又徘徊周折了好几年。

章西平决定到西安来。奶奶去世后半年，爷爷也不在了。前后两个大院子，就他们一家四口。村上不断有人出外打工，他和素娟合计好后，地租给别人种，一家四口来到西安。章柿把天河厂南大门的两间防震棚粉刷一番，成为他们的家。章项宇在天河厂子弟学校上小学，跟着胡爱花在楼上生活，章项洁在天河幼儿园入托，由素娟自己带。

章安金和他媳妇田老师早两年就出来了，在西郊大学路上卖服装。田老师考了几回也没考上公办教师，各个学校清理民办教师时，把她也清理回家了。她如今已是生了几个孩子的人，本就算不上美人，再加上生活的不如意，这么个内心不甘的人愣是只有贴在商店橱窗前看一眼那些优质护肤品的份儿，脸上早早地长了好多斑点，成了不折不扣的村妇，干脆也像别人一样，跟着男人出门打工了。大学路市场还有好几个河西章的人，一个带一个，都来了。西平因为在家跟安金关系好，两人一个老实一个灵活，就常常一个听一个的一个离不开一个，安金喊起季瓷奶奶来可比西平亲热得多，那两回季瓷在磨盘上把胳膊摔坏了，安金拉起架子车跑得飞快，急得泪都出来了。凭这一点，西平在心里服服地把他当了哥。安金给他捎话说这里钱好挣，他就一家迁来了。问安金办个摊点要多少钱，安金伸出一个巴掌，西平就给他拿了五百块钱，叫安金也在大学路上给他弄一个卖服装的亭子。

假如这世上有一种人，啥都愿意忍耐，啥苦日子都能过，认为自己没有大本事也就不想着那些大富大贵，连看一眼都觉得多余，金光大道让有本事的人走去，咱只要挤挤身过去就中了，那就是章西平这样的人。他永远不知道也不理解，这世上还有一种人，那就是不让他当皇帝不让他主宰局面他就不干，他会把这个世界砸碎打烂，重新洗牌，让它按照自己的意愿重来。章西平聊以自慰的是，世上像他这样的人千千万，吃苦受累大家都这样又不是咱一个。他和素娟买了月票，天天乘公交车从东郊到西郊，守着那个服装摊点。慢慢地，他发现，他和素娟就不是做生意的人，首先嘴不会说，大学生没有钱，女学生一压价一磨牙，西平说："好，我少挣点，给你吧。"看着安金在斜对面嘴巴一张一合，面带笑容，很快就把衣服卖出去了，比他卖的价还高。西平安慰自己，人家卖两件我卖一件，人家一天挣五十我挣三十，这总中吧。"看来咱奶奶说得对，"他对素娟说，"三年学个秀才，十年学不来生意人。"

有时候项洁哭着闹着不上幼儿园，早上软硬兼施也送不去，是不是小小的她也知道自己是个乡下孩子，把她放到一堆城里孩子中间，人家马上就会用目光把她剥离出来，就本能地对那个牢笼般的地方产生恐惧？往往这时西平就先一个人去，让素娟在家跟项洁磨，最后要么打一顿，要么给买个好东西，到快中午的时候送去，她再坐车到西郊来。

西平一个人的时候，难免顾不过来，会丢衣服。一天，西平正在招呼一个顾客，安金跑过来，一把抓住他身后的一个女学生："偷衣服，拿出来。"西平转回身,见一个女学生正把一件上衣往自己的怀里掖。市场上一下子乱起来,摊主、顾客都拥过来看这场人赃俱获。假如抓小偷是个有趣的事,那么抓个女大学生就更有意思了。河西章的人可劲起哄:"西平,把她送派出所去,不能轻饶她,还大学生哩,噫,不嫌丢人。"

"去吧,西平,我帮你看着摊子。"安金说。

那女学生已经把衣服从自己身上抽出来放回到西平的铁架子上,脸色煞白地站着。西平责怪地看着她,被河西章的摊主们喊得没有办法,也脸色煞白起来,心"咚咚"跳,好像天大的灾难降临到自己头上。收了那顾客的钱,对女学生说:"走,去派出所吧,你也真是,大学生啊你。"

女学生走在前,章西平走在后,手里拿着女学生的包,他知道像这样的包里很可能不足十块钱,但可能有她的一些有用的证件和通信录什么的。那女学生有点少白头,头发好像突然之间更乱了,像干草一样,腰也塌了下去,穿着洗得发白的牛仔裤,脚上是一双人造革皮鞋。她回过头,绝望地看一眼西平,艰难地咽一口唾沫,连脸上的青春痘都变得苍白了。西平看出来,她是个农村姑娘。"你站住吧。"他说。那女学生停下来,羔羊般地看着他。

"你家是哪儿的?"

"陕南的。"

"是这学校的学生?"他指指旁边的大学。

她点点头。

"要是把你送派出所,学校就会处分你吧?"

她又点点头,咬着嘴唇,眼里有了泪光。

"你是大学生啊,你咋能偷东西?你心里咋想的?"他脸色严峻起来,想给她好好上一课,把自小从奶奶那儿听来的道理给她讲一番。奶奶常说,不是自己的东西就别想着要,看都不多看一眼,有本事自己挣,没本事只该受穷。他又觉得自己可笑,一个高中生,一个在城里摆小摊的农民,却来给一个大学生讲道理,人家啥不知道,人家要是有钱，谁不知道拿出钱来扔给你，买个东西多气派呀。奶奶常说，一分钱难倒英雄汉。英雄汉都能难倒，何况一般人哩。

她低下头，脸色更加灰白。西平叹口气："我压根就不想送你去派出所，是他们喊得我没办法。你走吧，只让你记住我一句话，下次不能再这样了，别人要是抓住你，就没有我这么好心了。"

那女学生感激地看他一眼，接过西平递过来的包，转身跑了，穿过路边乱哄哄的人群，很快没影了。

西平回到自己摊位上，素娟已经来了，坐在那里，斜着眼问他："把她送去了？"

"半路上，我让她走了，别跟他们说。"

"我就知是这。"素娟说，"刚才他们一说，我就心想，你要是能把她送到派出所，我的王字就倒着写。"

"你再倒着写，还是王。"西平说。

第十九章

泥棚已变得无影无踪
他前面是座有敞亮房间的木房

津平师范大学临近毕业,章棟跑了两三个月,动用他有限的关系,花完了几年来罗北京做小生意挣的钱,托这个找那个,让津平留校任教。这个时候,阳平也上了铁路技校,属于带指标招生,三年后毕业将进铁路局开电力机车。章棟和罗北京松了一口气,总算把两个孩子都安置好了。

可三年后,章津平说,教书是一个男人无能的表现。罗北京的眼瞪得多大:"老天爷呀,你当个大学老师还不知足,谁要是叫我去哪儿教个育红班,我就高兴成啥了。"

"那是你,别拿你的标准来衡量我。"

"说句实话,你教个大学不老亏吧?到大街上去问问,哪有年轻轻的在大学里当老师的?院子里的人都高看我多少哩,你咋就看不上了?那你说说,你想干啥?"

"我想当官,想为人民服务,你没听人说,人民公仆总是光荣的嘛。"

"那是,谁不想当官?可你也得能当啊。咱章家祖辈多少代,扳着指头查一查,就没有半个当官的,都是老农民,你是最主贵的一个,还不知足。"

津平当然有不知足的道理，他在报纸上看到国家几个部委面向全国招收公务员。他想，那国家公务员也不是光叫别人当的，北京城也不是光叫别人进的，他章津平也不比人差。他向学校请假坐火车去了北京，两天后他回来说，各项材料都报上了，只等报纸上公布考试通知。他买了复习资料，在家连天彻夜地看呀背呀。

"有这个志气那太好了，要是能考上，我跟你爸做梦都能笑醒，你爷奶奶在坟里都得笑出声儿来，有多大本事你使出来吧。"罗北京张罗着给他做饭，站在身后扇扇子。

半个月后，津平再去北京，参加考试。

又是一番折磨人的等待，就像当年他高考后的情景一样，等得越来越焦躁不安，又盼结果又怕结果，上课频频出错，让系主任批评了几句，他心里更烦，觉得早晚要离开学校。一个有能力有志气的男人，应该走上从政之路，一个中国人，应该到北京去，这才算是人生的成功。北京，像一个梦想、一个宿命，越来越紧密地吸引着他，呼唤着他。

结果公布后，没有他。

那么多部门，那么多考上的人，却没有他的名字，那通知从伟大祖国的心脏飞向全国各地，却没有一个到他手里。这世上天天都发生着那么多好事，花团锦簇流光溢彩，合着弄了半天都跟他无关，都是别人的景致别人的欢乐。走在傍晚的马路边，城市温腻美丽的夜生活次第展开了，这曾是他最初的理想，那时只想着，有个城市户口，有一份稳定的职业，他就满足了。谁知理想正像水涨船高的一个个绳套，环环相扣，捆绑了你，越攀越高。小的时候，他羡慕在河西章小学上学的西芳。有一次他跑到学校里等西芳放学，西芳搬着小凳子走在操场上，被冯老师叫过去，给校长和别的老师说："这是俺班的学生，我跟她爸爸是初中同学，她爸爸现在在西安工作。西芳，把我教的《我爱北京天安门》给大家表演一下吧。"西芳放下凳子，摘下书包，嘴里开始唱，脚下开始跳，穿着厚棉裤的西芳小短腿前后蹦着，夸张地交叉几下，长了冻疮的小手在头顶上挥来挥去。"我爱北京天安门，天安门上太阳升……"西芳皴裂的脸上带着被重用的幸福，红扑扑的，越唱越投入，越跳越起劲，双腿交叉的幅度也大了起来。西芳跳完了意犹未尽，激动地看着校长和老师。围着的一圈人笑着拍手，夸她表演得好。西芳拿起书包和小板凳向他跑来，拉起他的手往家里走。在回家的长过道里，西芳停下来，问他："你说，北京是啥样？"一下子把他问住了。"北京，有天安门，有毛主席，还有啥呀？"这个巨大的命题吓住了他。"你说，咱这辈子去得了去不了北京？"他更是不敢说了，村里还没有一个人去过北京，他敢说他去得了吗？他还不到五岁。他那时想的只是赶快上了学，像西芳一样站在学生的队伍里。

人为什么总是有不尽的欲望，你从前说过，到达前面那个地方就满足了，可到了后，只是短暂的停留和幸福，很快你又看向远方更大的目标，这些目标就像给狗头前面挂了一块肉骨头，你永远向前，永远够不着。

津平的坏脾气又上来了，一个人躲在房间里哭，摔东西，写他的愤怒文章。他有着好多年的投稿史，却没有一家报刊发表，他那娟秀漂亮的字体写出来的稿件，玲珑潇洒地写好的信封，竟然打动不了任何一个编辑，这更让他觉得生不逢时。他诵着"世胄蹑高位，英俊沉下僚"，诵着"还君明珠双泪垂，恨不相逢未嫁时"，诵着"念天地之悠悠，独怆然而涕下"，情绪日渐变坏，他甚至在房子里说着"风萧萧兮易水寒，壮士一去兮不复还"。

罗北京敲开他的房门，严肃地对着他的脸看了好一会儿，问他："你真的想去北京？老想去当那个龟孙公务员？"

他不屑地看了一眼罗北京，心想：我给你说这些有用吗？

"问你话哩，咋不答哩，不想叫我帮你了？"

章津平简直要笑出来了，他想：妈今天是咋了，来逗我玩？他气呼呼地问："想咋着，不想咋着？"

"要是真想，去买两张到北京的车票吧，现在就去，跟我上北京，找你姥爷。"

至此，津平才搞明白了他有个在北京当官的姥爷。姥爷当然已经离休，可他还住在北京某条安静街道上的部队大院里，姥爷有一个儿子一个女儿，拿罗北京的话说都是可中用的人，一个在大报社，一个在国家部门里，也就是他想去的那些地方。

罗北京想豁出去了，爹当年给她留下这小纸片也就是想让她有非去不可的事时，去北京城里求她那陌生而高贵的爹。爹能把地址留给家里那就表明他愿意接待家里有求于他的人。

罗北京还是头一回到北京，北京这么大这么气派，路这么宽，墙那么高，天安门广场那么大，人走在那上面跟蚂蚁一样。全中国最主贵的人都住在北京。她越来越惶惑，越来越觉得自己渺小，可她既然来了就得面对。她跟着季瓷生活了那么多年，耳濡目染学会了季瓷的生活方式和胆气，她越来越觉得季瓷说的每一句话都是真理，要是季瓷活着绝对支持她去北京，为了孩子，自己的脸面不算啥，求自己的爹丢人吗？

罗干部一看到站在眼前的罗北京和章津平就知是咋回事了。他知道自己有个叫罗北京的闺女，他当初一知道有她很是恼恨，觉得爹骗了他秀云讹了他，再加上秀云离婚不离家，从此他有限的几次回家都不在家里住，由县上给他安排，他只是白天回去看看爹。罗北京也不往他跟前去，倒是爹指给他说："那是恁闺女，认不认由你，反正是俺孙女。"他脸上不动声色，心里咋能不亲呢，他走的时候就给爹留下钱，给爹说别叫她受屈。他会偶尔想起她好看的模样，陌生又心疼，他给爹留了纸条也是这意思。现在，她来了，领着她的儿子来了，这年轻人长得真好，双眼皮大眼睛，高鼻阔嘴，头发乌黑鬈曲，大学老师他看不上，一心一意要来北京，这不是命中注定的吗？自己八十多了还不糊涂还没有死，是不是等他来呀？

罗北京叫声爹眼圈就红了，把从郑州买来的东西拿出来放到桌上："爹，闺女我没本事，过得也不太好，给你买了点不值钱的东西。"罗北京从小在家被爷爷罗贫农调教，出嫁后被季瓷青山绿水地灌溉，骨子里又是要强的人，知道话该咋说理该咋论，一番话说得罗干部和夫人泪水盈盈，留他们住下，打电话叫回两个孩子，商量年轻人的出路问题。

几天后，罗北京和津平笑着回来了。安排津平在国家某部主办的报纸驻豫记者站当记者，关系先进来再说，按照每半年或一年动一步的稳妥路线前进，三两年后进北京没有问题。北京那么大，人那么多，也不多咱一个，全国各地能得当地已经装不下罩不住的人，都在想尽一切办法往北京调、往北京来，似乎只有进了北京城才能找到自己的人生价值，车多人多堵车闹心也不是咱一个人的事，车在路上，走不了都走不了。

不到五年，章津平就加入了北京大街上都走不了的行列。

西芳的苦恼还在进行中，原先承诺的女主持人岗位迟迟得不到兑现，西芳就想，关系先进来也行啊。联合了一起招进来的人去找领导，说他们的关系这样放在原单位是很难受，三金没法交，单位已经给他们下最后通牒再不管了。刘红明和几个人没有去，他们的关系当年内就调过去了。电台说只能一批一批地解决，请大家放心，几年内会把他们全部调进来，其实现在这些已经不重要了，现在是全民招聘，有没有正式关系都一样。西芳们说："怎么一样呢，从根本上就不一样，我们是国家正式职工，能跟招聘的比吗？说好听点儿是招聘，说不好听点儿就是临时工，如果招聘时不说调关系我们才不会来呢，我们图的就是个关系，跟国家的关系。"西芳们还都没有当上主持人，嘴皮子就练得很利索了。电台领导应付道："好好好，会把你们的问题放到议事日程上的。"

西芳以此为借口拒绝了刘红明对她的热情，她说，关系进电台之前，她还不打算考虑恋爱问题。

人找借口的时候都有着丰富的想象力，连西芳自己都觉得吃惊，她到底没有勇气给刘红明说自己看不上他。她怎么不想考虑恋爱问题呢？她已经二十六七了，只是想把自己嫁得好一点。可是男人也跟她一样在斤斤两两地掂量，细致入微地算计。有几个一见面就一针见血地问她，在电台是正式的还是招聘的。对于神圣的爱情来说这都是至关重要的指标。

西芳好几次在心里问自己，是真的苦恼吗？把自己内心反反复复地搜寻一遍，是的，是真苦恼。曾经她以为有了西安户口，有了工作，再有人爱自己，好赖差不多嫁掉，她就不会再有烦恼了，可每一个目标达到后，她发现前面有一个更大的目标在等待她，也有更大的烦恼捆绑在这个目标之上。我读的那些书里，看的那些露天电影里，给我展示的生活呢？每当我烦恼的时候，就是有理想有想法的时候，嗯，看来烦恼来自于理想，要不，小时候总听奶奶说，争的越多气越多。可人怎么能不争呢？我们怎么能阻止自己去向往更美好的生活呢？

此刻，她更美好的生活指代的就是一个她可以嫁的男人。

她一直想找的那种强者型男人，要么发现他原来不是，要么是的，可最终伤害了她。她发现这个真理的时候，已经二十八岁了，刘红明已经结婚，当然，西芳的关系也调到了电台，她也当了两年的女主持人，播报着交通新闻。这个时候，那些符合她条件又对她满意的人，多数已"名花有主"了。

她总是想起文武斌，每次在她最受伤害、最孤独无助的时候，文武斌的身影就出现在她眼前。她冲他不讲理地喊，让他去找唐可田，他竟然去了，像自己做错了什么事，身子像面条一样贴着墙出门去，过了一会儿真的就把唐可田叫来了。他还操心她的安全，要看着她上了末班车他才放心。一般男人是对一个女人有所求才会有所付出，而他文武斌对她无所求，却操心她的安全。

她有一个预感，文武斌在等着她，在一个地方默默地关注着她，也许他总是在收音机里听她的声音。他软弱着，温柔着，沉默着，倾听着。

出于结婚的功利心，她无法克制对文武斌的思念。终于在一个下午，她去了那个单位，她想起四年前的那个夜里，她心碎欲绝地来到这里，试图探视一段无望的感情。

生活真会给人开玩笑，她在进单位大门的时候与唐可田迎面相见。他吃惊地问她："你怎么来了？"

"我找文武斌。"

"怎么，你也知道他出事了？"

"是啊。他，怎么样了？"她反问唐可田，故作镇静。

"噢，我知道了，你是交通台的，他出了车祸，你来采访他。"

"是的，我正想去你单位问问，他在哪个医院。"西芳出奇地冷静。

"走吧，我带你去。嘿，这哥们太张狂了，家里有钱给买了辆新车，就不知道自己姓啥了，开了车在二环路上乱跑，撞车了。"唐可田有点幸灾乐祸地说，他甚至认为没有必要在西芳面前掩饰。

"你结婚了吗？"两人在路边走着，唐可田问她。

"不知道。"西芳说，脸转向一边，不看他。唐可田没趣地笑笑，说："我结了，前年结的。"他含情脉脉地转过头来看她，希望他的结婚能让她失落一下，可是看来她并不对此有任何惋惜，她脸定得平平的，心里想的是文武斌的伤情，可她不想问唐可田。

她要先见到文武斌，如果他伤势很重有后遗症，那她就死了心，权当自己从失落走向失落，从失败走向失败，也许他已经结婚或有女朋友，看在以前他曾帮过自己，她应该去看看他。

文武斌对她的到来很意外，他赤裸着上身缠着纱布躺在床上，脸色苍白浮肿。他断了两根肋骨，腿上蹭破了皮，没有其他大的伤情。

"我听说你出事了，来看看你。"她温柔地对文武斌说，故意用了和刚才在路上不一样的口气，甚至伸手拉了拉他的被角。过了一会儿，唐可田见章西芳没有要走的意思，就说："那你俩再聊一会儿，我回单位了。"

"你女朋友也不来看你？"她问。

他把头转向一边，好像不愿意面对这个话题，他还不好意思告诉西芳，他正是因为女朋友提出分手，心情不好，才开了车在二环路上兜风出事的。西芳的到来，他有太多原因的猜测，却怎么都想不到她是为了给自己找个要结婚的对象。人与人每个时期的目标不一样，现在二十八岁的西芳想找一个结婚的人。她问了他的伤势，判断他不会有大问题，只需要静养几十天，她告诉他，过几天再去看他。

三天后,她真的来了,坐在床边陪着文武斌说话,走的时候说,过几天再来。文武斌心里很感动,想这个人是怎么了,身为电台主持人,却不断地来看自己这个身心受伤的人,就算她为气一气唐可田,可事情过去好几年了,也不至于这样吧。

他的伤彻底好了,在地上走一走,伸一伸胳膊腿,觉得又像从前那样是好好的一个人,就觉得这重新回来的健康比啥都重要。窗外是阳光明媚的晚春,屋里是珍贵无比的康复,西芳站在一边温情地看着他,文武斌更觉得她像个女神,他有点受宠若惊。那天他妈在医院见过西芳后告诉过他:"也许这姑娘对你有意,不然她不会一次一次来看你。"

西芳在探病期间已经透露给他,她到目前为止没有合适的男朋友。文武斌不是傻子,他病好的第一件事就是给西芳说:"咱们结婚吧,我没大本事,可家里没拖累,单位也还行,我会好好爱你,不会让你受委屈的。"啊,就这样吧,这就是真实的人生,我们都得过常人的生活,找个好男人,是最可靠的。西芳顺水推舟,开始着手结婚的事。

唐可田跑来找西芳:"你怎么能看上他这样的人?"

"他这样的人怎么了?我觉得挺好的,我这几年不管跟谁在一起,都常常想起他。"

"可是,你是电台女主持人,他算什么?只是一个效益好的单位里的普通科员,我们一起参加工作的,我都副科了,他还是那样子。"

"普通科员怎么了?那么多普通科员不结婚了?"西芳想拿话把他气走,"再者说了,我结婚,跟你有什么关系?文武斌好歹是你同事,背后说人家坏话好意思吗?你破坏了人家的婚事是不是就高兴了?"

"我这是为你好。"唐可田低下头来,像多年前那样深情地看着她,"其实这么多年来,我从没有忘记过你,知道你在电台后,多年不听收音机的我又开始听了,听到你的声音就……"

"好了,别说这些没用的,我这个人拿定的主意不会再改变。你可以拒绝参加我们的婚礼,但你的意见起不到一点作用,我命中注定嫁给文武斌。"

世纪之交的时候，章西芳生下一个儿子。

西芳在家坐月子，胡爱花死了。正在扫楼梯的时候，高血压发作从楼梯上滚了下来，就再也没睁开眼睛。她走得干脆利落，没有让人伺候，没有连累一个人。这世上有一种人是专门来受罪的，罪受完了，日子稍微轻松一点，她在这世上的使命就完成了。胡爱花只有这两年早上舍得吃叫作早点的油条豆浆了，从前她总是一大早起来，吃一碗开水泡馍就出门干活去，有时候连咸菜都不就，匆匆出门，觉得身上有使不完的力气。她一辈子干的活儿可比章柿多得多、重得多，她认为这是应当，人家是上了学的人，在厂里从来都没干过活，人家不嫌弃我，能把我和两个孩子的户口转到西安来就好成啥了。西芳给她买的一件藏蓝色毛衣，就是她最体面的衣服。她早上去扫楼梯的时候不舍得穿，上午去市场卖青豆的时候才穿。

她觉得只是早上扫楼梯挣那点钱太少了，她还闲一天。有一天她遇到当年一起拾破烂的小王，小王在市场上卖青豆，一块钱一小塑料袋。小王说这是自己在家泡好的，装到袋子里卖，一天能挣几十块钱。胡爱花又兴奋了，叫章柿去市场买了十块钱的青豆，回来泡了，装了五十袋，第二天提到纬什街菜市场，中午拿着四十八块钱回来了，给章柿说："交了两块钱的税。给，还你的十块钱，今天挣了三十八。再去买点儿青豆，回来泡了，我明天再背到市场上去卖。"

星期天的时候，项宇要跟她一起去市场上，她就扯了孙子的手，一起出门去进行她的贸易。

她手里有了钱就能拿出来给项宇交学校里的零碎钱。项宇说想吃天河小学门口卖的五香豆腐干，胡爱花说："啥样的五香豆腐干，你带奶奶去看看。"项宇拉了她的手去看了，胡爱花说："我能做得比他的好吃还干净，你信不？"项宇说不信。胡爱花第二天就从市场上买了豆腐干，回来用油炸了，用辣椒面、花椒、八角一起炖了，弄了一小盆，叫项宇过来尝，问："比你学校门口的好吃不？"项宇吃得小嘴流油，连连点头。

胡爱花去卖青豆，中午了迟迟没有回来，章柿不放心就找到了菜市场，见在市场管理所的门口，两个年轻人拉着胡爱花往里扯，胡爱花抓着门不进去。章柿冲过去问那两个年轻人："干什么干什么？"胡爱花转头看见了他，像孩子般"哇"的一声哭起来："我交过两块钱了，还要收，你问问他们，为啥还要收？"那两个小伙子放手说："你违章乱摆摊，要罚款。"章柿上前劝说："就这么小的生意，总共几袋子青豆，算什么摊点，你们年轻轻的，抓住一个老太婆不放手好意思不？"旁边看热闹的人也数落年轻人。年轻人把塑料布兜着的几袋青豆扔出来。胡爱花弯腰捡起，跟着章柿走了。刚走几步，一摸自己的手腕，呀，手表不见了。她脸煞白，要转身回去找。章柿拦住了她："算了，一块破表，楝戴了多少年后给你的，掉地上别人早捡去了。"胡爱花又流泪了，心疼那块老掉牙的大破手表，跟着章柿一路哭着回家。

楼下有个女人大声叫胡爱花，胡爱花下楼去，西芳和西莹听到楼下那女人在厉声训斥，两人扒窗口一看，胡爱花谦卑地站着，弯着腰，弓着腿，脸上赔着笑脸。两人冲到楼下，一人站一边向那女人喊："你凭啥训我妈？你算老几？你有没有一点礼貌？你就这样跟年长的人说话？你瞧你长那样吧，你先自己回家照照镜子。"那女人一看胡爱花这样的女人竟然有两个花朵一般的女儿，现在一边一个把她夹到中间，用手指一下一下点着她，小女儿还上手在她肩上推一把，大有要跟她干一仗的架势。女人的美貌也是一种威力和特权，这个女人有点意外，也有点委屈，把她的细脖子用力伸得很长，鼓鼓的金鱼眼在镜片后睁得好大："怎么了？你妈扫地没有扫净我就不能说说她？人家上级来检查说我们卫生不合格批评我们呢。""你不会好好说？她那么大年龄了叫你这样用手点着说，这活儿我们不干了！妈，咱回家，不扫她那地不挣她那三十块钱。"西芳西莹一边一个搀着胡爱花往家里走。胡爱花回头对那女人说："刘科长别跟孩子一般见识，我明天一定扫干净。"

第二天胡爱花继续去扫地，见了刘科长又是一个劲赔不是。她怪西芳西莹把人家得罪了，她想本是自己没扫好地人家说几句有啥呢，别怪人家看不起，是自己没本事，自己要是从小也上个学识几个字，也不至于这样。

胡爱花的心里总是存着感恩，心存感恩的人干起活来就像牛马一般尽力，家里的人她都心疼就只不心疼自己。直到她从楼梯上滚落下来，闭上眼那一刻起，她都觉得自己这一生是知足的，因为章柿从没有嫌弃过她。

章西平在西郊大学路的服装摊点摆不下去了。那条路开始拓宽，大学路市场上卖服装的人四散而去，河西章的人各打各的主意各找各的出路，一时散了。安金早在前两年卖服装时就结识了旁边大学里的人，这时又给人家送钱送礼，承包了大学食堂的几个窗口。

"你不知，妹子，出一个日头二百，出一个日头二百，天天净赚的。"安金掩饰不住内心的得意，给西芳说。

"咋不说见天天不明就起来了，忙到黑透透的才歇下。"田老师嗔怪地看一眼安金，给西芳说，"光是听起来怪好，这会儿一提起来我的腿肚子都打抖，受的啥罪呀，起五更搭黄昏的。"

"那咱这老农民不是生来掏劲的？你有西芳的命，天天坐到话筒跟前，嘟噜嘟噜，念到月底就领钱？这眼看西芳过几个月生孩子，躺到家里照样拿工资。你要是在家安安生生坐那儿，没有人见天给你送来二百块吧。"安金得意地说。

西芳是被章柿打电话叫回来的，章柿说："你安金哥和春凤嫂来看我和你妈了，说还要找你有事，你快点回来一下。"章柿就是这样的人，他认为人家真是来看他的。

春凤嫂就是昔日的田老师，经过城市威严生活风霜的打磨，黑黑瘦瘦，眼神也不太好，更像个半老太太了，可在西芳心里，还是对她有点敬畏。想起小时候她混在一群孩子中看她踩着风琴唱歌，是那么令人羡慕，现在一说春凤嫂找她有事，她有点受宠若惊，打了出租车就回到天河厂的娘家。见安金哥和春凤嫂拿来的一把香蕉放在桌上，爸和妈在陪着说话。

"哥找你有个这事，恁侄小勇今年二十了，学的大车照，原先是给人开长途的，太辛苦又太危险，一出去十来天回不来，我不想让他干了，让他在食堂帮忙，他嫌丢人。现在的小孩儿不知咋想的，总想着漂漂亮亮地去上班，每个月拿工资是正事，我和恁嫂想着，恁在交通台，认识的人多，听说公交公司常年缺司机，叫他去开公交车吧。"

春凤嫂殷殷切切地看着西芳。她有点沙眼，不时挤一挤眼睛，就像是要流泪一样。西芳觉得这事她义不容辞，拿起电话给她认识的公交公司一个人打过去，对方说，叫他拿上自己的材料来吧。

"看，我就说这事一找西芳准中。"安金高兴地说。

胡爱花又与春凤拉了会儿家常，春凤幸福地说："他这个人啊，啥都好，就是太好花钱了。"

"花吧，花吧，那还不是从前太没有了，现在有了，也别太亏了自己。"

"他给自己可不舍得花，都是给人家送礼，送钱。几千几千地送，一点都不心疼。"

"现在都兴这了，不送礼、送钱，人家咋能把食堂承包给你哩？你咋能天天二百块地挣哩？"胡爱花心想，俺西平要是有他这副活套肠子就好了。

大学路市场干不成后，西平去跟一个老乡到胡家庙蔬菜批发市场发菜，每天天不明出门，天黑透回到家，有时候半夜回不来，素娟站在路边等啊等啊，等不到就一路走到胡家庙，见西平还在几车菜里忙着搬来搬去。冬天的时候，西平穿着破烂军大衣，也顾不上他曾是个英俊的小伙子，穿着干净衣服，走在路上常引来姑娘的眼光，那时他只想进西安城像爸爸一样有个体面工作。

西平穿着破军大衣去或回来的路上就想起奶奶的话，想享福必受罪，胡思乱想耽误瞌睡。生活教会每个人很多，首先要让你知道的就是破除那么多不切实际的幻想，每个人都有每个人的命，他的命就是吃苦受累的，上天白让他长了一副英俊的外表，他白有一颗老实诚恳的心，这世上最不值钱的就是老实诚恳。可怎么办呢？总也丢不掉这副心性。

两年前，小学毕业的项宇回老家上学去了，因为他没有西安市户口，将来要在老家参加高考，得先回去上中学，才能取得学籍。西芳也去公安局打听过，可以买西安户口，两万五一个。两个孩子就是五万块。到哪儿去弄这五万块呢？这几年卖服装，一家四口，吃吃花花也不剩什么，跟项宇商量，回老家上学，好好学，将来考上西安的大学，还能回来跟爷爷奶奶在一起。项宇就转回老家的县中学。

西平跟老乡贾富强在市场发菜，他没有资金没有车，就在贾富强手下干。说是老乡，其实是邻县的，贾富强一看西平一副可靠的样子，痛快地说："来吧，兄弟，不会叫你吃亏的。"

"他奶奶的，我十七八岁出来闯世界，就没碰上过几个叫人放心的。这世上的人，你看着长了个人模样，那都不是人，是狼，都想着咋咬你一口，喝你点血。"贾富强想喝酒的时候，就拉住西平不叫走，让他媳妇炒两个菜，俩人喝得全身热气腾腾，贾富强的话就多起来。"我这人，没啥太多的毛病，就是个爱女人，我告诉你，"他小了声向西平脸边说，"我这几年挣的钱，一多半都花到女人那儿了，要不是，我现在不止有一辆车，也不只是这么小个摊摊儿。你嫂子骂我把钱毁了，那咋能是毁了呢？是消费了，是潇洒了，我一点不后悔，你说，人活一辈子，图个啥？"

素娟在家等不到西平回来，就走三四里路找来了，贾富强给素娟说："弟妹，你记住，他往后回去晚，就是我留下吃饭了，你别操他的心，你要想来也来，一块儿吃吧，叫你嫂子给你下碗面吃。"素娟说："这都快十点了我还能没吃饭，我和嫂子说说话，你们喝吧，不想要命了就赌狠了喝，喝完了我扶他回去，回去了叫他的头成夜疼着，我可替不了他。"

和贾富强媳妇在一起的时候多了，素娟也知道了贾富强的业余爱好，回到家给西平说："可别叫那姓贾的把你带坏了，咱可没钱给破鞋娘儿们送。"西平说："嘿，你看看我多大的人了，胡子长一脸了，谁能把我带坏？"

按说这贾富强也是个义气人，每个月除了工资，都要多多少少再给他一点，三十五十不拘，看他当时的心情，还天天叫西平回家的时候捎上几把菜，过年过节时，叫西平给他爸往楼上搬一箱子菜，里面啥品种都有。"咱就是干这的，还能叫家里再掏钱买菜吃，回去跟俺叔说，咱俩忙，顾不上给他送，叫他自己过两天骑个自行车来一趟，看上啥拿啥。"章柿自然不能去，人家做生意挣钱呢，咱天天去拿人家的像啥话。

干了两三年，攒了三万块钱，俩人合计着，是不是给项洁买个户口。项洁看样子在学习上没有前途，指望她考大学好像不现实。那边贾富强说，他要再买一辆车，扩大规模。"你要是投了钱，年底就有分红。"西平回来和素娟商量，俩人几个晚上睡不着觉，不知道该把这三万块钱怎么办。项宇在老家住校上学，每个月得寄回去生活费，将来上了大学更得花钱。当然最好最保险的办法是把这三万块钱存到自己的存折上，过几天拿出来看看，心里踏实些。

"凡事都得有代价，"西平前两天看电视，听到一句话，现在起到了作用，"放到富强那儿，咱每年就有分红，多少分上几千块，不是更好？"

"唉，我也是想来想去，还是咱奶奶那话，想要这就得舍了那。就入他的股吧，咱不是想图人家的年底分红嘛。"

又凑了凑，四万块沉甸甸拿去交给贾富强，贾富强歪歪扭扭写了个收条。"赊放心了兄弟，亏不了你，到时候我挣住钱，把本钱再还给你。"

年底的时候，真的给了他五千块钱。

做生意总有赔的时候有挣的时候，那年南方遭水灾，好多菜烂在地里，批发菜的生意就不好，贾富强的酒喝得更厉害了，两口子的架也吵得更多。他媳妇追到市场上骂："都啥时候了，你还给那些破鞋娘儿们去送钱，她们比你亲爹娘都亲，几个孩子在家上学，你爹娘在家给你看着孩子，都不见你给他们寄钱寄那么勤，那些破鞋，一个星期不去找她们就急死你，你掂刀把我杀了算了，你去跟她们过吧……"

那天，西平早早去上班，贾富强的车不在老地方，一会儿，雇的几个人都陆续来了，却还是不见车，不见人，到市场旁边他租的房子敲门，敲痛了手也不见开，拿脚踹也不顶事。

"跑了，肯定是跑了，狗日的，这几天都看他不对劲。"小黄突然醒悟过来。几个人找来工具，把门撬开，果然里面一片狼藉，值点钱的东西都没了。几个人又找到市场上，高低不见贾富强两口儿的影子。

连着几天，西平还是一大早就起来到市场上。他希望这是个玩笑，或者他嫖娼被公安局抓了，他媳妇去救他了，过了这几天，他们会夫妻双双把家还。

找来砸门的人越来越多，好几个人都说贾富强借了他的钱，有的人掂刀来，说找到他非劈了他不可。

西平终于绝望了。他和素娟连着几天上火，睡不着觉。素娟说："我连死的心都有了，真想打自己几下，当时咋不知拿着钱给项洁买个户口啊。"

市场上有个山东人老屈来找西平，问愿不愿跟着他干，只帮他看摊就行。

"愿不愿也得先干着呀，他走了，我还得靠这个吃饭哩。"

"我不会亏你的，你记住，虽然这世上不兴老实人了，可人都还想跟老实人打交道。要是家里用钱，你只管说话，听说你儿子上高中了，用钱你就言语声，一万两万的，先从我这儿拿。我知道你的钱被他骗走了。"

"他没骗我的钱，是我借给他的，他还给我分了一次红哩，他肯定是走投无路才走的。"西平不高兴老屈说贾富强骗了他。

"反正我给你说吧，河南人靠不住。"

西平拿眼睛瞪他，老屈忙改口："不是我说的，是他们说的，当然不全对，你就是个好人。"

深夜里，单身楼传达室的齐妈妈叫西平去接个电话。他感到很奇怪，谁会把电话打到那儿去找他，披起衣服跑到单身楼门口。

"西平，是我呀，富强。"那边杂音很大，好像有风呼呼地吹，"你听我说，别听他们瞎说，我不会赖你的账，别人的都赖就你的不会赖，你相信我。"

"富强，你在哪儿？"

"我在青海。我本想着这回多弄点钱大整一伙，没想到一家伙赔了，算我命不好，那些人撑着我要账哩，我不如三十六计走为上策。去他娘的，他们也坑过我。就是这些天想起你心里不是滋味。你相信我，我早晚翻过身了就回西安，欠你的四万，加上利钱，都会给你的。我打听到这个电话可不容易了，就是给你说一声，爷们儿，你千万相信我，啊。"

"我信，我信你，你在外面注意安全，照顾好嫂子，别再惹她生气了。"

挂了电话，西平百感交集，向东一直走到运输处门口，徘徊了好长时间，才慢慢走回自己的防震棚。

屋漏偏逢连夜雨。天河厂南大门的单身楼和这一片防震棚要拆除，厂里统一盖商品房，住在这里的算是拆迁户，将来每户按原居住面积返还，其余按市场最低价购买。这样算下来，西平他们还要再交两三万元。

"说起来也是好事，可咱这进城打工的农民，配不配住这单元楼呢？到哪儿去弄这两三万？"这样一想，就开始恼恨起自己来，不该贪人家的分红，把钱好好存银行多好，给项洁买个户口多好。可这世上哪有卖后悔药的呢？

眼看房拆了，楼上的房子爸住一间，西莹和项洁住一间，实在是挤不下他们俩，就在七村租了间小房，还要给厂里拆迁办先交一万。西平为难地去问老屈借钱，老屈二话没说借给了他："我要再不信你，这世上就没有叫人信的人了。你跟贾富强不一样，他是个野人，到处跑，你爸是天河厂的，你妹子在收音机里天天说话，你能跑哪儿去？"

磨了两年，住到了新房里。他们当时就打定主意要的一楼，想着打开窗户，开个小卖部。一年下来，小卖部管一家人吃喝，加上西平天天去蔬菜批发市场打工，攒够了还给老屈的钱，项宇也到参加高考的时间。想着他要是上大学，还得用钱，就给老屈说，钱先还一半吧。

老屈让他尽管用，啥时有钱啥时还。西平心里感激老屈，给他打工更是起早贪黑，非常卖力。

西平给项宇打电话说："人家的孩子高考都有人陪，我也回去陪你两天吧，济不济事是我跟你妈一点心意。"项宇长成了当年的西平，不爱说话，又常年不在爸妈身边，已经不习惯表达情感，在电话里傴头般说："不用回，不用回，我心里有数。"

心里有数的项宇考了528分。河南省本科线532分。问他愿不愿上大专，他斩钉截铁地说："不愿。"西芳不甘心，告诉他，好的大专还是可以上的。因为她在几个好的大学里打听过了，可以以大专生的身份进来，抓住专升本的机会，能够变成本科生，说得项宇动了心。西芳这边就打听几个大学里的大专分数线。招生办说，他的分数应该可以。打电话告诉了项宇，他也很高兴。

可情况急转直下，西芳再打电话问的时候，那几个大学的招生办都说，我们对河南考生的大专录取线是550分，因为河南考生太多了，只能这样。

素娟拿着报纸，一百个想不通，为啥陕西省的本科线才490分，收河南的考生专科线就要550分，这世界还有没有个公道。

"不公道就是公道。"西芳说，"人家这样规定是有道理的，谁让你河南人那么多，河南考生那么多呢，如果只按分数收，那学校里大部分都是河南生源，对其他地方的考生又不公道了。"

"这不是把河南的考生亏死了？"

"那有什么办法？亏的人多了，这世上好多人的命运是不由自己掌握的，就像是一堆蚂蚁，被一个大手一拨，这一堆蚂蚁和那一堆蚂蚁的命运就不一样。"西芳说这话的时候，脑子里又闪现出当年哥给她们送来转户口材料的情形，哥眼睛肿着，在西安住了几天，看着爸把所有手续办好，户口本拿回来，又是那样眼睛肿着走了。她想，哥是躲在哪儿哭的呢？看不到他的眼泪，也听不到他的哭声，只知道他的眼睛一直肿着。

"真想把我的脸使劲砍砍，那时候咋不知五万块钱给他俩一人买个西安户口。今年陕西录取分数线 490 分，他轻松就上了。"素娟脸色苍白。她已经这样苍白了几天了，天天拿着报纸看那上面的高考新闻，高考状元的照片登在上面，笑得阳光灿烂，她心如刀绞。一条新闻说一个考生落榜后跳楼自杀，她拿起电话就给项宇打，问他这两天心情咋样，想开点，爸妈都能想开，今年不行还有明年，人生之路没有说一切都是顺利的。

"现在最要紧的是稳住项宇，说服他，别让他心里太难过。"西芳说。

"是啊，他一考完就到郑州去了，说是去找阳平玩哩，分数出来前打电话还可高兴，说他三叔领他去黄河边玩，在船上请他吃的饭。昨天我给咱叔打电话，在家发脾气哩，说大专高低不上，大学也不再考了，要到南方打工去。"

"这样吧，我去郑州，今天晚上就去，跟他好好谈谈，让他明白他现在的出路只有两条：一个是上大专，一个是复习。我们主张他复习，是不是？"

西平和素娟点头说"是是是"。

"我现在就买去郑州的车票。"

"那好，买好票后打电话叫咱叔去车站接你。"

"不要接，项宇听说我去，一定不是去表扬他的，他再跑回老家咋办？我带上毛头，刚好咱叔咱婶还没有见过孩子。"

"你一人出门，再带个孩子，路上得多操心，叫武斌送你到车站。"

"不用送，也不用接，你们放心吧。"西芳是个说走就走的人，亲人遇到难事，对她来说就像是听到上战场的号令。

郑州火车站的燥热迎面扑来。十字路口、不夜城的灯光和大片的人群让这个拥挤的城市显得更热。她拉着毛头乘上出租车，看毛头脸已经热得通红，给他抹一把脸上的汗："好玩不？我们坐着火车，看它呜呜呜地往前跑，一会儿就敲开二姥爷的家门，给他们一个惊喜。"毛头点点头，很兴奋，可眼里还是有了一点睡意。她搂了一下儿子："一会儿到二姥爷家好好睡，你就要见到二姥姥了，二姥姥一定很喜欢你，我小的时候,她对我可好了。"

家属院里已经很安静,乘凉的人都回家了。她拉着毛头,手里提着两个袋子,按照几年前她来过的记忆上一个单元的五楼。西芳好像不知道什么是累什么是退缩,她给好几个试图把她当作娇气女人对待的男人说:"我是个不会撒娇的女人,穷人的孩子早当家,我只是长了一副娇柔的外表罢了,我的内心是烈焰、是钢铁。"此刻,她怀揣着盛夏高温般热烈的心上到五楼,边敲门边喊:"婶,开门,我是西芳。"门打开,她想着是罗北京那张温柔的脸喜悦地迎接她,却不想是个陌生的女人,不耐烦地面对她。她赶忙道歉:"呀,对不起,我敲错门了,章栋家不是在这儿吗?"那女人说:"他搬家了,搬到后面楼上了。"西芳再道歉:"实在对不住打扰你了,我们是从外地来的,刚下火车。"那女人看她还带个孩子,脸色活泛起来,详细给她说了章栋在后楼的几单元几层几号。

拉着毛头下五楼,回到刚才路过的那幢楼,再上五楼,这回开门的是罗北京,惊喜地把他们迎进来。大家还都没有睡,项宇光着膀子坐在阳平的房间里,在电脑上查看招生信息。西芳走进去,拍了拍他的光脊梁:"电脑关了吧,叫毛头在这边睡觉,咱们到那边说话。"

项宇情绪低落,不说话,像个大白冬瓜一样来到大房间。

"我跟你叔劝了几天了。世上的事哪有那么顺当的,是人都有遇挫折的时候,别泄气,明年提住劲再考一回。"

"我问问你,你那些答卷里有没有因为粗心丢分的?"西芳开始对他展开谈话攻势。

"有。"

"多可惜,要是不会,咱也就不说啥了,你现在尝到粗心的下场了吧,几分之差,可以改变一个人的命运。"

项宇不吭声。西芳察言观色,看他并没有多少抵触,并且他毕竟知道西芳突然到来,是怀了一腔对他的爱与疼惜的,他偷眼看一下西芳,又低下头,很受用地听着。

"不过没关系,失败是成功他妈妈,明年再来一回,咋样?用实践证明你是能行的。"项宇还是不吭声，手开始不自然地在光脊梁上抓挠。"你明天早上到大街上做个调查，问问路上走着的人，谁没有失败过，谁没有不如意，谁没有烦恼，要是一有挫折都像你这样打退堂鼓躺倒不干，那人生还有什么意义？"

项宇的小眼睛眨巴眨巴，再偷眼看看姑姑。

西芳开始痛说家史，从季瓷说到胡爱花，从章守信说到章柿章栋章西平，无非是说这些人都爱他，都想让他好，都愿意在他人生最需要的时候帮助他鼓励他，但上学这事，高考这事，还有他今后的人生之路，非得用他自己的脚走不行，没有人能替得了他。"自强的人才会有出路，咱章家多少代没有一个大官和有钱人，这是咱的命，可咱章家人都是有情有义有志气的，互相关爱互相支撑，不管人在哪里心都是在一起的。"西芳越说越情绪激动，越胜券在握。罗北京和章栋也一递一句地帮腔，一起鼓励项宇，终于那小子的脸上露出一点笑容。罗北京看看表："一点了，阳平快下班了，干脆再坐着说一会儿，等阳平回来见个面。"西芳打开包，把东西一样样拿出来，专门给项宇说："送你两条毛巾，一块香皂，开学了回学校用。"罗北京说："咱这儿可多这东西了，阳平发的劳保里啥都有。你是没见，阳平对项宇可真是亲，只要说是给他侄儿东西哩，啥都舍得。"西芳趁机拍了一把项宇的光脊梁："仔细想一想，你不是太委屈吧，一圈人关心爱护你，你还要咋样？"

火车司机下班回来，腼腆地对西芳笑笑，不再说话。罗北京说："你看看，不好说话成这样，恁姐来了，好几年不见，恁都不问几句。"阳平脸更红了，坐在靠床边一个小凳子上低下头，好像因为西芳的到来，这个家突然不是他的家了，他倒成了客人。

西芳在郑州待了两天，给项宇和风细雨地说了好多话，讲了好多人生道理，项宇服服帖帖地表示，开学了回县上复习。

第二年，项宇考了535分，河南省本科线538分。

素娟的脸更苍白了，夜里睡不着，悔得肠子都绿了，恨自己为啥不当年花五万元给俩孩子买个西安户口。陕西省今年本科线还是不足

500分。大家打电话让项宇到西安来，安慰鼓励说："现实是如此残酷，我们必须得面对，你看到了，差一分都是不行的。"项宇不像去年那么急躁，他低着头，吭哧了一番，吐出两个字："复习"。

第三年，项宇总算够着了分数线，凑合上了西安的一个二本院校。他自己跑回老家，把户口从河西章迁了出来。

这几年净忙了项宇的事，几乎没有人注意到，项洁也长起来了。造物主有一双神奇的手，褪去了童年章项洁的黑黄脸色，撑开她窄窄的小脑门，就像是每晚来到她的睡梦中重塑了她的脸，用最慷慨的手法捏好了她的身姿，十六岁的项洁身材高挑，双腿笔直修长，面容细白，双眼恰似陕北民歌里唱的"毛眼眼"，看人的时候不敢直戳戳地看，闪着羞怯的光，忽闪忽闪地就把双眼皮低下来了。

项洁小的时候说："我长得像我姑。"西莹马上绷了脸训她："不许说像我，你看你长那难看样，丢我的人。"项洁便不敢说了。现在西莹看着项洁说："从前我还真没看出来，你就是像我。"

素娟给西芳说："你跟西莹咋能是一个爹娘生的哩？说给谁谁都不信。"可就是有这样的事，亲亲的兄弟姐妹却没有一点儿相似。西芳这些年一直记挂着当年西平把她们几个的材料送来后红肿的眼睛，可西莹跟没事人一样，在她心里，这世上最重要的事是她自己的享受，假如这个月挣了五百块，她就敢花八百，没有，她就会借，会要，会编出很多理由，她甚至去问素娟要钱。素娟面子磨不开，掏出二十块钱给她，她出门打上出租车就跟男人约会去。

世上有这样一种人，即使你告诉她，再努力一下再要强一点自律一点就会有一种体面像样的日子，因为她本不是太差的人，那她也不。她不愿费一点事，不愿给自己一点约束和难题，她只要那种简单的享受和直白的快乐。章西莹就是这样的人。从小，西芳就不太愿意搭理她，长大后，两个人话更少，房间里一人一张单人床。有一回下雨，西莹不舍得穿自己那些几百块钱的鞋，经过短暂的犹豫，她从床底下拉出西芳的鞋来穿。西芳问："你为啥穿我的鞋？"西莹理直气壮地问她:"你没看外面下雨,把我的鞋踩坏了咋办?""那我的鞋不怕踩坏吗?这鞋我平常还舍不得穿呢。"那时西芳没有到电台,还过着简朴而封闭的工厂生活,从来不像西莹一样几百块钱的鞋都舍得买。"这么难看的鞋,我还不想穿呢。"西莹把西芳的鞋用脚蹬掉甩在地上,穿上自己的高级皮鞋走了。

  章西莹长得不难看,如果她耐下心来好好读几本书,好好动一动作为女人的心眼,也算是个很上路数的人,嫁个体面男人,也是不难的事。可她不,她从不读书,只忙着约会,跑着玩,跑着跑着就把一张脸跑粗俗了——西芳总结她那张脸是粗俗美。好在她交往的男人、她的恋爱对象也都不是什么太上路数的男人,所以章西莹这种粗俗美对付他们也算是绰绰有余,兴割眼皮的时候她割了眼皮,兴垫鼻梁的时候她垫了鼻梁,猛一看上去,倒是个扎眼的美人。她在恋爱市场上还是比较抢手的,也曾有过男人为了她在夜市上抢着酒瓶子打架的事,也曾有过男孩子喝醉后半夜里痛哭流涕在她家楼下喊她名字的事。

  家里人心焦火燎地说着项宇的事情时,西莹该干啥干啥,连问一句的兴趣都没有。她有自己的事,结婚两三年了,丈夫阿六跟她一样,都是家里的老小,都是挣一个想花八个的主儿,两个人经常穿得一个比一个好地一起出门,口袋里的钱加起来不足十块,就这也敢逛大街,逛着逛着就逛到阿六某个姐姐那里。阿六有五个姐姐,分布在市内各个地方,俩人去了,张口说没有买油的钱了,今晚的菜都没法炒,阿六的姐姐也都不跟他们计较,掏出钱给他。他也是多少不嫌,二百块伸手接住,二十块也伸手接了,俩人转身就进了饭馆。如果西莹很高兴,那就是姐姐们给钱不少。如果西莹对阿六摔摔打打,那就是姐姐们不凑手给得少了,她马上就会骂:"你姐是个什么东西,自己穿着一千多的皮鞋才给咱三十块钱,打发要饭的呢,以后你不许叫她姐,听到没有?"

  西莹背着阿六又跟小杜好上了。她的好不像别人的好,偷着摸着,她直接就住到小杜家里了。阿六找不到西莹,就去找章柿,去找西芳。章柿和西芳也一百个不理解一百个没办法,她嫁给你了是你家的人了,怎么到我们这儿找呢？阿六想了好多办法，托了几个朋友，终于找到小杜的家，堵在他家门口，西莹刚一出门就被几个人捉了塞到一辆车上，拉回阿六的家里。打也打了，闹也闹了。有一些人来到这世上就是为了打闹，不打不闹没啥意思，你叫他天天有礼有节地跟人说话，每天相敬如宾地过日子，他做不到。打闹完后，锁在家里。锁了几天，西莹又想办法出去了，还真有点为了爱情冲破一切阻力的劲头。阿六没办法，只好来找小杜。他知道西莹的脾气，她决定的事谁也改变不了，阿六想，再不可能叫她回头了，两个男人协商，用钱了结这一切吧。这世上好多好多难缠事钱一出面就好办。谈好价钱，阿六和西莹去离婚，小杜陪着。纵是那些见多识广的民政局的人，也没见过三个人来打离婚的，这场婚外恋就有了点儿一手交钱一手放人的悲壮和明白。可是，走着走着，阿六后悔了，阿六不干了，阿六突然觉得划不来了，他觉得小杜给他一万块钱太少了，幡然悔悟的阿六在婚姻登记处门口转身走了。

身后那两个人追上来，问到底怎么了，有话好好说。阿六说："我咋突然觉得自己像个傻×，一万块就把老婆让给别人了。"那俩人问他想要多少。

阿六说再加五千。

小杜说自己没了，就一万，多一分没有。阿六说没有自己就不离。西莹说："阿六我告诉你，离不离由你，你以为不离就能拖住我？那不就是一张破纸吗！你爱离不离，你今天好好离了，我去跟小杜过日子，哪天想起你或小杜欺负我了我还会回来看看你，咱还可以做朋友。"她咬了阿六的耳朵说："离了我也能回来跟你睡呀，咱俩夫妻一场你闹那么僵有啥意思。"阿六其实很怕西莹，越怕越爱，越爱越怕。有一回他俩吵架，他把门"砰"地一摔出来在街上走，西莹跟在他后面说："我看你还能去哪儿！就不信你能跑到天上去。"两个人一前一后走啊走，穿过了几条街。路边发廊里女孩说大哥进来呀。阿六说不敢，媳妇在后边跟着哩，怕她打自己。西莹说："你敢你得有钱呀，你把口袋掏遍能再掏出五十块钱算你有本事！"那时他多幸福啊，两个人打架都是美好的回忆，西莹那张美艳的脸在他面前晃着，天天骂他一回他也愿意。现在西莹要跟别人走，他越想越委屈，自己都当了"王八"了，多要五千块咋了。阿六一委屈眼里就有了泪，一有泪就站在马路边上"哗哗"地流开了，快一米八的小伙子穿得要多体面有多体面，却在马路边流泪。小杜一看不好欺人太甚，说："算了我认了，三千吧。"阿六说四千五。小杜说三千五。阿六说四千，小杜说："我卡上只有三千五了，给了你，这个月西莹我俩就得回我妈那儿吃饭。"阿六同志擦干眼泪，手掌一拍，成交！三个人又一起到 ATM 机上取了钱，交给阿六，再一起到婚姻登记处，阿六和西莹办了离婚手续，出门看着西莹跟小杜走了。

在西芳眼里，项宇的事刚告一段落，现在长大了的项洁成为她心头沉甸甸的一块石头。项洁从两三岁就来到城市，她早已不知道农村生活是怎么回事，可她还是农村户口。她很快会长大，会更美丽更懂事更可爱，她要工作，要谈恋爱，可一个没有城市户口的姑娘会被打入另册，好的小伙子不会考虑她。想到这些，西芳半夜里都会惊醒，心里一阵阵地疼。

贾富强从青海打来电话，说："西平，给我个银行账号，先给你打过去两万，你别恼我，我一直就没缓过来，总是吃了这顿不知下顿在哪儿，好容易攒下了两万，说啥也得先给你。"

这对西平来说，倒像是一个意外的收获。四五年了，贾富强一直没信儿，他以为他的四万块钱泡汤了，谁知这贾富强还算有良心，主动给他还钱，他一时心里感激万分，说了账号后又对贾富强深情地说："富强哥，回来吧，西安这儿钱到底好挣点，离老家也近，你有几年没回老家了吧？"

"唉，说那弄啥呀？我这样跟要饭的差不多了，还有啥脸回老家？几个孩子都几年没见了，西安也不能回，那些王八孙能饶了我吗？欠他们十来万哩。西平，你可千万别给他们说我有信儿了。"

第二天，西平到银行去查，他的账户上果然多了两万元。

第二十章

老头儿走向海边
蔚蓝的大海变得阴沉昏暗
他又对金鱼叫唤，金鱼向他游过来问道
你要什么呀，老爷爷

　　北京的街头很少有不堵车的时候，章津平提早从单位出来，开上车加入无边无际的车海。
　　西芳说，北京大得让人绝望，北京让人又爱又恨。有一回她怒火万丈地说："北京这个地方，像我这样的急性子是待不成的，非精神分裂不可，看着是个路口，出租车说不能左拐，不能左拐你叫我下车呀，说到前面一个路口拐，可到前面一个路口拐不过去，又向前，还是拐不过去，那马路上的车都打地铺住那儿了，一动都不动，只好向右，绕一大圈回来，回到刚才不让左拐的路口，我下车，人工左拐，白白多花十几块钱，还迟了二十分钟。"有一回她又抱怨："北京这地方我看没有大专以上文化程度在这儿生活不了，上了高架桥，你就出不来，指示牌你都看不懂，那些路口你一错过就麻烦大了，好半天回不来。"津平说："那么多农村打工的不是也都在这儿生活吗？"西芳的气看来一时半会儿消不了。"你说，这么多人都跑北京干吗？一个城市有这么多人，还有啥生活质量！"津平问她："你跑来干吗了？我跑来干吗了？河西章人少，河西章不堵车，可咱们都不愿在那儿生活。"

话是这样说，可西芳还是爱着北京，一个中国人怎么能不爱北京呢？每次从北京离开的时候她都怅然若失。从北京回西安总是晚上，火车从大片灯火里穿过，渐渐远离，看那灯火在身后一点点消失，她像是有着一个相爱的人在北京似的，甜蜜而忧伤地在心里说：再见，北京。

津平总会抽出时间开车带着她转转，有时候是夜里很晚了，津平应酬完，给她打电话说："我马上到你住的地方了，出来转吧。"她说："我都洗好上床了。"津平说："穿上衣服出来吧，现在的北京不再堵车，好好看看夜景。"她出来，坐到他车上，先问："你老回去这么晚，媳妇没意见呀？"他说："起码今晚没意见，知道我跟你在一起，你又不常来。"阔大的楼房，高深的院墙，粗壮的树干。车行走在温情四溢、如梦似幻的北京夜色里。

她穿着棉衣棉裤，举着有冻疮的小手，边唱边跳："我爱北京天安门，天安门上太阳升。"那是多久以前的事了，有三十年了吧，从那时起，他们就爱上了北京，爱上了这个熟悉又陌生的地方，就像对一个人，从没有见过，只是听了他的名字，就爱上了他。西芳每次来北京，都有故乡的感觉，她觉得一切都那么熟悉。还没有见过就已经相知。北京，充满耐心地等着她，等着所有的人。她那些牢骚，其实是嫉妒，是撒娇，是北京之外的中国人的情绪。

津平没有这种情绪，一开始就没有。北京是他的福地，他一来就得到了他想要的。他刚一得到，姥爷就去世了，好像他姥爷是在等待他，等待着给他妈给他一点迟到的爱。他等啊等，等到了八十多岁，等来了自己陌生的外孙。他和他两个孩子，把章津平像个精巧的小零件，轻轻地安到北京这个轰隆隆运转着的巨大机器上，膏了一滴油，他就正常工作了。他成为北京人，姥爷放心地走了，把他一个久远的欠账还清了。

津平爱北京就爱得甜蜜爱得纯洁，赤子一般，不像西芳，怀着点阴暗心理和小酸溜，不断给强大的北京撒娇使性子，心里爱着，嘴上却说着它的不是。津平原谅她言不由衷的抱怨，开车带她在夜晚的北京游荡。

"看，过去的那个车跟我的一个牌子，配置高多了，八十多万。"

"你这个呢？"

"我这不行，才五十万。"

"才五十万？"西芳嗔怪地看他一眼。他知道她想说啥，她会说，你们这些人都给国家做啥贡献了，一天到晚公车开着，公款花着，你知道一个农民种一年地得到啥吗？不够你们一顿饭钱，你知道一个失学儿童为啥失学吗？拿不出你们喝一次茶的钱。可又有什么办法呢？我不开车，农民还是种一年地得不到啥；我不喝茶，还是要有失学儿童。这常常是两个人的对话。再说了，此时她就在他的车上坐着，享受着公车的好处。两个人只是相互看看，都有点理亏似的。

开车看到路边的民工吃力地蹬着三轮时，章津平就想看看人家的脸，会不会是河西章的某一个人呢？会不会是他从小的玩伴？或许他摇下窗户，大叫一声某人的小名，那人愣愣地看他一会儿，于是俩人相认在北京的街头，拥抱、握手，抱住不放开拉住不丢手。然后，他就请那人去北京最好的饭店吃一顿，叫他享受一下，见识一下，不，先洗一下，桑拿一回，叫他们睁着迷蒙的眼睛问："我这可是做梦吗？"可他几年来从没有碰到过一个河西章的人，只是那些人都有着跟河西章人一样困苦疲劳的脸，一样相似的故事。偶尔剐了擦了，那些人吓得够呛，他有时候下车有时候不下车，只挥挥手叫那人走了。那人就是把他一三轮车的东西都赔给你，又怎样呢？

他得早点到饭店，虽然电话订好了，他也得早点出现在那里，这样，那些重要客人来到的时候，他才好做出已经恭候的样子。这是他作为办公室副主任的职责。

饭店服务员都是老熟人，看到他这个帅哥来，一口一个"章主任"，三五个人跟在身后。他走到包间里，两个莺歌燕舞的女孩子站在左右。三十多岁的章津平，衣装得体，言谈风雅，他不抽烟，身上连烟味都没有，指甲修剪整齐。他头一回来的时候，女服务员把他当成了演员，她们觉得这样长相的男人不当演员亏了，她们对他说："你好像是个演员呀。"章津平说："我就是演员。"女服务员惊喜地张大了嘴巴。他说："我是人生舞台上的演员，你也是，我们都在扮演自己的角色。这不是吗？演出开始了，你拿着菜单来到我面前。"中文系毕业的章津平从来就没有断过他的作家情结，常年订阅几份文学期刊，关注国内外文学动态，从少年时期起，他就在文学作品中寻找寄托。他对国内文坛状况很不满，究其原因是他认为太多像他这样的人没有走上文坛，中国的能人都在政坛和商界，剩下那些才气差运气差又想出人头地的人，不得已当了文人和作家。

像每次饭局后一样，他回到家第一件事就是做笔记，把今天点的菜、喝的酒、花的钱记到一个本子上。他脑子很好，十几二十几个菜他都记得很清楚，有时候路上堵车，他拿出小本子，趴在方向盘上就能记下几个。有时候，他还会写一点感想，比如：点了一桌子菜，还有什么必要每个人要一份二百八十元的刺参，十个人，就是两千八百元。这十个人里，没有我，我不吃那玩意儿。章津平只吃过一次，不知为什么，那东西进到嘴里，他脑子一闪，想起了季瓷，有一种罪恶感，忆起他小的时候，季瓷把一块鸡蛋糕放了好久，趁别人不在，拿出来给他。"快吃了吧，就这一块了。"津平接过咬了一口，经过短暂的思想斗争，狠狠心掰下一丁点，送到季瓷嘴边："奶奶你吃。"季瓷推开他的小手："奶奶不吃。"推开的时候那一丁点就掉地上了，滚了一身土，季瓷拾起来吹了吹，放到嘴里："嗯，真香。"那时他说："奶奶，我长大了给你买好几斤鸡蛋糕。"

具体他也记不清为什么要写，只是一开始好奇，觉得这钱像流水一样从他眼前走过，从他手里花出，几千几万的，他有点恍惚，总得留个纪念吧。他常常想，奶奶知道了咋想，会不会说自己作孽，会不会说这又折合多少斤小麦。给奶奶说，这都是公家的钱。奶奶会说："公家的钱也是钱，公家的钱就叫你这样糟蹋吗？"奶奶一定得说是"糟蹋"，"一顿饭吃几千几万，那不是糟蹋是什么，换成粮食搁到包间里堆不下，埋住你们王八孙"。

他也奇怪，自己为什么一点都没继承奶奶的节约仔细呢？他从少年时起就大手大脚花钱，完全不像他爸是拿工资的、他妈是摆小摊的，虽然常常会后悔心疼，觉得对不起爹妈，可人真是本性难改，他花钱总有置之死地而后快的感觉。莫不是命运早就知道他要做这个花钱的角色，早早让他锻炼了胆气？

一开始，觉得花钱真是过瘾，几百、几千、几万地往外花，他出于好奇出于幸福出于一种心理满足，把钱数记在本子上。几个月后，无意中，只是大概地算了算，他的汗下来了。这里面还不包括那些不便于记账的，而那些钱也不比这些少，他用记忆大概算了一下，又一层汗出来了。从那以后，他更爱记账，鬼使神差地把那些不能记的也记下了，用一种只有他自己看得懂的方式，比如花了五万他写个5，花了八千他记个0.8。他越出汗越记，越记越出汗。河西章有不少光棍，为什么打光棍呢？盖不起三间瓦房。盖三间瓦房多少钱呢？80年代两三千，90年代上万，新世纪慢慢地变成了几万，就因为这几千几万打了光棍，一辈子不知女人是啥味。这样一想，他离那个世界更远了，远得他怀疑那个世界是否真的在他生命中出现过，奶奶、妈、老家的人，那些为几块钱几毛钱而不停忙碌的人。他摇摇头，看到外面夜色温柔，流光溢彩。车前面的香水散发出昂贵而诱惑的气息，让他有一个错觉，目之所及的世界都是洁净而芬芳的，就连路边那些奋力蹬着三轮车的人，就连他记忆中的河西章，都被过滤得温情而柔软，都是为了陪衬他的幸福，为了让他怀旧，为了让他表达高尚的同情和宽容。这种感觉很迷醉人。这是北京的夜啊，这正是他想要的生活，曾经认为拥有了这种生活就会非常幸福，天天快乐。可置身其中，他发现并非那样。任何一种生活都是要一天天踏实走过，这世上原本就没有那种两全其美的人生，可为什么我们小时候看的童话，最后总是说"从此，他们过上了无忧无虑的生活"。那种生活在哪儿呢？如果一个人，一个中国人，来到北京，有了体面的职务，有车有房，有安定的家庭，他还是找不到那种热烈隆重的、大张旗鼓的幸福感，那该怎么办呢？

记账控制了他，他不想再记，可欲罢不能，好比盖楼盖到一半，不能停下砌墙、运泥，有时候下决心今天不记了，躺在床上却睡不着，再爬起来，把当天花的钱数写上，躺回床上才能睡着。

这让他慢慢觉得，他在北京的幸福生活是有代价的。

章西芳推开包间的门。她从内心里不愿意参加这种没完没了的应酬，可是有什么办法？普通人叫你你可以不来，朋友叫你你可以不来，一个科长叫你你可以不来，一个处长叫你你可以不来，一个局长叫你呢？一幅富丽堂皇的画面在眼前，屋里的人目光转向她。

章西芳现在已经是市电台情感热线的主持人，每周有三天，她的声音在每辆出租车上和很多人家的收音机里响起："各位听众大家好，我是你们的老朋友西芳，现在和大家一起进入《西芳夜话》时间。"有那么多人真的以为西芳能解决他们的情感问题，他们不厌其烦，一件件、一桩桩地说着自己的感情伤痕，期望今晚诉说后烦恼和阴霾就会远去，明天的生活崭崭新明明亮。

"我来向大家介绍一下，这就是传说中的章西芳，每天在收音机里告诉你咋谈恋爱，这是好听的、文明的说法，按照我这粗人的说法就是咋勾搭异性。"人们一阵哄笑。她脸上笑着，内心里微微抵触，就像她常常看不起那些打电话向她倾诉的人一样，她常常想脱口给那些人说："你这个傻瓜笨蛋，这点事你自己都解决不了，你先考虑好这世上谁最终对你负责任，是我还是那个背叛了你的人，还是你自己。一个人弱智一般地公开自己的失意和伤害，有什么意义？"可她不能说，她不但不能说，她还要用世上最动人的声音、最温柔的话语去抚慰他们，劝解他们，告诉他们自己是多么地理解他们的痛苦，告诉他们人间处处有真情天涯处处有芳草，莫愁前路无知己天下谁人不识君。她知道这世界是由废话和谎言组成，她知道人们每天说的大部分都是废话，可我们都像模像样地说着，就像她，全凭天天说废话一个月拿几千块钱工资，全凭这些废话走到哪儿都能听到人们说"哟，这就是章西芳"。她不但不能表现出对这些人的轻蔑，还要表现得很高兴听他们倾诉，很愿意给他们打开心结，煞有介事地让人家相信那个打开幸福大门的钥匙只握在她章西芳一个人手里。

不再像年轻时候，好容易有个人爱自己就激动得热泪盈眶，恨不得把心扒出来给人家，时时被爱情的高尚感充满着心房，随时准备着奉献一切。也许是她看到的太多、听到的太多，就像医生早已不觉得人体神秘，她章西芳早已对情感不那么感兴趣，有时候她责怪自己，干吗把人生看得那么透，人家都歌颂爱情，你也跟着哼哼两声不就完了吗？可是她明明白白地记得，当年自己是工人的时候，稍微好点的男人对她挑三拣四，而现在，大把男人排着队来让她挑拣，她常常对他们有掩饰不住的轻慢。

一桌子人吃饭的时候，大家热热闹闹地说呀笑呀，她静静地听，她看着那些人，心不知去了哪里。来的时候只带了躯壳的，别人说笑她常走神。大家谈论一个政坛新秀，说那人他爸是老干部，他哥是大老板，他弟弟在北京也是一颗冉冉升起的新星。可这一切跟她又有什么关系呢？她心里叹口气。得意是人家的，风光是人家的，说那么热闹还是各回各家各找各妈，你的幸福忧伤还得你自己承担。大家继续热烈地说着，好像那政坛新星比他们亲戚还亲。她感到一阵尖锐的嫉妒像小火苗一样咬食着她的心，为西平，为素娟，为项洁，而嫉妒那些风光耀眼的人。他们那样的人，还有这一屋子快乐而风雅地谈笑的人，是压根儿不会为一个西安户口而犯愁的。啊，当年西平那红肿的眼睛，他是躲在哪儿哭的呢？

男人们都以为西芳拿得稳，有人赞美她有大家闺秀的风范。她心里哀伤地笑，你见过为亲人一个卑微的愿望而犯难的大家闺秀吗？

坐在对面的冯主任来了，他转一圈向大家敬酒，由手下的人陪着，走到每一个头回见的人跟前要人家的电话。你千万不要认为他是真的想要自己的电话，还感动得掏了名片颤抖地递上去，若没带名片的就疾呼服务员拿纸和笔来，小心地写了，大大的手捧了小小的纸片送上去，纸片像一片树叶在喘息声中抖动。其实他只是想要在座人中一个的电话。他看起来很正常很自然地走到西芳面前:"来,给咱的名主持敬一杯。"今天是冯主任请客,他一说请客,马上就有人张罗有人埋单;他一说敬酒,马上就有人跟在身后陪着,落后半步,弓着身介绍每个生客。

冯主任要了西芳的名片,西芳没问他要,他也没有给西芳。她对这些事不介意,知道社交场合的很多事都不必介意。因为一切都是假的空的,只有饭局散了后是叫文武斌开车来接自己,还是自己打车回,这才是个问题。饭桌上交换名片的行为大多是一次性的,因为好多人也是一次性见面,有的明天上午再碰上也不认识了,有的人你坚信会在他的废纸篓里找到你的名片,但都会郑重其事地交换,这是成人世界的一个游戏,大家乐此不疲。

两周后,上次的召集人又打电话,说领导说了,今晚聚聚,点名要西芳去。西芳又去了。两回见面后,冯主任开始发短信,他发一个她回一个,有来无往非礼也,西芳应付自如,这对她来说不是什么事。有时候她想,这世上男人的热情是不是过剩,他们必须有一个或几个情人或红颜知己来装点自己成功的人生,他们经过官场洗礼经过商场洗礼也经过女人的洗礼,他们有着一双火眼金睛,搭眼一看就知道哪些女人值得下大力气追逐,哪些可以忽略不计,哪些是倒找钱也不能要的。所以,西芳常常轻看那些费尽心思打扮的女人,她们在一张脸上花费了治理一个中型企业的心思,武装到眼睫毛武装到头发梢,来到男人面前说了好多的话表了好多的态,投入了大量的热情与真心,却事倍而功半。

"我能跟你出来见这一面是下了很大决心的。"冯主任说。

两个人在一个不上档次的茶馆里,一个没有窗户的包间,如果平常一个男人约她到这里来她会有受辱的感觉,可今天她没有,她知道对有些男人不能用一般标准来衡量,这世上的所有标准都是针对普通人的。他只图这里离她近,他只有中午的两个小时。他给她发了那么多短信,只想在这个没有应酬的中午从他下属的眼皮底下溜出来让两个人的关系有一个跨越式进展,有一个里程碑式的飞跃,比如拉个手、亲个嘴、表个态、定个位、有个说法、上个台阶什么的。他送给西芳一套外国化妆品，装在一个纸袋子里随意地放在西芳身边。西芳倾心于这种男人，喜欢男人出手大方却轻描淡写，不像那些级别低的男人，送你个小礼物恨不得举行个交接仪式，特意告诉你，这东西可好了可贵了好几百呢……而他随手放在了她身边，一句解释的话都没有。

沙发不平，坐在上面总觉得人要歪着陷下去。他在说话，热情地说含情脉脉地说，他越说靠她越近，身上的热力已经像一股风，轻轻地迎面拂来，他拉住了她的手。

"其实这几天我也想着要去找你，到你办公室，因为我有事求你。"她轻轻地把手从他手里抽出来，双手张开放在自己腿上，把自己调整得像个下级、像个小学生。

"有啥事说吧。"

"我想说说我家的事，如果你有耐心听的话，我用十分钟把我家的情况简明扼要地给你说一下。"

"说吧，长篇大论也行。"

西芳先从章柿说起，说到胡爱花，说到西平，最终停在西平眼睛肿着给他们来送户口的材料。她之所以搞这么多铺垫是在给自己打气，在说服自己，减少点自责。她意识到自己要哭了，她在心里骂自己，为什么要哭，为什么不能洒脱一点，这不是什么大事，横竖只是个交易，这再正常不过，对你们双方来说这都是个小事，你委屈什么你难过什么？眼前这个人，身边有多少女人围绕，都想跟他上床呢。不哭，不能哭，脸上要有点笑，这样才像交易才合作愉快才你情我愿皆大欢喜。可是，章西芳不但哭了，还失声痛哭，她知道这是当年西平的眼泪今天从她的眼里流了出来。她像个孩子，坐在他面前"呜呜"地哭。她觉得对不起他，也许他对自己失望了，原来她也是个庸俗的女人、精于算计的女人，他只是一心爱她想得到她，不想她原来埋伏已久想利用他，她跟那些举着酒杯往他身上扑的女人没有区别，只是多绕了几个圈子多拿捏一会儿罢了。她边哭边努力平复了心情，开始说项洁，说十六岁的项洁，有着长长的双腿的项洁，美丽可爱又懂事的项洁，她从小在西安长大，却没有西安户口……西芳已经不潇洒了，已经不拿捏了，已经溃败了，那就只好这样了。

"宝贝，别哭，这不是个什么事。爱你还爱不过来呢，别哭了，我最见不得女人哭。"他抱住她站起来，把她搂在怀里，拥到门后，挤在那里。他全身颤抖，因为这个他觊觎多时的女人终于在他怀中了。西芳也在觊觎着他，早在他一遍遍地发短信的时候她就在心里一遍遍复述那件事，今天按原计划说出来了，只是她的计划里没有哭，这一点她不太满意自己，她做得不够漂亮不够体面，不像她想的那样完美。她在他颤抖的拥抱中平静了自己。他激动得全身发抖，双手搂紧她的后背，热情透过毛衣熨烫她。她平静地把脸放在他肩上，看玻璃门上的花纸，心底涌出对自己的厌恶和怜悯。他引导着她，掰开她的手，让她来到他身体的中间地带，让她拉开拉链，让她把它握在手中，她低头看了一眼手掌中巨大的它，猛然推开了。她有点后悔，她推得有点生硬幅度有点大，让他伤了自尊，可已经推开了又不能再把他拉进怀里。她在男人面前骄傲惯了，突然涌上心头的厌恶和陌生让她把他当一般男人对待了。"对不起，我去下洗手间。"她拉开门出去，说了去洗手间她又后悔，让他觉得她是因为握了它一下而去洗手。这是怎么了？连连出错。她站在洗手间的镜子前，眼泪又"哗"地流出来。她不停地责怪自己，为什么要哭呢？这不是你最想要的吗？找一个合适的人，说出你心里目前最大的难题，等着他来帮你，你从来是个等着别人来开口的人，等着男人把一切做好送到你面前，现在这人已经答应帮助你了。她长长地嘘一口气，双手捧了点水拍在头发上，用手指把头发梳理一遍，冲镜子里的自己做个鬼脸，踩着劣质地毯回到包间。他已经系好皮带，服装整齐地坐在沙发上，正用手指梳理自己的头发。二人突然客气得像没有发生刚才的一幕，友好而大方地看着对方。西芳说："你下午还要开会是吧？""是的。那咱走吧，"西芳说，"这里环境太差了……"她噘起嘴温柔地垂下眼睑。两个人在门后再拥抱一下，这次是礼节性的，像是生意双方的握手，他在她耳边说："我会给你办的，宝贝，我先出门结账，你五分钟后再离开。"她说：

"你走，我结账。"他沉了脸说："听话。"

沙发还是那样一边下陷，西芳歪着坐在那里，静静地看着表，等待五分钟流走，劝自己不要有太屈辱的感觉，这是一笔合算的交易。

她提着袋子里的化妆品走出茶楼，外面阳光很好，路上的车来来往往，她知道他已经坐上一辆出租车跑掉了，神不知鬼不觉，让秘书认为他一中午都在办公室的里间休息。多好啊，项洁很快就有西安户口了，她和这阳光下来来往往的西安姑娘一样了，过几年她找对象的时候，可以对那些年轻小伙子挑来拣去。他的短信来了：请原谅，我太鲁莽，不全是我的错，是你太迷人了，应该尊重你，给我机会。

她有点感动。据说，他们这样的男人是绝不会给女人发这类短信的，可是他这几十天来却给她发了很多情意绵绵的短信。

三天后，他打来电话："你去找公安局的李处长，我已经给他交代好，具体情况你跟他谈。"

她接电话的时候，在转朱阁的身边躺着，她直起身，从床头的便笺纸上拿起铅笔，写上李处长的电话。转朱阁躺在旁边看电视，就像没有听到她说话一样。

她打通李处长电话，约好时间去办公室谈。她给李处长大概说了说情况，李处长又打通一个派出所的电话，问像这种情况怎么办。放下电话对她说："这个情况正常办不符合政策，你象征性地买个户口吧。"西芳心里一紧，问买一个多少钱，李处长说三千块，绝对要保密。西芳松一口气："好啊，在哪儿买？"那位可爱的处长给她写了个电话，让西芳去找这个人，只说自己姓章别的不用多说。

西芳来到南郊经济开发区，找到李处长告诉她的派出所和一位女警官。女警官告诉她所需要的材料，西芳一一记在本子上。回来告诉西平，说这几天就回家拿项洁的各种手续，让他给村上打电话，叫该开的证明都开好，她回家最好一天就把东西都拿齐了。西芳知道西平或素娟离开一天就少挣一天的钱，而且这种事只有亲自办她才放心。

她突然想起冯主任怎么不再约自己了，这个交易还没有完啊，就主动给他打电话。他说忙，得过几天再约。她说自己先回老家办户口手续。

西平买好了去沙河的火车票给西芳送来："那你就跑一趟吧，去哪个部门你知道话该咋说。"西平迟疑一下，脸上经营出笑容："我是太没本事了，啥事都得麻烦你。"

西芳忙打断他："咱自己人，你说这干啥。"

"等你回来，我给你拿五千块钱，买户口的三千，该给办事人送礼的，来回你的路费花销，够不够？"

"够了，够了。花不完的我再给你。"

天不亮，西芳就醒了。火车已过郑州，在平坦如巨案的大平原上向南飞奔。所谓的火车提速就是在郑州向南，如果没有足够的平坦和稳定，怎能让这暴烈的铁家伙跑出一百六十公里的时速？

她贪婪地把脸贴在车窗上，看外面潮湿清冷的初冬早晨。好像十多年没有回来了，奶奶去世以后，也不再经常想起这个地方。只是在梦里偶尔坐着电车回到河西章。她从天河厂生活区坐上5路电车，一直开到河西章的街里，停在有福老老家的屋后，她下了电车，到对面穿过自己家的过道，回到家里。奶奶要么坐在院子里，要么在灶火旁，她给奶奶说话奶奶不理她，只是隔着几步远看着她，或者她只是知道奶奶在院子里的某一个地方，总是跟她隔着什么，她常常看不到奶奶。奶奶被她遗忘了，就像《百年孤独》里的雷贝卡被马孔多小镇遗忘了，别的故事一直上演，直到五十年后，雷贝卡还在她当年的那个屋子里，从窗口递出了五十年前的货币。而奶奶在窗子里只传达出一个信息：我还在这里，十几年来我没有吃饭没有走动，我只在老堂屋里坐着，我在等，等你们回来。隔着窗子，她看不到季瓷的样子。她听说那些死去的人在梦里是不能跟活着的人说话的，所以她梦到的季瓷从来都不开口。吃过午饭，她给季瓷说："奶奶，我上班去了。"季瓷不说话。她出了长长的过道，走到街里，看到5路电车从西头开过来，从颍河的方向过来，车厢里流淌着"哗哗"的河水声。她上了电车，回到单位，坐在话筒前播新闻："各位听众大家好，现在开始播报交通新闻。

在今天刚刚结束的全市交通会议上,我奶奶季瓷发表重要讲话,她说,'老来难老来难,离家还有二里地,比当年十里还要难';她还说,'走遍天下端起碗,搁着勤谨搁不着懒';她指出,'千里去烧香,不如在家敬爹娘';她认为,'马渴想饮长江水,人到难处思亲朋';她最后表示,'谁烈不惹他,啥贵不吃啥'。""各位听众大家好,现在是《西芳夜话》时间,我是你们的老朋友西芳,现在接听这位朋友的热线电话,噢,对,是,好的。你说你常常受到领导和同事的排挤是吗?听咱奶奶告诉你一句话,'绣花鞋不踩臭狗屎';'害人之心不可有,防人之心不可无'。"

火车从颍多湾站呼啸而过,连一点减速的表示都没有,这个庞大无比的家伙压根不管车上有一个在这条铁路线上走了多少回、在这多少回的行走之中长大的女人,尽管她现在脸贴在窗玻璃上,想捕捉那几个字。西芳隐约看到"颍多湾"三个字。列车员走过来叫她:"换票了换票了,再有二十五分钟到沙河站。"

应该过了姨奶奶家了。小的时候跟着奶奶到姨奶奶家,两个老婆儿一见面坐在一起有说不完的话,大花表姑常常也在,这里是大花表姑的娘家。姨奶奶家可能是夏天过会,因为她记忆中来姨奶奶家总是夏天,她们坐着说话的时候,把她按到一个竹床上让她睡觉,她睡不着奶奶就吵她,她就假装睡着,听到大花表姑小声说:"睡着了睡着了。"奶奶说:"没有,眼扎毛乱颤哩。"

她认不出来那些村子,这个村子与那个村子是那么像。

又一个小站被迅速地抛在身后,铁轨多出了几股,铁路边一片淡黄色的房子,在清晨还没有睡醒。这一定是商桥站,也就是说,奶奶当年背着馍篮子,就是从这里走到沙河的,现在十几分钟的车程,那时她走了一天。她把脸贴在玻璃上。一望无际的土地。可能是小麦刚种上还没有出芽,或者还没有种,总之地面什么也没有,土地慷慨而惨烈地裸露着。一个女人提着篮子从北向南走去。啊,她要到哪儿去?她的篮子里提的什么东西?她要给谁送去?她走累了没有?

出了沙河车站,她到售票窗口买了晚上回西安的票。

车站广场的各种车辆在拉座，她看到一辆中巴车前面的行车路线里竟然有白果集，她上去问："是颍多湾县的白果集吗？"车上的人跳下来，热情地说："是哩是哩，快上来吧，上来就走了。"西芳咧开嘴笑了。那人问她："噫，你看你，你笑啥哩？"她当然不能说，我十多年重又听到这么熟悉的乡音，我想笑呗，不笑不中呗，憋不住了呗。那人以为她不信他，又说："真哩呀，上来吧，再等一趟火车，就十来分钟，再捎俩人就走。"她问："去白果集多少钱？"那人说："噫，你赇问了，哪个车都是一个价，五块。"旁边出租车缓缓开过来，司机说："白果集，走吧，咱拉着你去。"西芳问多少钱。那人说："噫，你赇打听了，六十，一点都没多要，五六十里地哩。"西芳上了中巴车，找了个靠窗的座位坐下，伸出头对出租车司机用颍多湾土话说："俺要是六十坐你这车回去，俺奶奶得拿棍括我哩。"

西芳走到村口，立即有人迎上来："噫，这是不是西芳？远远地，一出河西尹我就认出来了。"一个老太婆，头发全白，按辈分该管西芳叫姑。西芳问她："你身体还好吧，家里都好吧。"一扭脸，看到有福老老坐在学校的墙边，一只眼闪着平静如水的光。她走过去，弯腰在他面前："老老，我是西芳，记得不？"有福老老看看她，再看看四下的人，脸上有点迟疑和胆怯，像懵懂的孩子般。有人大声给他说："西芳，守信的孙女，柿跟前的西芳，搁西安回来的。"章有福再看看西芳："哦，哦，西芳，走的时候不高一点，现在这么大了，有三十多了吧？"

"三十六了。"西芳大声说着，从口袋里掏出一大把牛奶糖放到章有福软绵绵张开着的手里。他有九十多了吧，只记得自己小的时候，他就是老头，没事就搬个墩儿坐在学校的墙边，是不是自己不在的这十多年，他天天都在这儿坐着？自己不在的这些年，河西章的人当然一如既往地过他们的日子，打的闹的，喜的忧的，偷的摸的，哄的诓的，反正是想着法儿把日子对付过去算事。

如果西芳在一个月前的某一天回来，她碰巧就能听到河西章的上空再次响起一个外乡姑娘的哭诉声："他骗了我呀，他说他家有两层小楼，有席梦思，有大彩电，他说东院是他爷家，西院是他大家，他家里要啥子有啥子我才跟他回来的。可他家啥子都没得哟……"现在，那个不但成了熟饭而且肚子里早已有了姓章的种子的外乡姑娘已经擦干眼泪面对现实，是个像模像样的河西章媳妇了。

改革开放，爱出门的河西章人更是像蒲公英迎来一阵大风撒向了全国各大城市，有好事的人扳着手指头算了算，全国除了港澳台，到处都有河西章大队四个村的人驻扎。老的人都不在了，爷爷，奶奶，四海老老，桃花老老，他们一个一个走向后地，躺到地下去了，总是跟在爷爷身后的瓦片也早死了。只有有福老老还在坚守，他锲而不舍地活着。河西章的人谁也没听说他生过病。他的两个闺女出门了，瘸腿老婆死了，前年，他四十多岁的儿子在外打工得肺病死了，儿媳妇跟一个外村男人到上海打工去了，孙女出嫁了，一个孙子在海南岛当兵，一个孙子出外打工。家里剩他一个人，他自己做饭自己吃，吃了饭，只要不下雨，他就搬了小墩儿来到学校门口，靠墙坐着，看进进出出的小孩儿。

有许多西芳不认识的人。十多年，足以使一个村庄改朝换代。节高大爷不当大队支书了，传给了他的二儿子。

熟人都出来了，节高大爷也来到街里："噫，西芳，还是小时候那样，这样站着说话的温存样，跟她妈多像。"

"像，像，噫，跟她奶奶才像得很哩。"

西芳在学校门口赔着笑脸，让人把她看来看去。她拿出包里的糖给大家一人手里放几颗。以章节高为首的河西章人感叹着："噫，跟恁爸爸恁妈一样，啥时回来，都没嫌弃过咱这些老农民，没有空过手……"有的人开始抹眼泪，说："真想恁爸爸呀，快点叫他回来吧，再回来晚了就见不着我了。"西芳还是站着，在人群里找柳树婶。回来的时候，章柿交代她，要在柳树家吃中午饭。

章守信几代单传，在村上没有近门的，只是跟五奶奶家是邻居，所以走得近。柳树是五奶奶的小儿子。季瓷和章守信去世后，他们家人回村上办事或短暂停留都是在柳树家落脚。这会儿西芳站在学校门口,不见柳树叔也不见柳树婶出来接住她,她也就不好断然跟这些人告别,自己往柳树叔家里去。

"前两天,西平打电话说转项洁户口,大队的手续都办好了,吃了晌午饭叫小广骑摩托车带你去公社派出所,叫他们给你签字盖章就妥了。"节高大爷说。

柳树从学校后边拐过来,一张劳苦忧愁的脸,一身石灰,连头发都是一层白。他来到人堆接住她手里的包说:"走,回家去吧。正搁后地干活,听说你到家了,赶快过来。"

西芳跟着柳树往他家里走,问:"俺婶哩?"

"噫,听说你回来了,去后边量贩买肉去了。晌午你想吃啥呀?"柳树叔胳膊上挎着她的旅行包,在前面迈大步走。

"啥都中。"

路过她家的院子,院门锁着,院墙低矮,倒了一段。西芳心里一紧。从矮墙跨进去,会不会看到奶奶?还坐在堂屋门口接她的乱线?她怕羞似的把头扭开,不忍直面那里的荒凉。

"叔,这院里的钥匙在哪儿哩?"

"搁俺家抽斗里,先回去歇会儿,等恁婶回来叫她领着你来看。那院里常年不去人,荒草长可高了,还有长虫。你一个人去不中。"

他俩刚到家,柳树婶回来了,手里拿着一细溜肉:"西芳,咱晌午吃卤面吧。人家量贩里的人问我,咋舍得吃肉了,我说西芳回来了呗,要不是不过年不过会的,谁会去买肉。"柳树婶高高的个子,胸前有巨大的乳房,叫谁看她都是个实在人。当年她刚嫁来河西章一年多,西芳就走了,这会儿她的三个孩子都在城里打工。她走进屋来,搬个小墩儿,很近地坐在西芳身边,上下瞅她:"噫,看看俺西芳,还是跟个小闺女一样,是不是城里人都不显老?"西芳打开旅行包,取出两盒在专卖店里买的点心放在桌上,拿出一条健美裤和一瓶洗发精。

"婶儿,点心是我给你买的,裤子是单位搞活动发的,我穿着长,给你吧。"

"总是想着恁婶呀。"

柳树婶在前，西芳跟在后。柳树婶打开生锈的锁，"呼啦"一声推开院子门。西芳踏着地上落了好多年的树叶，柳树婶用手拨开一人多高的蒿草，在前面给她带路。又打开锈锁的堂屋门，一股阴冷气扑面而来。

"西芳等等，叫我找个棍，防着有长虫。"

屋里放着两个破旧的大黑桌子，地上乱扔着几件破衣裳。西芳也在院子里找了个小棍，走过去，挑起地上的东西看看，像是阳平小时候戴的围嘴。大黑桌子上，一个小木箱子，西芳认出来这是当年奶奶放好东西的箱子，她伸手要去掀。"先别动。"柳树婶走过来，"上回恁婶回来，也是想看看屋里，掀开这箱子，见里面卧了个长虫。"西芳长时间看着那个箱子，终于没有动它，她知道，那里面再也拿不出奶奶的那些宝贝了。三间堂屋，现在没有了东西隔挡，直通通的一间长方形大房子，地上的土潮湿阴冷。罗北京的针线筐里面还有几片破布，一个针线板，一把生锈的大破剪刀，正是当年那个新新的张小泉。地上有一只风干的鸡的尸体，边上还有几颗狗牙，蚯蚓吐出的细土蔓延一片。

"走吧。"西芳擦了一把泪，转身出了堂屋，站到外面的阳光里。她站的这地方是东屋，向南走两步，她想：脚下踩着的可能就是当年我出生的地方。柳树婶边锁门边说："看看心里可不舒坦，是吧？恁奶奶那么要强的人，也想不到这院子现在成了荒草胡棵，你还没看恁家南院，更不像样，成了别人家的粪堆，夏天爬满屎壳郎。"

吃了饭，西芳想再到街里的太阳地儿里跟人说会儿话，等到两点就往公社走。公社这个称呼早就没有了，现在叫镇，可对西芳来说，那个地方还叫公社。

早在她刚一进柳树家，杨树婶就噘嘴吊脸来到街里，扑扑甩甩地说："喊她柳树婶哩，提住包去她柳树婶家吃饭哩，好像她小时候我没亲过她，唵。回来了就知道柳树婶，对我这个婶一点都不挨靠。噫，噫，看我多稀罕她吧。"

杨树婶不高兴有她不高兴的道理，她觉得西芳家老根上是跟她公婆走得近，跟她公婆结下的情，那杨树柳树亲兄弟，你西芳却只去你柳树婶家吃饭，嫌我的样儿不好，嫌我给你做的饭不中吃，还是嫌俺屋里脏？

西芳刚到街里，就有菊大婶咬着耳根把这话传给了她。西芳在街里支应了几声问候，回转身来到杨树婶家，在门口先脆生生喊声婶。小低个儿拐着腿的杨树婶从屋里出来，拉住西芳的手，亲热地往屋里让。西芳说不进去了，就在院里说说话，看这日头地儿多暖和。"婶儿，我常常想起小时候，学校里演出，你把你的红纱巾借给我戴；你下地干活，捉个蚂蚱都记着使草穿上给我拿回来。"西芳从兜里掏出五十块钱，"我回来办事，走得急，没顾上给你买东西，这张钱你拿上，赶集赶会给自己买件衣裳，算是我孝顺你的。"西芳看她老成这样，心里难过，拉着手，说得情真意切。杨树婶眉开眼笑接了钱装兜里："噫，西芳，你真的还记得我亲你那些事？"

"记得，一辈子都忘不了。"

街里，章节高叫来自己的孙子："小广，快，骑上摩托带上恁姑姑去杜湾派出所去。你勇哥哥在西安开空调车就是这姑姑给安置的。"

章有福在学校的墙边向西芳招手，西芳走过去，蹲在他面前。

"回去给恁爸爸说，就说章有福给他说，他当年给我买了张西安回来的车票，我记着哩，将来都记到坟里去了。"

西芳点头说好。章有福手伸到贴身布衫里，摸了一会儿，掏出五毛钱："拿着，路上渴了买碗茶喝。"

边上的人大声笑他："看这老头，越来越老糊涂了，现在外面一瓶饮料两三块。"

章有福好像没听见他们说，仍然伸着手，把五毛钱往西芳手里递，一只眼睛里闪着慈爱的光。西芳接过五毛钱，握了握他那双软绵绵的九十岁的手。

西芳到乡派出所，被告知全国人口大普查，所有户口冻结两个月。西芳赶快给小广拿了点钱，叫他出去到街上买两包好烟。烟拿回来，放到桌上，那位年轻干警把烟往西芳怀里塞："你这是弄啥，不中就是不中，户口真的是冻结了。"西芳拿出自己的名片递给他，说自己从西安只回来一天，专为办这件事："你看，回去的车票都买好了。"那年轻人热情地给二人倒了茶水。"唉，早先没跟咱这联系，要是联系了，我就不叫你回来。你在新闻部门工作，咋不知全国人口普查这事哩？"

"我知道普查这事，却不知冻结户口不准迁移呀。"西芳看这小伙子一副憨厚样儿，不像是诓她。"你再想想办法，帮帮忙吧。"

"噫，好姐姐哩，你想想，你从西安那么远回来，我咋不想帮你哩？电脑上调不出来东西。你这都是大地方的人，我敢哄你？不管你是西安来的北京上海来的，你总是河西章人吧，我是河东宋的，你看咱乡里乡亲的。"看样子是真不行，西芳对小广说："那你回去吧。"小广说："姑姑你不是还要去沙河坐火车哩？我把你送去吧。"西芳说："还早哩，我晚些时候在这儿坐班车去。"

"噫，去沙河不是？俺所里有个车晚上去沙河哩，叫他捎上你。"那个干警说。西芳连说不用，问他："你是河东宋的，可认识宋元宝？"

"噫，认识得还很哩，你是他啥吧？"

"我是他表妹。"

"噫，越说越近，你等着，我打电话叫他来。"那小伙子拿起桌上的电话："喂，妈，你赶快去喊俺元宝大爷，跑快点，这儿有个他家亲戚，西安回来的。好，叫他到咱家来，给我打电话。"他放下电话，给西芳说："看，这一会儿，你辈长了，我得喊你姑姑了。姑姑你晚上几点的火车？"

"十点多的。"

"现在才三点多，早得很哩。你听我说姑姑，叫元宝大爷来，恁俩见个面，说说话，时候差不多了你再到沙河去，俩月后回来，我保准给你办好。"

"俩月后就过年了，都忙忙乱乱的，还有没有人办？"

"是这，咱俩留个电话，到时候打电话，说好了你再回来。"

电话打过来，那小伙子高兴地说："元宝大爷，恁表妹在我这儿，你跟她说几句话呗。"电话递给西芳，那边元宝哥看样子挺激动，来来回回地说:"噫,是这闺女,这闺女,小时候跟着恁奶奶来俺家。"那小伙子抢过电话:"元宝大爷,你还不来?来了说说话。"放下电话对西芳说:"他跟俺家是邻居,常听他妈说,她河西章有个可亲可亲的姨,弄了半天是你奶奶呀。"

"元宝他妈还活着呢吧?"

"活着哩,八十了,身体可好了,烧锅择菜看孩子洗衣裳打毛衣,啥都会。"

宋元宝骑个破自行车来了,迈着有点老婆脚的步子走进来,脑门上一道道皱纹,头发稀稀拉拉,一多半都白了,眼睛一挤一挤地看她:"噫,还是小时候那样,恁城里人都吃了不老药了?我走到路上算着你要有三十六七了,咋进来一看还是个小闺女坐在这儿,这要是在大街上,你不喊我,我可真不敢认你。走吧,去家里吧,我使洋车带住你。"

西芳一看时间不到四点,留了那个年轻警察宋小强的电话,坐上元宝表哥的自行车后座,来到河东宋表姑家里。

八十岁的大花从堂屋出来,弯着腰,精神很好。

"表姑,我是西芳,从西安回来的。"西芳对着她大声说。

"知呀,知呀,我耳朵不聋,不用恁大腔,坐那儿吧。"大花斜着眼,看着西芳身后的院墙,从院里的绳上拉下灰不楚楚的干毛巾打一打自己身上。西芳猛一看她,就是当年的奶奶,只不过比奶奶粗糙了一点、松散了一点,但那额头、眼角,还有这说话的语气,对万事万物不为所动的冷静,不就是奶奶的风度吗?

"恁爸爸身体好吧?恁女婿是干啥工作的?老家是哪儿的?恁公公婆婆也都好吧?小孩儿上学了吧?闺女呀孩呀?嗯,都怪好就中,将来我到了那边,给恁奶奶排着学一学,看多好。"大花表姑坐在她对面,一件件、一桩桩问得详细,西芳汇报一件,她说"好得很,真是好","真中用",眼睛斜过去,看在西芳旁边的墙上。西芳经过调整,才想起来,大花表姑是在看自己。

西芳突然恍惚,觉得她就是奶奶。

时光倒流了，她又回到小时候，奶奶领着她走亲戚，奶奶体体面面地穿着出门的衣裳，头梳得光溜溜，手绢里包上几毛钱，二分的五分的，防着到亲戚家有小孩子来到跟前，手指头噙嘴里，睁着眼定定地看着你。一层一层地剥开手绢给二分钱，叫去买个糖吃，孩子拿了钱高兴地跑了。奶奶领着她走呀走呀，走一路说一路，来到河东宋的大花表姑家，来到小季湾的舅姥爷家，来到铁路东的姨奶奶家，来到南乡的奶奶的舅家。到了后，先作假儿一番，然后坐下来，女人坐下来，男人坐下来，说话，说不完的话。说呀说呀，说到做饭时候，主家站起来去灶火，客人要进灶火帮忙，主家不叫帮，又是一番推扯撕拉。吃了饭，再坐下来，说呀说呀，男人不再有耐心，应付两句走了，剩下女人坐着，河水一般地说。好多话，西芳听了几十遍，可她们还是像头一回说那样认真。

啊，这就是奶奶，奶奶原本没有那么好看没有那么雅致，只是自己在一遍遍的回忆想象中把她想高雅了，她原本可能就是像大花表姑这样的一个普通老太婆。

西芳拿出一百块钱给大花表姑，说："这钱您装上，到街里换成零的，想吃啥就买点啥。"大花表姑没有推让，波澜不惊地接过钱，掀起衣服，塞到自己的裤腰里。西芳又要给元宝一百块，元宝像孩子般在屋里转圈跑着不要，他认为他跟西芳是平辈，凭啥就要人家一百块钱，可西芳看他老成了那样，心里不是滋味，就非得叫他拿上。让了好一会儿，西芳说再不要自己生气呀下次再不来了，钱才到了元宝手里。西芳看时候不早了，起身说走，元宝把她送到大路上，等来了去沙河的中巴车，和宋元宝挥手告别。

第二十一章

> 金鱼向他游过来问道
> 你要什么呀,老爷爷
> 老头儿向她行个礼回答
> 行行好吧,鱼娘娘

回到西安后,西芳拿了那套冯主任送的护肤品去派出所告诉那位姓铁的女警官,河南那边户口冻结,两个月后才能迁。铁女警说:"那就等两个月吧。"西芳把那套护肤品送给她,请她多多包涵,这事就靠定她了,河南那边一旦户口松动,请这边一定接收,铁女警说没问题。

西平给她拿来五千元钱。西芳说:"我是因为最近手头没钱,要是有,我就把这钱出了。"西平说:"你说的哪里话,叫你操心跑路,再叫你掏钱?"西芳心里说,谁叫你是我哥呢,谁叫你当年那红肿的眼睛总是在我心里驻扎着……

应该再约一下冯,一是这个交易没有完,她还欠着人家,再说这转户口的事就这样停滞了,户口本拿不到手,西芳总是不放心。她每过几天给铁女警发个短信问候一下,生怕人家忘了她、忘了这事。

她打冯的电话,撒娇说:"怎么,你把我忘了?"冯在电话里"嘿嘿"笑笑,忙得很忙得很,昨天有北京来的领导,今天有省上领导,明天要去陕北。她说："我得给你汇报一下那个户口的事。"她其实很希望他说，没时间啊，这一辈子都挤不出时间见你。那人却在电话里说："我会给你打电话的。"

一周后，电话来了："下午有时间没？到八水绕来，我们有一个小时的时间，见个面。"

一个小时。进门，拥抱，亲吻，脱衣服，冲洗，上床，再冲洗，穿上衣服，告别走人。这是个流水作业的现代化程序。

这世上多少恩怨情仇，欢乐痛苦，成功失败，绕再多的圈子，盖再多的铺垫，都由女人的身体来承担。

女人的身体是铜墙铁壁，是娇弱的花朵，她像航空母舰，承载着人类的悲欢，她无所不包，无处不在。她是玄牝之门，生化一切，埋葬一切；她是土地，孕育一切，生长一切，吸纳一切，所有事物的发展变化，都在女人的身体上得到验证。纯真的，邪恶的，灿烂的，阴暗的，歌颂的，诅咒的，热情的，冷酷的，天使般的，魔鬼似的，圆润饱满的，千疮百孔的，热情迸发的，冷若冰霜的……

出租车开得飞快。八水绕宾馆远远地居于市区的南端，去那里的人多是坐着专车去的，为着很多重要的事情，要解决一些重要的问题，了结一些重大的事件，开创一个重大的局面。西芳没有专车，也不可能让文武斌送她去。

一切问题，最终都落实在女人的身体上，由女人的身体来化解，来开创，来消亡，来承受，来验证。寂寞和繁华，欢乐与泪水，光荣和羞耻，争夺与退让，女人的身体无处不在。来吧，该来的都来吧，腐烂吧，发芽吧，献出自己吧，做出温顺的笑脸去迎接吧，只要项洁变成西安市民，在人生的砝码上不再一无所有。

下了出租车，进了八水绕，给他打电话："我到了，你在哪儿？"他说："十八号楼一层一〇八。"

八水绕宾馆很大，像一个公园，一座又一座楼房围湖而建，掩映在一片大树和花园里。有点后悔从大门口下车，应该让出租车把她送到楼下。从她进来的这个大门，要去往十八号楼，得走一条狭窄而回环的鹅卵石小道,路过一座假山一个亭子一弯流水,这是人为地在现代化的宾馆里制造田园景象。可是这世上能够被贴上田园标签的,恰恰跟乡下人没有关系,真正的乡下人没有时间走这曲线,他们往往为了赶路还要给庄稼地里踩出一溜抄近的小道。能走这优雅曲线的,也只有吃饱了饭要消食的人,想节外生枝发生点啥闲事的人。来这里开会的都是能够节外生枝的人,就像现在的冯,他可以掐着点,招来章西芳,合理利用他会议间隙的一个小时。

推开一〇八的房门,是个不大的房间,只摆着几张沙发、几个茶几,看起来是个小型会议室。冯坐在那里,旁边站着个年轻人。西芳对这个局面感到意外。年轻人给西芳倒了水,退出去把门关好。

"坐吧。"他把自己埋在一团烟雾里,"不愧是电台女主持人,很守时,提出表扬。我跟你只有一个小时的谈话时间。"他专意把"谈话"两个字咬重。

西芳坐下,不置可否地看着他。

"那天和你分手后,我心里很难受,这就是我一直没跟你联系的原因,当然,忙也是一方面。"他把烟掐灭,忧伤地看了西芳一眼,"我想起了我妹子。三十多年前,我妹子十七岁,长得很漂亮。"

西芳轻轻笑笑,想着他注意不到这个轻笑,可他注意到了,他用他敏锐的眼光看到了。

"怎么,你不信?我长这样,我妹子就不能长得好看?告诉你吧,她不比你差,眼睛比你的还大,陕北民歌里唱的,一对毛眼眼望哥哥,说的就是我妹妹的眼睛。两条大辫子搭到腰上,走起路来一甩一甩的。她上了初中,就不愿在农村待,可那时城里知识青年都下乡哩,一个农村姑娘想进城就难上天了。她参加公社的毛泽东思想宣传队,到各处去演节目,县革委会一个四十岁的男人答应把她弄到县里。她怀了那人的孩子,那人还是把她弄不去县里,肚子里的孩子却在长。我妹子晚上穿了一件那男人给她在西安城里买的新衣裳,头上包着红纱巾,胳膊上戴着那男人送给她的蝴蝶牌手表,到村后的麦地里,喝了半瓶子敌敌畏……"

屋里静得要命，暖气很足，窗外有修剪花草的工人把大剪刀碰得"喀嚓喀嚓"响。他把自己的脸掩在烟雾后。两人踩在厚地毯上，像是泊在水面，那水轻轻地把两个人托着，漂呀漂。

"那时你多大？"

"我十八。那年冬天，我报名到新疆去参军。那地方没有人去。临走我跪在我娘面前说：娘，我到部队上好好干，今后让我的孩子吃上商品粮……"他按灭香烟，"对不起，不尊重女士，不抽了。哎，你那侄女户口转好没？"

"这不全国人口普查吗？那边户口冻结两个月。"

"那就等着吧，这不是咱能决定的。"

西芳忍不住问："不会再出啥意外吧，我只怕夜长梦多。"他淡淡地说了三个字"那不会"。西芳明白，同样一件事，放到不同的人身上，完全不一样，自己日夜担心的问题，心中最大的事，对于别人，啥都不是，她便不再提这件事。

他看看表："时间差不多了，我要到前楼去开下一个会。你是怎么来的？开车，还是打的？"

"坐飞机来的。"西芳媚眼投掷过去，好像他俩真的是情人一样。

他又那样"嘿嘿"笑笑，把一百块钱塞到她手里："给你张机票飞回去。"西芳不要他的钱，他沉下脸假装生气："这娃咋不听话？"他把她拉起来，两个人轻轻拥抱一下，他把钱塞到她手里，疼爱地理一理她的头发，再理一理自己的头发，走到门口拉开门，朗声说："好，小章慢走。"他站在门口，规范地向她摆摆手，西芳对冯主任的记忆便止于这道别的摆手。

项洁的事情暂且放下，西芳到北京开会，又坐上那趟夕发朝至的火车。总是这样，睡一觉，梦醒来，穿过林立的大楼，到北京了。

在很多人眼里，到北京开会也是一种待遇、一种荣誉。去北京开一次会，公款旅游一回，各种会议上的面孔见识一回，天南的地北的，都是各地有来头的人，到了北京统统成了外地人，一下子就生出点谦虚和恭敬，连对公交车售票员都不像在本地那样漠然处之，她说出的话好像也比本地售票员说的有权威，因为你不熟悉北京，你得问她，问了后你得小心听她报站，坐过了站可不是闹着玩儿的。你还别说你谱大，有钱，你去打的，你打打试试，你以为这是你们那方圆三十里的城市吗？十块二十块打发了？当然，你单位要是给你报销，那例外。

西芳到北京爱坐地铁，地铁便宜，不堵车。另外，西安没有地铁，她就觉得坐地铁也是个稀罕，像小时候坐火车一样，像刚到西安时站在天河厂的塬上看长乐路上的老鼠车一样。她常常对生活怀着一种儿童式的好奇，在北京的商店买同样的东西，觉得比西安的好。她爱一个人在北京街头漫无目的地走，走一站又一站。街上这么多人，都是哪儿来的呢，为什么都奔了北京而来，是不是这世上的幸福和光彩都在北京？

办完事的时候，或者能从会上溜出来的时候，她就给津平打电话，见上一面。每次津平都要请她吃一顿饭。

"有啥必要吃一顿好几百的饭呢？"西芳觉得这样吃饭不像自己人，倒像是讨好她的那些男人或场面上客气的人，她认为自己人吃饭就是花几十块钱，坐在个干净的小饭馆里，一人来碗面或者上一盘饺子。可对于津平来说，这是他请人吃饭花钱最少的一次。

"你知道陪他们吃饭咋吃吗？"他总是爱用"他们"这个词，好像要把自己从一个局面里择出来。

"我当然知道，我还知道他们的吃饭不是最花钱的。"

津平笑笑，用手指甲把另外的手指甲抠响。他不抽烟，每当内心情绪激动的时候，或者有什么想表达的时候，他就把手指甲弄得很响。小时候，他们一起向往北京，共同有着现在看来过于卑微的愿望，比如一颗糖一块香橡皮，比如一本《渔夫和金鱼的故事》，而现在，两个人像模像样地坐在流光溢彩的北京夜色里，却是两个相互知道底细的老熟人，不明就里的是不时过来服务的人，他们微微弓着腰身近前来，服务完再后退去。而两个人只用对视一下，就知道他们还是那个卑弱的乡下孩子，怀揣一颗忐忑的心。

此刻章津平与平日那个在饭桌上应付的人不一样了,他其实不爱那样的场合,他来北京是想干事业的,而不应该这样天天迎来送往、给人服务。他其实很想跟西芳说说他的困惑,可他实在是说不出口,一说出来像是为赋新词强说愁。这不是你想要的生活吗?在秋天来临的时候,穿着风衣,把领子高高地竖起,踩着红墙边树上的落叶,觉得自己像是一个爱情片中的男主角,心里怀着对亲人和家乡的爱,对美好生活的追求,是个高大全的男人形象。可是他来了北京后发现,他是没有时间在树叶飘落的时候去那里走一回的,风衣他有,可没时间到某个地方只为了走一走而走。北京可去的地方太多,并不是只有天安门,他住的地方离天安门很远,车停在哪儿,刚下车接到单位的电话怎么办,这都是问题。主要的问题是他觉得那样去走了也不济事的,并不能增加他的幸福感和成为北京人的充实感。

他和西芳在一起的时候,就总想说说奶奶,谈谈河西章。

"我一直有个想法,如果咱奶奶看到我这样的生活,她会咋说我。"

"她会说你作孽。"西芳放下勺子,那个所谓的燕窝粥她觉得不比老家的红薯糊涂好喝,津平也一定是这样想的,他只给她要了一份,自己并不吃。为什么这么贵的东西不好吃?

"我总是很恍惚,有时候突然不知道自己身在哪里,是谁把我推向了这里。"

"这不是你自己想要的生活吗?你教书教得好好的,非要千方百计地来北京,你有个好姥爷,你的命好。"

"我常常想,河西章的人,不说吃了,让他们来看看这些东西,都是他们一辈子想都不敢想的。"

"津平,你得知道,很多人在底层苦苦挣扎,跟咱小的时候一样,现在他们的生活状况好不了多少。"

"可能,这都是命吧,如果不是咱奶奶要强能干,如果不是我大伯我爸出来上学,咱们也是在那儿挣扎的人,现在,咱大哥,不还是那样。"

俩人都不说话了,看着眼前几百块钱堆出来的残局,又看看窗外的璀璨夜色，真切地感到幸福和知足。他们都知道，那些话只是说说而已，啥也改变不了，叫他们放弃眼下自己拥有的，也是不干的。

"我倒是常想，河西章那些人最早是谁在那儿，是哪几个姓章的住下了，繁衍出一个村子的上千口人。"

西芳说："我也对这个问题很好奇，我想有时间回去，到县档案馆查一下。"

"这是人类寻根的欲望，人应该知道自己的来历。"

津平从西芳和罗北京那里听到最多的话就是告诫他不要在经济上出任何问题。

"在中国，做官做到处级以上就幸福得很了，根本没必要去冒险。钱多少是个够？记得咱们小时候看的《渔夫和金鱼的故事》吗？那时候讨厌那个老太婆，觉得她活该，长大了才知道，她是我们人类的写照。普希金真伟大，把人类一生的欲望放在短时间内表现，所以那老太婆显得可恶和荒唐。津平，你永远记住，人生的悲剧在于想要的太多。"

所有的人都把自己的陈芝麻烂谷子当作新事，起劲地在电话里给西芳讲。她煞有介事地给人家指点江山，你应当这么这么这么办，她心里笑别人也笑自己，这一切是多么愚蠢可笑啊。她在床上把那些故事告诉转朱阁。她想，是不是因为指点了别人的生活，看多了别人的失败和教训，就使自己绕过了女人的愚蠢和错误，她小心翼翼地经营自己的生活，竟然几年来平安地维持了一段稳定的情感，没有分歧没有挫折，或者是她压根儿害怕分歧害怕挫折，在每一次快要走到那个路口的时候，她一看二慢三通过。

"是人都是自私的，这你得知道。"几年前转朱阁说出这话时她还挺伤心。先开始的一年半载，她还不摸对方的脾气，会耍些态度使个性子什么的，后来她明白，自己什么都改变不了，当他说"我们明天见面"的时候，多半能见到；当她说"我们明天见面"的时候，多半他会根据自己的情况，因为他有什么什么事。而你生气又有什么用呢，那种生气煎熬的感觉谁没有经过呢，那不是好受的滋味。于是，妥协。

妥协是唯一的办法，因为他真的很忙，根本是她想象不来的忙，鬼知道上帝为什么安排给男人那么多事情做。他常常说，没办法，人在江湖，身不由己。好像他所处的是多大个江湖一样。她知道她不能再像年轻时那样，在对男人不满意时立即生气拂袖而去。

文武斌没有时间去审视她的生活。文武斌也是个随波逐流的人，在现代生活中可塑性极强，适应能力也强，兴配传呼的时候他一定是有传呼的，兴开车的时候他也一定是要有车的，兴找情人的时候他也一定会找情人。他对生活是真心的，对所有的人，尤其是对女人真心——对西芳真心，对别的女人也真心。直到有一天，也就是快过年的时候，一个年轻姑娘找到了章西芳，她没有任何羞耻和顾虑地告诉西芳："我怀孕了，是文武斌的。"

"那又怎样呢？"站在电台门口的路边，西芳有点措手不及，可她故作镇静，她在想对策。

"不怎么样，我想告诉你。"

"那，我知道了。"西芳静静地看着她，迅速得出判断，这个女孩子除了年轻外，在她面前没有任何优势，这让她有点同情她。自己为什么没有恨？为什么对这个世界只有爱没有恨？她对谁都恨不起来，她看谁都是挺可怜的，她总是妥协，直到把自己逼到墙角。当年唐可田绝情地抛弃她，她恨不起来；现在这个姑娘跟她丈夫睡觉，还要来告诉她自己怀孕了，她也恨不起来。

"几个月了？你要怎样呢？"她关切地问。

那女孩子有点意外，她是带着挑衅来的，她做好了两人要骂街或者在大街上打一架的准备，好多女人都这样设想过，不得已的时候和另一个女人打一架。人在郁闷不顺畅的时候就想生出点事来，尤其是女人，尤其是年轻时，顾不上想这个事件带来的后果，就算你告诉她有什么样的不良后果，还是拦不住她去点燃事件火绳的冲动。可她眼前的女人却这样镇静，一点儿没有骂她的意思，甚至眼里闪着关心的眼神，这让她一下子手足无措。是啊，她要怎样？她能怎样？文武斌还不知道她来找他的妻子，知道了会怎样？会不理她？会跟她决裂？

这都不是她想要的，可她为什么要来找她？她呆呆地看着这个女人，看了一会儿，转身走了。西芳看着她的背影，觉得她有点像当年的自己，天不怕地不怕的，勇是勇了，却少了策略和韧性。她来找她肯定没有和文武斌商量，如果商量了，文武斌不会让她来，他会求她哄她，他会说"你要我怎么着都行就是不能去找她"，而这女孩子可能在两个人的关系中觉得委屈，她可能只是对文武斌不满，所以她就想生出点事端制造点小摩擦。

章西芳不想在文武斌面前表现得那么义正词严那么委屈，她有什么好委屈的呢？她只是想问问文武斌，为什么不把他的事情处理好，叫人家找到自己单位，难道她该给这女孩钱不成？她是不是真怀孕了？她想用孩子要挟谁？

文武斌可怜巴巴地看着西芳，他以为西芳要跟他闹，要打他骂他，可他没想到西芳只是想问清楚几个问题。是不是西芳还想行使职业习惯帮他解决这些问题？

"你为啥不生气？"他问她。

"谁说我不生气？"她反问他，"我现在问你话，她是不是真怀孕了？"

"我想，不太可能。"

"那她为什么？她想跟你结婚吗？"

"她是这样说过，不过我告诉她，可能性不大。"

"为什么可能性不大？也许很大呢。"西芳冷冷地看着他，她知道文武斌说的可能性不大是指他自己并不想离婚。西芳也知道她不可能跟转朱阁结婚。有些话，当着面不好说，那人便在电话里说："我得告诉你，我们都不能影响对方的家庭。"她说："我知道，你美的吧，我会跟你结婚？"他说那就好。事后两人再见面的时候，他说，自己认为一个男人四五十岁后再提出离婚那就有点缺德，因为这个时候的女人已经不占优势了。西芳说："你别那么高尚了，你不是背着她寻欢作乐吗？"他说那不一样，每个人都有自己的故事，他妻子也有。

这是一个纵横交错的网，牵一发而动全身，动一个扯出一群人，既然都有故事，那为什么还要离婚呢？看来，只有那个女孩子是无事一身轻，她有豁出去大动干戈的资本。

"她要是非得跟你结婚呢？"西芳问丈夫。

"可我不想离婚。我们有幸福的家，有那么好的儿子。"

"那你就应该处理好自己的事情，起码不应该再让人找到我单位去。你没有金刚钻就别揽瓷器活。"西芳从沙发上站起来，做出生气的样子回房间睡觉去了。她想，她无论如何得生点气，否则，好像她有什么问题似的。

文武斌的电话响了，听他接电话哼哼唧唧的，就知是那个女孩。

每个人都得受情感的煎熬。西芳有一刻真想从文武斌手里把电话拿过来，给她进行一番现场热线直播，给她出点主意，一想这又很可笑，给她出什么主意呢？告诉她应该怎样对付文武斌的妻子？西芳把文武斌的被子从卧室扔出来，扔到正在接电话的人头上。文武斌就那么把自己蒙在被子里，牙疼似的和那个女孩子通话。

她做了一个梦，文武斌要跟她离婚。他跟那个女孩子拉着手，恩恩爱爱的，她这个每周三次在电台里跟人夸夸其谈说感情的女人，她这个似乎战无不胜的女人被丈夫抛弃了，丈夫拉着那女孩子的手，两个人甜甜蜜蜜地走了，把她抛在荒野。

西芳从梦中哭醒，披衣走出来上卫生间，看到文武斌躺在沙发上，儿子在小房间酣睡。透过窗帘，有隐约的夜光进来，家里有着淡淡的蓝色光晕，安静中，她一间间地看过来，觉得她经营了快十年的家此时是那么温暖可人，两个睡着的人静静呼吸，世界微微起伏，她的家跟着地球轻轻转动，她的生活运转正常。

从那以后，两人不再睡一张床，也都不提那个女孩子。

转朱阁曾经表扬过她："你很懂道理，也不常打电话，不像别的女人一样抱怨，你不给人一点负担。"西芳这个时候就很伤感，不是她不想那样，而是知道她如果那样了，他会苦恼，会疏远自己，直至离开自己，她不想要那个后果。她最知道分手时那种心碎的感觉，只好做出一副和他若即若离的样子，只有若即若离才是最保险、最平安的男女关系,自己只是想和他保持一段关系,维持生命的激情,维持一个女人表面的平静。西芳听过各种男女决裂的版本,听过太多女人的哭诉,很多时候,她想在电话里断喝一声:你怎么这么贪心?你为什么啥都想要?你只是妻子(或者你只是情人),却想把做女人的一切占全,你想要那个男人把他的啥都给你,名誉给你,钱包给你,身体给你,风情给你,忠诚给你,可你是个啥?你就是七仙女,男人也有厌烦的时候,是情人你就只操情人的心,是妻子你就守着妻子的本分,有本事你去找那个集你所有要求于一身的男人去,你给这世界施个魔法叫男人的爱情针对你一百年不变。

过了正月十五,西芳给宋小强打电话问情况,宋小强说:"等我把人都问好,第二天所有的人都在,我给你电话。"等来宋小强的电话,说:"你今晚就坐火车回来吧。"

在杜湾派出所,只一会儿就办好了项洁的户口手续。她一看表不到十点,想再去看看大花表姑。昨晚临走时在西安买了两盒蛋糕,她觉得少。时间很充裕,在镇上的街里转转,为了消磨时间,一个一个摊点地看过去。这些东西猛一眼看去跟城里差不多一样,色彩一样,牌子一样,摆在那里一大片花花绿绿都一样,可走近一看,像变戏法似的,都不一样了,图案一样的,原来差了一半个字,质量差着几个等级,都是粗制滥造,价钱也便宜得惊人。

商店里的食品飘着刺鼻的香味,她问人家:"你这饼干这么便宜,能吃吗?"商店主人龇着牙问她:"噫,你看你说的啥话?这咋不能吃哩?走亲戚全都是买这种饼干。我给你说,那贵东西都是骗人的,咋一舞弄,起个好名,一个啥龟孙蛋糕就敢要你几十几百,要不,你挣那么多钱咋花哩?你不是嫌便宜吗?我加个零中不中?这饼干我不卖三块五一斤了,卖三十五一斤中吧?这做饼干的面是从巴黎进的。"西芳"吞儿"一声笑了,一说巴黎,她知道是本县的八里庄。她花七块钱买了两斤饼干。

不是农村人不欢迎质量好的商品,而是他们没有钱买,谁不知道质量好的东西好吃、经使啊，钱在哪儿？

"这闺女，一看就不是咱这儿的人。"身后一个男人的声音。

"咋不是？河西章的。"她回过身冲那男人笑笑。

"哄谁哩？看你这样，就是大城市人，老家是河西章的吧。"

看那男人笑了，她也用了更土的话对他说："真哩呀，河西章人，一点都不哄你。你哪庄的？"

"噫，四五里地，罗湾的。哎，我这有个好东西你要不要？恁城里人爱这些。"

"啥呀？这么妖气，拿出来看看。"

"那边看。"那主儿向人少的地方指了指，头前走了。西芳跟在他身后。

男人从怀里拿出一只老式闹钟，像个烧饼那么大。

"懂的人看过，是老式德国钟，你看这上面的数码字，一上劲，就会走，专家说，差不多一百年了。"

"哪个专家说的呀？"西芳问，那男人手里的钟果真"踢踢踏踏"走了起来。

"噫，那你就别管了，反正是专家，你赡看这东西了，有没有一点假，城里不是都兴啥收藏吗？这东西你现在拿钱都没地方买去。"

西芳把那只钟拿在手里，来回看看，确实很喜欢。

"你咋来的？"明知道所有的这种故事都是编的，可她还是问。

"这是俺爷解放前从地里挖出来的，得有七八十年了。"他说。"那时俺庄有个媳妇，娘家有，乱烧包，陪嫁时陪了这只钟。你想想，送钟送终，这多晦气，她却陪了个钟表，来了后不出三年，婆家人死光了，她也改嫁了。走的前一天晚上，把这只钟使布包好，抹了桐油，埋到俺庄后一棵树下。咱也不知她咋想的，为啥要埋，反正埋的时候俺爷路过看见了。过了几天，俺爷就去挖出来，它就一直在俺家，也不敢露世，因为大家都知道这是她家的钟。后来老人都死光了，俺爹就把这钟拿出来，一上劲，还会走，怪好玩的，可是到底是那么老个钟了，指望它走多准也不可能。我上回看电视里一个收藏节目，还有人要这东西,我就赶集赶会把它拿上,看能不能碰上个你这样会欣赏的人,愿不愿要。"

反正自己喜欢这个钟,管它再编故事呢,这种事一个愿打一个愿挨,西芳问:"你想要多少钱?"

"噫,这又不是商店里的东西,还有个啥物价局来定价,你出个价,我觉着中,就成交了呗。"

"你的东西你得先说价呀。"西芳想,给他五十块差不多,可一想,要是他只想要三十呢,就逼着他说。那人也想叫她说价,两个人就站在路边僵了下来。从旁边过来一个男人,伸头看看,又听那人说:"噫,一个想买一个想卖那还不好说。这东西,咋说哩,搁有钱人手里它就值个钱,要是给我,两块钱我也不要,它又走不准我要它弄啥,本来的色都看不清了,还生一身锈,搁俺家我还嫌占地方。恁城里人那就不一样了,那叫收藏,你看那电视上演的,一个啥也不值的小碗,我还嫌它盛捞面条三碗吃不饱,就那,几十万硬有人要,你说说你说说,不是疯了是啥?"

西芳一看还来个托儿,就说:"要多少钱你们说吧,我还有事哩,等着走亲戚。"

"你给他一百块妥了。"

"有点贵。"西芳说。

"那你说多少?"托儿说。

"五十吧。"

"噫,你大地方的人,哪在乎那几十块钱,啥有买个满意东西好啊?"

"就是,我看这东西跟你有缘,我拿着它好些天了,专拣那些像样的人问,没有人多看一眼,就你跟着我过来了,还听了它的来龙去脉。"

"那你好不容易编出来的,我咋能不听哩?"

"你说这话,噫,那真是,宋丹丹说那话,太伤自尊了,我要不是看你是远方归来的游子,我就不跟你做这生意,我砸了它我还能听个响,我编这弄啥哩?你要不要算结局,说这话。"那人竟有点生气。

"好好好,别生气,这样吧,六十块钱,你卖就卖,不卖算了,我等着走亲戚哩。"

"再添点,再添点。"

"不能添了,你叫我没钱买票回去呀。"她想,她得赶快买了这只钟离开这个人,要不,多听他说点家里的为难事,就得给他一百块。她掏出六十块钱给那人,拿过那只小钟表,放到包里转身走了。

在街里叫了一辆"突突突"跳着跑的那种车,一路"突突"着去了河东宋。

大花表姑依然不卑不亢地接待了她。坐下说了会儿话,西芳拿出一张粉红色钞票给她,她仍然不推让,平静地塞进自己裤腰里。西芳想:她一定跟奶奶一样,等一会儿回屋里去,把这张钞票放在她藏好东西的箱子里。

"表姑,记得小时候俺奶奶给我唱的好多曲呀,歌呀,你会唱不?"

"会,你听哪一段吧?"大花看着西芳身后的墙。她黑眼珠上长了块白点子,看人的时候显得眼睛更斜了。

"哪段都中,你想起啥唱啥吧。"

"说真经,念真经,小鬼判官仔细听,俺娘已经沿路回,小鬼判官好护送。铁锁您要松,麻绳要去清,铁锁麻绳都去清,让俺娘甩手自己行。"

"这是啥时候念的?"西芳问。

"这是娘死了后念给小鬼听的,你别打岔,还没完哩。高高山上一只鸡,清水盆里洗洗澡,你是俺娘引魂鸡,阴司路上娘不迷。"

阳光到了头顶,元宝嫂子进了灶火,不时伸出头看门外,抱怨元宝去村后量贩的冰柜旁买肉咋还不回来。西芳坐在大花跟前,看着她那双斜着的眼睛,听她一个一个地念下去。

时光倒流了,这是奶奶,次一个等级的奶奶,粗糙的奶奶,凑合的奶奶,她坐在永远流不到尽头的时光里,一遍遍念啊、唱啊。这不是嘛,她念得跟当年一字不差,自己打岔的时候她还是不耐烦,不打岔的时候，她要停下来解释。可自己是谁？是三十年前那个小女孩吗？那时自己为什么不知道心疼奶奶，让她给自己洗衣服、做饭，让她为自己操心、受累、生气。

有一回非得叫她带我去白果集看戏，我不是为看戏，是为了吃会上的水煎包，对于孩子来说，哪怕是一个，只用五分钱，吃到嘴里，油顺着嘴角流出来，只一个，就知足了。奶奶哪有时间去看戏啊，她说她一辈子没进过戏场，那些戏都是教人学好的，都是让人当好人别当孬人……明白那些理儿就中了为啥非得去看戏呢，耽误做多少活啊！可我不依，非得叫她领我去，哭啊闹啊，满地打滚。为了会上那个大平底锅里焦黄的水煎包，奶奶走到哪儿我追到哪儿，滚到她脚边，还用自己的脚去蹬她的腿钩她的脚。她抬起小脚狠狠地照我屁股上踢两下，接着干活，她拿起手里的活到后地去干，不再理我，叫我自己在院子里气急败坏滚成了土人，直到爷爷回来，把我拉起来，拍了身上的土，问为个啥。我说想去吃会上的水煎包，我气极了委屈透了，只是想吃个水煎包，这个愿望过分吗？爷爷拉着我的手领到白果集上，两毛钱买了四个水煎包，看着叫我一个人吃完了。我真后悔，为什么不给爷爷吃一个？为什么不给奶奶拿回来一个？其实我吃两个就够了，足以解馋。奶奶用她那小脚踢在我屁股上，多幸福啊，情愿叫她现在再好好踢我几脚。可是她在哪儿？眼前的大花表姑是吗？她为什么长得和奶奶有点像？她为什么会唱奶奶唱过的曲儿？她为什么也像奶奶一样，对分分合合、来来去去的事不再动容，总表现得那么平静？

西芳说："表姑你尽管说吧，我去茅子，能听见。"她走到两个堂屋之间的茅子里，门口只用苞谷秆挡着一点，她蹲在两块砖上，能看到大花表姑的影子在院子里。

"忍字忍饶字饶，忍字没有饶字高。这是说为人处世要学会忍，万事忍为上，能忍成大事。"大花的声音高起来，追着她来到茅子，和日光一起在院子里流淌，慢慢挪移，"福是积的祸是作的，这是说人的命好赖都是自己走出来的，怨不得旁人；油馍吃了，咸食（闲事）不管；还有，好闲事不如赖不管；管闲事，落不是。这都是恁奶奶那时候掰活（注：教）给俺的，现在想想，是不是都在理儿？"

在大花表姑的念曲儿声中，把那只钟拿在手里看来看去，用手轻轻抚弄着上面的点点锈斑，上了弦，听它"踢踢踏踏"地走起来，神秘，忧伤，喑哑，像久远年代的音符，不知怎么就牵着她的心。元宝表哥走过来，问她从哪里弄来个破玩意儿，她说了后，宋元宝用不解的目光看了她，愣愣怔怔地问她："你这样乱花钱，跟你小孩他爸爸商量了没？回去后跟你生气可咋办？"大花撇着嘴说："要是她奶奶活着，不吵她才奇怪了，你说说，唵，几十块钱弄一个不中任啥用的破东西。"

西芳回到西安，把各种手续送到派出所，交了三千块钱，铁女警打了个电话，叫她去另一个派出所拿户口本。西芳坐上出租车火速到那个派出所。办手续的是个很年轻的小姑娘，边脆生生甜腻腻地请西芳坐，边在电脑上忙活。她是那么年轻，年轻得不知道这世上的好多事情。她问西芳："现在都不分城乡户口了，你为啥还非得把这个章项洁的户口从农村迁出来？"她比项洁大不了多少，娇嫩的脸上连一点岁月的沉淀都没有，她白得透明的手指真的像书上说的如削葱根一般，指甲上涂着彩色的图案，是个完美无缺的塑料人、洋娃娃。西芳想：怎么给你说呢，你没有失落过，你没有自卑过，你也不了解社会，你肯定学习不好，可你爹妈有门路把你安插到这么好的部门工作，你想要的东西都早早地、乖乖地呈现在你面前，你不知道还有那么多人连最卑微的愿望都实现不了，比如一个城市户口。

崭新的户口本拿在手，立即给素娟送去。素娟高兴得把那个红皮户口本摸来看去，上面户主、家庭成员只有章项洁一个。听说这两年买个户口，托人，走关系，乱七八糟花下来，快三四万了。西芳给素娟报了所有花销，说给杨树婶的五十、给大花表姑和元宝的钱都不算在内，那是自己给他们的，拿出剩余的二百多要给素娟，素娟说啥不要，叫给毛头买吃的，边撕扯，素娟边说："恁哥俺俩不是小气人，真的，只是没钱，要是有钱了我们也都大方着哩。"最后西芳生气了："咱自己人为啥要这样？我要是不想管这事，你再多给我五千我都不管。"素娟一想是这个理，嘴咧着把钱收下。章柿听到消息也来了，进门说："从今天起，西安市民的人数又增加了一个。"正说着话，项洁的身影在窗外闪过，素娟说："项洁，你才回来，快点吧，你的亲人都在哩。"

项洁挨西芳坐下来，拿着她的户口本打开来看。西芳理了理她的辫子，她忽闪着长长的眼睫毛，害羞地把头往西芳这边凑了凑。

第二十二章

我们都是在迷宫中寻找出口的人

她登录博客的时候,纸条里有个外文名字的人给她说话:你是个严肃、认真的人。

她没有理会。这两天她的访问量大增,不知是不是碰巧把她的文章推荐了。还有一个男人直接留了电话号码,要请她吃饭,与她交朋友,接二连三地给她说话,她回复说:"好的,我已经把你的号码存下了,有时间会给你电话,谢谢来访。"然后删除了他的全部纸条。她知道这世界是由谎言组成的,演员给观众,医生给病人,老师给学生,都需要说谎言,没有谎言这世界就乱套了。她这个情感栏目主持人,这个为了推广她的栏目而开通博客的博主,需要给她的听众、读者、来访者说谎。

外文名字继续发纸条,她发现他写的是繁体字。

"我90年代初第一次到西安,与我童年记忆中南方的生活不一样,这个城市沉着神秘遥远。今天在你的文章中又看到了那种感觉。我对这个古老城市里的人充满了好奇。"

作为在自己博客的标签里写着"我爱我的城市"的市电台主持人,有必要回一下这个纸条。

"西安的四月是一年中最好的季节,空气里有一股甜味,那是万物生长的气息。"

她这样写着的时候,几乎就能闻见窗外那种淡淡的甘甜的气息,西安城正像一个蓬勃生长的少女,饱胀而甘美,有一股浓浓的情怀在空气中流动。

这个人天天来,只要一登录就能看到他的纸条,她有时候回一下,有时候会心一笑不予回复。回访他的博客,看到他只写了一篇文章,介绍他所居住的 M 市,文章中说他出生于南方,幼年迁于南洋,十几年前迁来 M 市。

她主持的这个情感栏目里,每天都有人来倾诉自己的情感。面对那些弱智的女人,她总想给她们说:"离了男人你就不活了?"可她觉得这话不厚道,站着说话不腰疼,也不符合她的身份,她是要专门给人解答这类问题的,不能用一句话把人家堵回去,这世上的人都明白了,都坚强了,都不为爱而苦恼了,那自己还不得下岗吗?她知道,对这些女人要哄着来,鼓励为主,总之不能一句"你这个笨蛋"把她打发走。

他还是每天来访,她也回访他,她相信他是个男人无疑了。到这个份儿上再隐藏性别,只是痛苦。

她突然羡慕这些用假名写博客的人,名字是假的,故事却是真的,感情和内心却是真的,只有用假的身份和名字才能写真的感情、真的内心。而她,实名博客,真实身份,那么只能把真实的自己掩藏起来,写桌面上的事情,说无伤大雅万无一失放之四海而皆准的话题,而且她还兼着社会责任,那就是价值观、世界观的问题,导向问题,她有必要比别人站得高望得远、说得正确。

他已经看了她很多文章,每一篇都要评论一下。他很细心,把他要评论的那句话先贴下来,然后画个小破折号,在后面写出自己要说的话。她这才注意地看这个人的名字:Past。

Past 又贴了一篇新文章:《周而复始的爱情》。

爱情列车是不是可以承载周而复始的爱情？

我常常深夜坐在 M 市的 Metro 列车上，看着车厢里进出的人群，想到这列环城依轨而行的铝铁载具，竟似我的记忆，那些经历过的男欢女爱，清晰如昨日影像，曾经以为那些记忆会像那车站站名深深地嵌刻在石板上，但毕竟不得保全。是不是人生的欢爱情节，大都相似？

她也像他一样，贴出他的第一句话，在后面评论："一定是的，如果只是一个不变的恋爱对象，列车可能早就没有动力了。"

"有趣的问题，这使我想起古希腊神话中的薛西弗斯。"

他使用的不但是繁体字，提到的中文译名也不一样。她判断，他是个海外华人。

这个不知在 M 市哪个角落的华人，怎么就突然来到她的世界中，她的博客不算太火，因为她对网络还是怀着一丝警惕与无奈，没有那么多时间和兴趣去踩别人，就换不来别人的回踩。人们那么迷恋网上的世界，是不是对现实生活的一种逃避和无奈？我们对身边的人关闭心房，却向网上不知身在何处的陌生人敞开心扉。

二十多天了，他评了二十多篇她的文章。他不在文章后评论，只是暗中发纸条来。他隐在暗处，每天给她说话。

要想真，就得假。你用了真名，提供了真实的身份，就不能说真话，不能表现你真实的生活。这是她的所限。

凡事一有风险，一有难度，就会对人产生诱惑。她不能拒绝这种书写的吸引力，她怀着欣喜和满足与他交流。她说："你我的这种距离——假如是真的这么远的话——那会使我放心和放肆，不小心会泄露一些女人内心的脆弱和隐情，因为每一颗心灵都需要一个出口。"

他就会问："你要我离开你多远，你才对我放心？"

过了几天，他发纸条说："我托朋友找了几张 CD，都是你爱听的那些歌。我已查到你的地址，你还想看什么特别一点的书吗？放心吧，我们是完美距离，完全陌生。"

她说:"谢谢,你是怎么找到我单位地址的?啊,不管怎么说,你为此费了心思,我很感动。"

收发给她送来一个大信封,打开来看,里面有五盘CD。她立即给他发纸条:"你托你美国朋友寄来的CD我收到了,非常感谢,等到你有一天愿意告诉我真实地址的时候,我会给你寄几本书,关于西安这座城的书。"他回复纸条:"希望你能喜欢。"并没有提他的地址信息。

每天他会写几个纸条来,有时候多达八个。慢慢地,她被他的纸条控制,天天打开电脑头件事——不,她只是为看纸条而打开电脑,登录博客。

他寄来CD也许就是想证明,他真的不是她身边的人。可是她忍不住对他的好奇。

"请原谅,我的疑心病又犯了,请大约给我证明一下,你真的是离我很远的人,因为假如你是我身边的一个人,我的那些倾诉会让我感到羞耻。我在给你的书写中,表现的是一个与平常生活完全不同的人。我只有确实证明你离我很远我才能亲近你。请告诉我你的大概情况好吗?你应该有中文名字,哪怕是个化名。"

"假如我告诉你,上周我刚在钟楼办了一件事,然后顺着南大街向南走,走到那个叫粉巷的路向西拐,碰到一个工商银行办了一笔汇款,时近中午,肚子有点饿了,想到王子饭店吃午餐,就看见旁边的大楼里走出一位大约三十岁的女子……"

"啊,我喜欢这个游戏,因为我也爱看电子地图,刚才又按着你的路线走了一遍,果真有王子饭店和工商银行,那里离我单位是很近。我喜欢你在我身上花这么多时间和功夫。"

"到底要我离开你多远你才能无距离地亲近我?请放心吧,我真的是彻底的陌生人,近几年回到西北出差的机会几乎为零。找到你的博客是连续搜索的结果,你应该知道,你的文章标签里多次提到西安,而我对国内的西北和东北最有好感。你可以向我提问,我就我所知道的回答你。"

"我不再问了,我是实名博客,这是我当初的选择,我无权要求你做什么，只要你真的在远方，我就放心了。"

她其实有点害怕失去他，她不想再问那么多。茫茫网络，每天人来人往，你愿意跟陌生人交流，就得接受他隐藏自我这个条件，除了他自愿告诉你他的情况。不是有那么多男人主动给你留电话，介绍自己吗？可你却不愿跟他们多说一句话。

"我想，我们起码是隔着海洋的。"

"海洋之隔是有的，我们的纬度相近，节气应该相同。可是，海洋的距离确实是有些远了。男女最佳的距离应该是六至八个小时的车程，刚好可以测试煎熬。"

一定是美国，那些寄来的 CD 是最好的说明。想到他的文字克制而优美严谨，那些繁体字要一笔一画地写，他的书写中很少有错别字，用词很讲究。她渐渐对他的书写产生了迷恋和依赖，或者说，她爱上了那些文字。

"我现在的工作是财务投资，我有时想，现实中许多事情都是理论导出定义，而后代以公式，等号两头务须平衡，而只有感情（爱情、亲情等）无法计算，也正因这无法计算，支出与收益方面的差异产生了幸福和痛苦。可是，人生一旦全部都收支平衡了，那又算什么呢？"

"每个女人的内心都有一个走得更远的渴望，可是常常不得已被固定于现实之中，这也就是我迷恋与你联系的原因。"

接受的同时，也在付出，她天天阅读他的纸条，不知不觉中向他交付了期待。她盼望这些纸条，哪天见不到，会不安会焦虑，会一遍遍登录博客去查看。

"想起这段时间与你的书写互动，本来只是对你文章的回应，而后开始自言自语，再后来就你的回信做回应，现在倒像是被你制约的白老鼠，开机查看是否有你的讯息倒成了大事。我想，让我受惑于此的，除了对异性的原始好奇外，还有在你的书写中，属于男女共有的对自己身体的追求。"

她迷恋上了他的语言，他写什么她都爱看。他很博学，好像世界上的事他都懂，他写他读过的书，他喜爱的画家风格，一首首给她解释他博客传送的那些歌曲。

她的迷恋和依赖更深一些，坠入深深的海底世界。

这种阅读成为她的盼望和情感营养，她知道，他们都被对方控制了。

这种交谈，不知不觉中持续了几十天，她并不觉得有多可贵，好像一切都是手到擒来。突然有一天，她给他发不成纸条，每一次发送都被系统提醒"你不符合对方设置的接收条件，发送失败"，她突然惊慌失措。其实这时她就应该认识到，这是一张大得无边的虚空的网，在上面打得火热，可电脑一关，什么都没有了。而且，这个庞大的网络上，那么多人的情感交错、暧昧关系，正在试探，正在进行，正在蠢蠢欲动，正在伺机发展，正在铺设温床，万一哪一天出了故障，难道这一切都要戛然而止全盘崩溃灰飞烟灭，找不到一丝一毫的证据？世界发展到这个地步，人的情感要靠这轰轰作响的机器来承载，你压根不知道你正在迷恋着的那个人长着一张什么样的面孔，这真是荒诞。可谁又能说这一切情感是假的呢？交谈是真、付出是真、讨论是真、期待更是真，而现在无法跟他说话，这惊慌和伤心也是千真万确。

汗冒出来，坐在电脑前，盯着他的页面，有种抓不住他的恐惧感。她一定要给他传达一个信息，她在自己的博客中说：个别的朋友，我又无法给你发纸条了，请检查一下，是不是不小心把我放在黑名单里了。

"我检查过了，你在我的红名单里，你给这个邮箱发信试试吧。"

"啊，试了，刚才给你邮箱发了一句话，成功了。一场虚惊，终于又联络上了。好吧，我当成这是你想要我邮箱的手段，我喜欢这样。有时候，女人喜欢被男人掌握和控制。这个邮箱，新注册的，只对你一个人开放。"

"邮箱是为了让你更安心地书写，你很客气，你也很在乎我对你书写的看法。请务必放松，就让你我的对话如同暗夜中对身旁的人贴耳低声无目的的漫语，我几乎可以感受到你身体气息的逼近，这时候，我就有特别温暖的感觉。世界如果难以改变，至少，我们要确认我们能有一隅安身之处，我们在一个隐秘的空间相濡以沫，我珍惜这些机会，我可以比你更没有约束地叙说我的感觉。"

"你在想象我的身体，这让我很开心，也有点惭愧，我有义务告知你真实的情况：不要太美化她，听听她的主人描绘她的样子吧。"

"是不是温度的关系，或是晚上静寂的黑暗，我这几天想到你对自己身体的描述，竟有不能止住的想念。"

一场由轻松、美好开始的交往慢慢变得有违初衷，这样的对话进行下去，对双方都是一种折磨。她越发矫情而脆弱，有时候会突然生出慌乱莫名的哀伤与恼怒，她钻牛角尖，总想问问他为什么不给她寄照片来，为什么不可以告诉她他的名字，为什么闯入她的生活。他躲在暗处，看着照片和文字实施他的情欲，有什么劲呢？

他打来电话说他在某某酒店，等她来。她去了，在酒店大厅给他打电话，请他下来，他们先在大堂见面。一定得先在大堂见面，这是一个步骤，总之她不能直接上去敲开他的房门，那太不浪漫太不稳重了，也有点不安全。他们要在大堂坐一会儿喝一会儿茶，她表演一个女人的矜持。然后，他邀请她去房间，她跟他上去，两个人在一个空间里了，她叫他打开他带的笔记本电脑，点开他的博客，让那歌声充满房间。Darling, you send me, you thrill me... 她告诉他，曾经她一个人在家里，一遍一遍地听这些歌曲。他们拥抱，亲吻，他紧紧抱着她。然后她挣脱他，去卫生间冲洗，一分钟后，不，半分钟，不，十秒钟。她出来，出来前她要在卫生间洗漱台的小筐子里拿安全套。她打开卫生间的门。

摄像机。为什么到这个节骨眼上，总是要出现摄像机？如果不是摄像机，就是绑架，就是房间里还有几个人在笑她，而她的衣服已经不见了；要不，就是那个深情款款、已经和她亲吻拥抱的人突然变了面目，一场缠绵悱恻的美好前景变成了他不肯用安全套，他有性病，他是虐待狂……

她不甘心，每晚在床上设计那个过程。前面都很好很顺利，他的胳膊搂住她细小的腰肢，进门，听歌，拥抱，亲吻，进卫生间冲洗。

噢，不，这一次，自己一进房门就检查，每一个可疑的地方，衣柜里，电脑旁，桌子上报纸盖住的地方，她不怕他看到。她撒娇样地检查，她说只有这样她才放心，才能迎来他们美好的时刻。

不，她不能进去冲洗，她出发前在家里洗好，并且在他们拥抱着走向床边的时候告诉他。必须得说明，冲洗是现代男女结合的前提。不，不行，还是得用安全套，不用不行。可是，可是……基于这个可恶的安全套，后面的想象无法进行。

她给他回信的时候，语气不再像从前那样温柔，有时候对他提的问题不再解答，只说自己的思念与无奈，到后来，两个人各说各的。有时候，信一发出她就后悔，为里面一句话太生硬，她会在下一封信里请求："我又说了不该说的话，我是个多么傻的女人，你可以批评我、讽刺我，但请不要不理我，我已经依赖于和你的对话，你不来信的时候我失魂落魄、坐立不安，我怕'失去'你。"写到"失去"两个字，她眼里含着委屈的泪。

一个解答别人情感问题的人，终于被一个向她倾诉的人控制了，这个人是谁、在哪里、长什么样，她一概不知。

"也许我们所做的一切事情都是为了试探我们生命中能够忍受多少的挑战极限，我在一次次接听情感热线时就有一个疑问：我们的一生究竟要寻找什么，我们为什么总是一味地向生活索取。"

"我当年写博士论文时，也几乎是一个人跌跌撞撞地在路上奔波，教授能给的方向有限，对我最大的帮助也就是文字的润饰。一年多的时间，是一段自我试练的日子，但我倒是给了自己一个余地，我也就是中人之资，博士的完成还仅是人生漫漫的一个过站。还记得口试通过的那天，几个教授围着向我道贺，告诉我，我是近年过关最快的学生。晚上，到家后，只感到一阵空虚，像做爱后的虚无。"

"我认为男女的相识交往主要有这些站点，相识—好感—渴望—占有—贪婪—膨胀—焦虑—破裂—心碎—淡漠—相识，其实也就是一次又一次绽放和衰落。"

"不要期望我给你解答，也不要问我是谁，我是谁并不重要，我们都是在迷宫中寻找出口的人。也许，我是担心绽放之后衰落的不堪与空虚，所以蓄意避开可能的绽放。我试图只是用想象和意念完成我们的相爱。其实你知道，我不怕绽放，我只是担心衰落。"

她变得烦躁，对他来信中的话不再好好回复，自顾自诉说心中的不安和焦虑。他通过文字看到她被牢牢控制，看到她心烦意乱，他问："是不是我们这种距离和对话叫你感到困惑？"何止是困惑，她被挑逗了，她被勾引了，她欲火焚身，她坐立不安，而对方不知身在何处，连个真实的名字也不知。委屈转为了恼怒，她不客气地回复："是的，我困惑。"回答之后还觉得不解气，她按住 Shift 键，点出一串"！·#￥%……"。

当她点过发送键后，突然后悔了。

他不再来信。

她控制不住自己，要给他写信，不是像从前那样，他先来信，她再回。他不再来信，那又怎样呢？她收到了他寄来的巧克力、画册，他们的联系还在，来自美国的大信封上有他生涩的汉字，写着她的地址、她的名字。

"今天，收到了你寄来的礼物，非常感谢。这个邮件从你手中发出，乘了飞机、汽车，走过海洋、陆地，经过好多工作人员的分拣、传递半个月，准确无误地到达我的手中，这真是件神奇的事。"

他不回信。

"我读了卡森·麦卡勒斯的《心是孤独的猎手》，那个小镇好像每个人内心都有一本无药可救的孤独账。我想人的一生都是与孤独共生共存与它为伍，直到把它变为我们的一部分，我们的一生也就是锻炼自己承受痛苦和孤独的过程。"

他不说话。

"三天没有你的来信，你出差了吗？我非常想念你。"

她停下来，走到镜子前，看到自己的泪水"哗"地流出，镜子里的脸看不清了。她走进卫生间，用毛巾捂住脸。拿开毛巾，她双眼红红走回到电脑前，继续写："每天打开邮箱几次，我说过，你可以批评我讽刺我，但请不要不理我。周末愉快。"

她怀着耻辱、懊恼又无奈的心情点了发送。

然而，每天她打开邮箱，看到的都是那个未读邮件为 0 的字样。

她在收藏夹里删掉他的博客收藏，当电脑问她："确实要把 Past 放入回收站吗？"她的眼眶又热了一下，点了"是"。

可是第二天，又狂热地在网上搜索他。她先找到自己的纸条箱，从纸条箱里点开他。有什么力量能阻止自己想他？噢，多么耻辱，她在想一个不知道有着什么脸孔的人，情欲的目标是一些语言一些气息一些片段。每天都用这个 0 折磨自己，匆匆打开邮箱，看到那个 0，坐在电脑前，汗水渗出全身，心被掏空。

季瓷在房间里走动，一边走动一边说话，说完话探头看她，挨着西芳坐在身边，她想抬手摸到季瓷的脸，总也够不着。她张口，发不出声音。有歌声在流动，是 Past 寄来的 CD，那个黑人女歌手在唱忧伤的蓝调。她知道被魇住了，她口干舌燥，眼看着季瓷在面前，她想说："奶奶你别那么走动，跟我说说话，搂住我，我心里很难受。"

"唉，你这性子，动不动就用真心，你不知吗？真心的人最受罪。"

"奶奶，有啥法儿解决吗？救救我吧，让我忘了这一切，让这一切不再影响我，不再牵动我。"

"没法儿，这世上并不是啥事都有法儿的，最数这牵挂的事没法儿弄，没头蒙，只能让这事在你自己心里着起大火，化成灰烟。"

"奶奶，你爱过没有？"

"是人都爱过……唉，芳，我知你心里难受，可我还得劝你几句，要狠下心来，见过刀斩麻吗？噫，这是啥叫？是你电话响了。"

铃声将她从无边的疲惫中打捞上来，她奋力睁开了眼睛。明晃晃的太阳从窗外照进来，歌声在唱，电话在响，她的手从胸口挪开，在沙发上找手机。那电话响了太长的时间，生气不吭了。

夏天的阳光让人惧怕，歌声忧伤而缓慢地流淌。手心是汗，她常常睡觉时不小心把手放在胸口。她魇住了，出了一身汗。季瓷说人身子弱的时候鬼会上身，鬼压在你的身上让你喘不上气、说不出话。她起身，觉得头晕目眩，喝了点凉开水，重又躺回沙发上，拿起手机给转朱阁回电话。

"太恶劣了，不接电话，我有理由怀疑你跟别的男人在床上。"转朱阁兴高采烈的声音。

"我刚才睡着了，被魇住了，醒不来，是你的电话把我叫醒了。"

"你得感谢我。"

"刚午睡起来，空虚失落万念俱灰。"她想得到安慰，但又不能说真正的原因。

"那是你太闲了，要是让你像我一样在大太阳下奔波，你就没空儿空虚了。你就是欠收拾，等我忙完手里的事情，要好好收拾你。好，我到开会地点了，再见。"

到别的单位办事，看到人家办公室的电脑开着，她突然问："我能用你的电脑查一个邮件吗？"得到许可后，她迅速登录邮箱，极快地看一眼那个0，又闪电般地关掉。有时候人在外面，好几个小时没有上网，她想："他或许已经给我写信了。"赶忙回到家，打开电脑。

这些信在网络上，它们会一直在吗？不，不会的，她记得好多网站的邮箱如果两个月没有登录过，就打不开。这是个最好的结局，非常适合现代人的感情。那么，那些信存在哪里了？变作网络垃圾？堆放在某一个地方？还是一个指令让它们统统消亡？没有凭证，连一丝一缕的证据都没有，直至你怀疑自己是不是有过那样一段刻骨铭心的网恋，直至你觉得你的思念是好笑的。

而我们要怀念一段感情，往往是需要凭证的。西芳找东西的时候，常常看到奶奶留给她的荷包，她年轻时候绣的，粉红色的软缎，蓝条的镶边，鲜艳密实饱满的桃子，活灵活现的鸳鸯，由于年代的久远，缎子柔软得快要化掉了。捧在手里，她能真切地感到奶奶确实存在过。可现代人的感情，无边无际，随时随地生发，又可以随时终止，像风一样吹走。

转朱阁在电话里说换个地方，找了个新酒店，房间装饰得不错，价比从前还便宜。她去的时候，见那房间轻佻而可爱，床头和卫生间的墙上挂着粗糙的装饰画，流水线上出来的那种。这就是现代人的情感生活，轻便洁净，价廉物美，不留痕迹。她在卫生间冲洗，看到镜子里的自己。

个子偏低，乳房偏小，肤色不黑不白，体态匀称，偏于灵巧，整个肌体正在以一种不可阻挡的力量走向衰败。这是她向他描述的自己。

水花冲着的时候，她轻轻抚摸自己的身躯。上帝啊，这世上有什么方法能让衰老的速度慢一些？主衰败的神啊，抛弃我吧，把我遗忘在一个角落，让我停止衰败，让我可耻而卑贱地与男人周旋吧，在男性身上消耗我的热力，永不疲倦，让我一次次受伤吧，每一次伤害也都如此真切，这足以证明我还年轻。

她将这不可阻挡的衰败和内心尖锐的疼痛投放在转朱阁的怀抱里，有着一点点委屈和愤怒，紧紧地扭结他，吸住他小小的乳头，从上到下控制着他。两个人都有着真切的安全感和快感。

他和她在网上相濡以沫。而现在，他不再来，他从她的生命中消失了。

往日不再来。

绽放与衰败。

第二十三章

金鱼回答说：别难受，去吧，上帝保佑你

　　章柿已经过了十几年的退休生活，他没事干的时候就到城墙里面逛，逛着逛着掏出口袋里的小本子看看，钻到某一个小巷子里。有一回西芳看到他这个本子上记了好多地址，问他："你记这干啥？"章柿说："那是我找到的从老家卖到这里的女人的地址，我哪天路过了去看看，陪她们说说话，也打发了自己的时间。"

　　章柿在找人的过程中又认识了很多当年从老家卖到这里的人，他一律叫人家"姐"，过一段时间就去走动走动，跟人家坐在城墙根下拉一拉。

　　西安市的河南人大多是逃难来的，被散落在城墙内外，形成了"河南人的世界"，他们把"西安人"叫作"此地人"。"此地人"声称不与河南人联姻，好多人找对象时提出，河南人免谈。可是很不幸，他们往往到最后找的都是河南人，除了他们愿意打光棍或嫁不出去。因为在西安市，要想不与河南人打交道，要想不遇到河南人，用一句河南人的话说——"万难"。到最后终于发现，也没有剩下来的河南人，该娶的也娶了，该嫁的也嫁了。

　　看到报纸上说有中年女人以色相勾引老年人，实施抢劫和敲诈，西芳赶快给章柿打电话："爸，走到街上不要跟陌生女人说话，骗子已经向老年人下手了。"在她眼里，章柿虽然七十多了，可思想太单纯，容易激动容易轻信，尤其是爱跟陌生人说话，这很危险。

章柿说："我看到报纸了，咱天河厂一个老头就叫人弄去了两天，回来后，兜里的钱、手上的戒指都没了，还挨了打，可咋问他，他都不说，也不让家里人报案。你放心，我没钱，他们不会找我的。"

早在胡爱花刚死的时候，来奔丧的她大兄弟，当年拿着刀要杀胡爱莲的胡明安临走对章柿说："俺姐已经不在了，你难过几天，该找老伴就找吧。"半年后，西芳和西平也给章柿表示，同意他找老伴，只要他开心。可章柿说："我再也不找了。找了老伴，一起吃个好东西，我会想起你妈活着的时候，早上去干活，开水泡馍，吃了多少年。"他不是客气一下，他是真心不想找，有老同事把女人叫到家里让他去看，他也不去；另一街坊一个老太太托人来转告，她看上章柿了，想跟他一起共度晚年，可章柿都推掉。他说："人老了再找老伴是给自己找麻烦。"

有时候西芳带他去超市，给他买东西。他在那些密集的货架前停下脚步，看着眼前丰富异常的货品，小声说："要是让你爷你奶奶来看看这个场面，他们会怎么想？"

安叔叔当年从外县娶的那个女人，不小心吃了坏甘蔗，死了，留下两个女儿，小女儿结婚后因没房就夫妻二人跟他住在一起。去年，小女儿离婚走了，女婿住在这里，今年，女婿又找了个女人，还住在这里。现在，安叔叔又找了个老伴，女方说："咱俩结婚可以，你得写个东西，这个房子将来属于我。"安叔叔想：这边家里的人住着不走，怎么属于你呢？再说了，咱俩还不一定谁先死呢……可老太太有老太太的主意，她小儿子还没房呢，原指望带着小儿子出嫁，却不想他家里还有个八竿子打不着的女婿。安叔叔却已经把老太太爱得不行，这边家里女婿一口一个"爸"叫得甜，女婿新找的媳妇叫得更亲，两个人对这个没有半点血缘关系的人叫起"爸"来竟没一点别扭，一切自然极了。

"你安叔叔这会儿都快愁死了，看看，都是找老伴找来的麻烦不是？"

"他那也太复杂了，你跟他不一样，我们不要你的房子，谁想要就要去吧，只要她对你好。"

"我认为还是不找的好，你想想，找个老伴，还有她的儿子孙子啥的，指不定出个啥不愉快的事。你们来了，坐也不是，站也不是，哪像现在这么自由，想来了来，想走了走，来了想吃吃、想睡睡。家里一下子有个外人，很不方便。我身体还好，能自理，每天逛来逛去，多自由，非得生那个气干吗？"

西芳一想他说得有理，就按他的来吧。章柿说现在是他一生中最好的时光，只是他想起胡爱花那个没福的，心里就怨她：要不是你走了，咱两个天天吃饱了到处转呀、玩呀，我那退休金起码够咱俩吃饭吧，人不就是个吃饱饭吗？空气，阳光，欢笑，知足，这都不用钱来买。

没了伴的章柿就一个人四处游逛，看见城墙上的字，认为人家写得不对，这个城门是从左向右写，那个城门是从右向左写，这怎么行呢？他给报社写信，到报社反映，记者陪着他去城门洞拍了照，第二天报纸上有他的照片：《退休职工章大爷指出城门书写有问题》。市上有关部门给他解答，他认为人家解答得不对，又找西芳，要在他们电台上说这事。西芳说："爸，那不是你操心的事。"章柿说："咋不是我操心的事？西安是文明古城，闹这么大个笑话，西安市民谁都能管。"

章柿有的是时间，看报社电台都不再管这事，他就给《咬文嚼字》编辑部写信，给他打听来的清华大学一个教授写信。为了让他的信寄出去能受到重视，他去南门里的书院门买了那种小宣纸，拿小号毛笔写竖排的信，工整的小楷，就像他当年上学时一样认真。那天，西芳回去看他，见他正摊开纸笔，起劲写着。西芳说："爸，你要有个思想准备，这一切都是你搞着玩的，打发你的时间，别指望人家清华大学的教授给你回信。"

"他为啥不给我回信呀？"

"为啥要给你回信？人家是古建筑专家，每天有多少事要干，你算干什么的？"

章柿受了打击，把笔一放，不写了："你回来干吗？"

"我回来看看你，天冷了，给你点钱花呗。"章西芳从包里掏出三百块钱给他。章柿接了，鼻子一哼，放一边。

"咋了？嫌少？你有吃有穿的，你要那么多钱干啥？"

"干啥？我有用。"章柿有点赌气地说。上了年纪后，他就爱跟西芳赌气，他像小孩一样拗着脖子，斜眼看他写了一半的小楷书信。

"有啥用？你说说，说得有道理我给你。"

"唉，咋给你说哩？"章柿犹豫一下，"我欠着师大你吴姨的钱，还有十八街坊一个老乡的钱。"

"欠多少？为啥借呀？"

"小杜倒外汇，叫公安抓进去一回，西莹哭着来要钱。出来后，跑长途，车叫人扣了，西莹又来要钱。"

"给你说过多少回，不要给她钱不要给她钱，你就是不听我的。"西芳气不打一处来，"她每次都说是借，可她啥时候还过？这下，她又生孩子了，更没钱还给你了。"她看到章柿低着头不吭声，不忍心再吵他："你借了人家多少钱？"

"一共三千，吴姨两千，十八街坊的老乡一千。"

西芳松一口气，好在不是十万八万。"多长时间了？"

"一年多了吧。我想把退休金攒够了给他们还。"

"我今天没带那么多钱，咱俩说好日子，我取了钱，一起去给吴姨还吧。我也好多年没去她家了，还是那年她在西大街住的时候你带我去的，那时我还是小孩。"

"你吴姨常问起你哩，她还老在收音机里听你播节目。"

吴姨就是当年的吴会芝，毕业后嫁给了在师大教书的河南老乡。因为她家的成分问题，受够了折腾，新婚后在西安没待几天，被打到陕北喂了几年猪，又来到西安周边的县，转来转去，不是这个农场就是那个学习班，直到中年以后，好容易调回西安，在北郊农业展览馆当资料员，用小楷字写各种指示标牌，写"爱护公物人人有责"，写"请勿随地吐痰"，写"第三展厅，前方右转"。

"这事你应该给我说，我会让你早点去还。你想想，人家儿女都在国外，你却因为女儿不争气去借人家的钱，这多叫人家笑话。"

"我们是几十年的交情，她不会笑话的。"

"人家能说出来吗？人家会在心里笑话。"

"那就叫她在心里笑吧，咱没钱还不能叫人笑话？"

西芳不说话，还是有点生气，搁她的脾气，在心里笑也不行。西芳走出章柿家门，掏出电话，想给小杜或者西莹打过去，好歹骂他们一顿，再想想西莹小孩不到两岁，一定在家带孩子，西芳咬咬牙，看在孩子的面子上，算了，把拨了一半的电话挂断。

大约前年这个时候，章柿给她打电话说："西莹生了，咱去看看吧。"两人约着去了医院。走在路上，转头看到章柿的脸，明显地老了，这么大年纪还为孩子操心，她心里有点不忍。进了医院房间，一看到西莹身边躺着的粉红色小人，心一下子软了，从口袋里掏出一百块钱放在那小孩的头边，是见面礼。小杜前后跑着叫爸叫姐，西芳想起一个重要问题，问章柿："他们领结婚证了吗？"章柿摇头，西芳叫章柿催他们赶快去领证，否则小孩将来报户口就是问题。

小杜送两人走的时候，在走廊上，西芳向章柿使眼色，章柿给小杜说："你们还是赶快把结婚证领了吧，这都有小孩了，不比从前。"小杜连声说"好好好"，告别的时候又冲着西芳叫"姐"，西芳心里不舒服，因为小杜比她还大好几岁。

三天后，两人在钟楼见面，一起去给吴姨还钱。

地上的雪很厚，下车后，西芳扶着章柿，往师大家属院走。十几岁的时候，爸爸带她去过吴姨家，那时她家在西大街住，房子很小，但家里电视很大，好像是十七寸的黑白电视，平平展展的，吴姨说是托人从香港买来的，那时章柿刚托人买了十二寸的电视，鼓着肚子的那种。

"爸，那天我从你那走的时候，在路上碰到了阿珍阿姨。她不是退休后回上海了吗？怎么又回来了？"

"她退休后把自己房子出租，想回上海定居，可一年后就回来了。你猜咋？上海物价高，凭她的退休金在那儿维持不起。"

"她儿子不是有钱吗？在深圳是大老板。"

"是啊，她儿子也请她去深圳，可她想了想，还是西安好。她二十岁来西安，几十年，一切都习惯了，她男人死在西安，骨灰也一直没有迁回上海。"

从西芳童年记事起，阿珍阿姨就是一个美丽而高贵的化身。她不断接济他们，给她织过毛衣，从上海回来，总要给她带点时兴的小东西。那天她在路上走着，听到有人在身旁叫一声"阿芳"，其实一开始就听到了，但她认为那不是叫她，这样叫她的只有阿珍阿姨，而阿珍阿姨去上海了。又听到一声"阿芳"，她回头一看，真的是她。已经老去的吴阿珍不多的头发梳得光光的，衣服穿得合适而体面，不白的皮肤蜜蜡般温润，一道道细细的血管从皮肤下映出来。她年轻时就是这样，西芳认为是因为她脸皮太薄的缘故。她眼里含着温柔的笑意，走过来就软软握住了她的手："阿芳，听你爸爸说你现在可出息了，你爸爸好有福，有你这样的女儿。"西芳心说：我爸爸还有个不争气的女儿呢。西芳问候阿珍的身体、生活，两个人拉着手站在马路边拉家常。吴阿珍那好看的、上海女人特有的精巧的嘴唇里继续吐出软软的上海味的普通话，她那单薄的眼睛还是像年轻时一样，说话的时候有点害羞，好像很郑重地一眨一眨的，稀疏的眼睫毛就一颤一颤。西芳说："阿姨，你还像年轻时一样好看。"年近七十的吴阿珍红了脸，颤动着眼睑笑了。

吴姨家在一栋新盖起的高层上，是吴姨的丈夫来开的门，把他们迎进大大的客厅，用河南话冲着里面喊："会芝，章柿和他闺女来了。"

房间里走出个玉润珠圆的老太太，个儿低低的，脸白白的，穿着蓝大褂，右手小指头上套着个毛笔帽。西芳觉得，这个走出来的人应该是季瓷，可分明不是，只是和季瓷一样，低个子的老太太而已。

"先叫我看看这闺女，噫，真齐整，跟你年轻时候可似了。看你章柿多有福，儿女都在身边。"吴姨和她老伴一样，一口地道的颍多湾土话，叫西芳觉得像是在老家走亲戚。

见老两口哆哆嗦嗦的行动不便，西芳站起来说："你们都坐吧，我来倒水。"她在客厅里拿杯子，找茶叶。亮堂的大房子里，摆的是老破家具，橱柜玻璃上贴着娟秀的小楷毛笔字，右边是"不能一起吃的食物"，左边是"科学营养八注意"。吴姨目光追随着她："看你这闺女多好，在身边，随时有事就来了。我那几个，听起来怪好，美国的，英国的，几年不回来一趟，给你带回来的媳妇、孙子是外国人，黄卷毛。你说说，咱养的孩子教育好了，贡献给人家去了。哎，你咋知道我正想你们哩？来得这么是时候。"

"姨，我是陪俺爸来给您还钱哩，俺爸拿了你的钱，两年了，我都不知，也没催着他来还，真不好意思，趁过年前，给恁送来。"

"叫恁爸先用呗，着急弄啥？"

西芳走过来，把两千块钱掏出来放在桌上："姨，你查查，两千。"

一个说不查，一个非要让查，让了几个来回，吴姨的老伴拿起钱来查了查，放回到屋里。

吴会芝家的祖坟"文革"时被拆除，"现在不是又说台湾的事吗？台湾自古就是中国的领土，这话一点不假啊，俺祖爷爷是清政府收回台湾后首任台北知府，这是连战他爷爷写到《台湾通史》里的，这一回中央统战部发话了，国家专款，非得修我祖爷爷的坟，不修说不过去呀"。吴会芝激动地挥着双手，小手指上的毛笔套也晃动着，眼看就有掉下来的危险。

到底是年龄大了，吴姨反反复复说她的祖爷爷，章柿想告辞可她还在说，眼看外面天色将晚。

"姨，你给小手指上套个这干啥？"西芳瞅空打断她。

"这不是快过年了，在家收拾哩，怕把我的指甲碰坏了。"吴姨去掉毛笔套，小拇指指甲有两三厘米长，修剪得圆润弯曲，像小鸟细长的嘴。

415

胡爱莲十年前带着汴芳和汴勇来到开封。她对她男人说,如果不是为了两个小孩,她不会来开封,其实他们娘儿仨在家,日子过得可得了。

胡爱莲的男人是厂里资格最老的工人,按政策解决家属户口,分房的时候,据他自己说他名次排最后,分到了整个家属区最西北角一幢楼七层的最西头,夏天热,冬天冷。胡爱莲根本不信他的最后一名之说,她认为人家是在欺负他,她说:"你把你厂长家的地址告诉我我去问问,我就不信你该住在这最高层最西头。"她男人说:"厂长管你这屁事,人家管着上万人,忙得脚不着地,今天去北京明天去美国后天去欧洲。"

胡爱莲鼻子一哼,不再与他理论。一室一厅的房子,她指挥着汴芳汴勇买来简单的材料,把客厅隔出一间小屋,变成两室一厅,她与汴芳住一间,汴勇跟他爸住一间。两个小孩从小是她带大的,对她言听计从。

汴芳个子高,参加了市上业余模特队。汴芳却不像那些疯跑的姑娘,她一有时间就回来守在胡爱莲身边。胡爱莲很满足,认为这是她打出来的结果。她从年轻时手就狠,亲小孩的时候是真的亲,打的时候也是真的打,可两个小孩从小知道妈不容易,妈越打他们心跟妈越近。老工人退休后让汴勇接了班。天天两个孩子临出门说"妈我走了",进门说"妈我回来了",倒是那位退休工人每天出门进门不吭声,不是他不想吭,是他吭了她不搭理他,她从来就像家里还是他们娘儿三个一起生活一样。老工人想:看在你伺候我娘伺候我兄弟的情义上,我不跟你一般见识。

汴芳被一个大她十岁的生意人看上,不出一个月,汴芳里里外外上上下下穿的戴的全是他买来的,大包小包的东西往家里拿,还给汴勇买了最新式的传呼机。又不到半个月,家里叫这个人来了个改天换地,各种时兴摆设齐全了,见了胡爱莲就阿姨长阿姨短地叫。胡爱莲死看不上他的长相,脸黑着,嘴噘着,眼小着,个头险乎没有汴芳高,哪像个小伙子样。可汴芳愿意,汴芳第一次不听她的话,打也不灵了,二十多岁的大姑娘,站她面前那么高,胡爱莲打,她不躲也不回话,只是流泪,泪眼里带着乞求。于是她知道,再也阻拦不住,挥挥手,罢罢罢,你们结婚吧,要结就快点。

第二年,汴芳生了孩子,胡爱莲慢慢看着女婿也就顺眼了。三天两头,汴芳提着东西来看她,女婿对她的孝顺丝毫不减,她觉得生活还算是对她不错,没有叫她太伤心。长得好不能当饭吃,汴芳跟了这样的男人,一辈子吃穿不愁也不算坏事。两年后,老工人死了,她也没有太难过,她觉得她的生活中好像就没有这个人,这个人只是和她打过几个照面,合伙生过几个孩子,可他的一切却是那么陌生,那些越走越远的往事倒是记得越来越清,想忘都忘不掉。她梦到她挺着大肚子,半夜跑到河西章,拍开姐的房门,姐又把她推了出来,她一个人,在漆黑的夜里,走啊,哭啊,叫天天不应,喊地地不灵,肚子里翻江倒海,孩子哭着叫着要出来。她倒在地上,孩子从下面拱出来了,躺在进军的被窝里,进军搂着那孩子睡觉。进军深情地在眼前喊她"嫂"。睁开眼睛的时候,她想:是不是老天爷弄错了,她的丈夫到底是谁?是进军还是他哥?她真真切切地跟进军过了快二十年啊,进军啥都听她的,温顺地在床上看着她,看了快二十年。

两年前,胡爱莲高血压发作送到医院抢救,她没有退休金没有医保,花的钱都是女婿掏的。出院回来的胡爱莲不会说话,不会走路,傻傻地坐在家里,汴芳每天来看她。汴芳生了孩子后,也就不再去模特队了,本来参加这种不正式的模特队也就不可能有什么前途,其实好多女孩子也都是为着有个事干,有个认识各种男人的机会,让各样男人来消费自己罢了。汴芳算是模特队里嫁得不太好的,因为她骨子里认为自己是个农村姑娘,能有这样的男人追,能把她这个经济条件不好的家拯救出来就行了,她当模特本身就是个误会,谁让她长到一米七呢,她不想长这么高,走到哪儿都叫人一眼看到。她最理想的工作是做个工厂里的资料员,管着图纸图书,关起门来打毛衣干点私活看看杂志。她没有那么多心计,也没有能力跟这个复杂的世界周旋,她二十三岁被这个男人哄上床的时候,这男人意外地发现她还是个处女,像买彩票中了大奖般惊喜万分,非她不娶。而她也理所当然地认为，她应该跟这个男人。现在她丰衣足食，过上了她小时候想都不敢想的生活，想要啥东西拿钱就能去买来，这还不叫幸福生活吗？妈病了，她愿意从那个她并不太喜欢的花花世界里退回来，伺候妈，像当年妈伺候叔叔一样尽心尽意。

夏天里，汴芳每天给胡爱莲洗澡，让胡爱莲坐在小凳子上，把孩子放到胡爱莲怀里，她拿着调好温的龙头给两个人冲洗，小孩"咯咯"地笑，胡爱莲"呵呵"地笑，洗干净给她身上喷上香水。生意人买的巴黎香水，几百块一小瓶，汴芳不喜欢用香水，就拿来喷在胡爱莲身上。她一手拉着香喷喷的胡爱莲，一手提个小凳子，把她领到楼下，领到那一堆乘凉的老太婆中间。胡爱莲身上散发着昂贵的香气，让一群老太太啧啧赞叹。

汴芳领着胡爱莲，教她走路，教她说话，像小孩子一样在家属院的路上，大，小，多，少，天，地，日头，云彩，风，小狗，小朋友，花，草。她慢慢会走路，会自己吃饭上厕所，会"呜呜啦啦"地说话，她给汴芳说："别天天来，过你的日子去。"汴芳还是天天来，天好的时候把她领到楼下的太阳地儿，钥匙挂她脖子上，说："妈，你晒会儿太阳就自己回家，慢一点，上楼的时候扒好扶手，上一层歇一会儿，回去慢慢给勇做饭，菜我都洗好切好了。"胡爱莲摆摆手："去吧，明儿别来了，在家带好孩子。"

胡爱莲一个人坐在阳光里，小声说着话：日头，云彩，小狗，小朋友。阳光在她脚下一点点挪过去，轻轻抚摸她的脸。生这一场病，她知道了，她们是家族遗传的高血压，当年爹娘都是四五十死的，那时不知有高血压这回事，真奇怪，饭都吃不饱，还会高血压，姐六十五岁死了，好好的正扫楼梯，从楼上滚了下去。自己比她还多活了几岁，可孩子小啊，汴芳好了，算是有交代了，汴勇对象还没找好，老天叫自己再多活几年吧，就这样也很好，虽然走路不太利索，做活不快当，说话不伶俐，走不到人前去了，那就在人后吧，不去人前招没趣。胡爱莲叫汴芳买了毛线，她赶在天冷前给勇织条毛裤，他上班骑车的时候腿就不冷了。

见了人打招呼她想笑得好看点,可嘴歪向了一边,口水在嘴边摇摇欲坠,她不好意思地低下头,用手捂了右边嘴角。"得回去给俺孩做饭,俺勇,下了班要吃上饭,我动作慢,得早下手……"胡爱莲嘴里"呜呜啦啦"说着,越来越听不清,手里掂着小凳子,右脚在地上拖呀拖呀,走了。

快过年了,胡爱莲想给汴勇把毛裤织好。第二条腿已经织了一半。她的手指头有点僵直,总是不听话,她连带着脸也跟着牵动起来,嘴一咧一咧的,一溜口水出来,落在手上。他娘的×,真没成色。自己"嘿嘿"笑两声,拿起桌上的手巾擦了擦,继续打毛裤。阳光照在床上,这是一张比双人床窄小一点的床,汴芳嫁人后,她一个人睡,床边铺了一溜小白单子,过几天她把那小白单子洗干净再铺到边上。她喜欢把床弄得展展的,平得像案板一样。

她的勇二十六七了,该谈对象了,别人给介绍了一个,勇说谈得差不多了,带回来叫妈看看,那女孩来家里见了胡爱莲后,便不同意了。胡爱莲给勇说:"你去给那闺女说,将来我不用你们伺候,我躺那儿动不了的时候你们不用管我。"勇说:"妈你说啥哩?我就不信我找不来个愿意接受你的人,要是找不来我就不找,这辈子咱俩过了。"胡爱莲觉得对不住孩子,她快七十了孩子才这么小,帮不上忙还要拖累孩子。那两个要是在,现在也有四十多岁了。胡爱莲的手停下来,自己的影子在墙上,那两个小孩的样子又好像在眼前,活了十来岁的强,埋在这片家属院里,那时这里是一片庄稼地。唉,过去的不要想了,不该是我的,人一辈子没有十全十美的,总得缺点啥。勇这孩多好啊,个子高高的,两条长腿,脸白白的,嫩生生的,只差一个好姑娘看上他了,自己其实不拖累人的,只是看着样儿不太好,没成色了,可还能慢慢动着给他们做饭带孩子。

胡爱莲的影子定在了墙上,好一会儿,她感觉到自己僵硬的时候,想再看一眼墙上的影子,却"嗵"的一声倒在地上。她想自己爬起来,可是身子不听话,只能那样脸贴在地上。好凉啊,她想看看表,想知道几点了,她想等到勇回来,再看一眼她的勇。她等啊等啊,她感到

419

世界慢慢变凉,看到墙上的阳光一点点地走远了、变虚了。等一会儿,再等一会儿。勇回来了,已经听到他上楼梯的声音,听到他开门的声音,听到勇大声叫"妈,妈",她听到勇哭了。孩子,我又看了你一眼,真好。她感到勇把她抱到床上,背起她,开门,下楼。她在勇的背上,晃呀晃呀,真幸福,她想给勇说:"孩子,把我放下吧,别背着妈了,老沉,妈心疼你。"

章柿和西芳在开封下车时是晚上,汴芳的丈夫开车来接。汴芳的儿子问:"妈,这个阿姨管姥姥叫啥?"汴芳说:"叫姨呢。"那孩子对西芳大声发布:"阿姨,你姨死了!"

"把我妈送到医院她就不行了。"汴勇用手撑住那个椅子,"这个椅子就在这儿放着,就是这个角度,你们现在看到这屋里的一切都是当时的样儿,我想就这样把这间房子保存下来。"汴勇急促转身回到自己屋里,过了一会儿出来,眼睛红红的。西芳上了香,跪在遗像前磕了三个头,然后坐在胡爱莲的床上,看那遗像。是胡爱莲不太老的时候,可能是刚来开封时照的,两只大眼睛依然美丽,双眼皮很清晰,刀刻出来一般。西芳一直觉得只有自己跟姨长得像,尤其是那一双眼睛,双眼皮,长眼睫毛。小的时候她跟着姨去她家,走到路上,人都说,这小闺女跟她妈真像。汴芳反而不像,汴芳像她爸,长着一双细长的眼睛,还有点肉眼泡,嘴唇有点过于厚实,只有那只细细巧巧的鼻子,像胡爱莲。生活总是不给人全部的好,否则汴芳是个绝色美人。

汴芳说:"我这几天还是跟从前一样,早上来,坐在她的床上,呆呆地坐好一会儿,不相信她不在了,只想着她是去哪儿了,一会儿就会回来。"

"那年你姨不在的时候,我也是这样的,半夜里睡起来要到她床边看看,平常听到敲门声就以为是她回来了,跑可快去开门。"西芳说。

火车站临别的时候,西芳问汴芳:"你妈遗像那张照片还有吗?"汴芳从包里掏出一张,上面排着印了几张一寸照片,她用长长的指甲细心地往下撕,好几个"胡爱莲"在她的手里颠来倒去,那双美丽的眼睛静静地注视着他们和候车室的人。章柿也专心地看那张照片。汴芳的手还是修长,手背上有了点点小裂口:"你回家拿剪子把边剪好。"她低头撕照片边。"汴芳,洗了手要记着给手上抹油,除了夏天最热的时候,要随时抹。"汴芳抬起头,害羞地笑笑:"一忙就忘了,看,手都皴了。"西芳从自己包里拿出小管的护手霜,放到汴芳的包里:"记住,包里放一个,洗了手随时随地要抹。"汴芳细眼睛一眯,脸上带着憨厚:"姐你真讲究,出一趟门看你那洗漱用品带一大兜子。"

"就是就是,脸上抹几层子,不嫌麻烦,要自然美哩。"章柿说。

"姐你有那讲究的场面,我不比你,我现在是在家带孩子,没必要讲究了。"坐了一会儿,汴芳背对着章柿,小声问西芳:"姐,我斌哥有没有晚上不回家的时候?"

"有啊。"

"是常常呢还是只几回?"

"只几回吧。"西芳说。看到汴芳的眼睛一点点低下去,想到这两天他们住在汴芳家里,只第一天晚上见她女婿把他们接回来,就再也没见过他回来,她想着是他为了让她和章柿在家里住着更方便些。

"他是不是平常也不太回家?"

"嗯,常常不回。"

"给家里钱吗?"

"给哩,还跟从前一样,我们花钱他从没多问过,对我和孩子也都很好,你看我爸我妈生病、不在这些事,全都是他跑的。只是这两年老说外面有应酬,招待别人吃喝太晚、路太远就不回来了。"

西芳心里叹口气,这世上该发生的总会发生,该离去的总会离去,就像春天来了树叶要长秋天到了树叶要落,谁也拦挡不住。"你自己慢慢存点钱,留点心眼,别太傻。"西芳突然想汴芳是个傻大个,没心眼,弄不好将来要吃亏,"有什么事不要轻举妄动,给我打电话,我帮你拿个主意。"

该进站了,她和章柿进到了铁栏杆里面,汴芳在外面领着孩子,跟着他们一起往前走,不停地挥着长胳膊,叫小孩跟他们说再见。那孩子在拥挤的人流里大声喊:"姨姥爷再见,姨妈再见。"

第二十四章

  于是他跑到蔚蓝色的海边
  看到海上起了昏暗的风暴
  怒涛汹涌澎湃，不住地奔腾，喧嚷，怒吼

  西芳和西莹在章柿家里相遇，西莹带着自己的女儿，那小孩在地上跑来跑去，嘴里快乐地说着话。西芳问西莹：
  "盼盼三岁了吧？该上幼儿园了，怎么还不送去？"
  "因为还没有报上户口。"
  "那快报呀。"
  "我们还没有领结婚证，报不成。"
  "那你们快领证去呀。"
  "小杜的离婚证找不着了。"
  "那找他前妻去补个离婚证，总之不能误了孩子上幼儿园。"
  "他前妻去新西兰了，一去五年就没回来，八成死在那儿了，也不给小杜他儿子寄钱了。他妈的，现在他儿子花一分钱都来问小杜要。"
  "你扯这一大圈子，难道盼盼还上不了幼儿园了？"
  "这不正想办法呢嘛，咱爸说他认识幼儿园园长，他去说说，叫娃先进去。"

"那今后上学咋办？"

"上学再说上学的事。"

没办法，有的人就是允许自己的生活漏洞百出，拆了东墙补西墙。西芳不允许，她是个完美主义者，她要她的生活处处都没有裂缝和漏洞，处处都要合自己的心意。

西芳和文武斌已经不在一张床上睡了，两个人还都是客客气气的，外人看来也算是模范夫妻。

"那女孩怎么样了？"一起坐在沙发上看电视时，西芳问。

"哪个女孩啊？"

"上次来找我那个，说她怀孕了。"

"你也信啊？"

"那她什么意思？拿怀孕吓唬谁？"

"她是想让你一生气跟我离婚，她跟我结，房子车子都是现成的。你把现在的女孩想那么简单，她会真怀孕？"

"那跟你结不成怎么办？"

"找别人去了。"

"噢，分手了，那你现在又找的谁呀？"

"滚一边去。"文武斌轻轻瞪她一眼。

她还是常常到 Past 那里去看看，她给自己说：我只是看看，就看一眼。她不登录，像个偷窥者一样，脸红心跳地打开他的博客，根据他的行踪看到他去另外一些女人的博客，他从不评论留言，只习惯于暗中活动，就像当初悄悄给她写纸条。她静静地听他的那些歌，有点憎恨自己嫌弃自己，这一切多不符合一个情感热线主持人的身份啊，快一年了，还要想着一个不知道真实所在的人，只为那些文字而付出情感代价。

"我们好好谈谈吧。"文武斌小心地凑到她身边。

"谈吧。"她坐在沙发上，也不看他。

"我们别这样下去了，好吗？"

"这样不是挺好吗？我们都天天回家，相敬如宾，也都不说离婚。"

"可我们好久没在一起了，快半年了。"

她想说，那又怎样，也都没闲着。可想了想，话又咽了回去。做人要厚道，文武斌除了爱女人外，其实人不坏，也没有太伤她的地方。她转过脸嗔怪地瞪他一眼，一只胳膊蹭痒般在他身上挨了下，又离开，算是一个和解。她想，如果他提出要求，她似乎应该答应，礼节性地满足一下，就像朋友之间，时间长了应该见一下面吃一顿饭喝一次茶。这个时候她突然发现，面对自己的丈夫，她竟害羞、矜持起来，对这件事有点扭捏，远没有跟转朱阁在一起那么自然。她已经不习惯在文武斌面前表现她作为女人的一面，她更习惯于居高临下地看待他，他在她面前永远是那个身子像软面条一样出门而去的青年，全无男子气。现在她是在和转朱阁恋爱。和转朱阁在一起，她是一个自然绽放的女人；与Past交流、思念，她是纯粹的女人；而文武斌成了她的家人，甚至像她小时候的家长，她生命中的某个频道对他永远关闭了，某些流淌就此中断。她背着他去恋爱，他好像有所感但拿她没办法。她常常觉得文武斌突然在她心里变得陌生起来。是谁安排了婚姻，把某一个人许配给你，几十年你们捆绑在一起，你们彻底熟稔，却也慢慢陌生，背对背挨靠一起，以对方为圆心和出发点，去寻找另外一种生活，以对方为人生营垒，开始新的征战。她从文武斌的头上看到两根白发，想起自己有一回照镜子看到有一根白发，她恼羞成怒，像是受了某种加害和意外打击。当然她也见过转朱阁头上的白发，那时候她躺在他身边矫情地感叹着，给他轻轻拔下来，还问他疼不疼。转朱阁不但有白发而且头发也稀疏起来，她曾说："你的头发和我的乳房一样，都是这种无力挽回的不景气。"可这会儿她就突然明白，转朱阁的头上生白发好像跟她没有太大关系，没有扯心扯肺的痛惜，而文武斌生了白发就跟她有关系，她的心里会难过，就像是她自己生了白发一样。

"怎么有白头发了？"她厉声问他，倒好像是他自己愿意长的，是他干了什么坏事才长了白发。

"愁的呗。"

"哎哟，你这样的人还会发愁？"

"单位要裁人,我有可能买断工龄回家。"

"那不是很好嘛,给你十来万,你回来当家庭妇男吧。"

"不是钱的问题,我只是觉得窝囊,气不过。他唐可田不能这样对待我。"

"他怎么了?"这是他们结婚以来第一次说出这个名字,从前他们都有点避这个人,尤其是文武斌。

"他现在不是副总了吗?主管这件事。一说精简人,马上就有人不断地给他送礼塞钱。我觉得我俩多年的关系不用这样,再说,还有你……也就没找他,没想到初步精简的名单出来,还真有我。我,我就没想到他这样对我。"

第二天下午五点,章西芳出现在唐可田的办公室,打扮得体之中流露出一点小小的有限的妩媚。

唐可田风度翩翩地从办公桌后绕出来,带着一股若有若无的男用香水气息坐在她身边,一步到位坐得很近,他按了铃让办事员进来倒茶,还是保持着与她那么近的距离。他不问她来干什么,只默默地、疼惜地、色眯眯地看了她好一会儿,还抬手拢了拢她的头发,她微微躲开一点。他起身从门后的小冰箱里拿出水果,放在她面前:"吃吧,都洗过了,全是进口的,早上刚下飞机。"

"谢谢,我不吃。我来是求你办事的,晚上请你吃饭?"

"我请你。"

他拿出电话拨号:"准备两个人的晚饭,六点半到。"他向章西芳展示自己的生活,他想让西芳知道,她当初没嫁给他应该后悔,没听他的劝告嫁给文武斌这种窝囊废更是个错误。他又给司机打电话,叫车停到楼下。他引着西芳下楼,上车,迎面碰到的人都对他笑脸相迎,忙不迭叫"唐总好",又看到他身后气质尚佳的章西芳。他其实是想让人们觉得,这两个人站在一起才叫般配。

服务员将二人引领到角落一个小桌子前,桌上已摆好三个凉菜。二人落座,马上有人过来招呼,继续上菜,一个穿着厨师衣服的男人来到桌前,唐可田给那人介绍著名主持人章西芳,又给西芳介绍,说这位是这里最好的厨师，菜是他做的，有什么不足请提意见。那人对着西芳客套几句，倒退两步去了。

"谢谢你的款待，我也不想绕弯子了，我是为文武斌来的。"

"我知道。"他深情地翻着小眼睛。西芳现在有点厌恶这种眼睛，白眼仁多黑眼仁少，可当年却是那么着迷，曾经为失去他痛不欲生。时光，你能改变多少东西？曾经那些最重要的，也可以变得再也触动不了你，那些疼痛而焦虑的日子，回想起来竟是可爱加可笑。

"你不该叫他回家，你知道像他这样的本分人，愿意在单位工作。"

"我的本意不是想让他回家，我只想让他知道，他根本配不上你。"

"我不这样认为。现在社会像他这样的人太少了，老老实实工作，清清白白做人，不会溜须拍马，不会见风使舵，没有野心和贪欲，单纯得像个孩子，所以在单位混得不好。但这不影响我爱他。不是所有人都想往上爬，给自己弄个官当，好给自己捞钱。"

两个人推杯换盏，眼看一瓶红酒快喝完了。西芳本是不喝酒的，可在唐可田的请求下，也许是她自己想喝。喝了酒，她有些话才好说出口。既然这是一出戏，就得演好。

唐可田面孔微红，目光迷离，痴痴地看着西芳。自己当年真是昏了头，抛弃这样的人。他的妻子当时硬件指标样样比西芳好，高挑，漂亮，时尚，家境富足，可这么多年过去，当女人的青春像冰雪融化，露出了下面的土地或真相，就知道女人的功能不只是外表。而章西芳这个女人，经时间的磨砺，经风雨的吹打，知退进，能收放，从容淡定，有了一股男人都望尘莫及的豁达从容，尤其不在一起的这些年，她就像在冰箱里封冻着，不见衰老，只是有了某种力量，只是多了女人的圆润，这会儿像个可人的小珠子在你眼前滚动，而你不知自己能否抓住。

这几年唐可田当然不至于找不来可心的情人，现代社会了，像他这样的男人，后面有一群女人追随。当然，女人跟女人不一样，那些鲜艳的女孩子是很好，可是，卖手机的，办公司的，献身美容事业推销事业的，倒腾小玩闹的，刚出校门的，说话不着边，穿衣不着调，办事不靠谱，怎么能带得出去？若有章西芳这样的女人做自己的红颜知己，那才是风光。再者说了，他们还曾有过那一段，就不信她不念旧情，就不信打动不了她，他现在是年轻有为的唐总啊。

之前他曾约过她几回，都叫她回绝了，这次他想借助文武斌，叫西芳自己回到他身边，投入他怀抱，也叫文武斌知道，你永远没法跟我比，我不要的女人，你拾了去；我这会儿想要了，她就会再归顺于我。

他轻车熟路地拉住西芳的手，还像十几年前那么软乎。那张脸近在眼前，褪去了当年的青涩与棱角，变得成熟而妩媚，带着被情感和岁月以及男人们合力进攻造成的轻微衰败与隐秘性感，更激起人的情欲和怜爱，让人更觉得可乘胜追击。

她脸上的表情跟刚才他拉手之前没有一点变化，就像左手拉右手。

"我想再次拥有你。"他深情地说。

"为什么？"她似乎也是深情地问。

"我从来就没有忘记过你，不管我跟谁在一起，都觉得她们不如你，我此生最大的遗憾就是失去了你。"依然巧舌如簧，像当年一样，为讨好眼前人，不惜贬损别人。

"我告诉你，"她面孔凑过来，仍然是那微醉的、迷人的笑，深情款款，"办不到。"

"我可以不叫文武斌回家。"

"你必须把他留在单位。"

他的手先是僵住，然后茫然松开。西芳收回了自己的手。看样子她不像开玩笑，直了身子，正襟危坐。

"唐可田，我今天来，只想告诉你，这世上有一万种可能，也不会再有我跟你好。"

他深情的脸定格在那里，变得灰暗不明。继而，他调整了自己，耸耸肩，有教养地笑笑。他想起来自己是个有教养的人。

"你还在生我的气？"

"我没有生气，谁能为一件事生气十几年？我今天来是求你的，真的，只是求你，唐总，别欺负文武斌。欺负老实人是要遭报应的，头上三尺有神明，我们做的每件事，上天都能看到。现在的人事内幕，谁去谁留，大家都知是怎么回事，别给我讲什么大道理，我不想为这事去找你们老总甚至局长，把事闹大。虽然我跟他们都是熟人，可我尊重你这个管事的副总，县官不如现管嘛。"

"我要是管不了呢？这是领导班子会上定的，不是我一个人说了算。"他脸色发青，他的自尊心多年没有这样被挑战过了，他怎么能被一个女人耍笑。

"你不会管不好的，你是个年轻有为、前途无量的副总。要想自己过得好，就让别人过得去；做事留一线，日后好相见。这个简单的道理你明白，我们人民群众相信你。"她身子又向他前倾而来，醉眼迷离的一张脸近在咫尺，推心置腹的样子，"谢谢你的热情款待，我吃得很好，喝得也有点多了，刚才说话有冒犯的地方，请原谅。我相信你会处理好这件事的，不用我去找你们局长了，你说呢？"她起身走了。身子有点飘，自己扶住柱子，平静了一下。唐可田坐着，并没有起身扶她，就像当年夜里西芳哭着离开时他没有追出来一样。西芳扶着柱子停了一两秒钟，笑着摇摇头。啊，这个男人，十几年没有一点长进。她撇下铁青着脸坐在身后的人，飘然而去。

头晕，脚步飘浮。怎么，我醉了吗？没喝多少，怎么就醉了呢？我出来的时候只是有点迷糊，经风一吹就醉了，原来醉了是这种感觉，意识恍惚，认不清路，出租车怎么走的也不知道，外面的夜景成了电影画面，迷乱地闪过，好像在一个陌生的城市。到家了吗？钱数不清，手指头不听使唤，在一把零钱里扒来扒去拿不对，司机伸手在她的零钱里拿走了钱，问她："要不要我扶你？"她说声"谢谢，不用"。按电梯也按不对，明明是向着二十五按去的，手指头落下，成了别的。电梯开开停停，她不敢轻易走出去。恰似在梦中，总是把电话号按不对，永远无法把电话成功地拨出去。

可刚才在饭桌上我表现得很好啊，比预期的还要好，不卑不亢，有礼有节，绵里藏针。也许没必要给他太难看，人家是领导嘛，还是要尊重一下的，可为什么有些人看起来人模人样的却让人尊重不起来？去他的，不管了，反正已经说了，我就不信他真能把文武斌开销了，借他个胆儿！

怎么钥匙也不对了？换了两个，门总算开了。沙发上有人，是文武斌，他还在等我。怎么？文武斌变得这么小，整个身子缩了好多啊，他坐在沙发上，电视关着，他黑灯瞎火地坐这儿干吗？一股奇异的力量，她不由自主地走向那小小的身影。屋里有淡淡的蓝光，那身影四周好像有一圈白色的光芒。脚下绊住地毯角，身子向前扑去，索性躺倒。这是我的家呀，好好伸个懒腰。伸手一摸，这是什么？尖尖的，小小的，温暖的，随着心跳的节律在轻轻浮动。

季瓷的小脚。

"奶奶，你咋在家还穿着鞋呀？不换拖鞋？噫，不懂规矩，还老说我哩。"西芳翻转身子，狗一般向季瓷脚下偎去。

"等你八百年了，咋才回来，还五迷三道的。"

"这才好啊，要不，咋能见着你哩？奶奶，这么高的楼，你咋上来的？"

"我不是上来，我是下来，来看看你。"

"看吧看吧，赚看了呗，看看我的生活，看看我的家，我女婿在大床上睡，我小孩在小床上睡，我们一家三口一人睡一张床。奶奶呀，你来跟我们过吧，你要啥我给你买啥，叫咱的斌开车带你转遍西安市，我带你坐飞机，去北京，去上海，看景致，让你吃遍这世上的好东西。只是，奶奶呀，我到哪儿去给你买这小脚鞋呀？我来到西安后从来就没见过你穿的这种鞋，你这小脚，走过那么多路，累了吧？你把这绑腿解了吧，鞋脱了，我给你洗洗脚，好好看看你的小脚，把你那撅在一起踩在脚板下的脚指头一个一个都展开……让我翻个身，这地上是啥东西？毛头的变形金刚，哎哟哟，硌疼我了。"

"你还是那样，受不得一点焦。还记得我给你讲的瞎话吧，从前有个长工，在人家里干活，挑三拣四的，嫌主家的褥子底下有个小土坷垃硌疼了他，不给人家干，走了。他走一家挑一家，不是馍黑了就是

429

饭稀了，一点不包涵，一说起来都是人家对不住他，仗着自己年轻一身好力气，一点不对起身就走了。三十年后，大冬天，他最初的东家外出办事，见一个人撂天地里躺着，快冻死了，走过去一看，正是那主儿，一辈子不好好干活，包弹这包弹那，一个子儿没落下，连个落脚地儿都没有，临老睡在土坷垃里，这也不嫌硌得慌了。"

西芳"咯咯咯"笑，抱住季瓷的小脚不松手："奶奶，我知，这是教人要吃苦忍耐，别尽挑剔，别乱包弹，只闷着头干就是了。你每讲一个瞎话都是为了要告诉人一个道理。奶奶，你教的我都记着哩。再讲一个新的吧，十几年了，你就没在天上学来一个新的？"

"咯咯咯哩，该讲的都给你讲完了，还讲啥呀。"

"讲讲这十几年，你去哪儿了？"

"我去享福了，啥心不操，啥罪不受，要多好有多好，只是有时想起你，想来看看我的憨子西芳过得咋样，看看我给你说的话都记着没……"

"都记着哩，一辈子忘不了。奶奶呀，我前几天看一个短信，说衰老的标志，眼前的事记不住，过去的事忘不掉。我不但忘不掉，反而记得越来越清：小时候，堂屋东里边，咱的大床，夜里躺床上，你搂着我睡，那床上的被子，一辈子都没叠过，早上起来往床里一掀，晚上躺下拉着就盖，多方便；灶火门口，粪坑旁边，咱的压井，每回压水前，要倒引水，你倒水，我来压，咱俩配合得多好啊，'吱哇'一下，'吱哇'一下，那水'哗哗哗'就流出来了，流大半桶你就不叫压了，你说压得多抬的时候会漫出来，你说人心就像给桶里装水，不能太贪，装个多半桶就中了，咱俩一人提一边把桶抬回灶火；灶火里，咱的锅台、案板、灶爷的位置，还有那一堆破烂柴火，有时候那柴火窝就是我的床，你烧锅做饭，我躺那上面跟你拌嘴……奶奶，我真后悔，那时候咋不知帮你干活呢？我明白了，这世上，就数当爷爷奶奶最亏，因为你们总是等不到孙子们的回报就走了，可你们从没想过这些，只是一味地对我们好。而我们，狼心狗肺呀，四处里跑遍天下，找这要那，却忘了爷爷奶奶，等到有能力回报了，你们就不在了。奶奶，你咋不再等几年哩,要是等到现在,你和我爷,赌跟着我享福了。"

"等到现在,一百了,老妖精。"

"可是我想起你们心里就难过,我后悔呀,呜呜呜……"

"憨子,别哭,世上事就是这样,老人一辈辈去了,新人一辈辈起来,谁照望孙男娣女是指着回报哩?"

"可是,我心不安,你走的时候我都没哭,我咋那么没良心呀,我现在哭再多都没用。奶奶,踢我两脚吧,使劲踢,把我踢疼,我心里好受些……呜呜呜……"

突然大亮。西芳捂住眼睛,好半天睁开,文武斌站在面前。

"你怎么了?又笑又哭的。回床上睡吧。"

躺在地上的西芳睁眼看去,怀里抱着一个沙发靠垫。

第二天,西芳告诉文武斌,做好最坏的打算:"如果真的要你回来,咱就回来,用单位发的钱,干点别的,天无绝人之路,那么多没单位的人,照样过,没什么大不了的。当一个人的尊严和利益发生冲突时,你说该选什么?"文武斌不说话,身体呈现几个起伏把自己摊在沙发上,西芳知道他心里想的啥,劝他说:"你放心,不管你有没有单位,不管你将来是什么情况,不会影响到咱们家的任何事情。"过于抒情的话,她说不出来。她想,其实文武斌这样的人,从小一切太顺,不像自己,生活中有很多不如意,每一步要自己争取来,激起了抗争的愿望,而他没有受过大挫折,快四十了还是一副听天由命一切淡然的样子,如果这次人事变动能让他成熟一点,倒也不是什么坏事。

她心里其实还有一个底线,她不相信唐可田真的会让文武斌回来。

果然,几天后,文武斌说,单位又出了一个人员上岗表,换汤不换药,叫什么干部聘任上岗,他又被重新聘任了,文件说是聘期三年。西芳想,哪怕半年呢,只是个形式,三年后又是什么样?那些领导在不在还说不来呢。也许他们升官发财走了,也许贪污受贿败露进去了。她给唐可田发短信:谢谢。唐回复:不客气。

有从青海回来的人告诉西平,贾富强死了。

贾富强这几年拉几十个老乡干人家转包的小工程，算是二包工头。一心想翻身的贾富强瞄了两年，打点了两年，干了两年，刨去送钱送礼的成本，一年能捞上几万块钱，可今年，他去问大工头要钱，大工头说要钱没有要命一条。眼看要过年了，几十个老乡天天撑着他要钱，他急得没法儿，想学那些讨要工钱的民工，爬到闹市区一个大电缆上，声称不给钱他就不下来。并不是所有爬上去要钱的人都有人管，也并不是电视台的记者啥事不干只盯着电线杆高楼顶和那些讨要工钱的人，也并不是他一爬那拿不出钱的大工头立马就能拿出钱来。那大工头事后说："我要是有钱我就是王八蛋，钱都在工程里搅着呢，钱都给当官的送了。"贾富强在那个高高的电缆上待了三四个小时，天寒地冻，手脚僵直，他都记不清自己是怎么上去的了。他在几个好心人的劝解下眼里含着冰冷的泪给自己说："去他奶奶的，我下去吧，再想别的法儿，不能为这把命搭上。"可就在他下的时候，头晕眼花，脚底下踩空，真的把命搭上了。

西平不信，打他的电话，果然是无声。他的手机，也跟着他一起摔死了。西平每天早上醒来第一件事就是打那个电话，晚上睡觉前再打一次。他已经不图钱要回来，他只想说："富强哥，回来吧，咱们还一起发菜卖菜，那歌里不是都唱了，只不过是从头再来。"

西平终于接受了两个现实：一、他的两万块钱泡汤了；二、世上从此没有了贾富强。

"你说，在网上认识的人能靠得住吗？"打进热线的一个女人问。

情感热线的内容不变、烦恼不变，可人们生发烦恼的容器在变、道具在变。最初在火车上认识，舞会上认识，会议上认识，食堂里认识，走到路上认识，现在除了这些之外，大量的男女在网上认识。人们有那么多剩余的激情，就像地下储藏的煤田气田，等待着一个又一个男女来点燃。一个又一个，永不疲倦。

啊，Past，你真的再也不给我写信了吗？你在给我的最后一封信里说，你会持续地给我写信，我就在持续地等待，等了半年多。

"这种事情要区别对待，不能一概而论，现在随着生活方式的转变、生活节奏的加快，我们与异性交往有了更多更便捷的方式。这也就给我们提出了更高的要求。那么，你们后来见面了吗？"她问那女人。

"见了。"

"你现在突然来提这个问题，是不是我可以推断你们的交往出现了点问题？"她对那女人循循诱导，力图使她更多地讲下去，最好讲出一个与往日完全不同的故事，给芸芸众生提供一个崭新的网恋版本。章西芳已经是个训练有素的主持人，她会在倾听的过程中分辨出这个故事有没有新意，电话那头的人有没有必要讲下去。有时候，对方情绪很激动，像个暴露狂，恨不得对着大众倾倒出全部的细枝末节，可是这个套路是昨天讲过的，她得巧妙地阻止对方或者中间插话，让那人长话短说。

"他现在提出，我对他要求过高、过多，超出了他的承受能力，说我不像当初认识的时候温柔可爱了。"

"也就是说，你们已经正式交往了？有多长时间？"

"有三四个月吧。"

"也就是说，所有的问题和矛盾都是见面后才产生的？"

"是的。"

"那么说，这跟你们在哪儿认识的没有关系，是吧？即便你们是邻居是同学是同事还会面对这个问题，是吧？"

"可能是吧。"

西芳心里舒一口气，总算把话题引到正常轨道上来了。网恋是个新生事物，新生事物就有可能出现这样那样的问题，也就有人在里面为自己的人生找各种托词：网上认识的靠不住，网上容易有骗子，少女容易跟男网友私奔。假如人性中没有靠不住没有欺骗没有私奔，怎么能从网络中生出来呢？人们无非是想把自己无力承担的东西一推六二五，怪到网络上作罢。

"那好吧，说说你现在面对的问题吧，他为什么对你失望？"

"他觉得我对他要求太多。"

"你要求得多吗？"

"我妈生病他不该来看？住院不该出钱吗？我家里有事他不该帮助一下吗？"

说来说去，还是钱，这世上其实有很多问题：爱情，友情，亲情，权益，说法，公道，欢迎惠顾，某地人民欢迎你……背后只隐藏一个字：钱。

这个问题不能说透，说太透就伤了这些打电话的人，时常伤了他们她就得下岗没饭吃。事情明摆着是这样一个逻辑：你怪他不给你钱是吧？怪他出手不大方是吧？他不是没钱嘛，哪个男人有钱不知道给自己爱的女人花呀？他一个靠工资吃饭的男人有多少钱应付你家里层出不穷的事呢？那你为什么会找他呢或他为什么会来找你呢？你不是不漂亮没才华没太大魅力吗？你俩条件不是刚合适吗？你要是那种风姿绝代的女人，别说风姿绝代了，就是漂亮点气质好点有点名气腰包鼓点，那啥样的男人没有？那些男人在后面争着抢着给你花钱。可话说回来，你要是那样，你也就不会为一个男人不肯为你花两千块钱而生气伤心，为这跟他发生矛盾，相互伤感情而来打电话咨询了。可见，问题在你自己身上。你就是这样的女人你想配多好的男人呢？那种既英俊又有钱有地位还为女人出手大方的男人，有没有？有，多的是，可人家跟你没关系。现在，你只是把你本该自己承担的人生问题转嫁到别人身上罢了。

这世界是矛盾和荒诞，这些话不能跟人家说白了，如果老拿这话伤人家的心，电台就该关门了。

她觉得自己在心灵的泥淖里越陷越深，她其实也是从这场痛苦里痊愈，投入到那场期待之中，可这些打进电话的人，都认为她掌握着通往幸福大门的钥匙，他们不知她的痛苦和绝望更多。她常常在静夜里走出播音间，走过那长长的静静的走廊，心怀疲惫与忧伤。Past，你在哪儿？你在看着我吗？只有你看到我的内心，触摸我的脆弱。现在是你那里的清晨吗？你去上班，走向你的实验室，你实验什么？科学的发展，现在或将来，能把人心摘取下来，测试我们的渴望和焦虑，测试人性的虚伪和卑微，画出人心那个最隐秘的曲线图吗？你每天罗列出的无穷数据，是想探秘人生吗？这世上有没有一个时光隧道，我们能跨越时空相见，我们能回到从前，让我不那么急躁，让我更耐心更有教养一点，让我能持久地与你周旋，让我们携手寻找那个延缓绽放的秘方，让我们只若初见，永不凋谢。我不该送你那一串没名堂的符号，你只是想在网络上进行一场游戏一个消遣，我们碰巧交流了八十天，我们在白天连接黑夜的对话中相濡以沫，我们挑逗温暖膨胀湿润了对方，我们觉得世界因此而美好和感动，感动得我常常想落泪，可我玩不起，我的温暖和湿润让我支撑不起这个游戏，我更加贪心地渴望你，我像个孩子失手打碎了这一切。对不起，Past，我辜负了你，你一开始那么喜欢我，天天在网上和我说话，天天给我写信来。有一回我说好几天没你的信，我坐立不安，害怕那个0，第二天你发了五封信。如果不喜欢我，你不会这样安慰我，不会给我寄东西来。可你信封上的地址却不同，为什么用假地址？为什么不告诉我你的名字、你的真实身份？难道你只是想表达情感和一个男人的欲望吗？一个人想表达欲望还要把自己掩藏起来，这多痛苦，这也许是你最终令我恼羞成怒的地方。可是打碎这一切之后我后悔了，我希望你不介意我的脆弱，我还不够成熟强大，没有承受谎言的能力，没有把一场挑逗和暧昧旷日持久进行下去的勇气。可是，怎么进行呢？这场网恋的结局又是怎样？谁能说出人生的结局？

  她走出电台大门，看一眼那个墙角，淡黄色的灯光照在那里，安静而温暖。那个女人走了，擦皮鞋的女人跟胡爱花长得很像，不，她就是胡爱花，西芳早已把她当成了胡爱花。按说她在这里有好长时间了，西芳对她视而不见。一个月前，市容队的年轻人砸了她的摊子，她默不作声，胆怯地坐在那里，看着市容队把她吃饭的工具砸坏。第二天，她又出现在那里，修好了那简单的工具。这一切都是西芳的余光捎带着看到的。她可能家里有生病的老伴，有不争气的孩子，他们联合起来喝她的血，不然她不会那么大年纪，还要在冷风里坐在路边擦皮鞋。这世上可怜人多了，没有办法，你解决这个问题的对策就是：

她是很可怜，可她跟自己没关系，每个人都活得不易，自己也很可怜。不是吗？我在思念一个不知道在哪里的男人，心要滴血了，我久病成医，打掉牙齿往肚子里咽，我还要进到直播间，去劝解那些因感情而困惑的人，好像自己什么都懂，跟电话那端的人是亲人。其实，自己心里压根瞧不起他们，没一点兴趣听他们的故事。我只跟每个月的几千块钱工资有关系，我跟他们、跟路边擦皮鞋的女人都没有关系。她从她身边匆匆路过。

"擦擦皮鞋吧。"那女人明确而小声地对她说，河南话，细小的声音。她无意中看了她一眼，惊在了那里。长条脸瘦寡寡的，细小的眼睛里带点哀怨，偏厚的嘴唇被岁月磨洗得褪了色，羔羊一样的表情。正是老年的胡爱花。关系发生了。她掏出五块钱放到她的工具箱里，说："我今天没时间擦，等有时间再说吧。"那人用像极了胡爱花的表情和口气说："那你下班来擦吧。"她说："你等不到，我下班很晚。"那以后，她只要上班，就给口袋里装几块钱，走到她身边，不说话，放在她的工具箱里，没有零钱的时候，她远远绕开走。那个女人总是用那种沉默不解的眼神看她。有一天，她叫住了她："我给你擦一次鞋吧，就三分钟。"她坐在她面前的小凳子上，脚搭到她眼前的小架子上。她先拿小刷子刷，再拿抹布擦，再上油，她那么细致地对待西芳的皮鞋。"妈，你真的不认识我了吗？这些年你到哪儿去了？你天天坐在这里啊，我却无能为力。"她已经不可救药地跟这个女人有关系了，穿着她擦得明亮的皮鞋她感到幸福。她不让她看到自己眼里的泪。

这世上的人，有各种各样、千奇百怪的关系。那么 Past，我们是什么关系呢？

我比那些打来电话的人强到哪里去呢？他们的苦恼还能说出口，而我呢？我已经卑微得像一根稻草，可还是有人抓住我，以为我能改变他的生活、减轻他的痛苦。

你为什么隐藏了自己？你给你的播放器添上了好多歌曲，有一首歌唱道："只怕我自己会爱上你，不敢让自己靠得太近……"你知道我每天隐身潜入你这里听那些歌吗？你躲在一个地方看着我吗？难道你我的通信真的只是你的一个实验：在男女欢爱如此易得的新世纪，看一场没有肉体参与的暧昧关系将最终如何沉淀下来。啊，Past，我辜负了你，我让你失望了，原谅我吧，如果这一切终将过去，我希望，当你忆起这段往事的时候，当你想起我的时候，留在你心中的，是美丽的记忆。

第二十五章

行行好吧，鱼娘娘

我把这该死的老太婆怎么办

"我们总不能这样见不得天日吧，除了上床就再没有其他约会。我现在对你体面地穿着衣服是什么样都忘了。"西芳给转朱阁说。

"我们不是偶尔吃饭嘛，还看过一场电影，也开车出去玩过。"

"那是集体活动，几个人一起。我们应该单独开车出去玩一天。"

转朱阁没有立即答应，西芳就知道他不是太乐意。平常西芳是个善解人意的人，她从不让人为难，可是这次，她强硬地撒娇了："我们就开车出去玩一天，能怎么样？"

"还记得去年我开车送你回单位，等红灯的时候，刚好就让我老婆的姐儿们看到，立马打电话告状。审了我好几天才混过去。"

"这些我不管，反正得出去玩一次。怎么，我这要求过分吗？"

"不过分，一点都不过分。好吧，我安排一下。"

过了几天，转朱阁说："我们在国庆黄金周结束后的八号出去，这样的好处是景点人少。八号早上，我在你家路口接上你，到山里吃个午饭，办个正事，然后回来，不误你晚上做直播，怎么样？"西芳很高兴，问去哪里，他说："去森林公园，我们单位去过两次，我熟悉那里的情况。"其实对西芳来说，去哪里都一样，只要是完成了两个人出去玩了一天这个愿望。

西芳骨子里是个浪漫多情的女人，她想要自己的感情生活丰富多彩。经过几年的观察，转朱阁不是这样的人，他好像只有兴趣和西芳上床。西芳劝自己，没有十全十美的男人，那些浪漫风流、会讨女人喜欢的男人是有，可他们要么级别不够，档次不行，要么最终不可靠，像转朱阁这样，几年来对她言必信、行必果、一直热情不减的人，还真没有。他俩几年来达成默契：稳定压倒一切。现在，在这来之不易的和平稳定的大好局面下，西芳想有点色彩，想再放纵一点点，想证明他更在乎她，比如他们开车到百里之外，中午在转朱阁给她描述的小木屋里恩爱。

转朱阁站在车外等她，他正在打电话。他编好了谎言，给下属，给家里，离开市区一天，满足他情妇的一个小小的心愿。他从不打无准备之仗，他要一切局面尽在他手中掌握。其实出于他的立场，并不想两个人开车出去，太招摇，他主张小心驶得万年船，他常给朋友说："小秘人人有，不露是高手。"可是他想，任何事情要适当站在别人的立场考虑一下，这女人几年来一直让他销魂，让他不再受外界杂乱的诱惑，让他有种稳定感，让他保持尊严和体面，她也不轻易给他提要求，所以她这个小愿望，一定得满足。他年轻时是个标致的美男子，现在腰身有点富态，肚子微鼓，高质量的衣服掩不住青春已逝的景象。那又怎么样？

西芳向他走去，心里怀着温暖的爱欲和偷情的窃喜。他们都不再年轻，但是还有激情，还有欲望，当你抽身来看的时候，这种欲望是件挺可耻挺无聊挺没道理的事情，可是置身其中，感受到的还是身心的极大满足。西芳轻车熟路地拉开车门上去，她知道他料理好了一切，路上要喝的水，吃的小零食，擦手的湿毛巾，甚至他知道她路上会上一次厕所，告诉她渴了就尽管喝水，他们走到一百公里的地方在一个服务站停下来歇歇。跟他在一起，她什么心都不用操。西芳想起这些有点哀伤和顾影自怜，这就是她几年来委身于他的原因。她曾给他说过:"我此生最大的遗憾是不会撒娇,从小艰苦的生活让我没有撒娇的机会,任何一件事都得自己去奋斗去争取,没有人做好了送到面前。可是我一直梦想着有一个可以撒娇的男人,有一个可以依靠的肩膀,所以,我容易对那些大我好多的男人有感觉。"

"知道为什么要向西走吗?"

"不知道。"西芳看着他的侧影说。

"这样去的时候背对太阳,下午回来还是背对太阳,不晒。如果是冬天,我们就去东边,来回都面对温暖的阳光。"

"你就是我奶奶说的'被窝能'。"

"被窝能?什么意思?是不是说我床上能干?"

"我们村上常有人说,'嘻,这个事好办,我昨天晚上在被窝里就想好了'。时间长了,人送外号'被窝能'。"

"哦,那我就是'被窝能',这个荣誉称号,我喜欢。"

"来回背着阳光,很好,其实人生很多幸福欢乐恰恰是背向阳光的时候才有的。"

路上并不顺利,在下了高速走上公路的时候,有修路的地段,要绕路,还经过一个水泥厂,尘土飞扬,车颠得厉害。转朱阁有点烦,可是西芳坐在旁边,没有一点着急的样子,还幸福地陶醉着。

"你这一点很好,从不抱怨,也不娇气,好像你跟我在一起怎么着都行。我很多哥儿们的女朋友挑剔这挑剔那,叫男人很头疼,我不知他们怎么能忍受。"转朱阁表扬她。

"本来嘛,反正是出来玩了,就算去不了森林公园,我们瞎转一圈,又开车回去,我照样满意,人生重在过程。"西芳受了表扬有点小得意。

森林公园经过七天的人海蹂躏,现在像个哀伤疲倦的妇人,悄无声息,除了景点工作人员,就是这一对寻欢的男女。给人和车买了票,工作人员为他们打开大门让车开进去。山里安静极了,车子"沙沙沙"在山路上走,不紧不慢,好像整个大山就只有他们一对游客,每转一个弯,西芳的心就轻轻地飘荡一下。

"你知道吗？从前，我在旅游景点看到一对一对的情侣，就很羡慕人家，想着哪天我也能这样。所以，我要满足这个心愿，去哪儿不重要，重要的是一起出来玩，还要拉着手，勾肩搭背最好。"

　　一直到没有车走的路，停在一片空地上。整个景点真的只有他们两个人，工作人员闲闲地看着他们，一片小木屋在流水环绕中静静地等着他们，好像每一间都向他们召唤：进来吧，进来吧，我这里提供给你们全部欢乐。

　　"他们一定想，这两个人什么关系，你看那些女服务员，都看你，都眼红你了。"转朱阁说。

　　"狗男女嘛，有什么好想的，谁家正式夫妻趁大家都上班的时候开车跑到这儿来，一会儿吃了午饭还要开房间呢。"西芳进入一个新的角色，拉住了转朱阁的手。

　　"现在咱们到后山上转一会儿，好赖出来玩也得看会儿风景吧，十二点回来吃饭。"

　　西芳不但手拉得紧，整个人也贴在转朱阁身上，转朱阁毕竟放不下架子，任由西芳摆弄，他只是配合。路过一个新建的别墅式宾馆，转朱阁说："上次来还没有这个，走，过去看看，如果好了，下次带我妈他们来住几天。"

　　里面正在做最后装修，看样子档次不低。

　　"不错不错，回去就给我妈说，明年夏天就带她和我爸来。"

　　西芳沉默，好一会儿不说话，拉着的手也漫不经心起来。

　　"你妈去过好多地方吧？"她问。

　　"是，我去过的好地方都想办法再带她去。我妈这辈子还是挺幸运，有过些波折但没受过大罪。"

　　西芳长长叹息一声，头扭到一边，明显地感到心里有嫉妒的小火苗。她的手松开了转朱阁。

　　"怎么了？什么触动了你？"

　　"我想起了我妈，她这一辈子没享过一天福，每天早上出去干活的时候，吃开水泡馍，不舍得吃菜。吃苦受累一辈子好容易日子好了，她却死了,去世的时候腰已经很弯了,那是出力太多造成的。像男人一样出了一辈子力,不识字,善良,软弱,从不诉苦……我常常想,她这样的女人也算一生吗?"

"当然算,也许你妈自己觉得很幸福呢。你想啊,你爸是上了学的,在大城市工作,把她带了出来,像你说的,从没嫌弃过她,对她一个不识字的农村妇女来说,就是最好的生活了。为爱的人操劳,那难道不是一种幸福吗?"

"噫?道理还可以这样讲吗?"西芳在山路上站住了,抬脸看着转朱阁。

"当然可以这样讲,你觉得她可怜只是用现在的眼光和你的标准,她们那个年代的女人,都是要操劳的,我妈那样的是少数。你说的那个安叔叔,他的女人死得不明不白,你妈如果跟她一比,当然觉得自己是幸运的。我前几天看到一个作家写文章说,张爱玲虽然孤独地死去,可她是个幸福的人,因为她活过、爱过、写过。你妈不可能写过,可她活过、爱过,比张爱玲只差一项,这不是很好吗?也许她认为她是世上最幸福的人呢。"

"噫,怎么道理让你一讲就这么明白?"

"当然,我是谁呀,朋友们都说我是个通俗哲学家,还有人说我是伟大的凡人呢。"转朱阁有些得意。

"哎哟哟,喘上了。"西芳把自己调整到开玩笑的状态。

"没喘,我觉得人生就是这样,有好多事得自己想开。"

两个人在山路上缓缓地走。山里的太阳明媚而多情,吹来一阵风,有点凉,西芳又过去拉住他的手,整个人依在他身上。

下午三点,他们走出小木屋,众目睽睽下开车走人,那些服务员还目送他们的车走出好远。按照电影里演的路数,事后如果有人调查,所有的服务人员都会说:"是的,那天,整个景区就他们两人,他们停了车,先到后山转了一个小时,回来在农家乐摊点吃了午饭,女的点菜,男的去开房间,男的拿着钥匙回来的时候,饭菜已经做好,他们饭后钻进小木屋里去了。"农家乐摊位的女人还会补充说:"看样子是两个觉悟高的人，付账时我多找了他们五块钱，男的说好像不对，又让我算了一遍，还给了我。"

"现在是三点多，我们慢慢开回去，找个地方吃晚饭，然后把你送回电台。啥都不耽误，神不知鬼不觉，我们的《西芳夜话》八点准时开始。去给你的听众讲感情吧，讲道德吧，开导他们吧，让他们树立一个正确的人生观价值观吧。呵呵，你敢不敢倡议天下人都婚外恋，有利于身体健康，家庭稳定，社会和谐，促进经济，拉动内需？不过，你告诉他们，打铁还要自身硬，别弄那些不靠谱的事，把事情搞得一团糟，最后把罪过推到婚外恋身上。"

她坐在转朱阁的身边，自怜地靠着一个小靠垫，矫情地看他稳稳地开车，洁净而风情地说话。两个人在小木屋里冲洗掉一切罪证，焕发出新的生机，将并肩回到城市里，一起去面对一轮又一轮假象环生的日子。

"累不累？还得开两三个小时的车。"

"不累，这算什么，停下来把你小东西再干一回，照样开回去。"

"嗯，今天的出游是圆满成功的，一切都很好。"

"别高兴得太早，看前面怎么堵一串串车，是出事故了，还是收费站出什么问题了？"

早上来时畅通无阻的高速路，这会儿堵得像巨型停车场，看来一时半会儿走不了，有的车掉头往回走。

"怎么办？"西芳看看表，快五点了，他们原计划六点回到市内。

"我的意见是再等等，看样子堵了好长时间了，也许正在疏通，如果退回去走一般公路，会很慢，反正今天是晚了，大不了不吃饭了。"

再有二十分钟八点，章西芳还没有出现，大家有点发毛。平常她总是提前半小时来，做好各种准备。她常年能把节目做得好就在于她一贯守时，做细致的准备工作。她有一个写了很多名人名言的本子，用不同颜色小纸条贴着隔开，按她自己的各种需要分类，做直播的时候这本子放在眼前，随时可以查找。

还有一刻钟。导播打她的电话，无法接通。

她只有一次是节目开始前六分钟到，那是下大雪，路上车都走不动，她打进来几个电话，说她正在路上奔跑，请大家放心，让音乐响起，让广告先行，让一切正常进展，她会按时到的。

可今天，她人不见，电话也没来。

导播急得团团转。热线电话响起，一个男人说，章西芳出了车祸，现在在医院抢救，请电台立即想办法救场，并且抱歉说他应该早打电话，可忙着抢救伤者，顾不上这件事。导播问他是谁，电话挂掉了。

再打章西芳电话，还是无法接通。看来不是开玩笑。

夜里八点，章柿守在收音机旁。他几年来养成习惯，一期不落地收听《西芳夜话》，他还常常爱打进电话参加讨论，他当然不说"西芳我是你爸爸"，可西芳对他的声音太熟悉了，也就煞有介事地和他对话。章柿还动员好多人都来听《西芳夜话》，参与讨论。慢慢地，天河厂有很多人保持着这个习惯。

八点整，收音机里传来一个男人的声音："各位听众大家好，现在是《西芳夜话》时间。你们一定会惊奇，怎么变出一个男西芳？呵，我是西芳的同事，因节目临时调整，今天起由我来主持这一档节目。"章柿立即拨打西芳的电话，无法接通。

漆黑。无边无际的夜。

偶尔闪过点点微弱的光，是小瓦数的电灯泡，清冷而飘忽，像小时候乘坐夜间火车从老家往西安去的路上。现在她走一条相反的路，从西往东飘荡。

一个死了的人应该回到她出生的地方，路再远都能回去，灵魂是识路的。

城市，乡村，河流，庄稼，它们是如此相像，以至于没有自己的特点，就像西芳平常在网上看的电子地图一样。她常常想在电子地图上从西安走到颍多湾，但每次都不能成功，鼠标走着走着就乱了，把地图放太小不行，找不到标志，容易走错，放太大也不行，总也走不到。她有一次很着急，不停地缩小、缩小，整个世界呈现在屏幕上，是一个剥开了的橘子皮，好像由于她的操纵失误世界突然出故障了，她闯了大祸。这次她真的闯祸了，她死了。她现在不知道自己身在何处，想问问人，可四周一片黑暗，见不到一个人。她想喊，却没有声音，嘴巴挣破了，嗓子喊哑了，仍然旷野无人。好像有风。风不热也不冷，只是把她的头发和衣服吹起好高，裙子也被吹起，她没有穿内裤，羞愧难当，临死前的记忆是，她洁净而疲惫，每个毛孔都舒展开来，下身热乎乎微微疼，因为摩擦过度。乐极生悲。她成了一缕丝线般的魂魄，依稀记得自己是和转朱阁在一起，依稀记得转朱阁不知疲倦地探进她的身体，疯狂地挖掘，她贪恋那种极度开采，为了那短暂而强悍的快乐把自己送到另一个世界。

人的命，天注定。西芳相信这话了，也许就该出事。转朱阁那么谨慎的人，跟着他应该是一切都好的，车停得好好的，可是后面的后面有辆车迅速开来，踩不住刹车，直直向前冲去，司机是想打方向往一边靠的，可是那些车没有留出足够的空间，擦着前面的奥迪，连同转朱阁的广本，像一头发怒的狮子，那个时候西芳正打开车门探出上半身往前看，突然一股巨大的力量使她的身体腾空而起。转朱阁当时不在车上，他下车想走到前面收费处探个究竟，他对西芳说："你坐车里休息，别着急，我到前边看看就回来。"可西芳想追随着他的身影，借着欢爱之后的迷醉和得意打开车门探出身子看他走远。

转朱阁听到一声巨响，转回身，看到自己的车门和自己的情妇一起飞了起来。

飘啊飘啊，过了千万里，她终于看到那条笔直的颍河了，直得像用尺子比着画过去的，由北向南，像她在电子地图上看到的那样。好，顺着河直向南，就能找到河西章。从前我每次回来，都是从东边的火车站往西走，而这次，我是从西边进村。回村里的人，没有从西边回来的，他们都是堂堂正正地从东、从北、从南回来，而从西边回家的，只有……只有……对，只有鬼魂。从西边回来的路，真不好找呀，过了好多村子，皆是陌生，在村头仔细辨认，一个又一个打量了，都不是，再问一个试试……双周，啊，南边那个，就是河西章。

黑茫茫，灰沉沉，这就是阴间吗？阴间没有太阳，没有月亮，也没有光吗？村后的地里坐着一片人，飘近了看，爷爷、奶奶、五爷爷、五奶奶、桃花老老、四海老老、聚财奶奶……河西章死去的人，还有一些她不认识的，面目不清，更古老的样子，坐了一大片，"秧秧秧"地说话，每个人嘴里吐出的语言缠绕成藤蔓笼罩在上空。西芳不能接近。"奶奶，奶奶。"她用尽力气地喊，声音却小得似蠓蠓虫的微响。是啊，她没有血没有肉没有骨头，她只是一缕灵魂，灵魂是没有重量的。坐了一片的人继续说话，陈芝麻烂谷子，前三年后五载，说啊说啊，语言的藤蔓更加浓密，阻隔了她。西芳像女巫一样做法，把自己变作一根绣花针，用尽力气一头扎下去，像小虫子冲破蛛网，"扑通"一声掉入他们的会场，惊得季瓷们停下说话，一齐看她。"噫，噫，这谁呀？这不是西芳闺女吗？你咋来了？你不是在西安享福哩吗？"西芳打几个滚，上去抱住季瓷的腿："奶奶，我找你来了，我死了，终于死了，这样我就可以跟你在一起了。你看，我躺在俺爷恁俩身边，像我小时候一样，你搂着我睡，多好。"她说着，伸展自己就要卧在季瓷脚边。

"噫，不中不中那咋中哩？这是章家的祖坟，你是出了阁的闺女咋能再回到章家祖坟里？"

"我姓章，咋不能回到章家祖坟？"

"从秦始皇到现在，还没有一个出了阁的闺女埋回娘家祖坟里，你得回到你婆家坟里去。"

"我不知婆家祖坟在哪儿，连婆家老家都没去过。"

"你要想回来，也中，那不是，撂天地里，半路上板了的孩子，随便刨个坑都埋了。去吧，那有你的两个姑奶奶，咱家吊死的那俩老闺女，你七岁时候还回来吓你哩。还有你两个姑姑，还有你槐叔，你的一个哥一个姐，都是不成人的，可萝卜不大在辈上哩，该喊啥就喊啥，去吧。"西芳看过去，那边地里，孩子们忙忙排排地在玩，穿着老式的衣服，剃着老式的头，一个个鼻涕邋遢的，男孩子滚铁环打滴溜，女孩子抓子儿翻交交，两个最大的女孩子十五六岁，穿着拘谨的衣裳，长相按现今标准算不得漂亮，带着久远年代的特征，坐在那里说话，话语像漫画家圈出来一样，在空中飘浮：不当小婆，死也不当。一个穿着沉重厚布衫的少年要腼腆得多，不跟那些小鬼魂纠结，一个人坐在一边写字，他写了三个漂亮的毛笔字：颜如玉。写完了痴痴地看向远方，周身弥漫着青春萌动的温情和处子样的安静，他瞅着新来的章西芳，不明白这女人为何向他们这里张望。错位的世界在此呈现，他手掂毛笔，面对这个比他大的晚辈，两人痴痴对视。还有不会走路的在地上爬，还有更小的才几天，仰面朝天躺着蹬腿玩，咿咿呀呀地说话，嘴里飘出来不成形的字母，蝌蚪一样在空中飞。不，不，太幼稚了，我怎么能跟他们在一起？我跟他们不一样，他们都是没成家就死了的，我正儿八经大人了，小四十了，有名有姓，有家有口，我咋能跟他们在一起，管这些孩子叫姑奶奶叔叔，再说他们我一个也不认识。奶奶，我只想跟你在一起，你开开恩吧。

"不中不中，说翻天也不中，你问问你这些老老爷奶，中不中？"

"噫，不中不中，自古没这规矩。"一群老人头摇得拨浪鼓般，拍大腿瞪眼，有的还急得飘了起来。"不中不中就是不中。"满世界都是这声音，爷爷爱莫能助地看着她，挥手让她走开，五奶奶混浊的眼睛瞅着她，头不由自主地晃着。人说死不带病去，可五奶奶还是像活着的时候一样，当不住自己的家，头不听使唤地摇动。

那我怎么办？我成了无处安身的孤魂野鬼吗？

我真的死了吗？

死亡到底是什么？

是不是死了真的就回不去了？

不，我不信，如果人生都是有去无回，那世上的一切还有什么意义？

隧道。无数次在梦里出现过。她怕那种隧道，曲里拐弯走不到头，并且会越走越细，她常常在梦中被挤迫得喘不上气。

"进去，爬进去吧。"有个声音在说。那隧道闪着诱人的光芒。她立即不由自主地钻了进去，进去后没有退路，只能向前爬，越爬越狭窄，喘不上气，憋得难受，越来越挤压，一股强大的力量要将她挤迫向另一个世界。像一切母性的生产，伴着血水，她被驳了出来。

看到了亮光，从远处大地上升起。

章西芳睁开眼睛。

好长好长时间，她转动头颅，瞅一瞅周围，像睡醒般，各种感觉缓慢地回到身体里。

疼痛，疲倦，衰弱。

先听到的是章柿的哭声："醒了，醒了，西芳，你昏迷了两天，吓死爸爸了，我以为你要死了。"

她的床边站了四个男人，章柿怀里搂着毛头，左右两边站着转朱阁和文武斌。

身体万分虚弱，抬起手的力气都没有，窗外有阳光，大树在风中轻轻扭摆，耳边有钟表的"踢踢踏踏"声。毛头说："妈妈，我拿来了你最喜欢的这个小钟表，这两天就放在你的床头，它能叫醒你。"

西芳断了三根肋骨，右胳膊骨折，脑震荡，半边脸擦破了皮，万幸她脱离了生命危险，现在看来大脑清醒正常，只是腰部以上上了固定架。脸上的皮肉擦得过深，会留下伤疤，也就是说，她轻度毁容。

再过一天，她能够慢慢说话了。转朱阁告诉她，那起事故今天见报了，后面撞上来那女人是因为情人在她的刹车上做了手脚，她撞上咱们的车后，又向外打方向撞向护栏，车毁人亡，被她撞的还有后面车上的司机，伤得不重。

"报纸上说我市电台一名女主持人被撞伤正在医院抢救，还没有脱离生命危险。现在好多你的粉丝在楼下徘徊，他们被禁止进来。"

"报纸上说你了吗？"

"只说一名同车男子，右车门撞坏了。"

西芳舒一口气。

"可是我老婆知道了，单位也知道了。"

"那怎么办？"

"面对,还能怎么办?单位好说,我就说是电台的朋友,给我们帮过忙,欠你一个人情,招待出去玩一天,也没人追问,猜就叫他们猜去吧。反正组织上不至于去调查吧,咱是无辜被撞,够倒霉的了,我奔五的人了,也不可能再升。只是老婆不干,联想到那次送你,一口咬定是同一个人,女人的感觉有时候很准,非得问咱们去哪儿了、干啥了。这两天回家就像进了审讯室。要杀要剐由她吧。"

文武斌进来,拿几张单子叫转朱阁看,像个孩子一样站在他旁边,等着他拿主意。

看西芳这种情况,两三个月也不能回来上班,电台调整别人来代替她的工作。章柿给她拿来个小收音机,说:"现在换成别人,我就不听了,你来听吧,躺床上也没事。"

打进来电话的人,不断询问西芳的病情。女主持说:"谢谢大家的关心,西芳正在养伤,不久的将来,她将重返《西芳夜话》。"

说实话,新主持人一点不比她差,更加大方、机智、幽默。最主要的是比她有热情。西芳在节目里理智有余热情不足,多智慧少激情,多淡定少活泼;而这个新主持人,真诚有活力,一下子拉近了和听众的距离,她缺的,只是经验。但相信等到将来有经验时,她将不再有热情。西芳常常听着听着,觉得自己变成了普通听众,开始倾慕、信服收音机里这个年轻女同事,想着从前,多少人在收音机旁也同样崇拜着自己。那时她不以为意,轻看这些人,可现在才觉得这一切是这么珍贵,那么多人需要你。从前,她不满于这个工作,甚至产生厌恶,想早一点摆脱它,摆脱这些愚蠢的人们重复的问题,可现在她觉得,这些人是那么可爱,他们如此信任她。夜晚让人放下戒备,那些不知身在何处的人,借着夜色,鼓足勇气,向她,他们心目中的聪明人、强者,倾吐自己最隐秘的故事,展示自己的伤口。西芳,成为一个符号、一个化身,通俗而可爱,熟悉而陌生,人们需要这样的人,时代需要她这样的人。

报纸上进一步披露那个把情妇刹车弄出毛病的男人。他是在派出所接受采访的,说两个人好了七年,一直说好互不影响家庭。可女人的丈夫知道这事后，坚决离婚了，女人觉得情人也该离婚跟她结婚，对他步步紧逼。他摆脱不掉，钻研了技术，使她的刹车油缓慢泄漏，让她的车在第三到第五次刹车时失效。他们在撞车前半小时告别，他说他回去离婚，开着车去了另一个方向。

  新的情感夜话主持人就这个事件做了一期节目，听众打进热线，纷纷谴责婚外恋的不道德行为，列数了找情人的无穷害处，最后婚外恋成了万恶之首，有百害而无一利。西芳知道主持人也很为难，她不能说找情人是对的，只能将错一律推给不该找情人，最后定论是不可辩驳的：为了构建我们的和谐社会，为了净化社会风气，为了家庭稳定，大家要自爱自律，克制不良欲望，彻底杜绝婚外恋的歪风邪气。这是一场对方逃离现场的争论，因为没有一个人敢于出来现身说法，自己就找情人了，就婚外恋了，多年偷情无事故，不但无事故，还对家庭起到稳定作用，对人生、心灵都有极大的修护功能，自己有能力做好这一切，就算做坏了，受伤了，那又怎么样？自己情愿受伤也不愿情感生活一片空白。总之正方既然把婚外恋说得十恶不赦，反方就能把它说成一朵花……问题是谁来说？那些婚外恋的受益者正在某个角落捂着嘴笑哩。婚姻是受法律保护的，谁没事敢公开跟法律叫板呢？我们该找情人就找情人，你爱怎么讨论就怎么讨论，也就是说，但凡来讨论来倾诉的，都是有问题的，正好一群有问题的人在这里相互抚慰，隔靴搔痒。

  西芳的伤在一点点好起来，新主持人也一天天受人追捧，人们渐渐忘记了西芳，再也听不到打进电话的人问候她的病情，打听她什么时候回来。

  西芳出院，在家休息，身上还带着那巨大的固定架，要三个月才能去掉。右边的脸颊疤痕使她的脸看起来像是皮肉上长了几片揉烂的花瓣。医生说她的脸将面临不止一次的修补。

  唐可田托文武斌带回来一些补品，现在它们跟众多慰问品一起在墙角堆放着。

  转朱阁每天给她打一个电话，询问她的身体、饮食、休息，请她原谅自己不能去家里看她。家庭是神圣的，容不得亵渎，若她需要什么东西他会派人送去。她觉得转朱阁不再是情人，他也成了丈夫，只是跟她不住在一起。文武斌从来没有问过她转朱阁的事情，有时候电话放在西芳拿不到的地方，文武斌替她拿过去，看一眼来电，说是他的。

活动不方便，行动不自由，在二十五层的家里待着。每天文武斌送孩子上学放学，自己上班下班。人走了，家里静得要命，她到厨房取东西，听到对面那户人家的女主人在接电话："好好，我马上就去。""马上就去"，从前，她经常这样在电话里对转朱阁说，对同事说，对章柿说。

颍多湾县全力打造旅游文化，提出文化搭台旅游唱戏，有人提议恢复老颍河在县境内的一百多个河湾。人大代表、政协委员们又提出恢复拆除的庙宇。借着重修台北知府陵园的时机，喊出了"打造文化强县旅游强县"的口号。有关部门查找好多资料，做了大量工作，确定了首批恢复重建的项目，其中有颍河故道、台北知府墓、河西章龙王庙。

章津平还没有在北京过过春节，可今年，他打算留在北京过年，因为他的心在刀尖上。

国家要精简合并部委及下属部门，他们的单位正是该简掉的那个。年前传来这个消息，无疑是对人的一个打击和折磨，好多本该回家过年的人，今年都不离开北京了，好像一离开就再也回不来似的，好像离开的这几天就会有什么重大变故似的。

冬天的北京。人在冰面上走，女人穿得那么厚重，丝毫不计较苗条不苗条。这就是北京，这就是北京人，不做给别人看，自己的暖和实惠才是真的。北京的冷也是热烈的冷，隆重的冷，慈悲宽大的冷，风像明亮锐利的小刀子，直言不讳地在人脸上刮过，汽车在马路上走也像走在冰面上，坚硬和滑溜，你得小心开，就像你小心地走自己的人生之路一样。大地冻结了，一切都冻结了。这个做了八年北京市民的人从没觉得他这么爱北京。

静下来想一想，他来这八年做了些什么呢？他从前设想的伟大事业呢？找到了吗？风光倒是风光了，实惠倒是实惠了，尤其是这四五年，他做了办公室副主任，流水一样的钱从手里过。如果一切正常，他眼看就要顺利地去掉"副"字。可突然之间，他不但正主任当不上，连这个副的也难保了。他手握方向盘，看到前面那些慢慢蠕动的车流，在冬日似有还无的阳光的照射下发着冷冷的光。单位规定，春节期间公车入库，那么春节后这车还是不是他的、归不归他开就不一定了。

车啊，一水儿的黑色轿车，无边无际，一个比一个高级，一个比一个威严。他从台阶上回过头，院子里停满了车，还有源源不断的车开进来，有警察在那里指挥。看不见车里的人，只看到警察们的脸神气得不行。阳光照来，黑色车身生出金黄的光芒，不动声色地、冷静地闪着亚光。四周安静下来，静得能听到自己脑子"嗡嗡"响。那时他刚来北京不久，头回见到这场面，觉得那些车排兵布阵似的展示给他，只是为了叫他长长见识，只是叫他这个卑微敏感的青年心中震动、心生敬畏。这是北京，是人上人云集之地。世界如此安静，世上的所有突然噤住了声儿，他只听到那些车发出威严的声音，像他小时候看的电影，当官的出来了，那一声长长的"威——武——"从车的阵营里发出，金属的，岩石的，丝绸的，流水的，阳光的，慈悲凛然的，震颤飘荡的，那声音四散开去，在他脑子里"哗哗"地响，除了这声音，他啥都听不见了。在这声音里，河西章的人，奶奶，爷爷，有福老老，桃花老老，节高大爷，那些脸变了形，一张一张，淌着汗，落了土，吃惊、夸张而卑微，完全看不懂这阵势。更多河西章人的身影，更多不知道是哪里人的身影，蚂蚁一般，匍匐在大地。那黑色的汽车燃放金色光芒，在阳光下蒸腾起交响，像夏天河西章收割的麦地里蒸腾的气浪。他知道这里面最便宜的一辆都能把河西章人吓死，他们一辈子都没听说过这么多钱，别说见了，叫他们摸一下这车他们都不敢，怕手上的趼子把人家的车皮刮了，全家搭上都包不起。河西章人把小车叫作小包车、小卧车，更有那些痛恨坐车人的人把这种车叫卧鳖车。没有风，它们却微微伏动，被一种神秘的力量烘托。

为什么常常想起河西章？随时随地把见到的一切跟他们联系起来，往往一联系就显得这世界多么荒诞。

后来，章津平看那种车阵看得多了，不似当年那般震撼，可看到大街上那被太阳照着冷冷移动的车流，仍常常想起河西章的人，想起他们说的卧鳖车。此刻，他就在卧鳖车里，焦急而无奈地等着车流的涌动，等待自己命运的流向。

春节过后，章津平所在的部门不存在了，被合并到另一个部门。垂直管理的单位也合并精简，可人家那个部门各个职位都是满的，没有一个空出来的地方可以留给谁。其实，你问遍全中国，也没有一个部门说他们那里有空缺。他现在有时间穿上风衣把领子竖起来去天安门广场附近顺着墙根走一走了，可现在是青黄不接的春季，他没有心情，那里也没有落叶让他踩一踩。

他还是去了，没有开车，穿着风衣。地铁轰鸣着驶过，隧道里的广告色彩绚丽，异常清晰，花执着地开，蜜蜂执着地采蜜，美女执着地笑，那洁白的牙齿看起来锋利无比，能咬开这世上所有东西。人上天入地无所不能，顺着这些黑暗而绚丽的隧道能走到哪里？能不能通向爷爷奶奶那个世界？那些死了的人都去了哪里？他们是不是在一个地方能看到我们？啊，如果人类真的是一去不返，那这个世界还有什么意义？

他上到地面，倒了公交车。车由西向东走，世界突然变大了，每个路过这里的人都觉得自己渺小，他八年前是这样，现在还是这样，一走到这里，自己就变成一粒尘埃。

广场上停留的大多是外地人，旅游者。北京人忙于自己的工作生活，没有时间，也没有兴趣来这里，而章津平来了，穿着他体面的风衣，领子直直地竖着，眼神冷峻缥缈。他更像一个演员了，结束上部戏中扮演的人物，寻找下一个角色。树上的嫩芽还没有出来，可是树枝在变绿，在湿润，在发胀，在一点点从冬天里醒过来。

奶奶没有来过北京，阳平小的时候，拿着凳子学开火车，他说长大了开火车带奶奶去北京，可奶奶没有等到那一天。奶奶要是活着，快一百岁了，听爸爸说，奶奶是1909年生人，爸爸在一个本子上，记着爷爷奶奶的名字和出生、死亡的日期。

人在忙的时候，总想着自己什么时候能闲下来，但真的让你闲下来，心里就着慌，因为你有了被闲置起来的危险。

当然，他知道最后每个人都会有一个地方，就像地里的萝卜，都得有一个自己的坑，只是那坑的地块、土质等有好与坏、肥与贫的差别而已。但是，就这样等待吗？

按说，他还可以去找他的舅和姨，舅和姨也给他打过电话，问他有没有什么打算，需不需要他们帮忙。可他总觉得因了罗北京的身份，他这个外甥的身份也不明起来，人家面前他低着几分，以前姥爷活着的时候，还说得过去，姥爷不在了，他算什么呢？

他从风衣口袋里拿出一张报纸，再次看上面那个招聘信息。某民办高校面向全国招聘几名副校长和各类管理人员。这几天来，这个信息不知为什么总是在他心里拔不走，他今天本是出来散心的，可为什么还要带着这张报纸？为什么一遍遍拿出来看？自己这从公办高校走出来的人，在北京转了一圈，为什么还要被民办高校弄得动心呢？

他终于打了那个电话，对方听了他的情况后说："你来吧，我们面谈。"

章西芳去掉固定架之后，到电台找到领导说，她将不再主持《西芳夜话》，现在这个年轻女孩子主持得很好，已经超过了自己，而自己身体还有些虚弱，想休息半年，除了休养身体，还要一步步修补脸上的疤痕，那时再策划新的节目。

重新活了一回，现在的每一天都是那么好那么可爱，路边的小草，阳台上的花朵，一缕风，一片细雨，都让她感动，甚至她照镜子的时候，觉得脸上的伤疤也亲切自然，似乎它们与生俱来，一直伴随着她。

不修补这些伤疤，又能怎样呢？让男人躲避去吧，让女人耻笑去吧，这是自己真实的状态，自己经历了女人该有的一切，爱恨情仇、羞耻痛苦、清澈混沌，都在生命中体验过。过去那个章西芳，完成了她的历史使命，现在的我，是新生的我，狂热的激情平静下来，不再有爱情，不再有艳遇，不再有男人的追逐和生命的焦躁。我只要平淡的、无人打扰的生活。

春天来了，一切又汹涌生长。生活的意义其实就是生活本身，每一天醒来，发现自己还活着，健康而正常，这已经足够。她在给转朱阁的电话里说："很感谢你这几年来给我的一切，你让我稳定让我幸福。我从少女时代就渴望一个强者型的男人，像你这样的，全面完备又年长的男人，可我遇到你的时候，我们不可能结婚。我觉得这样也很好，没有日常生活的琐碎和消磨，我们都只是需要对方，就像植物需要空气、水和阳光。试想，如果我们都离开自己现有的家庭结婚了，不过几年，我们可能又会背着对方去找别人，这是人生的无奈，不是我们拿誓言可以抗衡的。现在，你离开我吧。"

她给文武斌说："你随时可以跟我离婚，真的，给我应得的那份财产就行，我跟儿子过日子，挺好的。"

文武斌奇怪地看她一眼，说："我从没想过要跟你离婚呀，你脸上的疤就能影响咱的婚姻吗？笑话！再说，现在科技如此发达，这对整容医院来说，不算什么。"她说："也许，我不想整这些伤疤了。一个丑女人能穿越迷雾，她将做生活的旁观者，看清人生。好吧，等你想离的时候，就离吧，随时。"

章津平在黑夜里，再次看他那个账本，他关起书房门，凑在台灯下，一页页、一行行地看下去。几年来，他竟然整整记了两本子。他面前放个计算器，把那上面的钱统统算了一遍，心里有越来越深的大洞。他安慰自己，这都是给公家办事，都是接待的钱，我怕什么呢？他双手有点发抖地打开那个不能记账的本子：给院长侄子安排工作，与副院长小姨子公司合作，给主任从公安局打捞他表弟，某友好单位的老总牌桌上一晚输掉一辆车……这些沉甸甸的钱，都是从他手里花出去的，又是从他手里想办法走了账的。总会有办法的，人类的聪明才智是无穷的。

再见了，这些钱数，再见了，副主任同志。明天，他就是那个民办高校的副校长，这一切都与他无关了。为了这场八年的梦游，他交付了一个青年人最真诚的热爱与投入。每当夜深人静的时候，章津平一个人翻看这些本子，脑海里总响起一个声音：喝人民的血！他好多次被这个声音吓住了，又立即纠正自己："不不，说得太严重了，这是我的工作，我只是一个小角色，拿工资的副主任而已。认为这是喝人民的血是因为他终究是个没见过大世面的穷人家的孩子，在这样一个时代太讲良知，岂不知良知是最折磨人的东西！这点钱就把我吓住了，成了我的噩梦啊！那些动辄贪污几千万的人，那些鲸吞几亿的人，他们才是人民的罪人。"可一贯有着文学情结的章津平，总听到这个声音在静夜里响起，有时候在他的梦里响起。

一场梦游结束了，这个本子，这些钱数，永远成为一个秘密。这世上秘密太多了，并不是所有的秘密都能揭晓，并不是一切事都能搞个明白清楚。所有的机构都还在转动，所有的人都在体面而润滑地生活。明天，太阳照常升起。

他从厨房找来一个小搪瓷盆，下面垫一沓报纸隔热。他开始点燃那些纸，书房里立刻有了烟气，呛得他流眼泪。他打开门窗，向着南方，跪了下去。"奶奶，我给您烧纸了，这么多钱，俺爷俩，还有咱家的列祖列宗，河西章所有埋在地下的人，你们好好花吧。"他在冰凉的地板上磕了三个响头。

章柿接到颖多湾县政府的邀请，请他回去参加县上的座谈会，要他准备一些文字材料，详细回顾对章龙王庙的种种记忆。章柿立即激动得晚上睡不着觉，给吴会芝打电话，问她有没有收到县政府的邀请。吴会芝说他们家族的人太多，县上选取了几个代表，现在她的叔伯兄弟和侄子正打算从北京、郑州回去。她祖爷爷的墓正在由政府重修，要赶在清明节前后接待台湾访问团,到时,由国家相关部门的人陪同,一起祭奠她祖爷爷。从此,她祖爷爷的墓地会作为市上的爱国主义教育基地对外开放。

西芳给章柿说:"我陪你回去吧。"

故乡、乡情这些情感其实也像淫欲一般,是饱暖之后才会去顾及的。在她内心深处,有一个污点,老鼠般啃噬她的心,那就是:奶奶死的时候,她竟然没有掉一滴泪,甚至她听到这个消息觉得没什么。那时候她正在为唐可田给她造成的失恋而心碎,她觉得这世上所有的事都没有她的失恋重要。

生命的烈焰和焦虑平息下来,她还是那个卑微的小闺女,梦想着小金鱼的出现。而这个时候,季瓷已经在河西章村后的地下,化为了泥土。经历过形形色色男欢女爱的章西芳,不再青春的章西芳,那种自己无法掌控的生命热情已经得到释放,像烈焰熄灭渐渐不再灼人的章西芳,欢爱人生戛然而止的章西芳,终于知道,男人、爱情,对她来说不是问题了,她已经翻越过那座山峰。就像现在的陈芳,她早已嫁给别的男人,有时候在接送孩子的路上碰到那个拐着罗圈腿的司机,觉得当年的狂热像一场玩笑,那时那些魔力是谁给她们注射到身上的呢?

这个时候她发现,季瓷一直驻扎在她的心里,种在她身体里,甚至她觉得自己就是季瓷,季瓷就是她。她们俩原本就是一个人,只不过季瓷早来了这世上六十年,给她开创了人生之路,她化作泥土就是为了让她这株小苗在她的废墟上长大。

回了两次老家后,章西芳错把大花当成了季瓷。她想,这是奶奶给自己的机会,奶奶看到自己的忏悔而附体在大花表姑身上。

她突然想,大花表姑也八十多了,她不会永远活下去,她总会有那一天,啊,到了那一天,我会回去,我会弥补当年奶奶死的时候我不掉泪的过错,我要给大花表姑披麻戴孝,混在孝子贤孙的队伍里"哇哇"大哭,该跪下的时候我会跪下,把头深深地磕下去,沾一脑门的泥土。她深知自己这样做当然会很可笑,大花表姑九个孩子,九个孩子又都有几个孩子几个孙子,还有她家的近侄亲甥,自己其实是个很远的亲戚。可是,她期待着大花表姑的那一天,接到一个电话,急急忙忙地坐火车回去,一路哭着进到那个并不熟悉的村子,姓宋的人会指指点点,那是谁呀?有人回答:"河西章那闺女,按说不该哭这么痛啊,没有这么亲吧,唉,城里人,没法说。"

噢,得跟元宝表哥说一下。咋说呢?这种事……就说呀:"我表姑也这么大年纪了,万一哪一天有个啥情况,也算是高寿,咱好坏也是这么近的亲戚,你得告诉我一声。"

其实,不用说那么清楚,元宝表哥是个能人,自己稍微一点他就会知道的。

"恁元宝哥,他输水去了。"接电话的是元宝嫂子。

章西芳没有听懂"输水"是什么意思,她以为宋元宝浇地去了,就接下来问地里种的什么。她心想,现在是春天,地里除了大片的麦子之外,还长什么呢?芝麻?烟叶?还是油菜?啊,那种生活对她来说,已经太陌生了。她继续和元宝嫂拉家常,问上次寄回去的照片收到没有,如果没收到,叫元宝哥再到镇上邮局去问问。

"去不了了,问不成了。"元宝嫂说,"恁元宝哥偏瘫了。我刚才不是给你说了吗,输水去了,恁城里人咋说,打吊针?"

五十出头的宋元宝在春天里中风了,正在劳作的他对着那一片生机勃勃的麦田倒下去,嘴眼歪斜,流出口水。

"那,俺表姑身体好吧?"吃惊了一会儿,章西芳明白过来,安慰元宝嫂之后,问她。

"噫,她好得很,越活越有劲,啥活儿都能干,夜儿黑还在院里蹦着给老天爷讲理哩,说老天爷咋不把这个灾落到她身上,她活得够够的了。直头头儿说了大半夜,也不嫌使得慌。"

"嫂,那可苦了你了。"

"那有啥法儿,这是命。唉,我不该跟你说这些,你们工作都忙得跟啥一样。西芳,别为我们操心,孩子在南方打工,钱都打回来了,医生说,要是恢复得好,能拄个棍自己走路。"

第二十六章

　　金鱼一句话也不说
　　只是尾巴在水里一划
　　游到深深的大海里去了

　　章津平把他的变动发短信告诉了章西芳，西芳给他回信说："我和你大伯将在四月初回老家，先在郑州停留两天，清明节那天给咱爷咱奶奶烧纸。"章津平脑子一热回信说："如果能抽出两天时间，我也回去。"
　　西芳知道津平也曾回到村上给奶奶烧纸。他有时候心血来潮，乘火车到许昌下车，包个出租车来到河西章村后那个小小的坟上，烧了纸，在坟前坐一会儿，也不进村，甚至避免村里人看到他，又一个人匆匆走掉，路过郑州他也不回家，直接回北京。或者他干脆自己开车回来。听菊大婶说，有一回她见一个黑色小卧车停在河西章后面的地边，一个年轻人下来朝着那个坟走去，见地里燃起一股烟，那年轻人上车走了。
　　章项洁来给西芳告别，她被选上了陕西地区奥运会礼仪小姐，代表陕西去北京集中培训，迎接下一轮选拔。
　　"去吧，去了别回来了，嫁到北京吧，我们不要你了。"西芳逗她。

"听我同学说去了还得刷下来一批,也许选不上,转一圈就得回来。"

"那也算是去北京转了一圈,将来你找工作也算是陕西地区的奥运礼仪小姐,身价不一样了。"

项洁开心地笑,眼睛里波光粼粼。

糖、点心、衣服,各种各样家里闲置的轻便东西,洗发精、布料、会议上发的纪念品,放在家里用不上还占地方,却是每次回老家必准备的东西。

那只小钟表,在她的书柜里,她曾经上足发条试了试,三天内只慢了几分钟,对于一个快一百年的钟表来说,已经很不错了。她不再上弦,她知道这个钟的功能现在是只摆在那让人看而不是报时,它年迈了,让它歇歇吧。可为什么毛头会相信这只钟能叫醒她?她在医院醒来时,听到它有力的脚步声。

在屋子里走来走去,打开柜子到处找东西。这个护肤霜给罗北京,这条毛巾给柳树婶,这条全新的棉毛裤给杨树婶。她从书柜下面又找出一个电子万年历带计算器的家伙,送给大花表姑一个正上中学的孙子。她毕竟身体虚弱,直起腰的时候,没有站好,猛地扶住书柜,一下子就和玻璃门里那个小钟表来了个脸对脸,小钟表像受了惊吓,声音清亮地走了两下。她凝视着它,脸上的伤疤和它重叠在一起,那表针"嘀嘀嗒嗒"刺开疤痕,又转一圈抚平它们,它转动着打磨她的面庞,她的右脸好像又光洁细润宛若从前。她伸手去抚摸自己的脸,起伏凸凹,密密的沟壑。她从书柜里拿出小钟表,怀着感激之情轻轻地拨了拨后面的发条,那小家伙快乐地跑了起来,像一首轻快的歌,陪伴着章西芳四处找东西,往地上的箱子里归置。

罗北京把家里打扫得干干净净,迎接章柿和西芳的到来,她还专门买了新被罩。西芳一看是地摊上的便宜货,化纤产品,她就后悔,自家的柜子里各种床上用品一个又一个,别人送的,各种会议上发的,在盒子里装着,好几个从没有打开看过,为什么就没想到给婶拿来一个呢。

"婶，咱自己人不用这么客气，就用家里从前的被罩。我给你说，这种化纤的挨到身上不好受，热了就它热冷了就它冷。下次回来把我家里那些全棉的给你拿几个。"她说着就去床边，拉过被子把那个二十块钱的化纤被罩扯下来，"你们得改改这种消费习惯，看着是个便宜，用不成，二十块钱还是浪费了。"

"我来，我来，你别动手，躺床上好好歇歇，再咋说是那么大的伤。唉，人老了，就没成色了，一听说你们要来，我高兴得呀，手忙脚乱弄了几天，还是落个你看不上，去龟孙。哥，那你还盖破被罩吧，都洗得可干净了。"

"中，中，咋都中。"章柿在房子里走来走去，不愿意坐下来。沙发里的章楝慢着声说："你坐那说，坐那说。"章柿像个孩子一样，"呼"的一下坐在章楝面前的椅子上。两个人接着天南海北地说，说历史，说河西章，说章守信，说季瓷，说他们家的老黄历，捎带着愤世嫉俗。西芳打断他们："你们整天骂天骂地，有什么用？"

"我们这是说客观事实。"章柿不服。

"这客观也是经你主观了的客观，还是我那话，咱能不能别这么愤愤不平，只抽出半天时间，想想自己的不对，想想自己给国家做啥贡献了，给社会做啥贡献了，你们就没有那么大的气了。"

"就是，就是，我就听不得你叔说这些，他一说，我这心都乱蹦。"罗北京给西芳帮腔，"就是咱娘说那话，自己没本事谁都埋怨，现在年轻人说那叫啥，'人背不能怪社会'，你看看人家那些有本事的人，都当大官了当大老板了，家里的钱成堆，花都花不完，他们恐怕还没工夫去怨谁哩。"

"噫，噫，"章楝站起身，狠狠吸了一口烟，"这在自己家说几句话都不中，说说对现实的看法都不中，俺，这就不中了？就犯了哪条王法了？"他睁大眼睛，瞪着罗北京。

"不是不能说，是你们别这么激动，都镇大年龄了，这样激动对身体没好处。国家的事咱也管不了，有那么多能人哩，谁又不给你们一

461

分钱,整天操着国家大事的心,划不着。"西芳想把气氛缓和下来,就赔着笑脸说,她是把激动的老头当作她热线那边的人。

章栋扭开头,不说话,嘴里鼻子里喷出几股烟。"哟,想起来了想起来了,咋把这么大的事忘了。"他迅速站起身,去另一个房间。这种亢奋、忘形的情绪是会互相传染的,一定是的,章栋显得少有地激动,像小孩子人来疯。西芳知道,他想起来的,并不是多大的事,可他们都把它当大事来看。

"西芳,你和津平不是老说吗,咱庄是咋来的?可算查到了,我一个高中同学,前两天从咱县上来办事,来之前我叫他去县档案馆查了查,他把人家书上的复印下来了,看看,看看吧。"

河西章在县城西南9.5公里,颍河东岸。明朝初期,章姓自山西省洪洞县迁此定居,位于颍河故道之西而得名。村子中部现有少数孙姓、梁姓、师姓,来处无考。属杜湾乡,为河西章村委会驻地,168户,1295人,均汉族,耕地1560亩。

聚落呈长方形,一条东西街长650米,村委会、学校在村东头,每年农历三月二十一、七月二十四有古庙会。

章柿和西芳头凑在一起,把这段文字不知看了几遍,抬起头来,互相看看,心"咚咚"跳。

怎么弄了这么多年,咱不是正宗河南人。那些年全国人民都说河南人坏话的时候,心里也没这么难受过,甚至西芳的两回恋爱失败,对方也以她是河南人为借口,那时西芳心里说:"去你妈的吧,姑奶奶就是正宗河南人,怎么着?"

你背靠着一亿的族群,心里踏实温暖,坚定而又柔软。怎么突然这片薄薄的A4纸告诉你,对于河南人来说,你是外来户。西芳走到窗前,听到自己的心"突突"直蹦。她笑自己,这有什么难过的?六百多年了,你的祖先那时来到这里。六百多年啊,沧海桑田,连颍河都改了多少回道,最早那几个姓章的已经繁衍多少代,你不是纯正的河南人是什么？本来，人要考察祖先，追根溯源这件事就有点不可靠，人的一半血统来自母系，而一代一代的母系，都是从哪来的，已经很缭乱，并且，假如你的母系祖先里但凡有一个对丈夫不忠，血统从此乱套。其实，人们是在一个假象里生活、寻找，一切都是人的自我安慰和情感依托而已。

可是人还是需要这些，没有这些，活着的寄托就轻，就浅，就摇来摆去没有根基。

她回转身，看章柿还把那张纸看来看去，对着她说："快过来看，你舅姥娘家，小季湾，这上面也有，也是从山西迁来的，你看，这上面写的，据传明朝初年，季氏自山西省洪洞县迁此建村。"

"我也看到了，离得近，刚好在一张纸上。说来说去，咱是正宗的山西人。"

章柿痴呆呆地停了一会儿，问："他这材料是从哪儿找的？我也去看看，看罗湾的来处。"

"噫，哥，你咋心里还把这事放不下，罗湾不在这一页上，看不到，你也别去县上查了。"

章柿坐着，低头不吭气。

"哥，我可给你说，你这回回去，可不要在庄里找那些老人，问咱娘的事，问你的身世。最老的一个老婆九十了，糊涂得连自己孙子都不认识，哪还能记得那些事？有福爷，话都说不到一起了，脑子能记住啥？你听我说吧，你就是咱爹的，一百个是，你放心吧，虽然你跟咱爹不像，可西平像，有的遗传是隔代的，那小孩子家，不知像谁哩，有的小孩，他就偏偏不像自己爹娘，他非得像舅，像姑，像爷爷奶奶，这都有可能。你千万别再打听这事了，叫人家都知道了，丢人不丢哩？"

"我七十多的人了，想在有生之年搞清自己的身世，这丢人吗？"

"你搞清那有啥用？噢，咱俩，一个七十多，一个六十了，你非得搞清楚咱俩不是一个爹，你叫我这心里好受不好受？"

"是一个，咋能不是哩？哥，你别想那么多了。"罗北京接腔道，

"咱娘活着的时候,你们都不在家,俺俩有时候一个床上睡,夜里说话说到可晚,啥都说哩,也说到她前边家里那些人、那些事,要你不是的话,她早就给我说了。"

"那是你不了解娘。她说过,这世上能不叫第二个人知的事,就永远沤烂在自己肚里。她临走前,我想问,没张开口,她看出来了,对我笑了笑,我知道她那笑的意思。"

"你要真想知道,那这样吧,看到没?外面那大楼上,有广告做亲子鉴定的,你俩去做做。"罗北京说。

"我不去,我先说我不去。噢,这么大年纪俩老头,花几千块钱去做那玩意儿,叫人家验验是不是一个爹。明天,《大河报》上就得给你登出来,你们不嫌丢人,我还嫌丢人哩。"章楝说。

章柿突然像个孩子一样哭了:"可我的心情你们得理解啊,一个人,活了一辈子,不知道自己的爹是谁。"

一张复印的县志引出这么多情绪波动,这倒是大家没有想到的。

晚上,罗北京和西芳躺在一张床上。罗北京从西芳进门就泪水盈盈地总是看着她笑,这会儿,她又是那么泪光盈盈地对西芳说:"你不知,你一来我这心情多好,想着法儿得给恁俩做几顿好吃的。恁叔俺俩商量好了,还要给恁爸三百块钱。"

"给他钱干啥?"

"叫他花哩呀。"

"他有钱,我们这次回来带了足够的钱。"

"他的钱是他的,俺要给就是俺的心意,你别管这事。"罗北京像是决定什么大事一样地说,翻了下身把本来面对西芳的脸一转就看向了天花板。西芳不再说话,她知道家乡的传统,家里人的传统,给钱是爱的表达,是心意的体现,见面的时候,分别的时候,过年过节,生老病死,都有给钱这个内容。她知道爸临走前换了好多零钱,五十的,二十的,十块的,五块的,回去见了村里的人,先说一会儿话,根据远近亲疏,从怀里抽出钱来,从那一沓大小不一的钱里,抽出来一张给对方,绝对不会抽错的。或者进门之前,先把一张钱放在外面的衣兜里，这样往出掏的时候就有点豪迈有点果断，很有魄力，出手大方。对方一定先是不要，两人一定争执，像打架一样，扭在一起，四只手推来挡去，还有可能蹦来蹦去，小步转着圈跑。直到掏出钱的人生气了，喘着气责怪，用"再也不来了"要挟，用断了关系相吓，对方才接下。这是必然的程序，大家醉心于这个程序，尤其是给钱的人。

"我对现在的生活可知足了。你看看，虽然恁叔俺俩不宽裕，可津平他俩都能顾住自己，俩媳妇也好，不在一块儿过，也不生气，好长时间回来一趟，都可亲。"罗北京当年的美貌在脸上有着隐隐约约的影子，只是几十年的岁月，把她的脸弄呆滞了，这是没有文化的女人最终的结局。无奈的岁月和无情的荒芜会把她们的脸弄僵硬，她们不但脸是僵硬的，全身线条也都是僵硬的，表情、走路、姿态，一切一切，都是缺乏温润的样子，连她们伸出来的手，都是硬邦邦的。现在，全身不再灵活生动的罗北京躺在她身边，眼里闪着温柔的光，含含混混地看着她。上了岁数的罗北京，眼里总是这么泪光点点，她说自己是沙眼，生气的时候，高兴的时候，都要去擦眼泪，现在她用枕巾擦自己的眼睛，自嘲地笑笑，说："我现在，不要强了，家里哪儿乱哪儿脏，也不想管了，你还别说，人一不要强，心里可轻松了。"西芳想，下次来，一定把自己家里那些全棉的床上用品给婶拿来，再不能让婶用这种劣质的腈纶家伙擦眼睛。

"要说有啥不知足的，就是，再有你这样一个闺女就好了。"说完，罗北京自己先笑了，"看，净说憨话，你可不就是我闺女嘛，我心里头一直都把你当自己闺女看哩。平时一看见院子里人家的闺女领着小孩、提着东西回来看她妈，可眼气了。"

"现在交通这么方便，以后我每年都回来看你一两次，你还可以到西安去住呀。"

"你说这话我信，你看看，现在的生活多好，我一这样想，就想起恁爷恁奶奶了，还有恁妈，恁妈那才是个没福人，一天好日子都没过过。看你刚才那话把我心里说得舒坦的，她没福我可有这福，镇中用个闺女，算是给我生的。你不知，那时俺俩都在家，跟恁奶奶，俺仁

465

处得可好了，没生过气，脸都没红过。"罗北京这样说的时候，八成是忘了那年她回娘家，季瓷只给她五毛钱的事，还是她有意忽略了？

"要有几十年了，那一天，可晚了，我在堂屋做活，恁妈在东屋做活，就听到南边好像有狼叫，吓得我跟啥一样。恁妈也听见了，她到院子里，见我的灯明着，隔着窗子问：'北京，还做活哩？别做了，快睡吧。'唉，恁妈真是个好人，从没大声说过话。"

罗北京擦擦泪眼："看我，老了没成色，想起哪儿说哪儿。有一回，我使架子车拉着你们去姥娘家，回来的时候，阳平闹着吃妈，你不知啊，那时咱家活多，时间紧，我常常干活都是一路小跑的，只怕干得慢了恁奶奶吵。他要吃就得停下来，停下来就得耽误时间，我没法儿，叫你拉住车我坐上喂他。路上人说哩，'看那媳妇，叫那么小的孩子拉车她坐上，八成不是亲娘'。我现在心里还不是味哩。"

"婶，你记错了，是我要拉的，我非拉不中，把车子从你手里抢过去的。"

"是吗？是我记错了？"

"真是我自己要拉的。"

罗北京含泪，笑了起来："你记那么真？唉，叫我多年心里不舒坦。你那时不到十岁，又瘦又小，我从不舍得使你，就怕人家说恁妈不在家，我对你不一样。"

津平给西芳发来短信说，他乘火车清明节早上到许昌，直接回河西章，他们在奶奶坟上见。

"要把时间赶那么紧弄啥？不会早点回来，在家住一晚上，早上坐班车回去，又是出了车站就坐出租车，得花一两百块。"罗北京开始心疼钱。

"人家现在是大学校长，刚上任不几天，那时间还不得掐着点算，跟你一样，时间不值钱？现在火车都是夕发朝至，睡一觉到了，啥事不影响，他烧完纸，晚上就坐火车又回北京了，只一天时间，神不知鬼不觉。这叫现代生活，快节奏，你懂不懂？"章栋高着声说。

"噫，我不懂，我啥都不懂，我越来越不中用，我快成憨子了！"

罗北京也大声回应他,看起来有点生气,不知是生他的气还是生津平的气。老了的章棣和罗北京常常为这些小事争得面红耳赤。争着争着,罗北京"吞儿"的一声笑了。"我不跟你吵架生闲气,快去吧,出去买菜去,问问咱哥和西芳想吃啥饭。"

西芳劝章棣罗北京别为这些小事吵嘴生气,罗北京说:"他们都不在家,也没个小孩在身边乱糟着,你说就俺俩在家,不吵嘴弄啥?你放心,西芳,不是真生气。"

铁路全面大提速后,颖多湾每天只有三趟慢车停靠。

章柿拿出他写了几页的发言稿,看了又看,在火车上还掏出笔改了几回。人家只是象征性地请几个老人座谈一下,以显示一下领导风度和胸怀,他就真以为自己的发言能起多大作用,这些天来激动的情绪一直停不下来。西芳也不好打击他,老人嘛,哄他们高兴罢了。

"你听说过鱼蛾没有?"章柿问。

"以前没听过,最近听你说过好多回了。"西芳说。车窗外,大片的麦地,望不到边,远远近近的村庄,被火车追赶上,又抛在身后。大平原上,这趟慢车走得懒洋洋的,太阳照在那些麦田里、村庄上,还瞅空跳进了车厢。

"鱼蛾就是鱼蜕的皮,春天的时候,早晨就有成片的鱼蛾在河面上,河上一片雾气,快晌午还散不去,有雾的时候就是鱼蜕皮的时候,我们这些小孩都去捞,回来叫恁奶奶搁锅里煮煮,可好吃了。"

"你们为啥不捉鱼吃?"

"不兴吃鱼,咱北方人也不会捉也不会做。"

"放着好好的鱼不吃,却吃鱼皮。"

"谁家吃过鱼?听都没听说过,我头一回吃鱼都快三十了,吓得不敢动筷子。"

"请大家都把窗户关好,一会儿过动车哩。"列车员走一路说一路,"这边的,这位老同志请把窗户关好。"

章柿起身把窗户关上,没有关严,留下了二指宽的缝。

"恁奶奶就是沿着这条铁路，从商桥一歇儿走到了沙河。"太阳"呼"地又照进来，在车窗里来回跳了一下。无数个村庄又被抛在身后。无人应和，章柿沉默下来，把脸贴在车窗上，贪婪地看外面的麦田。"今年的麦长得真好，亩产得有一千斤了。"

"有了，要得有了。"旁边一个男人说。两人回头看，那人看样子是个农民，也是一路都在看窗外的庄稼。章柿立即跟他说上了话，解脱了西芳。这会儿，问人家在哪下车，家是哪里，家里还有谁，平常生活咋样，庄稼一季能换多少钱。西芳无可奈何地耸耸肩。

"噫，你看我给你算算账，地里要上化肥，要浇水，要这要那，还要雇收割机，这都算是本钱吧，俺家的那些地，麦卖完，落两千多块钱。"

"你还没说人工呢。"西芳插话。

"噫，那人工能算钱？啥时候也没听说过农民种地人工还算钱。"

"那就是说，你们种一季麦，就落了两千多块？"

"嗯，秋天里用这两千多块买了麦种买了化肥，再种上。"

"那就是说你们忙一整年不落一个钱？"西芳问。

"那要是种粮食能落下钱，谁还去城里打工哩？这就不错了，有的还赔钱哩。"

车窗外"呼"的一下，窗帘像一支箭扑打，直立起来，扫到章柿脸上，犹如一股旋风，"呜"一声，还没等人回过神来，动车组从南向北去了。

"天哪，这就是动车组，真快。"章柿的脸上闪着孩子般新奇而惊异的光。

"那，快着哩，我听俺侄说他坐过，稳当得很，郑州到沙河，一站路，不到一钟头。"那农民说。

"那时速快有二百公里了。"章柿说。

"动车组最高时速可达三百公里。"旁边一个年轻人说。

"人真厉害，无所不能了。"章柿感叹着，"唉，俺娘五十多年前沿着铁路给我送馍，从家走到商桥，从商桥走到沙河，六十八里，走了一天。"

西芳拿眼睛剜章柿，出门前曾告诫他公共场所不要说那么多话，就算是安全的，可没有人有义务听你说话，你打扰了人家。章柿答应得好好的，一到实处却又忘了，西芳剜他，他装作没看见。

"那，以前的人不都是凭脚走哩，哪有车坐呀。"那个一脸憨厚的农民就像捧哏的，及时接上章柿的每句话。

"俺娘是小脚，现在的年轻人都没见过，"他面向那个年轻人，伸出手比画着，"就这么长一点，还扎了一篮子馍。"

西芳叹口气不再理他，章柿越发不管不顾地说下去，还真就吸引了很多人，将面孔转向他。那年轻人黑眼珠闪闪发亮。

列车向南，向南，一路呼啸，太阳光也越来越暖，窗外的麦田无边无际。西芳起身上了厕所，站在车厢门口看外面。大地，阳光，万分慷慨，什么种子种下去都能收获，养活人的粮食，给人提神的烟叶，牲口吃的草，还有能毒死人的孽草恶花，阳光照着万物，万物诚实生长，无论高低贵贱，一律有份。这些村庄、河流，有多少年了？人走了，来了，可她们永远在，你什么时候归来她还在等着你，你一去不回头把她抛弃，她还是在这里。二层小楼盖起来了，老房废弃不用了，那些青砖，哀伤地匍匐在地。树长大了，人老死了，新人出生，而土地还是那片土地，村庄还是那个村庄。

Past，你好吗？你那里现在是沉沉黑夜吗？你想念我吗？曾经我为你六天没有来信而心痛难忍、热泪奔流，现在，你八个月没有来信了，你永远都不会来信了，我却不再难过，只是有点想念你，心里怀着像窗外阳光一般的温暖和辽阔。你无处不在。人生中的每一段情感一场场走过，像电视剧一样，永远上演，有的驻在心底，成为生命的一部分，有的像一阵风，吹过无痕，而我们的一生，就是承受的过程，我们不得已接受一切，包括麻木和冷漠，放弃和遗忘，绽放与衰落，往日不再来。

绽放与衰落。往日不再来。

Past，晚安。

她走回车厢里，见章柿还在说，周围听的人越来越多，那个年轻人更加专心，还有点激动。她走过去："前面就是颍多湾，恁老家到了，还说。"

"还没说完哩，咱就这一个箱子一个包，提起来就走。说到我考上学的事了。那会儿高考，可不像现在，要命一样，那时谁也没想过，考上了咋，考不上咋，一切都很自然。我收到通知书的时候，正在地里薅草哩，回家给俺娘说，我考上学了去河北上学呀，俺娘说赊去上了呗。很平常，头都没有抬，手里的活儿也没停下。俺娘做了一辈子活，我从没见她闲过……"

章柿让西芳陪着他去老县城。他站在那个狭小的十字路口，寻找记忆中的南街、北街，指出哪个门面从前是卖啥的。

"那时候觉得这就是世界上最繁华的地方，咋现在一看，老街就这么小，连个汽车开进来都走不利索。"

"我小时候还认为河西章是世界的中心呢，去年在杜湾派出所看到县地图，才知道它那么偏远，差不多是离县城最远的村子，才知道颍河的西边，就是另一个县。"西芳搀着章柿。章柿显得年轻，完全不到被人搀着的境况，可两人身处这里，一起追忆那么遥远的事情，显得与这个忙着追赶现代化的县城不般配，他们需要搀扶，在这一刻结成同盟。

中学已经搬走，老县城也不再热闹，行政中心因京广线的原因向西搬迁两公里，挨着铁路的东西两边发展。

两个人默默走在有点破败的窄街上。

"再好好看看，我到底像不像恁爷。"章柿停下来，面对着西芳。

"不像不像，说了一百遍了，没有一点像的地方。"西芳扯了他，往前走，"爸，你没必要再追究这件事了，你只说俺爷对你好不好吧？"

"好，真是好。"

"那就行了。这世上不是所有的事都能弄明白的。噢，现在咱知道了，咱们姓章的是从山西大槐树下迁来的，那咱们要想搞清自己的祖先是谁,是不是还得跑到那棵大槐树下去查找?"

"正因为你爷一辈子对我太好,我想知道他知道不知道,他心里是咋想的。"

"当年他活着的时候你咋不问呢?"

"这种事,怎么好开口问呢?"

"那就别想了。是又怎样,不是又怎样?爸,你看这世上沧海桑田,有多少变迁,颍河可以改道,庙拆了可以重盖,火车可以时速三百公里。以前的人想都不敢想,秦始皇再能行,做得到吗?这世上那么多事,你问得过来吗?"

"这世上每天发生很多事,但跟我没关系,只这一件跟我有关。这世界变化再快,可总有一些事,是永远不变的。"

"爸,叫我说,我爷就是你亲爹就是我们的亲爷爷,咱从现在开始就要这样认为。你想啊,我爷我奶一辈子要强,要是他们知道咱现在再把这些事翻出来追究,他们会难过的。咱这次回来,权当玩了。别想那么多了,高高兴兴的,好吧?"

"高兴啊,谁说我不高兴了。"章柿站在老县城的窄街上,突然眼里含了泪,在心里对自己说:"我什么时候不高兴了?七十多年以来,我从来没有像现在这样如此留恋生命,从来没有觉得活着如此之好。"

刘家湾村南吴官的祖坟里,正在大兴土木。辟出上千平方米的陵园区,推倒的墓碑要扶起来,砸烂的坟围子要垒起来,铲平的坟头要鼓起来。吴官,已经不是他们吴家的吴官,他老人家是全市人民的吴官是全县人民的吴官。现在正有一群雇来的民工在垒院墙,每天工钱五十块。还雇了大量农民薅草,把村子里外目所能及的杂草薅个干干净净。围墙内被圈住的蒜苗每亩补贴一千块,立即马上迅速拔掉。所有的人干得热火朝天轰轰烈烈,他们在心里感激吴官,吴家的祖爷爷,恁不但造福台湾人民,恁还造福我们呢,要不是恁和恁家的这些先人,我们咋能一天挣几十块钱呢。

章柿和西芳本是路过这里,但是被整个村子的喧闹吸引了。但见巨大的刘家湾，黄土铺地，机器轰鸣，鸡飞狗跳，小孩子兴奋地跑来跑去，大人们卖力干活。章柿说："咱去看看。"西芳说："等着回去给俺奶奶烧纸哩，要赶在中午前到坟地里。"章柿说："早着哩，才不到九点，咱去看看，回西安好给你吴姨说说情况。"他们穿过正街，向右一拐顺着一条路朝南走。陵园已初具规模，正中央是吴官爷爷的坟，东边是吴官爹的坟，西边是吴官本人的坟，都一律新崭崭鼓登登，巨大的坟里并没有尸骨，他们的尸骨早在几十年前就不知被扔哪儿去了。吴官的坟前，如今只剩一百多年前安葬时的墓碑，已经被岁月磨蚀得看不清上面的字。章柿给西芳说："你把这些照下来，回去给你吴姨看。"西芳掏出照相机四处拍照，后退的时候不小心脚下绊住个埋在土里露一点头的石碑，险些一屁股坐在地上。

有人在拔蒜苗，有人在开轧路机，有人在铺地砖，有人在绷线，有人在顺着线撒石灰，有人"叮叮当当"地雕凿石头，有人借着吸烟的工夫眯起小眼，估算这一场忙乱下来能有多少钱进到自己的兜里。章柿走向一个五十来岁的农民。那主儿刚歇下来，正要从口袋里掏烟。

"怪忙不是？"章柿说。

"噫，忙得还很哩。你们这，又是哪来检查的呀？还跟着记者。"他掏出烟来，递给章柿一根。

"我不吸烟。不是检查的，俺是河西章的，回来给爹娘烧纸，路过，看看。"

"噢，那就是参观的。"

"这么好的蒜苗，都快抽薹了，说薅都薅了，多可惜。"

"这会儿，谁还顾得上可惜。给补钱哩。国家有钱，这回搁大劲弄哩，农民都高兴得呀，这一亩蒜苗，就算长好，也不一定卖得了一千块。折腾吧，像这样的事多折腾点，咱日子就好过了。"

"可老这样折腾，人受得了吗？你看看，有啥必要把地上的草都薅完，地里还不能长点草了？还有那些树，那么大，快成材了，都得锯了。"

"噫，你看你还是大地方回来的人哩，你咋连这都不懂，那树不锯，挡住路了，到时候领导车开不进来，谁负得了这责任？"

章柿吐了吐舌头，被这个责任吓了一跳。那农民深深地吸进去一口烟："啥叫形势？啥叫命令？命令如山倒，如山倒是啥劲你不知？吴官这坟，那时候晚扒半天都不中，这会儿，晚修半天也不中，这就叫形势。"

"真不中吗？"章柿的问话里有了调笑。

"不中就是不中，谁不服谁去试试。"那农民扔了烟头，眼睛闪闪烁烁地看章西芳的右脸，欲言又止，站起身，"我不比你们，看看转转，我得干活哩，也没空叫你去家歇歇喝口茶。"

章柿跑到西芳身边，手里拿着他的小本子："叫我给你吴姨打个电话，把这情况先给她说说。"

西芳拿出手机，照着本子上给他拨号码。"记着前面加029。"章柿头凑上来，急切地说。

"会芝，我给你说，我正在恁家祖坟里，情况可好了……"他为了躲避机器的轰鸣声，走到远处去说话。

西芳被石灰味呛得走出了陵园，来到颍河故道边，站在一排高大的白杨树下，隔着一条干河，看对面的麦田绿油油的，无边无际。清晨的雾气还没有消散，缓缓地、丝丝缕缕地飘浮着，轻柔地抚摸着麦田。这麦田，这雾气，千百年来就这样生长，飘荡，见惯了人间种种变迁。不论发生什么，麦苗年年生长，雾气来回飘拂，太阳从东照到西，干旱骤雨轮番光顾。这颍河水，流来淌去，改来换去，沉默不语地行走着。

西芳把轰鸣的机器声和呛人的石灰味搁置身后，痴望那辽阔的大地。有风吹过，麦田集体欢呼，向着河这岸的她微微倾过身子。太阳跳跃了一下，天神召回了雾气，那巨大的绿色扑棱棱一个短暂的癔症，呼呼生长，像一个浓密的拥抱向她扑来。她嗓子眼像是堵了块棉布，脸上的伤痕有点痒，抬起手轻轻抓挠，凸凹不平的脸颊微微麻木。假如这世上真的有伟大与永恒，那应该是阳光、空气、大地、河流，应该是冬去春来、日夜交替，应该是这地老天荒的变与不变。

雾气消散，阳光普照大地。机器喧嚣，尘埃舞蹈。

她回转身，看到章柿，穿着一身白运动服，戴着红色太阳帽，拿着手机向她跑过来，脚下还很轻盈。

那边"喀嚓"一声，人群一阵惊呼，好多人向那里跑去。正在锯倒的一棵高大的杨树砸向一家农户的新房子，那棵杨树没有按工人预想的方向倒去，而是不听话地倒向路边一个新的二层小楼的屋角。那个屋角刚才在章柿他俩经过的时候，高高地挑起，夸张到有点轻佻和卖弄，是主人急不可待地宣告自己的富有和得意。现在那棵大杨树斜着倒下去把那个夸张的挑角砸掉了，然后它擦着围墙轰然倒地。院子里走出来主人夫妻俩，争吵声立时像刘家湾上空的尘土一样腾起。

章柿把手机刚还到西芳手中，津平的电话进来了：

"姐，你一直占线。我已经从许昌出发，出租车上高速了，一个钟头就到坟里。你们到了没？"

"我们在路上，很快就到。"

两人顺着那条南北路往回走。路过刚才杨树倒下的地方，只听围着的一圈人里，负责锯树的年轻人不耐烦地说："再别这那了，要多少钱，开价吧。"

2007年12月8日—2009年3月6日　一稿　西安　景龙池
2009年3月8日—2009年4月13日　二稿　西安　景龙池
2009年6月18日—2010年1月20日　三稿　西安　景龙池
2010年5月20日—2010年6月22日　四稿
北京　八里庄　鲁迅文学院
2010年10月30日—2010年12月14日　五稿　西安　景龙池
2011年9月22日—2011年10月12日　六稿　西安　景龙池
2014年7月21日—2014年9月10日　七稿　镇安县　前街
2014年12月5日—2014年12月26日　八稿　西安　安东街
2015年1月10日—2015年1月19日　九稿　西安　安东街
2023年12月22日—2024年1月2日　十稿　西安　安东街

后　记

时光的馈赠

　　2009年春天,我带着拷有《多湾》书稿的优盘来到北京。从陕西出发的我意气风发,认为一颗新星就要从中国文坛冉冉升起,就像我的陕西前辈们那样:不是吗?大作已经写出,只剩下出版啦。

　　第一站是作家出版社,因为我认为这么重要的作品,只有国家级出版社才合适。经由文学前辈的推荐,我见到一位编辑老师,简单交流一番后,他告诉我不用拷贝书稿了,手头选题太多,他没时间看,也不可能出版。另有一家大刊物,以作品幼稚老套、没有新意为由不予刊发。我退而求其次,找好一些的省级出版社,投了几家,仍然不行。在他们种种拒绝理由的背后(还有几家没有回音),我知道其实只有一个原因:你没有名气,还写这么长。当时电子版有48万字,如果印刷出来就是60万字,给出版带来很大的难度,出一本太厚,出上下册成本又太高,一个文学新人,怎么配有这样的待遇。当时贾平凹老师的《古炉》问世,也是很厚,定价五十多元。当然,出版社不怕厚,读者也不嫌贵。这就是现实,如果我是读者,也不会花几十元买一个新人的书。

　　陈忠实老师打电话鼓励我:"现在中国文坛,不缺长篇小说,缺的是精品,你不要着急,好好打磨,争取再拿出来时不同凡响。"我想起自己几年前不知天高地厚对他说过的话:"我要写出一部与《白鹿原》

抗衡的长篇。"他淡淡一笑："你写嘛，说这话的人多咧。"一位评论家老师劝告我："你知道《白鹿原》在中国文坛意味着什么吗？"我说："树一个标杆，总不会差得太远。"

我决定，先写中短篇小说打造名气。这个想法或许很天真，但人想做成一件事，有时候就需要一根筋的天真。我们不能太现实，不能让世俗的规约过于影响自己、吓住自己。接下来的四五年里，我处于创作的高热状态，每年都发表十个中短篇，还有作品被转载、收录进年选、进入年度小说排行榜。这是文坛成名的"基本动作"，一个写作者必得经过这样的"流水线"工程，才能成为作家。我不停地写稿，不停地投稿。当然也会有退稿，被各种各样的编辑"修理"。一颗妄念之心慢慢冷静，我不断审视自己的《多湾》，但每每阅读几页就更加有信心，相信自己写出的是人性中永恒的东西，永远不会过时，哪怕等待十年二十年。当然，《多湾》也确实有可删减之处。我写作的特点是啰唆，大段语言、长句子发散出去冗繁恼人。于是，我用一个职业编辑的眼光、用严格的标准一遍遍删改，前后删掉大约十万字，竟然不影响任何情节。那些年里，我不是在写中短篇，就是在修改《多湾》。2014年秋天，我再把《多湾》投出去，水到渠成，与磨铁图书公司签订出版合同，2015年年底一经出版，"好评如潮"（评论家语）。

没想到这样一本没有什么流行元素的书，却卖得挺好，半年内四次印刷。首先得益于磨铁公司的营销渠道，其次是作品的魅力。我想，真诚是最大的力量。我没有使用什么技巧（比如打乱时间顺序来写），也不愿采纳老师们的建议砍掉后半部，只是付出非凡的耐心，将语言打磨到无论从哪一页打开都能读下去。我感谢命运给了我这份热爱，用那么久的时间去专注地做一件事情。

《多湾》给我带来文学上的声誉，也可以称为我的成名作。经由《多湾》，我真正踏上文坛。

在你不经意的时候，命运会有一些别有意味的安排。作家出版社的向萍老师，编辑《芬芳》之后，在几次图书分享活动中，听到读者一次次提及《多湾》、寻找《多湾》。她突然提出（我感受到的是突然，在她当然是经过深思熟虑、多方考察），愿意重新打造《多湾》，将其作为《芬芳》的前传、姊妹书推出。而此时，磨铁公司因为与我在书名上有分歧而不再续约《多湾》——当然，我非常感谢磨铁公司当年的倾力出版，感谢责任编辑徐蕙蕙的努力付出。

  国家级出版社，推出一个普通作者多年前已出版的作品，是需要勇气的，更需要担当与情怀。我想，是我那股对待文学的天真之气、赤子之心，经由《芬芳》打动了向萍。她通过出版《芬芳》，变成了"河南文化热爱者"，中原大地和那片土地上的人们，成为她的熟人、亲友，她和他们有了深厚情谊，愿意将他们再次请上文学的舞台，被更多的人看到。

  想不到，前后十五年，对于《多湾》，作家出版社由当年的不太看好，变成如今的真心邀约。真是"人生何处不相逢"。当年多家出版单位的拒绝，使这部作品经由数次打磨而变得更加完善，也磨炼了我的心性。这十五年，是自己人生中最美好的年华，我全身心投入文学，也得到相应的回报。一切都是时光无限仁慈的馈赠。而我，唯有无尽的感念和不竭的动力。

2024 年 4 月 6 日